ル・フォール

ゲルトルート・フォン・ル・フォール
Gertrud von le Fort

著作集

2

教友社

ル・フォール著作集2

ル・フォール著作集２　目次

第2巻

装幀　菊地信義

《凡例》

・作品は、内容も扱った時代も多岐にわたっている。したがって文体はさまざまであり、送りがな等の表記方法についても、執筆要項による統一はおこなわなかった。

・既刊の作品は、部分的な改訂を加えて収録した。

ゲットー出身の教皇

Der Papst aus dem Ghetto

この物語は、こなごなに砕けて、黄金の都ローマの数多い大小の破片の上に散りしいている。いまでも読みとれるところを、組み合わせてまとめてみよう。もう読みとれないところは、夜が隙間を書きうめてくれる。

ペトルス・レオーニスはバルク・レオーニスの子。バルク・レオーニスはハノク・ベン・エスラの子で、このハノクのことを、民衆は誤ってキリスト教徒ベネディクトゥスと呼んでいる。

伝承はいう――ハノク・ベン・エスラは、大きな地震が頻発した、あの時代に生きていた。当時ローマでは、あまたのユダヤ人が、非業の死をとげた。なぜかというと、世の人がこう思い込んでいたからである――ユダヤ人どもは昔エルサレムがローマに征服されたことを根に持ち、彼らの魔法の力でこの都ローマを滅ぼそうとして、地の底の悪魔勢を呼び出しおった、と（それというのも、周知のように、ローマの滅亡はただ大自然の猛威によってのみ生じうる、という聖ベネディクトの予言があるためで、だからこそローマの人びとは、たった一度の地震に遭っただけでも、蛮族の大軍勢を目の前にしたよりももっと凶暴な、狂気じみた行動に奔るのだ）。

そのとき、六百年前に黒死病《ペスト》の大流行を鎮めた際もそうしたように、人びとは教皇宮殿の礼拝堂からキリストの御画像（あの聖ルカの手ずから描いた御絵）を運び出し、荘厳な行列を整えて、三日のあいだ都内すべての街々をねり歩いた。さて、黄金の十字架を捧げ持った行列の先頭部が、狭い薄暗い裏街を抜け出て、ティベル河をまたぐ白い橋、元老院橋《ポンス・セナトールム》と呼ばれるあの橋にさしかかったとき、大地がまたしても物凄い力で揺り上げ、橋は、ちょうどそれを渡ろうとしていた行列の目の前で、河の中へ崩れ落ちた。列中には恐ろしい混乱が起きた。驚愕のあまり死んだように倒れ伏す人びと、聖者たちの名を連呼して救いを乞い求める人びと、なかにはまた、あらためてユダヤ人どものことを想起する人びともいた。「行こう！」とこの連中はわめいた。「天に唾する奴らの所業、いやという目に遭わしてくれようぞ！」。十字架や幟旗《のぼり》の捧持者たちは、担ぎ棒を急いで地面に突き立てた。粉々に砕けた橋脚から石くれをつかみ取るなり、連中はほど近いヘブライ人らの街へと襲いかかった（ちなみに、知ってのとおり元老院橋《ポンス・セナトールム》は、猶太人橋《ポンス・ユダエオールム》に隣り合ってひとつ川上に架かっており、後者付近の両岸には、多くのユダヤ人が住んでいる）。

　この時、怒り狂った連中の手にかけられたのは、とりわけあのハノク・ベン・エスラそのひとだった。この品のよい老翁は、地震に驚いてわが家の外へとび出していたのだ。ようやく連中から身をもぎ放して、服はちぎれ血は流れ、見るも怖ろしい姿の彼は、立ち並ぶ人びとの列に沿って逃げて行った。行列の後部の方は、司祭らの制止の呼びかけのお蔭で、まだ整然と秩序が保たれていたのである。あの王たるキリストの御画像が、さながら黄金と雪白の防壁に囲まれたように、しずしずと近づいてくるあたりでは、今もなお声を揃えて祈りが続けられもしていた。その方へ、かの老ユダヤ人は、迫害者の投石に追われ追われて、まっしぐらに駆け寄って行った。突然、大きな叫びが湧きあがった――「汚聖だ！　聖なるものが汚される！」。怒りというより、それはむしろ、まず心痛の声であった。死にものぐるいのハノク・ベン・エスラが、弱い老人の足とは思えぬほどの勢いで、司祭らの白や金色の祭服の防壁を突破し、血にまみれたまま、教皇さまのお足もとに崩折れたのである。

　キリストの御画像を双手に捧持して、敬虔な祈りに潜心しておられた教皇さまは、身につけられた冠やマントを飾る黄金の重さに、ほとんど圧しひしがれそうになりつつ、ご自身も一つの像に化したように、ひたすら聖画像への奉仕に専念しておられたが、その教皇さまが、そのとき、思わず一歩後へ退かれた。しかし、いまは必死のハノク老人は、わななく膝でにじり寄り、教皇さまの緋色のマントの下に頭を隠した。

　あとになって、人びとはわけ知り顔に語ったものだ――教皇はにわかに霊感の閃きを受けて、この老ユダヤ人の隠された顔をマントごしに透視なさり、そこに、かつて創造主が聖ペトロの顔をも造形する雛型とした、そうした特徴をもつあの始原の像を、洞察なさったのだ、だからこそ教皇は、その哀れなユダヤ人を、庇っておあげになったわけだ、と。けれども、これでは話が逆だった。そうではなくて、かのユダヤ人とローマの民衆は、この時はじめて、彼らの教皇さまのお顔のなかに、久方ぶりに使徒聖ペトロの威厳を、仰ぎ視ることになったのである。

　その頃は、横暴なトゥスクルム家の一門が、教皇座を不逞にも支配していた時代から、まだあまり年を経ていなかった。そして当代の教皇さまは、クリュニイの偉大な教会刷新運動が産んだ最初の教皇たちの、そのお一人であった。教皇さまは、決して幻をごらんになったのではない、が、しかしキリストの教える慈愛の掟と、いにしえの代代の先輩がたの制令を、思いめぐらしておられたのだ。それらの制令は、ユダヤの民の生命身体を、侵すべからざるものと考えよと、厳格に命じていた。意図するところは、この民が改宗してキリストを信じるに至るよう、あるいは、それには至らずとも、キリストの磔刑死に対し、この民なりにやはり証ししてくれるように、ということにあった。

はじめ、人びとは、教皇さまの聖なる御着衣には、あえて手をかけようとしなかった、が、大声をあげて、教皇さま、地震を鎮めるそのために、どうかマントをはねのけて、その悪党を引き渡してくださいませ、と呼ばわっていた。後ろの方では、すでにもっと荒くれた声が、かつて教皇ベネディクト九世に抗して蜂起した人びとの手は、萎えて無力にでもなってしまったのか、などとわめき立てていた。

教皇さまは、心の臓が慄えるのを感じておられた。所詮は教皇さまも一個の人間だったし、そして群衆は粗暴だったから。前の時代に、粗野な俗界の暴力のため教皇が窮迫させられたり、それのみか無惨な死をとげさえするのを、群衆は一度ならず見てきていた。その上、当代の教皇さまは、教会の役職が金銭ずくで売買されるのを、見逋そうとはなさらなかったので、多くの者に恨まれておいでであった。しかし教皇さまは、ユダヤ人らのためにも死なれたのであった、そのおん方の画像を両手に捧げて、必要とあらばご自分も、お足もとのこのユダヤ人のために死ぬことを、覚悟しておられた。ひと言も答えはなさらず、捧持した聖なる画像にひたとご視線を据えられて、ただそれを前よりも一段高く持ち上げられた。そのため、群衆の頭上に現れ出たその御画像が、教皇ご自身のお顔を見えなくした。冠を戴いた教皇、そのお足もとの老ユダヤ人。この二人は、いまやこうして、いわば根の底からしっかりと結ばれ合って、荒れ狂う世界に対立していたのである。

大勢の連中が、決心のつかぬ様子で立ちはだかっていた。教皇そのひとにならば、攻めてかかりもしたであろう。しかしそのご手中の聖なる画像が、彼らに畏れ憚《はばか》る気持ちを起こさせていたのだ。それでも彼らは退散はせず、脅かすように立ち続けていた。物言わぬ人体の壁さながら、いまにも命を奪いに襲いかかりかねない気配であった。

突然、教皇さまのマントの下から、慈悲を乞う悲鳴のような、ユダヤ人の声が聞こえた――「私は信じております、天地の創造主、全能の父なる神を！」

それに応じて、教皇さまがさきを続けられた。沈着なお声で、いまもひたすら、ご手中の聖なる画像のお方を宣べ伝えながら（しかしそのお声は、まるでお足もとの声と混ざり合って、一つになるかのように聞こえたのである）

――「そして父なる神のひとり子、われらの主イエス・キリストを。すなわち聖霊によって宿り給い……」
一瞬のあいだ、息を呑んだような沈黙があたり一面にひろがり、いわばその沈黙が耳に聞こえるほどだった。やがて、その沈黙を破ってひとつの叫びが湧き上がった――「ユダヤ人が信仰宣言《クレード》を唱えている！　ユダヤ人が改宗したぞ！　教皇さまのお足もとで、奇跡が起きた！」。人垣の壁は揺らいだ。群衆は先を争って跪《ひざまず》いた。その間に数人の聖職者たちが、ぐったりと気を失っているユダヤ人を運び去った。

宵闇の迫るころ、都ローマのすべての街々で、人びとはまことしやかに語り合っていた――地震はもう二度と起こるまい、その原因だったユダヤ人らの、なかの一人が突然奇跡的な悟りをひらき、改宗してキリストを信じるに至ったのだから、と。また、ハノク・ベン・エスラはあの後、明日をも待たずベネディクトゥスという霊名で洗礼を受けた、とも取り沙汰されていた。そして、朝には石を投げてかのユダヤ人を殺そうとした同じローマの人びとが、いまは、神の恵みを受けた彼の手に接吻すべく、彼が匿《かく》まわれているとおぼしいそこかしこの修道院の門へと、群をなして駈けつけるのだった。彼らの信ずるところ、あのハノクこそが、いまや自分らの都を地震の災厄から救ってくれたのだから、というわけであった。しかし彼らは、どこへ行っても教皇庁の番兵を見いだすばかりで、番兵たちはどんな情報も流してはくれなかった。

ハノク・ベン・エスラが教皇さまと交わした対話――
この対話は、前記の事件の数年後に交わされた。その頃ローマの人びとは、教皇さまにむかって、もし今後も教会役職の売買を咎めることをお続けになるなら、このローマの都から追放しますぞ、と脅しをかけていた。強欲なローマの門閥貴族らに煽動されてのことである（なにしろ、あの聖職売買《シモニズム》という悪疫《ペスト》によって私腹を肥やし、いつも繰り返し甘い汁を吸っていたのは、いうまでもなく貴族階級の子弟であったから）。門閥貴族の手先によって、当時、莫大な金銭が、拝金主義の民衆のあいだにばら撒かれていたのである。ところが教皇さまはといえば、囊中無一物の状態でレオニア宮殿に坐しておられ、お譲りする者とては、わずかに、いつ寝返るかも知れぬケンチウス・フランジパーネの、当てにならない武力だけなのだった。この男は、ほかならぬその武力の値段について、すでに敵側と交渉を進めていたのである。

ケンチウス・フランジパーネ――

この人は脈管にロンバルド族の血が流れていたので、金髪碧眼《ブロンド》の巨大な体躯《たいく》を有し、始末におえぬその物凄い腕力にちなんで、民衆は彼をヘラクレスと渾名《あだな》していた。

このケンチウスは、今までにもう幾度も、教皇座に味方して利を得ようとしたことがあった。ちょうど他の閥族が金権聖職者《シモニスト》に与しておこぼれを狙うのと同様で、教皇を守護すれば教皇を自己の勢力圏に取り込むことにもなると（昔は他の連中もそう思い込んでいたものだが）彼は今もまだ、そう信じていたのだ。さてこのように、ケンチウスの行動は、従順や忠誠の心から出たものでなく、聖なる教会の神的使命を悟ったためでもなかったから、彼は苦境に陥ればたちまち、いつでもさっさと離反するのであった。

このことを、教皇さまはよくご承知だった。しかしながら、聖なる剣を持つ皇帝、すなわち塗油を受けて現世でのキリストの教会の守護者たる使命を帯びた皇帝は、遠いドイツのシュパイアーの大聖堂で、永久《とわ》の眠りについていた。そして、神聖ローマ帝国が後継ぎ息子の成人を、首を長くして待っているあいだは、主キリストの花嫁である教会は、身分低い一介の武門の庇護に、甘んじて頼るほかなかったのである。――

ユダヤ人は、入室するなり、がばとばかりにひれ伏し、顔を床につけて恭《うやうや》しく敬意を表した。そのあと、金貨を詰めた重い袋を二つ、教皇さまの御前に置き、そして、重くて持ちきれませんでしたので、残りは外の召使いに預けてありますが、立ち上がってそれを取りに出ることをお許しくださいませ、とお願いした。

気品高く若々しい教皇さまは、いかにも修道者らしい聡明なお顔だちだったが、驚いてお訊ねになった――どうしてこのようなお金が私に届けられるのか、よもや、まだユダヤ人が税を納める慣例の時期ではあるまいに、と。

ハノク・ベン・エスラは奉答した。「さりながら、現在は、あなたさまがお困りの時期でございますゆえ」

「だが、ユダヤ人よ、それがおまえと何の関係《かかわり》があるのか」

――そうお訊ねになった教皇さまは、いつも、ただ金銭を目になさるだけでご気分を害される、という傾きがおありだった。恥知らずな金権聖職者《シモニスト》らとの争いのために、それほどまで気むずかしくなっておられたのである。

ユダヤ人は答えた。「私はハノク・ベン・エスラ、以前あなたさまがマントの下に匿まって、怒り狂う人びとから庇ってくださいました、あのハノクでございます」

「私がしたのではない、わが子よ、私ではなかったのだ」。教皇さまは、急いでそう応じられた。「キリストが、私が代理者をつとめているあのキリストさまが、なさったのだよ」

ユダヤ人はかたくなに黙りこんだ。体が落ち着きなくよじれるように見えた。それというのも、彼は、肉《ひと》と化《な》ったた神が十字架に付けられるなどということは、まるで聞きたくもなかったからであり、彼の感謝の念は、ひとえにただ、人間としての教皇が自分に示してくれた正義にだけ、向けられていたのだった。

教皇さまは、ハノクの考えを悟られて、悲しく思われた。しかし同時に、ご自分もまたこのユダヤ人の高貴な人間性を感じ取られて、「ハノクよ」と呼びかけられた。「おまえは、恩を感じてそれに報いるという、善意の魂を持っている。これは世に稀れなことだよ。困難な職責にあるこの私を、まことに恵み深く支え給う神、その神に誓って言うのだが、もしもおまえが、おまえの魂自体をもってきてくれたのなら、その方が私にとっては、こうした金袋よりも、なお一層嬉しかったことだろうに！」

「金袋こそは、すなわち彼奴《きゃつ》めの魂なのでございます」。教皇さまのお側に侍《はべ》っていたケンチウス・フランジパーネが、小声でそう申し上げた。

すると教皇さまは、素早く不興げに言い返された。「いや、さにあらず。この金袋は、この者の誠心《まごころ》なのだ！」。そうしたやりとりの間に、教皇さまが自分に好意を寄せてくださっているのがよく判ったユダヤ人は、感謝の気持ちのありったけを言い尽くしたいという念願に充たされ、熱誠こめた恭しい態度で、ふたたび語り始めていた――

「教皇さま、私どもユダヤ人があまりにも金銭を好みますこと、それは、あのお方の言われるとおり、いかにも真実でございます。しかしながら、お膝元ローマの方がたは、私どもよりずっとはるかに、金銭を好んでおられまする」

「彼らがおまえたちよりも金銭好きかどうか、それは私には判らぬ」と、溜息まじりに教皇さまは応じられた。「しかし、確かに彼らは金銭を好む。まことに、途方もなく好んでおる。それゆえ、もしもこのローマをそっくり買い取ろうという者が現れる見込みでもあろうものなら、彼らはきっと、われとわが身を売りに出すことさえ、辞さないであろうよ」

「お買いなされませ、教皇さま」と、ユダヤ人は歯に衣着《きぬき》せず言上した。「ローマの人びとをお買いなされませ！と申しますのも、もしあなたさまがそうなさいませぬなら、あの人びとはあなたさまをこの玉座から追放して、また昔どおり教会の要職を金銭で売ることを許すような、替わりの教皇を即位させるでありましょうから」

年若い教皇さまは、思いに沈み、ふさぎこんだご様子で、ユダヤ人を見つめておられた。やがておっしゃるには、「キリストがご自身の代理者として召出し給うた、この教皇職に在る者は、この現《うつ》し世においては、いかほどまで身を貶《おと》しめねばならぬことか」。ところが、かのフランジパーネは、天秤の針がユダヤ人の勧告の方に傾いたことを悟り、皮算用していた裏切りの報酬の当てがはずれて、身ぶるいしながら怒気満々でどなりつけた――

「見下げはてたユダヤ人め、きさまは、こともあろうに、ローマ人のこの高貴な都を売るつもりなのか、きさまらの仲間の、あの呪われたユダが、われらの主キリストを売ったように」

　すると教皇さまが、またしてもすっかりご機嫌斜めのて、いで、鋭く、だが涼やかなお声でおっしゃられた。「このユダヤ人の持参した金貨を、一枚私に見せなさい」。ご命令どおり金貨が渡されると、「フランジパーネ、これに彫られあるは、誰の像か?」とお訪ねになるのであった。

「ユダヤ人の肖像か?」

　怒りのあまり真っ赤になったフランジパーネが、「ローマ市の文字図案《モノグラム》でございます」

　教皇さまは命じられた。「それでは、ローマのものをローマに与えよ、神のものが神に渡されんがために」

　こうして、キリストの教会の自由をめぐる偉大な戦いにおいて、全能の神の摂理により、哀れな一ユダヤ人の感恩の心を通じて、教皇さまは叛逆的なローマ人の手中に陥らずに済んだのである。

　伝承はいう――

　そして神は、ハノク・ベン・エスラのまごころを祝福された。彼は大そう富裕になった。彼の前にも彼の後にも、ユダヤ人でもその他でも、ローマの都で彼ほど富裕な者はいなかったほどである。まことに、彼が教皇をお援けすべく持参したあの時の金貨は、百層倍にも増えようとしていた。とはいえ、彼はその元金に対して、たんに普通の許容されている利子を頂戴しただけなのだが（ちなみに、利子を取ることは、キリスト教徒には聖なる教会によって禁止されていたが、ユダヤ人に対してはそうでなかったのである）。

　世の人はいう――こうした神の祝福が、バルクの息子バルク・ベン・バルク、すなわち（彼がレオーネ門のほとりに新築した壮麗な邸宅にちなんで）民衆がバルク・レオーニスと呼ぶその人の心を、父と同じく聖なる教会の御用に奉仕するよう決定づけたのだ、と。ただし、父親のような報恩感謝の気持ちからではなかった。人も知るように、バルク・レオーニスは高利貸しであって、自分の利益になるのでなければ、何事も企てはしなかったのである。

バルク・レオーニス――この人は、ある貨幣の目方が正しいか偽りかを、ただ素手に持ってみるだけで、どんな精密な貴金属用天秤よりも、もっと確実精密に判別することができた。同様にこの人の精神は、世界の出来事という大金貨や、この世に活動する諸勢力の目方を、正確に判別していた。つまり、ローマで生殺与奪の権をふるっていた門閥貴族の時代が、今はもう過ぎ去ったこと、そして今後のローマでは、ただ教皇にお味方しようと決意した者だけが繁栄できること、そうしたことどもを、賢明なバルク・レオーニスは、はっきりと見抜いていたのだ。

伝承はいう――

ある日ローマの門閥貴族のお歴々が、剣をがちゃつかせ長靴ばきの足ごしらえで、富裕なバルク・レオーニスの絨毯ずくめの邸《やしき》にのりこみ、きわめて多額の借財を申し入れた。じつは彼らは、その頃またしても、ひそかに教皇への叛乱を準備していたのだ。それというのも、いまや彼らが身近に不安を感じていたからで、その不安の原因《もと》はといえば、昔ながらの金権聖職者《シモニスト》がらみの罪深い金ゆえの疚しさもあったが、そればかりでなくパタリア一揆（ミラノの貧民街から起こったあの〝不逞の賤民〟のことで、金権的《シモニスト》な聖職者の居宅を襲撃し、それを庇いだてした門閥貴族らを打ち殺そうと脅かす勢いだった）のせいもあった。

バルク・レオーニス（ちょうど金《かね》勘定に忙しく、がっしりと大きな彼の両手を通って、小石の上を流れる銀色の小川さながらに、お金が流れていた）は言った――もし皆さまが、教皇を守護なさるのにこのお金を必要とされるのでしたら、喜んでご用立ていたします。と申しますのも、そういうことならそのお金が、いたるところで大波のようにキリスト教世界を湧き返らせております、そうした問題に役立てられるのだと、納得が参りますから。

お歴々は、バルク・レオーニスのその返辞を聞いて、大そう驚いた。なぜなら、彼ら自身は相変わらずの考え方で、次のように思い込んでいたからである――教会はとかく世の中の自然の流れと慣行を敵視し、公然とそれに挑戦しているが、それをおとなしく自分の殻のなかへ閉じこもらせ、そして万事は昔のままという、そういう状態にさせるには、聖なる教会の偉大な改革運動とやらに、急所を狙った一撃を、外部からくらわしてやりさえすればよい、と。

この日以後、ヨハネス・フランジパーネ（かつて教皇を裏切ろうとしたあのケンチウスの息子）は、もうあまり何度も教皇に叛くことはなくなり、聖なる教会は、当分のあいだは、本当に彼の護衛に信頼することができた、と伝えられている。

伝承はいう――

そしてバルク・レオーニスは、彼の父が富裕になったように、権勢家になった。彼が馬上ゆたかに都大路を進んで行くと、路傍のすべての乞食や大道芸人らが歓呼の声を挙げて「ローマ市民の執政官《コンスル》にして元老院議員《セナトール》なるやんごとないお方さま」と挨拶するのだった。というのも、武装した郎党や美服の奴隷たちを従がえた、供まわりの華麗さにおいて、彼はこの都の最上流の貴族たちに等《ひと》しかったし、それどころか彼らを凌《しの》ぐことができたからである。（ところで、彼はそうした歓呼の声を耳にするのが好きだった）。そうしたことで、ヨハネス・フランジパーネは、まるでバルクが自分ら門閥家の同類であるかのように、足しげくバルクの邸《やしき》に出入りしていた。世の人は、彼が事あるごとにバルクを引き合いに出して、バルク・レオーニスは賛成している、バルク・レオーニスは不同意だ、などと、あるいは、バルク・レオーニスがこれこれ、またしかじかの勧告をしている、などと語るのを耳にした。ところが、こうした言葉は、じつはいつまでも、バルク・レオーニスがある企てに出資する、もしくは一文も出さない、という意味なのであった。しかしバルク・レオーニスは、フランジパーネが教皇に味方する場合には、必ず金を出すのであった。

その頃ローマでは、例のキリスト教徒ベネディクトゥスの風説が、にわかにまた想い出されていた。ある人びとは、息子の方もつとに父と同時に洗礼を受け、その名もじつはもうバルクではなく（教皇レオ九世にあやかって）レオと呼ぶのが正しいのだ、などと、物知り顔に言い触らしたし、また別な人びとは、あの方はようやく洗礼の一歩手前の段階さ、と言っていた。ところが、そうした噂を広めたのは、じつはフランジパーネだったのである。彼はみずから、いつも自分の言説を本当に信じているかのように振る舞っていた。それというのも、いまや彼は本気で教皇側で幸運を掴もうと望んでいたので、非受洗のユダヤ人とあまりに熱心に談合することが、教皇のお咎めを蒙る理由《もと》になるのを惧れたからである。しかしローマの人びとは、フランジパーネの言葉をすなおに請け売りしていた。なぜなら、彼らは、一ユダヤ人が富裕かつ碩学であり得る、ということは一応納得していたが、しかし自分らのこの都の、有力な名門貴族にも成り上がることができるなどとは、とうてい思いも寄らぬこととしていたからである。

ローマのユダヤ人たち――

彼らは、いかにもこの頃は、もうあの大地震当時のように苦しむことはなかった。なぜなら、ローマの人びとが、あの不吉な時代のようにすっかり正気を失くしてしまわぬ限り、いまでも相変わらず自分らの都を全世界の中心と考え、自分らこそが、ここに住む世界の全民族に、市民権を授けてやれるのだ、と思っているからである。こうした観念のなかで、彼らローマ人は、自分らの偉大な廃墟の過去の栄光を、気をよくしてもう一度味わい楽しんでいるのだ。その上、偉大な改革を推進した教皇たちも、ティベル河畔のユダヤ人らの小さな街に、それぞれ庇護の手を伸べてくれていた。その街で、彼らは、別段の煩らいもなく、好きなように出入りしている様子だった。男も女も、一般のローマの男女と同様に、黒髪黒眼だった（ローマでは、門閥貴族の連中だけが金髪《ブロンド》碧眼なのだから）。それでも彼らユダヤ人は、ほかのローマ人にまじるとよそ者風で、今も依然として、遠来の人びとという感じだった。ところが、彼らはみんな、もう千年も前に到来していたのである。それはすなわち、彼らの祖先の父親母親たちで、ティトゥス将軍の凱旋部隊が、エルサレム神殿の宝物類を運んできたときのことだった。わしらはたぶん、ローマ最古の市民かもしれぬのう、と彼らは時おり、仲間うちで冗談を言った（なにしろ、彼らの到来のころ栄えていたすべての家系のうち、今はもうどれ一つ見当たるものがないのだから）。だが彼らの冗談には、一抹の悲哀がこもっていた。それというのも、彼らのうち、ローマの市門の外に耕地を所有する者は誰ひとりいなかったからであり、彼らの倉の中の穀物は金で買った穀物、地下室のワインは金で買ったワイン、若い娘らが髪に挿す花は金で買った花なのであったから。ただ彼らの金袋の中のお金だけが、彼ら自身のお金なのであった。

伝承はいう――

世間に広まる噂は、ユダヤ教徒団の長老の耳にも届かずにはいなかった。そこで長老は、結局バルク・レオーニスに、たえずキリスト教徒と交際していることの釈明を求める必要がある、と考えるに至った。バルク・レオーニスは答えた。「アンダルシアやコルドヴァに住むわれらの同胞は、国王たちの王冠や回教領主《カリフ》らの笏を司どり、政治の実権を握っています。そして王やカリフは、それら同胞に感謝しているのです。イスラエルの民が、スペインの地で繁栄したように、ローマで栄えることができては、なぜいけないのでしょうか？」

これを聞いて、謙虚な人である長老は言った。

「わが子よ、イスラエルが栄えるとき、イスラエルは危いのだ」

　バルクが答えて、「主（讃えられてあれ）の民は、この世では常に、中心を離れて脇の方にだけ、立っているべきだ、とでもいうのでしょうか？」

　長老は諭した。「イスラエルの息子ともあろう者が、どうしてそのような言い方ばかりしたがるのか？　バルクよ、聖なるおん者（讃えられてあれ）は、すべての高い山々を軽んじて、低いシナイの山上でみずからを啓示し給うた、と、われらの先師たちがそう教えているのを、おまえは知らないのか？」

　バルクは、「けれども先師らは、またこのようにも教えています。狐の頭であるよりは、獅子の尾である方がすぐれている、と」

　長老が、かさねて「わが子よ、おまえの兄弟たち姉妹たちは、彼らの父祖の神（讃えられてあれ）に希望を寄せている。だのにおまえは、エドムの子らに希望を寄せるつもりなのか？」

　バルク・レオーニス（微笑しながら）、「いいえ、違います。反対に、彼らの方から私に希望を寄せてくるようにさせたいのです」

　これを聞いて驚いた長老が、その言葉は、噂が伝えるとおり、おまえが洗礼を受ける気になっているという意味か、と訊ねたとき、バルクは傷ついた牡牛のように大声を発した。そのあと長老は、同伴した二人の証人と共に部屋から出てきたが、それほどまでに激しい憤怒と心痛に接した驚愕のために、亜麻布のように蒼白になっていた。そして、フランジパーネ一党と民衆が、その後もやはり、バルクの洗礼をめぐる作り噺を流し続けたにもかかわらず、ユダヤの教徒団《シナゴーグ》がバルク・レオーニスに戒告する必要を認めた、というようなことは、二度とふたたび聞かれなかった。

　伝承はいう――
　バルク・レオーニスに関するいい加減な風説は、偉大な司教座助祭《アルヒディアコン》ヒルデブラントが教皇玉座に登ったときに、ようやく消えた。それというのも、この教皇こそがついに難事に成功して、乱れた世界にしばらく秩序を与え、すべての人間に、神と人との前で各自に相応する場所を、キリストの権威によって断固として割り振ったからである。金権主義《シモニズム》の聖職者は教会の外へ。聖徳の誉れ高い者は司教の座へ。キリスト教徒は、王侯も平民も、各自の司牧者に従順であるよう。ユダヤ教徒は、煩らわされず、しかし厳格に、独自の信仰社会を営むよう。このときバルク・レオーニスは、キリスト教徒の僕婢や奴隷を持つことを、禁止された。非受洗者は受洗者の上位に立つべきでない、と教皇が言われたからである。フランジパーネに対しては、次の点を熟慮せよとの要望が発せられた。すなわち、聖なる教会の騎士たる者は、バルク・レオーニスの助言や財力よりも、キリストのご加護にこそ、より一層信頼する方がふさわしい、ということを。このときヨハネス・フランジパーネは、教皇の峻厳さを恐れて、実際にユダヤの友人とまったく関係を絶った。そしてそのユダヤ人の影響ということも、当分のあいだ、もう全然耳にされなかった。ある日、世間が聞き知るまでは。バルク・レオーニスの死去したことを。そして彼の息子が、父の事業と測り知れぬ財産とを相続したことを。

バルク・レオーニスの息子――

この人は、父親のような高利貸しではなかった。反対に、物腰動作に気品のある高潔の士で、父が貪った不当な利得は、さっさと払い戻してやるのであった。ユダヤ教徒の仲間うちでは、すべての点で非の打ちどころのない律法遵守者として通っていた。しかしながら、世の人は知っている。ユダヤの教徒団《シナゴーグ》が、この人についても、たちまち憂慮するようになったことを。もっとも、教徒団《シナゴーグ》は、彼がキリスト教徒らの諸問題に介入しているとは、明言できなかったのだが。しかしどうやら、彼が明白な行動に出ないでいるというそのこと自体を、教徒団《シナゴーグ》は彼についての憂慮の種と考えたらしい（というのも、世評によれば、このバルクの息子は、父親よりももっとはるかに、賢明だったからである）。

それでも教徒団《シナゴーグ》は、かつて彼の父に対してしたような、詰問とか事情聴取とかは、彼に対して行わなかった。そうはしないで、彼を結婚させたのである。すなわち〝厳しい人〟と渾名される律法学者《ラビ》ナータン・ベン・イェヒエルの、娘ミルヤムと彼をめあわせたのである。そのミルヤムは、当時はまだ厳しくはなく、美しかった。――

伝承はいう――

教皇グレゴリオ七世は、当初、バルク・レオーニスの息子を洗礼志願者の仲間に加えることに、同意なさらなかった。志願者らの指導の任にある助祭が、バルクの息子の回心を大いに喜んで、この偉大で重要な情報をお知らせに参上したとき、教皇さまはその人を、即座に追い返してしまわれた。けれども、その翌朝のミサ聖祭のおり、教皇さまは（聖なる犠牲を献げるとき、いつもきまって涙を流されるのだったが）ふだんより一層激しくお泣きになるご様子だった。そのさまを拝して、当時ローマに滞留中のトゥスキア伯爵夫人は、自領カノッサの城でのあの日々のことを想わずにはいられなかった。すなわちドイツの青年王ハインリヒ四世が、しおらしげに猫をかぶって破門罰の免除を願った、あの時のことを（それというのも、ちょうどこの頃、カノッサでのあのサリ家の王の悔悛が、本心からの悔い改めではなかったことが、明らかになり始めていたからである。つまりあの王は、罰の赦免を受けることによって、危うくなった王位を強引に確保しようとしたに過ぎず、内心は塗油を受けて皇帝になることを切望しておりながら、聖なる教会の自由には、卑劣なローマの門閥連と同様、反抗していたのだった）。カノッサの城で、教皇さまは毎朝のミサ中に、やはりいとも激しく泣いておられた。そして破門された王のために、あえて赦免をお願いしてあげる気持ちにさせたのだった。ところで、今もまた、人びとは伯爵夫人に陳情して、バルクの息子のための執り成しを願っているのであった。それというのもこの夫人が、すべての領地と財産ばかりか、魂のすべての力をも、すっかり聖ペトロに奉献しつくしておられ、そして聖ペトロの後継者たる教皇さまは、地上の何ものにもまさる絶大な信頼を、この夫人に寄せておられたからである。けれども当時は、枢機卿がたの中にさえ、次のように考える者が幾人かいたのであった。すなわち、測り知れぬほど富裕なバルク・レオーニスの息子が、もしも将来門閥貴族らと姻戚関係になり得るようなことがあれば、さなきだに常に危険で気の許せない彼らの勢力を、一層強めることになりかねない、教皇さまはあるいはそうした事態を危惧しておいでなのかもしれぬ、そしてその危惧の念こそ、教皇さまがあのユダヤ人の洗礼を渋られる秘められた理由なのだろう、と。

教皇グレゴリオ七世とトゥスキア伯爵夫人――

この教皇は身の丈が低く、風采があがらなかった。このお方の戴冠式のおり、前代の方がた譲りのたっぷりした祭服は、教皇の痩せこけた肩を包み余って、萎えた翼のようにだらりと垂れた。けれどもこのお方の大きな双の眼のなかには、この世のものならぬ統治者が座を占めていた。そしてこのお方がキリストのみ名を口になさるとき、その響きはあたかも世界の涯てまでも鳴りわたる鐘の音のようだった。

教皇は伯爵夫人に問われた。「娘よ、今なおあのカノッサの日々のことを、あなたは考えておられるのか？」

伯爵夫人は（その面立ちはたおやかだった、が、若い青年のように勇気に溢れていた。表情には歓喜が宿っていた。みずからの考えが、前もってすでに教皇のお考えと合致していたからである。献身的な夫人の熱誠は、できれば教皇のお心のあらゆる隅々までも、推し測り理解し尽くしてさしあげたい、と望んでいたのだ）お答えした。「教皇さま、あなたさまは今日、ごミサの祭壇で、あの時のようにお泣きになっておられました」

「だが娘よ、私が泣いたその理由をも、あなたはお判りなのだろうか？」。そうお訊ねになった教皇は、やがて、大きな双眼に燃え上がるような力を湛えて、お言葉を続けられた。「人びとは言っておる。かのサリ家の王は、カノッサの地で、聖職者たる私を利用し、私の内なる政治家をうち負かした、と。だが、キリストこそは私の証人。あの時、私の内の政治家が先に立って反対したのではない。逆に、ほかならぬ私の内なる聖職者こそが、反対しておったのだよ」

夫人は言った。（澄んだ眼差しを、今は悲しげに物問いたげに挙げて、いとも謙虚に。というのも、彼女は今の今まで、世の人すべてがそう信じていたそのままを、やはり信じていたのであったから）「教皇さま、あなたさまの娘には、あなたさまの奥深いお思召しを、悟る力がございません」

教皇は、そう語る夫人を、いたわり深く見やっておられた。お心のうちの奥深いお考えを悟ることは、何びとにもできることではなかったから。やがて、教皇のご表情は一変した。いわば、魂の聖杯《カリス》から蔽いの布が取り除けられるように。

伯爵夫人は、畏怖の念に襲われてにわかに声をひそめ、囁くように、「カノッサでは、ことは赦しの秘跡の神聖さにかかわっていたのでした」

教皇が言われた。「赦しの秘跡の神聖性こそ、根本の問題だった――いつ何どきでも、問題の核心は秘跡の神聖性にある。こと政治に関する場合も、根本はやはり秘跡の尊さということなのだ。なぜなら、私が司教たちを叙任するのは秘跡的なことだし、皇帝に塗油するのも、やはり聖なる行為なのだから。いついかなる時も、核心におわすはひとりキリストのみ！　だのに、カノッサにおいて私は、秘跡を悪用から衛ることができなかった。赦免授与のために私が課した指令が、履行されたからであった。心の奥底では、私は真相を悟っていたのだけれど――。かくてキリストは、この世の罪業のもとで、世の終わりまで苦しみ続けようとなさるのだ！」

翌朝、さきに教皇が追い返されたあの助祭は、次のような指令を受けた――「バルク・レオーニスの息子を洗礼志願者のうちに加えよ。ただし、受洗の希望が純粋か否かを見きわめるため、充分に猶予期間を置くがよい」

のちの名ペトルス・レオーニスの猶予期間（しかしこれは、教皇のご胸中とは違う結果になった）――

われらの聖なる教会の敵で、次のような説をなす者が、今もなお幾人か生きている。すなわち、偉大な教皇グレゴリオ七世は（シルヴェステル二世に関しても言われたように）魔術師で、コルドヴァの不信の徒の大学で教授される黒い魔法に通じていた、というのだ。こうした風説が生まれたのは、ドイツ王ハインリヒ四世が、聖職諸侯の叙任権と皇帝の冠とを、剣の力にもの言わせて教皇から強奪すべく、ローマへと押し寄せてきた、あの時以来のことである。その当時われらの都ローマでは、世相の変化が生じて、かつては金権聖職者《シモニスト》の味方だった門閥貴族の誰彼が、一変して熱心な改革運動家になったり、パタリア一揆を忌み嫌っていた面々が、手の平を返すように貧しい民衆の兄弟に変身したりしていた。それというのも、その頃グレゴリオ教皇が、ただ大きな双のお眼と、人まえでキリストのみ名を口になさるそのご態度だけで、皆を奇跡的に一致団結せしめられたからである。しかしながら、魔術師の教皇という例のひどい風説が流布したのは、当世のローマではかつて一度も見られなかったこの一致団結のせいではなかった。さような風説を生じたもとは、バルク・レオーニスの息子の穀物倉だったのである。彼は、ドイツ王のローマ包囲攻撃のあいだ、幾棟もの穀物倉から備蓄を供出して、われらローマ人を養ってくれたのだ。むかし彼の祖先ヨゼフが、飢えたエジプト人を養ったように。このことが、教皇を魔術師と言い触らす連中の口にかかると、ローマの食糧備蓄が七か月もの間（それほど長く包囲攻撃は続いたのだが）まるで尽きなかったのは、黒い魔法の奇跡による以外には考えられない、とされるのである。けれども、備蓄はやはり尽きたのであった（同様にわれらの一致団結も、じつはやはり歎かわしい終焉をとげたのだが）。われわれの恐るべき飢餓と、われわれの悲惨な弱さとが、われわれの教皇の魔術師でないことを証する何よりの証拠となる。もっとも、教皇は、そうした証拠など、なんら必要とはなさらないのだが。とにかく、教皇がハドリアン帝廟へと避難なさるあいだ、民衆を落ち着かせるために投げ与えられていたのは、なけなしの最後のパンだったのである。

このご避難は、われわれ皆が今でも知っているとおり、上を下への大騒動のなかを、大至急で行われたのであった。なにしろ、ティベル河の左岸ではもう敵襲を知らせる警鐘が鳴り響いているというのに、レオニア宮殿では、まだローマ貴族のお歴々が教皇の前に跪《ひざまづ》いて、都が戦禍を免れますよう、どうかサリ家の王の要求をお容れくださいませ、と懇請している始末だったのだ。ところが、四代目のハインリヒ王の方が、彼らローマの門閥貴族ら以上に、われらの教皇のお人柄をよく承知していた（なぜならこの王は、彼の細い反抗的な眼によってではなく、ほかならぬ彼の疚《やま》しい良心によって、教皇さまを見抜いていたからであり、この疚しい良心の視力は鋭いのだ）。王は、教皇の拒否のお言葉が伝達される以前に、いちはやく部下のザクセン兵やチューリンゲン兵を、レオニア宮殿に突入させたのである。

教皇をお逃がしするに当たっては、階段を七段もひと跳びに越え、ひっさらうようにお連れしなくてはならなかった。聖ペトロのお堂の廻廊に、それほどうず高く死骸が横たわっていたのである。教皇は、飛ぶように急ぐ救出者らの腕につかまり、泰然と落ち着きはらったお顔で、死骸の山を越えて進まれた。斬り倒された兵らの哀れな魂のために、朗々たるお声で祈りを唱えながら。その背後では、ヨハネス・フランジパーネが、部下と共に縦横に街から街を暴れまわって、侵入者どもを阻止しているのであった。しかし、彼がそうしためざましい活躍を企てかつ果たしたのも、じつは以下の事情を知っておればこそのことだった。つまり、ティベル河の向こう岸で、バルク・レオーニスの息子が自分の邸《やしき》（そこには今なお豊富な物資があった）の門口《かど》に立ち、ローマの人びとにパンを投げ与えていたのである。人びとは飢餓のため森の野獣のように荒々しくなり、すでにフランジパーネに背後から襲いかかろうとして、群れ集っていたものであった。壮麗な邸宅の、開け放たれた戸口に立つバルク・レオーニスの息子を目にしたとき、人びとは山猫の群のように彼の手もとに踊りかかった。すんでのことに、体から腕を引き抜かんばかりの勢いだった。

この日から、ローマに諺が生まれた。結束固きこと、フランジパーネの剣とピエル・レオーネの金袋のごとし、というのである。

伝承はいう――

さて、教皇グレゴリオ七世がサレルノの地で死の床に就かれたとき、戦火の煙に燻るローマからの都落ちの旅にお供してきた枢機卿らは、教皇の最後のご指示を仰ごうとして、とりわけ次の件についてもお訊ね申し上げた。つまり、バルク・レオーニスの息子に対する厳しい用心を、今はもう解いて、彼に洗礼を授けることに、ご同意頂けましょうか、ということである。

教皇は、死に臨んだ今も変わらぬ、あの青銅の鐘さながらのお声を挙げられた。「私はあの者を、私直属の司教らに対して以上に、酷しく扱ったわけではない。すなわち、私の施す秘跡は、金銭で取り引きできるものではないのだ」

　お言葉に対し、ある枢機卿が発言して、教皇さまのご避難の際、あのバルク・レオーニスの息子は、彼の生命を賭けました、その点をご考慮くださいませ、と申し上げた。

　教皇の言われるには、「ローマでパンもしくは黄金を手にしておるほどの者は、誰一人生命を賭けなどはせぬわ」。

　さきの、優しい思いやりに充ちた老体の枢機卿が、ふたたび言上した。「生命は賭けなかったとしましても、しかし教皇さま、財産を握るその手は賭けたのでございます。そして、手というもの、これもやはり、人間にとって価値多きものでございまする」

　そのあと教皇は、長いあいだ沈思黙考を続けておられた。やがてようやく、今はもう罅《ひび》われた鐘の音のような、だが臨終の人のものならぬ、かつてハインリヒ王に破門罰の赦免を宣《の》べられたあの時の、お声で語られるのであった。「しからば、バルク・レオーニスの息子に、洗礼を授けよ。だがその前に、もう一度彼を連れて焼け落ちた聖ペトロ聖堂の廻廊をめぐり歩き、私の敵対者が玉座を占めおるあの宮殿の前へ導くべし（すなわち、サリ家の王が登位させたあの恥知らずの偽教皇ウィーベルトのことを言われたのである）。その後に、私の死にざまを彼に語り聞かせ、私の最後の言葉を、あますところなく彼に告げるがよい」。おっしゃりたいのは、「正義を愛し不正を憎んだ私は、それゆえにこそ流浪のうちに死ぬ」というあのお言葉のことだった。だが教皇は、こう語ることもおできだったはずである――それゆえにこそ私は、頭上にわが主の荊棘冠を戴くのだ、と。

　こうした仔細がバルク・レオーニスの息子にようやく伝えられたのは、すでに、聖ペトロ聖堂の廻廊の再建工事が始められた後だったが、そのとき彼は答えて言った。「今後はもう、いかなる教皇にも、流浪の旅先で亡くなるような目には、お遭わせいたしませぬ」と。この答辞を、後年、多くの人が想い起こした。すなわち、イノセント二世教皇が、ピエル・レオーネ枢機卿（これこそはかの分派教皇アナクレート二世である）に追われて、フランスへ逃避することを余儀なくされた、その時に。


ミルヤム、すなわち分派教皇アナクレート二世の生母。ペトルス・レオーニス（バルクの息子は以後そう呼ばれる）に娶《めあわ》せられた、律法学者《ラビ》ナータン・ベン・イェヒエルの娘のこと――

　ローマのユダヤ人らは語る――

　ユダヤ人の仲間うちでは、彼女は美女ミルヤムと呼ばれていた。シャルトルの大聖堂にあるユダの女王の石像は、彼女をモデルにして作られた。遠くシャルトルまでも、彼女は夫の商用の旅に同伴したのだった。夫を熱愛していて、片時も離れていたくなかったからである。だが彼の方も、熱く彼女を愛しており、そのため自分の洗礼のことを、どうしても彼女に話す気になれないのだった。それで彼女は、聖なる律法《トーラー》の巻物を信ずるように、彼の沈黙を信じていた。彼が洗礼志願者の数に加えられたことが、ユダヤ人らの街にも知れ渡ったとき、彼女の父は娘に、彼と離別するよう求めた。しかしミルヤムは、夫から贈られた何枚もの絹の面紗《ヴェール》をにこにこ顔で眺めながら言うのだった。「私はそんなこと信じません、信じたいとも思いません！」

そこで父のラビは訊ねた。「いったいおまえは、イスラエルへの忠誠ということを、夫に訊ねてみたことは一度もないのか？」

ミルヤムは、夫が嵌めてくれた贈物の指環に接吻しながら「一度もありません、訊ねてみたいとも思いません！」

再度、ラビは訊ねた。「だが誰もがはっきり見えると思っていることを、いったいおまえは、見ることができないのか？」

ミルヤムは、倖せいっぱいで目を開《あ》けていられないとでもいうように、うっとりと目を閉じて、「私なんにも見ませんでした、何も見たいとも思いません！」

そこでラビは、口を噤《つぐ》んだ。わが子を喪《うしな》うかもしれぬなどということを、本気で考えることができなかったからである。

ユダヤ人らが最後までバルク・レオーニスの息子に希望を寄せ続けたのは、こうした父娘の対話のせいなのだ。

ローマのユダヤ人らは語る——

美女ミルヤムが、大女ミルヤムと呼ばれるに至った事の次第。しかしそう呼ばれるのは、彼女の体格が丈高く堂々としていたからではない。彼女の魂が、箴言《しんげん》の書が次のように誌す、そうした、魂らの一つだったからである。

「誰が勁《つよ》い女を見いだすだろうか、その価値は遠くいや涯ての境から来る貴い品のごとくだ」。すなわち、ペトルス・レオーニスが、最初の結婚で得た二人の若い息子共ども、泉の聖ヨハネ教会の洗礼盤に浸ったその日、ミルヤムは、頭を蔽っていた人妻の印の被布《ヴェール》をむしり取ったのである。次に、かつて夫と共に高座天蓋の下に立ったとき着ていた花嫁衣裳を、長持から取り出して身にまとった。その衣裳は、彼女の腹のあたりで大波のように高く膨《ふく》らんだ。何か月も前からみごもっていたのである。婚礼のとき彼女の美しい頭をとり巻いた飾冠《かんむり》だけは、いまは頭にのせず、逆に、むき出しの艶々しい髪の上に灰を振りかけた。こうして、飾冠を両手に捧げた彼女は、恥かしめられた破鏡の花嫁さながらに、驚いている夫の召使らの人垣を、孕《はら》み女の重々しい足どりで通り抜け、実父のラビ・ナータン・ベン・イェヒエルの家へと歩いて行った。

ラビの姉ハンナ・ナエミは、ミルヤムのそんな姿を目にすると、ただちに何事が起きたのかを悟った。灰をかぶって戻ってきたからには、ことの意味は只一つにきまっていた。というのも、ことの起きたこの日まで、ミルヤムは決して信心深い慎しい女性ではなく、華美と虚栄を誇る気位の高い女王だったからである。ユダヤ人仲間では、その後も永年、議員夫人マロッツィアの黄金の靴が語り草にされたが、これは、財政窮迫に陥ったトゥスクルム家の伯爵連が、富裕なバルク・レオーニスの息子に売りつけた代物《しろもの》であって、この金ぴか靴のためミルヤムは、同族ユダヤの女たちから、さんざんに悪く言われていたのである。だがこの日以後は、彼女の驕慢さが話題にされるのも、ただひとえに、それによって彼女の現世放棄の誉れが、より一層大きくなるからこそのことだった。

その間に、ハンナ・ナエミは烈しい悲歎の叫びを挙げ始めていた。ユダヤ人らは、仲間の誰かがエドムの奸計に陥ると、いつもそのように声を挙げて歎く慣わしなのである。たちまち近隣の家々から、同族ユダヤの女性らが走り出てきて、声高く歎き悲しみながらミルヤムをとり囲んだ。ミルヤム自身だけは、悲歎の声を挙げなかった。あまりにひどい心痛のため、彼女はものも言えなかったのである。彼女の口もとは、いかにもシオンの娘にふさわしい形で、やや大きめだが美しく、薔薇の花瓣のように色濃かった。その口を開《あ》けてはいたが、そこからはどんな声も出てこないのだった。さながら、彼女の唇の上で凝固してしまった悲歎の叫びが、目には見えず空中を漂って、歎き叫ぶ女たちの頭上に浮かんでいるとでもいうような、そんな様子であったのだ。やがて突然、こうした場合の慣行と義務に反して、女たちはミルヤムと同様、声をひそめて静まり返った。声高く悲しみ歎くことで悲歎のお手伝いをしてあげたいのに、どうやらまるでその哀号の声が、当のご本人の心臓に、矢のように突き刺さってゆくみたいだ、と女たちは気づいたのだった。

そんなところへ、腰を上げたナータン・ベン・イェヒエルが、わが家の前の人だかりに加わった。何事が起きたのかを、彼もまた即座に悟ったのである。戸口から歩み出たとき、彼はすでにわなわな震える両手で着衣を掴み、それを引き裂こうとしていた。咄嗟に、身重な体のミルヤムが、恭しくへりくだった黒い石のように、父親の前に平伏した。皺苦茶の花嫁衣裳をまとったわが娘《こ》が、苦悩のなかに葬られたような、そんな姿で目の前に伏しているのを見たとき、ラビの顔は歓喜のあまり一変して、明るくそして狂わんばかりになった。着衣を裂くのはやめて、彼は高だかと双手をさし上げ、大声で叫んだ。「讃えられてあれ、わが子の心を守り給うたわれらの父祖の神は！　祝せられてあれ、われらの父祖の信仰を堅持したわが子の心は！」。叫び終わると、彼は両手をミルヤムの頭上に置き、彼女を祝福しようとした。その時、さし迫る陣痛の最初の痛みがミルヤムの五体を貫《つらぬ》き、彼女の魂の懊悩を和らげてくれた。――みどり児が呱々の声を挙げた時、すでに戸外で呼ばわり叫ぶ者があった。「やんごとなきローマの市参事会議員《セナトール》ペトルス・レオーニスどのの使者であるぞ！」。咄嗟にハンナ・ナエミは、まだ小さく体を丸めて母親の血の中に横たわっている男の子を、ぐいとばかりに掴み上げ、身を震わせながら抱きしめた。この嬰児が自分の父の手下どもに捕らえられ洗礼に連れて行かれる前に、いっそ殺してその児自身の血に浸《ひた》してやろうと思ったのだ。だが時はすでに遅かった。嬰児を抱いたハンナ・ナエミは、児をラビに殺させるため手渡そうと思ったのだが、その暇もあらばこそ、乱入者たちとばったり鉢合わせをしてしまったのである。

連中の指揮者はヨハネス・フランジパーネだった。彼はつい先刻、金毛の密生した大きな双の拳で、黒髪黒眼の小柄なユダヤの御曹司オビチオーネを、洗礼盤から引き上げてやったのだった。いま新たに興隆の機運にあるこのユダヤの家系の、黄金の星まわりに肩入れしようとするフランジパーネの熱意は並々ならず、この時も、われとわが子の乳母を伴なって来たほどの用意の良さだった。この女の胸もとに、ペトルス・レオーニスの息子を抱き取らせようがためである。

これでもかとばかり抜き放たれたフランジパーネの剣の下を、女盛りのその若い乳母は、這うようにしてかいくぐり、ミルヤムの産室《うぶや》へと入って行った。その部屋へ、驚き怖れたハンナ・ナエミが、嬰児ともども逃げ戻っていたのである。産室へ入った乳母は、湧き立つような欣喜の声を挙げた。目の前の産婦の状態を、たちまち看て取ったからである。フランジパーネを振り返って、乳母は笑いながら叫んだ。もうすこし辛抱なされば、さらにもう一人のユダヤの赤ちゃんを、洗礼室へお連れになれますよ、と。しかしそれから、乳母がミルヤムの第二子の誕生を待つべく腰を据えた時、産みの苦しみに悶えていたミルヤムの陣痛は、俄かにはたと途絶えたのである。そしてミルヤムは、おのが体の拷問台の上に、七時間の七倍ものあいだ横たわったまま、胎内からこの世の光へと脱出したがっている第二子を、心の臓下の居城に留《とど》まらせ、おのが苦痛と意志の力で、その子を守護し続けたのだ。そして、七時間を七層倍するこの耐忍のあいだに、美女ミルヤムは大女ミルヤムとなり、つまりは老女ミルヤムとなったのである。ハンナ・ナエミは目撃した。いまだに姪の頭上に残っていた灰が、次第に黒ずんだ色に見えてくるのを、灰の下の髪の色が、時と共にますます淡くなりまさるためだった。あたかも、七を七倍するこの時間のうちに、その数だけの年が経過したかと思えるほどだった。ハンナは、ミルヤムの黒髪が、灰色に変わるのを見た。そして、最終の鮮やかさに達したとき、布のように真っ白になるのを見た。

　そのあと、さながら山姥のような大年寄りになり果てたミルヤムは、死んでゆくものと思われた。フランジパーネ家の乳母は、ミルヤムを死んだものとして見切りをつけた。

　ローマのユダヤ人らは語る――

　次に記すのは、スペインの律法学者《ラビ》イブン・ミシャールの物語から知りえたことである。「イスラエルの燈明台」と呼ばれるこの人は、当時トレードからエルサレムへの旅の途中、ローマに滞留していたのだった。彼の弟子たちは、彼の語った数々の未来の幻を聞き伝えている。

　このラビは、ミルヤムの産室へ案内されると、まず戸口の閾《しきい》の上で祈りを献げた。それから彼は語った。特に大声を挙げたのではなく、軽くまどろんでいる人を相手にするような調子だった。「ナータン・ベン・イェヒエルの娘ミルヤム、歓びなさい。なぜなら、エドムが汝から奪い去った汝の息子は、キリスト教世界と呼ばれるエドムの国を、上から下へ真っ二つに引き裂くだろうから。すなわち、彼が出て行ったその場所へ、帰来することによって。それゆえ、今は第二の子を産みなさい。それというのも、よろしいか、かように定められているからです――弱い女が強い男を、目の見えない女が目の見える男を導いて、妹が兄を、もとの栖《すみか》に連れ戻すであろう、と！」

　そこで老婆ミルヤムは、第二の子に生を与えた。この子こそは、のちに多くのことが語られた、あのトロフェアである。トロフェアとは「勝利の獲物」の意味だが、ただしこの名は、決して実名ではなく、ユダヤ街の女たちがミルヤムの娘につけた渾名《あだな》なのだ。女たちは言うのであった――「なぜなら、この子こそ、その母の勝利の獲物となったのだから」

　ローマのユダヤ人らは語る――

　ラビ・ナータン・ベン・イェヒエルがペトルス・レオーニスに重破門を宣告するとき、ミルヤムは一緒に会堂《シナゴーグ》へ行って立ち合いたいと望んだ。だがハンナ・ナエミは反対した。今なお亡夫のことを悲しんでいる老妻ハンナにしてみれば、寡婦も同然に見えるミルヤムも、自分と同じ心情だろうと推察したのだ。けれども、彼女が姪に、そんなことをしたらおまえの心臓が破れはしないだろうか、と訊ねたとき、ミルヤムは晴れやかな声で答えるのだった。「いいえ。だって私の心は、もう破れてしまいましたもの」

ユダヤ教徒の会堂《シナゴーグ》は、古代の異教徒の神殿を利用して、その中に納まるように建てられていた。元の神殿の柱がまばらな列をなして並び、多くの細長い蝋燭のように会堂《シナゴーグ》をとり巻いていた。会堂《シナゴーグ》の内部は、教徒仲間の金満家らの寄進した、黄金や光沢のよい石の細工で飾られていた。聖なる櫃の前には、銀のランプが灯《とも》っていた。それでも堂内は暗く、闇のようだった。隣りに住むキリスト教徒の執拗な要求を受け容れ、そちら寄りの会堂《シナゴーグ》の窓は全部つぶして、壁にしてしまったためである。子供の頃ミルヤムは、いつもこの暗い会堂《シナゴーグ》のなかが怖かった。だが今日のこの日は、男性たちの手にした蝋燭の光ばかりが怖かった。その光は、ラビがペトルス・レオーニスに重破門を宣するであろうその瞬間に、吹き消されるための燈明なのである。ミルヤムは、その光を見まいとして眼を閉じた。角笛が吹き鳴らされ、最後の燈明も消えたことを知らせたとき、彼女はようやく眼を見開いた。そのとき、心のなかには歓びがあった。さながら二度目の婚姻、おのが民イスラエルの運命との婚姻を、取り結んだとでもいうような幸福感があったのである。

ローマのユダヤ人らは語る――

その後ミルヤムは、父ナータン・ベン・イェヒエルの家にとどまり、結婚前にしていたように、ハンナ・ナエミを助けて家事に当たった。ミルヤムがまだ産後の床に就いていたとき、父のラビは、嬰児をその父ペトルスの追求から護るため、娘を人知れずどこか他の都市の教徒仲間のもとに移さねばなるまい、と考えていたのだった。だがミルヤムが平復した後、彼は心を安んじた。なぜなら、誰も彼女を小さな子供の母親だと思うはずはなかったし、それゆえ、その子供がペトルス・レオーニスの子かもしれぬと考える者も、あり得なかったからである。

「お婆さん、あんたは学のある名高い息子どのをお持ちだね」と、エルサレム巡礼の途《みち》すがらナータンの家に泊まった、よそ者のユダヤ人らは言った。一方、ナータンに向かっては、彼らはこう言うのであった――「ラビよ、お母上は、あなたのご年輩から想像されるよりも、ずっとお年寄りのようですな」

しかもミルヤムは、夫のことを悲しむ様子が見えなかったように、若さと美貌を失ったことも、悲しんではいないのだった。かつては姪の派手好みを苦にして、しばしば歎息していたハンナ・ナエミが、今では姪も慰めてやろうとして、おまえの目鼻立ちの気高い上品さは、老衰や苦悩にだって損なわれるわけがないよ、と言葉をかけても、ミルヤムはただ無関心に聞き流すか、さもなければ胸に抱いた子供を見おろして、静かに頬笑むばかりであった。

ミルヤムとその子——

子供を寝かせつけるとき、ミルヤムはユダヤの民の古い歌を歌ってやった。バビロンの河瀬のせせらぎが今なお聞こえるような、あの古歌の数々を。以前の彼女は、そうした歌をまるで聞きたがらなかった。あまりに物悲しい調べだったからである。しかし今では、歌うことのできるすべての歌のなかで、彼女はこれらが一番好きなのだった。彼女の声は、今も若々しいままだった。そして彼女は、こうした悲歌を、勝利の凱歌のように歌うのだった。まるで、そのなかのあらゆる悲痛さは、偉大な勝利を期待させる前触れにすぎない、とでもいうように。

預言者らの言葉にちなむミルヤムの歌——

「ああ、私の頭《こうべ》に
溢れるほどの水が湛《たた》えられてあれば！
ああ、私の双の眼が泉であれば！
私の民の喪《うしな》われた息子らも歎いて
私は昼も夜も哭《な》き続けたいのに！
シオンのため
私は黙《もだ》してはいけない
そしてエルサレムのため
私は哭きやんではいけない
正義が栄光のように私に立ち昇り
私の救いが
炬火のように燃えさかるまで！」

子供は、いくらか年が進むと、可憐な声を母の歌声に合わせて、一緒に歌おうとした。初めのうちは、ただ舌の廻らぬ片言で。やがて、あちこち子供らしく入れ替えられた歌詞をまじえて。われらユダヤ人仲間の、年老いた女たちの語るところによれば、ミルヤムの子供は、母親の名より先にエルサレムという名を、正しく音に出して言うことを覚えたという。——

ミルヤムの子供——

この小さいトロフェアは、触覚の鋭敏なほっそりした小さな手をしていて、その精神は身の軽い小鳥のように活発だった。ミルヤムが周囲のいろんな物の姿を話してやると、それらが即座に子供の眼に映り、優しく黒天鵞絨《ビロード》の台に安置されたように定着するのが判った（だが、それらはいつも、ただ母の言葉に応じて子供の魂に輝き出るだけの、映像にすぎなかったのである）。ミルヤムはその頃、よく子供を連れてティベルの河岸をくだり、「白河岸」と呼ばれるあたりへ行った。大地震このかた元老院橋《ポンス・セナトールム》の残骸が横たわっているため、そう呼ばれていたのである。それにまた、そこからだと、パラティーノの丘から伸びて下の谷へと連なる大理石層、所どころ途切れながら大森林のように拡がる白い大理石の層の、いくつかの支脈も目に入るのである。上の方の高みでは、まだ一面に隙間がなく、こんもり茂った森のようで、数多い大きな古い石の幹が、列をなして直立していた。まっすぐ立っているのでないものは、さながら原生林の中のように、重なり合い凭《もた》れ合いして蟠《わだか》まっていた。なかにはもう葉が落ちて、幹だけのように見えるのもあったが、多くはまだ雪のように白い飾りを、誇らしげに梢にいただいていた。北方の蛮族たちは、皇帝戴冠を狙う王を擁してローマへやって来ると、この大理石の白い森林を目にして、故国の冬の森を想い起こすのだった。

小さいトロフェアは、この大理石の森の方角へ、慈《いつく》しむように「白いわ！　白い！」と言った。それから（母の語り聞かせたものが、まるで本当に目に見えるかのように）「あれはエルサレムの森なの？」と訊ねるのだった。

子供は、たえずエルサレムのことを口にした。母親の歌の詞《ことば》が、子供の心に、それほど深く刻みこまれていたのである。子供の好奇心を充すため、ミルヤムはある時、都を囲む城壁沿いに、ラテラノ宮殿へ連れて行ってやった。そこのバジリカ様式のお堂（キリスト教徒が「救世主の」聖堂と呼ぶ）には、エルサレムの神殿の二本の柱が保存されており、それが毎年、エルサレムの陥落の記念日に、汗と涙を流すといわれているのだ。

ミルヤムは、憚かるように声をひそめて説明した。「あそこの奥に、今でも私たちの柱が立っているのよ」

すると子供は、「そうよ、私見えるわよ、まあ、私たちの柱は、なんて綺麗なんでしょう！」

ミルヤムは驚いて「おまえ、柱が見えるだって？　だけど、門は閉《し》まっているのに！」

子供は、無邪気に「閉《し》まっている門を通しては、見えちゃいけないものなの？」

それを聞いたミルヤムは、それ以上訊ねる勇気がなかった。

ローマのユダヤ人らは語る――

スペインの律法学者《ラビ》エルカナーン（イブン・ミシャール

の弟子）は、トレードからエルサレムへ、逆にエルサレムからトレードへと、七度も往復した。そしてこの巡礼の途すがら、毎回ナータン・ベン・イェヒエルのもとに立ち寄った。彼は一つの袋を携《たずさ》えていたが、それはトレードから来たときは空だった。しかしエルサレムから騎馬で戻って来たときは、袋の重みが騾馬の顎を押し屈《かが》めていた。「あのご立派なスペイン旦那を見ろよ、ありゃあ袋を手離すのが、よっぽどお嫌いなんだぜ！」。ローマの人びとは、そう言って嘲笑するのだった。彼らは、ラビが欲深かで、後ろの馬に跨がった自分の従者にさえ、宝物を預けたがらないのだ、と思い込んでいたのである。しかしローマ在住のユダヤ人仲間では、エルカナーンが王の墓の宝石類を、エルサレムからスペインへ運んでいるのだ、という噂が流れていた。そのスペインの地に、新しいイスラエルの国を建設する意図だ、というのである（それというのも、バルク・レオーニスが「スペインのユダヤ人は国王やカリフの笏を司っている」と語ってから後、われらローマのユダヤ人の中の多くの者が、その言葉を本気にしていたからだ）。

さて、ある時、エルカナーンがナータンと食事を共にしていて、例の袋は、ラビの大きな白い旅行マントに蔽われて、広間の扉の前の暗い廊下に置いてあった。そのとき、街から忍びこんだユダヤの男女らが、その袋に触《さわ》ってみた。硬く張りつめたその袋は、中身の重さが外皮をはち切れさせそうなほどだった。片側の固い手ごたえは、手を突き刺すようで、なにやら鋭く目を射る光が漏れ、小さな石の輝きのようだった。

ある貧しい男が、もの欲しそうな声でこう言った。「この中には、きっと金の延べ棒が入ってるんだぜ！」

ある女は、畏れかしこむ囁き声で、「いいえ、もう細工して王冠になってるわよ――触ってみるとぎざぎざが判るもの！」

すると突然、ラビが戸口から出てきた。

律法学者《ラビ》エルカナーン――

このラビの鼻筋は、ダマスクス産のサラセン刀のように、巾薄くくっきりと弧を描いていた。戸口から出てきたとき、面長な顔はひどく蒼ざめ、さながら象牙の鞘から抜き放たれた刃《やいば》のようだった。ラビは（人びとが喋っていたことを、全部聞いてしまっていたので）言った――「イスラエルの宝物、スペインの同族の王冠とやらを、おまえさんがたのお目にかけて進ぜよう！」。言うと同時に、ラビは袋を開けた。すると、見よ、その中から、都エルサレムの細かな白い土ぼこりが、もうもうと舞い出てきたのである。ラビがこれを運んで来たのは、イスラエルの息子らが墓穴の中へ沈むとき、頭の下に置いてやるためだった（スペインのユダヤ人は、栄華のさなかにあっても、死者にこうした手当てをしてやるのだ。生ある者たちが、その栄華はかりそめのもので、祖国喪失の流亡の栄華であることを、忘れないようにと）。

この時、あたりに立ち並ぶ人びとは、当惑して黙りこんだ。ひとり小さなトロフェアだけが、嬉しそうに手を叩いて叫んだ。「あらあら、ダビデ王さまの冠が見えるわ！お偉いラビ・エルカナーンさまが、袋の中からお出しになったのよ！」

ハンナ・ナエミは、子供がそんな風に躁《はしゃ》ぐのを耳にして、戸口の柱に頭を寄せてさめざめと泣いた。しかしその背後に立っていたミルヤムは、にっこりと頬笑んでいた。

ローマのユダヤ人らは語る——

時おりハンナ・ナエミは、優しく、そして慎重に、子供の眼についてミルヤムと話し合おうとした。小さなトロフェアが盲目であることを、ハンナとラビはとうに知っていたからである。しかしミルヤムは、まるで伯母の言うことが理解できぬというような態度であった。

ハンナ・ナエミは、弟のラビに言った。「ミルヤムには、もうこの新たな打撃を受けとめる力がないんだわ、あの女《ひと》の身には、あんまりいろんなことがふりかかって来ましたもの。あの女《ひと》は、ほかの女たちのように、また元の弱い女性になってしまったのよ」

するとラビが言うには、「女性が自分の弱さに屈するのは、最悪の事態ではないよ」（この言葉を、ハンナは理解できなかった。後になって、その意味を悟ったのである）

だが、ミルヤムは、自分の弱さに屈したわけではなかった。かつて夫の受洗の前に、父に向かって「私はそれを信じません、信じたいとも思いません」と言った、あの時のような心境だったのである。なぜなら、彼女は、昼も夜もわが息子のことを想っており、そして生涯の希望を、わが娘に寄せていたのだから。かのイブン・ミシャールが「彼女は彼を連れ戻すであろう」と予言した、この娘トロフェアに。しかし近頃では、ユダヤの民の歌はすべて、ミルヤムの唇の上で黙していた。あたかも彼女の明るい声の上に、重石がのってでもいるかのように。

ローマのユダヤ人らは語る——

ハンナ・ナエミは、年はとっても健康で、力も強かった、が、ただ時おり、血が噴水のような勢いで頭に昇り、目の前が暗くなることがあった。さて、ある時、安息日の蝋燭を広間に点《とも》そうとして、ちょうど竈《かまど》から火を取ったところを、またしても急な眩暈《めまい》に襲われたのだった。

台所と広間のあいだの暗い廊下で、ハンナは呼んだ。「ちょっと誰か来て、私の手をひいておくれ！」

するとミルヤムの子供が跳んできて、手を取ろうとした。炎を上げている裸か火を持ったハンナは、驚き慌てて、「あんたじゃ駄目よ。ねえ、あんたじゃ駄目なの！　お母さんを呼んどいで！」

子供は、無邪気に、「どうして私じゃ駄目なの、おばさま。私が目が見えないとでもおっしゃるの？」

そこでハンナは、またまた熱い涙に噎《むせ》ぶのであった。手にした炎を、恵み深い天使が護ってくださるよう祈りながら、子供に導かれて広間へ入って行った。そこではもう食卓が整えられ、こざっぱりした麻布が拡げられて、安息日の晩餐のご馳走と、聖なる蝋燭のための燭台が並べてあった。かたわらに晴着をまとったラビとミルヤムが立ち、ハンナ・ナエミが燈明を点《とも》すのを、敬虔な態度で看守っていた。

ハンナ（今はもうすっかり元に戻って、気分がよくなっていた）は、ミルヤムを見やりながら、心の中で歎息した。ああ、悲しいこと、可哀想な姪よ、おまえの子供が私の手をひいてくれたからには、おまえはますます頑《かたく》なに心を閉ざして、おまえの子供の宿命を認めまいとするのだろうね！　しかしながら、炎の輝きが全員の顔に照り映えている今、ミルヤムの蒼ざめた顔のなかで、口もとがひきつるように動くのが見えた。雪の下で花が開こうとしている、とでもいう風だった。そしてやにわに、ミルヤムは膝をわななかせて子供に近寄り、その前に跪《ひざまづ》くと、子供の両肩をわしづかみにした。

激しい力をこめて、ミルヤムは訊ねるのであった。「ねえ、言ってごらん、おまえは私が見えるのかい？　それとも、見えてないの？」

子供は、誠心《まごころ》こめて、「はい、私お母さまが見えるわよ」

ミルヤムは、老いさらばえた顔を子供のこめかみに押し当てて、「私がどんな風に見えるの？　ねえ、言って頂戴」

子供は言うのだった。「私のお母さまは、若くって、そして綺麗だわよ」

するとミルヤムは、夫の受洗の日に泣いて以来、ついぞ見せたことのない、初めての涙を流した。ナータン一家の人びとは、ミルヤムはもう泣くことができないのだと思い込んでいたのだったが。ハンナ・ナエミは、姪を優しく腕に抱き寄せ、慰めようとした。ところがミルヤムは、伯母の老い衰えた胸もとから、すっくと身を起こして声高く叫んだのである――「主は讃えられてあれ！　賛美せられてあれ！　常《とことわ》に誉められてあれ！」。その叫びには、神憑《がか》りで恍惚となった人、あるいは酒に酔い痴れた人のような、抑えようもない歓喜の情が溢れていた。ハンナ・ナエミは、姪が無気味で、怖ろしくなり始めたほどだった。

ハンナは（弟のラビが言った意味を、今となって悟って）言った。「ミルヤム、頭を垂れなさい、さあ、私の胸に凭《もた》れなさい！　そうしないと、気が狂ってしまうわよ、さあ、たっぷりとお泣き！」

ミルヤムは、「なぜ私が頭を垂れなくてはいけないの？　主おん自《みずか》らが、私を立たせ給うたのですよ！　どうして私が、泣かなくちゃいけないのですか？　主ご自身が、私を慰めてくださったんですよ！」

ハンナは（姪の心がもう狂ってしまったのだと思い込んで）「ああ、ミルヤム、主のみ心は、測り知れるものではありません。さあ、私の胸に頭を寄せて、さあ、思う存分お泣きなさい！」

ミルヤムは言い張るのだった。「いいえ、主のみ心は明らかです！　それとも伯母さまは、下僕《しもべ》の最初の約束を満たし給うたおん方が、他のすべての約束をも満たし給うだろうということを、あり得ないとでもお思いですか？」

その時、ハンナ・ナエミも、イブン・ミシャールが「目の見えない者は目の見える者を導くであろう」と言ったのを、想い出した。そして、誰もがこの言葉の意味を、もっと早くに考えてみなかったことを、いまさら不思議に思うのであった。

この日以後、ミルヤムは、イブン・ミシャールの予言を、揺ぐことなく固く信じたのである。

子供が盲目と判ったときのミルヤムの歌（預言者の言葉に基づいて）――

「見よ　おまえにはもう
日が輝くことはない定め、
月の光も　もはや
おまえを照らすことはない、
主こそはおまえの永遠の光、
そしておまえの苦しみの日々は
いつか終わりを迎える定め！」

ローマのユダヤ人らは語る――

そしてミルヤムは、子供が目が見えないという事実からさえ希望を汲みとり、その希望のなかで子供を育てた。小さいトロフェアは、自分がいつか兄の手をひいて母のもとへ、あるいは、当の母の言い方を借りるなら、祖先伝来の信仰へ、連れ戻すであろう、ということを知った。それも、兄が誰なのか、自分自身が誰なのかを、知るよりも前に。

ということはつまり、世の中にはキリスト教徒というものと、ユダヤ教徒というものがいるのだという、そうした区別を知るよりも前に。

ある時、一人のユダヤ女が、ペトルス・レオーニスの邸《やしき》のそばを通りかかった（尖った角の多い丈高い岩が、「白河岸」の方へと傾斜してゆく、あのあたりである）。そこでその女は、小さいトロフェアが、嶮しく聳えている石壁の前に立ち、触覚の鋭敏な小さな指で、荒壁のずっと下の方を、ノックするように叩いているのを見た。

変わった遊びだわねえ、いったい何の遊びなの、と女は訊ねた。

すると子供は、「これはね、私ペトルス・レオーニスのおうちへ入るわよ、っていう遊びなのよ」――

この場に出遭ったその女が、あとで語ったところによれば、子供が叩いていたのは、ペトルス・レオーニスの邸《やしき》のなかに、世に知られた礼拝堂のある、ちょうどその場所であったという。

ペトルス・レオーニスの邸宅

ローマのユダヤ人らは語る――

ペトルス・レオーニスは、受洗後、すぐに、自分の住居わきに礼拝堂を建てた。その上、いまや自分も実際にこの都の大豪族の仲間だということを、明らかに示そうとして、巨大な塔を三つも築いた。これらの塔は、猶太人橋《ポンス・ユダエオールム》の周辺地区のすぐ近くに、ものものしげに聳え立って、その地区を威嚇しようとするかに見えたが、また見方によっては、保護しようとしているようでもあった。その中の一つ、マルチェルス劇場跡に、巨大な基部をいわば植えつけられたように据えている塔には、小さな展望露台《バルコニー》が付いていた。それは、どでかい塔の堂々たる胴体に掛けられた、石造りの小籠のようであった。ミルヤムは、遊び戯れる子供と一緒に「白河岸」に座っているとき、いつもこの露台《バルコニー》の方を見やっていた。そこに幼いわが息子の姿が現れるのを、期待していたのである。「あの女《ひと》は、救世主《メシアス》を待望するみたいに、息子さんを待っているんだわ」と、ユダヤの女たちは言っていた――少しでもミルヤムの邪魔はしないように気をつけながら、恭しげにそう言うのだった。ハンナ・ナエミも、姪ミルヤムが遠くに息子が現れるのを待っているときは、それを呼び戻して仕事をさせるより、いっそ自分が、老いの手をすり剥いてでも、片づける方がいい、と思うのだった。そしてまた実際、ミルヤムの息子であるその男児は、幼い同胞《きょうだい》たちや義母と共に、時どき露台《バルコニー》に現れることがあったのである（ちなみに、ペトルス・レオーニスは、受洗の後にもう一度結婚していたのだ。すなわち、ペリチーシ一門の出のボーナ夫人を妻に迎えたもので、この新夫人からペトルスは、最も数多くの子らを得たのであった)。

ボーナ夫人は、大柄で金髪碧眼《ブロンド》だった。ところが彼女の産んだ子供らは、すべて、生《な》さぬ仲の兄弟オビチオーネとグイドや、ミルヤムの幼い息子と、同じ見かけの黒髪黒眼であった。なにしろ、イスラエルの黒ずんだ血というものは（われらユダヤ人が、そう自覚して言っているのだが）どんなに年を経てはいるにしても、いかなるブロンドの血よりも強いのだから。これは主のご意志であり、主の民が離散の中にあっても存続するように、というご配慮なのだ。そうした黒髪黒眼ばかりの子供たちの中で、ミルヤムの息子には、そばに老女ラケルが離れずについていてくれるので、いつもミルヤムは、それを目じるしにしてようやく、自分の息子を見分けるのだった。ところで、ミルヤムがラケルを見分ける手がかりはといえば、それは彼女自身が歌う、あの歌の旋律《メロディー》だったのである。

かつてミルヤムの乳母であったラケル。この女性を、ひとは「ひそかな娘」と呼ぶが、それは律法のひそかな娘という意味であって、すなわち彼女は、ひそかにユダヤの律法を遵守しているのである。

ローマのユダヤ人らは語る——

ペトルス・レオーニスは、自分が洗礼を受けるに当たって、男女の使用人らにはまったく自由な選択を許し、辞職して去るもよし、主人と同じに洗礼を受けるもよしとした。その時ラケルは、聖水を注がれて受洗したのである。ミルヤムの幼い息子から離れたくなかったからであり、もとはといえば彼女が、実母のような優しさでミルヤムを愛していたためであった。

伝承はいう——

老婆となっても、ラケルはまだ、隙間なく並んだ美しい歯をしていた。その歯並みの白さは、受洗のとき着せかけられた白い衣と、ほとんど同じほどだった。さて、洗礼式の行われる礼拝堂の入口に彼女が跪いて、司祭が「あなたは聖なる教会に何を望みますか」と訊ねたとき、彼が耳にしたのは、答えの言葉ではなく、歯軋りの音であった。微かなその音は、しかし荒い苦しそうな感じで、まるで歯でもって噎び泣きをしているような音だった。その音の方に目を向けた司祭はねラケルが口もとに泡を吹いているのを見た。彼は、彼女の民ユダヤの悪霊《デーモン》どもが、もう一度彼女を擒《とりこ》にしようとしているのだと思い込んで、彼女に、教会の石床に接吻するよう命じた。勢い激しくそれを実行したので、彼女の唇からは血が流れ出た。司祭はこれを彼女の恭順のしるしと考え、彼女の方も、その後は前より落ち着いて、問われたことに答えられるようになった。そこで司祭は、安心して彼女に洗礼を授けた。だがその後、礼拝堂の扉の前で、幼い若様がお守役となるラケルの腕に托され、彼女が喜んで頬笑んだとき、人々は彼女の歯が、欠け落ちてしまっているのを見た。あたかも彼女が、礼拝堂の石の床に、接吻したのでなくて、噛みついたのであったかのように。

　ユダヤ人たちのあいだでは、やはりペトルス・レオーニスも、ただ見せかけの洗礼を受けただけなのだという考えが、後まで時どき尾を曳いているのだが、それは、ラケルの洗礼にまつわるこうしたいきさつが、その因《もと》になっているのである。

　伝承はいう――

　小さいペトルス若様が成長して、お守役ラケルの手から離れると、ミルヤムは、息子を見分けるのに、もうラケルではなくて、息子の赤い上衣を目じるしにするようになった。若い聖職者が着るような、特別な裁ち方の、赤い小さな上衣であった。どうしてそんな服を着せるのかというと、すでに洗礼の直後、衆人環視の洗礼盤のほとりで、ペトルス・レオーニスが、ミルヤムの息子を聖なる教会の奉仕に献げることを、誓ったからであった。伝聞によれば、父ペトルスは、わが子の魂が幸いにもユダヤ人らの手から救われ得たのを感謝し、それを大いに喜んで、そうした誓いを立てたのだという。この男の子は、父と同じ聖ペトロの名を頂いて受洗したのであったが、邸内ではいつも、「小枢《カル》機《ジナール》卿」とばかり呼ばれていた。しかしこの呼び方、それに小さな赤上衣も、決してペトルス・レオーニスの思いつきではなく、彼の奥方ボーナ夫人の発案なのだった。つまり、当時ペトルス・レオーニスは、行動にも言葉にも、息子がやがて高位の教会役職に挙げられるのを、見たいと望んでいることなど、ほんの僅かも示しはしなかったのである。ところがボーナ夫人は、生《な》さぬ仲の息子に対し、公然とこうした希望をかけていたのだ。それというのも、わが夫のユダヤ人という素性が、彼女の実家一族のひそかな嘲りの種になっていたからで、これゆえ彼女は、夫のそうした素性を忘れさせ、その人物の力量と声望を、広く世間に示すよすがとなることなら、なんでもすべて掴みとろうと、躍起になっていたのである（なにしろ、世間体のためにこそ、彼女は彼と結婚したのであったから）。

伝承はいう――

ペトルス・レオーニスは、今では押しも押されもせぬ大豪族だった。トゥスクルム一門が専横を極めた時代以降、ローマの都ではもう見られなくなっていたほどの、それほどの羽振りのよさだった。しかしこのことは、かつてあの呪うべき一門についてそう言われたのと、同様なのだと理解されてはならない。なぜなら、ペトルス・レオーニスは、トゥスクルム一門のように不当にも教会の聖なる領域に干渉しようなどとは、ただの一度も思ったことがなかったからであり、彼は受洗後もその前と変わることなく、熱心に、しかも悠々と、家業である大規模な商取り引きにいそしんでいたのだ。この点では、自分がいまやなんと騎士の身分であって、もはや商人ではないのだということを、まるで意識もしていないような様子だった。クレシェンティ一族のもとで馬に鞍が置かれ、その分家の聖エウスタキウス地区の城塞では胸壁が点検され、ノルマン家一統は家来どもを召集し、ベリチーシ一門が非常喇叭《ラッパ》を吹き鳴らしているという時節に、ピエル・レオーネ家の城館で聞こえるものは、ただビザンチン金貨の転がる音や、金貨の数と目方を記した羊皮紙束の、ひそやかに擦《こす》れる音ばかりであった。ローマの門閥貴族らは、嘲り顔で言うのであった。教皇空位の時期に、聖霊の降臨がローマ中で一番熱烈に祈り求められる教会は、ほかならぬあの「ピエルレオーネ聖堂（マルチェルス劇場跡のあの巨大な塔を指して、彼らはそう言った）」である、と。それというのも、教皇空位に際して、確かにペトルス・レオーニスが口を開いたからだが、しかしその発言の目的は、ただ、自分は聖なる教会の英知と霊感に対して口を閉じねばならぬという趣旨を、明白かつ冷静に宣言することだけなのであった。そして、かような言明がローマの門閥によってなされたのは、これが最初だったのである。その他のお歴々は、揃いも揃って、いつもただ自分らに都合のよさそうな教皇を登位させようとして、大声にわめき立てるばかりであった。

ところで、ヨハネス・フランジパーネは、「ピエルレオーネ聖堂」のことが噂されるのを聞くと、得意そうに胸を張って身を反らせた。今ではもう、昔のようにひそかにではなく、公然と勝ち誇って、ペトルス・レオーニスと手を組んでいたからである。

「ピエルレオーネ聖堂」のことを口にした者らに向かって、ヨハネス・フランジパーネは言った――「そうだとも。今こそわれら一同は、なんの煩《わずら》いも受けずに祈ることができるのだ」（彼のこの言葉は、今となってはもう、きさまらのうち誰一人として、われら両人に手出しはできぬぞ、という意味だった）。

「奴は、新受洗者に特有の、過度の熱心さを持ちおるのだわい」と、門閥連中は、恨めしげにペトルス・レオーニスを貶《けな》した。だが民衆は、感嘆して言った。「あのご仁は、真実に回心した人の敬虔さをお持ちだ」と。しかしまた、次のように言う人も幾人かはいた。「彼はユダヤ古来の抜目のない賢明さを持っている。この賢明さを持つ彼は、剣を振り回すローマの門閥たちよりも、ずっと偉くなる。やがてきっとそれが証明されるだろう」と。ところが、聖なる教会自体は、ああもこうも言わず、洗礼前にそうしていたように、受洗後も、ひそかにペトルス・レオーニスを吟味することを続けていた。そして、教会が都の門閥貴族らと何事か交渉しなくてはならぬ場合には、彼ではなくてヨハネス・フランジパーネを、相談の相手にするのだった（だが事実上はペトルス・レオーニスと交渉しているのであることを、教会は心得ていたのである）。けれども、フランジパーネとペトルス・レオーニスの友好関係は、ちょうど後者の吟味期間が持続した、きっかりその間だけ持続したのであった。

「黄金の都」と呼ばれるわれらの都ローマの古記録より（この都の最後の石までも、黄金の、というこの名を担い続けるであろう）——

われわれは、当時、アシナリア門から聖クレメンス教会に至るまで、また、サッスィアエ門からハドリアン帝廟に至るまで、ほとんどすべてのわれらの街々が、サリ家の王との戦闘ゆえに放たれたノルマン軍の大火のため、今なお依然として荒れ果てたままであるのを目にしていた。それゆえ教皇は、ご自分の宮殿にお住みになることができず（教皇宮殿は、堆《うずたか》い瓦礫の土塁の蔭に埋もれていた）、川中島リュカオニアの上の、グラツィアヌス・フランジパーネ（ヨハネスの甥）の邸内に住んでおられた。この邸《やしき》の二本の塔は、船の帆柱のようにティベル河から聳え立っている。この河の中に、この島は、いわば錨を下しているのである。ヨハネス・フランジパーネは、教皇を自分の甥の保護にお委ね申し上げたのだと称していた。だが、じつを言えば、グラツィアヌスの二本の小塔を頼りに教皇をそこへご案内したのではなくて、ペトルス・レオーニスの三つの大塔を、頼りにしたのであった。これら三つは、リュカオニア島の程近くに聳り立っており、したがって、この川中島を庇護しているわけなのだ。

　つまり、ヨハネス・フランジパーネは、サンタ・マリア・ノーヴァ教会に近い自分の邸《やしき》には、当時あえて教皇をお匿まい申し上げようとしなかったのである。それというのは彼がちょうど、友人ペトルス・レオーニスの資金によって、自邸にあの巨大な城塞を構築している最中だったからである。この城塞は、ひとも知るように、現在では大きな石造りの蜘蛛の、獲物を捉える脚さながらに、コリゼオまでも、そしてセプテムソリア宮殿までも、伸び拡がっており、それゆえ、騎馬で公共広場《フォールム》を越えて攻め寄せる者は、誰一人この蜘蛛の脚から逃れることができないのだ。その頃は、ちょうどそれの構築中であり、そのためまず囲いの城壁を全部壊さなければならなかったので、ヨハネス・フランジパーネの邸《やしき》は無防備状態なのだった。ところが、さきの戦乱の時期以来、われらの都ローマでは、いまだに多くの無頼の群が横行していたのである。その元凶は、サリ家の王がローマに残して行った、あの破廉恥な偽教皇ウィーベルトであった。それにちなんで、われらローマの民衆は、この時期を「小さな、あるいは、疑似的な、離教《シスマ》」の時代と呼び、または「予告的な離教《シスマ》」の時代とも呼んだのである。こうした呼び方をしたわけは、われわれが次のように考えていたからである。つまり、あたかも海鳥たちが羽ばたきをして、酔い狂った大海の泡立ちを、いくら真似ようとしてみても、結局はただ、その泡立ちを告げ知らせるにすぎないように、かの小さな離教は、いうなれば一つの予告として、大きな、あるいは、本物の、離教に先行するのだ、と。それというのも、サリ家の王ハインリヒ四世が、ついぞ皇帝ではなかった（なにしろ彼は、本当の教皇から帝冠を受けたのではないから）のと同じに、王が命じて起こさせたラヴェンナの司教ウィーベルトによる離教も、本物の離教だったのではなくて、罰当たりの王が背信的な司教と組んで演じた、恥知らずな茶番劇であったのだから。すなわち、西欧全体にかかわる大離教は、一人の国王もしくは皇帝の力によって生起するものではないし、なんらかの他の世俗の権力によって生ずるもの（と信じている人びとはいるにせよ）でもないであろう。そうではなくて、そうした大離教は、精神から、すなわち反《アンチ》キリストの精神から、生起するものであるだろう。しかしこの反《アンチ》キリストなるものが、皇帝の根拠地であるドイツの国からやって来るとは、われわれは、予期していない。そうではなくて、その者は、それに打ち勝つ者の出身地でもあるであろう、その同じ場所で生まれるはずだ、と言われている。だからわれわれは、反《アンチ》キリストがローマで生まれるはずだと信ずるのだ。なぜなら、ローマにこそ、地上におけるキリストの王座は立っているのだから。

こうしたすべては、スーザさまがわれらにお話しくださったことである。このお方を、われわれは、地獄の聖マリア教会《サンタ・マリア・デ・インフェルノ》の聖女さまとお呼びしている。

小さな（または、予告的）離教《シスマ》のあいだに

伝承はいう――

ヨハネス・フランジパーネは、その当時、相変わらず都の門閥貴族ら（中の幾人かは、進んでラヴェンナのウィーベルトに味方していた）のあいだを動きまわり、いわば片手で自分の剣を、別の手で友ペトルス・レオーニスの金袋を、行く先ざきの家々の卓上に投げ出していた。その頃では誰ももう、あえてフランジパーネを買収しようと考えることはできなかった。また、彼が、以前のように、買収されたのでなく自分の気紛れから、教皇に叛くだろうと期待することも、もう誰にもなし得なかった。というのは、友の金袋の威を借りたフランジパーネが、いかに尊大に粗暴に振る舞っても、彼は結局、ほかならぬその金袋のために、いかにも卑小なのであり、いうなれば捕らえられているのであったから。まさしく、彼は実際上、鎖につながれた猛犬のように、その金袋に捕らえられていたのであり、鎖がきつく締められれば締められるほど、ますます大声で吠えたてるという具合だったのである。ローマの人びとは皆、こうした事情をいともはっきりと見抜いていて、ある人びとは笑い、ある人びとは憤慨していたのだが、ただフランジパーネ本人だけがそれを悟らず、自分は受洗早々の新信者の、最初のおぼつかない歩みを、寛い心で導き、面倒を見てやっているのだと、本気でそう思い込んでいたのだった。

ヨハネス・フランジパーネとペトルス・レオーニス。

伝承はいう――

ヨハネス・フランジパーネは、友ペトルス・レオーニスを訪問すると、友の小さい息子オビチオーネとグイド、そのうちの一人は彼が洗礼の水盤から引き上げてやったのであったが、この息子たちを腕に抱きあげるのが好きであった。（彼らは、力強い太い腕にとまった小さな黒い蠅のように、目にも留まらなくなるのだった）。しかしフランジパーネは、オビチオーネとグイドより以上に、彼らの小さい妹トゥリアを、腕に抱き取る方が好きだった。この女の子は、ガラス製ででもあるかのように硬《こ》わばった、ビザンツの姫のような服を着ていて、その縁には金や銀の小さい鈴が、いくつも縫いつけてあった。フランジパーネがトゥリアを抱きあげると、これらの鈴が、子供の遊びの婚礼ごっこの祝い鐘のように、澄んだ音をたてた。そうするとフランジパーネは、嬉しさに心が弾むのだった。なぜなら彼は、将来やがてこの娘《こ》を、自分の息子の嫁に迎えよう、という計画を立てていたからである。だが、この家のすべての子供らのうち、フランジパーネが一番好んで抱きたがったのは、ミルヤムの小さい息子だった。つまり、トゥリアは、兄オビチオーネとグイドらとほとんど同様に、いかにも痩せぎすで青白いので、逞しいフランジパーネから見ると、この子たちがそもそも成長して大きくなれるだろうとは、信じられないほどなのだった。ところが、小さいペトルスについては、それが信じられるのであった。この子が母親ミルヤムと同様に、体格がよく美しかったからで、そこがフランジパーネには気に入っていたのである。そういうわけで、彼はまた、いったいこの子から小さい赤上衣を脱がせて、俗世間へ戻すわけには行かないのだろうか、と訊ねるのを、一度たりとも忘れたとこがなかったのである。しかしながら、フランジパーネがこんな質問をしたり、この子を腕に抱いたりする機会は、ごく稀にしかなかった。というのは、この子は、フランジパーネの足音や声を耳にすると、たちまち逃げ去ってしまうからであった（のちになって、ひとは噂した——この子は、老いたラケルから聞かされて、自分をユダヤ人街から運び出したのがフランジパーネの腕だったことを、知っていたんだよ、と）。

老いたラケルと小さいペトルス——

しかしわれわれは、老いたラケルが小さいペトルスに、そもそもどんなことを語って聞かせたのか、決してはっきりとは知ることができなかった。われわれが知っているのは、ただ、ラケルが彼に一つの歌を歌って聞かせた、ということだけである。聖書の詩篇のなかに記されている歌なのだが、キリスト教徒はあまりそれを歌いたがらない。それは、次のように始まっている——

主なる神よ　仇《あた》をかへすは汝にあり
神よ　あたを報《かえ》すはなんぢにあり
ねがはくは光をはなちたまへ！
世をさばきたまふものよ
願はくは起《た》ちて高ぶる者に
そのうくべき報《むくい》をなしたまへ！

さて、ある日、ペトルス・レオーニスの小さい息子が、この歌を、元気のいい子供らしい声で、片言まじりに歌っていた——歌いながら、自分の座席の前のテーブルを、小さな双の拳《こぶし》で叩いては歓声を挙げていた——そのとき邸《やしき》の召使の一人が、笑いながら訊ねた。坊っちゃまは、いったい何者に対して、この烈しい復讐を祈り求めようとなさるのですか、と。

あどけない顔のその子は、人の口真似をして喋ることを仕込まれた小鳥のように、「われらの民イスラエルを裏切る、すべての者どもに対して、さ」

これを聞いて、その召使は、邸内にいた他の二、三人の仲間を呼んできて、もう一度男の子に質問した。

このようにして彼らは、ややしばらくのあいだ、子供の答えを面白がって楽しんだ。


小さいペトルス・ピエル・レオーニスと、邸《やしき》の召使たち

――


召使たち――「お坊っちゃま、いったいあなたは、私どもの中で誰が一番お好きですか？」

子供――「ラケルが一番好きだよ」

「でもお坊っちゃま、あなたはとてもお上品でいらっしゃるのに、ラケルはみっともない様子をしてるではございませんか。あの女の大きなゆがんだ鼻が、あなたはちっともお怖くないのでしょうか？」

「ラケルはみっともなくなんかないよ。それに、ラケルの鼻はとても綺麗だよ。だけど、おまえたちの方がいやらしいや」

これを聞いて、召使たちはもう一度面白がるのであった。

邸《やしき》の召使たちと、小さいペトルス・ピエル・レオーニス

――


毎日きまった時刻に、邸《やしき》の召使たちは城館の門から出た。手に手に籠を持っており、その中からパンを取り出して、ペトルス・レオーニスの子供たちに手渡すのである。このパンを、邸《やしき》の子供たちは、門外で待ち構えている貧民の子らに分配してやるのであった。ところで、待ち構えている子供らのなかには、近くのユダヤ人街から、親の手をすり抜けてやって来た子供たちも、いつも必ず幾人か混ざっていた。なぜなら、キリスト教徒のあいだでとまったく同様に、ユダヤ人街にも多数の貧しい人びとがいたからである。

さて、パンを分配する役目の順番が、小さいペトルスにまわってくると、彼はいつも、一番最初に貧しいユダヤの子供らに与えてやるのだった。

邸《やしき》の召使の一人が、仲間たちに言った。「うちのあの坊っちゃまは、網で海から小魚を掬いあげるみたいに、大勢のなかから自分と血統が同じの連中を掴まえなさる。まるで、坊っちゃまの小さい手が、自分でも知らないうちに、遠くから同系連中のところへ伸びていくみたいだ。こいつはどうも、わしには奇妙に思えてならぬ。なぜって、坊っちゃまのお父上は、もうご自分の血統のことなど、認めようともなさらぬのだから」

それに応じて別の一人が、考え込みながら、「わしには、大旦那さまより、小さい坊っちゃまの方が気に入るなあ」

だが、ボーナ夫人は、ある時、小さいペトルスがそんな風にユダヤの子供らを贔屓している現場に出会うと、今後パンを分配する時には、夫の子供たちは邸内にとどめて置くように、と命令した。

ボーナ夫人と、彼女の夫の子供たち――

ボーナ夫人は、夫の子供たちに、城館前の空地や、近くのティベル河の岸で遊ぶことを許さなかった。実家ベリチーシ家の兄弟の子供らが、よく同じ場所を駈けまわっているので、夫人はそれを気に病んだのである。これら大きな図体の、金髪碧眼《ブロンド》の、無作法な腕白どもは、時おりピエル・レオーネ家の城館のすぐ近くまで走り寄って来て、背の低い黒髪黒眼の従弟妹《いとこ》たちを嘲弄するのだった。露台《バルコニー》から見おろしている従弟妹たちは、外の遊びを羨ましそうに眺めており、それと共に、ほど近いユダヤ人街の方も見やっていた（そのことは、彼ら戸外で遊んでいる連中が、わが家で自分の父たちから聞き及んでいたのである）。

さて、ある時、彼らがちょうどまた城館の前を駈けまわっていると、遠くの白河岸の方から、ミルヤムの歌声が響いてきた。

小さいペトルス・ピエル・レオーニスは、露台《バルコニー》から乗り出すように身を屈めて、「あんなきれいな声で歌っている女の人は、いったい誰なんだろう？」

するとベリチーシ家の腕白小僧どもが、「ありゃあ、きさまらのお婆ちゃんたちのひとりだよ」（彼らがそう言ったのは、きさまと同じユダヤ人街の出身さ、という意味を含ませたのである）。けれども、そう嘲った直後、彼らは尻に帆をかけたように逃げて行った。露台《バルコニー》の上に、中近東《オリエント》風に堂々としたペトルス・レオーニスの姿が見えたからである。だが、じつは、そんな風に慌てて逃げる必要はなかったのだ。なぜなら、ペトルス・レオーニスは、そのような嘲弄の言葉が耳に入っても、決して聞こえたそぶりを見せず、自分にはまるで関係ないというような態度だったからで、そして実際、邸《やしき》の召使らが語ったとおり、彼は自分自身のうまれ素性を、すっかり忘れ去っていたのである。

伝承はいう――

当時聖ペトロの座にあった教皇ウルバン二世は、ちょうどその頃、キリスト教徒の心を東洋の地に燃え立たせ、キリスト教の騎士階級を、うつろい易い剣の報いの呪いから救おうとして、ご自分の声をエルサレムなる聖墳墓の声をなし給うた（なぜなら、十字架をわが身に引き受ける者は、その者の揮う剣によって、地上のものならぬ天上の都を、獲得するのであるから）。けれども悪魔は、いつもながらのやり口で、教皇さまの種子のなかへ自分の種子を播き散らし、誘惑に陥り易い人びとを、悪魔流の十字軍勧請で欺いたのである。当時、ローマからの派遣使節が、永遠の生命を得んがため現世の生命を献げる覚悟をせよ、と説きながら諸国を勧請してまわったが、そればかりではなく、ヴェネツィアやジェノアの大商人らの手先き連中も、シラスやアラビアのあらゆる芳香剤をたっぷり滲みこませた、絹織や錦繍のマントを羽織って、国ぐにを歩きまわっていたのだ。この連中は、天上の栄光の都のことを説くのではなく、回教王《カリフ》たちの宮殿や、黄金ずくめの回教寺院《モスク》の貴重なカーペットや、のちにタンクレート伯爵が分捕った、あのエルサレム神殿の途方もない宝物のことなどを、熱っぽく語り聞かせるのであった。

　ヴェネツィアやジェノアの手先きどもは、種々の香料を調合した惑わすような芳香が、聞き惚れている人びとの心を呑み込んでしまうようにと、きらびやかなマントをことさらに翻しながら、こう語るのであった。「手前どものところで手続きなさって、聖地への渡航軍に編入してくだされば、皆の衆のどなたも全部、これこのとおり、こんなに立派になれるのですぞ！」。それというのも、十字軍の兵士たちを、わが持ち船に乗り込ませたいと望むヴェネツィアやジェノアの連中が、なるほど聖三位一体のみ名において抜錨するのではあったけれども、ただしそうした船出は、乗船したすべての兵士から、ほとんど最後の銅貨一枚までも捲きあげてしまった後に、ようやく実行されるという仕組みだったからである。

　さて、教皇ウルバン二世がこの連中のことをお知りになり、ご自分および全キリスト教徒の聖なる意志を、連中が金儲けの種にしようとしているのを悟られたとき、教皇はお心を傷めて憤慨され、「われらの救い主が言われたように、富者が天国へ入るより、むしろ駱駝が針の穴をくぐる方が容易だというのは、やはり本当なのか！」と叫ばれるのであった。

　これに対して、枢機卿の一人が、教皇にペトルス・レオーニスのことを進言し、この者は富裕さにおいてすべてのヴェネツィア人やジェノア人にまさり、その上、すでに受洗の前に、亡父の不当利得を払い戻したことが知られております、と申し上げた。さらに進言を続けて、この者がエルサレムへの偉大なキリスト教的遠征に、奉仕することを許されますなら、彼の改宗の真正さの、大きなそして価値多い証《あかし》しとなりましょうし、また同時に、以前ユダヤ教徒であった者にとって、最も素晴らしい報賞ともなるでありましょう、と付け加えた。

　この進言をお容れになって、教皇はペトルス・レオーニスをお召しになった。

しかしヨハネス・フランジパーネは、このことを聞いて語った。「教皇さまは、どうしてわしをお呼びにならなかったのか？　わしだったら、教皇さまのご指示を、間然するところなくペトルス・レオーニスに取り次いでやれただろうものを」

――

「黄金のローマ」と呼ばれるわれらの都の古記録より

われわれは、その頃になって初めて、われらの地元ローマの名門貴族の一人（すなわちペトルス・レオーニス）が、あの高貴な印で身を飾っているのを目撃した。その印とは、キリストの墳墓とキリストの王国のために、聖地で戦うべく出征しようとする人びとが、その身に帯びるところのものである。われらの都ローマの状況は、金権聖職者《シモニスト》を排撃しようという動きが当地にも及んだあの頃と、相も変わらぬ有様だったのだ。つまり、教皇の呼びかけに応じて、全キリスト教世界が起ち上がったというのに、お膝元のこのローマの都ばかりが、奮い立とうとしていなかったのである。

次に掲げるのは、聖地を目指してドイツやフランスからやって来た人びとが、当時われらの都ローマのあらゆる街々で歌っていた歌である――

「神の名により　われらは往く
神の恵みに　われらは渇く
神の力よ　聖なる墓よ
神みずからの　憩われし墓
今ぞわれらを　助けたまえ
キュリエレイス（主よ憐みたまえ）！」

これを歌った人びとの語るところによれば、アルプスの向こうのかの地では、山野が茶色に染まる秋の最中というのに、「出征者」らの通過するすべての街道沿いに、樹々が花咲いて輝くばかりに白く、いうなれば、目の見えぬ自然もやはり、キリストを信ずる人びとにおける神の恵みを、歓ばしげに証言すべく、おのれの墓から起ち上がろうとしているかのようだ、というのであった。だが、われわれは、この話を本気にしなかった。それというのも、われらの都ローマでは、白いものといえば荒れ放題の古い大理石の白以外には目に入らず、その中には、度し難く頑迷なローマの門閥たちが、巣窟を構えていたのだから。

ローマの門閥たちは、互いに言い交わしていた――「われらの都は、エルサレムとひとしく聖都なのだぞ。聖地を目指す人びとを、われらのもとへ来させよう！　なにゆえ彼らに、貴重な犠牲の献げ物を、はるばる東洋へ運ばせることがあろうか？」と。だが、聖地に赴こうとする人びとに向かっては、こう言うのであった――「諸君は聖なる墓を占領しようと志している。ところが、本当のはなし、それは諸君自身の墓となるだろう。まあ、当地ローマにとどまり給えよ！」

聖地へ向かう人びとは答えた。「たとえ貴公らの言のごとく、われらがこの出陣で死ぬかもしれぬとしても、それはただ、われらがやがていつの日か、倖せに復活しようがためであるわ！」

十字架の印で身を飾ったペトルス・レオーニス――

教皇さまに願い出て、彼はこの印を受けたのだった。つまり、彼はこう言上したのである――私は、ヴェネツィアやジェノアから買い取った船隊の、中の一隻にみずから乗り組みまして、聖地を目指す方がたと共に、かの地に上陸することを望んでおります、それゆえ、どうぞ……、と。

伝承はいう――

ペトルス・レオーニスは、顔や姿は美しくなかった。しかし、自分が賢明かつ誠実に行動しているのを自覚した成年男性にふさわしく、いかにも堂々として威厳があった。荘重な装いを凝らし、腰には騎士の身分を示す剣を、頭には議員の地位を示す丈高い飾冠《ミトラ》を帯びていた、が、どちらも彼の体格にはやや大き過ぎた。肩に付けた赤い十字架の印は、その辺の草原の薮から毟ってきた野薔薇のようで、それを異国風の棕櫚の樹に取って付けたとでもいうような感じだった。

ヨハネス・フランジパーネは（ペトルス・レオーニスか十字架の印を身につけているのが癪の種で、彼が自分を追い越して教皇の信任を得ようとしたかのように思い、腹を立てていた）門閥のお歴々に言った。「あの男は無疵でローマへ舞い戻ることだろう。なぜなら、かの東洋の国では、サラセン人とユダヤ人が忠実に団結していて、奴らはみんなあの男を、自分らの同類と見做すだろうから。もしもあの男の身に何か変事が起こるとしたら、それはきっと、ライン河のほとりでエルサレム城壁を襲撃した、例のあの連中と出くわしてのことに違いない」と。フランジパーネが例のあの連中と言ったのは、ウォルムスとシュパイアーで多数のユダヤ男女を虐殺した、十字軍に名を借りたあの凶暴な騒動のことで、聖なる軍勢にさきがけて無規律な暴発をしたものであり、十字軍という偉大な聖戦に際しての教皇さまのご意向の、いわばまん真ん中に衝突するものであった。

教皇さまのご意向――

これは、われわれが地獄の聖母教会《サンタ・マリア・デ・インフェルノ》の聖女さまとお呼びしている、あのスーザさまの語られたことである。

「私は、教皇さまが毎夜、お心のなかで祈っておられるのが聞こえます。ちょうど、クラールス・モンスの大野に立たれてお祈りになったのが聞こえましたように。あの時は、何千もの人びとが、教皇さまのお説教に応じて十字架を取りました。けれどもあの時は、誰一人教皇さまのお祈りを理解しなかったのです。教皇さまのお足もとで、鎖帷子《かたびら》の擦れ合う耳ざわりな音が、それほどに強かったのでした。それというのも、天の拡がる限り、あたり一面、跪いている騎士たちばかりで、彼らの激しい気迫が鎖帷子の下で脈打っており、まるで鉄の大海原が、教皇さまのお祈りを掻き消そうとして、打ち寄せるような勢いだったのです」

教皇さまの祈り――

スーザさまの語られたこと。

「私たちのウルバン教皇さまは、クラールス・モンスの野で、あの長い諸聖人の連祷をお唱えになり、『願わくは聖なる教会の敵を恥じ服せしめ給わんことを、主われらの祈りを聴き給え』のくだりにきたとき、お顔を東の方、すなわちエルサレムの都の方角へ向けられて、次のようにお続けになったのです――

『願わくはキリストを信ずる御身の騎士らに、東の国にて勝利の剣を授け給わんことを

　主われらの祈りを聴き給え！

願わくはキリストを信ずる御身の騎士らに、東の国にて仁慈の剣を授け給わんことを

　主われらの祈りを聴き給え！

願わくはキリストを信ずる御身の騎士らに、東の国にてすべての未信者の魂を授け給い、洗礼に至らしめ給わんことを

　主われらの祈りを聴き給え！』と」

伝承はいう――

その頃ペトルス・レオーニスの邸《やしき》の人びとは、ミルヤムの小さい息子が、フランジパーネの足音を耳にすると、以前にも増して怯えることに気がついた。時には部屋から部屋へ逃げまわって、丈長の絹服を着たボーナ夫人が追いかけきれないほどのこともあったし、さもなければ暗い廊下の奥にしゃがみこんで、何時間も隠れていたりした。ボーナ夫人は、彼が自分をからかおうとしているものと思い込

んでいた。しかし、ようやく隠れ場所から引きずり出してみると、小さな赤上衣から突き出ている彼の顔は、さながら真紅の芥子の花畑から伸び出た熟れた芥子の実のように、真っ蒼になっているのだった。人びとはこの子に、あなたのお父さまの塔はローマ中で一番高く、一番堅固で、だから教皇さまさえ、この塔の近くにいると、他のどんな場所より安心だと思っていらっしゃるのだよ、と言い聞かせた。けれどもこんな説明は、この子をなお一層怯えさせるだけのようだったし、彼の恐怖心は、誰一人立ち入ることのできぬ彼の情感の奥深くに潜んでいるかのようでもあった。

伝承はいう――

ある日、ペトルス・レオーニス家の下女の一人がボーナ夫人のところへ来て、こんな話をした――しばらく前から気がついておりましたのですが、時どき、黄昏ごろに、髪の黒い髭男がお邸《やしき》の中庭へ忍びこみまして、ラケル婆さんや小さいペトルス坊っちゃまと、なにやら話しているのでございます。一度遠くから立ち聴きしてみますと、その男はライン河のことを話しておりまして、十字軍の兵隊たちの剣で殺されたドイツのユダヤ人の血で、その河が真っ赤に染まって沸きかえっている、などと申しておりました。どうやら、この話がペトルス坊っちゃまに、とても怖い思いをさせているようでございますよ。と申しますのは、坊っちゃまは、その見馴れぬ男の話をお聞きになりながら、ひどく泣いておられましたから。

これを聞いて、ボーナ夫人は蒼くなった。

「だってあの子は、ユダヤ人なんかじゃないわよ！」。それから、いきなり、「よく覚えておくのよ！」と、その下女めがけて薔薇の花びらを一掴み投げつけるような勢いて、そう言うが早いか、ぴしゃりと相手の頬を打った。ところで、こんなことがあった頃には、すでにウルバン二世教皇さまは、ペトルス・レオーニスの城館のなかに住んでおられたのであった。

ウルバン二世教皇さまとペトルス・レオーニス――

十字架を説教なさったこの教皇は、また十字架のもとで逝去された。すなわち、すべての点で模範として倣おうと努めておられた先輩の教皇グレゴリオ七世と同様に、亡命者として逝かれたのである。

すなわちヨハネス・フランジパーネは、教皇さまが、聖地を目指す人びとの東洋への渡航のために、引き続きペトルス・レオーニスとさかんに談合しておられるのを知ると、ほかのローマの門閥貴族たちと気脈を通じて、彼らに申し入れたのであった。もしも君らがラヴェンナのウィーベルトを、ちょっとの間ふたたびローマへ導き入れるのなら、わしは手出しを控えて静観しよう、と。それというのもフランジパーネは、後日ウィーベルトを都から叩き出し、それによって教皇さまに大いに感謝して頂いて、ペトルス・レオーニスを押し除けよう、という魂胆だったからである。そういう次第で、門閥連中はさっそく出かけて行って、ティブールに根城を構えていた偽教皇をそこから連れ出し、そしてまた本当に、聖ペトロ聖堂に着座させたのである。

　さてこの騒動がリュカオニアの島まで響き伝わったとき、ペトルス・レオーニスはほど近い自分の城館の門を開《あ》け、多数の従者をひき連れて川中島へ出かけて行って、恭しく教皇さまに、騒乱が鎮まりますまで、私めの館にお入りくださいませ、とお願い申し上げた。それに応じて教皇さまは、彼と共に移動なさった。

　このことが、ヨハネス・フランジパーネに対する、ペトルス・レオーニスの最初の大きな勝利だった、と世の人びとは言っている。

　ペトルス・レオーニス邸でのウルバン二世教皇さま——

　ペトルス・レオーニスの城館には一つの広間があり、その中にゆったりとした休息の座が設けてあった。雅歌が讃えるソロモン王の寝台のように壮麗で、幾本もの柱に支えられ、緋色の座褥《クッション》が備えられ、箱型をした土台部分は、聖なる契約の櫃のように、黄金と象牙を張ってあった。ペトルス・レオーニスがミルヤムと婚姻を結んだとき以来、もう誰もあえてこの休息座に憩うことをしなかったのであった。

　さて、教皇がペトルス・レオーニスの城館に移られたとき、ペトルスは、邸内で最も立派な場所であるこの休息座へ教皇をご案内して、その上にお座りくださるよう願ったのであった。ところが、神は、教皇がほかならぬそのご座所で、ご生涯のすべての苦しみ悩みからお離れになり、とことわに憩われるようお計らいになった。

　すなわち、ヨハネス・フランジパーネは、教皇がペトルス・レオーニス邸内におられることを知ったとき、荒れ狂う嵐のように打って出て、偽教皇をふたたび都の外に放逐し、いまや自分が、友の邸内の高貴な賓客を、意気揚々と川中島リュカオニアへ連れ戻すことができる、と考えた。ところが、教皇はご心痛のあまり病気になられ、もはや、あてがわれた休息の座からお起ちになれないという状態だったのである（それというのも、教皇は、あの破廉恥な騒動を誰がひき起こしたのかを、よくご存知だったからである）。

　ヨハネス・フランジパーネは、湯気のたち昇る血刀をひっさげたまま、教皇のおん前へ突き進んで、「教皇さま、道はあいておりまする。拙者があなたさまの敵対者を、都の外へ追い払いました」

教皇は訊ねられた。「して、その時おまえの剣が、必要もないのに圧殺せねばならなかったところの、その者たちの魂は、どこへ行ったのであるか？」

ヨハネス・フランジパーネは（見当違いの熱意をこめて）「教皇さま、さようなものは、あさましきウィーベルト派の奴輩《やつばら》でございます。聖なる軍勢が東の国で殺戮しておりますところの、不信仰なサラセン人どもの魂よりも、高く評価さるべきものではござりませぬ」

すると教皇が、「ヨハネス・フランジパーネよ、おまえは、私と共に、あの長い連祷のなかで、仁慈の剣を乞い願って祈ったのではなかったのか？」

フランジパーネは黙ってしまった。教皇のおっしゃる意味が判らなかったからである。そのあと、ペトルス・レオーニス邸を去ってから、彼は甥のグラツィアヌスに言った――「わしが思うに、われらのご主君の教皇さまは、ほどなくお亡くなりじゃろうよ。なにせ、語られることが、すでにおかしくなってござるものな！」

教皇ウルバン二世の逝去

伝承はいう――

教皇ウルバン二世のご臨終が近づいたとき、ペトルス・レオーニスは、自分の一族と自分自身、とりわけ、聖なる教会の奉仕者となるよう定めてある小さい息子ペトルスを、どうか教皇さまに祝福して頂きたい、とお願い申し上げ、教皇の方でも、そうしようとなさった。

少年ペトルスが連れてこられた。彼は、絹づくめのボーナ夫人の色白《ブロンド》の手に曳かれて入って来たが、黒い髪の下の彼の顔は、死人のように蒼ざめていた。跪くように促されたときは、まるで死刑の宣告でも受けたような感じに見えた。そのあと、小さな赤上衣を身につけて床に平伏している彼の様子は、いとも悲しげで途方に暮れているようであり、大地から毟り取られた花の蕾さながらだった。

広間じゅうの窓という窓は開け放たれてあり、暑い空色の夏の大気が、室内に立ちこめていた。それに混じって、祈りを唱える人びとの、低い呟きの声が聞こえていた（というのは、高貴なお客さまのご逝去が近いことを知って、邸《やしき》の人びとが、下の中庭や階段の上まで、びっしりと埋めつくして跪いていたのである）。

そのあいだに、教皇は座褥《クッション》をあてがわれて助け起こされていた。だが、教皇が今まさに祝福を与えようとして、ぶるぶる震える老いのお手を、少年の頭上に挙げようとなさっていたとき、突如として街路から、轟くような馬蹄の響きが聞こえ、続いてすぐに、「アレルヤ、アレルヤ!」と叫ぶ声が、階上まで伝わってきた。その声の主は、祈っている人びとを跳び越えるようにして階段を駈け登り、棕櫚の枝さながらに、広間のドアを敲くのであった。これを聞いて、ペトルス・レオーニスは、その叫びのわけを訊ねるため、室外へと出て行った。

汗まみれのノルマン人騎士が、ドアの前にがばとばかり跪き、息を弾ませて語るには、「教皇さま、拙者の申し上げますことをお聴き取り遊ばす以前には、お亡くなり遊ばしてはなりませぬ! エルサレムの都が陥落いたしましたぞ。町なかには、三千のサラセン兵が、打ち殺されて倒れております。それに、七百ものユダヤ人どもを、奴ら自身の会堂《シナゴーグ》のなかで焼き殺しました! キリストの敵は、ただの一人も、聖なる軍勢の剣から遁れてはおりませぬ!」

たちまち、広間の中でも、居合わせた人びとすべてが「アレルヤ!」と歓呼した。ただ教皇だけはアレルヤを叫ばれず、じっとペトルス・レオーニスに注目なさった。

突然、一つの声が聞こえた(フランジパーネの声だった)。「教皇さまではなくて、ペトルス・レオーニスこそ、死にかけておるぞ」

それが耳に入ると、ペトルス・レオーニスは、もう一度繰り返して、いわば死にそうな蒼白の声で、一人っきりで「アレルヤ!」と叫んだ(この声を、逃げて行く子供の悲鳴が、真ん中から二つに引き裂くかのようだった)。

そのあいだに、教皇はふたたび後ろざまにお倒れになり、人びとの気づかぬうちに、息をひきとられた。

エルサレム陥落の歓びが教皇さまを殺したのだ、と、ローマでは人びとはそう思っている。

伝承はいう——

その後まもなく、ペトルス・レオーニスの邸内では、こんな噂が弘まった——ラケル婆さんが唆《そそのか》して、小さいペトルス坊っちゃまはひそかに割礼を受けたのだ、それが原因《もと》で坊っちゃまは、キリスト教徒をひどく怖がるようになっているのだ、と。けれども、このことに関してラケルに問い糺してみると、彼女はただ、人びとの考えていることが判らないというみたいに、頭をぐらぐらさせるばかりだった。

邸《やしき》の人びとは互いに話し合った。「あの婆さんは、自分からそう見せかけているような、それほどの馬鹿ではない。もしご主人さまが厳しくお訊ねになれば、たやすく白状させることがおできになるだろうに」と。

だが、ペトルス・レオーニスは、この噂を伝え聞いたとき、ラケルを厳しく詰問させることはせず、沈黙していた。そして息子を、教育のため聖アレクシウス修道院の神父たちに預けた。そのあと、噂はやんだ。しかし聖アレクシウス修道院の神父たちについては、不安に怯えている子供を迎え入れるに当たって、彼らが「ようこそ、偉大な預言者ら使徒らの小さい息子よ！」という、愛情のこもった挨拶をした、ということが語られている。

　ところで、その敬虔な神父たちは、小さいペトルス・ピエル・レオーニスの臆病さに関して、初めのうち大そう苦労した、という話だ。その臆病さたるや非常なもので、この子は実の父親が自分を訪ねて来院した時も、その父親からさえ身を隠した、と言われている。

　聖アレクシウス修道院の神父たちは、お互い同士で言い合った。「ペトルス・レオーニスが、自分の雇い人さえも乱暴あるいは不当に扱うのを好まぬことを、私たちは知っている。まして、血を分けた自分の息子なら、なおさらそうだ。それなのに息子の方では、どうやら自分の父親を、一番怖がっている様子だよ」と。

　それから、神父たちはペトルス・レオーニスに、息子さんは目下のところ姿が見えませんので、と言って詫びようとした。ところがペトルス・レオーニスは、神父たちに皆まで言わせず、いつもは節度ある荘重なこの人が、今はもうまるでひとの言葉を聞いてもいないかのように、にわかにそそくさと急いでその場を去ろうとする風であった。この様子を目にして、敬虔な神父たちは、息子の態度よりももっと遥かに、ふしぎに思ったのである。

　洗礼のための水が汲まれる源泉、すなわち聖ヨハネ・イン・フォンテ教会近くの湧き井戸のこと――

　この井戸は、上部が新しい白大理石で飾られている。棚状に突き出た縁《へり》は、細い柱の列で支えられ、その柱はすべて捩《ねじ》れ柱で、建築家コスマート一族の流儀に従い、赤と黒と金色の、細い石の帯をちりばめてある。しかし内側の、井戸が底へ向かってえぐれ込んでいるあたりは、側面が暗い感じの古石で畳んである。上部の縁に日光が当たって、さながら真昼の光を浴びた大きな白孔雀のように、うっとりまどろむかに見えるとき、折おり底の方では、水が揺らいだりざわざわ音を立てたりして、井戸の底が抜けるかと思われることがある。だが、誰一人それに気を留める者はいない。

　ローマのユダヤ人らは語る――

　ユダヤ教徒団が、この年、アブの月の第九日（これは、むかし、聖なる神殿が二度に亘って破壊された記念日である。一度はネブカドネザル王によって、その後ローマ人ティトゥスによって）の儀式を執り行ったとき、ローマの都じゅうではまだ依然として、すべての鐘が鳴り響いていた。エルサレムが聖なる軍勢の手に帰したことを祝う、大きな歓喜のための鐘である。そしてすべての人びとは、ウルバン教皇の栄光に充ちたご最期を、声高くほめ讃えていた。

　さて、ユダヤ教徒らが、このような大騒ぎのなかを会堂《シナゴーグ》（それは、今日はほとんど真っ暗だった。アブの月の第九日には、ただ一本の蝋燭しか、点《とも》してはいけないのだから）に集まったとき、次のような事態が生じた。すなわち、声を合わせて預言者エレミヤの哀歌が唱えられている間に、跪いている男たちの、体を軽く前後に揺《ゆす》る動作が、ユダヤ人が祈る時のいつもの習慣であるよりも、にわかに速度と激しさとを増し始めたのだ。最初のうちは、銘々が自分一人にだけ、そういうことが起きているものと思っていた（暗がりの中なので、誰も隣りの人の様子が判らなかったから）が、しかし、やがて、抑えようのない苦痛が、部屋のあらゆる隅々から跳びかかって来るかに思われ、皆が一斉にいわば膝を払われたようになり、人びとは、胸や頭を、しきりに壁や椅子に向かって打ちつけていたのである。目の前に壁や椅子のない人は、床に倒れてその床を打っていた。階上の欄干のかげにうずくまっていた女性たちは、仲間の男たちが体を打ちつける音や、下の暗がりの中での嘆きの声を耳にして、魂がひき千切られるような想いで、同情と恐怖のあまり、泪を流してしゃくりあげ始めた。ひとり律法学士《ラビ》ナータン・ベン・イェヒエルだけは、頭を打ちつけることをせず、ただ一本の蝋燭の光のなかで、蝋燭のようにすっくと首筋を伸ばして、聖なる櫃の前にじっと座っている様子だった。しかも、人びとの泣き声や呻き声ごしに、彼のはっきりとした声が聞こえているのであった。ほとんど感情の動揺を窺わせない、落ち着いた声であった——

「そも何事を　ひと皆は　かく呟くや？
各自は　己が罪をこそ　呟くべし！
われらの行いを　調べ　かつ省みて
われら　主に立ち返らなん！
天にいます神に　われら　手と共に
心を挙げん！
われらは、われらこそは、
罪犯し　叛きたりき
ゆえに　おん身は　たやすくは
赦し給わざりき！
怒りもて　われらを蔽い

憐れむことなく　われらを
殺し給いき！」

そのあいだにも、ラビの後ろで頭を打ちつけている人びとの動作は、ますます速く、ますます荒々しくなり、暗闇の中で歎く声は、ますます悲痛に、いうなればますます血みどろになり、しゃくりあげて泣く女たちの声は、ますます身も世もあらぬようになっていった。次第にラビの声ももう聞こえなくなって、一つの別な声に呑みこまれるようになった。その別な声は、最初のうちは、誰かが闇の中を走り廻って、時にはここ、時にはかしこで叫んでいるように聞こえた、が、やがて突然、百人の咽喉と声を合わせ、一斉に揃って叫ぶかのように――

「エルサレムは、三たび壊された！　エルサレムが、三たび毀《こぼ》たれたのだ！」

まさしく、その声は、もはや百人どころか千人もの（その場には、じつはそれほどの人数は、いはしなかったのだが）咽喉を合わせて、叫んでいるのであった。あたかも、ここローマの小さな暗い会堂《シナゴーグ》のなかで、全ユダヤ民族の痛苦がにわかに爆発し、離散し流浪しているあらゆる国々から、亡郷流離のすべての世紀から、ここに流れ集まるかに思われた。こうして、会堂《シナゴーグ》全体が、今はもう「エルサレムよ！　エルサレムよ！　エルサレムよ！」という、唯一の叫びと化していたのである。ついには、誰の声ももはや聞こえず、暗い堂内が、大濤に奔弄されるように、ただ上を下へと揺れ動くばかりだった。今では、女たちばかりでなく、大の男たちも、寄辺のない子供のように泣き悲しんでいるのであった。

そのあと、全会衆が涙の海に溺死するかと見えたその時に、またしても一つの声が挙がり、海上を照らす星のように冴えざえと、こう叫んだのである――「救世主《メシアス》は、来り給うでしょう！」

ユダヤの女たちは語る――

その翌日、ユダヤ地区以外のローマ市内では、鐘を鳴らして歓んでいるローマ市民のあいだで、次のような噂が、口から口へ、教会から教会へと、翔ぶような速さで弘まりました。「凱旋門の七枝燭台が光ったぞ！　あの燭台の、すべての大理石の蝋燭が、昨夜は燃えていたんだ！　おまけに、聖なる長喇叭《トランペット》の響きも聞こえたんだぞ！　してみると、エルサレムの都は、キリスト教徒の手に取り戻されて歓んでいるのだ！」（ちなみに、私たちにはこういう預言があります。つまり、救世主《メシアス》が現れるときには、ティトゥスの凱旋門の浮彫りにある七枝燭台が燃え始め、同じ浮彫りのなかの長喇叭《トランペット》は目を覚まして響くだろう、というのです。しかし、十字軍のあいだ非ユダヤ教徒《ゴイーム》らは言っていました、もしこの二つのことが起きれば、エルサレムは陥落したのだろう、と)。

その夜——私らの同族の男性たちは、みんな傷が痛んで横になっていました——モーシェ・ベン・サロモの妻エステルと、ヨシュア・ベン・ナーハマンの娘ユーディトとの二人が、ひそかにチェルキーの谷を通って、私らのユダヤ墓地の塀沿いに、パラティーノの丘へ登って行きました。そこで、木の根株のようにごろごろ転がっている大理石や岩屑を踏み越え、点在している森を横断して、七枝燭台の浮彫りのある凱旋門のすぐそばまで降りて行ったのです（この門を、彼女たちは潜り抜けるわけにはいきませんでした。そんなことは、私らユダヤ人は、誰一人いたしません。なぜならこの門は、イスラエルの敗亡に対する勝利の喜びを記念して、あのように立っているわけですから）。朝まだき、彼女らは、靴は破れ髪は朝露に濡れという姿で戻って来て、こう報告したのです。「確かにそうだわ。燭台は本当に燃えています。私たちは、いくつもの小さな赤い焔の光が、アーチ型に開いた門から漏れるのを見ました。そして帰る途中で、都の豪族どもの角笛がまだ音を立てない、早朝の時刻に、遠くから聖なる長喇叭《トランペット》の音も聞いたんですよ」と。こんな話を、エステルとユーディトは、病床にいる男性たちにも、話して聞かせました。

さて、律法学士《ラビ》のナータン・ベン・イェヒエルがこの話を耳にされ、ひと騒ぎ起こりかねないぞと心配なさって、同族仲間の年かさの女性たちを自宅に呼び集め、会堂《シナゴーグ》で「救世主《メシアス》は来り給うでしょう」と叫んだのは、あんたがたの中の誰なのか、と問い糺されました。私たちは答えました——あたしらには何もはっきりしたことは判りませんよ、だって、あたしらの耳はすすり泣きの声で一杯だったのに、あの声は、まるで天使の声みたいに、聞いたこともないような大声に聞こえたんですから、と。

ラビ・ナータンは（「厳しい人」と呼ばれるあのお方は、その時はまったくその渾名どおりの感じに見えました）「しかし、あれは絶対に天使の声などではなかった。女性の声だったよ」

すると、モーシェ・ベン・サロモの奥さん、七枝燭台の浮彫りのあるあのアーチ門のところへ行ってきた、あのエステルが言いました——天使が女性の声を使った、ということだって、あり得るんじゃないかしら？ と。

ラビは（「厳しい人」と呼ばれる、その渾名《あだな》どおりの感じで）——いや、そんなことはあり得ない。なぜなら、天使たちというものは、女性が会堂《シナゴーグ》で声を出してはいけないのだということを、ちゃんと知っているのだから。

その後も、ラビは続けて私たちに問い質《ただ》されましたが、知りたがっておられたことは、聞き出せなかったのです。なぜなら、私たちのうちの何人かは、会堂《シナゴーグ》に天使がいたのだ、と、本気でそう信じておりましたし、そして大部分の者は、ミルヤムを裏切りたくなかったからでした。

ミルヤムと叫び声

ユダヤの女たちは語る――

その頃、私たちの街では、まだ当分の間は、ほとんど女性ばかりが目につく日々でした。男たちは、打ちつけた頭に包帯をして床につき、発熱が続いていて、多くの人がひどく苦しんでいました。ローマ人たちが、今もまだ祝いの鐘を鳴らすため、引き綱にぶら下っていて、私たちユダヤ人のことを気にせずにいるのは、好都合だわね、と、当時私たちは、そう言っておりました。さもなければ、ローマ人たちは、私たちの街でなにか秘密の企てが進んでいる、と邪推したかもしれませんし、また、もし彼らが真相を探り当てたら、私たちをさんざん愚弄し始めるかも知れません（なにしろ、ローマ人たちの心には、私たちの疎外された状態について、これっぽっちの憐憫の情もないのですから）。

さて、家の外の、人影もない広い空地で、大きな白い薪の山（それは、いわばその辺一帯に散らばっている砕けた古大理石の、灼熱した破片でできていたようなものです）が燃え尽きたように、日中の暑さが涼しさへと変わる夕方、私たち女性が戸口の前に座りこみ、遠い夜空に聖なる長喇叭《トランペット》の響きが聞こえるだろうかと耳を澄ましたり、男たちの苦しみようをお互いに嘆き合ったりしていた時、ミルヤムは、エステルとユーディトの二人に、ゲルショーム・ベン・ヨエルの家の小さな露台（そこだと、深い峡谷のようになった路地にいるより、もっと遠くの物音まで聞き取れるのです）に上ることを命じ、嘆き悲しんでいる女たちを自分の周囲に集まらせて、慰めてくれ始めたのでした。

ミルヤムが、私たちユダヤ女性を慰めながら――

「愛する姉妹の皆さん、私の話を聴いてください。愛する姉妹の皆さん、私をごらんになってください。ここに立っているこの私は、生命の冠を失くした母親、生みの息子を無くした母親です。ここに立っているのは、死の闇の中にいた女、それどころか、自分自身の子供に対して、みずから死の闇であった女です。けれども主は、大いなる約束で私の死をふたたび押し除《の》け、私の死んだ肉体の柩を、生命ある娘のために開いてくださいました。この娘が、私の生命の冠を連れ戻してくれるはずなのです。苦悩の死の闇の中にいるイスラエルにも、やはりそのようなお計らいがあるでしょう。なぜなら、私たちの神は、大いなる奇跡の神なのですから。さあ、皆さん、私とで一緒に唱えてください、主はイスラエルの約束を充し給うでしょう、と」

それに応じて、私たちのうち多くの者は答えました。

「そうだわ、主はイスラエルの約束を充し給うでしょう！」。でも、反論する人もいたのです――「あなたの言う約束など、私たちはもう知りませんよ。約束が告げられたのは、もうずっと昔のことだもの。ひょっとしたら、約束はもう死んでしまったのかもしれないわ。それに、ミルヤムさん、あなたの息子さんというのも、今まで見たこともないのよ」と。

そこでミルヤムは言いました。「では、主のお約束が生きていることを、あなたがたに見せてあげましょう！」

それからミルヤムは家に入り、部屋で寝ていた子供を寝床から抱き上げ、外へ連れ出して、輪になっている私たちの真ん中へ立たせました。

「ここに、私の生きた約束がいます。この生き約束に、イスラエルの約束を、あなたがたに宣べ伝えさせましょう」。そう言った後、ミルヤムは子供に命じて、私たちの預言者らの、偉大な歌や言葉を唱えさせるのでした。子供を寝かせつけるのに、前々から聞かせてやっていた歌や言葉でした。

ミルヤムの子供――

子供は小さな門《かど》口に立ちました。向かい合った家の壁に、ランプが掛けてありました。凹みからさし出るその光が、目の見えないその子の顔の周囲に、金色の環を描いていました。まだ覚めやらぬ眼気のために体がほてり、夢見心地のようで可愛らしく見えました。初めのうちは、だるくていくらか声が閊えるようでしたが、母親が命じたことを、素直に唱えておりました。やがて、後には、子供たちが数え歌のあどけない文句を歌うように、淀みなく、可愛らしく、偉大な言葉を唱えるのでした。――

「立て、明るくなれ、
おまえの光が来るのだから、
そして　主の栄光が
おまえの上に現れるのだから！
なぜなら、見よ、闇は地を蔽い
暗黒は諸国の民を包んでいるが、
おまえの上には主が現れ、
主の栄光が
おまえを包んで出現するから！」

すると、先ほどは不平を呟いていた女たちのうち、多くの者が感動と恥ずかしさのために泣き出し、そして申しました。「本当に、年端も行かぬ者の口から、このような讃美をご自分に述べさせなさるおん方は、イスラエルの約束をも、充し給うことでしょう」

　ただ、ベンヤミン・ベン・ヤーコブの未亡人レアと、レオン・ベン・サムエルの妻パウラの二人だけは、「主はイスラエルの約束を充し給うでしょう」と言いませんでした。それというのも、レアは二人の息子たちをエルサレム巡礼に行かせてあって、二人がそこで殺されたものと思い込んでいたからですし、パウラの方は、自分の夫が男たちの中で一番重態だったからです。

　そこでミルヤムは、小さいトロフェアの手を曳いて未亡人レアのところへ連れて行き、この人のためにこう唱えてあげなさいと命じました——

「私たちに　一人の子供が生まれた。
　一人の息子が　私たちに与えられた。
　その肩の上には
　栄光がある！
　その子は呼ばれる、素晴らしいことに、
　助言、力、英雄、
　永遠の王、
　平和の君、と！」

　次にミルヤムは、レオン・ベン・サムエルの妻パウラのところへ子供を連れて行き、命じて唱えさせました。——

「かのおん者は
　喪われしものをふたたび探し出し
　迷ったものをふたたび連れ戻すだろう。
　傷ついたものに包帯を巻き
　弱いものを待ち設けて
　ふさわしくそれを手当てするだろう！」

　そのあとでは、レアとパウラも、「そうです、主はイスラエルの約束を充し給うでしょう、救世主《メシアス》は来り給うでしょう」と、涙ながらにではありましたが、そう唱えるのでした（ところで、子供がそれらを唱えているあいだ、絶え間なくずっと、遠近の貴族たちの塔から、角笛の音が鳴り響いていたのでした）。

　こうしたことのあいだ、ハンナ・ナエミは戸口の脇柱の蔭に立って、ミルヤムの身を案じて気を揉んでおりました。それというのは、ハンナは年老いていますので、自分よりももっと年老いた多くの人びとの声を、自分の血の中に聞き取り、こうした一部始終を、すでに何度も経験したことがあるかのように感じていたからです。

　戸口の脇柱の蔭で、ハンナ・ナエミは言いました。「ミルヤムや。救世主《メシアス》が来り給うなら、そのおみ足の下に敷くために、私は樹から枝を折り、体から衣を剥ぎましょう。そして叫びましょう、讃えられてあれ、主の名によって来り給う者！　と。けれども今は、おまえの可哀想な小さい子供を、寝かせなくてはいけませんよ」

するとミルヤムは、「ハンナ叔母さま、あなたこそ、もう行っておやすみなさい！」

そのあいだに、貴族らの邸《やしき》の鈍い角笛の音の真っ只中を切り裂いて、星のように鮮やかに閃く響きがありました。エステルとユーディトが、ゲルショーム・ベン・ヨエルの家の露台上で、高く躍り跳ねながら叫びました――「聖なる長喇叭《トランペット》が聞こえます、聖なる長喇叭《トランペット》の音ですよ！」

それを聞いた一同は、あまりに大きな歓喜のため体が慄え、涙がこみあげそうになりながら、「聖なる長喇叭《トランペット》の音ですよ！」と繰り返したのです。

これを耳にして、ハンナ・ナエミは「私が横になって眠るより前に、あんたがたは目が醒めることになるでしょうよ」と言い、それから、弟のラビのいる家の中へ引っ込んで行きました。

ハンナ・ナエミと彼女の弟――

彼は机に向かって聖なる書物に没頭していた。密生した豊かな濃い頭髪は、さながらもろもろの難解な思想のようであった。

ハンナ・ナエミ（ためらいながら。なぜなら彼女は、とても彼を愛していたから）――「ねえ、おまえ、私たちが、救世主《メシアス》は来り給うであろう、と信ずべき時について、私たちの先師らは、何事か教えてくれているのですか？」

ラビ・ナータン・ベン・イェヒエル（驚いて。なぜなら、謙虚な女性であるハンナ・ナエミは、男性の専門領域とされている学問上の智識のことを、これまで一度も気にかけたことがなかったから。だが彼は公明正大だったので、やがて親切な態度に戻り）――「そうですとも、ハンナ姉さん。われらの先師たちは、それに関して一つの信条を教えていますよ。すなわち〈主のみ前には、千年は昨日という過ぎた一日のごとく、あるいは、一夜の夜警のごとし〉というのです」

ハンナ・ナエミ――「もしも誰かが、〈千年は過ぎ去った。そして夜警もまた、まさに終わりに近づこうとしている〉と言ったら？」

律法学士《ラビ》ナータン（彼の眉は震え、両眼には熱いものが湧いた。声は冷静に、確固として）――「それならその人に、こう答えるがよろしい。〈永遠にして全智のおん者、人の訊ねるを許し給わず、人もあえて訊ねることをせぬおん者、すなわちイスラエルの神は、語り給う――わが想念《おもい》は汝らの想念にあらず、わが道は汝らの道にあらず、と〉」

ハンナ・ナエミ――「それなら、おまえの娘ミルヤムに、そのことを言っておあげなさい」

その時ラビは、会堂《シナゴーグ》で「救世主《メシアス》は来り給うでしょう！」という叫びを発したのが、ミルヤムであったことを知ったのである。

ラビは言った（娘が出産したあの時の、偉大な神秘を尊重していたので）――「教徒仲間のすべての女性のうち、あの娘《こ》だけは、わしは叱りたくないのだが。しかし、主が彼女《あれ》をお憐みくださいますように！」

ユダヤの女たちは語る――

そのあいだに、私たちは全員、座っていた場所から跳ね起きて、信心深い者も不信心な者も、若い者も老いた者も、丈夫な者もひ弱な者も、狭い路地からとび出して、音の聞こえた方角めがけて、白河岸へと押し寄せました（私たちのうち、その音が聞こえなかった者は一人もいなかったのですから）。

河岸はひっそりと人影もなく、広々と伸び拡がっていました。一陣の風がさっと吹き寄せて来ましたが、その風の翼に抱えられて、人の住む都会の夜に起こるさまざまの物音が、運ばれてきました。鐘の音、角笛の音、呻き声や叫び声、歌の声や笑い声、水の流れる音、梟や蛙の啼き声など、すべてが圧縮され飛び乱れて、この暗い風の翼に乗っているのでした。

私たちが、今そうして河岸に立ち、これらの物音のなかから、自分らの聞きたいと願う音を、果たして聞き分けられるだろうかと心を震わせながら、いわば物音のなかをかき回していました時に、ミルヤムは、ふたたび自分の子供に命じて、こう語らせました――

「歓べ、エルサレムよ。
　集まれ、おまえたちすべて
エルサレムを愛する者は！
歓喜のうちに　楽しめ
おまえたち　悲嘆の中にいたすべては！
おまえたちを欣び躍らせ、
満ち足りさせよう、
おまえたちの　充ち満ちた慰めにより！」

そのあいだに、またしても、夜の闇をつんざいて、星のように鮮やかな音が聞こえましたが、それが今度はすぐ間近かで、あたかも一本の銀の矢が、私たちめがけて空を切って飛んでくるかのようでした。

するとたちまち、河岸の瓦礫を荒々しく蹴散らしながら、こちらへ近づいて来る気配があり、「退れ、さがれ、ユダヤの女ども。やんごとない貴族さまの騎士たちのお通りであるぞ！」と叫ぶ声がしました（しかし、私たちが退《ど》かなくても、騎士たちの通れる余地は充分にあったのです）。突然、何頭もの馬が、私たちの頭上にのしかかるように蹄を挙げて、蝋燭を立てたように真っ直ぐ棹立ちになり、荒い鼻息を吹きながら、ものに怖れたように後脚で立っていました（なにしろ、獣というものは、人間の上を踏みつけて歩きはしたがらないのですから。人間の上を踏みつけて歩くのは、いつだってただ人間だけなのです）。

　私たちは悲鳴を挙げ、鳥の群のように闇のなかへ四散しました。ただ、目の見えないあの子だけが、とり残されて立っていました。やがて子供は、スカートの裾を翻しながら、長喇叭《トランペット》の音の真っ只中へ駈けこんで行きました。

　ハンナ・ナエミは、子供（それを私たちは、転倒した一騎士の馬の下から引っ張り出したのでした）を家へ連れ帰る途すがら、こう言いました――「なんと悲しいこと、ミルヤムや。おまえのこの小さい子供は、初めて自分の兄の世界と出くわしてしまったのね！」

　ミルヤムは毅然として――「そうよ。この子は、エドムの騎士たちの行く手を邪魔してやったのよ。それで、なかの一人は転倒したんだわ」――

ユダヤの女たちは語る――

　この日から以後、私たちはもう、救世主《メシアス》を待つためにミルヤムの周りに集まることはしませんでした。やがて男たちも、元どおり起き上がって、仕事に出かけるようになりました。ラビは、男たちの幾人かを、七枝燭台の刻まれたアーチ門のところへ見に行かせました。その人たちは、私たちにこう語りました――「フランジパーネ家の建築人夫らが、あの凱旋門の上のところに大きな塔を建築中で、夜間こっそり道具を盗んだりする者がないように、現場へランプを掛けて置いたのだ。聖なる長喇叭《トランペット》の正体は、新式の銀の角笛で、ちょうどペトルス・レオーニスが、試めしにそれを使わせているところなんだよ」

　その後私たちの中には、こんなことを言う者も現れました――「なぜいつまでも、エルサレムのために歎き悲しんでいるの？　ローマだって美しい都で、住めばりっぱに暮らして行けるわ。私たちは、もう千年も前から、ずっとここに住みついて、暮らしているんですよ。だからこの土地を、ほんとの故郷のように愛しましょうよ。なぜって、とにかく主が私たちを、この土地へお導きになったのですからね」

　しかし私たちは、そのように言う人びとに、反論することはできませんでした。なにしろ、人間は足の下に大地を持たねばなりません、さもなければ、人の心は干涸《ひから》びてしまうのですから。

そんなわけで、私たちは、銀の長喇叭《トランペット》のことを忘れてしまいました。

ただ小さいトロフェアだけは、まだ時どきこんなことを言っていました——「あの時、私の兄さんが通って行ったのよ。そして、私を見ても、私だと気が付かなかったの。だって私の方が、兄さんよりよく目が見えるんですもの」

子供のこうした言葉が因《もと》で、人びとはのちに語るようになりました——あの騎士たちは、本当にペトルス・レオーニスの家来だったのであり、真ん中にミルヤムの小さい息子を囲んで、聖アレクシウス修道院へ連れて行くところだったのだ、と。

聖アレクシウス修道院——

この修道院は、アヴェンティンの丘の上、聖サビーナ聖堂《バジリカ》に並んで横たわっている。数あるローマの修道院の中でも、聖アレクシウスにまさる光輝ある存在はない。当院は、クリュニイ精神の栖《すみか》なのだ。多くの敬虔な神父たちが、この修院に住んでいる。聖徳の誉れ高い司教らを、この院は輩出した。高名な神学者ら聖書学者らも、ここで活躍している。中の一人が、エギディウス神父である。この人は、旧約のすべての書をヘブライ人の言語で読んで、すべてに精通しており、それを新約における実現という見地から解釈しているのだ。

聖アレクシウス修道院——

この修道院の付属聖堂には一つの塔があり、それは、ヴェラーブロの聖グレコリウス教会の塔、また聖マリア・イン・スコラ・グレカ教会の塔にも似て、明るい褐色の、すらりと細長い姿で天空に聳えている。その頂上からティベル河の方へ、燕たちが矢のように舞い下りて行って、黒い翼で黄金色の水面をかすめ、猶太人橋《ポンス・ユダエオールム》のほとりまで翔ぶ。そのあたりで燕たちは、ユダヤ人らの屋根の下に、しばらくのあいだ姿を消す。

エギディウス神父が、石塀に囲まれた修院の小庭園から下界を見下しつつ、小さいペトルス・ピエル・レオーニスに、眼を燕らのようにせよと命ずるとき、神父のその言葉の意味は、いつでも、少年が眼をあのユダヤ街の方角に向けることなのであった。その時、神父は、決して忘れることなく言うのであった——あそこ、下の方の河のほとりに、あんなに小さく見えるユダヤ人街は、大きなローマの都のなかに隠れている。ちょうど、その昔、小さな篭が芦原のなかに隠れていたように。その篭には幼な児モーゼが乗せられていて、それをファラオの娘が見つけたのだよ、と。さらに神父は、小さいペトルスもいわば一人の幼な児モーゼとして、哀れなユダヤの少年たちの運命から、救い出されたわけだよ、と付け加えるのであった。

次に神父は、少年を隣りの聖サビーナ教会へ連れて行った。そこには糸杉材でできた大きな扉があって、「高扉《たかとびら》」と呼ばれている。この扉には、旧約および新約の物語に取材した、さまざまの場面が彫り込んである。この扉をみながら、エギディウス神父はペトルス少年に、イスラエルの子らの紅海徒渉の場面を指し示した。その際、ファラオの軍勢は、惨めにも命を落としたのである。それから神父は、水の奇跡とマンナの奇跡、それに偉大な蛇の奇跡を、少年に注目させた。それらはすべて砂漠で起こった奇跡で、今は成長して大人になった、かつてのあの幼児モーゼの身に、神の力によって生じたものである。このモーゼのように、きみも、きみ小ペトルスも、やがて神の国で大きな仕事をするように、つまり、聖なる教会に奉仕するように、使命づけられているのだよ。そう神父は語るのであった。教会そのものが、王の娘であったわけで、むかしファラオの娘が幼な児モーゼを救ったように、きみをユダヤ人街から救い出してくれたのだよ、とも。

あの時、エギディウス神父がまた繰り返してこのように話していると、少年が応えて言った（そのあいだ少年の視線は、紅海徒渉の図にひたと釘付けになっていた）――

「でも、ファラオの娘の国民にとっては、幼な児モーゼは禍となったわけですね」

こう言われると、敬虔なエギディウス神父は言葉に窮し、そして少年の頭脳の働きの鋭さに、いささか驚くのであった。神父が説き聞かせた美しい比喩を、少年はいとも残酷にぶち壊してしまったのだが、神父はそれに反論することができなかったのである。

若いペトルス・ピエル・レオーニス――

今では彼はもう、父の邸《やしき》にいた頃のような、赤い絹上衣は着ておらず、修道院に学ぶ生徒用の窮屈な制服を着用していた。それでも、聖アレクシウスでの彼の仲間たちは、やはり彼を「小枢機卿《カルジナール》」と呼んでいた。彼の頭脳の明敏さと、彼の弁舌の巧みさゆえに、そのように呼んだのである。なぜなら、彼らの思うところでは、これら二つの特性は、やがて容易に彼を偉い人にさせるであろうから。だが、なかには、彼自身がそうした偉い人になりたがっている、と信ずるがゆえにそう呼ぶ者もあった。というのは、少年ペトルスが、彼の才能によってばかりでなく、すべての人に立ち勝ろうとする熱心さによっても、同級生らを恥じ入らせていたためである。この熱心さのため、多くの者が、心中ひそかに彼を恨んでいたのだ。

若いペトルス・ピエル・レオーニス――

――それにまた、彼は今では、もう以前のように臆病ではなかったし、父親を怖れてもおらず、自分が修道院学校の誇りであることを充分に自覚して、自信たっぷりに振る舞っていた。父親が、いかにも権勢家らしい豪奢な行列を揃えて聖アレクシウスへやって来ると、彼はあからさまに喜ぶのだった。こうした態度が、同級生の幾人かを、またしても憤慨させるのであった。

その連中が、敬虔な神父らに言った。「あいつは、自分の頭脳や知識とまったく同様に、父親の金や力を鼻にかけていますよ」

すると敬虔な神父らは――「彼が自分の才能を喜んでは、なぜいけないのか。その才能で、神は彼と彼の父親を、祝福し給うたのではないか。金や知能をひけらかすよりも、そういうもののために他人を嫉む方が、もっと悪質だ、と私たちは思うよ」

生徒たちは、仲間同士で言った。「どうやらこの修道院の神父さんがたは、みずから、あまりにも、若いペトルスのことを誇りにしたがっておいでらしいや。こういうことでは、あいつが思い上がるのも、なんの不思議もないわけだよ」

修道院の神父たちと若いペトルス――

ある時、教皇パスカリス二世（ウルバン教皇の逝去後この方が選ばれた）が聖アレクシウス修道院を訪問なさった際、敬虔な神父たちは、歓迎のため、若いペトルス・ピエル・レオーニスに詩の朗詠をさせた。少年は――その詩を自分で作ったのであったが――若いダビデのように、すらりと伸びた肢体、茶色がかった顔色をして、修道院学校の入口に立ち、その口から湧き出るように流れるレオニウス風の詩句は、いかにも艶やかで淀みがなく、まるで彼が、平素いつもレオニウス詩格で語ることに馴れている、とでもいうようだった。教皇とお伴の人びとすべては、この朗詠ぶりを、いくら讃嘆しても充分でないというような様子だった。

そのあと、ご下問に応じて、敬虔な神父たちは教皇に申し上げた（自分らの教育の成果が得意だったので）――お目に留まりましたのは、あのペトルス・レオーニスの小さな臆病息子、かつてウルバン教皇の逝去の部屋から、恐怖に泣き叫びつつ逃げ出した者でございます、と。すると教皇は、少年をおそばへ呼び寄せられた。

パスカリス教皇（このお方は大きく堂々としたご体格だったが、お顔の表情は、婦人のように柔和で親しみ深かった）は、若いペトルスを揶揄なさるように――「では、おまえが、人びとが父と仰ぐおん方の祝福から逃げたという、あの小さい息子であるか？」

すると少年は、臆することなく、敏捷な舌で言った。

「今は、私に祝福をお授けくださいませ、教皇さま！」

そこで教皇は、彼に祝福を与えられた。聖アレクシウスの神父たちは、あらためて自分らの教え子のことを喜び合った。ただ、神父たちの中の一人だけは、後刻、教皇ご帰還のあとで、同僚の神父らに言った。「この少年の恐怖のなかには、今日の彼の自信のなかによりも、もっと多くの真実さがあったのだ」と。

これを言ったのは、ゲルベルト神父であった。修道院の人びとは、彼を「文法神父《バーテル・グラマチクス》」と呼んでいる。この人は、聖アレクシウスのすべての神父の中で、最も厳格なのだ（なにしろ、もしそうでなかったら、たえず異教徒らの危険な学問と関わりあうという大それたことを、彼はあえてなし得なかったであろうから）。だが彼は、皆のうち最も公明正大でもあるのである。ただ、ペトルス・レオーニスの息子に対してだけは、この神父が、しばしば不当な扱いをするように見えることがあった。ペトルス少年の過度の熱心さゆえに彼を恨んでいた、あの同級生たちさえも、文《グラマ》法《チクス》神父についてはこう言っていた――「あの神父さんは、このペトルス坊やの欠点を、ありもせぬ穀粒をつついて探す暗がりの鶏のように、つつきまわしている。そのくせ神父さんは、不当な扱いほどあいつが絶え難く思うものは他にないことを、ちゃんと承知しておいでなんだ」

文法《グラマチクス》神父と若いペトルス・ピエル・レオーニス――

ちょうどその頃、ローマでは、ふたたびパタリア一揆のことが、しきりに語られていた。この一揆は、ロンバルディア地方の諸都市で（そこでは金権聖職者《シモニスト》は一掃されていたのだが）地方の門閥貴族らに反抗することを続けていたのである。それというのも、同地の民衆が、貴族の支配から遁がれたがっていたからである。

この頃、若いベネディクトゥス・ノルマンヌス（やはり聖アレクシウス修道院で教育を受けていた）が言った――「もしぼくがあの諸都市の支配者だったら、民衆の中に十人に一人ずつを、それがパタリア一揆だろうと、そうでなかろうと、お構いなしに縛り首にしてやるんだがな」

それを聞いたピエル・レオーネは、嵐に震える若樹のように、ただし梢の方ではなく、根の底から揺すぶり上げられるように、身を震わせながら――「そんなことがあったら、ぼくは、無実の人を殺すような奴の、一人ひとりの手を、斬り落とさせてやるだろう」

すると修道院の神父たちは、無実の人びとの肩を持とうとした、という理由で若いペトルスを褒め、ただ、手を斬り落とすなどという言葉だけは、二度と口にせぬように、と彼を叱った（そのような言い方は、ローマの門閥貴族の御曹司たちが口癖のように使う言葉なのだ）。

しかし文法神父《グラマチクス》は、彼に向かってこう言うのであった――「キリストの司祭になることができるまでには、きみはもっとたくさんの不当なことを目撃しなくてはならないだろうよ」

すると少年は、顔色を曇らせて――「神父さま、ぼくがあなたのようにキリストの司祭でありますなら、不当なことを地上から無くすために、ぼくは戦うつもりですよ」

神父は言った。「それなら、まあ気をつけ給えよ、十字架まで失くしてしまわないようにね！」

文法神父《グラマチクス》と聖アレクシウスの神父たち――

神父たちは、時おり文法《グラマチクス》神父のことで不平を漏らした。彼らとしては、自分らの最良の教え子に関して、彼がしょっちゅう非難すべき点を見つけることが、腹立たしかったからである。

文法《グラマチクス》神父に向かって、彼らは言った――「ペトルス・レオーニスの受洗は、心からのものではなかった、彼は現世での名望と栄達を手に入れるために、勝利に輝く教会へ宗旨変えしたのだ、と、そのようにあなたがお考えであることを、われわれはよく知っている。だが、われわれはこう思うのだ、すなわち、そうした判断を下すことは、われわれの権限ではない、なぜならわれわれは、人間の魂の内部を覗き見ることはできず、従ってあなたが正しいか正しくないかを、知ることもできないのだから、と。しかし、仮に本当にあなたの考えが正しいとしても、少年《こども》にはやはり何の責任も及ばぬだろう。それというのは、あの子と何も判らぬ嬰児として、洗礼の場に運ばれて行ったのだからら」

すると文法《グラマチクス》神父は――「そうだ、少年にはなんらの責任も及ばない。しかし彼は、主が〈われ父祖の罪を子孫において罰せん、三代そして四代に至るまで〉とのたもうた、あの種族の出なのだ。この少年の一身において、彼の父においては隠れ潜んでいるすべてが、明らかになるであろうということを、あなたがたはそもそも気がついていないのか？」

聖アレクシウスの神父たち――「われわれは、何よりもまず、あなた自身が、あの少年とまったく同様に、不当な目に遭わせられるのを好んでおられぬ、ということに気がついているよ」

そこで文法《グラマチクス》神父は――「愛する同僚神父《きょうだい》たちよ、その点は、もちろんあなたがたの言われるとおりだ。われわれキリスト教徒だって、誰ひとり、生まれながらに十字架への愛を身につけているわけではないからね」

伝承はいう――

若殿オビチオーネとグイドが、流行病のために二人共この世から奪われてしまった年、多くの人びとは、ペトルス・レオーニスがミルヤムの息子を聖アレクシウス修道院の学校から連れ戻して、いまや兄弟中の最年長であるこの息子を、俗世間において一族を代表するようにさせるだろう、と信じた。ヨハネス・フランジパーネは、昼も夜も友に勧めて、そうなされよと言っていた。そればかりか、彼は、自分の姪ヤコーバのことを話題にして、若いペトルスが俗世間へ戻る場合には、それと結婚させたがったのである。けれども、ペトルス・レオーニスは答えて言った――「とんでもないことです、聖なる教会に献げると誓った初児《ういご》を、私が教会から奪い取るなどというのは」と。まったくの話、彼は、その誓いは解消できる、なにしろ若いペトルスは、まだ叙階の秘跡は全然受けていないのだから、と言い聞かされても、そんなことにはまるで耳を貸そうともしないのであった。こうした態度は、多くの人びとに賛嘆の気持ちを起こさせた。が、しかし他の人びとは、次のように考えた（もちろんフランジパーネも、嫉妬心からそう考えたのだった）。すなわち、ペトルス・レオーニスは、自分の息子を将来どのように役立てるかを、ちゃんと承知しているのだろう、と。

この息子は、このとき十六歳だった。しかしもう大人びていて、一人前の男のように自分の目標を弁えていた。安定した明晰な思慮分別を父親から享け継いでいたが、しかし彼の精神には、父親が決して持ったことのない、一点の火のような烈しさが混入していた（ペトルス・レオーニスは、いつでもただ、偉大ではあるが実直な、打算家にすぎなかったから）。母親からは、美しい眼と力強い体格、それに、人びとの言うところでは、恋に陥りやすい彼女の傾向をも、享けているのであった。聖アレクシウスの神父たちは承知していた。女性問題が彼にとって、早くから苦労の種だったことを。少年の頃すでに彼は、女性を見ると、自分の宗教上の使命を想い合わせて、いつも苦痛と困惑を覚えずにはいられないのだった。それにもかかわらず、彼みずからが、父親よりもずっと強硬に、俗世間へ戻ることを拒否していたのである。

伝承はいう――

ある時、若いペトルスは父親に同伴してヨハネス・フランジパーネの邸《やしき》に行った。このときフランジパーネは、ピエル・レオーネがわが姪と二人きりで一室に居残るように、うまく仕組むことができた（こんなやり方で、彼フランジパーネは、なおも強引に自分の目的を達成しようと望んだのである）。

ヤコーバ・フランジパーネは、目鼻だちは美しくなかったが、手と足は並々ならぬよい形をしていた。それゆえ彼女は（若いペトルスを歓ばせるように、と伯父から命じられていたので）嵌めていた指環を、わざと陽を浴びて煌《きらめ》くようにさせた。指環の宝石が、あたかも一点の血の滴のように、彼女の長く白い指に付着していて、その指は動かずにじっとしているのに、赤く光るこの石によって、意味ありげに合図を送っているような感じだった。そうしながら、彼女は、他の名門貴族の粗暴な若殿たちだと、こうした技巧的な仕草に気がつきもしないだろうことを、よく承知しているのだった。だが、人の言うところでは、ピエル・レオーネ家の御曹司なら、ことの序でのようなほんのちょっとした女性の魅力に対しても、ちゃんと視る目を具えている、ということだったのである。

果たせるかな、若いペトルスは、すぐさま彼女の手の美しさに目を留めた。品よく彼女に慇懃《いんぎん》を尽くそうとして、彼は指環の美しさについて賞讃のことばを述べた（しかし彼女は、彼が実際は彼女の手をほめているのだということを、ありありと感じ取っていたのである）。

ところで、当時、十字軍に参加した人びとを通じて、ほかならぬかの東洋の礼儀作法が、われらの都に伝わり流行していて、ある家の賓客が、その家の中のある品物を褒めると、その品物はたちどころに贈物として提供される慣わしだった。だからヤコーバは、その指環を指から外して、若いピエル・レオーネに差し出した。そうしながら、彼女は顔を赤らめた。なぜなら、さっき彼女が、指環をほめた彼の讃辞はじつは彼女の手をほめたのだ、と悟ったように、いまや彼の方でも、彼女がこちらの気持ちを悟ったなということを、悟っていたからである。

若いペトルス・ピエル・レオーニスは（ヤコーバ・フランジパーネと同じに赤くなって、だがしっかりとした態度で）――「お嬢さん、カンパーニャ地方の諸司教区は、ノルマン軍の大火このかた、貧窮しております。あなたの指環を、空っぽになっている教会の宝物庫に納めますことを、お赦しください。もしもそうなる定めであれば、やがてこの私が、それを司教指環として取り戻すことがありましょう！」

その後ほどなく、若いペトルス・ピエル・レオーニスは、第一段階の叙階の秘跡を受けた。それ以来、友人ペトルス・レオーニスに対するヨハネス・フランジパーネの嫉妬は、二度と消えることがなかった。


ヨハネス・フランジパーネとペトルス・レオーニス――

ヨハネス・フランジパーネの、ペトルス・レオーニスに対する人知れぬ嫉妬は、後者が教皇ウルバン二世を自分の邸《やしき》にお連れ申し上げた日に始まる。そして、聖ペトロ聖堂で、国王ハインリヒ五世に、やむなく皇帝の冠を戴かせるに至った日と共に、終わるのである。というのは、この日以後、国王ハインリヒ五世はローマ皇帝と呼ばれることになったのだが、民衆のあいだでは、ペトルス・レオーニスこそ、この日以後「ローマの王」と呼ばれているからである。この日から、彼に対するフランジパーネの、公然たる嫉妬が始まるのである。


伝承はいう――

ところでその頃は、司教の叙任権をめぐる大きな争いが、まだ依然として終わらせることができずにおり、この争いは、いわばしばらくのあいだ休眠しているだけだったが、その眠りも、重苦しい悪夢でいっぱいなのであった。パスカリス教皇は、夜ご自分の睡眠のあいだに、休眠中の争いが呻吟するのを、たびたびお聞きになった。一方ローマの都は、争いが剣の音を響かせるのを、不安に充ちた気持ちで耳にしていた。

さて、この時節に、ドイツの国から騎士たちがやって来て、われわれに布告した――「ハインリヒ王は（破門されたまま死んだので）祝福も受けずに石棺のなかに横たわっている。この柩は、シュパイアーの司教座聖堂《ドーム》の、片隅の小部屋に押し入れられ、扉の前にはごたごたと乱雑に石が積まれて、子供らが知らぬまにそれによじ登ったりせぬように、板の支えがしている有様。多くの信心深いシュパイアーの男女は、昼も夜も、遠くからおずおずと、ハインリヒ王の哀れな霊魂のために祈っている。だがこの霊魂のためには、唯の一度もミサ聖祭が立てられたことがない。願わくはなにとぞ教皇が憐憫の情を催されて、死せる王を破門から解き、そして彼の息子、生ける王を、皇帝として戴冠せしめられたい、キリストの王国に、ふたたび平和が甦るために」と。

常々哀れな霊魂たちのために祈っている、われわれのうちの幾人かは、当時スーザさまに伺いを立てて、ハインリヒ王のために供養してあげてよろしいものかどうか、それともそれは無益なことなのであろうか、お訊ねしてみた。もし無益なら、むしろ他の霊魂、今からでも容易に天国へ送り届けることのできる霊魂のために、援助をしてあげようと思ったのである。

スーザさまはおっしゃるのであった。「あなたがたは、確かに亡き王のために祈ってあげるべきです。けれども、それにも増して、生きている王のためにも祈らなくてはなりません！」

われわれは重ねて、そのお言葉はどのように理解したらいいのでしょうか、とお訊ねした。それというのも、われわれの考えるところ、死者となったハインリヒ王よりもっと重い罪を、誰もそうやすやすと身に背負い込んでいる者はあるまい、と思われたから。

スーザさまは語られた――「私には、ドイツの国に小さな妹がおりますが、これはやがて、私の偉大な妹と呼ばれるようになるでしょう。今から七百年後には、ライン河沿いのあらゆる地方で、聖女ヒルデガルト・フォン・ビンゲンを讃えて、鐘が鳴らされるでありましょう。でも今のところは、彼女はまだ、父親の居城に住む小さな子供です。この女の子が、ハインリヒ王と一緒に祈っていました。王は、自分自身の息子の捕虜となって、ちょうどその城に幽閉されていたのです。祈っているうち、年老いた王の気難しい心は、その聖なる子供の心のように、ふたたび柔和になりました（このことが、やがて将来、聖女ヒルデガルトの最初の奇跡と言われるようになるでしょう）。さて、私たちの教皇さまがハインリヒ王の破門を解き、王の惨めな奥津城を、祝福された墓所に変えることが許されれば、王の霊魂もまた、天国へ昇って行くことでしょう。そこでは、この霊魂は、王が地上で偉《えら》ぶり尊大であったのに比例して、小さくささやかなものであるでしょう。けれども、ほかならぬまさにそのことを、王は倖せに思うことでしょう。なぜなら王は、まだ地上にいるうちに、自分のすべての罪を悔いたのですから。その罪の償いは、王みずからの息子が肉身の父に反抗した、という事実の中で果たされました。この反抗は、王自身がかつて自分の霊的父親に向かって反抗したのと、同じ性質のものだったのです」

そのあとスーザさまは、もう一度おっしゃるのであった――「どうぞ皆さん、生きている方のハインリヒ王のために、祈ってあげてくださいね！」

生きているハインリヒ王――

（われわれは、この王のことを、スーザさまにお訊ねした）

スーザさまの言葉――「亡くなったハインリヒ王は、不誠実になることがあり、外から見た顔色でそれが判るのでした。ですから、彼の容貌には何か一種高貴な感じが、最後まで残っていました。ところが、生きているハインリヒ王は、もともと不誠実なので、外見からはもうそれが判らないほどです。亡きハインリヒ王は細長い目をしていましたが、何か悪事を企んでいるときは、まるで自分でもそれを恥じているかのように、その企みが王の目の隅に踞《うずくま》っているのでした。ところが生きているハインリヒ王は、池のような円い目をしていて、その池の水面下に彼の不義が沈んでいるのです。亡きハインリヒ王の口もとは、反抗や苦悩のために震えることがありました（王が剣の力で教皇さまを包囲攻撃したとき、王の口は震えていたのです）。ところが、生きているハインリヒ王の口は黒鉄《くろがね》づくりのようで、震えることなどあり得ません。亡きハインリヒ王は、一生涯、幸福もなく成功もありませんでした。ところが生きているハインリヒ王は、何を企てても、すべてに成功するでしょう」

伝承はいう――

叙任権をめぐって国王ハインリヒ五世と争わねばならなかったパスカリス教皇は、ハインリヒ四世を相手にして争った教皇グレゴリオ七世には、似ておられなかった。あるいは、強いて似ている点を探すとしても、せいぜい、月の柔らかな輝きが、火と燃える白昼の巨星に似る程度にすぎなかった。

さて、キリスト教世界のすべての敬虔な霊魂たちは、キリストがご自分の代理者に力を貸し給うて、あの重苦しい争いを、最終的に鎮めてくださるよう、ただしその際、聖なる教会の自由が損なわれることのないようにと、日夜祈りのなかで嘆願し続けてやまなかった。そこで、温和なご性格のパスカリス教皇は、ご苦慮の末、次のような考え方をなさるようになった。すなわち、ドイツの司教らに、所有の帝国領土を国王に返還させて、司教ら自身があらゆる世俗権力への従属関係から自由になるようにすること、同時に、世俗権力の方も司教たちから自由になる、つまり、司教を叙任する権限を行使しようという望みを、持たなくなること、というお考えである（それというのも、国王が叙任権を渇望するのは、つまりは単に領土支配の上で、収益権を得たいためでしかなかったのだから）。もし国王が、教皇の考えるこうした新秩序を承認し、それに基づいて正式に叙任権を断念するならば、そのようにして将来の過誤や混乱のすべての危惧が除去されるならば、教皇は過去の罪過を忘れて亡き国王を破門から解き、生きている国王を皇帝として戴冠せしめよう――教皇はそういうご意向なのであった。

国王ハインリヒ五世は応答した（だが彼は、司教らがよもや収益権を返還などしないであろうことを、よく承知していたのだ）――さように教会から既得の利権を奪うことは、いかにも予の良心を苦しくさせるものではある、が、しかしもし教皇がそのように規定なさるのであれば、予はそれに服するつもりであり、従って、皇帝の冠を受け取るためにローマへ出向く意向である、と。

けれども、われわれは皆、サリ家の王が皇帝の冠を受けるためローマへ出向く、ということが何を意味するのかを、知っていたのである。

伝承はいう――

われわれはその頃、一つの彗星が現れるのを見た。血のように赤く、さながら火と燃えて雲間を跳びはねている馬の、その頭部のようであり、その尾は長々と天空一杯にたなびいて、末は低く大地にまで届いていた。地に届くあたりで第二の尾となって伸びひろがる行列は、ラインの流れから始まり、岩だらけのアルプスを超え、深くロンバルディアの平原まで達しており、あたかもその星が、鉄の鎧に身を固めた男たちという裳裾《しりえ》を、後方に長く従えているかのようだった。

ハインリヒ王の軍勢が、皇帝の冠を受け取りにイタリアへやって来たとき、それほど多数の鎧武者たちを、われわれはそれまでかつて目にしたことがなかったほどであった。

われらの黄金の都ローマの古記録より――

後日、われわれのあいだでは、何度もこんな繰り言《くりごと》が聞かれた――いったいなぜわれわれは、あのとき王をわれらの都へ入城させてしまったのか？　王が力づくで押しかけて来たことは、目に見えて明らかだった。王がそこの諸都市をかすめて進軍して来たロンバルディア地方の住民が、そのことをわれわれに通報してくれていたし、尾を曳いた彗星《ほうきぼし》も、そのことをわれわれに予告してくれていたのだ。パンはわれわれの貯蔵庫の内に充分あったし（これについてはペトルス・レオーニスが、以前の攻囲のとき同様に、配慮してくれてあった）、ヨハネス・フランジパーネも、われらの城壁を衛る気構えだった。城壁は、ノルマン軍の兵火に罹って以来、もとどおり立派に再建され、門を閉ざしてあったのである。それなのに、われわれは、閉ざされた門内にたてこもって王と交渉するのでなしに、城門を開いた上でそうしなければならなかったのだ。

もとはといえば、その当時、他のローマ門閥の連中（ヨハネス・フランジパーネとペトルス・レオーニスを打倒しようとして、かねてからその機会を待っていた）が、突如として、大クレシェンチウスやアルベリヒ大公の時代のように、ふたたび彼らの搭櫓や城館のなかで気勢を挙げ、こう息巻いていたのである――「われらの都は、教皇の座所となるずっと以前から壮麗だったし、地上のすべての民に対する勝利者であったのだ。皇帝の冠を授けるのは、当然ただわれらのみの為すべきこと！　ゆえにわれらは、この権限を求めて交渉しようではないか！　王にわれらの権限を認めることを誓約せしめ、しかる後、われらが王に帝冠を約束しよう。その返礼として、王はわれらを、彼奴《きゃつ》ら二人からも解放してくれるだろう」（彼らの言う二人とは、やはりヨハネス・フランジパーネとペトルス・レオーニスのことであった）。

それから彼らは（平素は互いに不一致な連中が、今は全員まとまって）仲間うちから、トゥスクルム家の二人の伯爵と、シュテファヌス・ノルマンヌスを選出し、この三名が皇帝を出迎えるべくアレッツォに赴いて、次のように談じこんだ――

「おん身の麾下三千の騎士、なにするものぞ。われらがローマの地中には、諸国の民の大軍団が永眠しおるわ。ゆえに誓約してわれらが都ローマの権益を認めよ。なぜならこの都は、おん身が他所で占有し得るやもしれぬすべての所領にまさって、崇高にも聳え立っているのであるから！」

これを聞いて、王は答えた（ある限りの悪知恵を働かせて。なぜなら彼は、速やかに、そして剣の力を行使せずに、都に入りたいと思っていたから。その上、できることなら一挙にわれわれ市民全部の人心を掴み、勢力の安定を図りたい、と思っていただろうから）――偉大な死者たちがローマの地中に横たわっていることを想起させられるのは、予にとっては畏敬の念を刺戟する拍車とも言うべきもの。だが願わくば、死者らの影は呼び覚まさずに置いて頂きたい。なにしろ、その偉大な英雄たちの後裔かつ似姿である諸公が、いまこうして予の前に立っておられるわけだから。のみならず予も、何より第一に、諸公のこの崇高なる都ローマに敬意を表するためにこそ、はるばるとやって来た者であるよ、と。

そのあと、シュテファヌス・ノルマンヌスおよび二人のトゥスクルム伯爵は、ローマへ戻って報告した。「今度のやつは、以前にアルプスを越えてやって来た、他の王侯らとは様子が違う。やつは、自分がわれらにいかなる恩義を蒙っているかを、承知しておる。それゆえ、やはりやつに帝冠を渡してやろう」と。――

こうしたいきさつのため、われわれは、城門を開いて王と交渉しなければならなかったのである。

伝承はいう――

サリ家の王が、戴冠式のため行列を整えて、聖ペトロ聖堂へ入って行ったとき、われわれ自身はお堂の中にいなかった。われわれは、花冠や幟旗を手にして賛美歌を歌いながら、聖天使橋《ポンス・サンタンジェロ》のほとりに立っていたのであって、その前を王が通過して行ったのだ。だがわれわれは、王の顔は視ることができなかった。なぜならドイツ兵たちが王を囲んで、さながら剣のマントにくるみ込んだごとくであり、まるで戴冠式ではなくて合戦の場へ、護衛して行くとでもいうような、ものものしい有様であったから。

ドイツ兵たちの様子は、見る目にもきらびやかだった。彼らがマールスの丘から降りて来たときは、さながら大天使の集団が地上に舞い下りるような壮観だった。縁なし鉄帽の下の彼らの金髪《ブロンド》は、日光を浴びて亜麻のように輝いていた。彼らと並ぶと、われらの都のすべての門閥連中は、ほとんど褐色と言えるほどくすんで見えるのであった。

この門閥のお歴々も、盛大なお供を従えて行列に加わっていた。真っ先はフランジパーネだった。なぜなら彼は、他の貴族連中からもう仲間はずれにされてしまったようには、見られたくなかったからである。ひとりペトルス・レオーニスの殿だけは、服装こそ綺羅を尽くしてはいたが、ほとんど供もつれずに馬に跨っており、よその国々からやって来た使節のように見えるのだった。この殿に目を留めて、ドイツ兵たちは叫んだ――あの人には星の飾りを付けてやるがいい、おれたちの故国で、東方の王たちの仮装が行われる一月六日の祭でやるように、と。こんな声が耳に入ると、かのやんごとない執政官《コンスル》どのは、まんざら嬉しくなくはないようだった。というのは、いとも愛想のよい面持ちで、四方八方を眺めまわしていたから（ついでながら、すでにその頃、民衆は彼を愛していたのだ。彼が貧者たちに物惜しみしなかったからである。もっとも、施しにも常に節度を弁えていたので、施される側に弊害が生ずるようなことはなかったし、彼自身の富を弱めることもあり得なかったけれども）。

伝承はいう――

その後、ローマの門閥たちと王の重臣らが入堂してしまうと、ドイツ兵らは大きな輪になって、聖ペトロの聖堂《バジリカ》と廻廊を、まるで鉄の蛇がとぐろを巻いたように、ぐるりと周りをとり囲み、もはや人っ子ひとり出るも入るもできないようにした（あいだを潜り抜けてもぐり込もうとした幾人かのローマの悪童どもは、騎馬の兵たちに耳をいやというほど引っ張られた)。蛇は、長時間のあいだ、そうしてじっととぐろを巻いていた。

そのあいだ、われわれはずっと橋のほとりに立ち続けていた。戴冠を告げ知らせる鐘の音が、もういい加減に鳴りわたるのではないか、と待ち焦がれながら。だが、すべてはひっそりと静まり返ったままで、ただ、蛇が、真昼には白く、午後には灰色に、鈍く光ったり、鋭く輝いたりするだけだった。夕刻に近づいて、さて蛇の色が青くなり始めたとき、蛇はにわかに動きだしたのである。それからわれわれは、やんごとない執政官《コンスル》ペトルス・レオーニスが、彼のささやかな供廻りを連れて(いわば蛇の足のあいだを潜り抜けるように)大急ぎで橋の方へ突進して来るのを目撃した。まるで、事件になんの関係もない人が、その場を立ち去って行く、というようだった。

われわれの一番近くに立っていたドイツ兵たち(そこが蛇の末端だった)が言った——「この人は通してあげろ。見て判るように、この人はローマ貴族ではない。外国の人なのだ」

そうこうしているうち、聖ペトロの廻廊の方から、ひどい混乱の物音が湧き起こった。何事が始まったのか見ようとして、われわれが殺到しようとすると、騎馬のドイツ兵がそれを押し戻し、こう叫ぶのだった——「戴冠式は行われぬ! われらの王は欺されたのだ! 司教らは、収益権を返還する気がないぞ!」。するとたちまち、兵たちは剣をひき抜き、わめき叫んでいた——「われらに非ず、フランジパーネどものが、先に仕掛けて来たのだ、ローマの貴族どもも、裏切者だ!」


われらの黄金の都ローマの古記録より——

やがて何人かの者が、不安に怯えてスーザさまのもとに駈けつけた。このお方なら、ドイツの騎士たちがいようと構わずに、聖ペトロの聖堂《バジリカ》へ入っていらっしゃれるのだということを、われわれは知っているからである。

スーザさまは、ちょうど聖マリア教会から出てこられたところで、黒いマントにくるまっておられた。襞《ひだ》の多いマントが、上は顎まで包んでいた。おやつれ気味のご様子で、お顔は小さく、血の気が失せておられた。

われわれはお訊ねした。「スーザさま、聖ペトロ聖堂内で、何事が起きているのか、お話しいただけますか?」

「私は、今ちょうどそこへ行ってきたところです。ことはもう済みましたよ」と、聖女はおっしゃるのであった。

先刻ドイツ兵に耳を引っ張られた悪童どもの一人が、「お気の毒に、スーザさま。聖ペトロの聖堂の中にいらしたなら、ドイツの兵隊たちに、あなたもやっぱり耳を掴まれたに違いないや」などと言うので、われわれはドイツ兵の流儀に倣い、その腕白小僧にお仕置をしてやった。

それから、スーザさまはわれわれに語られた――

「サリ家の王が、教皇さまを捕らえようとして包囲させたそのとき、教皇さまはまったく誰もお護りする者もなく、孤立無援の状態でした。そして、お味方のはずの司教らが教皇さまを見捨ててしまったので、私たちの王、キリストさまが、教皇さまのもとへ歩み寄られたのです。そしておっしゃるのでした――〈見なさい、今私は、おまえと一緒に、銀三十枚で裏切られるのだよ〉と。

そのあと救世主《キリスト》さまは、教皇を捕虜にしようとしている王側の騎士たちの真っ只中へ歩み入って行かれ、教皇さまはそのおあとについて行かれました。すると騎士たちは、自分らと一緒に歩まれる教皇さまが、自分らに服従しているものと思い込んだのです」

スーザさまがこうしたことを話されているあいだに、すでにペトルス・レオーニスの最初の騎馬伝令が、公共広場《フォールム》を越えて跳んできて、出会う人ごとに声高くこう呼びかけていた――「教皇さまが、すべての枢機卿や貴族の面々と共に、サリ家の王に捕らえられた！　執政官《コンスル》閣下のほかには、誰一人逃れ出た者がない。そしてこの閣下が、ローマの全市民に、武器を執れと命じておられるぞ！」

翌朝、夜明け前に、民衆はサリ家の王を、レオニア地区から放逐した。王は、靴も靴下もはかずに馬にとび乗り、一目散に逃げ去った、が、しかし、われらの囚われびとたちをも、ひっさらうようにして一緒に連れ去ってしまった。そして教皇さまを苛酷な禁錮状態に置き、皇帝の冠を叙任権と共に王に与えることを、その教皇さまにむりやり承諾させてしまうまでは、王は捕囚を釈放しなかったのである。

この時期のあいだ、われらローマの民衆は、ペトルス・レオーニスを頼ってその周囲に集まる以外には、誰の周りに集まることもできなかった。「ローマの王」という称呼《ことば》は、こうした事情から由来しているのである。

伝承はいう――

サリ家の王が、二度目に戴冠式のため聖ペトロの堂内に導かれたとき、われらの都ローマでは鐘一つ鳴らされず、賛美歌一つ歌われず、われわれのうち誰一人、花冠や幟旗を持って聖天使橋《ポンス・サンタンジェロ》のほとりに立つ者がなかった。それどころか、都の街々は死んだようにひっそりと静まり返って、さながらローマに秘蹟執行停止令《インターディクト》が布かれたかのようであった。ただ、最も人目につきにくい裏街の奥では、市民たちが腹立ちまぎれに「ローマの王ばんざい！」とわめいていた。われわれの大部分は、教会の中に跪いて祈っていた。けれども、中には何人か、またしてもスーザさまのところへ出かけて行った者もいた。

スーザさまは、古代のローマ人の公共広場《フォールム》にある聖マリア教会の前に坐して、皇帝の冠について語られた――

「この世には、三つの冠が定められています。その他のすべての冠は、じつのところ、ただの円い環飾りにすぎません。なぜなら、そうした環飾りを頭上にのせている人たちは、この国あの国というように、限られた土地を支配しますが、しかし本当の冠というものは、天国でも地上でも通用するものを意味するものだからです。

第一の冠は、教皇さまが頭上に戴く三重冠です。第二の冠は、皇帝がかぶせられるコンスタンチン大帝の冠です。第三の冠は、キリストを信ずる者一人ひとりがかぶせられる荊棘の冠です。教皇の冠のなかには、そして皇帝の冠のなかには、それぞれ荊棘の冠のひと枝が編み込まれているのです。だからこそ、教皇冠や皇帝冠が、神聖な冠であることが判るのです。教皇冠の最高の栄誉は、それが地上におけるキリストの冠であることです。皇帝冠の最高の栄誉はといえば、それが教皇冠を守護する、ということです。さて、謙譲の人が皇帝冠を戴くとき、冠は輝きます。けれども、高慢の人が皇帝冠を戴くとき、冠は色褪せます。さらに、皇帝冠を強奪するとか、無理強いに押しかぶせるようなことをすれば、冠の光は消えるのです」

それからスーザさまは、こうおっしゃるのであった――

「もう一度お祈りいたしましょう、皇帝の冠の光が消えませんように！」

このお話のあいだ、太陽は明るく輝いていた。ところが、突然、にわかに夜の闇がたちこめたように、あたりが真っ黒になったのである。

スーザさまは（立ち上がって。永劫の罰を受けて地獄へ堕ちる定めの、瀕死の人さながらに、血の気を失って）――「いま、ハインリヒ王が、聖ペトロのお堂で戴冠されました――今はもう、冠はありません、皇帝もおりません」

伝承はいう――

ハインリヒ王の戴冠式――それをわれわれは、呪われた戴冠式、または、黒い戴冠式と呼んでいる――のあとの夜、都の諸方の街々で、荒々しい鼻息の音や、轟きわたる激しい響きが聞かれ、おびただしい騎馬兵の群が、都の一方の端から他方の端へと駈けめぐっているかのようだったので、寝床から跳ね起きたわれわれは、さてはふたたびザリ家の王が、戻って来たものとばかり思ったのである（ふたたび、というのは、王が戴冠式の直後、復讐の女神ら《フーリエ》に追い立てられるように、都を去って行ったから)。ところが、その翌朝われわれは、前夜遅く街を歩いていた人びとと語り合ったのだが、深夜の騎行者に出くわした彼らの話では、跳びまわっていたのは多勢の群ではなく、ばらばらの僅か四騎にすぎず、一人は赤い馬、もう一人は黒い馬、三人目は灰色の馬に、跨がっており、まさに聖なる福音史家ヨハネが、黙示録に誌しているとおりだった、というのである。ところで、白馬に騎乗した先頭の者は、こう呼んでいたという――

「逃れよ、逃れよ！　立ち去れ、立ち去れ！　反《アンチ》キリストが現れようとしているぞ！　禍いなるかな、キリスト教世界は！　いたましきかな、ローマなる教皇は！　いかなる皇帝の剣も、もはや守護してはくれぬのだ！」

そのようにして、その四騎は、掛け声も高くラータ通りを疾駆し、ティベル河の橋を越えてレオニア地区に入り、聖ペトロの聖堂《バジリカ》の方へ進んで行ったという。聖堂は、黒い戴冠式に参列した人びとが、驚愕のあまり門を閉め忘れたので、開け放しのまま寄辺もなく見捨てられたように、ひっそりと横たわっていたということだ。

ところが聖堂《バジリカ》の階段ぎわで、四騎を迎えて歩み寄った男性二人、一方は鍵を、他方は剣を、手にしていたという。この二人を見ると、階段を踏み鳴らしていた馬蹄の響きは消え、あたかも大地に呑み込まれたごとく、四騎の姿は見えなくなった、が、しかし階段の奥からは、まだ長いこと、「われわれはまた来るぞ！　もう一度やって来るぞ！」と、荒れ狂うように叫ぶ声がして、ついに二人の聖なる大使徒は、その叫び声に足をかけて踏み消した、という話である。

それ以来われわれは、自分が生きているこの現代のうちに、反《アンチ》キリストの出現を迎えねばならないのだ、と信じるようになったのである。

反《アンチ》キリストについて、われわれが知っていること――世界のまん真ん中（それはすなわち、われらの都ローマのことだ、とわれわれは考えるのだが）に、人の姿をした者が立っている。その者の頭上を、ひと筋の光が蔽っているが、その光は途中で折れて、両眼の上に細長く落ちかぶさる。腕に一本の杖を横抱きしていて、これもやはり折れている。この者の両足は、血にまみれている。久しい昔に流した血なのである。しかしその足もとには、もはや大地はない。なぜならこの者には故郷がなく、根をもはや地中におろしていない樹木に等しいのだ。この者の内懐《ふところ》は黄金に充ち、万国の我利我利亡者やごろつきどもは、この黄金で彼らの邪悪な欲を満たす。また、憎む者や嘲ける者らは、この者の顔を用いて自分らの邪悪な舌を満足させるのである。さてこの者から、一人の子供が生ずるであろう。この子が一人前の男に成長すると、彼はわれらの救い主イエス・キリストを、二度目に十字架に付けるであろう。ということはすなわち、キリストがこの世を歩くその姿であるところの、キリストの聖なる教会という体を、磔刑に処するということだ。この二度目の十字架刑を、ひとは名づけて、大きな、あるいは、本物の、西欧の離教《シスマ》、すなわち、反《アンチ》キリストの離教《シスマ》、と呼ぶであろう。

これは、スーザさまがわれわれに語られたことではない。われわれは、自分の父母たちから聞かされて、年端も行かぬ子供の頃から、みずからそれを知っていたのだ。われわれの父母たちはまた、その父や母たちから聞いて、それを知ったのである。

伝承はいう――

聖なる教会によるペトルス・レオーニスの吟味期間は、ハインリヒ王戴冠の日とともに終わる。なぜなら、この日以後、教皇庁では彼に関して、次のことが言われたからである――彼は聖ペトロを自分の家に迎え入れた（すなわちウルバノ教皇のこと）、そののち彼は聖ペトロの都を守った（すなわちパスカリス教皇の捕囚のあいだ）、それゆえ当然彼も、聖ペトロの家と都のなかで、自分の席を保有すべきである、と。

教皇庁はこのことを、あまり声を大にして言ったわけではなく、何事かを言うときの教皇庁のやり方が常にそうであるように、賢明な抑制を加えて言ったのであり、その態度は、多勢の聞きわけのない妬み深い子供たちを持つ母親が、その事情《こと》を充分弁《わきま》えて言葉づかいに気を使うのにも似ていた。しかし教皇庁は、聞けば判るような言い方、とりわけヨハネス・フランジパーネには判るような言い方で、それを言ったのである。だからわれわれは、ハインリヒ王の戴冠の日を、フランジパーネに対するペトルス・レオーニスの、二度目の大勝利の日、と呼んでいる。

伝承はいう――

そのあいだに、キリスト教世界の全天空に亘り、遠く近くで稲妻が閃き、電光が走っていた。まず、ドイツ駐在の教皇使節団がハインリヒ王を破門し、次いでフランスおよびイギリス駐在の使節団も、同じ処分を行った。その後、ヴィエンヌの大司教グイドが、燃える松明を消し去る式を執行して、王の破門を宣言した。だが、パスカリス教皇は、ハインリヒ王を破門なさらなかった。

ところが、当時、教会内の多くの者が立ち上がって、次のように論じていたのだ――反《アンチ》キリストが出現するであろうという危機状態は、単に俗世の剣すなわち皇帝の武力が、正しく機能しないことだけによって生じているのではなく、霊的な剣すなわち教皇の指導力の、切れ味が鈍ってしまったことにも原因がある。ドイツ人たちのあの異端者的国王が、本当の災厄を意味するわけではない。むしろ、教皇が異端に陥ったのではないかと考えて、われわれは今も、目の前が真っ暗になるような苦悩を感じているのだ、と。（彼らがそう言うのは叙任権の問題のためで、トレビコの城に幽閉された教皇は、ひどいご苦難のあいだにハインリヒ王に譲歩なさり、叙任権を認めてしまわれたのであった。俗世の人による聖職叙任は、聖職売買《シモニー》にも等しい、しかるに聖職売買《シモニー》は異端である、という論法なのだ）。こうした声は、時がたてばたつほど、ますます大きくなるのであった。けれども、われわれの中には、次のように説く者もいたのである。すなわち、俗人の叙任権を認めるのは異端ではなく、過誤的な行為だ。だが、教皇を異端者よばわりするが如きは、それこそ異端なのである。なぜなら、それは聖なる教会の教えに敵対して論難することになるから。教皇は強制のもとでやむなく行動なさったものであり、釈明を求められるべきお立場ではない、と。

　ローマの若手聖職者のなかで、この後者の考え方を、特にきわめて熱心に、いとも巧みに代弁していたのは、若いペトルス・ピエル・レオーニスその人であった。

　若いペトルス・ピエル・レオーニス

伝承はいう――

　この人はちょうどこの頃、フランスから帰来したところであった。畏敬すべきクリュニイ修道院の会服で身を飾り、パリの輝かしい司教座神学校じこみの、そして彼が同校で師事した偉大なペトルス・アベラルドゥス直伝の、神学知識を装備していた。かの大神学者の著作は、部厚い何巻もの書物となって、当時アルプスを越えて到来していた。だが当地ローマでこの著作類を読んだ人びとは、ほかならぬ若いペトルス・ピエル・レオーニスの電光石火の精神こそが、師の衣鉢を伝える傑作であって、それに学べば、パリ出身のこの高名な弁証学者の思想を、最もよく知りかつ嘆賞することができる、と評するのであった。パリ帰りの彼の学友らの語るところによれば、彼はかの地では、たわむれに「もう一人のペトルス先生」と呼ばれていたという。そのわけは、アベラルドゥスの尊大な精神を、討論中に時おり打ち負かすことができたのは、彼ただ一人であり、しかも師みずからの認めた論法で、論じ勝ったからであった。すなわち、アベラルドゥスを討論でやりこめる者は、若いペトルス以外にも時どきいるにはいたが、その人たちは、啓示や教会の教義という権威を楯にしてやりこめたのであり、ところが師アベラルドゥスは、そういう論法では言い負かされたと認めようとはしないのだった。なにしろ、師の立場は徹底していて、単に信仰に服従するだけの時代はもう過ぎ去った、と考え、人間の思慮分別の鋭利さによって、洞察し確認し得ることのみを真実としなければならぬ、と教えているのであったから。

こうした学友たちの話を聞いて、われわれは訊ねた――だが若いペトルス・ピエル・レオーニスは、アベラルドゥスの信奉者だというのに、いったいどうして師と対立したりすることになるのか？

学友たちが答えるには――若いペトルスは、師が攻撃されれば（すでにあの頃、多くの論敵が攻撃されていたのだが）たちどころに師を擁護する。そして、他の連中が師に賛同すると、師を攻撃するのだ。それというのも、彼の精神が非常な鋭さに充ち満ちていて、自分の肯定することを、あとでふたたび疑問視することもできるからであり、しかも彼がとり上げる論拠は、常にひとの反駁を許さぬものなのだ。こうした議論の進め方は、きわめて素晴らしい観物だったね、それを彼は何度もやって見せて、学校じゅうをやんやと湧かせたものだったよ。

それに対して、われわれの中の一人（それまでずっと沈黙していた）が言った――「そういうやり方が正しいのなら、もちろん彼は、アベラルドゥス大先生を相手にして、ものの見事に論破できたわけだ。だがそうすると、彼が現在ハインリヒ王の特権をめぐる大論争に加わって発言していることも、やがて後にはなんらの真実さも重要さも持たぬことになる。それならむしろ、カプリーノの丘の婆さんたち（こうした人たちさえ、当時はすでに、叙任権をめぐって論争し始めていたのだ）の中でも最も冴えない者の言い分にも、彼はあれこれあげつらわずに、黙っている方がいいんじゃないか」

けれども、聖アレクシウス修道院の神父たちは言っていた――「罪なき人びと、論難されている人びとへの愛、それを見て私たちは、彼がいかにもかつての私たちの教え子だということが判る。そしてこうした愛こそ、彼の真実でもあるのだ」と。

枢機卿ペトルス・フォン・ポルトゥス司教の手記より（この方は、教皇と共にトレビコの城に幽閉されていたのであった）――

「――さて、しかし、世は、罪なき人びとのために戦う者らによって、救われたわけではない（いかにわれわれが、罪なき人びとのために戦うのは当然としても）、そうではなくて、世が救われたのは、罪なき一人の人の、痛ましい苦しみのおかげなのである。それゆえに、すべてを知りすべてに真であり給う神のみ前で、私は日ごと自問している――トレビコの城での真実の経過と、同地でサリ家の王が教皇からもぎ取った約束とについて、私は語るべきなのか、それとも、もしそれを語れば、私は偉大な犠牲を無に帰せしめることになるのだろうか、と。それというのも、私たちの教皇が、キリスト教世界の北・東・西方から旋風のように吹き寄せるもろもろの声に、日ごと攻めたてられておいでなのにもかかわらず、教皇みずからは、ご自分を難詰する者らにも、擁護せんとする者らにも、ひとしく不動の沈黙を続けておられ、その沈黙が私には聞こえるからである。

さりながら、私の齢は老いている。今日私が沈黙すれば、明日はこの世を去って、永遠に沈黙するに至らぬとも知れない。もしこれとは別の仕方がみ旨に叶うのならば、神よ、願わくはそれを明らかに示し給え。私はここに、私たちの教皇の、隠された聖性（それは、すべての教皇がその職務において有される神聖性の意味にあらず、現教皇のお人柄のうちに生きる聖者のことである）について、私がたまたま知り得たことどもを、書き留めて置こうと思うのだ。

教皇は強制のもとで行動された、という説がある。だが私は言う、この強制にこそ、秘密がひそんでいた、と。してその秘密とは、私をして言わしめるならば、サリ家の王たちが代々の教皇のお心をよく知っている、ということなのだ。すなわち、当時かのトレビコの城に囚われて苦しみ悩んでいた私たち一同が、跪いて教皇にお縋りし、一時的に叙任権を譲渡なさって、責めさいなまれている教会をお救いくださいませ、私たちのために血を流したローマの民衆を、さらにはまた、盲目的な堅忍不抜さで自分らの王にあくまで忠誠を尽くした、ドイツ兵らの魂をも、お憐みくださいませ、と懇願申し上げた時、そのとき私たちは、疑いもなく、かの残忍な王にしてやられ、その暴力に屈していたのであった。しかしながら私たちの教皇は、完全な自由のもと、すなわち自発的にお引き受けになった殉教の自由のもとで、行動なさったのだ。このことは、世俗の人による叙任権を認めるという僻事《ひがごと》に、教皇が同意なさったなんぞと理解されてはならない。だが教皇は、イエス・キリストの模範に倣い、よこしまな暴力を甘んじ受けることに同意なさったのであり、そのようにして王の心を、いわば地獄の入口の寸前で拉し去り、王に自発的におのれの罪深い所業を放棄する気にならせよう、とお考えになってのことなのだった。ただし、かくいう私も、直ちにこのことが判ったわけではなく、私の目が開かれたときに、ようやくそれと悟った次第なのである。

順を追えば、教皇がサリ家の王に、かの特権をお認めになった後——教皇は、全能の神の慈悲を呼び招くがごとく、涙にうるむお声で、かつ双手を高く挙げられて、それをなさったのだが——そのあと私たちは、ドイツの宰相を通じて、いまや自由の身としてこのトレビコ城を退去し、即刻どこなりと好む所へ行ってよろしい、との通告を受けた。しかし、さて私たちが、各自の檻房から出て、いずれも悲しみにやつれ、憂いに疲れ、なかの多くは怒りと艱苦のため病身という有様で、旅行マントに身を包んで集合した時、そのとき突然、戸口の前に、またしてもあの小刻みで忙《せわ》しげな、ドイツ王の足音が聞こえたのであった（この足音は、一度聞いたことがある者には、すぐそれと判るのだ。鉄槌で舗石を叩くような音なのである）。

入って来た王は教皇に語った——いまや真の合意が達成され、誰もが満足（これは王独特の皮肉な言い方なのだ）。その印として、どうか教皇は、お別れ前に予に祝福を授けてくだされ、それも、将来ともにいかなる呪いも、それに当たれば跳ね返るに違いないような、強いご利益《りやく》のあるのを、と（王はこんな言い方で、教皇が決して王に破門の罰を課しはなさらぬことを、約束させようとしたのだ）。

王がこう語っているあいだに、私たちは、王の背後の開け放しの門口《かど》ごしに、王の配下の数人の騎士を目撃した。すでに私たちのために用意されていた馬を、輜重兵《しちょうへい》に合図してもう一度連れ戻させているのだった。そこで私たちは、教皇が右の約束をなさらなければ、自分らの捕囚がそのまま続くことになるのを悟り、そして、同僚《きょうだい》の一人が苦々しい皮肉をこめて王を評した言葉を、いかにもそのとおりだと肯《うべな》うのであった。すなわち——王は、天使と格闘したヤコブのように、教皇と戦っている。教皇が王を祝福しないうちは、教皇を去らしめない、という言葉である。

王の要求に対し、私たちは心のなかで（骨の髄まで凍りついたような気持ちで）呟いていた——この祝福も、他のすべての問題と同様、やはり無効なのだ。強制され、力づくで騙し取られたもの、強盗に奪われた獲物のようなもので、すぐに元どおり王から奪い返されるに相違ない、と（それというのも、先刻王に与えられた特権に関しても、私たちはそのように考えて、みずから慰めていたのであったから）。

だがその間に、あたかも私たちの心内の声を聴き取ったかのごとく、悪魔が王に悪知恵を授けていた。私たちは、王の顔が、王自身のものならぬ怜悧さの策略で、燃えるように上気しているのを目にした。

騎士たちが輜重兵《しちょうへい》に合図していた戸口へ戻って、王は言った――「馬はそのまま置いておけ、われらの〈やんごとなき賓客（これもやはり王特有の嘲弄的な言い方だった）〉が、お発ちになれるように！」。それから、その当の賓客に向かって――「もし万が一、あんなことのあった後で、いまさら祝福を授ける気にはなれぬ、とお思召すとしても、教皇さま、それでもやはり、お気に召すままお去りなされい」

そこで私たち一同は、この邪悪なトレビコ城から、一刻も早く退去しようとして、どやどやと立ち上ろうとした。けれどもそのあいだに、教皇のお顔も、すでにこの世のものならぬ慈愛の表情を湛えて、いうなれば恍惚と感きわまっておられ、さながら悲痛と愛憐との光背が、白髪のお頭《つむり》をめぐって流れ注いでいるかのようであった。自分を虐待した息子を、それでもなお胸に抱き寄せる父親にも似て、教皇が、ご自分の最も奸悪な敵であるこの異国の粗暴な王に、みずから進んで祝福を施されるのを、私たちはよろめくような目と耳で、見かつ聞いたのである。

そのとき、私の目から、どっと涙が溢れ出た。なぜなら、私たち自身は、教皇が私たち同様、王の手にかかって破られてしまった、と思い込んでいたのに、教皇のご意向は、この王を、キリストの愛で打ち破ろうとなさるにあったことを、私は悟ったからである（だがそうしたご態度こそ、この王についての私たちの教皇の、そもそもの初めからのお考えであったのだ、と私は思う）。さらにまた私は、教皇が最後まで、次のような希望を持ち続けておられた、と信じている。つまり、王が、呪われた戴冠や欺し取った諸権利を断念して、教皇のお足もとに、ということはすなわち、王がそうした教皇のご態度のなかに直観した、キリストの愛のお足もとに、ひれ伏すであろう、という希望。のみならず私は、こう主張するのを躊躇しない――すでに皇帝冠がハインリヒ王の頭上に、高々と捧持されたときも、なおも教皇は相変わらず、キリストの愛によるそうした奇跡を、信じ続けておられたのだ、と。しかしながら、今やキリストの愛は、私たちの偉大な教皇グレゴリオ七世が言われたとおりの状況にある。すなわちそれは、この世の罪のもとで、世の終わりに至るまで苦しもうとしているのだ！

ラテラノにおける大きな教会会議の召集が定められた、
聖なる教父ヒエロニムスの祝日に　記す」

ラテラノにおける教会会議――
（枢機卿ペトルス・フォン・ポルトゥス司教の手記による）

「――そののち、いまや一同がラテラノ宮殿の大広間に集合して、司教らは両側の華麗なモザイク模様の壁に沿って居流れ、二列の白いチューリップ畑さながらに司教冠《ミトラ》と司教冠が連なり並んだとき、教皇は一段高い大理石の席に登られた。死せるハインリヒ王を破門した時に、偉大な教皇グレゴリオ七世が座しておられた席である。広間の横手には、あの時に王母アグネスの座していた椅子が、今もなお空席のまま置いてあった。ほかならぬあの破門令が宣言されたとき、彼女はその椅子の横に跪いて、教会会議の前で、そしてわが息子ハインリヒ王に対する教皇の宣告の前で、彼女の恭謙の心を涙で濡らしたのであった。

さて、荘厳な開会の祈りが唱えられ、聖霊の助けを求める熱心な祈りがなされたのち、教皇は司教らに合図を送られ、なにゆえに彼らが、教皇の親臨するこの教会会議に召集されることを望んだのかを、言明するように、と促がされた。

それに応じて最初の司教が起立し、異端的な特権授与への反対を訴えた。それから彼は教皇に要請して、特権を撤回すること、悪魔を足の下に踏みにじること、すなわち、神を無みする残忍な圧制者ハインリヒ王を、破門することを求めた。

そのあと、第二の司教が起立して、同じことを述べた。そのあと第三、第四と、次々に、この大教会会議に集まった三百名の司教全員が、同じ訴えをした（ところで、彼らはみんな、教皇はあのとき強制のもとで行動したのだ、と思い込んでいたのである）。

最後にパスカリス教皇が起立して、次のように語られた――「ここにお集まりの司教各位《きょうだいたち》とひとしく、今は私も、かの特権授与が誤りだったことを知っている（だが教皇は、その理由は述べられなかった）。しかし私は、わが息子ハインリヒ王を、破門しようとは思わない。なぜならば、私は彼に一つの問いを課したのであって、その問いが、彼の生涯の終わりに至るまで、彼の心から離れることがないはずだからである。それでは、教会会議は、霊魂の救いのため有益であり、そして教会法に照らして正しいと考えられることを、どうか執行していただきたい」

そこで司教たちは特権を撤回し、ハインリヒ王を破門した。

そのあいだパスカリス教皇は、じっと坐ったまま、三重冠の下の額を俯《うつむ》け、ご視線はわきに向けて、広間の奥の、かつてアグネス皇太后が息子のために泣いた場所を視ておられた。ご表情は優しく静かで、そこに湛えられた司牧者の寛仁大度は、いうなれば教皇ご自身に注がれているかのようだった（というのは、ご自分が人びとから、職責を果たさなかったと思われていることを、よくご承知だったから）が、しかしまた、その寛仁大度は、そのとき破門を宣した司教らにも、注がれているのであった（彼らはそうせざるを得なかったのだ、ということも、教皇はご存知であったから）。のちに、少なからぬ人びとが、その時の教皇のお顔には、人間らしさばかりが現れていて、教皇らしさが見受けられなかった、と信じたが、これは大きな思い違いであった。というのは、導く教会と裁く教会は、二つのものではなく、一つだからである。まさしく、世のために苦しまれたキリストも、やがて世を裁き給うであろう、というのと同じである。けれども、裁く人びともまた、苦しんでいるのであり、そしてこのように苦しむ人びとは、同時に裁き手でもあるのだ――

　ところで私たちは、例の辛辣な言葉――ハインリヒ王は、ヤコブが天使と格闘したように、祝福を求めて教皇と格闘した、という言葉を吐いた人が、何年も後にこう付け加えたのを知っている――〈だが、王も、ヤコブと同様、この天使の祝福によって、一生のあいだ足が不自由だった〉と。

　こう語った人は、ほかならぬ教皇使節オスティアのラムベルト枢機卿であり、この人を通じてウォルムスの政教条約《コンコルダート》が結ばれたのであった。しかしその和平は、大離教《シスマ》への時の勢いを、もはや逆転させることはできなかった。逆転させるにしては、すでにペトルス・レオーニスの家が、あまりにも高々と構築されてしまっていたのである。

　聖ヨハネ・イン・フォンテ教会近くの湧き井戸（すでに前に記した）――

　――だがその頃は、この井戸の石囲いの中で、急に水が減る様子もなかったし、ざわめく音も聞かれず、底の方はひっそりと静まりかえっていて、まるで水の下で何者かがじっと潜伏あるいは待機している、とでもいうような感じであった――

　ローマのユダヤ人らは語る――

　若いペトルス・ピエル・レオーニスが、偉大な碩学アベラルドゥスに師事していたということが、律法学士《ラビ》ナータン・ベン・イェヒエルの家に知れわたったその日、ミルヤムは父に願って、どうか私の娘を一緒に学校へ連れて行って、将来やがて兄を論駁できるようになるために、タルムードの勉強の手ほどきをしてやってください、と言った。

　ラビ――「わしらが娘たちにタルムードを教えるのは、慣例でない。というのは、われらの先師たちが言っておられるが、大いなる知識は、えてして女性を邪道に陥らせるからだよ」

ミルヤム――「でも、先師たちは、ティベリアスの学校で面被《ヴェール》の蔭から教えたという、あの偉大な女性ベルーリア、すなわちラビ・カナーニャの娘のことも、伝えていますよ」

ラビ――「もしも主（讃えられてあれ）がお望みならば、主はおまえの娘に知恵を啓き給うこともおできになるさ」

ミルヤム――「しかし、もしも主がお望みでなければ――」（彼女は、その場合にはひとが娘を教えなくてはならない、と思ったのである）。

それに対してラビは、驚きながらも、きっぱりと――

「ミルヤムよ、もしも主がお望みでないとしても、それでもやはり、主は讃えられてあれ、だよ」

ミルヤム（迫るように）――「しかし主はお望みですよ、お父さま、お望みですとも――」

そこでラビは、わが娘に対して沈黙した。だが彼は、そうすることで、おまえの言うとおりにしようという気持ちを伝えたわけではなく、ただ単に、娘の白くなった髪と、子供の誕生の際に彼女が嘗めた殉教の苦しみとを、あらためて尊重したに過ぎなかった。

ローマのユダヤ人らは語る――

その頃、ラビ・エルカナーンも、もう一度ローマへやって来た。われわれは、もう久しく彼の姿を見ていなかったのだ。それというのも、異教徒《ゴイーム》らが、一人のユダヤ人もエルサレムの都に入れようとはしなかったからである。異教徒らが同地に自分の王国を建ててしまってからは、スペインに住むわれわれの同胞《きょうだい》は、聖地の土なしで墓に入らねばならぬ状況なのである。

ラビ・エルカナーンがラビ・ナータン・ベン・イェヒエルと食事を共にしているあいだ、戸口の前の廊下に、今はもう袋は置いてなかった。そしてユダヤ人街の人びとが、今はもう金の延べ棒や宝物を見ようとして忍び込んで来るのではなくて、彼らがやって来たのはラビ・エルカナーンをからかうためだった。かつて「ダビデの王冠」の件で、彼が彼らに恥をかかせたことがあったから。つまり、彼らは、つねづね、なぜ自分らはいつまでもエルサレムのために悲しまなくてはならぬのか、と言っている連中なのであった。

さてエルカナーンが戸口から出てくると、この連中の何人かが訊ねた。「ところでラビよ、あなたがトレードの同胞たちを、スペインの土の中で寝かせるようになってから、同胞たちは前よりよく眠っていますか、それとも逆ですか？」

するとラビは（ずいぶん年が過ぎた後なのに、彼の姿はしゃんと腰が伸び、容貌も衰えを見せず、顔の中の大きな鼻は、相変わらず思いきり反りかえった剣のようだった）――「トレードで死んだあなたがたの同胞は、スペインの土の中で眠っているわけではありません。彼らは、彼らの神である主の大地の中に、そして彼ら自身の頭の灰の中に、眠っているのです。すなわちエルサレムは、世界のすべての民の上に散らされているのですよ！」

そこで彼らは、彼を嘲笑して言った――イスラエルが離散のなかで生きているなんぞ、私らはとうの昔に知っていたように思いますがね、と（だが彼らは、ラビ・エルカナーンが考えていたような意味では、そのことを知っていなかったのであり、そういえば当時は、われわれの中の誰も、ラビの考えを知ってはいなかったのだ。われわれは、その後何年も過ぎてから、彼の弟子たちを通じて、ようやくそれを知ったのである）。

ラビ・エルカナーンの弟子たちを通じてわれわれが知ったこと

ローマのユダヤ人らは語る――

われらの先師たちは教えている――律法は、もろもろの民に対する、イスラエルの垣根である、と。しかしラビ・エルカナーンは教えた――イスラエルの律法は、もろもろの民の門である、と。

われらの先師たちは教えている――時が充ちればイスラエルは帰郷して、ふたたびエルサレムの聖なる神殿で犠牲を献げるであろう、と。しかしラビ・エルカナーンは教えた――イスラエルは決して帰郷しないであろう。もろもろの民のあいだにあって、一なる神の印かつ保証であり続けるであろう。神殿で献げられる流血の犠牲は、一つの民イスラエルが、全体で流す血の犠牲に変えられたのだ、と。

けれども、こうしたことを、ラビ・エルカナーンは、最初から教えていたわけではなかった。それはようやく、十字軍によるエルサレムの都の占領以来のことなのである。噂によれば、彼は、当時生きて聖都から逃れた唯一人のユダヤ人だったと言われ、十字軍の兵士らの剣が血に酔い飽きて、いわば手の裏を返したようになるまでの間、あるキリスト教徒が彼を自宅に匿まってくれていた由。そしてまたこのキリスト教徒は、ラビ・エルカナーンの救出も願って、ラビと一緒に神に、すなわち、キリスト教徒らも礼拝する同じイスラエルの神に向かって、祈っていたとも言われている。

（だが、エルカナーンがエルサレムから逃れ出た唯一のユダヤ人だった、というのは正しくない。後にわれわれは、別のもう一人をローマで目撃したのである。この別のもう一人について、われわれは、この人はそのとき復讐の国へ逃れ出たのだ、と言っている。しかしラビ・エルカナーンについて、彼の弟子たちは、彼は愛の中へ逃れ出た、と言っている）。

ローマのユダヤ人らは語る――

その間にもミルヤムは父に、どうぞトロフェアを一緒に学校へ連れて行ってください、とせがみ続け、父にはそれが煩わしいまでに至った。彼は、今ではもう、娘をどうあしらったらよいか判らなかった（というのも、相変わらず彼女を叱りたくなかったからだが）。そこで彼は、この件に関し、ラビ・エルカナーンに助言を受けることに決めた。エルカナーンは、ラビ・ナータンの一家では名望が高かったのである。

ラビ・エルカナーンは、祈るために暫しの猶予を求めた。そのあと、トロフェアを連れてくるよう命じた。話をしてみて、彼女に関する主のみ旨が何であるかを見極めたい、というのである。

トロフェアは、今は乙女盛りの年頃になっていた。だが肩は狭くほっそりしていたし、胸はまだ幼い少女のように扁平で、顔立ちもいわばこれからが花の、総じて蕾の状態にあり、彼女自身の視力のない眼の翳に蔽われて、開花が抑えられているのだった。大きく見開かれた眼そのものの表情には、今なお子供のような無邪気さがあった。

ラビ・エルカナーンは、優しい声で「まだ覚えているかい、トロフェア、あの時私が袋を開けたら、おまえが〈あらあら、ダビデ王の冠が見える〉と叫んだことを？」

トロフェア（嬉しそうに）――「覚えてますとも。決して忘れやしませんわ」

ラビ・エルカナーン――「冠はいったいどんなふうに見えたの、トロフェア？」（しかし彼は、それまでは他のみんなと同様に、彼女がその時その叫びで、目が見えないことをはっきり証明しただけだった、と信じていたのであった）。

トロフェア――「冠には翼がありました。その翼は金粉のようで、それが四方八方へ飛んで行きました」

ラビ・エルカナーン――「では、その翼が舞い降りた所では、何事が起きたかね？」

トロフェア――「そこでは、すべての粉が、翼と一緒に跪いていましたよ」

トロフェアがそう語ったとき、ラビ・エルカナーンは涙を流すまでに感動した。鋭い剣を伝わって露が滴り落ちるように、涙はラビの大きな鼻に沿って流れ落ちた。

ラビ・エルカナーン――「それならおまえは、本当にダビデ王の冠を見たのだよ。なぜなら、主はわれらの父アブラハムに〈汝において地のすべての民は祝せらるべし〉と語られたのだから」。そこで彼は、その後ラビ・ナータンに言った——「この乙女子に、あなたは聖なる教えを拒んではなりません。なぜなら、永遠なるおん者（讃えられてあれ）は、みずからがお望みになる人を派遣し給うのであり、それが目が見えても目が見えなくても、男でも女でも、器用でも不器用でも、進んでやる気があってもいやいやながらでも、そうしたことはすべて、主のお顔の前では同等なのでありますから」

ラビ・ナータンは頭を横に振りながら——「ラビ・エルカナーン、あなたはまるで、主はエドムの子らをさえも派遣なさる、とおっしゃりかねないようなお口振りですね」

するとラビ・エルカナーンは、急所を衝かれでもしたようにぎくりとして、壁に塗った漆喰のように蒼白になった。一方ラビ・ナータンも、ただの冗談で口が滑ったにもせよ、相手にそんな重大な罪をかぶせるような物言いをしてしまったことに、吐胸《とむね》を突かれる想いであった。

ラビ・ナータン（自分の不当な言葉の償いをしたい気持ちで）——「それでは、あなたがトロフェアに、そう教えてやってください。あなたの言われることゆえ、私はそれが正しいのだと信じたい気持ちです」

ラビ・エルカナーン（まだ壁の漆喰さながらの蒼白な顔色のまま）——「いいえ、あの子に教えるのは、あなたがなさってください、ラビ・ナータン」

そんなふうに、二人はしばらくのあいだ言い合っていた。だが、翌朝ラビ・エルカナーンは、別れの挨拶も告げずに、こっそりとローマから立ち去ってしまっていた。

その後ラビ・ナータンは、トロフェアに知識を授けようと決心した。心中ひそかにこう思ってのことである——「あの人に不正を働いてしまったことを、わしはこの娘に教えることで償《つぐな》おう」

ローマのユダヤ人らは語る——

トロフェアを学校へ伴って行く前に、ラビ・ナータンは、被布《ヴェール》を用意するように命じた。ティベリアスの学校にいた偉大な女性ベルーリアのように、トロフェアを被布《ヴェール》で包もうと考えたのである。

ミルヤムは父に訊ねた——「私たち一同の慰めを意味するあの子が、なぜ被布《ヴェール》に包まれなくてはいけないのですか？　あの子が女だということは、なにか恥辱ででもあるのでしょうか？」

ラビ・ナータン——「女性が被布《ヴェール》に包まれ隠されるのは、恥辱のためでなく、栄誉のためだ。なぜなら、ある城塞の堅固さは、それの諸門がしっかり閉ざされていることで判るのだから。ところが女性というものは、それぞれの民族の最後の城塞なのだ。男性が堕落すれば、神は男性を罰し給うだろう。しかし女性が堕落するならば、神はその民全部を罰し給うであろうよ」

するとミルヤムは――「あの子は堕落しないでしょう、それに誰をも堕落させるようなこともないでしょう。なにしろ、主ご自身が、すでにあの子の顔を包み給うたのですから」（彼女がこう言うのは、トロフェアは目が見えないから、学校の若者たちは誰もトロフェアを欲しがりはしないだろう、という意味だった）。

ラビ――「そうだ、主はあの子を包み給うた。しかし主は、あの子に花の環冠をかぶせもし給うた。そしてやがて、あの子がそれに気づく日が来るだろう。おまえ自身の若い頃のことを考えてごらん、ミルヤム！」

ミルヤム――「私は、わが娘がその兄の妹であるべきで、他の何者でもあってはならない、と考えています」。すなわちミルヤムは、早くから決心を固めていたのだ、たとえ誰かが盲目にもかかわらずトロフェアを、結婚相手にと望むようなことがあっても、決して誰の妻にもならせまい、と。

そこでラビは（ミルヤムが何を考えているのか知っていたので）――「おまえがそういうつもりなら、当然おまえは、わしに頼むべきであろうよ、あの子を、一重《ひとえ》の被布《ヴェール》ではなく二枚重ねので、包ませてください、と。だが、憶えておくがよい、わしがあの子を包ませるのは、おまえの願望のゆえにではないことを、そしておまえの考えていることは、ひたすら神のみ旨によって決まるものなのだ、ということを」

ローマのユダヤ人らは語る――

このような次第でトロフェアは被布《ヴェール》に包まれ、学校でローマの青年たちにまじってナータン・ベン・イェヒエルの膝下に座し、われらの先師たちの諸説や格言を、学ぶことはなった。それらの諸説や格言を、われわれは書物として書き誌しはしない。なぜならわれわれは、この世にはただ一巻の書物がありさえすればよい、ということを知っているからである。この唯一の書物とは、すなわち聖なる律法《トーラー》であって、主みずからの著わし給うたものであり、それを真似て人間の知恵を別の書物に書き記すのは、ふさわしいことではないのである。人間の知恵は、主の知恵との隔たりを明らかにするために、われわれはただわれわれの記憶の中にだけ保持して置くのだ。しかし、われわれのもとで多くの記憶が習練されることは、ぜひとも必要なのである。なぜなら、人間の知恵も、われわれとわれわれの子孫らによって知られるために、やはり保存される価値があるからである。

ところで、ラビ・ナータンの教え子たちのうち、盲目のトロフェアほどに聴くに熟達している者は、他には誰もいなかったのだ。

ローマのユダヤ人らは語る――

イスラエルの若い息子らが授業中に言い淀むと、ラビはトロフェアを指名した。すると彼女は、被布《ヴェール》の下から、ラビが聞きたいと望む先師の説を、素早くしかも可愛らしい口調で、述べるのであった。そのさまは、むかし彼女が、預言者らの預言や歌などを唱えたのと、同じようであった。

ところでその頃、仲間のユダヤ女性たちは、お互い同士でよくこんな噂をしていた――「この目の見えない娘は、その母親の手の中の蝋燭みたいなものよ。母親が自分の気に入るように、蝋燭の意志に火を点《とも》す。そうすると、それは母親の望みどおりに、あたりを照らすっていうわけ。なぜって、蝋燭そのものには、まだ何の望みもないんだものね」

けれども、そうこうするうちに、ミルヤムの手中の蝋燭は、すでにゆらゆらと明滅しはじめていたのである。

ユダヤの女たちは語る――

ミルヤムの娘トロフェアが、ハンナ・ナエミに言いました――「おばさま、教えて頂戴、花嫁さんてどんな様子をしてるものなのか、お願いします!」(なにかがどんな様子をしているかとトロフェアが訊ねたのは、それが最初なのでした。それまでは、彼女はいつも、自分の心の内にある映像だけを楽しんでいたのでしたから)。

そこでハンナ・ナエミは、ミルヤムが自分の花嫁衣裳と婚礼用の装身具をしまって置いた、あの長持のところへトロフェアを連れて行きました。でも、ミルヤムがこれらの品をしまって置いたのは、彼女がそれを身につけてこの父の家へ戻って来た、あの日の記念のためという、ただそれだけが目的だったのです。時おり、よそ住まいのユダヤ人がローマに来てラビ・ナータンの家に泊まりますと、その人たちがミルヤムの花嫁衣裳を見せてもらいたがることがありました。

そういう時、ミルヤムは長持を開けて「これが、わが民イスラエルと結婚した時に、私が着ていた衣裳ですよ」と説明するのでした。

そうすると、よそから来たユダヤ人は、ミルヤムの前で頭を下げるのでした。ことに、スペインから来た人たちはそうでした。といいますのは、その人たちはすでにその頃、かのスペインの地で、ナータン・ベン・イェヒエルの娘を称える英雄讃歌を歌っていたからでした（ちなみに、スペインのユダヤ人のうちには、偉大な詩人たちがいるのです）。

　ハンナ・ナエミはミルヤムの花嫁衣裳を拡げながら、「ほら、見てごらん」と言いました（彼女は、トロフェアの夢を壊さないようにと気を使って、「触ってごらん」の意味で「見てごらん」という言い方を、いつもしているのでした）――「これが、花嫁さんに着せてやる緋色の衣裳よ、それは花嫁の愛情を意味しているのよ！」。そのあとで、長持から黄金の鎖と指環を取り出しました。それらはハンナの手の中で、奥深く重々しい響きを立てました。「見てごらん、これが花嫁さんの身に付ける指環と鎖なのよ。その材料の黄金は、花嫁の誠心《まごころ》を意味しているのよ！」。次にハンナは、頭にのせる宝冠を長持から出しました。それはミルヤムの額の形に、美しく弧を描いておりました。「見てごらん、これがお嫁さんの頭を飾る宝冠です。それは花嫁の誉れを意味しているのよ！」。最後にハンナ・ナエミは、ミルヤムの全身に「蔽いかぶせ」られた布を、長持から出しました。それには、花嫁を蔽いかぶせる際に唱える、姉妹よ、何千倍にも増えなされ、という祈りの文句そのままに、残る隈なく全面に金色の糸で、小麦の粒が刺繍してあるのでした。

　ハンナ・ナエミ――「さあ、見てごらん。これが、婚礼の日にユダヤの花嫁に蔽いかぶせられる布なのよ、それは花嫁の盲目を意味しているのよ！」（盲目とは、夫以外のすべての者に対して目を向けない、という意味なのでした）。

　トロフェアは、一つひとつの品物に、丁寧に触ってみたあとで、こう訊ねたのでした――「おばさま、盲目って、どういうことなのですか？」

ユダヤの女たちは語る――

　その当時トロフェアは、シオンの薔薇のように花開き始めておりました。春爛漫の華の樹が、植え込まれた庭の狭い囲いの外までも、たゆたう満開の枝を波打たせるように、彼女の痩せ細っていた全身から、母ミルヤムのかつての輝くばかりの美しさが、溢れるほどに現れ出てきたのです。

　トロフェアは、ハンナ・ナエミに訊ねました――「おばさま、私どんなふうに見えますか？　きれいなの？　それとも、きれいでないの？　ねえ、お願い、言って頂戴、ひとが私を見て、どんな感じなの？」

　トロフェアが、どんなふうに見えるの？　とたずねたのは、これが二度目なのでした。

ユダヤの女たちは語る――

ところで、私たちはその頃、トロフェアの誕生の際に彼女の母親が耐え忍んだ、あの殉教の苦しみのことを、トロフェアに語り聞かせ始めていました（なぜそうするのかを、私たちは知っていました）。ところがトロフェアは、それを聞きたがりませんでした。彼女の表情を見ていますと、その話が彼女に恐怖感を、それどころか、怖ろしくて聞くのもいやだという忌避の気持ちを、与えているのだということが判りました。

トロフェアは、ハンナ・ナエミにこう言ったのです――

「おばさま、あの女の人たちに、どうか黙るように言って頂戴！　私、殉教者の子供でなんかありたくないわ。まあ、殉教って、なんと怖ろしいことでしょう！　ほかの人たちみんなと同じでないっていうことは、ああ、なんて悲しいことでしょう！」

ユダヤの女たちは語る――

ミルヤムの娘トロフェアが、ハンナ・ナエミに言いました――「おばさま、私が学校へ行くときに、頚に小さい鎖を飾ってくださいよ！」

そこでハンナ・ナエミは、トロフェアの頚に、小さい鎖を飾ってやりました。

ミルヤムの娘トロフェアが、ハンナ・ナエミに言いました――「おばさま、私が学校でかぶっている被布《ヴェール》に、小さい孔をあけてくださいよ、私の顔が人から見えるようにね！」

そこでハンナ・ナエミは、トロフェアの被布《ヴェール》に、ちょうどそれを通して口もとが見えるぐらいの、小さい孔をあけてやりました。

ハンナ・ナエミは、年老いた自分の心の、奥に向かって言い聞かせるのでした――私がいけないことをしているのなら、どうかその罪が赦されますように。けれどもある人が、僻み心にやつれるよりは、私がいけないことをする方が、まだしもましというものですわ、と。

ところが次の朝、トロフェアはこう言うのでした――

「おばさま、被布《ヴェール》の孔を、元どおり塞いでくださいな。人が私を見てくれても、なんにもなりはしないのね、だって私の方からは、だぁれも見えやしないんですもの！」

ローマのユダヤ人らは語る――

この日トロフェアが、学校で「一人の男と一人の女が、聖なる和合の内に共に住むところ、そこに主の輝く俤は、二人の上に留まる」という先師の言葉を暗誦していたとき、彼女が突然、そこで絶句するという事態が生じた。

そこでラビは、帰宅して母に言いつけられた用事を済ませなさい、と彼女に命じた。つまりラビは、彼女が何かをやり忘れてきたので恥ずかしがっているのだ、と思い込んだのである。ところが、やがて彼自身が帰宅して、彼女を慰めてやろうと思ったとき、彼は、トロフェアが大泣きに泣きながら、自分の部屋に閉じこもっていることを知った。

生きながら苦悩悲嘆に埋めつくされたように、トロフェアは泣き叫んでいるのであった――「私、何のために生きてるの？　何の生き甲斐があるっていうの？　教えて頂戴！　だって私は、もうまるっきり何も見えない、もう全然なんにも見えないのよ！」

そこで、ラビはそっと部屋から出た。だが彼は、ミルヤムを呼ぶために出て行ったのではなく、ハンナ・ナエミのところへ行ったのであった。

ラビ・ナータンは、ハンナ・ナエミに言った――「あの子は盲目だ、だがあの子は美しい。だから、もし誰か誠実な男があの子を嫁に欲しがるなら、わしはその男にあの子をやろうと思うよ、あの子の母親が何とでも言って反対するにしても」と。

このことを、彼は、仲間うちの男たちのあいだでも話した。しかしミルヤムは、きっぱりとこう断言するのであった――「あの子が主のみ業を果たすことを祈って、私はあの子を主に献げました。あの子は、イェフタの娘のように、すでにもう主のものとなっているのです」

そこで仲間の男たちは、ラビ・ナータンに言った――「いかにも、あんたの孫さんは、確かに美人だ。だがあの子の美しさには、何かわれわれを慄然とさせるような怖ろしさがある。それというのもあの子の母親が、主のみ業を果たすことを祈って、あの子が天使たちのものになるよう、約束してしまっているからだ。ところで、主は（讃えられてあれ）あの子を受納なさって、封印を施された（彼らがこう言うのは、トロフェアの目が見えないことを指していた）のだ。われわれが主の封印を破るというのは、ふさわしいことではないよ」と。

こういうわけで、誰一人、あえてトロフェアを妻にと望む者はいなかったのである。

ユダヤの女たちは語る――

トロフェアが、自分は未婚のままでいるべき定めなのだということを理解するまでには、たいそう長い時間がかかりました。そして、彼女がその運命に順応するまでには、さらにずっと長い時間が必要でした。ことに子供の声が耳に入ると、彼女はたちまち悲しい気持ちになり、のちには怒りっぽくさえなったのです。ラビの家の門前で遊んでいた子供らは、時おり、ラビの孫さんが意地悪で自分たちをひどい目にあわせる、と言って母親たちに訴えることがありました。そんな時、訴えを聞いたユダヤの女たちは、同情するように互いに顔を見合わせ、子供たちに対しては、別なところで遊びなさい、と命じるのでした。それというのもトロフェアが、今ではもう、昔そうだったような殉教者の信仰篤い子供、という様子がまるでなくなってはいたにしても、やっぱりそういう特別な人であることを、やめてしまったわけではなかったからです。しかし、みんなはトロフェアが選ばれた人だからと思って、恭しい畏敬の気持ちと優しい思いやりの態度で彼女に接していましたものの、彼女本人は、こうした態度に対して、ただ苦痛と反撥を覚えるばかりなのでした。

ローマのユダヤ人らせ語る――

トロフェアの意志は、自分の運命と嶮しく対立していた。だが、ミルヤムの意志は、自分の娘と嶮しく対立していた。

ハンナ・ナエミは、姪ミルヤムに言った（その時ハンナは、議員夫人マロッツィアの黄金の靴のことを、またしても想い出していたのだった）――ミルヤムや、あんたって昔はお婿さんを欲しがって、その人のために足の先まで飾り立て、その人の愛情によって息子を産んで、それをあんたの民に役立てたい、と望んでいたじゃあないの？」

ミルヤム――「私の娘は、イスラエルの民のお役に立つよう、一人の息子を献げる定めになっています。そのためには、あの子にはお婿さんは不要です。あの子に必要なのは、主のお呼びがあるときに、いつ何どきでも心構えができていることなのです。ところがあの子は、主に従順であろうとしていません。それだから、約束が実現を見ずにいるのです。あの子は、荒野のなかで堕落して異教徒の偶像を拝んだときの、私たちの民のようです。それだから私たちは、カナーンの地に届かないのですよ」

ところですでにその頃は、われわれがこう語った時期であったのだ――「ミルヤムよ、われわれの聞くところでは、おまえの息子は、子供のうちからもう〈枢機卿〉と呼ばれ、そして今では、おまえのかつての夫は〈ローマの王〉と呼ばれているそうだ。おまえのか弱い盲目の娘が、そんなお偉い人たちを押さえこむなんぞと、どうしてまあおまえは、相も変わらず信じたがっているんだろう！」

それに対してミルヤムは言った――「神のおん前では、お偉い人たちなどいませんよ」

伝承はいう——

ペトルス・レオーニスは、今や権勢の絶頂にあった。ローマには、彼以上に威風堂々とした、そして——われわれの見るところでは——彼以上にキリスト教徒らしい貴族は、一人もいなかった。サリ家の王が横暴をきわめたあの時期に、彼は、われらの都の、そして教皇さまの、最も信頼できる、最も思慮深い守護者であることを、みずから立証したのだ、と、そのように、わがローマのすべての平信徒たちは言っていた。民衆はひき続き彼を〈ローマの王〉と呼んでいたし、また、万一本当に反《アンチ》キリストが現れるようなことがあったら、彼ペトルスの手腕力量を頼りにしよう、とさえ考える人びともいた。一方、聖職者たちのあいだでは、到る所で次のような意見を耳にすることができた。すなわち、一ユダヤ人がひとたび本当に改宗するならば、失われた彼の民の選民性も、その人においてもう一度更新されるのであり、その改宗者は神の摂理の特別の道具となる、というのだ。聖アレクシウス修道院のエギディウス神父は、当時こうした考え方を書き綴って一冊の大きな宗教書を著わし、とりわけ聖なる大使徒パウロの例を通じて、この見解を強調した。この宗教書を、神父は執政官《コンスル》ペトルス・レオーニス閣下に献じたのであった。

さてある時、このペトルス・レオーニス閣下が、またしても山のような栄誉と信頼を寄せられ、彼の公認されたキリスト教徒らしさのありったけの華麗さを、いわば一身に着せかけられたような歓待のうちに、聖アレクシウス修道院から退出して行ったとき、文法神父《グラマチクス》は、陰鬱な皮肉さをこめてそれを見送っていた。

文法神父《グラマチクス》は修道仲間《きょうだいたち》に言った——「そうだね、ペトルス・レオーニスは、今や見事にわれらのローマの行き方に適応し、われらのローマで頭角を顕わしたよ。だが彼の立場が、本当のところはどうなのかということを、きみらは彼の息子を手がかりにして、はっきりと知ることができるのさ。つまり、もしもあの息子が本当にわれわれの大地に根を張っているのであれば、今どき〈フランス人による神の活動〉の説なんぞを、擁護したりはしないだろうからね。それというのも、すなわちこの説は（彼が理解しているようて理解の仕方では）、諸国民のあいだのキリストの秩序に違反するし、そしてまた十字架にも、違反するのだ。十字架に、われらの聖なる教会に負わせられている十字架に。それを信奉することを、かのサリ家の国王たち一人びとりを前にして、教会がおごそかに宣言した、あの十字架に、だよ」

フランス人による神の活動の説――

われわれは、スーザさまのもとへ出かけて行ったのだ。

スーザさまは、子供の声、と呼ぶにしては幾分くぐもった感じだが、それに近いごく小さくて低い声をしておられた。だから、何か重大な内容のお言葉を語られても、中にはまるでそれに気がつかない人びともあった。しかしそれに気がついた人びとは、いつでもそのお声で、事の重大さのためにもう一度絶え入ってしまうのではあるまいか、と思ったものである。

われわれはお訊ねした――「スーザさま、あなたはあの時、皇帝冠の光は消えた、とおっしゃいました。ところが、皇帝冠はふたたび立ち直るだろう、すなわち、フランスの国王たちにおいて、その権威を取り戻すだろう、と考えている人びとがおります。フランス王たちが、教皇聖座を地上において援助し力づける任務を引き受け、そして帝国の権威を獲得するだろう、というのです」

するとスーザさまは「そういうことを、なにとぞ神が、そのお恵みで防止し給いますように」とおっしゃるのであった。

われわれは重ねてお訊ねした――「スーザさま、帝国の権威はドイツに留まるべきだ、とお望みになるからには、多分あなたはドイツのお方でいらっしゃるのでしょうか？」と。すなわち、スーザさまはわれらの都ローマのお生まれではなく、遍歴の末この都に辿り着かれたお方であった。遠国からの巡礼者であられたのだ。どこのご出身か、われわれはもう早くから、できればそれを知りたいと思っていたのだが、しかしスーザさまは、いつもただ、「私は世界の大きな罪の中からやって来ました。けれども今は、キリストのお慈悲（教皇聖座を指してこう言われたのだが）のもとに、安住しております」と語られるばかりだったのである。

スーザさまは言われた――「仮に私がドイツ人だとしたら、私は今日、自分の知っておりますことをお話しするのに、もっと困難を覚えることでしょう、そうであっても、やはり私は、もちろん別のことをお話しするわけには参りませんでしょうけれど。しかし、人が自分自身の民を褒めそやすというのは、人としてふさわしいことではございません。ところが、私はフランスの出身ですから、それゆえ進んでドイツの国を賞讃したいのです」

お聞きして、われわれは嬉しくなった。なぜなら、フランスからは数多い聖者が出たことを、われわれは知っているから。だがわれわれは、願わくは現に生きておいでの聖女が、自分らの身近かにいらしてほしい、という気持ちだったのである。

ドイツ人について語るスーザさま――

彼女は次のように語られた。

「いまフランスの国では、すべての信心深いキリスト教徒たちが、こう言っております。ドイツの国王が、霊感に照らされて正道を悟るように、われらはドイツの人びとのために祈ろう、と。このドイツの民は、なるほど粗野ではあります。が、しかし、地上に二つとないほど強くかつ不屈でもあるのです。それゆえ、ローマの人びとに司祭職が委ねられたように、ドイツの民に帝国を維持する権限を与えることは、キリストのご意志でありました。一方フランスの場合は、古い諺が言っているように、学問研究が天職になっています。つまり、もろもろの民たちの任務というものは、決して偶然そうなったというようなものではなく、諸国の民は、地上で各自の王侯を有するように、天上にも〈もろもろの玉座、あるいは支配権〉とよばれるものを、それぞれなりに頒け持っているからです。これら天上の玉座あるいは支配権は、天使たちのように秩序づけられていて、それぞれを飾っている天の冠は、互いに取り換えることはできませんし、換えようとして地上で争ってもいけないのです。ところが、もしそうした争いが起きそうな気配があるなら、すでにその事態のなかに、反《アンチ》キリストの先触れを見抜くべきなのです。この恐るべき者は、天と地を引き裂きたがっているのですよ」

ところでその時、われわれに混じって一人の男が座っていたが、この者がスーザさまの啓示を信じるつもりがないことは、もう以前から判っていたので、われわれは彼をとんでもない無礼者と思っていたのだった。

その男が訊ねた――「そうするってえと、スーザさま、いまフランス人による神の活動という説を唱えてるお人てえのは、あんたさまの考えだと、反《アンチ》キリストの先触れというわけなんでしょうかね?」（つまりこの男は、それがかの若いペトルス・ピエル・レオーニス、すなわち叙階された司祭で、ちょうどその頃、教皇さまが聖庁勤務に抜擢なさったばかりの、あの人物であることを知っていたわけである。ところがスーザさまは、そうした事情をご存知ないのであった）。

にわかに、スーザさまは、皮膚には触れぬ風が全身を捉えたとでもいうように、はっと驚いて身震いなさった（皮膚に触れぬ風。なぜならわれわれはまったく何も感じなかったから）。それから、無言のまま、大きな青白いお眼でじっと質問者を見つめておられたが、ふと立ち上がって、外へ出て行ってしまわれた。

われわれはすっかり腹を立てて、その男に言った――

「きさま自身が反《アンチ》キリストのお先棒だと見做されぬよう、まあせいぜい気をつけろよ！　なぜって、きさまは、われらの聖女さまをあんなにびっくりさせて、追い払ってしまったんだからな！　もう二度とこんな真似をするんじゃないぞ！　スーザさまはちゃんときさまという人間を見抜かれて、正しいご返事をくださったわけさ。だが、今度こんなことがあったら、おれたちが返事してやるぞ。そしたらきさまは、たいがいもう二度と質問なんぞする必要もなくなるだろう！」

すると男は、急いでその場から跳び離れた。われわれの中の幾人かが、すでに今でも、われわれのいう返事なるものを、してやりたがっている身構えなのを、男はすかさず看て取ったからである。

逃げた男は、遠くから大口を叩いた――「まあ、じっとして待つがいいさ、神の活動の説について、聖なる教会がどんなことを決めるかをね。そうなったらおめえさんがたも、きっと判るだろうよ、おめえさんがたの聖女さまたあ何者なのか、それに、聖女さまに悟りを開かせてるのが、誰なのかってえことを！」

だが聖なる教会は、当時ペトルス・レオーニスの忠勤に感謝するため、彼の若い息子を聖庁勤務に抜擢はしたものの、この息子が唱える例の所説には、一貫して反対の態度を取っていたのである。ただし、フランジパーネの一族が、いわば無理強いに、この所説の実行を教会に押しつけたその日までは、のことだが。

ローマのユダヤ人たちは、ペトルス・レオーニスに関して言っている――「主はエドムの子らを眩惑し給い、彼らを主みずからの手先として働かせ給うた」と（その意味は、フランジパーネ一族の憎悪心のことなのだ）。

今やこの一族の、ペトルス・レオーニス一族に対する、大きな戦いが始まるのである。

伝承はいう――

その頃、かつてハインリヒ王の滞陣していたアレッツォへ、武装の使者を派遣したあの連中が、全員ふたたび寄り集まった。トゥスクルム家の二伯爵、クレシェンティ一族、コルシ家の三人衆、聖エウスタキウスの領主一統、ガレラの二伯爵ヨハネスとゴッツェリン、ベリチーシ家一門、それに部下を率いたシュテファヌス・ノルマンヌス、という面々である。この連中が、お互い同士で談合した――「教皇はサリ家の王に裏切られたのだ。しかるに民衆と聖庁は、われらが王を市内へ入らせたがゆえに、われらに責めを負わせている。これより先、彼らはひたすら、ペトルス・レオーニスを頼り敬うつもりであろう。しかし事実は、われらに非ずしてこのペトルスこそ、災いの源なのだ。なぜというなら、もしフランジパーネとあいつのあの小癪な同盟がなかったら、われらはアレッツォにおいて、ハインリヒ王に皇帝冠を約束したりはしなかったであろうから。ペトルス・レオーニスこそ、すべてに関して責めがある。ゆえにわれらは、新たな災いの起こらぬよう、及ぶ限り速かに、奴らを排除せねばならないのだ」と。

そのあと彼らは、手始めにヨハネス・フランジパーネを、彼の嫉妬心を挺子にして、ペトルス・レオーニスから離間することに決めた。すなわち、そうなった後ならば、彼らはより容易に後者を征服できるであろう、と考えたからである。

伝承はいう――

その頃シュテファヌス・ノルマンヌス（至って抜目のない冷血漢のこの人物）が、心中企むところがあって、ヨハネス・フランジパーネと同道してオクタヴィアン宮殿へと赴いた。その途すがら、彼は道連れに語り聞かせた――教皇庁の一部の人びとは、今では昔の諺を言い変え、フランジパーネの剣とピエル・レオーネの金袋のように協力する、とはもはや言わず、そのかわりに、ピエル・レオーネの頭とフランジパーネの拳のように、と言っているぞ、と。

こう語り聞かせたノルマンヌスの狙いは、教皇庁の人びとが、ペトルス・レオーニスを慎重で怜悧だと思っている、ということよりは、むしろフランジパーネを無分別で当てにならぬと見ている、ということの方を、当のフランジパーネ本人に悟らせたかったのだ。そして、その意図どおり、フランジパーネもそのことを理解した。それというのも、聖ペトロの廻廊で先に剣をひき抜き、ドイツ王の騎士たちに抜剣して受けて立つ口実を与えてしまったのは、ほかならぬおのれの短気な激情だったことを、彼が充分に自覚していたからである。それにまた、彼の心中では、ラヴェンナのヴィーベルトの騒動も、忘れられてはいなかった。だが彼自身がその騒動のことを、自分に赦してしまった後となっては、他人が今なおそれを憶えているなんぞは、とても我慢ができなかったのである。

激怒に身も震えて、頭の天辺から爪先まで鎧兜をがちゃつかせながら、フランジパーネは叫んだ――教皇庁の奴輩《やつばら》は、せいぜい気をつけるがいいぞ、いまにまた、フランジパーネの剣に頼るか、それともピエル・レオーネの頭にしようかなんぞと、慌てふためいて言わねばならぬような、そんな羽目に陥らぬようにな！　と。

この日からのち、門閥貴族のお歴々は、突発する戦いの雄叫びの挙がるのを、今日か今日かと待つのであった。しかし彼らの期待は空しかった。それというのも、体も大きく力も強いフランジパーネが、シュテファヌス・ノルマンヌスの前でこそあんなに荒々しい態度を見せはしたものの、じつのところは、以前と変わらず今もなお、両腕共に、ほかならぬ同じ黄金の鎖で縛られていたからで、彼の剣なるものも、山吹色の黄金の山に埋もれた、哀れな筒形桝にも等しかったのである。ところで、当時の彼にしてみれば、この黄金の山の実体は、トゥリア・ピエル・レオーネの持参金なのであった。

トゥリア・ピエル・レオーネ――

この女性、それについてヨハネス・フランジパーネは、そもそも彼女が、兄のオビチオーネやグイド同様、大きくならないのではあるまいかと、いつも心配していたのであったが、それほどひ弱だったこの娘も、今ではともかく成長して、チェンチウス・フランジパーネ（ヨハネスの長男）と婚約するに至っていた。ヨハネスは、元来はこの娘を、次男レオの嫁にと想っていたのだった。なぜなら、何年も前からトゥリアの持参金を目当てに、喜び待ってはいたけれども、しかし彼は、彼本人の言い方だが、自家最年長の嫡流の血を、彼女によって〈汚れ〉させることは望まなかったからである。ところが幼いレオは、自分にトゥリアがあてがわれようとしていることを知ると（まだほんの少年で、横暴な父親に抵抗する力もなかったのだが）、フランジパーネ家が狩猟のために飼っていた豹の檻の中に這い込み、ぎょっとして立ち竦んでいる父親の目の前で、その獰猛な野獣の首っ玉に抱きついて、こう叫んだのであった――ぼくと同じローマ人の血が、流れていないような娘っ子を押しつけられるぐらいなら、ぼくはいっそ、この猛獣に八つ裂きにされる方がましだよう。

この一件によって、ヨハネス・フランジパーネはその時、次男の血の方が長男のより貴重であることを悟り、チェンチウスとトゥリア・ピエル・レオーネを婚約させた、と言われている。

トゥリア・ピエル・レオーネ――

子供だった昔のように、その頃もまだ彼女は、相変わらずビザンツの皇女たちの風に倣った、裾縁に金や銀の小鈴を縫いつけた服を着ていた（こうした好みを、彼女の継母ボーナ夫人が固守していたのである。それというのも、こんな服装ができるのは、同夫人とその娘たち以外、ローマには他に誰もいなかったからだ）。小鈴たちは、彼女のほっそりした足首の周囲で、愛くるしい音を響かせた。だがその響きの派手やかさは、彼女のあどけない痛々しげな顔を、かえって見劣りさせる結果にもなった。つまり、トゥリアは、ヨハネス・フランジパーネが早く婚礼をと催促するとき、母が赤面するのを何度も見たのである（しかしボーナ夫人が赤面したのは、なぜ昔、夫人自身の兄たちが、彼女の結婚をあんなに急《せ》き立てたのか、というその理由を、今にして憶い出したからだった）。ところがペトルス・レオーニスは、催促されてもされるがまま、顔を赤らめることもなく、なぜまだ婚礼を実現できないのか、すなわちトゥリアの持参金を支払うことができないのか、という一つの重大な理由を、いつも繰り返し述べるのだった。

ヨハネス・フランジパーネ（しっかと足を踏んばって仁王立ちに立ちはだかってはいたが、表情はあやふやで赤くなっており、友をまともに正視できないのだった）――「もうそろそろ、程よい時期というものでしょうが、ペトルス・レオーニスどの、この辺が汐どきでしょうぞ！　われらは年をとります。今のうちに孫の顔が見たいものじゃて」

するとペトルス・レオーニスは――「さよう、私どもは年をとります、ヨハネス・フランジパーネどの。それで、老いらくの日々のために、平和と諧調を必要としますのじゃ」（彼がそう言うのは、フランジパーネが、トゥリアを確かに手に入れさえすれば、たちまち自分に敵対するようになるだろうことを、重々承知していたからであった）。

ところがその裏で、若いチェンチウスは、なかなか婚礼の運びに至らないので、喜んでいるのだった。なぜなら、弟レオとまったく同様に、彼もトゥリアを毛嫌いしていたからである。

フランジパーネ家の兄弟、チェンチウスとレオ――

この兄弟は、二人とも金髪だった。しかし他の門閥貴族らのように栗毛がかってはおらず、日の光を受けた亜麻のようで、戴冠式のときマールスの丘から降りて来た、あのドイツ兵たちと同様、白く輝く金色であった。皮膚の色は、まるで若い娘たちの肌かと見えるほどに艶やかに白く、真夏の太陽が灼くように照りつけると、褐色にはならずに斑点ができて、ちょうど、幼いレオが抱きついたあの美しい豹の毛皮のようになった。ところが、この二人の眼はというと、トゥスクルム家の伯爵たちの眼と同様、黒いのだった。その伯爵たちについては、古代ローマの名門アニチウス家の出であることが知られている。

トゥスクルム家の若殿たちは、フランジパーネ兄弟に、よくこんなことを言った――きみらの皮膚と髪の色を見ると、きみらフランジパーネ一門が蛮族系だということが、今でもはっきり判るぞ、と。だが若いフランジパーネ兄弟は、こうした言葉を耳にするのを好まなかった。彼らがドイツ人を嫌っていたからである。しかしその理由はといえば、ドイツ人たちがローマの都の支配権を欲しがっているから、というだけに過ぎなかった。けれども、彼らがペトルス・レオーニスを嫌うのは、先天的・生理的のもので、いわば血のなかで嫌がっているのであった。

若いフランジパーネ兄弟は、トゥスクルムの若伯爵たちに言い返した――「おれたちはよく知ってるよ、いつかある蛮族の女が、おれたち一門の誰かと結婚したのさ。この女は墓へ入っても落ち着けなくて、何度も何度も、おれたちの容貌のなかへしゃしゃり出てくるんだ。だけど、おれたちの父方の血統は、きみらがアニチウス系であるように、古い名流ユリウス家の系統なのさ」

すると、見るからに無駄口嫌いのローマ人の風貌を具えたトゥスクルム家の伯爵たちは、「事実で証明したまえ、きみらフランジパーネ兄弟が！」と釘を刺すのだった。

兄弟には、これがどういう意味なのかよく判っていた。門閥のお歴々が、ヨハネス・フランジパーネを見限ってしまった後は、彼ら全員はヨハネスのこの若い息子たちに期待をかけているのであったから。

伝承はいう――

トゥスクルム家の若伯爵たち（アレッツォへ出かけた伯爵たちの息子ら）は、多くの若者たちを集めて、一つの結社を作っていた。この仲間は、挨拶をするにも、われわれが互いにしている頭を下げる仕方でなしに、手を使うのだ。手をさっと前方へさし伸べ、力を込めて燃えるような目つきで互いに見つめ合う、というやり方である（異教時代のわれらの祖先たちが、そういうやり方で挨拶を交わしていたのだ）。さて挨拶を交わす際の呼びかけはというと、われらの都ローマの名を使うのだった。最初はこの呼びかけを多くの人が嘲笑し、あの連中は自分らの生まれたこの都の名以外には、何も言うことができぬみたいだ、と評していた。ところが彼らは、ほかにももっといろいろ言うことができたのである。すなわち、われらの都ローマの現状はどうだ、とか、かつてはいかなる状態だったか、そしてまた将来はいかようになるべきか、というようなことに関してである。だが、われわれが、いったいきみらは何に希望を寄せているのか、きみらは皇帝派か、それとも教皇派か、あるいはロンバルディア派なのか、と訊ねると、彼らはどの問いに対しても、首を横に振るのであった。

「さてそれでは、きみらはいったい何を望んでいるのだ、きみらトゥスクルム党の諸君は？　きみらは何者なんだね？」というわれわれの質問に対して、彼らは言うのだった――「われらはローマを欲する。われらはローマ人であり、他の何ものでもないのだ！」と。

伝承はいう――

トゥスクルム一族の御殿の裏に、異教徒たちの古い廃墟に囲まれて、一つの庭園がある。園内には大きな樹木がたくさんあって、ローマ市内の他のどんな場所にも見られぬほど、こんもり茂った多くの樹蔭をなしている。異教時代のわれらの祖先の頃から知られていた、古い湧き水が、この庭園のあちこちで、今もなお湧き出ているからである。この一帯で祖先たちは水浴をしたのだ。生い繁った樹々の下に、一個の石造の棺が置いてある。神々や女神らの像を彫った、美しい、だが良風美俗には反するような装飾が施されている。すべてが身に一糸もまとわず、葡萄の房を摘んでその汁を啜り、陶然と酔い痴れた表情である。この石棺は、トゥスクルム家の若殿がたとその仲間たちが、この場所へ据え置いたものなのだ。毎朝その蓋の上に、月桂樹の枝と薔薇の花を編み合わせた飾りの環冠が見られる。夜間に青年たちがそこへ供えたものなのだ（その石棺にはローマの栄華が埋葬されている、と彼らは言っている）。時おり彼らは、棺を蔽って黒布をかぶせ、手に手に松明を持って、棺の周囲に円陣をつくる。その松明を、おごそかな哀悼の儀式とともに、その棺の前で消すのである。彼らはそうした儀式を、ドイツ兵たちがわれらの都へ入城した日に行った。そしてその後、ペトルス・レオーニスがローマの王と呼ばれていることを、彼らが知ったその日に、ふたたびそれを行った。

松明を消すとき、トゥスクルム家の若殿たちとその仲間は、次のように唱える――

「おおローマ、その神、おんみはこの世の頭にして冠であった。しかるに今日おんみは、粗暴なる蛮族ども貪欲なる金貸しどもの、餌食とは成り果てている！　されどわれらは、おんみの餌食たらんことを欲するのだ、女王ローマ、母ローマ、花嫁ローマよ！　死すあたわざるローマよ、われらをしておんみのために死なしめよ！　おんみの汚辱はわれらの死因、ローマよ、願わくはわれらをして、おんみのために生命あらしめよ！」

伝承はいう――

トゥスクルムの若殿たちは、ペトルス・レオーニスについて語るとき、決してその名を口にせず、ただ「あいつ」とだけ言った。しかしそれが誰を意味するのかを、結社内の全員が理解するのであった。

若殿たちは言っていた――「おれたちが〈あいつ〉一人さえやっつけることができぬようでは、どうしていつかドイツ人どもを、おれたちの女王ローマから追い払うことなど、望むことができようか！」と。（ところで、若いフランジパーネ兄弟は、自分らの父親が、〈あいつ〉を大ならしめた責任者として、遺族たち全員から睨まれていることを、重々承知していたのである）。

兄弟は言った――「〈あいつ〉は、いつの間にやらこっそり忍び込んで、おれたちの仲間づらをしている成り上りだ。しかしおれたちは、自分がもともとこういう身分だということを知っているのさ」

するとトゥスクルムの若殿たちは、ふたたび「事実で証明したまえ、きみら兄弟が！」と言うのだった。

われらの黄金の都ローマの古記録より

伝承はいう――

フランジパーネ一族の、ペトルス・レオーニスに対する公然の敵対行動は、ローマの都知事が死去した際、民衆がペトルス・レオーニスを後任に祭り上げようとしたときに、突発的に開始された（都知事とは、われらの都で最高位の、生殺与奪の権を握る判官なのである）。

その頃、当地ローマでは、初めてこんな風説が流れていた。すなわちピエル・レオーネ一族には、ユダヤ系という素性ゆえに、なにやらうさん臭い、欠陥めいたものがつきまとっている、というのである（それまでわれわれは、頑迷の民から抜け出てキリストへと改宗させられるほどの人びとの上には、一つの特別なお恵みがあるのだ、と信じ切っていたのだった）。ユダヤ人という種族は、世界のあらゆる民族にも増して忌まわしく、この種族からは断じて善きものは生じない――騒々しくそんなことを述べたてるさまざまな人物に、当時市内の居酒屋の中や広場の上で、出くわすことがあった。だがわれわれは、そうした人物はヨハネス・フランジパーネが送り出したものであることを、よく承知していたのだ。それだから、彼がちょうどその頃病気になったとき、都じゅうで言い囃されたものである、あの人の病いの因《もと》は錆びついた剣にある、と（つまり、トゥリアがまだ相変わらず結婚しないため、彼として抜くに抜けないでいる剣、それが病いの原因さ、と諷したのだ）。ところがパスカリス教皇は、ローマ民衆の選抜を是認なさるご意向であることを公けにされる一方、ユダヤの種族からは決して善きものが生じない、などという非キリスト教的な風説に対しては、当時なんにもおっしゃらずに無視しておられた。

その頃、二人の若いフランジパーネは、父に向かってあの有名な言葉を吐いた――「この際、蛇の狡智はなんの役にも立ちませぬ、父上よ、ただ剣あるのみです」。それから、ペトルス・レオーニスに抗して反乱を起こすために、自分から母親の遺産を残らず全部質入れしました、この一挙を、自分ら一門の名誉と、ローマの全貴族階級の期待とが、要望しているのです、と父に告げた。

死なんばかりに驚愕したヨハネス・フランジパーネは、「おまえらの母の遺産だけで、ペトルス・レオーニスに対する反乱など起こせるものではないわい、この無分別な若僧どもめ、おまえらは惨めに敗れるであろうぞ」

「それでは敗れるのでありましょう、しかしながら、もはや後へは退けませぬ」と決意を述べた兄弟は、十二時間ほどもかけてようやく、このように無理強いに、父の諒解をとりつけることができた。それというのも彼らが、兄弟二人だけで事を挙げるのでは駄目だ、とみずから判っていたからであるが、その上さらに、自分らの名ばかりでなく父の名も、貴族連中にふたたび尊重されるようになることを望んでいたのである。

さてヨハネス・フランジパーネは、息子どもの計画に中止を命ずるには時すでに遅く、ゆえに――血を分けたわが子を破滅に追い込みたくないなら――息子と共に討って出なければならぬと悟ったので、こんな提案をした。つまり、チェンチウスはトゥリアを強奪してわがものにするがいい、というのである。そうしたやり方で、この期《ご》に及んでもとにかく彼女の持参金をせしめようという肚だった。

この提案に対して、二人の若者はなんの返答もしなかった。みずからの父を恥じたからである。

トゥリアの持参金

伝承はいう――

ところで、反乱が勃発する予定の晩、ヨハネス・フランジパーネの館では祝宴が催されることになっていて、それにはトゥリアとその弟、つまりボーナ夫人の腹を痛めた息子たちも、招待されていた。息子たちのうち、ヨルダヌスとレオは当時まだ子供だった。だがグラツィアヌス、ニコラウス、ロジール、ロマヌスの四人はまさに年ごろになっていたので、腹違いの姉トゥリアに同伴して、祝宴に出席したのである。

エッツェリーナ・ダンスが踊られた。これはその創始者、フォルリ市出身の美しい貴婦人の名にちなんだ舞踏である。若い娘たちはみんな一緒に踊っていた。ヨハネス・フランジパーネは妻に先立たれたため、彼の邸《やしき》には礼儀作法に気を配ってやる婦人がいなかったのである。ところで、エッツェリーナ・ダンスというものは、本来なら広い草原で踊るべきなのだ。なぜならこれは、跳んだりはねたり、ほとんど嵐のような激しさの、テンポの速いダンスなので、そのため広い場所が必要だからである。広間のドアは開け放しにされ、踊る人びとは閾を超えて、すべての部屋々々や廊下まで溢れ出し、ついには七枝燭台の彫られた凱旋門《アーチ》を見おろす、あの部屋の中にまで入って行った（この凱旋門《アーチ》にのしかかるように聳えている塔が、ヨハネス・フランジパーネ御殿の末端になるのだ）。トゥリア・ピエル・レオーネだけは、この塔までは踊り進む気がしなかった。彼女は言うのだった——この塔部屋の中は、湿った壁の臭いが淀んでいて、それを嗅ぐとなんだか怖いのよ、と。

　トゥリアの背後で、客たちは互いに囁き合っていた——「まるで彼女の肉体の血液が、にわかに自分の素性を憶い出したみたいだね、ユダヤ人は誰一人、あの七枝燭台のある凱旋門《アーチ》はくぐらないっていうじゃないか」——

　トゥリアの頭の花環飾りは、粘板岩《スレート》のように黒い彼女の髪の中途に、萎れた蔓のようになってぶら下っていた。知らぬまに滑り落ちはすまいかと思って、彼女が何度も何度も両手でそれを押さえてみたせいだった。

　ヤコーバ・フランジパーネ（まだ相変わらず未婚のまま、伯父の邸《やしき》に暮らしていた彼女には、トゥリアが我慢ならないのだった。なぜならトゥリアは、ヤコーバがかつてむざむざと指環を与えてしまった、あの若いペトルスの姉であるから）——「トゥリアさん、どうしてそんなに、しょっちゅう花環飾りを押さえてばかりいるの？　ちゃんとしっかり付いてますよ。ご婚礼はまだなのよ！」

　この晩ヤコーバは大そう贅沢に飾り立てていたが、しかしその装いも彼女の醜い顔を愛らしくは見せず、ただ幾分いじらしげな感じにしているだけだった。いじらしげ、というのは、飾り立てたそのさまを見ると、手の美しさだけに注目するのではない誰かに、彼女は気に入られたがっているのだな、ということが判るからであった（だが彼女は、従兄チェンチウスを愛していたのである）。そのチェンチウスは、ひと晩じゅう彼女と踊ってくれていた。トゥリアを相手にして踊らずに済むように、という回避策なのだった。しかしレオ・フランジパーネは、全然踊らずに外の露台に立ち、今にも合図の音が聞こえはせぬかと、耳を澄ましていたのだった。（なにしろフランジパーネ一党は、この夜のうちに馬を駆ろうとしていたのだから）。

　トゥリア・ピエル・レオーネは、ダンスの途中で急に動きを止め、広間の中央に棒立ちになった。それで、彼女の衣裳に縫いつけられた鈴は、全部一せいに激しく揺れた。

「うちの弟たちはどこでしょう？　どこにいるのかしら？　一人も姿が見えないわ！　いったいどなたも、弟たちをごらんにならなかったのでしょうか？」。だが彼女の問いに答えてやれる者は、誰一人いないのだった。それもそのはず、ピエル・レオーネ家の若様たちは、めいめい、他の弟がすでに姉を説得して家へ連れ帰ったものと思い込んで、いつの間にか全部が、こっそり辞去してしまっていたのである。

すなわちこの晩は、最初から客たちのあいだに一つの噂が流れていて、「きょうは何事も起こらぬよう、せいぜい気をつけなさいよ！」と言われていたのであった（なにしろ当地ローマの祝宴では、しばしば何かが起こるのであって、舞踏や饗宴の際に、もういやというほど斬り合いや人死に騒ぎを見せつけられてきているのだ。その上フランジパーネ邸の広間からは、古代のローマ人たちの公共広場《フォールム》が見えるので、夫人連や令嬢たちは怖じ気をふるうのだった。なにしろこの公共広場《フォールム》なるものは、地上の他のどんな場所とも較べようがないほど、荒寥とした悲しい場所なのだ。それなのに女性たちは、合間に何度も、露台へ出てみることを繰り返さずにはいられないのだった。夜間、公共広場《フォールム》の廃墟のあいだを、恐れもなく動きまわっている光の群を、怖いもの見たさで見たがったのである。そのうちの一つは、遠くの古代皇帝たちの宮殿跡でも動いていた。ちらちらと瞬くように明滅しながら、廃墟となった部屋から部屋へと移動するその光は、まるで何者かが、風の中を蝋燭を手にして、宮殿じゅうを見廻ってでもいるかと思われるのであった。だがわれわれは、これらの光が異教徒らの亡霊であって、地獄の聖母教会《サンタ・マリア・デ・インフェルノ》のほとりで会合しているのだ、ということを知っている）。

そのあいだにもトゥリアは、ますます不安になりながら、弟たちの居場所を訊ねまわっているのであった。

ヤコーバ・フランジパーネが言った——「弟さん方は、伯父のいる広場に座りこんで、お酒でも呑んでいるんでしょうよ。まあ降りて行ってごらんなさい、トゥリアさん！」（しかし彼女は、その言葉を自分でももう信じてはいなかった。今は彼女も、何かが起こりそうだと予感していたからである。が、それが何なのかは彼女には判らず、彼女なりに自分ら一族の遊楽が、台なしになるのを惧れていたのだった）。

そう言われても、トゥリアは降りて行かなかった。急にすべてのドアが怖くなって、そのままじっと動かずに、松明で照らされたその広間の真ん中に、立っていたかったのである（だがその松明も、もうずっと下の方まで燃え進んでいた。祝宴は終わりに近づいていたのである）。

そうしているうち、階段の下からヨハネス・フランジパーネの、息子チェンチウスを呼ぶ声が聞こえた。

チェンチウスはその時、開け放しの露台の上に立っていた。というのは、レオがすでに合図の音を聴き取って、ひそかに馬に乗って出かけてしまっていたからである。

ヨハネス・フランジパーネはチェンチウスの目の前へ歩み寄った。縦も横も、息子の倍はあろうという大兵肥満ぶりだった。「どうしておまえはこんな所に突っ立って、荒れた廃墟なんぞを見つめているんだ？　花嫁さんがおまえを待っているのが見えんのか？」（その意味は、今こそ踊りながらトゥリアを人目のない方へ連れ出して、裏に並ぶ小部屋の一つへ入ってしまうのに、ちょうどよいチャンスだぞ、ということだった。そうしたら、二人の背後でドアが閉鎖される手筈だった。そういうふうに、ヨハネス・フランジパーネは、あの提案をしたとき言い含めて置いたのであった）。

突然、令嬢の一人が、甲高い悲鳴を挙げた。若いチェンチウスが今にも露台から跳び降りて、身投げしようとしているように見えたからである（だが彼は、跳び降りはしなかった。ヨハネスが、咄嗟に、豹の檻に入った息子レオのことを想起したためである）。

ヨハネス・フランジパーネは息子からひき退《さ》がり、柔和とも言えるほどに声を和らげて、「それならわしが、自分でトゥリアさんと踊ろうわい」（言うと共に、彼女の方へ近づいて行った）。

するとにわかに、死人のように蒼ざめた若いチェンチウスが、跳び出して行って父を追い抜いた。

トゥリアは、迫ってくるチェンチウスを拒むように両手を前へ突き出して言った。「私、もう踊りたくございませんッ！　踊りたくないんですの！　祝宴はもう終わったんですもの！」

チェンチウスは「まもなく終わるところですよ」と言い、すでに演奏をやめていた楽士たちに命じた。「エッツェリーナだ！」。言うが早いか、彼はトゥリアを抱きかかえ、一緒に踊り始めたのである。

ほかの人びとも、またあらためて踊り始めた（どれほどの時間だったたか、彼らはあとから考えても判らなかった）。

突然、またしても令嬢たちの一人が、大きな金切り声を挙げた――「おやめなさい、チェンチウス、トゥリアさんはもう踊れないわ！」（だが、そう叫んだ当人も、よもや彼がそれまでずっとトゥリアと踊り続けていたのだとは、最初は思いも及ばなかったのだ。ほかの人たちは、そのあいだに何度も、相手を換えたり休憩したりしていたから）。

しかし、声を挙げたその女性《ひと》は、突然気がついたのであった、激しく奔放なエッツェリーナの楽の音が、チェンチウスの動きより常に半拍子遅れて響いていることに。それほど急速なテンポで、彼は踊っていたのである。ところがトゥリアの方は、すでにもう、ほとんど踊っているとは言えないような有様だった。衣裳に縫いつけてあった多数の鈴は、綻び千切れて垂れ下っていたし、彼女の口は死にかけている顔の中の、ぱっくり開いた傷のようであった。

人びとは、いまや四方八方からチェンチウスに、やめろやめろと呼びかけていた。何人かが手を出して、彼を引き留めようとしてもみた。だがその人びとは、彼の素早い動きに追いつけないのだった。その上、松明も燃え尽きて、今は消えようとしており、広間の中は暗くなり始めていたのである。

突然、人びとは皆、硬直したように立ち竦んだ（何が起こっているのかを、今は悟ったからである）。楽士たちもそれを悟った。音楽は張りを失い、たゆたうように弱まって、やがて悲鳴のようにぷっつりと途絶えた――

その時、最後の松明が消えた。屋外の公共広間《フォールム》に蠢《うごめ》く異教徒たちの光が、広間の中に射し込んで、踊っている二人を取り巻いた。

なおも重い巨体を動かして、踊る二人のあとを追っていたヨハネス・フランジパーネ（異教徒らの光は彼には見えなかった）は、激怒して手を振りまわし、息を切らせながら――

「チェンチウス、これではまるで踊りじゃない、これは殺人だぞ！」

チェンチウス・フランジパーネ――「恥辱よりは、殺人の方がまだましです！」

その時、暗闇の中で、一人が床に倒れた。だがそれは、トゥリア・ピエル・レオーネではなく、ヨハネス・フランジパーネなのだった。怒りあまり、卒中の発作に見舞われたのである。

伝承はいう――
そのあいだに都知事の邸宅が、レオ・フランジパーネの手勢に包囲された。亡き前知事の嫡男（これを擁して戦いの大義名分とする手筈なので）を寝床から引きずり出し、都知事の衣服や剣を収めた鉄戸棚をこじ開け、寝耳に水のその若者に、亡父の絹の大礼服《ダルマチカ》を着せかけた。次に片足が赤、他方は金色のズボン（ローマ都知事の外出服）を穿かせ、丈長の冠飾帽《ミトラ》をかぶせ、抜身の剣の重々しい柄頭《つかがしら》を、華奢な右手に握らせた。こうした身なりをさせ終わると、抵抗しようともがくその若者を、飾り人形のように馬背に抛り上げ――長過ぎるズボンの裾は、二つの空き袋のように馬の横腹に垂れ下った――そしてそれを連れて駆け去って行った。先頭に立つはレオ・フランジパーネ、兜の下からはみ出た金色の髪を、朝焼けの光に映える旌旗のように靡かせていた。

角笛を吹き鳴らし、美々しく隊列を整えて、トゥスクルム一族の館の前を通過した。露台から若殿たちが声をかけた――「こんどこそはやってくれたな、フランジパーネのご一統！　今こそきみらは、事実で証明してくれたわ！　きみらの金髪の旗印に敬意を表するぞ、きみらはやっぱり本物だよ！」

それに答えて、若いレオは（結社の作法どおり、挨拶の手をさっと伸ばして）歓呼した――「ローマよ！　おおローマよ！」

さらに進んで、ピエル・レオーネ家の城館に向かった。そこではヨハネスとチェンチウスが、引揚げてくるレオの一隊を待っている手筈だった。ところが、待っているはずのその味方は、いないのだった。

レオ・フランジパーネ――「ではわれわれも、彼らを待たぬとしよう。都知事どのを前へお進めせよ」

茫然自失の若者を乗せた馬が、石壁のすぐ間際まで近寄せられた。レオ・フランジパーネは、その石壁に向かってファンファーレのように声張り上げて――「ペトルス・レオーニスよく聞け、ここにおわすは、われらがローマの都知事どのであるぞ！　他の何びとにも非ずしてこのおん方をこそ、われらフランジパーネ一統は、ローマの貴族全員と心を一つにして、切に要望するものなり！」

若々しい高らかな声で、彼は三たびそう繰り返し呼ばわった。けれども何の応答も戻っては来ず、ひっそりと静まり返ったままで、まるで石壁の中の城館全体が、魔法にでもかかったか、それとも死に絶えてしまいでもしたか、と思えるほどだった（ちなみにこの城館は、ただただ感嘆するほかはないような、三重の石の囲壁をめぐらした巨大な要塞であって、これほどのものはローマには二つとないのである）。

その後レオ・フランジパーネは、この城館を攻撃せよ、と命じた。

伝承はいう――

さて彼らが、太い鉄の棒や破城槌を持ってあちこちの門へ駆け寄り、一方ではまた石壁ごしにさかんに矢を射かけていたとき（それでも内部では依然として何の動きもなかったのだが）突然、とある横町から一隊の行列が、攻撃車の背後に現れた。数人のイエスの御哀憐奉仕会の会員（この人びとは、死者や病者を、それぞれふさわしい場所へ運ぶのが仕事である）を先頭にして、それに何名かの司祭が加わり、みんな声を揃えて祈りを唱えていた。最後は婦人や少女たちの一団だったが、この女性たちの真ん中で、これも御哀憐奉仕会の会員らが、一つの棺台を担いでおり、その上には長々と体を伸ばしたトゥリア・ピエル・レオーネが、横たわっているのであった。生きているのか死んだのかも定かではなく、広く開いた口もとは、今もやはり、顔の中にぱっくり裂けた傷口のように見えた。このようにしてこの人びとは、棺台を守りつつペトルス・レオーニスの城館へ近づこうとしているのだった。

さて城館前の騒乱のため、行列が前進できなくなると、同行していた司祭らが前へ出て、朗朗とよく透る声で、争乱の只中へ次のように呼びかけ始めた——

「レオ・フランジパーネよ、教皇のみ名において、われらは汝に命ずる。汝の部下ともども、直ちに帰宅すべし。なんとなれば、汝が不遜にも、この都に一人の判官を擁立すべく画策しておるあいだに、死の大判官はすでに汝みずからの家において、裁きの座についているからである！　汝の家に、大きな不幸が生じておるぞ。すなわち汝の父ヨハネスが、死して広間に横たわりおるのだ。されどわれらは、トゥリア・ピエル・レオーネを、その自宅へと連んで行く。速かにわれらを通せ。かつまたわれらと共に、トゥリアの生命のために祈りを献げ、汝の兄チェンチウスがトゥリアの殺害者とならざるよう願うべし！」

これを聞いて、レオ・フランジパーネに同行した部下たちは、全員ぞっと慄えあがった。

互いに耳打ちして——「そうした前兆があるからには、この青二才どもの戦いが、この先なんの実を結ぶことができようぞ？　神父たちの言葉に従い、死んだ大殿さまのもとに参ろうではないか。かような時には、それが一番の分別というものよ」

つづいて一同は総崩れになった。

伝承はいう——

ペトルス・レオーニスの言葉として伝えられているものは、あまり多くない。伝えられているのは、むしろ彼の常に賢明かつ良心的な沈黙であり、その上彼の大きくて表情豊かな両手である。彼はその手によって、いわば語ることができたのであるし、また彼に関して語られている多くの物事を、成しとげもしたのだ。だが次に述べる言葉は、彼が実際に口に出して語ったことが確証されている。すなわちそれは、死にかけたような口をした娘トゥリアが、臥床の上にぐったりと横たわっているのを目前にして、彼が語った言葉なのだ。彼は泣きながら彼女の傍らに坐していた。すべてのわが子たちを、こまやかな情をこめて愛していたからである。

さてその時に、ボーナ夫人の兄たちの一人、デシデリウス・ベリチーシが彼のところへやって来た。その一族はフランジパーネ家と敵対関係にあり、だから義弟ペトルスの味方に付こうと決めていたのである。すなわちベリチーシ一族は、ペトルスが、自分に加えられた侮辱に復讐するため、今や即座に討って出るだろう、と期待していたのだ。

涙ながらのペトルス・レオーニスは、大きな両手を上げて、まるで二枚の空き皿をでも見せるように、ベリチーシに向かって突き出しながらこう語った——「復讐に何の意味があるのです？　われわれが多くの人を死なせ、お金を無駄にばら撒けば、この娘の状態がよくなりでもするでしょうか？　教皇さまはお怒りになり、この都は暗澹となることでしょう。そして結局は、なんにも得るところはないのに、多くのものが失われることでしょう」

これを聞くと、ベリチーシは部屋を出て、ボーナ夫人のところへ行った。夫人も泣いてはいたが、これは悲しみというより、むしろ怒りと恥ずかしさのためであった。「おまえはほんとに気の毒だ、妹よ。なにしろおまえの亭主は、もうあまりにも多くの不当な扱いを受けてきた血統だからな。あついはもう、男たる者は自分自身にどういう責任があるのか、ということさえ判らぬ有様だよ」

伝承はいう——

その当時は都じゅうが、さながら耳に当てがった貝殻のように、どの街もざわざわと騒がしかった。すなわちパスカリス教皇は、ローマの都という貝殻をお耳に当てて、その海鳴りのようなざわめきを聞いておられたのである。

一方には民衆がいた。民衆は朝から晩まで、ピエル・レオーネ家の城館の前にたむろして、それを囲む三重の石壁の周囲を、いわばさらにひとまわり、四番目の囲いとなって取り巻いていた。それというのも、今日はそこで奥方ボーナさまが、たんと施しをしてくださる、食物も飲物もくださるそうだ、もらった人が教会で、トゥリアさまの生命のために祈ってくれるようにだとさ、という情報が知れ渡っていたからである。

たらふく飲み食いし終えると、民衆はラテラノ宮殿へ押し寄せて、口ぐちに叫ぶのであった——「教皇さまにお願いいたします、トゥリアさまのために復讐を！　そしてペトルス・レオーニスどのを、ローマの都知事に！」

一方ではフランジパーネ一門。完全武装を整えたこの連中も、紛れもない一団となって進んで来た。このたびの先頭はリュカオニア島のグラツィアヌス。今では亡き伯父ヨハネスに成り替わったように、堂々の威勢を張って軍馬に跨がっていた。その背後には彼の二人の息子、ロベルトゥスとレイノー。その間に挟まれて、旗のように金髪を靡かせた蒼白なレオ。さらに続いてグラデッリスに住むフランジパーネ分家と、セプテムソリアに住む分家の面面。一族郎党がことごとく集まっていた。こうしてラテラノ宮殿の前庭は、一面に軍馬が入り乱れて嘶くやら、家の子郎党が犇めき合って武具をがちゃつかせるやらで、あたかも宮殿内におわすのが、一大軍団の首将であって、キリスト教界の祭司の首長ではないかのような有様だった。

その祭司の首長を取り囲みつつ、フランジパーネ勢は叫んでいた――「教皇さま、チェンチウスの振る舞いは、男らしく勇敢でございましたぞ。われらは彼のために望みます、彼に無罪を宣すべき、騎士らしい判官を。ペトルス・レオーニスは却下！　亡き都知事どののご子息ばんざい！」

また一方には枢機卿の方がた。それぞれのお邸《やしき》から出て、またはカンパニア州の司教座から降りて、打ち乗った温和な騾馬を、不安に駆られた性急さで鞭打ち急がせながら、続々とラテラノ宮に入って言上した――

「教皇さま、私どもは伏して乞い願い奉ります。この一件に関しまして左の如きお裁きを下し置かれますように。すなわち、聖なる教会が皇帝の剣の守護なしでおります間に、お膝元の二つの顕門が互いに不倶戴天の戦旗を繰り拡げて、聖ペトロの都が混乱に満たされるが如き事態を、この上惹起することのありませぬような、さような賢慮明徹のお裁きを！」

最後にピエル・レオーネ勢。他のどの集団よりもずっと人数の多いこの部隊も、列を整えて繰り込んで来た。馬上ゆたかの兵たちは、金銀まばゆい華麗な装いだった（燦爛ときらめく彼らの武具や長喇叭《トランペット》ゆえに、民衆がそのように言ったのである）。隊の先頭には一騎の軍使役、躍り跳ねる獅子の紋章《ワッペン》をつけていた。

ラテラノ宮殿付きの司祭たちは、この軍勢を目にして歎いた――「今こそすべての聖人はわれらを助け給わんことを！　事ここに至っては、ソロモン王の知恵を以てしても、何らの逃げ道をも見出し得まい。彼らは、こともあろうに教皇さまのお目の前で、殺し合いをしようとしておる！」

民衆は泣きの涙で跪いて祈った――「連中は私たちをも巻き添えにするでしょう！　教皇さま、平和と救出をお願いいたします！　平和を乱す者たちには、死と呪いを！」

そうこうするうち、ピエル・レオーネの騎馬武者たちは、整々と秩序を保ちながら前庭へ乗り入れて来て、さかんに小刻みな動きを見せるフランジパーネ勢の側を、威嚇するふうもなく通り過ぎ、居並ぶ司祭らの面前では剣の切尖を下へ向けた。そうした作法を守るように、ペトルス・

レオーニスがつね日ごろ、部下を躾けて置いたためである。

やがて軍使役の一騎が、駒を進めて前へ出るのが見えた。武備こそは厳めしいが、それは戦闘のための装いではなく、やんごとない王侯を迎えるときの、綺羅を尽くしたいでたちなのであった。彼は平然と落ち着き澄まして、だがいとも派手やかに、喨喨と長喇叭《トランペット》を吹き鳴らした。そのあと教皇さまの露台に向かって、次の言葉を奏上するのが聞き取れた――

「ローマの執政官《コンスル》ペトルス・レオーニス閣下は、ここに厳粛に、都知事の職を拝辞するものであります。閣下のこの辞退は、ローマの都の平和のためでありますが、とりわけまず教皇さまのおんためを思ってのことであります。閣下はさらに、娘御トゥリアゆえのチェンチウス・フランジパーネに関わる裁きをも、教皇さまにお委ね申し上げるものであります」

奏上が終わると、その軍役使とピエル・レオーネ勢の騎馬武者たちは、一斉に馬首を回らしてふたたび粛粛と騎行し去ったのであった。

ラテラノ宮殿前庭の司祭たち――「われらを救い給うたイエス・キリストは、讃えられてあれ！」

民衆――「私たちに平和を贈ってくれたペトルス・レオーニスは、讃えられてあれ！」

フランジパーネ一門――「われらの鋭利なる剣は、讃えられてあれ！　われらはこの剣を、今後とも長きに亘って、ひっこめたりはせぬぞ！」。憤懣やる方ない気持ちで家路をさして騎行しながら――「あの狡賢い狐めが、いっそ辞退なんぞをせぬ方が、われらにとってはましだったであろうに。なぜなら、教皇庁においては、あいつめのこの辞退を高く評価することだろうし、あいつもあいつなりの要求を、この先きっと申し出るであろうから！」

伝承はいう――

ところで、当時、枢機卿らの大多数、その中には、常に危険きわまりない貴族たちとの交渉を、うまく収めることにかけて特に巧みな、老練な方がたもおられるのだが、その大多数の枢機卿たちが、次のように教皇にお願い申し上げたことが知られている。すなわち、ペトルス・レオーニスがあのように広量かつ賢明に辞退いたしました以上、なにとぞ亡き都知事の嫡男を、後任としてご認可くださいませ、そして人の言うなりになるこの若者に勧めて、チェンチウスに対する判決には、できる限りの目こぼしを盛り込ませ、かくてかの粗暴なフランジパーネ一門を、落ち着かせるようご配慮くださいませ、その後であれば、ピエル・

レオーネ一族の氏素性に対する貴族らの嫌悪に関し、聖なる教会がどのように考えているかを、貴族の容喙《ようかい》し得ぬ一つの場において貴族らに明示する方途は、たやすく見出すことができるでありましょう、という内容だった（この献策で、枢機卿たちは、若いペトルスの昇進を、暗示しようとしたのである。彼はちょうどその頃、教皇使節としてフランスに赴任しており、噂によれば、同国で教皇聖座のために偉大な功績をかちえたのだった。だがわれわれは、彼がフランスにおいて教皇のご委託を達成したばかりでなく、帝国の権限をドイツから剥奪する問題に関して、ひそかにフランス王の宰相と交渉してもいたのだ、ということを知っているのである）。

教皇さまは、フランシジパーネにお目こぼしを、と願った人びとに、こう仰せられた――「よろしい、私たちは、みんなで祈ろうではないか、チェンチウスのために、ということは、とりもなおさず、トゥリア・ピエル・レオーネの生命のために！」

伝承はいう――

そうこうするうちに、トゥリアは、すべての予期と危惧に反して、おそらくは絶望かと思われていた死の床から、ふたたび起き上がった。開いた傷のようだった彼女の口は、今では痛々しくひきつった傷痕のように、彼女の顔のなかに閉じられていた（一生涯、彼女はそういうままであり続けた）。

こうした情状に応じて、チェンチウス・フランジパーネに対する処分は調整されたのであった。

右の件に関する書簡――

われわれは、それを枢機卿ペトルス・フォン・ポルトゥス司教の執務室で発見した。われわれはそれを、教皇みずからがお書きになったものと思料する。

「――ところで、さてチェンチウス・フランジパーネよ、キリストはトゥリア・ピエル・レオーネを死より救い給い、かくて汝が彼女における殺害者とならぬよう、汝を憐み給おうとされたのであるから、予もまた汝を憐み、罰することなく汝を釈放しようと思う。往け、そして汝みずからの味わった憐みを、汝の同胞《きょうだい》万民に運び伝えよ！　されど今後は、同胞《きょうだい》万民のうちに、われらが皆等しくそのみ名において洗礼されしおん方の、その一つの種族以外には、いかなる他の種族も在らざることを心得よ。その一つの種族とは、またわれらすべての未来でもあり、すなわち新たなる人類、もしくは、われらの王イエス・キリストの神秘の体を意味するのだ。われらの世界のすべての民は、このキリストの神秘体にこそ、組み入れられるべきものなのである」

　この書簡は聖マリア・ノーヴァ修道院に届けられ、朗読された。そこにチェンチウス・フランジパーネの身柄が抑留されていたのである。

　だが、ちょうどその時刻に、その日もレオ・フランジパーネが兄を訪ねて来ていて、その部屋に座りこみ、琵琶《ラウテ》をかき鳴らしてエッツェリーナの曲を弾いてやっていた。チェンチウスは、まるでこの曲が自分の善行を称揚する英雄讃歌ででもあるかのように、毎日それを聴きたがるのであった。善行ゆえに罪なくして迫害されている自分の心を、この讃歌エッツェリーナが慰め強めてくれる、とでもいうように。

　さて、かの書簡を届けに来た枢機卿フォン・ポルトゥス司教は、このエッツェリーナの曲――その音響は、乱暴な子供らが足音も荒く跳ねまわるように、修道院の神聖な廊下じゅうに轟きわたっていた――を耳にして時、驚愕のあまり扉の前で足が竦んだ。

　そのさまを見て、案内役の修道院長は言った――こうした音響が、ここでは毎日聞こえるのです、本当のところ、チェンチウス・フランジパーネはなんらの罪も自覚していないのだ、と私は思います。

　枢機卿は言った――この場合、神はまことに、われわれが知っていたよりなお一段と大きなお恵みを、お示しなされたのです（言おうとした意味は、自己を無罪と感じている者を処罰するのは困難だ、ということであった）。

　それから二人は部屋に入り、例の書簡を読み聞かせた。

　フランジパーネ兄弟は、初めはまるで物も言わず、ただ若々しい濁りのない眼で、呆れたように二人の聖職者の顔を見守るばかりだった。やがて、信じられないというように頭を振って、金髪の旗印を額の下の方まで垂らしながら、ほとんど穏やかとも言えるような調子で――「あんたがた聖職者てえ奴は、なんともはや、驚きいった夢をお持ちなもんだねえ――」

　そのあと枢機卿である司教は（その書簡が、やはりさすがにこの若い二人の心底にも届いたな、と思い込んで）では、私がきみらに祝福を授けよう、と言った。

　まだ相変わらず納得が行かぬと言いたげな、悪気のない表情を浮かべた二人の兄弟は、おとなしく跪いた。だがだしぬけに、態度も荒々しく急に立ち上がるなり、こう叫ぶのであった――「勝手に夢を見続けているがいいや！　おれたちが、いまに必ず、あんたがたの目を醒ましてやるよ！」

　この日以後、フランジパーネの兄弟チェンチウスとレオは、こう語り合っていた――「今こそおれたちは、超えがたい本当の深い裂け目を、ようやく悟った。教皇は、おれたちの土地におりながら、異国の人になってしまったのだ。ローマ人らの司教であろうとするのではなくて、すべての民族を同時に抱擁しながら、全世界の司教であろうとしているのだ。その抱擁の仕方も、世界の支配者として鉄の腕で全民族を抱きしめた、あの昔の偉大なローマのやり方ではなくて、どの民族もすべて同等に視る母親としてのやり方なのだ。世界の在り場を、将来は天国に置こうとしているんだ！」

これを聞いたトゥスクルム家の若殿たちは、こう批評した――「おやおや、乱暴で始末に負えぬきみたちフランジパーネ兄弟よ、そんなことにやっと今ごろ気が付くとは、何とまあきみたちは幼稚なんだろう！」

伝承はいう――

そのあいだに、フランジパーネ兄弟の脅迫についての情報は、ラテラノ宮殿の中まで響きわたった。胆をつぶした枢機卿たちは、しきりに教皇に言上して、もうこれ以上フランジパーネ一族を刺戟せぬよう、さきに若いペトルス・ピエル・レオーニスのために考慮された例の昇進の件は、どうか断念していただきたい、とお願いした。ペトルス・レオーニスが忠実な奉仕に対してなんらの報いも望まないのを見れば、あの乱暴な一族といえどもこの上ない教訓を受けるであろうし、己れの非を悟るであろう、そして、ペトルス・レオーニスが報いを望まぬということに関しては、おそらく疑問の余地はあるまい、という判断であった（ちなみに、ちょうどこの頃、若いペトルスはフランスから戻ったのであった）。

若いペトルス・ピエル・レオーニスの枢機卿昇進にまつわる秘話――

（枢機卿ペトルス・フォン・ポルトゥス司教の手記による）

私たちの教皇のお顔に現れるこの世のものならぬ柔和さ、それを私は、トレビコの城でハインリヒ王を前にしたあの時、この目で視たのであったが、生涯の終わる前にもう一度あの柔和さを目撃して臨終の時の心の慰めとし、安んじて永遠の王の柔和さをお待ちしたいと思い、どうかそうした機会が与えられますようにと、それ以来私は何度となく両手を挙げて祈願してきたのである。こうした私の祈りを聴許し給うたイエス・キリストは、讃えられさせ給え！かく申すのは、もとより私が次のように考えるからである。すなわち、この若い枢機卿の緋色の衣は、ハインリヒ王に対する祝福と同質のもの、つまり、ある人の心に課せられた問い、その人のこの世の日々の終わりに至るまでその人の心から離れることのない問い、そうした問いとして与えられたものなのである、と。

以下に記すのは、私がみずから現場に居合わせたフランジパーネ兄弟の脅迫の件を、教皇に事実のままお話し申し上げた際に、見かつ聞いた事がらである——

若いペトルス・レオーニスが入って来た。ちょうどその前に、教皇は彼を枢機卿に昇進させる問題について、私と協議なさったところであった。しかし私の進言した内容は、他の同僚枢機卿《きょうだい》らと同一であったから、従って教皇は、今はこの昇進の件は見合わせるほかはない、と決断なさっていた。

若いペトルスがフランスから戻って以来、私たちはまだ彼に会ってはいなかった。教皇は彼を、息子を抱くように双のお腕に抱擁なさった。彼の姉トゥリアゆえに、また門閥貴族らが彼の父について口にする悪罵ゆえに、教皇が彼と共に感じておられた悲哀の情は、それほどまでに大きかったのである。

やがて若いペトルスは、跪いて——「教皇さま、あなたさまはご存知でいらっしゃいましょう、私の一族が、チェンチウス・フランジパーネに関するお裁きを、あなたさまにご一任申し上げましたことを——」

教皇——「そうだ、わが子よ。おまえの父がキリストのおん前に大きな栄誉をかち得たことを、私は知っておる」

若いペトルス——「さりながら、私どもに加えられました汚辱を、この世で誰が、私どもから拭い去ってくれるのでございましょうか？」

教皇（きわめてお優しく）——「わが子よ、主みずからがおまえの敵チェンチウス・フランジパーネを恩赦なされようとし給うたのを、おまえは不服としたいのか？」

突然、若いペトルスは嵐のような激情に駆られたごとく、両手を差し上げた。その手は火のように熱く、しかし同時に、彼の父親の手のように大きく仕事熱心に（ただ、父の手のように寡黙ではなく）なった——「教皇さま、私どもは聖なる教会のもろもろの掟を、すべての点で守ってまいりました！　私どもはグレゴリオ教皇さまの時代このかた、あなたさまがたのお味方として戦ってまいりました。お膝元のあらゆる名門のうち、私どものように渝《かわ》ることなくお側に留まっているものは、一つとしてございませぬ！　私どもの住居はあなたさまがたのお住居、私どもの権勢はあなたさまがたのご勢威、私どもの金銭はあなたさまがたにお味方する者たちの資金でございました——」

すると教皇は（一歩後退なさって、しかし先刻のように、変わらぬ同じお優しさで）――「ペトルス・ピエル・レオーニスよ、おまえは今、私の口から、多くの感謝の言葉を受けているのだよ」

そのあいだに、若いペトルスは、すべての言葉をのり起える奔流のように、勢い烈しく述べ立てていた――「それに教皇さま、微力ながら私も、あなたさまのために戦いました。あの、サリ家の王が暴威を逞しくいたしました当時、人びとがあなたさまに対し、当然お示しすべき公平さを、拒否しようとした時のことでございます！」

教皇は（そのお顔には、ラテラノ聖堂での大教会会議がハインリヒ王の件で教皇を問いつめたあの時のように、柔和かつ平静な表情が湛えられていた）――「わが子よ、私はおまえに礼を言う。だがおまえは、あのとき私にとって、公平さが果たして重要だったのか否かということをも、知っているのだろうか？」（教皇があの日のことを語られるのを、私はこの唯一回しか聞いたことがない。それというのも、この若人の魂に対する教皇のご愛情が、それほどにまで大きかったからで、ご自身の心の最奥に秘められた人知れぬ犠牲をも、この者には漏らそうとなさったほどなのであった）。

若いペトルスは変わらぬ昂奮ぶりで――「しかしながら教皇さま、私は、私個人または一族のために、お願い申し上げているのではございませぬ。私がお願い申し上げますのは――神もご照覧あれ――聖なる教会そのもののためであり、教会が公平を実現し得なかったという譏《そし》りを受けぬように、と念願いたすがゆえでございます」

教皇は（きわめて低い、きわめて確固としたお声で）――「わが子よ、公平・正義は、ただ地獄にだけある。天国にはお恵みが、そして地上には十字架が、あるのだよ。だが教会というものは、十字架を担う人びとを祝福するために、あるのだ。ゆえに私は、おまえペトルス・ピエル・レオーニスを、そしておまえの一族を、祝福する。おまえたちもやはり、イエス・キリストの十字架を担っているのだよ」

突然、若いペトルスは全身を奇妙によじらせた。まるで途方もない苦痛が全身をひっかき回し、抑えようもなくこみ上げてくる、とでもいうような様子で、やがて、不快な気持ちを吐き捨てるように――「キリストの十字架――それが私どもの報酬なのでございましょうか？」

その時、私は教皇が蒼ざめられるのを見た。あたかも教皇の魂の前に、底知れぬ深淵が口を開いたとでもいうようだった。そのあと双のお腕を、跪いているペトルスの方へ大きく差し伸べられ、お顔にはいうなれば神のおん憐みの中へ沈み切ったような表情を湛えられて、こう仰せられるのだった――「わが子よ、ことおまえの魂に関わるとあれば、私は十字架の形を変え、おまえがそれを愛することができるようにしてあげよう。すなわち、覚えて置くがよい、おまえが望んでいる教会の緋色の衣は、ポンシオ・ピラトの前に立たれたキリストの緋色の衣なのだ！　その衣を身につけることが、これから先おまえの責務となるであろう」

そののち若いペトルスは、想い乱れて退出して行った。

――

私は教皇のおん前にひれ伏し、はっきりした声でこう申し上げた――「教皇さま、今こそ私は、キリストの教会がこの世から生じたものでないことを、明らかに認め知るのでございます。と申しますのも、ごらんなさいませ、私たちの小舟は、あたり一面異教徒やユダヤ人ばかりのあいだを、進んで行くのでございますから。それゆえ、私たちの考えますことを、誰一人として理解することができないのでございます」

教皇――「いかにも、おっしゃるとおりです。異教徒、ユダヤ人、それら双方のために、キリストは死に給うたのですよ」

そのお言葉に対し、私は涙ながらに――「そして教皇さま、あなたさまをも、彼らは殺害するのではあるまいかと、私は心配なのでございます！」

教皇は「彼らが私を殺す方が、一つの魂が永劫の罰に堕ちるよりは、まだしもましというものです」と仰せられた。それから教皇は、私が見聞きした一切について、他言はせぬように、と命じられた。

その後ほどなく、若いペトルス・ピエル・レオーニスは、トランスティベリム地区の聖マリア教会付の助祭枢機卿に昇進させられた。その日以後フランジパーネ兄弟は、実際に公言するようになった、教皇の息の根を止めねばならぬ、と。

トゥスクルム家の若殿らの父親たち――

この父親たちは、その頃シュテファヌス・ノルマンヌスと談合して、こう語った――「われらが家の青二才どもは、われらが偉大なる祖先たち、かのクレシェンチウスやアルベリヒ大公の時代に、今もなお生きている。かの祖先たちは、自分らの勝手な考えどおりに、教皇を登位また退位させたものだ。しかしそんな時代は、今は昔のこととなった。教皇は、キリスト教界のすべての国々において、ふたたび信望を集めており、そしてまた教皇を通じてこそ、ローマが世界に号令しているわけでもある。われらは教皇が追放されるのを許して、われらの都からそれの最後の栄光が奪われるような事態を望むだろうか？　だが、もしわれらが、あのわからず屋のフランジパーネ一族を、これ以上のさばらせて置くならば、今後そうした事態が生ずるでもあろう。われらはかの一族を、ペトルス・レオーニスに刃向かう手先きにはした。しかし、教皇に刃向かえとけしかけたわけではないのだ」

そのあと彼らは、一方のトゥスクルム家はチェンチウスに、別系のトゥスクルム家はレオに、それぞれの娘を嫁にくれてやることに決めた。こうしたやり方で乱暴な若者たちの心を鎮め、それと同時に、彼らに対して舅として睨みをきかせられるようになろう、と策したのである。

若いフランジパーネ兄弟は、トゥスクルム家の伯爵たちに答えた――「われらの心は、恨みのために年老いてしまいました。女などは、もはやわれらを愉しませてはくれません。今後われらは、すべての女のなかの女による以外には、どんな女にももう慰めてもらいたくないのです」（こんなことが言えたほど、それほど彼らは若かったのだ！　ところで、彼らのいう〈すべての女のなかの女〉とは聖母マリアのことだ、とわれわれは思い込んでいたのだった）。

フランジパーネ兄弟のいう〈すべての女のなかの女〉――

年に一日、〈ノビリブス・フエラス〉の聖歌が歌われる日がある。その日われわれは、ラテラノ宮殿の小礼拝堂から聖なる御像を運び出し、それを捧持して行列を組み、夜間に蒼古たるローマ人の公共広場《フォールム》へと進んで行く。そこへ着くと、一つの古い泉の中で、賛美歌を歌いながら、誠心こめてその御像の足を洗うのだ。その場所では、すでに異教時代のわれわれの祖先が、当時の聖像に同じことをしてやっていたのである。

その後われわれは、その聖なる御像を捧持して聖マリア教会へ行進する。救世主が悲しみのおん母上と再会なさるように、と願ってのことである。われわれの松明《たいまつ》は、やがて燃え尽きてしまう。行列の中の幾人かは、すでに月の光だけを頼りにして歩いている。ついにはわれわれ全員が、月光だけを頼りにして進んで行く（だが、歩むわれわれを照らしているのは、じつは月光だけではないのだ。過ぎ去った栄光、すなわち、決して終わることのない物たちの、かつての素晴らしさを偲ばせる残照、そうした光の中を、われわれは歩んでいるのでもある）。

そのようにしてわれわれは、パラティノ丘の裾をめぐり、セプテムソリア宮やコリゼオの傍を通って、神殿の廃墟へと行列してゆく。女神ローマの神殿、と呼ばれるものである。たくさんの大きな、淡青色の石柱が、折れ、砕け、折り重なってそこに横たわっている。あたかも幾多の世紀たちが、その場所でボール遊びをしていたとでもいうような光景だ。だがそれらの石柱たちは、にわかにふたたび起き上がってそこに立ち並ぶ。この神殿の残骸から、それ本来の永遠の俤が立ち現れるかのようである。

行進順路のこの場所で、われわれは声を揃えて祈る――「聖マリア、ローマのために祈り給え！」と。ところがその場合、フランジパーネ兄弟はこう祈るのである――「聖ローマ、われらのために祈り給え！」

兄弟がそのように祈るのを、われわれは何度となく聞いたことがある。しかし彼らが、最も熱心にこの祈りをしたのは、パスカリス教皇の逝去後、聖マリア・イン・パラーラ教会での、新教皇選出のための枢機卿らの秘密選挙会《コンクラーヴェ》に、彼らが襲撃をかける直前の時期であった。

聖マリア・イン・パラーラ教会における秘密選挙会《コンクラーヴェ》――

聖ペトロの聖堂《バジリカ》の中に点っている蝋燭やランプの明りが、にわかに一斉に消えて堂内が真っ暗になり、さながら、この教会の地下に眠る聖なる使徒ペトロの墓穴の闇が、立ち昇って来て堂内一杯に拡がり、さらにずっと、ローマの都全部にまで暗い蔭を投げかけるかと感じられる、そのようなひとときが、この聖ペトロ聖堂に生じることがある（そうしたときは、それぞれの教皇の在位中に一度か二度、あるいは三度、数えられるのである）。ハインリヒ王の戴冠式の時がそうだった。あの日われわれは、ローマ人の古代の公共広場《フォールム》でスーザさまのお側に座っていて、そのときの夜のようなあの暗さを、この目で見たのであった。

さて、ゲラジウス教皇（このお方は、つねにパスカリス教皇の忠実な奉仕者であられた）が選出された時には、夜のようなあの暗闇ばかりでなく、閃光や稲妻も見えたのだ。雷鳴や、嵐のような物凄い音も聞こえ、そのあと車軸を流す豪雨もあった。こうしたことから、われわれの中でも不信心な連中は、その日は〈聖ペトロの闇〉と呼ばれるあの夜のような暗闇が生じたのではなくて、激しい雷雨が原因の自然現象としての夜のような闇だったのだ、と推測し、その証拠に大きな水溜りがいくつもできたし、濡れた衣服が何日も乾かなかった、などと言っている。だがこうした人びとの言い分は、この暴風雨のあいだに生起した事件によって、反論されているのである。

ちなみに、もちろんわれわれの見方は、フランジパーネ兄弟が悪魔《サタン》の化けた人喰い鬼のように、ゲラジウス教皇の秘密選挙会《コンクラーヴェ》に乱入した、とするものである。兄弟が公共広場《フォールム》を越えて馬を飛ばして行ったとき、その怖ろしい見幕を目にした女たち子供たちは、可哀想に、泣き出してしまった。ドイツ王の黒い戴冠式のあと現れたあの地獄の四騎士のように、彼ら兄弟は叫んでいたのだ――「ハイヨー、それ往け、馬よ！　畜生、教皇《パパ》め！　とっつかまえるぞ、教皇《パパ》めを、いや、そう呼ばれている奴、おれたちは縁のない、紛い物のローマ司教を！　本当の司教は、おれたちが自分で決めるさ、それはローマ人の父《パパ》だ、ほかの何者でもいけないんだ！」

　そのあと、聖マリア・イン・パラーラ教会の大扉に棍棒を持ってぶつかって行き、めりめり音を立てて壊れるのを通り抜けて、喇叭《ラッパ》を吹き鳴らして突入した。堂内では、選任された新教皇を称えてすでに奉祝讃歌《テ・デウム》が斉唱されていたが、そのさ中へ椿入したのである。

　その時われわれのうち多くの者が、スーザさまのところへ押しかけた。「スーザさま、反キリストの騎馬武者が攻めて来ました。その名はフランジパーネ兄弟チェンチウスとレオですよ」と、泣きわめきながら。

　だがそのあいだに、各方面から鎮圧の動きが現れていた。若い都知事が部下をひき連れ、ペトルス・レオーニスの殿が部下をひき連れ、シュテファヌス・ノルマンヌスが部下をひき連れ、双方のトゥスクルム家が息子たちを伴ない、さらにベリチーシ一族や、それに民衆たちも、ドイツ王の事件の頃のように、勢い激しく一斉に蜂起したのである。こうしてそれら全部が、公共広場《フォールム》の廃墟を越えて、教皇と枢機卿らの囚われていたフランジパーネ家の城館へと、押し寄せたのであった。

　スーザさまは（今日は地獄の聖母教会《サンタ・マリア・デ・インフェルノ》ではなく、ご自分の栖《すみか》である小さな廃屋、俗に〈ヴェスタの女祭司らの家〉と呼ばれているあの家の前に坐っておられたが）何を求めて祈ればよいのか判らない人のように、双のお手を力なく押しつけ合っておられたが、やがて、それまで一度もお見受けしたことのないご機嫌斜めなご様子で、こう語られた――「もしあなたがたが、反《アンチ》キリストは荒々しい馬の鼻息や、勇ましげな喇叭《ラッパ》の音と共に攻めて来る、とお考えなら、それは間違っています。そうではなくて、反《アンチ》キリストというものは、優秀で勤勉な一人の男として出現するのです。その男は、すべての怜悧な人びとのように、自分にとって好都合な時期を狙って、じっと待つことができるものなのですよ！」

　そのあいだに外界では、蜂起した人びとが教皇さまを、フランジパーネ家の城館から救出申し上げていた。ペトルス・レオーニスの殿が手ずから白い騾馬の手綱を執り、人びとの歓呼のうちに教皇さまをそれにお乗せして、ラテラノ宮殿へとご案内したのであった。

　にわかにスーザさまは、いつかあのひどい無礼者が質問をした時のように、すいと立ち上られ、先刻よりも一段と不機嫌そうに、「私、もうこれ以上こうしていたくございません」と言われた。ところでその頃は、すでに都のあちこちで、スーザさまを誹謗する噂が聞かれるようになった時期であった。それによると、スーザさまというのは、近頃ロソバルディアの諸都市に多いあの女異端者たちの一人だ、というのである（だがわれわれは、ちゃんとはっきり知っていたのだ、そんな噂は、ほかならぬあのひどい無礼者が撒き散らした、根も葉もない流言だったことを。つまり、あの時はわれわれが、とにかく本人相応の返事をくらわせてやったけれども、彼の方ではおそらくそれを根に持って、スーザさまを逆恨みしているのであろう）。

われわれは、急いでスーザさまの黒マントの裾を掴みながら――「スーザさま、あなたが先日お返事をなさろうとしなかったのは、当然のことだったのですよ、でも私たちのことは、安んじて信用してくださってよいのです！」

スーザさまは、「それでも私は、もうこれ以上こうしていたくないのです。どうか判ってください、私を去らせてください！　私は哀れな無知な女です。こんな者の言うことを、本気になさってはいけません！」

そうおっしゃると、ご自分の小さな家の中へ入って、閂《かんぬき》を下ろしてしまわれた。

この日の晩、トゥスクルム家の人びとは言い合っていた――「まったくの話、あのフランジパーネ兄弟という奴らは、ペトルス・レオーニスにしてみれば、大した福の神であることよ。奴らはあの向こう見ずなやり方で、われら一同がペトルスと轡《くつわ》を並べて戦わねばならぬようにしてくれおったわ！」

翌朝フランジパーネ兄弟は、聖プラクセディス教会でのミサ中に、教皇を襲撃した。その後ピエル・レオーネ枢機卿が、フランス国の宰相の書簡を持ち出した。そしてわれわれ一同は、跪いて同枢機卿に懇願した、どうかわれらのご君主なる教皇を、かの国へ逃がしてさしあげてくださるように、と。

しかしわれわれは、ゲラシウス教皇には二度とお目にかかれなかった。われわれがようやく再会できたのは、その後継者、偉大なフランス人のカリクスト教皇であり、クリュニイの修道院で選挙されたお方であった。この教皇は、フランスの騎士たちの剣によって、フランジパーネ一族の城塞どもを撃ち破った。このようにして、フランス人による神の活動の説は、事実によって裏付けられたのである。

われらの黄金の都ローマの古記録より――

われわれはこの都で数多くの入城式を見た。剣による力づくのもあったし、そうでない無血入城もあった。栄誉の月桂樹に飾られての入城もあったし、そうでないのもあった。国王たちの入城、皇帝たちの入城、それに教皇たちの華麗な入城式なども、たびたび見てきたのである。だが、フランスから来られたわれらの新しいご主君の入城式ほどのものは、かつて見たことがなかったのだ。なるほど最初のうちは、われわれの中で不服そうに呟く人びともいた。その理由はといえば、つまり新たに選ばれた教皇が外国人であって、われらの都ローマで推戴されたのではなかった、ということである。これら不服組の人びとは、こんなふうに言っていた――「クリュニイは偉大な場所、いとも神聖な修道院だ。しかし教皇というものは、そこで選ばれてはいけない。われらローマ市民のご主君たるお方は、まずもってここローマで選挙され、認承されねばならぬのだ。そうでない以上、私たちはその人のために、花環を飾ったり旗を出したりしたくないし、その人の名に義務を負うつもりもないよ」と。さような次第で、都の街筋には、われらのご主君が入城なさる予定ぎりぎりの刻限まで、なんの装飾もせずにそっぽを向いている家々も、まだたくさん見受けられたのである。ところが忽然として、仰山な隊列が現れた。大きな荷車が何台も、轍の音を軋ませて続き、その上に山と積まれているのは、アラビアやビザンツの製品と覚しい高価な毛氈や真紅の布地、はたまた金糸の刺繍のたぐい、その傍らに付き添った男たちが、歩みながら声高くこう叫んでいた――「カリクスト二世教皇さまの歓迎のため、わが家の前に飾るおつもりの皆さまがたに、これら貴重な毛氈や掛布を進呈しますぞ！　まだ飾り花環を編んでおらぬ方がたは、急いで仕事にかかりなされい。なぜなればこのわれらの都の、ふさわしく装飾された家々には、一軒ごとに賞金が懸けられておりますからじゃ。賞のお金は、執政官《コンスル》ペトルス・レオーニス閣下のお邸《やしき》で、受け取ることができますぞ！」

それから後は、都心にあって頑《かたく》なに装飾もせずにいた家々が、すべてにわかに恥ずかしさで真っ赤になったとでも言えるような有様だった。それほどまでに、たくさんの緋色の布が家々の窓から投げ掛けられ、むき出しだった外壁を蔽って拡げられて、たちまちの内にローマ全市が、一つの真紅の玉座と見えるまでになりおおせたのだ。その玉座の大理石づくりの脚もとでは、古びた石柱が一本残らず、若々しい薔薇の根株のように花咲き始めていたのであった。

やがて、フランスから来られたわれらのご主君は、花環で飾られた都の境界を越えて、市内に馬を進められた。人品すぐれ、しかも堂々とした偉丈夫で、白い小馬に跨がり、三重冠《ティアラ》の装いも美々しく、その冠の下に拝されるお顔立ちは、さながら高塔の丸屋根の下の鷹のように、聡明かつ大胆とお見受けされた。それゆえわれわれ一同は、即座にこう悟ったのである――このようなお方であれば、何らの逡巡も不要、何らの疑問の余地もない、ローマへ来られてまずもう一度選挙し直さなくてはならぬ、なんぞということも問題外だ、このお方はすでに聖なる教会全体を、背後に従えておいでなのだ、ただわれわれローマ市民だけが、教会全体のまとまりを外れた片隅に、半ばはみ出た状態にいるに過ぎぬ、と。こうしてわれわれは、真紅に飾られた家々と等しくたちまち心を一つに合わせて、歓呼の声を挙げていた――「われらのカリクスト教皇に、恩寵と栄誉！

フランス国と偉大なクリュニイ修道院にも、讃美と感謝！　その国その修院で、聖ペトロはみずからの後継者を選び給うたのだ！」

ところで、当時われわれの仲間に機知に富む人物がいて、こんなことを言い出した――あの有名な〈フランス人による神の活動〉の説は、じつは〈ペトルス・レオーニス家による神の活動〉と呼ぶ方がもっと正確だろう、なぜなら、もしもペトルス枢機卿の政治的配慮がなかったならば、苦境におられたゲラシウス教皇を迎え入れ、今日では教皇の敵を屈服させて、孤児となっていた教会にかくも強力な後継者を与えるという、そうした栄誉をフランスの国が受けるということは、おそらくなかったであろうから。一方ローマでは、ペトルス・レオーニスほど熱心にこの新教皇のために力を尽くした人は、誰一人としていなかったのだから。

それに対して別な声が挙がり、民衆の頭ごしに大声で応酬した――〈フランス人による神の活動〉よりは、〈ペトルス・レオーニス家による神の活動〉の方が、まだしもましというものだ！　ローマの市民諸君！　われわれは目下のところ、ドイツ人の干渉は受けずに済んでいる！　ローマのお偉がたが、フランスの騎士たちをわれらのこの都にずっと駐留させて置こうとするのを、諸君は黙って見ているつもりなのか？」

われらの黄金の都ローマの古記録より――

ちょうどその頃、ロンバルディア地方からの最初の使者たちが、ローマ市内に演壇を設けてわれわれ市民に語りかけていた――「私たちの諸都市では、今や新たな樹木が緑の葉を茂らせています。この若樹は、以前に植えつけられて亭々と天まで伸びているすべての見事な大木たちとは違い、身分高い貴族らの手で植えられたものではなく、勤勉な市民たちや働き者の民衆の手によって植えつけられたものなのです。私たちの諸都市に実現している自由というものが、どんなに誇らしい、そして素晴らしい宝であるかということを、もしあなたがたローマの市民諸君が知るならば、諸君はこのローマの都にも、急いでそのような新樹を植えようとなさることでしょう、まことにこの都は、そうした若樹を植えるに値します！　そうすれば諸君は、もはや門閥貴族らに食い荒されたり、他民族に絞め殺されたりというような目に、遭わずに済むことになるでしょう！」

伝承はいう――

その頃、双方のトゥスクルム家の大殿たちは、シュテファヌス・ノルマンヌスと談合してこう語った――

「われわれは、新たな見識を得なくてはならぬ、というよりむしろ、われらの都ローマがかつての栄光の時代に持っていた、あの古い見識を想起しなくてはならぬ。さもないと、フランスの騎士らを故国へ帰らせて民心を安定させることができぬ。かのフランジパーネ兄弟の企てたことはローマ的ではない。あれは蛮族の、つまりその血がもう半ば滅びかけて息もつけぬ状態にある連中の、馬鹿騒ぎというものだ。もしそうでないとしたら、あんなに悪あがきをして突っかかる必要はないのだから。だがわれら一門はアニチウス家の連綿たる嫡流であり、そのわれわれがローマ的だと思うのは、血統にあらず精神こそ、確固として揺がぬ連帯の環なり、という見識である。カピトルの丘の上の、すべての民族をかたどる彫像の群が集まり立っていたという場所を、学者たちは今もなお示してくれる。それぞれの彫像が、頸に小さな鈴をつけていた。ある彫像の現す国で、ローマにとって危険な事態が生ずるようなことがあれば、その像はすぐさま頸の鈴を鳴らし始めたという。そうしたことは、魔術師ヴィルギリウスが彫像にかけた魔法によってなされたのだと、愚かな民衆は信じているが、じつはそうではない（もっともヴィルギリウスは確かに大魔術師ではあったが）。それはほかならぬその諸民族の、忠誠心によってなされたことなのだ。すなわち、どの民族の子孫もわれらの都ローマの市民として認められたがゆえに、彼らにはこの都に住むのがいとも快かったのであり、それでわれらの関心事を彼ら自身の関心事とするに至った、という事情だったのである」

そのあと大殿たちは、息子どもに言った――「押し立てた偶像に花環を飾ったり、松明を消してみたり毛氈を掛け拡げたり、そんなことは、おまえらが勝手にやるがいい。だが、ペトルス・レオーニスを〈あいつ〉と呼ぶのは、今後はもうやめにしろ。本名で呼びなさい。われわれはあの方について、何一つ不利になるようなことを言うわけには行かぬ。権勢なら、われわれみんなが欲しがっているのだ。その点であの方を悪く言うのは、公平に考えれば、五十歩百歩というものだ」

　そのあと彼らは馬に鞍を置かせて、ペトルス・レオーニスの邸《やしき》に騎《の》りつけた。ここでは三人のうち一番雄弁なシュテファヌス・ノルマンヌスが、次のように語った――

「さてペトルス・レオーニスどの、貴殿が分別のあるお方で、心の昂ぶりや口惜しさなどに動かされず、何はともあれわれらが相共に置かれいる状況、その中で生きねばならぬ状況の、重要さ正当さをよく考えて行動なさることを、われらは存じ上げておる。今われらにとって肝要なのは、われらのご主君たる教皇が、将来とも平安裡にローマに留まられ、統治なされることである。それゆえ、もし貴殿にご異存がなければ、われらは既往の諸事を葬り去り、貴殿と心を一つにして、ともどもにこの都の平安と教皇聖座の安寧とを、守りかつ強めることを期したいと思う。かくすればわれらは、ローマの往時の栄光を新たならしめ、かつはわれらが異国の助けを借りずして教皇を立派にお守りできることを、世界に向かって明らかに証示することになるであろう」

　これを聞いたペトルス・レオーニスは、彼らに大きな率直な手をさし伸べて握手した。

シュテファヌス・ノルマンヌスは、戸口の前で額から汗を拭いながら、というのは、いとも危なげなく弁舌を揮いはしたものの、こうしたことを語るのは、じつは内心辛い仕事であったからだが――「はて、われらがペトルス・レオーニスにもたらせしものは、そもそも勝利だったのか、それとも敗北だったのか?」

　すると大殿らの一人が――「われらにとっては、敵の一人にああして手を差し出すのは、敗北だったやも知れぬ。だが彼にしてみれば、われらが彼に手をさし伸べねばならなかったことは、なんとしてもやはり大勝利であっただろうよ」

　こうしてペトルス・レオーニスは、偉い上にも偉くなり続けた。栄誉によって偉くなり、不名誉によっても偉くなった。友好関係によって偉くなり、敵対関係を通じても偉くなった。好評によって偉くなり、悪評によっても偉くなった。彼が偉くなるよすがでないようなものは、何一つ存在しなかったのである。彼の手の中の小さな鐚《びた》銭や銅貨が、たえずビザンチン金貨に変わって行ったように、彼の身にふりかかる一切の事柄も、結局は大勝利に変わるのであった。

　ところでわれわれは、ペトルス・レオーニスのフランジパーネ一族に対するこの最終的な勝利に関して、彼はあの一族を打倒しただけでなく、ローマの貴族全体を打倒したのだ、と言っているのである。

われらの黄金の都ローマの古記録より――

つねづね〈フランス人による神の活動〉の説を主張していたピエル・レオーネ枢機卿が、今や実際にもあのフランス人教皇と共に戻って来て、残忍なフランジパーネ一族を屈服させ、ふたたび教皇がローマにお住まいになれるようにした、という事実は、当時われわれ一同に多くのことを考えさせていた。当時はまたわれわれは、固くこう信じてもいた。つまり、今やこのフランス人教皇がフランスに帝国の権限をもたらすであろう、かくて新たな敬虔な皇帝によって反《アンチ》キリストの脅威は聖なる教会から取り除かれ、われわれみんなが、ありがたいことに反《アンチ》キリストから守られて、元どおり安心して暮せるようになるだろう、ということである。こう考えるとわれわれは大そう嬉しかったので、そのためスーザさまのことさえ、しばらくはすっかり忘れていたほどだった。その上われわれは、フランス人教皇のご家来がたによって、希望を強められもしたのである。その方がたは、こんなことを話してくれたのだった――カリクスト教皇さまがローマを目指して出発なさった時、フランス国内の多くの場所で、夜、星たちが寄り集まるのが見られ、それが冠の形になって、疑いもなくコンスタンチン大帝の冠だと認められた。おまけにパリの〈われらの聖母《ノートル・ダーム》教会〉の大鐘がひとりでに鳴り始め、その音がちょうどシュパイアーの皇帝の鐘のようだったので、パリ在住のドイツ人たちは、シュパイアーの鐘の音が聞こえると信じて疑わないほどだった。ところがドイツから届いた情報では、シュパイアーの皇帝の鐘は、黒い戴冠式このかた、大の男が十人かかっても、動かして音を出させることはできなくなっていた、などなど。

だがわれわれがこうしたことを語り合っているあいだに、われらの新しいご主君は、教皇使節ランベルト・フォン・オスチア枢機卿を通じて、ライン河畔のウォルムスに一通の指令書を届けさせた。それによってハインリヒ王がドイツの司教らの帝国領地保有を認可するよう、お指図なさったのである。一方ハインリヒ王は、ドイツの司教らの司教指環と司牧杖を教皇使節に引き渡し、こうしてかつてパスカリス教皇から奪取した叙任権を、ふたたび奉還したのであった。このことはのちにウォルムスの政教条約《コンコルダート》、もしくは教会と帝国との間の偉大な平和、と呼ばれている。こうしてローマのわれわれは、にわかにすべての鐘を鳴らさねばならないことになった。聖なる教会の勝利のための祝い鐘であったが、しかしまた、ドイツ人たちの帝国のためでもあったのだ。というのは、この日と共に黒い戴冠式はふたたび白くなり、国王ハインリヒはわれわれみんなの皇帝になった、とわれわれは考えるからである。ところでカリクスト教皇さまは、民衆がフランス人教皇からどういうことを予期しているかをお聞きになったとき、年寄り乳母のお伽話を聞かされたように頭を横にお振りになった。それから、聡明で俊敏なお顔の奥に向かって人知れず頬笑みかけながら、こうおっしゃるのであった――「フランス人の教皇などというものは、ありはしないよ。あるのは、ただ、キリストの教会の教皇のみだ」

われわれはスーザさまのところへ行った。

ところが、またしても聖マリア教会にはおられず、小さなお住居の中で、炉の前に立っておられるのをお見受けした。炉の上では粥がことこと煮えていた。スーザさまご自身は、目を挙げるまいと決心した人のように、一心不乱に蕪を刻んでおられた。

われわれは（あまり長らくご無沙汰したので、少々まごつきながら）――「やあ、スーザさま、今日はいつかみたいに私どもを追い払いはなさらぬでしょうね！」。つまり、無論われわれは、帝国の権限が元どおりドイツに残ったのだから、スーザさまはきっと大喜びでいらっしゃるに違いない、と思っていたのである。なにしろ、常々あんなに、そうなることを望んでおられたのだから。

ところが、われわれが予期していたほどには大喜びというふうでもなく、スーザさまはお答えになった――「そうです、イエス・キリストは讃えられてあれ。キリストの諸国民のあいだの秩序は、救われましたわ！」

われわれは言った――「そして反《アンチ》キリストは、私どもが思いますに、ただの子供脅しとなりました」

にわかにスーザさまはさめざめと泣き始め、両手でお顔を蔽ってしゃくり上げながら――「おおハインリヒ皇帝さま、なぜ陛下は、いらっしゃるのがそんなに遅いのでしょう？　私はシュパイアーの大聖堂《ドーム》の、口を開いた御廟所が見えます！」

それを聞いてわれわれは、死にそうなほど驚いて――「では、あなたは、反《アンチ》キリストについてはどんなことがお見えになるのですか？」

スーザさまは、ますます悲しさがつのるように――「反《アンチ》キリストが現れるのは、キリスト教徒の責任だということ、ハインリヒ皇帝の責任だということ、そういうことが見えるのです！　私は、このローマの都の中で、キリストの十字架が作られるのが見えるのです！」

そういうことは、私たちにはまるで理解ができませぬ、とわれわれは言った。

　突然スーザさまは躍り上がり、平素の静かなお顔を、われわれがかつて一度も見たことがなかったほど取り乱した表情になさって――「ほんとうにもういい加減にそっとして置いて戴けませんか？　どうかお引き取りくださいまし！　先日も申し上げたではございませんか。私の言うことなど、何も本気になさってはいけません！　私がどんなに惨めか、いったいお判りになりませんの？」

　そこでわれわれは、スーザさまを心から畏れ敬いながらではあるが、僭越にもお諌めしようとして、そのようにご自分のことを悪くおっしゃるものではありません、と申し上げた。ちなみにわれわれは、高位の聖職者がたが、今では時どき使者をスーザさまのところへ寄越《よこ》すことがあるのを、知っていたのである。この事実は、すでにいろいろとわれわれを考えさせていた。というのは、お偉い方がたがそうしたことをなさるのは、われわれ同様スーザさまを尊敬して、この方の啓示を聞くためなのか、それとも疑念、すなわちあの罰当たりの大それた無礼者が撒き散らした邪推を、抱いているためなのか、そこの所がわれわれには判らなかったからである。

　それゆえわれわれは、切に訴えるようにこう申し上げた――「スーザさま、たとえたった一人にせよ、あなたを何か怪しげな者のように思う人がいるとしたら、私どもはひどく腹立たしく思うことでしょう、だってあなたは、断じてそのような者ではいらっしゃらないのですから」

　スーザさまは、双のお手をお顔に当てたまま「でも、もしかしましたら、私はやはりそのような者なのかも知れませぬ！　そうです、神はお望みになりました、私が、こともあろうに悪魔に邪道へ導かれるような女であることを！」

　スーザさまがそう語られた時、われわれは、先ほど述べた人びと、すなわち高位聖職者の使者の一人が、いつの間にかこっそり忍び込んでいたことに気がついて、ぎくりとしたのであった。ひっこんだ後ろの方に位置していたが、品のよい男性で、中流の人びとが身につけるような服装をしていた。しかしひと目ですぐ判ったのだが、その容貌には何やら聖職者らしい感じがあるのだった。それに、頭に巻きつけていた布切れが下手な結び方をしてあったので、布の隙間から円型の剃髪《トンスラ》がのぞいて見えていた。

　そこでわれわれは、すぐさまその人のそばに近づいて――「もしもし、あなた。スーザさまが今日は誰の顔も見たくないとおっしゃるのを、お聞きになったでしょう。ですから、ご迷惑にならぬよう立ち去ろうではありませんか」。そして否応なしにその人を一緒に外へ連れ出したのである。

われわれと並んで公共広場《フォールム》を歩いて横切りながら、その人は訊ねた——皆さんが足繁くスーザさまのもとに出入りしていたことに、自分は気がついている。ひとつ教えて頂けまいか、あの方が、悪魔に誘惑されればいいと望むのは、いったいどういうつもりだったのだろうか？

そこでわれわれは明白な真実を述べた——あの方が言われたのは反《アンチ》キリストの出現のことで、それをありありと目の前に見ておられるのです。それが悲しくてたまらないので、ご自分の言うとおりであるぐらいなら、むしろ気が変になってしまう方がいいとまで思いつめておられるのです。それほどまでに、あの方にとっては、キリストとその聖なる教会がいとおしくてならないのです。

やがてその人は別れを告げた。しかしわれわれのうち二、三の者が、気づかれぬようにこっそりあとを尾《つ》けて行った。するとその人は、果たして本当に、クリア・ユーリアの裏を曲がって、どっしりとした家の中に姿を消した。その家は聖アドリアヌス教会の幹部聖職者たちの住居なのである。

こうしてわれわれは、自分らがいかなる立場にいるかを知ったのである。

伝承はいう——


ピエル・レオーネ枢機卿こそは未来の教皇だ、という下馬評が、初めてローマの都で人びとの耳に入るようになったのは、カリクスト教皇の存在中のことである。最初は民衆が、こんなことを言うようになった——私たちは今や力強いご主君を聖ペトロの座に戴いている、これは私たちにとってありがたいことだ。なぜならこのご主君が、ローマの都に平安をもたらしてくださっているのだから。もしもこの上さらに、将来いつか裕福な教皇が位についてくださるという事態が、うまく実現するようであれば、これまで惨めで歎かわしい戦乱時代を経てきた私たちにとって、それは大いに歓迎すべきことであるだろう……。また聖職者の中にも、次のように言う人びとがいた——世界はとにかく堅い胡桃であって、それをキリストの愛だけで破り開けようとしても、うまく行くものではない。民衆の言うとおり、今日では力強い教皇というものが、いかなることをなし得るかがよく判る。願わくは神が将来もそのようなお方をお与えくださって、どうかわれわれが、フランジパーネ兄弟の暴れ廻ったあのひどい時代のような目に、今後は決して遭わないで済みますように……と。

そのあいだも、フランジパーネ家の大きな城館は、聖マリア・ノーヴァ教会の近くに、破壊されたまま今も相変わらず横たわっていた。赤や茶色の煉瓦の屑が、白い破片だらけの公共広場《フォールム》の中に散り混って、たとえてみれば一面に白く泡だつ荒海に浮いた難破船の板子さながら、泡に揉まれているように見えた。その海中にそそり立つ黒い岩礁のように、焼け焦げた一基の塔だけが残っていて、その内部に人の住むいくつかの部屋がある。洞穴のようなその塔部屋の中を、フランジパーネ兄弟と従姉《いとこ》のヤコーバは、世に抗う僭伏生活の栖としているのであった。

ヤコーバは、昼も夜も兄弟をせきたてて、どうぞお願いだから城館を再建するよう手を打って頂戴、フランスの騎士たちはもう行ってしまったのよ、と言っていた。だがフランジパーネ兄弟は、建築資金が全然なかった。かつて彼らの父もそうだったが、父にはペトルス・レオーニスが立替えてくれたのであった。しかしカリクスト教皇のこの時代にあっては、兄弟を援助などしてくれる者は、誰一人いなかったのである。セプテムソリアやグラデッリスにかつては邸《やしき》を構えていた、彼らの実の従兄弟《いとこ》たちすらも、それぞれの残骸や石囲いの蔭で、死んだように逼塞《ひっそく》しているのであった。ヤコーバがいくら兄弟をせきたててみても、それは耳の聞こえぬ城館の残骸に、起き上がれと呼びかけるにも等しい無益のわざだった。フランジパーネ兄弟の意気消沈ぶりと虚脱感は、それほどまでに大きかったのである。しかしヤコーバは、心ひそかに喜んでいたのだった。なぜなら、今こそ私が、存分に腕をふるう時が来た、と思っていたからである。

ヤコーバ・フランジパーネ——

彼女はその頃も相変わらず、指の長いほっそりした手を、光り燦めく指環や鎖などで飾り立てていた。しかし彼女の哀れな醜い顔は、もはや以前のように不安げないじらしい感じではなくなっていた。それというのも、従兄チェンチウスが自分の美しい手を愛撫してくれることは決してないだろう、ということが、今では彼女にも判っていたからである。だが彼女も、もうそんなことを少しも望んではいないのだった。なぜなら、女性の心《ハート》というものは、軽んじられ斥けられることがあまりにも度《たび》重なると、いわば心《ハート》そのものから逸れて、変質してしまうからである。そういうわけで、彼女が若い従兄弟《いとこ》たちに、手で、つまりローマ結社の流儀で、挨拶するとき、彼女の手頸のまわりの装身具は、生気のないガラスのように乾いた音をたてるのだった。今ではこの結社に加盟している彼女は、青年たちよりもっと激しい熱中ぶりであった（心《ハート》をどこかへやってしまった女性というものは、えてしてそんな風になるものだ）。しかもトゥスクルム家の若殿たちが父親たちに蹴散らされてしまった今となっては、いわば彼女が従兄弟たちと三人きりで、結社を維持していたのである。ところでわれわれは、誰でもみんな知っている、男が暴力的になるその同じ軌道の上で、女は狡猾になるものだ、ということを。

ヤコーバ・フランジパーネと従兄弟《いとこ》たち──

ヤコーバ──「あんたがたは、いつか父さんに言ったわね、〈今や蛇の狡智は役に立たない、ただ剣あるのみ〉だなんて。でも今は、逆にして言い直すべき時なのよ。ローマではもう誰も、ペトルス・レオーニスを抜きにしては何かをやりとげることができません。彼自身を失脚させることさえ、彼なしではできないのよ。あんたがたは、彼みずからの武器を使って彼を叩くように、心がけなくちゃいけないんだわ」

するとフランジパーネ兄弟は──「だがおれたちは、おれたちの武器で奴を叩きたいんだ。なぜって、もし奴の武器で奴を叩いたりすれば、おれたちが奴に勝つんじゃなくて、奴がおれたちに勝つことになっちまうじゃないか」

それから彼らは、剣をぐいと胸元に引き寄せて叫んだ──蛇の狡智で天に昇るより、むしろこの剣で地獄へ堕ちたい、と。

ヤコーバ──「そういうことなら、あんたがたを地獄へ騎《の》せてってくれるその小馬ちゃんを、だいじに撫で回しているがいいわ、了見の狭いお従兄弟さんたち。私があんたがたに代わって、きっと蛇の二、三匹に餌をやっておいてあげるわよ。そうしながらでも、あんたがたの小馬ちゃんが跳ね廻れるぐらいの残り物は、楽に出るかもしれないわ」

ヤコーバ・フランジパーネと従兄弟たち──

ヤコーバ──「了見の狭い、けちなお従兄弟さん、もしも私が、私の綺麗な指環類を売ると言ったら、あんたがたはどう思うかしら？　そしたらあんたがたは、城館を建て直してもう一度ローマのために戦うでしょうか？」

すると若いレオが（彼は時どき、頼りになる伯母さんにでも縋るみたいにヤコーバに縋って、泣けるだけ泣いて気を晴らすのだった。それというのもその頃ヤコーバが、彼に対して頼りになる伯母のように振る舞っていたからである）──「ヤコーバ、そんなことをしちゃいけないよ、なぜってその指環類は、あんたにとても似合ってるじゃないか。あんたの手は、学者先生が夢中になる古代の彫像にも匹敵するほど、それほど素晴らしい、と言ってる人たちもいるぜ。おれたちは、美なんてものはほとんど判らないけど、それでもあんたの手から美を奪い取る野蛮人、という非難は受けたくないよ」

ヤコーバ――「いまさら私が、どんな美を自分の手に着けて置く必要があるのよ？　私は醜いし、それにもう下り坂だわ。だけどローマは永遠なのよ」

　するとチェンチウスが、煮え切らない口調で言った（女性がローマに愛着することができようとは、彼には思いもよらず、彼女が彼のために指環類を犠牲にしてくれるつもりなのだ、と思い込んでいたので）――「おれたちの役に立つことができるような値段では、誰もその指環を引き取ってはくれないだろうよ。今のような窮屈な時代に、このローマでそんなことができそうなのは、ただペトルス・レオーニスあるのみだ。でも、あいつがおれたちを助けに跳んできてくれるなんてことを、あんたは信じるわけには行かないさ、あいつとおれたちの間に、あんなにいろんなことがあった後だもの。だからあんたの指環はしまって置き給え。なぜってそれは美しいから。ところが金というやつは」――軽蔑するように――「うさん臭いし、愚劣だよ」

　それに対してヤコーバは低声《こごえ》で言った――「ペトルス・レオーニスのお金は、賢いわよ」

　われらの黄金の都ローマの古記録より――

　ところで、この間じゅうずっと、われわれは何度も繰り返して、トゥリア・ピエル・レオーネがどこぞの修道院に入らなかったことを、不思議に思っていた。あのようないろんな目に遭った後では、修道院のような場所こそ、彼女にとって最上の避難所であろうし療養の場でもあるだろう、とわれわれは勝手に想像していたからである。だがペトルス・レオーニスは、自分の娘に関して別な考えを持っていたのであった。

　その頃になってわれわれは、シチリアの伯爵ロジェールが、彼女に求婚していることを知った（それはノルマン系の大貴族で、王の称号を手に入れたがっているという噂があった。それゆえローマの駄洒落好きは、さっそく茶化した言い方をひねり出して、ローマの王にシチリア王の王冠を黄金製にしてもらおうという寸法か、などと評していた）。それでまずはボーナ夫人が、まるで自分が花嫁になりでもしたように、見るからに光り輝いているのだった。あんなにひどい目に遭わされた夫の娘が、世を支配している実力者貴族の奥方になるということが、それほどまでにボーナ夫人を元気づけたのである。ところがトゥリア本人の方は、顔はちっとも輝いておらず、ただ彼女の宝石類が輝いているばかりだった。というのは、当時ボーナ夫人が気を配って、娘の服の裾の金や銀の小鈴に、ことごとく宝石を縫いつけさせようとしていたからである。それゆえ、この婚儀のために必要とされる宝石や真珠は、ローマの都じゅうを探しても見つけきれない有様だった。

われらの黄金の都ローマの古記録より――

さてしかしわれわれは、ペトルス・レオーニスがヤコーバの宝石類をぜひとも必要とした、などと信じているわけではない。われわれが信じているのは、左記のことである。ペトルス・レオーニスを称賛する言葉として、彼はすべての指令や掟を注意深く遵守するというユダヤ教徒時代の態度を、キリスト教徒としての今の新たな信仰態度の中へそのまま持ち込んでいる、ということが何度も語られている。だから彼のその時の行為も、聖なる教会が敵に対して行うよう努めようと命じているとおりに、一つの善業を実行しようとしたもの、と評価してよいのであろう。けれども第二に、善行と抜け目のなさとが、別々のものでなくそっくり一致した一つのことを意味するような、そういう人びとも存在するのだということを、われわれは知っているのである（われわれ自身も、できることならそうした人びとの一人になりたいものだ、と常々望んでいるのだ。なぜなら、そうなることが、世の中の問題の最良の解決法だと思えるから）。だが、善行と怜悧さの一致というこの言い方で、われわれは、のちにペトルス・レオーニスに関して言われるようになった悪口の、その内容を仄《ほの》めかしているわけではない。そうではなくて、われわれが言いたいのは、つまり、彼がヤコーバ・フランジパーネの指環類を買い取ったとき、彼の関心は剣を用いることなしに敵を片づけることにあった、ということなのである。

ヤコーバ・フランジパーネの指環類

伝承はいう――

トゥリア・ピエル・レオーネについて、邸《やしき》の召使いたちは言っている――「お嬢さまは、以前はいつも、穏やかで愛情深いお人柄でした。ところがのちには、痛々しい傷のようなあのお口が、まるで膿みでもしたように、時どきひどい手厳しいお言葉が、あのお口から出ることがありました。でも、そんなお言葉を出されたあとで、トゥリアさまはすぐに泣き始めなさるのでした」

さて、ヤコーバ・フランジパーネが邸内の広間に入って行った時――そこにはピエル・レオーネ家の全員が集まって、豪奢な椅子に坐っていた。絹づくめのボーナ夫人、緋色の衣の枢機卿、それにシチリアの大貴族ロジェールも婚約者と並んで――その時トゥリアの蒼ざめた顔は、粘板岩《スレート》のような黒い髪の根元まで、さっと赤くなった。なぜなら、この前ヤコーバに逢った時のこと、すなわちフランジパーネ家でエッツェリーナ・ダンスがあった、あの夜のことを憶い出したからである。トゥリアさまは、服の裾の鈴たちが重いので、ヤコーバどのに挨拶しようと立ち上がることをなさらなかった、と言われているが、またある人びとは、トゥリアさまは立ち上りたくなかったのだ、それで、足どりも重いヤコーバどのの歩みに力を貸すものとては、トゥリアさまのお顔の中の、傷のようにぴくぴく痙攣しているお口のほかには何もなかったのだ、とも言っている。

　トゥリア・ピエル・レオーネは、はじめ婚約者に縋りつこうとしたが、そうすることができなかった。だしぬけに、彼が今にも自分と一緒に踊り始めそうな気がしてきたのだった。それで彼女は、ただ彼の手を探して握っただけであった。

　ヤコーバに声をかけて――「ヤコーバさん、これが私の未来の夫ですの。で、あなたのご主人になられたのはどなた?」(だがトゥリアは、自分のかつての婚約者を、ヤコーバが片想いに愛していたことを、よく知っていたのである)。

　ヤコーバは心の中で、若い従兄弟たちと同じように、ローマ!　ローマ!　と叫んでいた。そうすることによって彼女は、いわばわれとわが身を踏みにじっていたのである。謙遜な態度でトゥリアに向かい――「何をこの私にお訊ねなさいますの、トゥリア・ピエル・レオーネさま?　私は醜女で、女盛りも過ぎて、その上、生命をつなぐために指環や腕飾りなどを売りに出さねばならない始末なのですよ。どうかお父さまに、よろしくお口添えくださいませ」

　するとトゥリアは――「父を説き伏せるなど、する必要もありませんわ。何であろうと、私たちの気に入ったものを買うことは、父にとって大した問題ではないんですもの。お持ちの品を見せてごらんなさいな!」

　言われてヤコーバは、持参した財宝を見せたが、その時、急にあの日のこと、つまり伯父の言いつけで、指環で飾った自分の手を、若いペトルス・レオーニスにさし伸べた日のことを、憶い出さずにはいられなかった。そのように、傷つけられた自尊心が彼女の記憶力を刺戟したのであった。

　ふたたび心の中で、咄嗟に口をついて出る短い祈りのように、彼女は叫ぶのであった――ローマよ、ローマよ、私がこれを我慢できるように、力を貸してください!　と。

　そのあいだに、トゥリアが冷ややかな目で指環を見下していたので、そのさまを見たヤコーバの頬には血が昇った。

　トゥリアがヤコーバに向かって――「可哀想なヤコーバさん、このような指環では、あまりたくさんお金をお望みになるわけには参りませんわね」。そう言いながら、彼女は泣き始めていたのである。

枢機卿の心の中では、にわかにこんな疑問が湧き起こっていた――われわれは高慢だ、いったいなぜわれわれは、屈服させられた人びとを視るのを、こんなに辛く感じるのか？　われわれは名誉欲が強い、いったいなぜわれわれは、踏みつけられた人びとを視るに耐えないのか？　われわれは、敵を愛してなどいるのだろうか？……声を出して、彼はヤコーバに言った――「お嬢さん、カンパニア州の諸司教区は、まだ相変わらず窮乏しているのですよ。ところでこれらの指環は、あなたにはどれほどの値打ちがあるのですか？」（しかしその彼の言葉が、ヤコーバの耳には、あなたのお手は今も相変わらずお美しい、と言っているように聞こえるのだった。彼の声には、それほどにも騎士らしい、こころ慰む響きがあったのである）。

そうしているうちに、彼がかつて彼女の美しい手を拒否したことが、ヤコーバには奇妙に嬉しく思えてくるのだった。

怜悧そうな、名誉欲の強そうな彼の顔を、真正面から見つめながら彼女は答えた――「その指環たちは、私の二人の従兄弟の親愛の情に相当するだけの値打ちがございます。そしてその親愛の情は、聖マリア・ノーヴァ教会のほとりの、まだ立派に建っていた頃の城館に相当する値打ちがございます」

するとシチリアの大貴族が、明るい声で呵呵大笑した――「お嬢さん、まったくあなたというお方は、指環で取り引きするにはどのようにやらねばならないかを、ちゃんと心得ておいでなのですね！　なぜあなたは、単刀直入に、それらは教皇の冠ほどの値打ちがある、とおっしゃらぬのですかな」

それを聞いた枢機卿は、不機嫌そうに、ここでは教皇の冠のことなど語られてはいない、先刻シチリアの王冠のことは話題になったが、と言った。

だが、その間じゅうずっと黙ったまま成り行きを見守っていたペトルス・レオーニスが、今立ち上がって大きなよく働く両手でヤコーバの指環類を持つと、別室へ入って行った。そこには貴金属用の精密な天秤が置いてあって、世界中から彼の家へ流れ込んでくるすべての貨幣や宝石類が、その天秤で目方を測られるのである。しかしヤコーバの指環類は、その部屋の天秤で測られたわけではなかった。それらの目方は、フランジパーネ一族の親愛の情という言葉によって、測定されたのであった。――

ペトルス・レオーニスはヤコーバに言った――「お嬢さん、さあ、これが指環類と引き替えに、あなたが受け取る代金です。けれどももっとご入用であるならば、もう一度おいでください。ローマ市民の執政官《コンスル》かつ市参事会議員《セナトール》である者にとって、あなたがた一族が廃墟の中にお住まいなのを、黙って見ているのはふさわしくありませんから」

フランジパーネ兄弟と従姉ヤコーバ――

兄弟は訊ねた――「ヤコーバ、あんたはどこでこうした金貨を見付けたんだい？」（すなわちペトルス・レオーニスは、全部を古代ローマの金貨で支払ってくれたのだった。というのも、それが現代のものより良質で、目方も重い黄金でできているからである。それゆえフランジパーネ兄弟は、ヤコーバがどこかの地下室か庭の中で、宝の箱を掘り当てたものと思い込んだのである。なにしろわれらの都ローマでは、そんなことがたびたび起こるのであり、そのようにして誰かが幸運を掴むことになるのである）。

ヤコーバ――「どこでこれらを見つけたのか、あんたがたには教えてあげませんよ」

兄弟――「あんたがそれほど秘密にするのをみると、いったいそこには、まだもっとたくさんあるのかい？」

ヤコーバ――「これがあった場所にならたくさん集まっているわよ。まあとにかく、建築をお始めなさいな！」

するとフランジパーネ兄弟は、最初は死んだようにひっそりと静まりかえっていた。だが、やがていきなり、持った剣をまっすぐに空中高く抛り上げたので、その剣が、青光りのする稲妻のように、彼らの腕に跳ね戻ってきた。

兄弟は叫んだ――「ローマよ！　おおローマ！　こうして、おん身みずからがわれらを助けてくれようとしたのだ！」。そのあと続けて「この上は、ただ願わくは、おん身の神々が力を及ぼして、教皇カリクストに死を与えてくださるように！」

ヤコーバ――「どうぞそうなりますように！　了見の狭い、けちな従兄弟さんがた、私の蛇は、準備よし、だわよ」

その後ほどなく、ピエル・レオーネ枢機卿は教皇冠を狙っている、なにしろ彼の父親が、彼に味方を買おうとして、莫大な金銭を使っているのだから、という噂が、にわかにぱっと広まった。そのあと枢機卿たちは互いに語り合った――「もしこの噂が消えないならば、われらの同僚《きょうだい》ピエル・レオーネは、決して教皇になることができない。なぜなら彼の上には、聖職売買《シモニィ》の嫌疑が重くのしかかっているわけだから」と。

このようにして、フランジパーネ一族の第二の戦いが始まった。だがわれわれは、この戦いについて、それは剣によってではなく、蛇の狡智によって戦われたものだ、と言っているのである。

枢機卿ペトルス・フォン・ポルトゥス司教の手記より

――

私たちより後に生きるであろう人びと、従って私たち皆がよく知っていることを、もはや知り得ない人びとのために、まず私は、その私たち皆がよく知っていることを書き留めて置く。それはすなわち、私たちの教皇カリクスト二世が、教皇に選ばれる前はヴィエンヌの大司教グイドであられた、ということである。つまり、このお方が、炬火を消し去る式を執行してハインリヒ王を破門なさったのであり、またパスカリス教皇を、教皇が右王に容認なさった叙任権ゆえに、誰よりも烈しく非を鳴らしてお悩ませ申し上げたのであった。

さて私は今はもう高齢であり、キリストのおそばへ、そしてまた、私の断じて忘れ得ぬパスカリス教皇のおそばへ、赴くことを渇望する者である。

いま私は、書いて置かねばならぬことを書き始める。それはすなわち、またしても若い枢機卿ピエル・レオーネにまつわる秘話なのである。

フランスご出身の私たちのご主君・教皇は、私をおそばへ呼び寄せられた。ご用の趣きは、教皇が召集なさった大規模な教会会議の場で宣布せしめられるおつもりの、例の教条について私と話し合われることであろう、と私は思い込んでいたのであった。その教条とは、〈教皇は何者によっても裁かれてはならず、また何者によっても悩まされてはならぬ〉というものである（私はこれについて、大いに奇異を感じていた。なぜと申せば、それを宣布せしめられる当のそのお方が、なんと、かつてのヴィエンヌ大司教グイドであられたのだから）。ところがご主君は、その教条のことはお訊ねにならなかった。その件ではなく、若いピエル・レオーネの枢機卿昇任の前に、パスカリス教皇が私と協議なさった、との報告に基づいて、その秘密協議の内容をご下問になったのである。

そこで私は「前教皇は、当時語られたすべてのことについて、私に沈黙をお命じになりました」とお答え申し上げた。

フランスご出身の私たちのご主君は（誇り高いご態度で。このお方はよくそうしたご態度になられるのだった）――「その時あなたに沈黙を命じた当のその者が、今日はあなたに語ることを命じているのです」

このお言葉に応じて――おっしゃるその意味が、私にはよく判ったから――私は一切をお話し申し上げた。だが私は、喜んでそうしたわけではなかったのである。なぜなら私も一人の人間であって、パスカリス教皇のお立場に、今はフランス出身のご主君が就いておられるのを目にするのは、とにかく私には辛い気がすることなのだから。私のこうした感情を、またご主君の方でもよく理解してくださっていた。

ところで、この話し合いのあいだ、私たちはラテラノ宮殿の大講堂の中にいたのであった。堂内の一つの壁面には、画家たちに命じて、教皇がたの俤を集めて描かせてあった。司教叙任権をめぐるあの偉大な戦い、今は勝利を収めて終結したあの戦いを、共に戦ったすべての教皇がたの俤である。お一人お一人がそれぞれお顔が判るように描きわけられ、私たちの間で生きて動いておられたとおりに、教皇服を召され頭上に三重冠《ティアラ》を戴いたお姿であったが、パスカリス教皇の画像には、三重冠のさらにその上に、画面の背景の黄金色の空にくっきり浮び出るように緑の飾り環が描き加えてあり、それには〈ウォルムスの政教条約《コンコルダート》〉という文字が記されてあった（この飾り環についても、私ははなはだ奇異を感じていた。なぜなら、パスカリス教皇への私の深い敬愛の情にもかかわらず、あの偉大な戦いを勝利の裡に終結へ導いたのは、私見によれば、同教皇ではなくて、フランスご出身の今の私たちのご主君であられたのだから）。

その間に私たちのご主君は、その聡明かつ俊敏なおん眼差しで、注意深く私を観察しておられたのだった（俊敏とは言っても、ローマ生まれの私たちが火のように熱い血によって俊敏なのとは違い、素早い思考力の明断さによる俊敏さであった）――「私はパスカリス教皇の像に飾り環を描き加えさせたが、それを見てあなたはどうお考えかな？」

そこで私は、率直に――「教皇さま、神意に召されて聖ペトロの座に就かれるお方は、すべての点で、聖霊の働きによる新たな洞察と示唆とをお受けになるのだな、と、そのように私は思いまする」

ご主君・教皇は――「もっともなお答えです、わが兄弟よ」。それから教皇は、ハインリヒ皇帝がもう近いうちに死んでこの世を去るものと推測される、ということを語られた。

それがかの和平の秘密なのでございましょうか？　と私はお訊ねした（その秘密は、私たちの新たなご主君のご威勢と、フランスの空に現れたコンスタンチン帝の皇帝冠である、と私はいつも思っていたのであったから）。

するとご主君は、ハインリヒ皇帝の書簡を私に手渡され、それを読むようお命じになったのである。

ハインリヒ皇帝の書簡――

「……さてしかしこの争いは、決してただ司教らを叙任する権限だけに関するものではなく、現世を支配する皇帝権力と、来世に関わる教会の権威とのあいだで、どちらが優先するかという覇権の争いだったのであり、それゆえ、地上至る所で波濤のように湧き返りつつ、しかも各個人の魂の中で最も深刻に争われたのでありました（なぜなら、われわれは誰しもがキリストに逆らっておりますから）。そしてそれゆえにまた、私も、教皇使節フォン・オスチアが私に手交したかの指令書によって、和平へと説得されたわけでは決してありませんでした。あるいは少なくとも、国王たる私がかの指令書によって説得されたとすれば、それはしかし一個の霊魂である私が、すでに前もって説得されてしまっていたからという、ただそれだけの理由によるものでありました。この個人の霊魂の中での説得は、すなわちかつて私がトレビコの城でキリストに邪悪な暴力を加えたその時に、キリストが当の私を祝福し給うた、あの祝福によってなされたものであります。暴力のもとでのこの祝福は、それが国王の暴力にせよ、皇帝の、もしくはいかなる者の暴力にせよ、およそあらゆる暴力にまさるものであった、と私は思うのであります。かくて私は、私の生の終わりの前に、この祝福に証言を述べようと欲したのであります」――

　そこで私は、高らかに声を挙げてイエス・キリストを称め讃えた。パスカリス教皇の人知れぬ犠牲を、このように受納し、栄誉の冠で飾り、天下に告知し給うたイエス・キリストを。私たちのご主君・教皇は、私がおのずから沈黙に戻るまで、私を自由に語らせてお置きになったが、やがてまた話題をピエル・レオーネ枢機卿のことに戻され、彼の聡明さ、彼の手腕、聖なる教会の利益を図る彼の熱誠ぶりを、賞讃なさるのであった。

　多くの者が、彼こそ将来の教皇だと言っている。だが別の人びとは、彼は教皇冠を狙う野心家だと評している。そういう事情をあなたはご存知か、とご下問があった。

　私は奉答した――よく存じております。けれども私どもは、将来の教皇のことはまだ長らく心配無用という確信を持っております、と。

　私たちのご主君は、例の書簡を指さして微笑なさりながら、しかしご表情には驚くほどの感動の色を現されて――

「ハインリヒ皇帝は、私より年が下なのだよ」

　こうした問答のうちに、私ははたと思い当たったのであった、今までの話し合いすべては、来たるべき教皇選挙に関わっているのだということを。そして代々の教皇がたが、余命少なしと感じると腹心《きょうだい》と相談なさるのが常であるように、私たちのご主君は私をご相談の相手にお選びになったのだ、ということを。

　そこで私は、愕然として申し上げた――「もしさような事態でありますれば、教皇さま、あなたさまは医師にご下問あるが至当でございます」

教皇は（言いかけた私の言葉を払いのけるように手を振られて）――「そのことはもう済ませたればこそ、こうして話しておるのです」。さらにお言葉を継いで――「ピエル・レオーネ枢機卿を中傷する声には、私はなんら重きを置かぬ。だが彼がその中傷にいかに対処するかには、注目している。先ほどのあなたの話を、私が正しく理解したとすれば、あなたの見解はこういうことだ――つまりあの枢機卿の緋色の衣は、一つの問いであった、ハインリヒ王への祝福が問いだったように。すなわち、キリストを求める問いであった。問いを受けた一人は、すでに答えを出した――もう一人は、まだ出していない」

私――「さようでございます。一方のお方は、答えをなさいました」

教皇――「さて、私の見るところはこうです――パスカリス教皇の問いかけは、答えが出されずじまいになることはない。すなわち、パスカリス教皇が問いをかけられた相手は、もう一人、三人目がいるのであって、それはほかならぬヴィエンヌ大司教グイド、かつてパスカリス教皇に逆らい、みずからを高しとしたその人です。その人が今この時に当たって答えを述べるのです。その答えとは、キリストをまだ完全には愛していない者、そういう者をキリストは、それだけ一層完全に愛してくださる、ということだ。知って置いてくださいい、わが兄弟よ、私はピエル・レオーネ枢機卿を、教皇候補から排除しない。なぜなら、私自身が排除されなかったからです」

そのあと教皇は、私を速やかに退出せしめられた。

この日からのち、私はもはや〈フランスご出身の私たちのご主君〉という言い方はしないで、こう言っているのである――カリクスト教皇さま！　最初からそうお呼びしませんでしたことを、どうかお赦しくださいませ！

伝承はいう――

カリクスト教皇が重病で、回復の見込みはなしということが、ローマの都に知れ亘った時、フランジパーネ兄弟は、聖マリア・ノーヴァ教会に彼らの城館の残骸を片づけ始めた。そして教皇が危篤だと知った時、セプテムソリアに住むフランジパーネ分家が、部下を連れて兄弟を応援に来た。さらに、教皇が墓所に運ばれて行く時、グラディリスおよびリュカオニア島在住の両フランジパーネ分家も、やはり部下をひきいて現れ、同様に助力を申し出た。このようにして、公共広場《フォールム》の上で夥しい手と足がさかんにがさごそと動きまわり、瓦礫の中から城館をいわば一挙に元の場所に躍り出させようとでもするかのような有様だった。昼も夜も、斧の音がパラティノの丘の上まで響いていたし、その丘の上では古代の皇帝宮殿跡の囲いを崩して、使える石材を切り出しては雪崩のように下の谷へ滑り落としていた。だから学者先生たちは、またぞろ手を揉み合わせて嘆き悲しみながら、そこいらじゅうを走り廻って、貴重な古代の石柱が何の変哲もない森の中の木のように倒されるのを、どうかそればかりはと命乞いして歩くのだった。しかし建築人夫たちは、そんな学者先生を笑いものにしていたし、なかにはまた金儲けの種にする連中もいた。というのは、ローマで建築が行われるときの常として、学者先生たちが互いに資金を出し合って、特に気に入った石柱の何本かは、斧で倒されぬように買い上げたからである。ところが、学者たちがどんな石柱に関心を持つかを、人夫らは前もってちゃんと知っているように見えるのだった。つまり、人夫らはいつでも、真っ先にそういう柱に手をつけるふりをしたからである。それを見て、われわれもまた面白がって笑ったものであった。

だがそのあいだに民衆も駆け寄って来て、同様に手を揉んで嘆き悲しみながら、こう叫ぶのだった――「世界中のどこでだって、同じ災厄をみずから進んで二度も作り出しはしないものだ。なぜローマのおれたちは、何度も何度も、同じ急流に跳びこまされるのか？」

そのあと民衆は、脅かすようにすべての街々を走り廻った――ローマをロンバルディアの諸都市のようにならせよう！　民衆が門閥貴族の上に立って、支配しなくてはならぬ。さもないと、なんの平和もありはしない！

トゥスクルム一門は、そうした民衆の叫びを耳にして談合した――「大衆は、今や至る所で自分らの力を感じ始めている。われらはそんな力を、断じて彼らに容認することはできぬ。なぜなら、われらの考えでは、異教徒だったわれらの祖先の時代、その時代こそは永遠にローマの典型であり続けねばならないのだが、その偉大な時代にあっても、頭首が支配したのであって手や足が支配したわけではないのだから。しかし、手や足のようなあいつらが鎮静するように、われらは、聖マリア・イン・パラーラ教会で生じたような騒動を、貴族がもう二度と起こすことがないよう、配慮しようではないか。ゆえにわれらは、枢機卿らが教皇選挙を、ピエル・レオーネ家の勢力圏内で行うように、彼らに提議をしよう。そうすればわれらは、フランジパーネ家の連中にも、この上なく簡明に示してやることになるであろう、われらが連中の暴動を、二度まで我慢する気はないのだぞ、ということを」

そのあと彼らは、その案件をハイメリクス枢機卿に呈示した。このお方はカリクスト教皇の官房長官だった人である。

われらの黄金の都ローマの古記録より――

その頃はわれらの都の至る所で、こんな言葉を聴くことができた――さあ見ておれ、フランジパーネ家の連中が、さらにピエル・レオーネ一族の幸運を作ってやるだろうぜ。それというのも、枢機卿たちは、教皇選挙をフランジパーネ一族の乱入から守ろうと思えば、今はもう急いでピエル・レオーネ家の城館の、堂々たる石壁の翼の下へ逃れるほかには、全然なんの手段も残されていない、と、もちろんわれわれがそう思っていたからである。だがそういう考えの裏には、われわれ自身の願望があったのであり、だからこそ天へ昇る梯子に跳びつくように、喜び急いでその考えに跳びついて、夜ごとの夢の中では、ピエル・レオーネ枢機卿が三重冠《ティアラ》に飾られて、我々の惨めな崩れた街々を練り歩く姿を、まざまざと見ているわけなのである。その惨めな街々が、彼の手から巻き散らされる黄金で輝き、われわれの心は嬉しさで笑う、そういう夢なのであった。その当時われらの都では、初めて「黄金の教皇」という言葉が跳び出して来て、いうなればあたかも燦めき光る重たいビザンチン金貨がローマのすべての街々をころげ廻るように、口から口へと伝わっていたのである。

そのあいだに官房長官の枢機卿は、双方のトゥスクルム家の大殿たちとシュテファヌス・ノルマンヌスを相手にして、こう訊ねていた――あなたがたは、フランジパーネ兄弟が、城館の再建のための資金をどこから得ているか、ご存知なのですか？

トゥスクルムの伯爵たちは答えた――ペトルス・レオーニスは、ヤコーバ・フランジパーネが若干の指環類を売却した際に助けてやった、しかもローマじゅうの装身具類をやすやすと全部入手できるほどの、途方もない金額を払ってやった、そういうことをわれらは聞いています。これがキリスト教的愛徳から出た行為なのか、それともペトルス・レオーニスが、フランジパーネ一族との平和を金で買おうとしたのか、それはわれらには判りません、と。

この答えを聞いて、ハイメリクス官房長官は沈黙した。シュテファヌス・ノルマンヌスは、戸口の前でトゥスクルム伯たちに言った――「この芝居でのペトルス・レオーニスの役割をいかに解釈できるか、ということならば、もう一つ、第三の考え方がある。だがわれわれは、とにかく一旦彼の側に歩み寄ったのだ。だから、あけすけにその考え方をぶちまけるのは、もはやわれわれにはふさわしくないさ」

すると一方のトゥスクルム伯が――「それにそんなことは、する必要もなかったよ。だって、ヤコーバ・フランジパーネが今しきりに言い触らしているように、もしもペトルス・レオーニスが枢機卿らを彼自身の翼の下へ追い込もうと企んで、彼女の従兄弟たちの軍資金を出してやった、というのが本当ならば、官房長官ハイメリクスは、誰よりも早くそのことに気が付くだろうから。なにしろあのご仁は、わしらより賢いのみならず、わしの見るところでは、ペトルス・レオーニスよりもまだ賢いんだからな」

聖マリア・ノーヴァ教会名儀司祭、官房長官ハイメリクス枢機卿――

フランス国やライン河畔の大聖堂の門の上には、立派な彫像が立っているということを、われわれは知っているが、このハイメリクスというお方の外貌は、ちょうどそういう彫像のようだった。すなわち、体躯《たいく》はまっすぐ聳えるように高く、顔はきめ細かな白い石から彫り抜いたように静かに落ち着いているが、しかも大胆不敵な感じであって、彼の敵たちは渋々ながらも言うのであった、彼の額の下にはいわば二羽の北国産の灰色の鷹が巣喰っている、ちょうどカリクスト教皇の眼のようだ、と。この教皇と一緒に、この人はフランスからやって来たのであった。

この人のご主君が、かつて厳命してこの人を修道院から出し、ローマへと連れて来たのであって、この人の本心は今日もなおシトーあるいはクレルヴォーの隠遁生活にあり、ただ従順の精神によって自分を犠牲にして聖庁勤務に献げているに過ぎない、と言われていた。けれどもローマに住むわれわれは、そのような評判には頭を振っていた。なぜなら、ローマ出身の枢機卿らの誰一人も、それに外国出身の枢機卿らの誰一人も、この官房長官ハイメリクス枢機卿ほど威風堂々と緋の衣を着こなしているお方はいなかったからである。

聖マリア・ノーヴァ教会名儀司祭、官房長官ハイメリクス枢機卿――

しかしながらわれわれは、この枢機卿の本当のお人柄を、直ちに見抜くことができたわけではなかった。最初われわれはこのお方について、こんなことを言っていたのである――「お偉い殿様がた（という言い方で、じつはカリクスト教皇のことをふくめていたわけだが）というものは、とかくお身のまわりには、自分自身の命令を進んで実行してくれる手先きばかりを、置いておきたがるものさ。われらのご主君は、一見ひとかどの者でありそうな、見栄えのいい官房長を望まれたのよ。だがご主君は、あの人から助言を受けることなど期待してないね」。それというのも、われわれが自分の耳で官房長官の発言を聞く機会は、いつまでたってもごく少なかったからであり、たまにそんな機会があっても、精彩のない声、重い舌で語られる彼の言葉は、舌足らずな、面白味のない感じで降りかかってくるのであった。

さてしかし、カリクスト教皇が逝去された今は、ただちに官房長官が万機を一手に握り、なんびとも彼に逆らうことはできなかった。後になってホノリウス教皇が逝去された時も、その前に同教皇の長期のご病気のあいだも、そうした状況が生じたのだった。けれどもその合間の、ホノリウス教皇が統治しておられた時期には、官房長官枢機卿は、カリクスト教皇のもとでと同様、元どおり黙して語らぬ態度を持していた。そういう時期には、われわれはいつもただ、目だけで彼の存在を認めるにすぎなかったのである。

聖マリア・ノーヴァ教会名儀司祭、官房長官ハイメリクス枢機卿――

だがわれわれは、この枢機卿を特に愛してはいなかった。なぜなら時どき、彼はひそかにわれわれを軽蔑しているのだ、という気がしたからである。そんな気がするほど、彼の態度はいつも高慢そうだったのである。だがそうした態度を、彼は変えることができないのだった。神が彼にそういう態度を与え給うていたのだから。

こんな話がある――あるとき彼の同僚の一人が、不機嫌そうに彼に訊ねて、きみはそんな風に偉そうに歩き廻っているが、いったい傲慢の罪に陥ることを恐れないのかね、と言ったという。

すると官房長官は答えたそうだ――「一生のあいだ誰からも傲慢の罪の化身のように見られることを、忍耐と謙遜の精神で耐えしのぶよう、神は私にお定めになったのだ」と。

官房長官ハイメリクス枢機卿とピエル・レオーネ枢機卿――

ピエル・レオーネ枢機卿はハイメリクス枢機卿に対して、特別な、好みとも言える愛情を持っていた。それというのは、彼の言うところでは、ハイメリクス枢機卿が万事において、また万人に対して、正義と公平そのものであるからだった。自分がハイメリクス枢機卿と同類視されることが、彼にとってはこの上ない喜びなのだった。だが官房長官の方では、初めのうちピエル・レオーネ枢機卿に対して特別な愛情は持っていなかったのであり、ようやく彼の友か庇護者となったのは、ホノリウス教皇の選任後のことであった。だからわれわれは、この選任に関して言っている――ピエル・レオーネ一族の唯一の大敗北こそ、じつは彼らの最終的決定的な勝利であったのだ、と。

官房長官ハイメリクス枢機卿は同僚《きょうだい》たちに語る――

彼は語った――

「ここローマでは、地上のどこでもと同じく、いろんな下らぬこと、それどころか有害なことのために、多大の金銭を費やしている。ある人が、自己と一族のために平和という貴重な財を手に入れようとして、自分の金を使うとしても、それは非難されるべきことだろうか？　あるいはある人が、制圧された自分の敵を助けて再起させてやるとしても、われわれはそれを咎めるべきだろうか？　誰かある人について、証明もされていない悪行を考えることは、われわれにふさわしくない。だがわれわれは、同僚《きょうだい》ピエル・レオーネの名声に関して慎重を期するために、われわれの教皇選挙会を、彼の一族の勢力圏に含まれぬ場所で行うことにしようではないか」

するとと枢機卿らの何人かは、トゥスクルムの伯爵たちのように、聖マリア・イン・パラーラ教会での教皇選挙のことを憶い出して、先頃の民衆と同じくこう語った――「誰だって自分から進んで二度も同じ災難を求めはしませんよ」

官房長官は言った――聖なる教会は災難を恐れはしない、キリストのご意向が妨げられることを恐れるのだ。それに、フランジパーネ兄弟の武備はペトルス・レオーニスの金で買ったものだ、という世間の評判を兄弟が耳にしていること、それも私は知っている。だから私は、彼ら兄弟の手が、今後は金縛りに縛られているものと考える、と。

すると枢機卿たちは、お互い同士で言い合った――「われらの同僚ハイメリクスは、フランジパーネ一族を疑う以上に同僚ピエル・レオーネを猜疑している。われらの亡きご主君にして父たりしお方は、彼をわれらの信頼から排除しようとは、なさらなかったのに」

そこで官房長官は言った――私もやはり、誰をも排除はしない。だが神は私に、精神を識別する能力はお与えにならなかった。私の身についているのは、ただ常に目覚めている冷静な理解力だけであり、従って私はそれを頼りにするほかはない。それで私が誤るなら、なにとぞ神よ、それを明らかに示し給え。もし私の考えが間違っているなら、私は率直にそう言うことを憚らぬであろう、と。

そのあと彼らは、聖パンクラツィオ教会に赴くことを決議した。この教会は、ティベル河のかなたにあるのである。

伝承はいう――

さて枢機卿らが目ざす場所へ近づいた時、そこにはすでにピエル・レオーネ家の全兵力が配置されていた。トゥスクルムの伯爵らによって急いで動員・集結されたものである（それほどまでに伯爵たちの憂慮は大きかったのだ）。先頭にはペトルス・レオーニスみずからが、六人の息子たちをひき連れていた。この息子たちについて、ローマ貴族のお歴々は平素こう言っている――奴らは柔らかな物を着込んでわが家の塔の胸壁に立ち、われらの合戦を眺めて面白がっておる。自分らは聖なる教会を守護する時以外には打ち合ったりいたしません、などと得意顔にほざきおって、……と。だから今日の彼ら一同の有様も、きらびやかに飾り立てた馬の背に下手くそな騎り方をして、着馴れぬ鎖帷子を、父親もそうだが、引きずるようにしているのであった。

ペトルス・レオーニスが、近づいてくる人びとを前にして、剣尖を下げて地に向けながら挨拶した――枢機卿がたの畏敬すべき集会をお守り申し上げることは、私にとって喜びでありまた誇りであります。どうぞ集会のお気に召しますよう、ご都合のよろしきよう、何なりと私および部下の騎馬武者どもにお指図くださいませ。

続いて騎馬武者たちも、剣の尖を地に向けた。さながら、鉄の穂をつけた麦畑が、突風のもとに靡《なび》くような光景だった。こうして、聖パンクラツィオ教会の石壁を取り巻くたくさんの鎖帷子の網目が、黒ずんだ水の流れのように鈍い薄光りを放ったり、さやさやと音を立てたりしていた。それで集会の枢機卿らの中には、それほどの警固のものものしさに、不安な気持ちになる者も少なくなかった。

その時ピエル・レオーネ枢機卿が、丸味のある滑らかな声を挙げてこう語った――わが同僚《きょうだい》たちと私は、かくも大軍の警固の備えを進んでお集めくだされしことに対し、父上に御礼申し上げます。さりながら、かような備えは不要なのです。この塀どもをどこへ向けるべきかとお訊ねならば、私どもはお答えします、この集会のための憂慮はご無用、兵らは各自の家へ戻るのが、最もよろしゅうございます、と。

それを聞いたペトルス・レオーニスは、泰然として部下に命じた――枢機卿どののご命令に服し、駒を返して帰宅せよ、と。

枢機卿らは互いに言い交わしていた――「ごらんなされ、このピエル・レオーネ一門は、いつも不当な目にばかり遭わされることとです。誰にも不当な仕打ちをしたくはない、このわれわれからさえも。しかしそうした不当さを、キリスト教徒としていかに受け容れねばならぬかを、彼らは心得ているように思われます。このことこそ、われわれが同僚《きょうだい》ペトルス・フォン・ポルトゥスの話を正しく理解したとすれば死を前にされたわれらのご主君が、よく注目せよとお命じになったという、あの印であったわけですよ」

伝承はいう――

そのあいだに、ヤコーバ・フランジパーネの蛇は、飼い主の懐に跳ね戻っていた。すなわち、フランジパーネ兄弟はピエル・レオーネ家に買収されているという噂が、聖マリア・ノーヴァ教会にほど近い兄弟の白館に知れ亘ったのである。そこでチェンチウスとレオは、悲しみと怒りのあまり声高く叫んだ――「ペトルス・レオーニスめが、おれたちにこんなことをしやがった！　まったく、狡る賢いユダヤ人めの考えることときたら！」

するとヤコーバが――「それはね、あんたがたにとても好意を持っている誰かさんのしたことなのよ。いったいあんたがたは、この噂が枢機卿たちの集会をペトルス・レオーニスから離れさせて、よそへ追いやったことに気が付かないの？」

兄弟――「だがその噂は、枢機卿連中が赴いたその離れた場所でだって、やはり連中を護っているのさ。だって、もしおれたちが連中を追いかけて行ったりしてみろ、そしたらたちまち、おれたちは言われるだろうよ、ほら見ろ、あの兄弟が枢機卿らを無理矢理ペトルス・レオーニスのところへ追い返す、してみるとやはり、本当に彼が兄弟を買収して金を出してやったことが、はっきり判るわいってな！　しかしそんなことを言われるのを、おれたちの名誉心は絶対に我慢できないよ！　そういうわけでおれたちは、たとえ聖パンクラツィオでピエル・レオーネみたいな奴が教皇に選ばれても、意久地なく手も出さずに眺めていなくちゃならないんだ！」

ヤコーバ――「ならないってことはないわ。だけど、異議を申し立てるにしても、聖マリア・イン・パラーラ教会の時とは別なやり方をしなくちゃ駄目よ。少しはペトルス・レオーニスを見習いなさい、あいつがいろんなことに成功するのは、いつでも信心深さの角笛を吹き鳴らしているからなのよ」

すると兄弟は――「ヤコーバ、おれたちにゃ嘘はつけないよ！」

ヤコーバ――「それだとあんたがたは、何より大切なはずのローマそのものを、裏切らなくてはならないのよ」

こうして、二人の兄弟は、悲しそうに泣き始めたのである。

枢機卿ペトルス・フォン・ポルトゥス司教の手記より

――

はてさてこうしたことも、やはり一緒にイエス・キリストの十字架に内包されてはいるのだ！　思えば私たちはよく知ってはいる――キリストの花嫁である私たちの聖なる教会において、彼女の花婿キリストの地上における運命が、いつの世にも、あらゆる点に亘って、反復されねばならぬということを。連綿と続く世代また世代が、次の事実を身に沁みて識り、信じ、悟らんがためである。すなわち、聖なる教会は人間の手中に引渡され、人間の現世的な諸目標の遊戯に捲きこまれて――人間は、なんとキリストをも、この世の王にしたいと欲したのだ――まさしく、彼女・教会の主にして配偶《つま》なる者・キリストの苦悩のなかに、諸共に引き渡されており、そのおん者の遺棄のなかで諸共に遺棄され、そのおん者の嘲弄のなかで共に嘲弄され、そのおん者の受けた暴行のなかで諸共に暴行を受けているのだ、いつの日にか彼女教会が、彼キリストと共に彼の勝利のなかで諸共に勝利せんがために！

　かくて私は、教皇ホノリウス二世の選挙のことをも書き記す（だが私がそれを記録するのは、パスカリス教皇が私たちの同僚《きょうだい》ピエル・レオーネに課せられた、あの問いに想いをいたすがゆえなのである）。

　民衆は、自分らの夢みる〈黄金の教皇〉を迎えることができなかったので、憤慨しており、そして言っている。フランジパーネ兄弟は悪党だ、と。しかし私は思う、彼らは相も変わらず、大きなそして乱暴な子供なのだ、前よりは年が進み賢くはなったにしても、と。だから彼らは、もはや聖マリア・イン・パラーラ教会の時のように「紛い物の、縁のないローマ司教をとっつかまえてやる」とは叫ばなかった。そうではなくて、中身をとり替え、轟くような大声で「ユダヤ血統の教皇なんぞを、われらは望まぬ！　賢明にして聖徳の誉れ高き司教ランベルト・フォン・オスチアこそは、キリスト教世界の父となるに値するぞ！」と叫んでいたのだ。

　さてその私たちの同僚《きょうだい》ランベルトについては、私たちは皆こう言っている――まさしく偉大かつ敬虔なイエス・キリストの司祭であり、堅忍にして練達なる教会の奉仕者であって、教会がハインリヒ皇帝と政教条約《コンコルダート》を結び得たのは彼のおかげだ、と。従って私たちのうち誰一人も、フランジパーネ兄弟に反論することはできなかった。しかしながらまた誰一人として、兄弟に賛成する者もなかった。なぜならニコラウス教皇の教令が、教皇の選挙に際して発言することを、たとえその意見がいかに充分な熟慮によるものであろうとも、世俗の人には禁止しているからである。それゆえ私たちの同僚ハイメリクスは、フランジパーネ兄弟に要求した。沈黙すること、そして速やかに私たちから離れることを。

だが彼らは、なお一層声を大にするばかりで、もしも賢明にして聖徳の誉れ高いランベルト司教が選ばれぬならば、きさまらはみんな聖なる教会の敵だ、しかしおれたちは（剣をひき抜きながら）教会のために戦うぞ、とわめき立てる始末であった。

この様子を見て、同僚《きょうだい》らのうち何人かは気力を失くしてしまった。その人びとは、聖マリア・イン・パラーラ教会での狼藉者による私たち全員の拉致という事態が、さらにむし返されるのを避けるために、真紅の教皇マントを運んできて同僚《きょうだい》ランベルトの肩に投げかけたのであった（彼は赤い刀創を受けたように、マントの下に崩折れた）。

そこで狼籍者らは、自分らが勝手にそう思い込んだ新教皇を都の人びとに告げ知らせようとして、歓呼の叫びを挙げながら荒々しく去って行った。

こうして私たちだけになった時、同僚《きょうだい》ランベルトは——マントの重みで床に押しつけられたように、まだ膝をついて倒れたままであったが——涙にうるむ声で私たちに呼びかけ、どうか無理強いされたこの着衣の、耐えがたい重荷を肩から脱して、神を恐れぬあの乱入者どもの冒涜行為に皆さんが連座しないようにしてください、と頼むのであった。けれども私たちには、彼の言うとおりにするのは辛かった。私たちがとにかく自分らでこの畏敬すべき銀髪の同僚《きょうだい》にマントを着せかけた後、今ふたたびそれを脱がせるというのは、私たちの心を痛ましめる行為だったからである。

そこで私たち全員は、私たちの同僚《きょうだい》ハイメリクスに注目したのであった。

しかしそのあいだにも、同僚《きょうだい》ランベルトはもうこれ以上マントを着ていることはできぬと言わんばかりの様子で、まるで燃える火種を肩から払いのけて素手で揉み消そうとでもするように、自分でマントを脱ぎすてたのである。それでマントは、火と燃える真っ赤な花束のように、膝をついている彼の傍らに横たわった。しかし私たち一同の目には、熱い涙が湧き出るのであった。

突然、同僚《きょうだい》ピエル・レオーネの丸味のある滑らかな声が、ふたたび耳に入った。と同時に、彼（後ろの方に坐ってい たのだった）が烈しい勢いで前へ進み出るのを、私たちは見たのである。

前へ出ると、素早くマントを床から拾い上げて、彼は語った——「畏敬すべき親愛なる同僚《きょうだい》の皆さま！　私はこう考えます、同僚《きょうだい》ランベルト・フォン・オスチアのご器量はきわめて高く、たとえ粗暴にして反逆的な俗人どもが、それを彼らの戦いの標語に掲げましても、ご器量そのものは、神のみ前にも人びとの前にも、いささかも損なわれもせず失われもするものではない、と。それゆえ私は、この賢明にして畏敬すべき私たちの同僚《きょうだい》ランベルト・フォン・オスチアに、私の一票を投ずるものであります！」

それに続いて、私たち全員が、喜んで同僚《きょうだい》ピエル・レオーネに賛同した。こうして私たちの同僚《きょうだい》ランベルトは、ふたたび赤い教皇マントを着せかけられたのである。

それから私たちは、声を揃えて奉祝讃歌《テ・デウム》を唱えたのであった。――

そのことの後に――

同僚《きょうだい》ハイメリクスは私に言った――「先ほど私は、もし自分が間違っているなら、率直にそう言うことを憚らぬであろう、と申しました。フランジパーネ兄弟の動向の件では、私の考えは間違いでした。ところであなたは、ピエル・レオーネ一族をどのように理解しておられますか？」

そこで私は（彼がいまさらそんなことを訊ねるのを訝しく思いながら）――「同僚《きょうだい》ピエル・レオーネは、私たち一同の面前で、堂々とそして熱誠こめて行動した、と私は思います」

彼――「そうです、熱誠こめて行動しましたね」

私――「めいめいの人に、その人なりのやり方というものがあります。しかしあの行為とあの言葉は、それ自体があの同僚《きょうだい》を賞讃していました」

彼――「いかにも、おそらくそうでありましょう。だが理解力というものは、あらゆる事柄に注意を向けることができるのです。それが理解力の本性の特徴ですよ」

私――「理解力の特徴なら、同僚《きょうだい》ハイメリクスよ、あなたの方が私よりよくご存知です」

彼（誇り高い顔に、並々ならぬ謙譲の色を浮かべて）――「それだからこそ、私はあなたにお訊ねしているのです」

私――「つまり、私の心底ありのままの声を知りたい、というお訊ねでありますなら、私のお答えは次のとおりです。すなわち、理解力というものが実際あらゆる事柄に注意を向けることができるとしましても、しかしやっぱり、人を心の奥底で感動させるような効果を生み出すことは、理解力の決してなし得ぬところである、と、そのように私には思えるのです」

彼――「同僚《きょうだい》ピエル・レオーネは、今日あなたを感動させたのですか？」

私――「はい、感動させました。すなわち、フランジパーネ兄弟が、ユダヤ血統の教皇なんぞ望まぬ、とわめいた時の、彼ピエル・レオーネの顔に浮かんだ苦痛の表情によって」

するると彼は、「私もやはり感動したのです」と言い、さらに声を低めて付け加えた――「聖ペトロだって、やはりイスラエルの息子だったのですからね！」

この時以後、同僚ハイメリクスはあらゆる点で同僚ピエル・レオーネの面倒を見るようになり、その人物とその輝かしい才能とに対するあらん限りの尊敬の念を、力をこめて表明するのであった。だから間もなく、多くの人びとが言うようになった。彼はもう一度ピエル・レオーネを教皇に推すであろう、と。

ラビ・ナータン・ベン・イェヒエルが書いた古い手紙より――

「だが私たちは海の中の沈没した船のようで、私たちの頭上を、他の船たちが通過して行くのです」

ユダヤの女たち――

ローマでは、年というものを数えません。なぜなら、そこではもう、とても多くのことが起こったからです。私たちは、老いた者も若い者も皆、時の流れに浮かんだ藁屑のようなものにすぎず、頭上に七十年の歳月を戴く者も、この都の相貌の中では、生まれたばかりの子供に等しいのです。そしてイスラエルも、年というものを数えません（だって、数えるとしたら、どこから始めればいいのでしょう？　私たちの太祖アブラハムの頭上に輝いた、夥しい星の数を手がかりにしたらいいのでしょうか？　それとも、ベルサバの砂漠の無数の砂粒を数えることから、始めればいいのでしょうか？）しかしそうはいっても、私たちは時どき、イブン・ミシャールがミルヤムの産褥で予言をしたあの日から、厖大な時間が過ぎ去ってしまったように思うのでした。私たちがナータン・ベン・イェヒエルに向かって「先生《ラビ》、あなたはずいぶんお年寄りですね」と話しかけると、彼は答えるのでした――「そうですよ、私はずいぶん年寄りです、ちなみに聖書には、われらの一生は七十年続く、そして高齢に達すれば八十年である、と記されています」。また、ハンナ・ナエミに向かって「あなたはずいぶんお年寄りですね」と話しかけると、彼女は答えるのでした――「そうですよ、私はずいぶん年寄りです、主は間もなく私を連れ戻してくださるでしょう」。けれどもミルヤムに向かって「ミルヤム、あなたも今では年寄りになりましたね」と話しかけると、彼女は答えました――「私はもう長いこと年寄りになってしまっていますよ」。それというのもミルヤムは、あの予言がまだ成就されずにいることを、思い出させられたくないからです。ところで、私たちがトロフェアに向かって「あんたもだんだんいい年になってきたわね」と話しかけると、彼女は「私はたぶんまだ充分に年が行ってないんだわ」と答えるのでした。それは、トロフェアもまだ自分の運命の道を、はっきり見出してはいないからでした。一方、私たちは、ミルヤムとトロフェアがそのように語るのを聞くと、口を噤んでしまうのでした。なぜなら私たちは、その母と娘の希望を、どちらのも信じていなかったからです。

　私たちは、内輪では互いにこんなことを言っていました――「あの二人は、待望し続けるイスラエルのように、あのままだんだん衰えていくんだわ。救世主《メシアス》は現れないで、毎日毎日、男たちは墓へ入り、女たちは死んでいきます。そんなふうに、あの中年女ミルヤムの力も弱まってゆくし、娘ざかりのトロフェアのあのみずみずしさも消えてしまうのよ」

　ユダヤの女たちは語る――

　よその土地に住んでいるユダヤ人がローマへやって来て、ミルヤムの花嫁飾りを見せてほしいと望みますと、今ではたびたび、見せてあげられないことがありました。というのは、トロフェアがそれをこっそり自分の部屋へ運んで、隠してしまっていたからです。あの娘《こ》はたぶん、人目のない所でそれを身につけてみて、せめて遊びの中ではそうやって運命に逆らいながら、金の指環や、頸に飾った金鎖や、頭にのせた飾り花環などの、手触りを味わっているのでしょう――ミルヤムはそう思い込んでいました。でもミルヤムが鍵穴から覗いてみますと、トロフェアはただ手でそれらの品々に、優しく遠慮がちに触ってみているだけ、そしてその古びて光も冴えぬ黄金の上に、はらはらと涙を零しているのでした。

　ハンナ・ナエミはミルヤムに言いました――「そっとしといておあげ、ミルヤム。あの娘《こ》はこの先、ただもう心の痛手があるばかり、それは自分で慰めるほかはない。それに自分の運命のきびしさを想えば、涙脆くもなるわけだわよ」

　それでもトロフェアの口もとは、さながら毎日毎日、にがい没薬の盃をつきつけられてでもいるかのようでした。

　ユダヤの女たちは語る――

　ハンナ・ナエミはトロフェアに言いました（トロフェアが古い鎖をいじっていた時のこと）――「トロフェアや、私は年寄りで、お墓へ入るのも間近です。でもね、死んだ夫を今でも愛せるという心の支えが、もしなかったとしても、それでも私が、こんなに年老いるまで長生きできただろうと、そうおまえは思うかい？　こんなことを言うのはね、女の人にとっては、愛されるっていうことは絶対必要とは言えないけれど、愛するっていうことが絶対に必要だからなのよ。おまえも、もしも自分で誰かを愛することができさえしたら、そしたらおまえも救われるのにねぇ」

　するとトロフェアは、「おばさま、私はもう誰も愛することができません」と答えたのでした。

　ユダヤの女たちは語る――

　ハンナ・ナエミは言いました――「ねえおまえ、私を励まして頂戴、老い先短いこの年になって、主に罪を犯さずに済むように！　あの娘《こ》の心は、昔はすべてを偏見なく受け入れる戸棚のよう、優しさを容れた貴重な容器《うつわ》のようでした。それが今では、戸棚は空っぽ、容器《うつわ》は壊れてしまっています――私たちみんなが、盲目の世界の中で、あの娘《こ》のために盲目になってしまった！　お願いよ、私を励まして頂戴！　私が主に罪を犯さずに済むように。だって私は、主が私たちを嘲笑っておられるみたいな、そんな気がするんだもの！」

　ローマのユダヤ人らは語る――

　その頃ラビ・エルカナーンが、二人の愛弟子に付き添われて、これを最後にローマへやって来た。その弟子たちは、当時もう彼を一人では歩かせないのだった。それというのも、ラビ・エルカナーンが、鼻こそはまだ相変わらず鋭い刃物さながらに、顔にかぶさるように垂れていたけれども、顔そのものは皺だらけ凸凹だらけで、宵闇沈む頃の激戦場のようになってしまっていたからである。弟子たちは言った――「私たちの先生は老年です。私たちは、先生が最後の真理を打ち明けてくださらずに、世を去られることを望みません。というのは、以前に教えてくださったどんな真理よりも貴重な、究極の真理というべきものを、先生がまだ胸中に抱いておられることを、私たちは知っているからです。しかし〈先生、なぜあなたは、あなたの宝物を私たちの目から隠されるのですか？　私たちはまだ、それを見せて頂けるだけの価値がないのでしょうか？〉とお訊ねすると、先生はこうお答えになるのです――〈まだもう少し辛抱しなさい！　なぜなら、すべての真理は二つの要素、すなわち認識と同意から成り立っているのだが、私がまだ同意には達していないからです〉と。ですから私たちは、先生がお呼びになりさえすれば、いつ何どきでも真理を聴き取る心構えで、どこへいらっしゃる場合にも先生のお側について歩いているのです」

ところが当時さらにもう一人、第三の男が、ラビ・エルカナーンの跡を追って歩いていたのだ。すなわち、われわれがのちに「憎み屋」と名づけたあの男が。

ローマのユダヤ人らは語る――

誰が言い出したのかは知らないが、こういう噂がある――当時ラビ・エルカナーンは、トロフェアのためにローマへ来た、つまり、人生の終わりを前にして、ラビはもう一度、むかし子供の頃〈ダビデの王冠には翼がついている〉と言った女の子と話をしたいと望んだのだ、というのである。さてこのラビが、弟子たちと共にラビ・ナータンの家で食卓についていた時――晩のことで、部屋にはすでに蝋燭がともっていた――彼はミルヤムに彼女の娘の安否を訊ね、たぶん私の助言どおりあの娘に学問させたのでしょうね、と問うた。トロフェアは一緒に食卓についてはおらず、一人で自室にこもっていたのである。ちょうどまた彼女の鬱《ふさぎ》の日に当たっていたからだった。

そこでミルヤムが――「いかにも、ラビ・エルカナーンさま、私どもはあなたのご助言に従いました。あの娘《こ》には学校で、若者たちと同様に、先師らの聖なる教えを学ばせたのです。あの娘《こ》を主の道具に仕立て上げるため、何一つ忽《ゆるが》せにも等閑《なおざり》にもされませんでした。主（讃えられてあれ）もあの娘を等閑になさらず、盲目であることをおんみずからのご意志の印として、あの娘に押印してくださいました。ところがあの娘本人が、主（讃えられてあれ）に逆らったのです。そのため、私どもがあの娘にしてやった一切のことが、こんにち只今まで無駄になっております。なにしろ主（讃えられてあれ）は約束はくださいますが、しかしそれの実現は人間におさせになるのですから」

するとラビ・エルカナーンは――「そうですよ、ミルヤムさん、主（讃えられてあれ）は約束を与え給う、そして人間をしてそれの実現に与らしめ給うのです。けれども、実現の名、つまりある自体を約束の実現と名づけることができるか否かをも、主（永遠に讃えられてあれ）は、やはりみずからのお手もとに保留し給うたのですよ」

ラビ・エルカナーンがこう語っているあいだに、扉が開いて照明のない夜の暗闇が入りこんで来た。

ローマのユダヤ人らは語る――

われわれは前にもう述べて置いた――ラビ・エルカナーンは、エルサレムの都が十字軍の手中に陥った時、そこから救出された唯一のユダヤ人だったわけではない。後に別のもう一人を、われわれは目撃した。そしてラビ・エルカナーンが愛の中へ逃れ出たように、その別なもう一人については、復讐の中へ逃れ出たと言われている、ということを。

　さてそのようにして、その見馴れぬ男が、夜陰に乗じて人家を襲う盗賊か刺客のように、足音を忍ばせてこっそり歩み入ってきた時、エルカナーンの二人の弟子はぞっとして椅子から跳び上がった。というのは、その男が先生を尾《つ》けていたことを、二人はよくしっていたからである。一方ラビ・ナータンとその家族も、驚いて跳び上がった。なぜなら彼らは、もう一人のラビ・エルカナーンが、自分らの前に現れたように思ったからである。

　ラビ・エルカナーンと見馴れぬ男――

　ラビ・エルカナーンの鼻は、前に述べたごとく、ダマスクス製の高貴な短刀のようだった。ところがその見馴れぬ男の鼻は、禿鷹の鋭い嘴のようだった。ラビ・エルカナーンの顔は、戦場のように掘り返されていた。ところがその見馴れぬ男の顔は、刑場のように掘り返されていた。ラビ・エルカナーンの眼は、消えかかった二本の炬火《たいまつ》のようだった。ところがその見馴れぬ男の眼は、炎々と燃えさかる瀝青《ピッチ》のようだった。こうして較べてみると、この二人は、一つの工房で同じ粘土から作られた二個の壷のようだったが、一方は栄誉を、他方は恥辱を現していて、彼らを目撃した人は誰しも、二人がいかに似かよっているか、しかも似ていないかということに、必ずや驚くに違いなかった。

　ローマのユダヤ人らは語る――

　その間にその見馴れぬ男は、ラビ・エルカナーンにこう語りかけた――「とうとう見つけたぞ、この背教者めが！　まったくの話、いやというほど長いあいだ、おれはきさまのあとを尾《つ》けて歩いた。だが今度こそは、もう断じて逃がすものか！」。それからラビ・ナータン・ベン・イェヒエルに向かって――「あんたもとんだ災難だな、ラビ・ナータン、だってあんたは、どういう人間を自分の屋根の下に泊めてやっているのか、まるで気がついていないんだから。だがおれが教えてやろう。いいか、この男はおれと一緒にエルサレムの都にいたんだぜ。あの残虐な十字軍の奴らが、六百人ものおれたちの兄弟姉妹を、燃えている会堂《シナゴーグ》の中へ閉じこめた時のことだ。ところがこいつ本人は、あの人殺しの異教徒《ゴイーム》どもの一人に匿ってもらって助けられたんだ（おれの見るところでは、そいつはこの男に法外な礼金を吹っかけて、ごっそりせしめたんだろうよ）。そんなこんなで、こいつは今じゃあしたり顔でほざいてやがる、助けてくれたその男が、自分と一緒に、イスラエルが礼拝している同じその神に祈っていただの、おれたちの太祖アブラハムへの祝福が、エドムの子らにおいて実現されただの、主の名が諸国の民のもとで讃えられさえするならば、イスラエルは進んで自分の血で支払いをしたいだのと。だから、今こいつを教徒団《シナゴーグ》から追い出しなさいよ、あんたラビ・ナータン、そして裁判にかけなさい、なぜならこいつは、律法と主の名とを汚したんだから！」

そこでラビ・ナータン・ベン・イェヒエルは、白髪もおごそかに――「ラビ・エルカナーン、なんとかお言いなさい！」

ラビ・エルカナーンは、夕暮れ迫るを思わせる彼の顔の中で、過ぎし一日の戦いのすべてが、もう一度浪うち逆巻いているかのように見えたが――「私はまだ同意するには到っておりませんのじゃ」

それからラビ・ナータンは言った――「それでは、平和のうちに私の屋根の下でおやすみください、ラビ・エルカナーン！」

ローマのユダヤ人らは語る――

さて、ラビ・エルカナーンが出て行った時（彼の弟子たちは見馴れぬ男と一緒に先に外へ出ていた。先生を弁護してその男と論争しようと思ったのだ）、ラビ・ナータンは言った――「ハンナ・ナエミ、そしてミルヤム、私は命じます、今夜は家の門を、鍵をかけぬままにして置くこと。夜中に誰かがこっそり出入りしているように思っても、起き上がって調べたりせず、自分の部屋にじっとしていなさい。主みずからが今夜この家をお守りくださるだろう」。すなわちラビ・ナータンは、ラビ・エルカナーンが夜間ひそかに逃亡するだろうと思っていたのである。さてそういうわけでハンナ・ナエミとミルヤムは、家の門に鍵をかけずに置いた。そしてラビ・エルカナーンの足音が聞こえた時も、起き上がらず命令どおり自分の寝床に横たわったままでいた。ラビ・エルカナーンは、今夜もひと晩この屋根の下で眠りなさいと言われた時、それを言ったラビ・ナータンの提案の意味がよく判っていたのである。ところが、さて彼が疲れた老いの脚を急がせて家から出ようとした時、例の「憎み屋」は闇の中で彼を刺した。このようにして主はラビ・エルカナーンを足止めなさり、彼がもう一度トロフェアの顔を見るよう計らわれたのであった。

すなわち、ラビ・ナータンの命令を聴いていなかったトロフェアは、玄関口で人の呻く声を耳にして、起き上がって出てみたのである。ひょっとしたらハンナ・ナエミがまた眩暈《めまい》の発作を起こしたのではないか、と思ったからだった。こうして彼女は地面に倒れて呻いている人の方へ、手探りで近づいて行き、その人の側に跪いた。

トロフェア（横たわっている人を手探りして）――「あらラビ・エルカナーンさま、あなたなのですね！　おっしゃってください、どうなさったのですか？」

そのとき外では月光が雲間から射して、玄関口の窓ごしにトロフェアの顔を照らした。

ラビ・エルカナーン――「おお美しい盲目の顔！　ダビデの王冠を視た盲目の顔！」

トロフェアは、彼の言葉の勢いにふしぎな感動を覚えて――「ああ、ラビ・エルカナーンさま、私はもう、王冠も翼も見えないんです！　私の周りは夜ばっかり」

するとラビ・エルカナーンは、三度繰り返して――「そうです、そうです、そうです！」

トロフェア――「ラビ・エルカナーンさま、何を考えておいでですか？　誰に向かってそんなに熱をこめて〈そうです〉とおっしゃっているんですか？」

ラビ・エルカナーン（息絶えながら）――「トロフェア、あなたに、ですよ」

その時ラビ・ナータン・ベン・イェヒエルは、部屋の中から呼ばわった――「おや、ラビ・エルカナーン、私はあなたが〈そうです〉と言う声を聞いた。やっぱりあなたは、同意してしまったのですか？」

それにはラビ・エルカナーンはもう何の返答もしなかった。

そこでトロフェアは、ラビ・エルカナーンが死ぬところなのだと気がついた。そして彼の頭を、玄関口の固い地面から抱え上げて、自分の膝にのせた。このようにして、ラビ・エルカナーンは死んで行った。――

このことがあったのは、トロフェアがペトルス・レオーニスの邸《やしき》の中へ行く少し前のことであった。

われらの黄金の都ローマの古記録より――

ペトルス・レオーニスは今では年老い、そして肥えていた。かずかずの戦いは彼の後ろにあった。かずかずの満たされた願望は彼の後ろにあった。彼の執務室の、ずっしりと思い羊皮紙の巻物には、ここ三十年来の、いやもっとそれ以上の長期に亘る、莫大な支払いや払い戻しの金額が克明に記録されてあるのだが、すべての戦いや願望の実現も、それらの金額収支と同様に予定の時期をきちんと守って、安全確実に実行されたものであった。ペトルス・レオーニスは、損失額を記帳しなくてはならないような目には、まだ一度も遭ったことがなかったが、それというのも、彼がまだ一度も計算違いをしたことがなかったためである。もっとも、状況判断により、また公平を期するために、請求を長期間猶予するということは、しばしばあったのだけれども。

カリクスト教皇が逝去された時、民衆のあいだでは、ペトルス・レオーニスは請求を猶予した、と噂された。しかしホノリウス教皇の死が迫った時、われわれのあいだでこんな評判が立った――今度はあの人は目標に達するだろう、なにしろ官房長官ハイメリクス枢機卿を味方にしているのだから、と。すなわちこのお方は、当時教皇庁で最も有力な人物だったのであり、それというのもホノリウス教皇が前々から病の床についておられて、すべての人が官房長官の手にばかり注目していたからであって、その手の中で聖なる教会の一切の要務が、安全確実に管理されていたのであった。

こうして、ローマの都全体がふたたび〈黄金の教皇〉に期待を寄せて、早くそれが実現すればいいと思っていた。年老いピエル・レオーネの邸内でも、全員が喜んでいた。年老いたラケルを除いては。なぜならこの老女は、ミルヤムと同じように、昼も夜もペトルス・レオーニスの息子のことを想っていたからであり、この息子のためにこそ彼女は、洗礼を受けたあのかつての日、教会の石の床に噛みついたのであった。


年老いたラケル――

本来ならラケルはもうずっと以前に、すなわち彼女に託されていた少年が、彼女の仲介でひそかに割礼を受けた、という噂が立った時に、邸《やしき》から追い出さなくてはいけなかったのだということが、後になってから何度も言われている。けれどもペトルス・レオーニスが、その時ラケルを追い出しはしなかったのだ。その理由を、ある人びとはキリスト教的な慈愛のためと言うが、別な人びとは次のように言っている――ユダヤの血をひく者は、決して同じ血をひく仲間を殺させたりはしないものさ、たとえその仲間が、その者にどんなに辛い思いをさせているにしても、と。

ところで、年老いたラケルは、ペトルス・レオーニスに、辛い思いをさせていたのであった。


年老いたラケル――

邸《やしき》の召使たちのあいだでは、こんな噂が広まっていた――ペトルス・レオーニスは進んで年老いたラケルに会おうとは決してなさならぬ、ところが逆にラケルは、しょっちゅうペトルス・レオーニスに会おうとする、彼が彼女を構いつけまいとすればするほど、彼女はますます差し出がましくなる、と。

ラケルは今では非常な高齢だった。かつての洗礼の時のように噛みつこうとしても、彼女はもう一本も歯がないのだった。そのことが、私は豚肉が全然食べられませんよ、と彼女に言わせる立派な根拠を与えていた。それに彼女は大そう体が弱っていたので、朝のミサ聖祭に姿が見えなくても、あるいは週日なのに（つまり土曜《サバト》日に）仕事の手を休めていても、大目に見てもらうことができた。だがそれでも邸《やしき》の人びとは、彼女はかくれユダヤ教徒だ、と陰口を言っていた。そして他の女中たちは、ラケルと一緒に住むことを拒否した。だからボーナ夫人は、東の塔に通じる長い廊下の、とっつきにある小さな部屋を、ラケルにあてがってやっていた。ペトルス・レオーニスがその塔に登ろうとすると、だしぬけにラケルがその小部屋の戸口から跳び出して来て、ペトルスの行く手に立ち塞がるのだった。

　塔へ登るペトルスに付添ってきた従者たちは――「あっちへ行け、老いぼれ梟め、執政官閣下《コンスル》はおまえなんぞごらんになりたくないのだわい！」

　だがラケルは引き退らず、ペトルス・レオーニスの先に立って、年とった病気の蝙蝠のように、ふらふらと階段を登って行くのだった。ところがペトルス・レオーニスの方はまるで彼女の姿を目に入れるまいとするかのように、眼を伏せているのであった。「われらのご主人さまは、あの年とった馬鹿女にお優しいんだな」と従者たちは互いに言い合った。しかしペトルス・レオーニスの様子を抜け目なく見守っていた一人が、「いや、そうではない」と言った――「ご主人さまは、恥じ入っておられるのさ」

　すると先に口をきいた従者が――「なんでご主人が、恥じ入りなどなさるわけがあろうか？　あのお方は、この世で成し遂げられるすべてのことを、成し遂げられたのだ。世間の皆が言ってるように、息子どのがやがて教皇におなりになれば、この先父御《ててご》のために天国だって開いてさし上げるだろうよ」

　この言葉ゆえに、とわれわれは信ずるのだが、ラケルはミルヤムのところへ行ったのであった、すなわち、ペトルス・レオーニスが死の病の床についた時のことである。つまり、ある人間が自分は今やもろもろの願望の目標に到達した、と思うときに時おり起こるように、この場合もその例なのであって、その時に神がその人間の本来の目標をお定めになるのである。

　そのようにしてペトルス・レオーニスは、ホノリウス教皇にも先立って世を去ったのである。

　偉大なペトルス・レオーニスの、特異なそして驚くべき死にざま――

　ペトルス・レオーニスは、ホノリウス教皇のわずか数日前に死んだ。だがこの教皇のような長い苦しい病気によってではなく、まったく突然に、ハドリアヌス帝の廟所の胸壁の上で卒倒したのだった。彼はそこで、間近に迫った教皇選挙の警固の任に当たるべき、民兵隊や旗手隊のための計画を練っていたのである。それというのも教皇の侍医が、この日、やんごとないご病者の死はすぐ目の前に迫っている、と発表したからであった。

伝承はいう――

ペトルス・レオーニスが卒倒した時、彼の側には一人の見馴れぬ十字軍騎士のほかに、誰もいなかった。この騎士は、エルサレム王国のことをキリスト教世界に報告するため、聖地から来着していたものである。彼はすでにその前日、ペトルス・レオーニスに面談しようとしたのだけれども、面会を許されなかったのであった。ペトルス・レオーニスは、この騎士が自分の死の時に居合わせる定めになっていたことを、虫の知らせで予感していたのさ、とある人びとは言っている。しかしそれは正しくない。なぜなら、ペトルス・レオーニスはいつも精神が明晰であって、われわれが時おり襲われるようなゆえ知らぬ恐怖感とか、虫の知らせなどを、感じたことのない人だったからである。ただ、かつては聖なる軍団の東洋渡航のためにあれほど多くの力を尽くしていたにもかかわらず、彼は十字軍の騎士を目にすることは全然好んでいなかったのだった。もちろん、他の人びとの説によれば、その騎士はもともと本物の十字軍騎士ではなくて、変装したユダヤ人、すなわちラビ・エルカナーンをも迫害したあの男だったという。おまけにその騎士は、その後はもうローマでは姿が見られなかったのだ。前には枢機卿がたやその他のローマの貴族たちを訪ねる予定、と言っていたのに、それもしないままローマから消えてしまったのである。

見馴れぬ十字軍騎士（それをめぐって民衆のなかに伝わっている風説）――

ペトルス・レオーニスが郎党をひき連れてハドリアヌス帝の廟所に着いた時、この誇大の墓の蔭にその見馴れぬ騎士は立っていた。そしてまさにペトルスが門を通って入って行こうとした瞬間、不意にその騎士が素早く前へ歩み出た。その時、お供の人びとは、その騎士が奇妙にペトルスと似ているので驚いたのであった。親戚だと言ってもおかしくないほど、あるいは、ペトルス・レオーニスがいきなり鏡を突きつけられて、その中に映る自分の顔を見ているとも言えるほどだった。ペトルス・レオーニス自身も、初めは咄嗟に脚が止まった。そのあと、その見馴れぬ騎士とすれ違って進んで行こうとした。ところが騎士は、同行することをお許しあれ、わが用件は速やかに申し述べ得る性質のものゆえ、と頼むのだった。そこで、常に鄭重で愛想のよいペトルス・レオーニスは、騎士を伴って胸壁の上へ登った。そこで彼は騎士と二人きりでしばらく話し合っていた。その内容は知る由もない。二人の話し声を遠くで耳にした番兵は、その見馴れぬ騎士の「正義」という言葉以外には、何一つ意味が掴めなかった。その後すぐにペトルス・レオーニスは卒倒した、とその番兵は言うのである。

伝承はいう――

美しくも立派でもないが、しかし常に威厳たっぷりに姿勢を正しくしていたその小柄な肉体は、ハドリアヌス帝の廟所から自宅へと運ばれた。人びとは憶えていたのだ、ペトルス・レオーニスが前に何度も言っていたのを――かつて彼が教皇ウルバノ二世のために死の床の平安をご用意申し上げるという、おごそかな栄誉を担ったその同じ場所に、彼はやがて彼自身の死の床を置くことを望む、と。

その瀕死の人は、彼の子供らや家来たちの泣いたり嘆いたりする声のなかを（ペトルス・レオーニスは、自分の家では、最も身分低い下僕に至るまですべての人びとから、愛され敬われていたので）自邸の大広間に運び入れられ、卒倒した時脱げ落ちた金色の議員尖帽《ミトラ》が、がっしりした族長ふうの頭にかぶせられて、かつて教皇ウルバノ二世がその上で息をひきとられた、あの壮麗な臥床の上におごそかに横たえられた。

そうこうするうち、その出来事の風聞は都じゅうに飛びまわり、大勢の人びとがピエル・レオーネ邸に詰めかけていた。死にゆく人のために祈りを唱える人びとは広間じゅうに溢れ、階段から下の中庭まで一杯だった。官房長官ハイメリクス枢機卿さえ、ご主君・教皇の病床から離れて急遽駆けつけて来ていた。わざわざの来御の栄と、執り成しの祈りの慰めとを、死にゆく人に贈ろうがためである。居並ぶ貴族たちの中には、これまでこの邸《やしき》に姿を見せたことのなかった者たちも少なくなかった。すなわちみんなが、近日中にピエル・レオーネ枢機卿が教皇に挙げられるものと思っていたからである。このようにして、偉大なペトルス・レオーニスの臨終の時は、それなりに、ウルバノ教皇のご最期にも劣らず栄光に充ちたものになるように見えた。

瀕死のペトルス・レオーニス――

そのあいだも、壮麗な臥床を飾る金箔張りの柱たちは、下で石のように重く横たわっている瀕死の人を見下して、軽やかに屈託もなく舞い浮かぶように、高々と伸び上がっていた。その人の顔は青味を帯びてむくみ、額には汗が浮かんでいた。大きな厚ぼったい口もとは力なく下向きに垂れ、その口からは涎が流れて、頭を休めてある緋色の枕を濡らしていた。ものを言うことはできなかった。

　終油の秘跡が施された。手ずからそれを司式した息子の枢機卿は、ほかのみんなと同様に、式のあいだも泣き続けていた。父の死去がもう間近いと思っていたからである。ところが、彼が父の額に十字架の印を描いた時、父ペトルス・レオーニスはにわかにかっと眼を見開き、視線をぐるりと動かして、居並ぶ人びとを見廻したのである。わが身に何事かが起きたことを、明瞭にしかし驚いて知覚しながら、起きたことの意味は全然悟ることができない人、まさにそういう人のようだった。

　その瀕死の人は、痰が絡んだような喘ぎの声をふりしぼって（さながら、縛られた人が途方もない力を奮って身動きしようともがくように）言った――「祝福――わしは――祝福を――与え――たい――」

　人びとは彼の子供たちに目配せした。子供たちは二人ずつ組になって歩み寄った。一方、周囲の人が瀕死の人の半身を支えて起こし、跪いている子供たちに按手できるようにしてやった。すると縛られたように体の動かぬその人は、もう一度もの言いたげに懸命に唇をよじり、咽をぜいぜいさせるのであったが、しかしわけの判らぬ縺《もつ》れた声と咽のごろごろ鳴る音のほかには、なんの音も出てこなかった。だが突然、瀕死の人の執拗な意志の力が、もう一度彼の肉体を制御した。口もとの恐ろしい喘鳴のごろごろの中から、ようやく意味の取れる言葉が漏れ出てきたのである。

　瀕死のペトルス・レオーニスは、こう言っているのであった――「わが子らよ、アブラハム、イサーク、ヤーコブの祝福が、おまえらを祝福してくださるように！　わが子らよ、われらの父祖の神がおまえらを喜ばせてくださるように！　わが子らよ、律法を守りなさい！　わが子らよ、おまえらの民イスラエルに、つねに忠誠をつくしなさい――」

　その時すべての人びとは、祈りつつ戸口に押し寄せて来ていた群衆に至るまで、ことごとく真っ青になった。一人ひとりが、ペトルス・レオーニスの言っていることを聴き取ったからである。けれども恐ろしさのあまり、誰一人身動きしようとする者はなかった。こうして彼ら全員は、互いに心臓の鼓動が聞こえそうなほど身をすり寄せて、慄然として立ち竦みまたは跪き続けていたのである。

　伝承はいう――

とうとうピエル・レオーネ枢機卿が立ち上がった（全

員の中でこの人だけが、唯一冷静を保っていたのだった)。そしてこう語った――「今は父から離れてくださるよう、お願いいたします。私はこれから、同伴した聖職者らと共に、臨終の祈りを始めますが、皆さまはどうぞ控えの間でご唱和願います」(彼は、父はもう正気ではありません、とは言わなかった。つい今しがた全員の耳に入った事柄が、そもそもまるで存在しなかったかのように振る舞ったのであり、ましてや、それを訂正しなくてはなりませんなどと言いはしなかったのである)。しかしまだ彼がそう語っているあいだに跪いていた人びとも皆、跳ねるように立ち上がっていた。彼の眼に入るものとては、ただもう押し合いへし合いしている背中や上着ばかりだった。こうして人びとは、信心深い偉大なペトルス・レオーニスが、臨終の床の上でユダヤ教徒であることを公言したという事実に恐れおののいて、礼節も威厳もあらばこそ、先を争って逃げ去るのであった。ただ一人、官房長官ハイメリクス枢機卿だけがすっくと身を起こして、じっと冷静に立ち尽くしていた。彼の額の下の二羽の鷹は、あたかもピエル・レオーネ枢機卿の心の奥底にまで躍り入ろうとするように、にわかに飛び立っていたのである。

その時、死にかけているペトルス・レオーニスが身動きした。大きな金色の尖頭《ミトラ》が二度目に彼の頭から落ち、厚紙製の空の三角袋のように、ころころと二人の枢機卿の間を抜けて、人影のなくなった広間の中央まで転がって行った。

瀕死の父と二人きりになったピエル・レオーネ枢機卿――

彼は、床に転がったその尖頭《ミトラ》を、いつまでもじいっと見詰めていた。まるでそれが瀕死の人の冠りものではなくて、すでに自分の頭上にあるような気がしていたあの別な、三重の冠であるかのように。だが彼の心の中の混乱した気持ちは、なにも特にこの落ちた尖頭《ミトラ》に向けられていたわけではなく、もっとずっと深刻で、もっと危険なものだったのである。

その広間には、控えの間に通じる二つの出入口があり、門のように大きくて、それぞれに左右に開く二枚組みの扉がついており、異教徒らの古代親善の扉に見られるような青銅の獅子頭が、飾りとして打ちつけてあった。それらの出入口を、ピエル・レオーネ枢機卿は締め切った。父が息をひきとる前には誰も入って来られぬようにしたかったのである。自分で手ずから閉じたのだ。というのは、彼にお伴して来ていた二人の若い聖職者たちも、他のみんなと同様にいつの間にか消えてしまっていたからである。消えてくれたのを、彼はありがたく思った。やがて彼は、臥床の横の卓上に置かれた十字架像を手に取った。父にそれを渡してやって、司祭として当然の、死にゆく人への心遣いを示すためである。ところがその像を両手に捧げた時、いつぞやの若いパタリ派信徒のことが、忽然として彼の心に甦った。その若者は、十字架に関して、彼の面前に釈明を迫られている立場なのだった。(ちなみに、世間周知のごとく、このパタリ派という異端者らは、十字架像に対し、それどころか聖十字架そのものの断片に対してさえ、当然尽くすべき畏敬の表明を、拒否するのである。その理由は、彼らの主張によれば、十字架に付けられた救い主だけが神の子なのではなくて、彼らの異端的な秘跡〈慰安礼《コンソラメントゥム》〉を受けた各宗派員もやはり神の子だから、というところにある)。神明裁判の際にそのパタリ派信徒が握らされた鉄は、彼に不利な証明をした。そして民衆は彼の有罪判決を喜んでいた。けれども彼ピエル・レオーネは、その若い異端者に一種独特な愛情を感じたのであった。

ピエル・レオーネ枢機卿は、心ひそかに自問していた――「いったい私は、あの若者のようにパタリ派なのだろうか? 私は異端者なのだろうか?」

だがそのあいだに、枢機卿のためらっている手の中の十字架に、瀕死の人はすでに目を留めてしまっていた。彼の小柄ながら強靱な肉体へ、臥床の上にすっくと起き上がっていたのである――「あっちへ――あっちへ――そんな物が何になるというのだ?」

枢機卿は訊ねた(その顔は、今では蒼いどころか白いほどで、まるで皮膚の下には血でなしに雪があるかと思えるようだった)――「父上、あっちへ行ってあなたの奥方ボーナ夫人を呼んでこい、とおっしゃるのですか?」

だがボーナ夫人というその名は、ペトルス・レオーニスにとってはもうまったく知らぬもののようであった。恐ろしい困惑感に悩むようにぜいぜい息を切らしながら――「ミルヤム――わしの妻ミルヤムは、どこにいるのだ?」

すっくと身を起こしたままだった彼は、やにわに手足を突いて獣のように四《よつ》ん這いになり、いわば近づく死の痙攣によって動かされるように、凄絶な素早さで這い進んで、臥床の足側の端まで達した。そこからだと、開け放しの露台の二本の飾り柱の間から、河床のずっと奥の方に、小さなユダヤ人街が眺められるのである。

にわかに、枢機卿は広間の中に一人の子供の、呻くような泣き声が聞こえるような気がした。胸一杯の愛情と不安を感じながら、彼は双の腕で父親を抱きしめた(不安は、きわめて偉大かつ危険な心の奥底に、またしても淀んでいたのである)。血が血に触れて脈打ち、顔は顔、胸は胸に寄り添い合って、あたかも、消えゆく松明が燃えさかる松明の中へ傾斜して行って、一瞬のあいだ合体して一つの焔となって燃え上がるとでもいうようだった。その時、目に見える子供のすすり泣く声は、甲高い悲鳴に変わったのである。

枢機卿の胸の奥では、こんな言葉が去来していた――「あそこには、ノルマンの兵がエルサレムの陥落を報《し》らせた戸口がある――あそこは民衆がアレルヤを叫んだ中庭だ――あれは、少年が悲鳴をあげて逃げ降りて行った階段だ――そしてここ、この部屋の中には、正義がある！」

その時、消えかけていた火花がもう一度、瀕死の人の上に跳ね戻った。

ペトルス・レオーニスはユダヤ人街の方角へ両腕をさし伸べ、冷静な打算者にして計算家の彼からは、まだ一度も聞かれたことのなかった熱誠こめた声で、こう叫んだのである――「わが民イスラエル！　私の民イスラエル！」

枢機卿は胸の奥で（間隔を置いて、だがきわめて速く、あたかも稲妻の一閃また一閃が彼の心の中を劈《つんざ》いて光るように）――「私はパタリ派ではない、私はユダヤ人だ！私はキリストを一度も愛さなかった、そして今この瞬間、私は彼を憎んでいる、なぜなら――」。その思考は、急角度をなして彼の前で落下して行った。はるかかなたから響いてくるように――「いったい、今この時に、おまえの憎むそのキリストは、どこにいるのか？」

そのあいだに、瀕死の人はまたしても、前よりさらに大きな、さらに熱誠こめた声で、悲痛な凄愴な叫びを繰り返していた――「わが民イスラエル！　私の民イスラエル！」と。

だしぬけに、枢機卿は自分の側で、一つの声がこう言っているように感じた――「ペトルス・レオーニスによる神の活動――」。一転、われに返って――「そんなものは、総じて何の意味があるのだ？　死の苦悶の中にいるのは父なのか、それとも私なのか？　キリストを憎むとは、どういうことなのだ？　私の一族は、彼にあやかって名づけられている教会に、最善の力を尽くして奉仕してきた。民衆が力強い教皇を望むとき、その民衆の気持ちは正しいのではなかろうか？」

彼はもう一度父を抱きしめた。力づくで褥の上に寝かしつけようとしたのである。しかし今では、もう先刻のように焔が焔の中に燃え入り血と血が触れ合うのではなく、瀕死の人は異質の要素を肌で感づいているように思われた。凄愴な最後の生命力をふりしぼって、彼は息子に逆らうのであった。前よりもさらに声を大にして「私の民――私の民イスラエル！」と叫ぶのであった。

枢機卿は独語していた――「この叫び声は、外の広間にいても聞こえるだろう——この叫びがやまないなら、出入口を閉めたのは無駄なことだった。だが、どうやって黙らせたらよいものか？」
その時、年老いたラケルの姿が、彼の目に入った。

年老いたラケル——

彼女は奥の通路からこの広間に入って来たのだった。そこには扉がなく、赤い二枚組みの毛氈が下げてあって、それを潜ると元はミルヤムのだった部屋へ通じるのである。ラケルは年寄りの足をひき摺る歩き方で、まっすぐご主人の方へ進んで来た。あたかも、あんなに永年のあいだ彼女を避けてきたご主人が、じつは永年のあいだ彼女を待っていたのであったかのように。

瀕死の人は言った——「ラケル、ようやくおまえが来てくれたのか？　わしの妻ミルヤムはどこにいるんだね？」

ラケル——「旦那さま、奥さまなら、あなたさまが洗礼を受けなされたとき、お父上のラビ・ナータン・ベン・イェヒエルさまのところへ逃げ帰られましたですよ」

だが、そう説明してやっても、その内容は瀕死の人の心からすっかり抜け落ちてしまっていたのだった。彼は話しているラケルの顔を、網の蔭からでも見ているような定か鳴らぬ眼つきで見やりながら、ふたたび「ラケルや、わしの妻を呼んでおくれ」と呟いた。

枢機卿は突然、まるで自分の横で地獄が囁いているかのような気がした。声に出して彼は言った——「ラケル、どうか父上が知りたがっていることを、言ってあげておくれ！　奥さんのことを話してあげて——おまえが奥さんを迎えに行こうとしているふりをしておくれ——」

そのあとラケルは、死にかけているご主人の方へもう一度身を屈めた。広間の中はひっそりとなった。やがてラケルはまた外へ出て行った。けれども、そうすることで、枢機卿が言ったようにペトルス・レオーニスを欺こうとしたのではなく、本当にミルヤムを呼んでくるために、すなわち枢機卿の希望を台なしにするために、彼女は出かけて行ったのである。

伝承はいう——
その間じゅう、控えの広間に群れ集まった人びとは、ピエル・レオーネ枢機卿から頼まれたとおり、今もなお声を挙げて祈りを唱え続けていた。時どきボーナ夫人の激しい嗚咽の声が祈りを中断させたが、彼女は恥ずかしさと怒りのためにわれを忘れていたのだった。ただ官房長官ハイメリクスだけは、ホノリウス教皇の病床に戻ろうとして、誰にも気づかれぬようそっと広間を去って行った。

さて、彼がこの邸《やしき》の大きな暗い中庭を横切って歩んでいた時――そこは見舞いに参集した貴族らの馬や、お供の騎馬武者たちでごったがえしていたのだが――突然フランジパーネ兄弟チェンチウスとレオが、彼の行く手を遮《さえぎ》った（兄弟はペトルス・レオーニスの死の床での一件を、すでに聞き込んでいたのであった）。

官房長官は黙りこくって、ひと言も口をきかなかった。兄弟が自分に力を貸そうと申し出ようとしているのを、見抜いているつもりだったからである。

彼ら三人は、いくつもある暗い中庭を通って、ふたたび歩みを続けた。二人の兄弟は、長官が自分らに話しかけてくれるだろうと期待しながら、ずっと両脇に寄り添って行った。一方、官房長官は、たとえこの同伴者らと共に世界の涯《はて》まで歩き続けねばならぬとしても、頑として沈黙を守り通そうと決意しているかのようだった。中庭の一つ――そこは古代のマルチェルス劇場の跡だった――は、高い山脈のただ中にぽっかり口をあけた噴火口さながらの有様だった。出口のところに武装した見張りの兵たちが立ち、その後ろの劇場跡の石の階段の上では、ほかの兵たちが眠っていた。哨兵たちが枢機卿に敬礼して武器を下へ向けると、鎖帷子ががしゃがしゃ音を立てた。邸内にはとても大勢の武装兵がいたのだ。間近に迫った教皇選挙の警固のため、ペトルス・レオーニスが召集して置いたのだが、ハドリアヌス帝の廟所にはそれら全員は収容しきれなかったためである。

とうとうレオ・フランジパーネが、口を開いた――「官房長官枢機卿どのは、いくら待っても無駄だと悟って、口を開いた――「官房長官枢機卿どのは、経験なるキリスト教徒ペトルス・レオーニスの死の床における最後の印象について、なんとお思いであられましょうか？」

官房長官は、不偏不党の冷静さをそのまま音に現したような乾いた声で、率直にしかし近寄り難い威厳をこめてこう答えた――「死にゆく人が、断末魔の乱れた心の中で、若い時の言葉遣いや想念の世界に、もう一度逆戻りして沈んで行った、と、そのように私は思っている」

レオ・フランジパーネ――「貴殿は、閉じられた扉の蔭でいかなることが行われているのかを、知りたいとは思われませぬのか？」

官房長官――「さようなことは、知りたいとは思わぬ」

レオ・フランジパーネ――「しかし私と兄とは、それが知りたい。そこでわれわれは、扉をぶち破るつもりです」

この問答の後、兄弟は官房長官から離れた。

ローマのユダヤ人らは語る――

ラケルがナータン・ベン・イェヒエルの家に着いた時、ハンナ・ナエミとミルヤムは二人きりで坐っていた。ラビは学校だったし、トロフェアは自分の部屋にいたのである。しかしトロフェアは、古い花嫁飾りの鎖をいじっていたのではなく、ラビ・エルカナーンのことを想っていたのだった。

トロフェアは独語していた――「ああラビ・エルカナーンさま、あなたはなぜ、私に教えてくださらずに、亡くなってしまわれたのですか？　お訊ねしたかったんです、私の哀れな生きざまに向かって、何をあなたは、あんなに熱意をこめて〈そうです〉とおっしゃったのかを。あなたのようにあんなに熱意をこめて、私も話せたらいいのですが！　ああラビ・エルカナーンさま、なぜあなたは、あんなに早く亡くなってしまわれたのでしょう？」

ローマのユダヤ人らは語る――

さて、ハンナ・ナエミが門口に置いたラケルの姿を認めた時、彼女はひどく驚いて、小さな叫び声を挙げた。なぜなら、彼女はラケルをよく識ってはいたが、およそユダヤ人というものは、イスラエルを離れて洗礼を受けた者とは、つき合ってはならないからである。

ラケル――「ハンナ・ナエミさん、私が来たからって、そんなに驚いて尻込みなさることはありませんよ。私はわざわざ破門するほどの値打ちもないような、取るに足らない者だと思われているんです。それに、私がこうして出かけて来たのは、あんたとお話するためじゃなくて、私が昔お仕えしていた奥さま、つまりミルヤムさまをお探ししてのことなのよ」（と、ミルヤムに近づいて行った）

ラケルはミルヤムに言った――「奥さま、あなたの夫ペトルス・レオーニスさまが、死にかけておいでです。そして、あなたに来てほしいと言っておられるのです」

ミルヤムはラケルには目も向けず――「私は、自分の夫のペトルス・レオーニスなんぞという人を知りません。私は人妻ではありませんよ、私の民イスラエルとだけ、私は結ばれているのです」

ラケル――「奥さま、あなたが人妻ではいらっしゃらぬとしても、坊っちゃまというものがおありです。そして私を使いに寄越されたのは、ペトルス・レオーニスさまではなくて、そのお坊っちゃまなのですよ」

それを聞いたときミルヤムは、若い羚羊のように躍り上がった。

ラケルに向かって――「あなたを使いに寄越したのが私の息子であるのなら、あの子が思っているのは私ではなくて（トロフェアの部屋へ通じるドアをさっと開いて）あの娘《こ》のことですよ！」
　トロフェアに向かって――「娘よ、立ちなさい、時が来ました、おまえは兄さんのところへ行くのです！」
　ハンナ・ナエミ――「あらまあミルヤム、まさか本気じゃないのでしょうね、おまえの娘をエドムの家へやるなんて、大それたことですよ」
　ミルヤム――「いいえ、主の呼び給う女性《もの》を派遣《つかわ》すのは、大それたことなんぞであるはずはないのです」
　ハンナ・ナエミ――「ああミルヤム、あの娘《こ》はまだ美しすぎますよ！」
　ミルヤム（酔った人のように）――「いいえ、あの娘《こ》の美しさは、まだ不足なぐらいよ。私の息子に判らせてやるのです、イスラエルが、花嫁を持つように彼を待っていることを！」。トロフェアに向かって――「さあ、帯を解いて、いま着ている服を脱ぎなさい！」
　そのあとミルヤムは、婚礼衣裳の入った長持のところへ行ってそれを開き、かつて自分がそれを着てペトルス・レオーニスに嫁《とつ》いだ、あの晴着を取り出した。
　ハンナ・ナエミはミルヤムが何をしようとしているのかを悟って――「いけないわミルヤム、目の見えないあの娘《こ》に、そんな無理を押しつけては駄目よ！　おまえの父さんの帰るのを待ちなさい、父さんから助言をもらえるように！」
　ミルヤム――「お父さんなど、私は待ちません。私は息子を待つのです！」。そしてもう一度――「娘や、さあ、着ているものをお脱ぎなさい！」
　そこでハンナ・ナエミは、老い衰えた腕でトロフェアを抱き止め、守ってやろうとするのであった。
　ハンナ・ナエミ――「ああミルヤム、私たちは、哀れな弱い女なのよ！」
　突然、夢の中で語り始めるように、トロフェアはハンナの腕に抱かれながら声を挙げた――「母さん、私はここにいます！」
　ハンナ・ナエミ――「トロフェアや、おまえはおまえの母さんに、今まで長いこと逆らってきました。もうあと、この一刻《いっとき》だけ逆らいなさい！」
　トロフェアはふたたび――「母さん、私はここよ！」。ハンナに抱かれたまま、にわかに自分の両腕を差し伸べて、ミルヤムのと同じ明るい勁《つよ》い声で――「母さん、私、ここよ！」
　咄嗟にミルヤムは、奪うように娘をわが腕に抱き取って、口と額に接吻した。
　ミルヤム――「今日おまえは、あらためてもう一度私の子供になったのよ！　主が、こんなに年老いている私を、母にしてくださったのです！」。さてしかし、トロフェアが言いつけどおり着衣の紐を解き始めようとした時、ミルヤムは娘のその手を止めさせた。

ミルヤム――「おやめ、トロフェア。母である私が、自分でおまえに奉仕しましょう。おまえの晴れの日だもの、そうしてあげるのが、私にも似つかわしいわ！」

こうしてミルヤムはトロフェアに、着ていた服を脱がせてやり、自分自身の花嫁衣裳を着せかけてやるのであった。

さてトロフェアが、あんなに度たび優しく撫でてみていた、そのずっしり思い真紅の絹を自分の肌に感じた時、彼女は躰を震わせ始めるのであった。この衣裳を、今こそやはり着ることになったという感激が、それほどまでに彼女の心を動かしていたのである。

トロフェア――「まあ、母さん、なんで私に、この衣裳を着せてくれたりなさるの？　主は、私にこれを着るようには、お定めにならなかったのですよ」

ミルヤム――「おまえがそのことを判っているから、だからこそおまえは、これを着ていいのよ」

続いてミルヤムは、自分の婚礼を飾った鎖や指環を、娘の体につけてやった。一つひとつを身につけるそのたびごとに、トロフェアは謙虚な低い声で「これを身につけることを、主は私にお定めになりませんでした」と繰り返した。そしてそのたびごとにミルヤムは「おまえがそれを知っているから、だからこそおまえは、これを身につけていいの」と答えるのであった。最後にミルヤムはトロフェアの髪の上に、飾冠《かんむり》もかぶせてやった。だがその時は、トロフェアはもう「主はこれを私にお定めになりませんでした」と言わず、ただ一層深く頭を下げるばかりであった。もう、ものを言うこともできなかったからである。

ローマのユダヤ人らは語る――

トロフェアを飾り終えると、ミルヤムは言った――「娘よ、おまえは美しい、でも娘ざかりは過ぎています。おまえは飾りを付けた、でもおまえの飾りは古びています。おまえは目が見えない、それはおまえの民が、これまでたんと泣いたからです。おまえは寄る辺のない身、それはおまえの民が、これまでたくさん苦しんだからです」。それから――「おまえの母の祝福をお受けなさい！」

ハンナ・ナエミは、この言葉を聞いた時もうそれ以上耐えられなくなって、弟を学校から連れ戻してミルヤムの狂気を止めてもらおうかと、街へ走り出た。だがそのあいだにミルヤムは、トロフェアへの祝福を唱えていた。

ミルヤムは、アーロンの祝福の言葉を用いて娘を祝福したのである――「主がおまえを祝し、おまえを守ってくださるように！　主がお顔をおまえの上に輝かせ、おまえに恵み深くあってくださるように！　主がお顔をおまえの上に挙げ、おまえに平安を与えてくださるように！」

トロフェア――「主は私の上におられます、私と共におられます！」

こうしてミルヤムの娘はペトルス・レオーニスの家に入った。自分の母がかつてそれを身にまとってその家から出て殉教の苦しみへと赴いた、その同じ花嫁衣裳に包まれて。

雅歌、第一章（ピエル・レオーネ邸へ入って行く時、トロフェアが歌っていた）――

「主よ、どうか
あなたの口の口づけをもって
私に口づけしてください
あなたの愛は葡萄酒にまさります！
あなたのあとについて、行かせてください、私は走って行きます――
私たちは喜び楽しみます！
エルサレムの娘たちよ、
私は黒いけれども美しい
ケダルの天幕のように
ソロモンのとばりのように――」

雅歌、第二章（ピエル・レオーネ邸へ入って行く時、トロフェアが歌っていた）――

「見よ、冬は過ぎ、
雨もやんで、すでに去り、
もろもろの花は地にあらわれ、
春がやって来た、
山ばとの声が聞こえる！」

雅歌、第八章（ピエル・レオーネ邸へ入って行く時、トロフェアが歌っていた）――

「わが母の胸もとにいた、わが兄よ
私はあなたを見つけたい！
あなたに口づけすることが許されて
誰も私を嘲りませんように！
私はあなたを導いて
わが母の家に行き、
そこであなたに葡萄酒と
赤い柘榴《ざくろ》の液を飲ませてあげたい！」

ピエル・レオーネ邸内のトロフェア――
これについて、民衆の中にこんな噂が弘まっている――
ペトルス・レオーニスがまさに息をひきとろうとしていた時、かつて彼の洗礼の日に彼から去った、あの美しいミルヤム、死んだはずのミルヤム夫人の、邸《やしき》に戻って来た姿が見られた。出て行った時そのままに花嫁衣裳を身にまとい、あの時は手に持って出た飾冠《かんむり》は、元どおり頭上に戴いていた。その衣裳も飾冠も、ずいぶん何年もたった後のように色は褪せていたが、しかし紛れもなくはっきりそれと見分けられた。そういう姿の彼女を、下の中庭にいた夜警たちが見たし、また奥の廊下にいた何人かの召使いも、彼女が階段を登って元の自分の部屋へ入るのを見た。その部屋からは、赤い垂れ幕のあいだを潜って臥床のある広間へ行ける。その臥床の上で、むかし彼女は夫と共に憩うたのであった。

ピエル・レオーネ邸内のトロフェア――
彼女はとても母親似だったので、垂れ幕の蔭から現れた彼女を見たピエル・レオーネ枢機卿は、最初のひと目で誰なのかが判った。それというのも、彼が教皇使節としてフランスにいた当時、シャルトルの大聖堂で「ユダの女王」と呼ばれている彫像を見せてもらったことがあったからで、すなわちそれは美女ミルヤムの顔を模したものだったのである。

深い感動に目くるめく想いの枢機卿は、胸の奥で言っていた――「私は今、母の顔を見ている！　血のつながった、本当の母親の顔を見ている！」。しかしその一方で、彼の内心にはきわめて明瞭に断言する声もあった――今入って来たこの女性が、私の生みの母では絶対あり得ない、だってどう見ても私自身より年長だとは思えないから、と。その上、彼はいつも言い聞かされてきたのだった、あなたのお母上はあなたのご誕生後すぐに亡くなられたのですよ、と。――

一方トロフェアは、めざす場所に着いたのだということが判らなかった。ただ、頭上の飾冠《かんむり》が少しぐらつくこと、それに胸もとの鎖や飾り輪の触れ合う音が前より一層強まったこと、そうしたことだけを感じていた。もうじき着くにちがいないと思って、彼女の心臓はそれほど音高く鼓動していたのである。年老いたラケルに手を曳かれて、用心深く、盲人特有のいわば手探りするような歩き方で、だが同時に、大きな喜びのためまるで足の下に地面を感じないかのように、宙を舞うような歩き方で、歩み進んで行くのであった。枢機卿は、その驚くべき出現《もの》が自分の側を通り過ぎて、瀕死の人の臥床に向かって進んで行くのを見守っていた。しかし彼の念頭には、彼女に呼びかけてみようという考えは、まるで浮かんでこなかった。この女性を目にして、彼はそれほどまでに途方もなく感動・驚嘆していたのであった。すでに彼女が臥床のすぐ側に近づいてしまった時、ようやく彼はわれに返った。

枢機卿ピエル・レオーネは勢い烈しく立ち上がって――「娘さん、退《さ》がり給え、この死にかけている人から。きみがよもや私の母であろうはずはない！」

するとトロフェアはラケルの手を放して、声を出した彼をめざして歩み寄って来た。枢機卿は彼女の表情に、何か不思議なものが現れるのを見た。それは、彼女の出現よりもさらにずっと驚嘆すべき、何ものかのように思えるのであった。

たじたじと後退しながら――「きみは誰なのだ？」

トロフェア――「あなたの盲目の妹です」

枢機卿は（また一歩退いて。さきほどの不安が、別な形になって、一層感動的に、しかし一層不可避的に、襲いかかってくるような気がしていたので）――「きみは何がしたいんだ？　誰を探しているんだ？」

トロフェア――「あなたを、ですよ。お兄さま」

枢機卿（うろたえて）――「勝手にここへ入ってくる権利を、誰がきみに与えたんだ？」

トロフェア（たじろぐことなく）――「私を使いに寄越《よこ》した、あなたの民イスラエルが、与えました」。にわかに跪いて――「お兄さま、あなたの神である主の声をお聴きなさい！　あなたのお父上の目を悔ました、偽りの栄華をお捨てなさい！　あなたの可哀想なお母さまと、あなたの目の見えぬ妹のところへ、降りてきてください！」

枢機卿はその時、ふたたび稲妻が目の前に閃き落ちるような気がした。

心の中で――「この女性を私のところへ寄越したのは、イスラエルではない。そうではなくて――キリストなのだ」

それから間もなく、広間の扉を壊そうとするフランジパーネ兄弟の最初の打撃が、激しい音をたてたのである。

扉が壊されたときのトロフェア――

彼女は何が起きたのかは判らず、心の中でこう思っていた――「もう何事も起きるはずはない。だって私は兄さんの心を、奥深くまで動かしたんだもの！」。その後すぐに、彼女は兄に手をとられて、急いでどこかへ連れ去られるのを感じた。それから、一つの扉が閉まった。そして彼女は一人きりになった。

われらの黄金の都ローマの古記録より――

われわれが以下に語る一切のことについて、ひとはそれを誇張あるいは捏造とさえ思うかも知れない。公平にみて、それもあながち無理からぬでもあろう。が、じつは、そうした誇張は、いわんや捏造などは、まったく含まれていないのである。たしかに、当時あの邸《やしき》の控えの広間に集まっていたわれわれ全員も、後で考えてみると、いったいどうしてあんなことがあり得たのか理解に苦しんだのではあるが。ことの次第は次のとおりである。ピエル・レオーネ枢機卿が先刻締め切った大広間の二つの出入口は、フランジパーネの一党によって、まさにわれわれ全員の目の前で、強引に押し開けられた。すなわち、かつての聖マリア・イン・パラーラ教会の門のように、破壊されたのである。だが後詰めの騎馬武者や武装兵らの大群に守れていたあの場合とは異なり、ほんのひと握りほどの向こう見ずな男どもによってなされたのであり、その連中はいとも図々しく傍若無人な態度で部屋へ入って来たので、われわれはそれが邸《やしき》の下男たちで当ピエル・レオーネ家の委託を受けて、出入口になにかの細工をしようとしているものとばかり思い込んでいたのだった（ペトルス・レオーニスの死の床での一件以来、われわれの心は大いに惑乱した状態にあったので、それに免じてわれわれの迂闊さも大目に見てほしい）。おまけに一切がいとも迅速に行われ、いわば始まったと思う間もないうちに、すでに終わっていたのである。だがそのあと、左右双方の出入口がめりめり音を立てて扉が壊され、横倒しにされた時、われわれ一同は一瞬のあいだ、死んだはずのあの美しいミルヤム夫人を、彼女の瀕死の夫の臥床の横に目撃したのである。かつて夫から去ったとき着ていたあの真紅の花嫁衣裳をまとい、あの時は両手に持って出た飾冠《かんむり》を、今はふたたび頭上に戴いていた。その飾冠と花嫁衣裳、それに身に付けた鎖や飾りの環類の黄金も、いずれも時を経て色褪せており、霧深い夜に燃える蝋燭のように光は鈍かったが、しかしそれらはすべて、そのうえ彼女そのひとも、紛れようもなく、われわれのうち多くの者が生前を記憶している、まさにそのとおりのものとして、はっきり見分けられたのであった。こうしてわれわれは、この出現に呆然となって、壊された扉のことはもうまるで念頭になかったのであったが、やがてピエル・レオーネ家の手の者たちが、下手人を捕らえようとしてその広間に躍り込んだ。下手人たちは構えた武器を楯にして、広間の奥へと退いて行ったが、その剣の林のあいだを潜って（というようにわれわれは思うのだが）その美しい、死んだはずのミルヤム夫人は、われわれの視界から消えた。やがてその斬り合う男たちも、われわれから消えた。すなわち赤い垂れ幕の蔭へ、邸《やしき》の奥深くへ、姿を消したのである。奥の方ではそのあと何時間も、城館のあらゆる廊下を駈けめぐって、彼らの戦う物音が聞こえていた。それゆえローマでは、今日に至るまで、「ペトルス・レオーニスの死は、鐘の音ではなく剣の音で弔われた」と言われている。

ピエル・レオーネ邸内のトロフェア――

私は兄さんの心を深く動かした、私は主のご意志を実現したのだ――私の身に何が起こるはずがあろう？　彼女はそれ以外のことは何も考えられなかった。そう考えることが、とても倖せな気持ちにしてくれるのだった。子供の頃以来、もうかつて感じたことがないほどの幸福感だった。それに、自分が独りぼっちで目も見えず、勝手がわからない大きな邸《やしき》の中にいるのだということも、彼女の念頭にはなかった。ようやくそれを意識したのは、戦っている男たちの雄叫びが、一層身近かに迫って来た時だった。初めのうちは、ラケルか兄かが戻って来て連れ出してくれるのではないかと思って、しばらくじっと待ってみたのであった。だが誰一人来てはくれなかった。身のまわりには、大きな古い建物の奥まった通廊にたちこめるのが常の、ひんやり淀んだ空気のほか、彼女はなにも感じなかった。

壁から壁へ手探りしながら、彼女は歩いて行った。でも相変わらず不安はなく、ほとんど冗談のように独り言を呟いていた――「もしも私が賢い異教徒アリアドネだったら、こんな大きな勝手がわからない家の中を歩くときには、糸を用意して来たでしょうに――」

そのうちに、剣戟の響きや斬り合う人の叫び声は、次第に近づいて来るのだった。

トロフェア――「私の糸は、私をこの家へお遣わしになった主のご意志だわ。主が、どこへなりお望みのところへ、私を導いてくださるのだわ――」

このようにして、主はトロフェアを、この邸《やしき》の礼拝堂へと導かれたのであった。そのお堂の外壁を、かつて子供の頃の彼女が、ノックするように叩いていたのだったが――ユダヤ女の問いに答えて「私の遊びは〈私ペトルス・レオーニスのおうちへ入るわよ〉っていうの」と言った、あの頃の彼女が……。

伝承はいう――

さてこの夜この礼拝堂には、カピトールの聖マリア教会から拝借した幼いキリストの御像が安置されていた。われわれが〈ローマの幼いキリスト〉と呼ぶあの御像である。まずわれわれは、この幼な児の祝福をお願いしよう。

それから、以下のことを語るとしよう――

カピトールの聖マリア教会に関して「カシコニ神ノ子ノ祭壇アリ（ubi est ara filii Dei）」ということが言われている。なぜならその教会が建っているのは、至福なる乙女マリアの腕に抱かれた幼いキリストが、われらの都ローマにおいて初めて目撃された当の場所だからである。すなわち、オクタヴィアヌス皇帝によって目撃されたのだ。この皇帝は、聖なる使徒ペトロとパウロがわれわれに救い主を宣べ伝えたよりもずっと以前に、異教徒時代のわれわれの父祖を統治していたお方なのである。

今われわれは、ふたたびこの幼な児の祝福をお願いしよう（この幼な児のことを語るとき、われわれはいつも、何度もこうして祝福をお願いするのだから）。

それから、以下のことを語るとしよう――

この異教徒時代の皇帝オクタヴィアヌスが、ティブールの街の洞穴から、名高い巫女を、われらの都ローマの、カピトールの丘の上に立つ神殿へ呼び寄せた。ここで彼は、彼女に訊ねた――全世界の支配者たる予は、神としての栄誉と犠牲とを受納するにふさわしいか、民衆は予にそれを献げたいと望むのだが……？

するとと巫女は答えた――「幾百年の王が天からやって来る！　世界の主を抱く乙女を見られよ！」

やがて雲が開け、皇帝は一つの祭壇を見た。それは光り輝くあまたの天使たちの栄光によって支えられ、その上には幼いキリストを抱いてた聖母マリアがおられた。

今われわれは、三たびこの幼な児の祝福をお願いしよう。聖なる〈ローマの幼いキリスト〉よ、われら一同を祝し、われら一同を守り給え！

そののち、われわれは先を続ける――

そういう次第でわれわれは、このことのあったまさにその場所、すなわちカピトールの聖マリア教会の中に、昔から幼いキリストの御像を安置しているのである。高貴な木材で彫られ、極上の麻布と極上の絹布とにくるまれたこの御像は、両手には指の数だけ指環をはめている。われらの都ローマの、若い母親たちが奉納したものである。クリスマスの夜には、われわれはこの御像を、金箔張りの秣桶《まぐさおけ》の中に横たえる。その前で、われわれ自身の子供らが子守歌を歌う。そのあと、市門の外の畑地から、羊飼いたちがローマの都に入ってくる。ベトレヘムの羊飼いたちのように、横笛や芦笛でいろんな愛すべき旋律《メロディー》を吹き鳴らしながら。だが、年間、クリスマス以外の時期には、よくこの御像は、市内の病者や瀕死者のもとへ運ばれてゆく。病める者ら死にゆく者らがこの御像に触れて、この世の生命へ戻るにせよ、あの世の永遠の生命へ移るにせよ、この御像のあらたかな癒しに与るように、と願ってのことである。そしてこの日も、やはりそうした願いを込めて、人びとはこの幼な児の御像をピエル・レオーネの邸《やしき》に運び、死にかけているこの家の主《あるじ》のために力を貸して頂こうとしたのであった。ところが、それを病室へ届けようとした時には、すでに扉が閉ざされてしまっていたのだ。それゆえ司祭らが御像を礼拝堂へ運び、元の教会へ戻すまでのあいだは、そこに安置することにしたのだった。そういうことでこの御像は、この夜その礼拝堂の祭壇の上、十字架の根方に、横たわっていたのであった。

邸《やしき》の礼拝堂内のトロフェア――

さてそこへ入って行った時、彼女はすぐにその部屋の、なにか大きなしかし穏やかな、静けさを感じた。それに空気も、ここではもう、それまで通って来た入り組んだ閉め切りの通廊のようには、冷たくもなく生気のない感じでもなくて、自分は温かな芳香の漂う天井の高い部屋にいるのだという気がして、まるで馨しい香料が燃やされた後のように思えるのであった。

トロフェアは独り呟いた――「ここは気持ちがいいわね、ここにじっとしていて、私の身に何が起こるのか、待つことにしたいわ」

背後の扉を閉め、それから安心し切った気持ちで、その静かな、生気のある空間の中へ歩み入った。一歩ごとに、彼女は一層快く、一層安全になるように思った。

トロフェアはふたたび――「ここはいい気持ちだわ、まるで主の天使たちのお住居みたい。いつまでもここにいたいわ」

こうし彼女は、盲目の自分のいつもの習慣どおり手探りしながら、堂内じゅうを歩きまわり、内陣を仕切る大理石の柵の間を通り抜けると、足もとに小さな階段を感じた。

トロフェア――「この階段の上でゆっくり休むとしましょう。ここはとってもいい気持ち」

こうして彼女はうずくまった。だがそうやって休んでいると、頭上の重い飾冠《かんむり》がうるさくなってきたので、それを外した。その時、伸ばした片腕が一つの机に当たった。それは階段のすぐ上に立っていたのだった。

トロフェア――「これは私の母さんの飾冠《かんむり》、私自身の生命の冠《かんむり》――じかに床に置いてはおけないわ！」

そこで彼女は立ち上り、その飾冠を優しくそっと机の上に置いた。それから、さっきのように階段にうずくまった。

――

あたりはとても静かだったので、彼女の心の中では、ふたたび喜びの声が語り始めた――「どれほど深くお兄さまの心を動かしたか、私にはよく判ったわ！　私は主のご意志を実現しました！　この上私に何が起こるはずがあるでしょう？　主が私にしてくださったすべてに対して、私は主に感謝しましょう」
　こうしてトロフェアは、ピエル・レオーネ邸の礼拝堂の、祭壇の前で祈り始めたのである。

礼拝堂の祭壇の前のトロフェア――
「主は私の牧者
私はなに一つ不足がないでしょう
主は緑の野で私に草を食べさせ
私を清い水に連れて行ってくださる
主は私の魂を元気づけ
私を正しい道にお導きくださる
主のみ名のために
たとえ私が暗い谷間をさまよっても
私は災いを恐れない
主がおそばにいてくださるから――
善意《めぐみ》と慈悲《いつくしみ》とが私についてくる
私の生命のつづく限り
私は主の家にとどまるでしょう
いつもいつまでも！」

礼拝堂の祭壇の前のトロフェア――
「主を称えなさい、私の魂よ！
生きる日の限り、私は主を褒めよう！
世にある限り、私は神にほめ歌を歌おう！
主は飢える人びとに食べさせ
主は囚われびとを解き放す、
主は盲人に視力をさずけ
主は倒された者を立たせてくれる。
主は寄留の他国人とみなし子を守り
主は孤独な者を支えてくれる。
主は永遠に王であり、
シオンよ、主はおまえの神です
とわに、とことわに」

礼拝堂の祭壇の前のトロフェア――
「主に感謝しよう、主はやさしく
主の善意は永遠につづくのだから！――
私は死なず、生きるであろう
そして主のみ業を宣べ伝えるであろう――
今日のこの日は、主のつくり給いし日！
私たちは歓び、そして楽しむ！

讃えられてあれ主の名によって来たる者！
　主に感謝しよう、主はやさしく、
　主の善意は永遠につづくのだから！」

　このように、トロフェアは礼拝堂の祭壇の前でダビデ王のあらゆる詩篇や讃歌を祈り、途中でやめることができなかった。だが長い時間祈れば祈るほど、彼女が決して一人きりで祈っているのではなくて、この部屋の中でもう一人別なひとが、彼女と一緒に、あるいは彼女に代わって彼女のために、祈ってくれているという気がしてくるのだった。

　トロフェア——「ここで私と一緒に祈っているのは、いったい誰なのかしら？　いったいどんな人が、この部屋の中で、こんなに優しくうちとけて、私の側にいてくれるのかしら？　ああ、目が見えればいい、そして自分がどこにいるのか、判るといいのに！」

　こうしてトロフェアは、自分の側に誰がいるのか知ることができるかどうかと、身のまわりを手で探り始めた。

　すると、先にはトロフェアの歩みをこの礼拝堂へ導き給うた主は、今もまた彼女の手を導き給うた。祭壇の上を手探りする彼女が、もしも敵視するキリスト教徒の印である十字架に触れれば、ぞっとして竦みあがったことであろう。そこを配慮された主のお導きで、彼女は十字架には触れず、幼いキリストの御像に触れたのであった。

　邸《やしき》の礼拝堂内のトロフェア——

　トロフェア——「私が触っているのは赤ちゃんのお人形だわ。麻の布にくるまっている。手足はちっちゃくて可愛らしい。若いお母さんが揺り籠に寝かしてあやしてあげる、本物の赤ちゃんの手足みたいに——」

　そのとき彼女の心の中には、ふしぎな驚きがあった（そんな気がするのは、ラビの家の前で耳にする小さな嬰児たちの声が、自分にいつも非常に辛い苦しい想いをさせていたからだ、と彼女は思った）。

　トロフェア——「でも今は、自分の意志を神さまにお委せしているこの私！　私自身が、神さまの前では赤ちゃんのように、小さくそして謙遜になっているじゃないの？　自分に赤ちゃんがないからといって、どうしていまさら悲しむことがあるの？　いったいどうして、この赤ちゃんのお人形にびっくりする必要があるの？」

　そして彼女は、その幼な児を、嬉しそうに腕に抱いた。自分の意志が、今やすっかり神さま委せになっていることを、神さまにお見せしようとするように——。

　このことがあったのは、われらの救い主イエス・キリストのご受難に先立つ第三の主日の早朝、すなわちミサ聖祭の入祭文《イントロイトゥス》で「歓べ、エルサレムよ！」という言葉が唱えられる日であった。

そしてその言葉は、かつてトロフェアが、母親の言いつけに応じて、あの晩唱えたのと同じものなのである。あの晩、つまり彼女が敵の騎馬武者たちの只中へ駆けこんで行く少し前、ユダヤの女たちと一緒に暗いティベル河のほとりで、聖なる長喇叭《トランペット》の音を聴き取ろうとして耳を澄ませていたあの時に。

われらの黄金の都ローマの古記録より——
その間もお堂の外では、小人数ながらフランジパーネの一党が相変わらずまだ反抗の気構えを捨てず、一団となって立て篭っていた。それというのも、ピエル・レオーネ城館の通廊がその辺ではきわめて狭くなっていて、一度に三人か四人しか並んで入ることができないからだった。そのためピエル・レオーネ方では、圧倒的な多人数があまり役に立たず、いつもごく僅かの戦士しか前進させることができなくて、それがその都度《つど》、狂暴なフランジパーネ勢のためにたちまち撃退されてしまうのだった。そうこうするうち、ペトルス・レオーニスは息をひきとった。そしてピエル・レオーネ勢は、血腥い戦いの大騒動を続けるのを憚る気持ちになった。そこで邸内の遺骸を尊重して、フランジパーネ勢に自発的退去を勧告したのであった。ところが相手は、その勧告を受け容れようとはしなかったのである。

彼らは互いに言い交わしていた——「自発的に退去するなど、とんでもない話だ。死んだはずのミルヤム夫人の一件ゆえに、われらはあくまでここを離れない。すなわち、あれが本当にミルヤム夫人だなどとは、われらは信じることができず、むしろ、先刻ペトルス・レオーニスの死の床の側で、そしてその後この辺の通廊で、われらが見たのは、生きているユダヤ娘だったように思われるのだ。だからわれらは、この一件の手がかりを掴むまでは、ここを立ち去るつもりはない。なぜならこの一件は、おそらくわれらの役に立つはずだから。それゆえ、ピエル・レオーネ家の連中が遺骸を飾っている今のこの時を利用して、そこらあたりを探ってみようではないか！」（と、礼拝堂へと押しかけて行った）。

礼拝堂内のトロフェア——
だが今はもうずいぶん多くの時が過ぎ、彼女は兄が来てあった。
連れ出してくれるのを、依然として空しく待っているので

トロフェア——「どれほど深くお兄さまの心を動かしたか、私は感じで判ったのに。あれでは、まだ深さが足りな

かったのかしら？　それとも、一旦は感動させられても、心というものは、また忘れてしまうこともできるのかしら？」

こうして彼女は、わけの判らぬ落ち着かない気持ちになり始め、まるで自分の歓びが、高い山から深い谷底へ、転落するにちがいないように思えてくるのであった。

礼拝堂内のトロフェア――

今はもう彼女は、ダビデ王の讃歌ではなく、救いを求める不安な叫びを、唱え祈るのであった――

「主よ、私をかえり見、
私を憐れんでください！
私の心の不安は大きいのです
どうか私を、困窮から抜け出させてください！
私の魂を守り、
私を救ってください！
私を滅ぼさないでください、
私は主に依り頼んでいます！――
主よ、私を憐んでください、
私は弱いのです！
主よ、私を助けてください、
私は怖いのです！
私の魂は激しく怯えています――
主よ、主よ、いつまで続くのでしょう――？」

礼拝堂内のトロフェア――

「こんなに熱心こめて、私はここでお祈りしましたのに。いったい、主が哀れな盲目のご自分の子を、見棄てたりなさることがありえるのでしょうか？」

礼拝堂内のトロフェア――

「いったい私の母の信仰も、空しくなるということがありえるのでしょうか？　母の全生涯の希望が、破れることがありえるのでしょうか？」

礼拝堂内のトロフェア――

にわかに彼女は、次のような確信が心に浮かぶように思った――「主はおまえに、おまえの兄をお遣わしにはならぬだろう！　主はおまえを、この見棄てられた状態からお救いにはならぬだろう。だが、主はおまえと一緒に、見棄てられたままでいるおつもりなのだ！」

トロフェア――「私が今いるこの場所は、まあなんという奇妙な場所なのだろう？　ここにいると、私としたことが、なんという変なことを考えるようになるのだろう？

全能の神がどうして、見棄てられた寄辺のない状態であることがおできになるだろう？　そんなことを、私は今まで一度だって考えたことがないわ」

そしてまたしても彼女は、この部屋の中にもう一人誰かがいるに相違ないというような、それどころか、その人が自分に向かって囁いているのだというような気がしてくるのだった。そこで、もう一度手探りで探し始めた。そのとき彼女の手は祭壇上の十字架に触れた。だが、それが何であるかは判らなかった。判ったのは、またしても、小さな子供のことだけだった。

その時、先ほどの正体の判らぬ声が、こう語り続けるように思われた――

「神はご自分の弱い盲目の子供の言うことを、お聴き届けはなさらぬだろう。けれども神はみずからおまえと共に、弱い子供でありたいと思っておられるのだ」

すると彼女は激しく心を揺さぶられ、その幼な児の方に身を屈めて、それに口づけするのであった。

こうしている彼女を、乱入して来たフランジパーネ勢が見つけ、ひっさらって行ったのである。

枢機卿ペトルス・フォン・ポルトゥス司教の手記より
――

私がまだ老齢という段階にあって、キリストをお慕いする気持ちが次第に大きくなっていた頃には、私は天に帰ることを何度となく祈り求めたものだった。だが非常な高齢に達した今、この世を去りたいという望みがもう際限もなくなっている現在では、私はもうひたすら、私たちの王イエス・キリストの聖旨《みむね》が、いついかなる所においても、従ってまた私の哀れな生命の長さに関しても、実現されますようにと祈るばかりである。たとえこの聖旨《みむね》が、私にとって好ましいにせよ、あるいは苦痛であるにせよ。と同時に聖なる教会のためにも、現在のこの時点では、私はやはり、ほかならぬこの聖旨《みむね》の実現のみを祈り求めるものなのである。

ところで私たちは、ご逝去の迫った私たちの父ホノリウス教皇が、聖ペトロの代々の後継者がたの慣例に従い、どうか私たちに勧告をお与えくださるようにと、すでにここ数日来お待ち申し上げているのである。勧告とは、すなわち私たちの未来のご主君の選挙に対してであって、教皇がその聖なる職務の持つ特別な英知によって、地上でのご寿命を超えてまで私たちをお助けくださることが願わしいからである。教皇職が持つこの特別な英知というものは（私たちはよく知っているが）他のいかなる英知によっても埋め合わせることができないのだ。だが教皇は、現在に至るまでずっと黙しておられる。それゆえ同僚《きょうだい》中の最年長者である私が、腹蔵《ふくぞう》なくお訊ね申し上げるためにホノリウス教皇の御前に伺候したのであった。

　教皇は、見るかげもなくやつれられ、お躰も小さくなられて臥床に横たわっておられた。以前は堂々として筋骨逞しかったご体躯が、ねじ曲り縮みしぼんで、頬や手のがっしりした骨組みは尖って突き出し、額は高まり過ぎて、萎んだお顔からいわば逃れて飛び出ようとするようなご様子だった。お顔そのものは、貴族の血をひく人に見られるように（しかし教皇は農民の出であられるが）気品高く、蝋細工かと見紛うほどだった。こうしたご様子の教皇に、私は（これまでに生起した一切の経緯の後では、そうすることが私のご質問にとってふさわしい外衣となるように思われたので）かつてカリクスト教皇がご他界近きを予感された時、私たちの同僚《きょうだい》ピエル・レオーネに関して私に語られた事どもを、お話し申し上げたのである。それというのも、教会法規の命ずるところでは、たしかに教皇ご存命の限り私ども枢機卿は、次の教皇の人選に関して、相互になんの協議もなすべきではないのだけれども、しかし私どものうち多数の者の期待感の中には、なんといってもやはり一つの人名が浮かんでいて、その人名を私どもは、互いにたびたび黙秘し合って来たと言うことが、おそらくできるであろうからである。

　しかしながら私は間もなく悟った、私の申し上げることが、ホノリウス教皇にはもはや聞こえてはいらっしゃらないのだ、ということを。それほどに教皇のおん眼は、私から遠く離れて燦きつつ、あらぬ方を徨っておられ、あたかも、逃れ出るように突出したお額が、教皇のすでに現世を去ろうとされているご思考の象徴《かたどり》かと見えるのにもさも似た、そうしたおん有様なのであった。このことを、私は私たちの同僚《きょうだい》らにも報告した。

　そのあいだにも、さまざまの風説は都のあらゆる街々を、荒馬のように跳び廻っているのである。

枢機卿ペトルス・フォン・ポルトゥス司教の手記より

　だが私どもは、実際にはいかなることが生じたのか、まだ判ってはいないのだ。なぜなら私たちの同僚《きょうだい》ハイメリクスが、ありとあらゆるこれらの風評の嵐の真っ只中に、微動だもせず沈黙と立ちはだかっているからであり、あたかも知れはそうした風評を、私どもにはまるで何の関わりもないと考えているようにも見えかねないのである。

　フランジパーネ兄弟は、以下の内容を私たちに通報した――自分らはピエル・レオーネ邸の礼拝堂で、一人のユダヤ娘を捕らえた。しかもその娘が、カピトールの聖マリア教会の幼いキリストの御像を、明らかに盗み出そうとしていたその瞬間に。従来も時おりユダヤ人どもが、キリスト教徒の聖像や、聖別されたホスチアそのものまでをも、不法に奪ったことがあるのは、世間周知のとおりである。それらの聖なる品を、彼らが彼らの会堂《シナゴーグ》において、愚弄あるいは呵責しようがためであった。ハイメリクス枢機卿は、いかにしてその娘が邸内に立ち入ったかをみずから訊問するため、同人を引き渡すことを希望なさるであろうか。自分ら兄弟は、この件を調査することが、聖なる教会にとって重要ならざることではないと考える。ペトルス・レオーニスの死の床において生起した、ああしたいきさつの後である以上は、と。

それに対して同僚《きょうだい》ハイメリクスは答えた——そのユダヤ娘がピエル・レオーネ家の邸内で捕らえられたのなら——ことはピエル・レオーネ一家に関わるのであって、私には関係がない。同人を、捕らえられたその場所へ戻すがよろしかろう。その場所でこそ、同人の正体および行為について、最もよく事情が判るであろう、と。

ふたたび枢機卿フォン・ポルトゥス司教——

フランジパーネ兄弟は、再度私たちの同僚《きょうだい》ハイメリクスに通報を送った。その内容はすなわち以下のごとくである——自分らは、その捕らわれたユダヤ娘をみずから審問した。同人はピエル・レオーネ枢機卿の血をわけた妹と自称し、ユダヤ人仲間で育ったが、ペトルス・レオーニスの臨終に際し枢機卿その人により邸内へ呼び入れられた、と申し立てている。自分ら兄弟は、かかる甚だ奇っ怪な事象を聖なる教会に通報することが、良心に課せられた義務であると心得る、と。

それに対して、同僚《きょうだい》ハイメリクスは眉一つ動かすことなく答えた——私は貴公らフランジパーネ兄弟が、聖なる教会に対してそれほどに良心の義務を感じているということに関し、歓ばしい驚きを表明する。だが私は繰り返して言う、その娘が枢機卿の妹御であるとしても、ことは彼に関わるのであって、私には関わらない。それゆえ、捕らえられた娘はピエル・レオーネの邸《やしき》に引き渡すがよろしい、と

——

だが私どもはよく判っている、フランジパーネ兄弟がこの捕らわれたユダヤ娘を道具にして、私たちの同僚《きょうだい》ピエル・レオーネを失脚させたがっており、殊に教皇選挙から締め出しを喰わせたがっているのだ、ということが。なぜなら私どもは、かれら兄弟が至る所でこんなことを言い触らしているのを、耳にしているからである——ピエル・レ

オーネ父子はただ上辺《うわべ》だけ洗礼を受けたように見せかけ、じつは年老いたラケル同様ユダヤ教徒にすぎないのだ、ラケルがそうだということはローマじゅうに知れ亘っている、と。かようなわけで、私どもは、兄弟がにわかにキリスト教の守護者らしく振る舞うのを、呆れ顔で眺めているのである。

しかし私ども自身は、私たちの同僚《きょうだい》ピエル・レオーネがパスカリス教皇の問いに答えを出さねばならぬ時が、今こそ到来したのだと考えている。それゆえ私どもは、例のフランジパーネ兄弟がこのさき何をやらかすだろうかということよりも、むしろ私たちの同僚《きょうだい》ピエル・レオーネが何をするだろうかということを、刮目して待っているのである。

枢機卿フォン・ポルトゥス司教――

そうこうするうち、民衆も、行方不明になった聖マリア教会の幼いキリストの御像のために不安を覚えて、八方から私どもに問いかけてくる。民衆の信ずるところでは、フランジパーネ兄弟が、捕らえたユダヤ娘と共にあの御像も、自分らの邸《やしき》に閉じこめたというのだ。それゆえ私たちの同僚《きょうだい》ハイメリクスは、フランジパーネ兄弟に、幼いキリストの御像をも、遅滞なくかつ相応する栄誉をこめて、元の場所に戻すべし、と命じたのである。

われらの黄金の都ローマの古記録より――

われわれはフランジパーネ家の召使いのトルッラという女と話した。この女の語るところでは――

私らお館の使用人たちは、その頃こう言っていましたよ――うちの若旦那がたは、髪の色も肌の色も、もう昔のように明るくなく、まるで雲がローマの都の上にかかって、パラチーノの丘の黄色や白の大理石が色褪せて見えるような、ちょうどそんな感じだねって。それにまた、どうやらもう以前ほど乱暴でもないように見受けましたが、その代わりもっと意地悪になっていました。だから私ら仲間うちの多くの人は言います、へへん、うちの若旦那がたも年が寄ったのさ、それだけのことよ！　と。だけど私らは、そんな変わりようを、枢機卿ピエル・レオーネさまでなしにオスチアのランベルト司教さまが教皇に選ばれなすった、あの日からこっち、ずうっと気がついておりますよ。だってあの日以来、いつも若旦那がたは二人とも、うちのヤコーバ嬢さまが入れ智恵なさることを、実行していなさるんですから。ところが、そうなさりながらいい気持ちはしないで、いやな気持ちなんですね。というのも、あのご兄弟のような人間は、ほかの人なら尻込みするようないろんなことを、良心の咎めも感じずに平気でやってのけることはできますが、さて嘘をつくという段になるとたちまち、まるで血に胆汁が混ざって体液が毒されるみたいになるんですからね。だけど私はこう思いますよ。若旦那がたは、信心深いランベルト司教さんを教皇にしろって怒鳴ったことでもって、ペトルス・レオーニスさんとごく近い立場に自分らを置いてしまったことを、ご自分で判ってるんだ、とね。ペトルス・レオーニスさんのことは、今じゃ多くの人がこう言ってますよね——あの人はキリスト信者になって、ただ自分のこの世での幸福な生き方だけを、作ろうとしたんだって。なぜさっきのように思うかと言いますと、若旦那がたが、しょっちゅうヤコーバ嬢さまと相談なさるのに、そのくせ嬢さまにはまるっきり感謝しようとはなさらず、逆にお若いレオ旦那さえもが、今じゃあちょいちょい嬢さまに辛く当たられるからなんです。このため嬢さまの方も、だんだん根性曲がりになる一方で、見ているといつも、本当にお気の毒に思いますよ。もしも私自身がお金持ちの貴婦人であったなら、今私はお燈明を買って、お優しい聖母マリアさまの前に寄進するでしょう。そのお燈明が、うちの嬢さまのお可哀想な心のために、そこに灯っていてくれるようにとお祈りして。なにしろ嬢さまのお心は、チェンチウス旦那にまだ惚れていなすった頃、ずいぶん不公平な目に遭わされて、苦しまなくちゃならなかったんですものね。でも人間ってえものは、キリストさまとその聖いお母さまとを、本当にお愛ししてる時にだけ、傷を受けずにいろんな酷い目を耐え忍ことができるんですよね。そうでないなら、酷い目に遭っても心が歪まないってえことは、人間の力にはむずかしすぎるんですよ。——こういうことを、自分の人生の中でみずからいろいろと酷い目に遭ってきた、貧しい下女のトルッラが語ってくれたのだ。

フランジパーネ家の下女トルッラ

彼女は次のように語り続けた——

ところで、その頃うちの嬢さまは、魔法使いの女を呼んできておくれ、とお言いつけなさいました。近づいてきた教皇選挙のことと、ご一族の未来のことを、占わせようというわけだったんです。それで、私らの仲間二、三人が、そんな女のいる街へ出かけて行きました。そこであのラケル婆さんが、自分からその仕事を買って出たんです。そうしたことであの婆さんが、嬢さまの待つこのお館へやって来ました（でも私らは、今ではもう、ラケルが女魔術師だったなんて、本気で思っちゃいませんよ。逆に、あの婆さんは前にミルヤムさんのとこへ行ったのと、同じ理由からこの家へやって来たんだ、と、そう思ってます）。

ラケル婆さんは、門口に近い一つの小部屋へ案内されました。それは、もしチェンチウス旦那がこの婆さんを見たら、すぐさま絞め殺すだろう、と私らが心配したからです。そうして置いて、嬢さまをお呼びしました。

ヤコーバ嬢さまは、お若いレオ旦那の手を取って、優しく連れ添いながら入って見えました。なぜなら嬢さまの方では、以前どおりレオさまとの仲が今もうまくいってるものと、自惚れ半分にそう思い込んでいらしたからです。じつはレオさまの方は、激しく嬢さまに逆らっていたんですのに。

それから、綺麗なお手をラケル婆さんの方へさし伸べて（つまり嬢さまは、まず一番にご自分の運勢を試したいとお考えだったからで）――「ユダヤのお婆さん、私についてどんなことが判るの？」

するとラケル婆さんは、ヤコーバさまのお手をじっと見詰めていましたが、飛び出しそうな皮肉を無理に抑えているような口調で――「判りますですよ、昔あんたさまが、割礼を受けた男の人に求婚なさろうとしたってえことがね！」

その時レオさまは、婆さんの喉もとめがけて跳びかかって行きました。けれどもヤコーバさまが、そのレオさまを無理矢理引き離して――「レオ、このお婆さんが私に言ってくれてることは、とっても役に立ちますよ。あんたそれが判らないの？」

それから嬢さまはお金を払い、婆さんを帰らせました。

そのあと若旦那がたご兄弟に、こんなお話をなさってました――「こうなってみるとあんたたちも判るでしょ、なんとうまい具合に万事が組み合わさっているかということが。ペトルス・レオーニスの死、礼拝堂から捕らえてきた娘、あの年寄り魔女の言ってること、ねえ？　なるほど枢機卿たちを牛耳ることは、あんたたちにはできっこないわ、あのお方がたは、ひとについて悪口を言うのを、許そうとはしませんからね。だけど、民衆をものにすることなら、必ずできるわよ。民衆は今でこそピエル・レオーネ家の金袋にまとわりついてはいるけれど、大きな声で叫び立てれば、いつだってそれを聞く気になるものなんですから」

それから嬢さまが、お二人に策を授けたんです。こんな内容でした――官房長官の言うとおりにして、ピエル・レオーネ枢機卿に、自分のユダヤ人の妹を、世間の前で認知するほかないように仕向けなさい、教皇選挙が近づいている今の時期、こうしてすべての人に、ペトルス・レオーニスの死の床でのけったいな事件を想い出させるのが、なによりも一番いいやり方です、というわけです。

そのあと旦那がたご兄弟が次のようにお決めになりました――真昼間《まっぴるま》、口上役を馬に乗せて、都じゅうの街々を大声で叫びながらピエル・レオーネの邸《やしき》まで行かせ、そこへ着いたら盛大に喇叭《ラッパ》を吹き鳴らして質問をさせる。その口上の中身は、幼いキリストの御像を奪おうとして捕まったユダヤ人の妹御を、枢機卿どのは引き取るつもりがおありか、あるいはまた、どこへ連れて行くようお命じなさるか、というものです。けれども、そのユダヤの娘さんの身柄と、それに幼いキリストさまの御像も、ご兄弟はまず当分は手許に置いておくことになさったのです。この先まだ、どんなふうに役立てねばならないか判らんから、というわけでした。こうして馬上の口上役が、ピエル・レオーネ枢機卿さまのところへ出かけて行った、という次第です。

ピエル・レオーネ枢機卿――

そのあいだもピエル・レオーネ邸の礼拝堂の中には、祭壇上の十字架の根方、トロフェアが頭から外して載せて置いた場所に、彼女の花嫁用の飾冠が今もなおそのままあった。祭壇の前には、今は柩に納められて、ペトルス・レオーニスが横たわっていた。断末魔の苦悶の中であのように荒々しく振り落とした、あの金色の議員尖帽《ミトラ》をふたたび頭上に戴き、緋色の礼服《ダルマチカ》を壮麗に着飾って、偉大な王侯の遺骸のようであったが、しかし同時に、社会のどん底の哀れな乞食か犯罪者の死体のように、ひとから見棄てられ付添う者もない有様だった。なぜなら、邸《やしき》の使用人たちは彼の死にざまを今なお怖がっていて、死骸が一刻も早くこの家の外へ運び出されてしまえばいいという気持ちだったし、一方ボーナ婦人とその子供たちは、死んだはずのミルヤム婦人が夫の死の床の側で目撃されたということで、怯えていたのである。そういうわけで、ピエル・レオーネ枢機卿が、何時間ものあいだただ一人、遺体の側に残っていた。礼拝堂の扉の外では、召使いたちが互いに言い合っていた――「息子どのは、誰にも邪魔されずに、もう一度父君と語りたいのさ」。彼らはこんな言い草で、ご主人の遺体のそばで祈るのがいやだという本心を、互いに言い繕っていたのである。

亡き父の側のピエル・レオーネ枢機卿――

だが彼は、亡き父を見詰めていたのではなかった。彼の眼は、祭壇の上、十字架の下の、花嫁用の飾冠に釘づけになっていたのだ。まるでその飾冠が、彼に向かって、そして同時に彼のために、そこでしきりに愬え祈っているように思われたのである。

枢機卿は、父親の死の床で考えていたことの、その先を続けようとした。先ほどは「この女性をおまえのところへ寄越《よこ》したのは、イスラエルではなくて、キリストなのだ

——」までで途切れていたのだった。亡き人の尖帽《ミトラ》に目を向けて（今ではそれは、動かない頭の上に、動かないで載っていた。だが大きな白茶けた口は、今もなお半開きのままで、さながら「私の民イスラエル」という叫び声が硬直して、閉じようとする両唇に突っかい棒をしているかに見えるのだった）——

「父上、私はこの尖帽《ミトラ》を脱がせてあげるわけには参りません。たとえそれが、墓の中で塵となった後にもなお、あなたの塵を圧迫し続けるであろうにいたしましても。しかしとにかく、あなたは誠実なお方でした。借りになっていた一切を、あなたは忠実に支払ったのです、何度も何度も——」

一層深く死者に向かって身を屈めるのであった。だがそこに横たわっているのは、もはや偉大で権勢高いローマの執政官《コンスル》にして市参事会議員《セナトール》ではなく、一人の年老いた、悲しそうな、苦しみやつれた人間の顔であった。その顔に刻み込まれているのは、彼の生涯の数多い凱歌や勝利ではなかったし、目も眩むような巨大な額のビザンチン金貨でもなかった。持ちのよい、よく秘密を守丈夫な羊皮紙のページに書き込まれたように、その死者の顔には、数え切れないほどの大きなまた小さな屈辱の群が、一つひとつ並び合って、残りなく書き留められているのであった。枢機卿は、あたかも彼自身の生涯の秘密記録を解読するように、それらすべての屈辱の一つまた一つを、ふたたびまざまざと脳裡に甦えらせるのであった。

ピエル・レオーネ枢機卿——「して見ると、こうした一切の屈辱が、結局はキリストの呼びかけであったのだ！私たちの賤しめられた民、それはとりもなおさず、苦しいむごい十字架であり、そこから私たちは逃げ出したのだが、しかしその十字架が、どこまでも私たちを追いかけてきたわけか？」

ふたたび祭壇の上の、切々と祈り愬えているような飾冠に視線を戻して——「思えばこうして十字架と愛とは一つのものなのか——？　ああイエス・キリストよ、こと魂の獲得に関わるとき、あなたはなんと巧妙な、行き届いたやり方をなさることでしょう！」

ピエル・レオーネ枢機卿——

心の中で次のような書簡をしたためていた——「——畏敬する親愛な同僚《きょうだい》諸卿よ、かくて私は、諸卿にお願い申し上げるものであります。カリクスト教皇ご逝去の際、聖なる教会の内で私のために種々ご配慮がなされましたこと、それは私もよく存じておりますが、なにとぞさようなご配慮は、将来永遠に亘って一切お捨てくださいますように。

と申しますのは、私の努力の彷徨が、かのご配慮の意図するところにはないからであり、私は自分が次のような使命を、キリストから頂いていると考えるのであります。それはすなわち、イスラエルの家の出である私の兄弟たち姉妹たちを、私が今後は特別の愛情をこめて世話をいたし、彼らをキリストに一致せしめるにせよ、あるいは（神がそれを嘉《よみ》し給わぬならば）自分を彼らの仲間と公認しつつキリスト教徒のもとで働くにせよ、いずれにしても彼らが、何らの侮辱を受けることなく私どものあいだで、平和裡に暮らせるようにしたい、ということなのであります。願わくは諸卿よ、聖霊の勧告に従って諸卿が選ばれるであろう未来の私どもの主君にして父なるおん方のもとに、諸卿の願いを私の願いに合致せしめられ、私の右記の使命に対しそのおん方が使徒的祝福を施与し給うに至らしめられますように――」

空想の書簡を書き終えて、いわばペンを手から擱くように、枢機卿は独語するのであった――「こうして私は、教皇にはならない。だが私は、今後はキリストを信ずる者であるだろう」

ピエル・レオーネ枢機卿――

突如として、彼の心の中で次の言葉が、稲妻のように閃いた。父の死の床に侍していた時のにわかに開けた悟りも、そのような素早さではあった。が、あの場合は、固く秘められていた世界から急激に突出してくるような烈しさだったのに、それとは違って今の閃きは、彼の理解力の鋭利な明快さが、その輝きを彼の魂の空間の真只中へ投げかけるとでもいうような具合だった。閃いたその言葉とは――

「だが私がキリストを信ずる者であるなら、それならやはり、教皇であることもできるわけだ！　ほかならぬこの書簡を、彼ら同僚《きょうだい》たちは私の功績に数え入れるだろう。ほかならぬこの書簡によって、私は自分を脅かしている噂を圧殺し去るだろう。ほかならぬこの書簡によって、私はすべての敵に打ち勝つことができるのだ！　打ち勝てば、守備することもできるわけだ――」

そのあいだに、フランジパーネ兄弟の命を受けた口上役が、城館の前に到着した。

ピエル・レオーネ枢機卿――

さて、亡き父の喪中の家だのに、その前で罵り騒ぐ声がするので（口上役が、物見高い多くの民衆をひき寄せていたのだ）放置できなくなった枢機卿は、沈黙を命ずるため礼拝堂からから歩み出た。その時、飛ぶような足どりでやって来た姉トゥリアとばったり出遭って、彼女の黒い喪のヴェールが、浪打つように彼の顔にまとわりついた。

ピエル・レオーネ枢機卿はむっとして――「トゥリア姉さん、なんであなたは、そんなに慌てたように急ぐんです？　いったい、礼拝堂の中の亡き父上のことを、考えておられぬのですか？」

トゥリア・ピエル・レオーネ（ちなみにシチリアでは当時すでに、奥方さまは時どき奇怪な乱心の発作を起こされる、という噂が流れていた）――「ごめんなさい、でもねえ、私は昨夜、とてもいやな夢を見たのよ。自分がまたもやフランジパーネ家にいる、という夢でしたが、あの連中は私と踊るのではなくて、私を俘《とりこ》にして閉じこめて置くのでした」

枢機卿はふたたび不機嫌そうに――「そんな夢がなんだというのです、ええ？　あなたは大貴族ロジェールの侯妃ではありませんか。夜眠る前に、シチリアとアプリア、という言葉を唱えるがよろしいでしょうよ」

トゥリアは、ますます激しく身震いしながら――「ところがねえ、その夢が本物になったのよ、フランジパーネ兄弟の寄越した口上役が家の前に立って、この私が幼いキリストの御像を盗んだ、なんて言い触らしているんだわ！」。わっと泣きだしながら――「助けて頂戴、どうか、この私を！」

枢機卿は心の中で――「これでは、おまえの敵を打倒せよ、どころではなく、おまえ自身を敵の手中に引き渡せ、と命じられているようなものだ。イエス・キリストよ、こうなった今では、あなたのなさり方は、巧妙ではなくて、怖ろしい！」

枢機卿ペトルス・フォン・ポルトゥス司教の手記より

――

フランジパーネ兄弟は、私たちの同僚《きょうだい》ハイメリクスに、次のような通知を寄越した――自分らはあなたの命令に従い、捕らえたユダヤ娘をピエル・レオーネ枢機卿に引き渡そうとした。だが彼はその娘を引き取らず、彼の番兵は自分らの口上役の立入りを拒否した、というのである。

それに対して同僚《きょうだい》ハイメリクスは、人をやって兄弟に訊ねさせた――第二の命令も実行されて、幼いキリストの聖像は聖マリア教会に戻っているのか？　と。それから、その御像を早急に戻すように命じる一方、捕らえた娘はナータン・ベン・イェヒエルというユダヤ人に渡すことを命令した。この人がそのあいだに私たちのもとへやって来て、多くの涙を流しながら孫娘を返してくれと頼み、その上、あの娘は盲人なのだから絶対に聖像を盗むなどできなかった、ということを、私たちに納得がゆくように証言したのであった。

ところで私は、フランジパーネ兄弟の通知が、同僚《きょうだい》ハイメリクスには不愉快だったことに、充分気がついていたのだ。それというのも、彼の額の下の二羽の灰色の鷹の羽ばたきの仕方を、私が承知しているからである。

そうしているうちに、フランジパーネ兄弟は、捕らわれたユダヤ娘と幼いキリストの御像とを、彼らの勝手なやり方で処分してしまったのであった。


われらの黄金の都ローマの古記録より――

われわれは、ほかならぬ例の下女トルッラに、フランジパーネ家の囚われていたあいだトロフェアがどんな様子だったか、知らせてもらえないだろうか、とも訊ねてみたのだった。しかし彼女は、その点についてはあまり多くを語ることができなかった。だから、われらの聖母の、すなわちいとも浄福にしていとも悲しみ多き乙女マリアの、ヴェールはすでにこの辺で蔽いかぶさっているわけで、そのヴェールの下で（とわれわれは思うのだが）トロフェアは、われわれから姿を消してしまったのだ。それゆえ今後われわれは、彼女についてはその最期以外に、もう何も語ることができないのである。


フランジパーネ家の下女トルッラ――

そのあいだに民衆は、聖マリア教会の幼いキリストさまの御像のことで、ますます不安になっていきました。その御像はうちの旦那がたが、捕らえたユダヤの娘さんと一緒にこの家に預かってあったんですよ。そうしておいて、その娘さんが御像を使って企んでいた悪事を、証拠立てられるようにしよう、というわけだったんです。ですから大勢の人たちがこのお館の前へ押しかけて来て、怒鳴るやら脅すやらしながら、こんなことを言ってましたよ――ピエル・レオーネ家の連中が、ひとの言うように秘密のユダヤ教徒であるのなら、フランジパーネ一族はあからさまな異教徒だ、つまり神の御子の泥棒だ。捕らえられたユダヤ娘が御像泥棒だったのかどうかは、これから証拠を調べなくちゃならないが、フランジパーネ兄弟については改めて調べるまでもなく、もう明白に判っているのだ。おれたちはあの尊い御像が、官房長の枢機卿さまのご命令どおり、聖マリア教会へ戻られることを望んでいる。そうならぬならおれたちはこのフランジパーネの城館を、いつかフランスの騎士たちがやったような目に遭わせてくれるぞ、と。

そこでうちの旦那がたは弓術隊を出動させまして、群衆の中へ矢を射させたんです。人びとは大騒ぎをして蜘蛛の子を散らすように逃げて行きましたが、やがてラテラノ宮殿へ押しかけて、ハイメリクス枢機卿さまの前でうちの旦那がたの仕打ちを、苦情たらたら訴えたわけです。

ヤコーバ嬢さまは旦那がたご兄弟に、さらにこんなことをおっしゃってました――「あんたたちに、前のよりもっとましなやり方を教えてあげましょう！　よく気をつけて、このユダヤ娘の罪を民衆に判るように証明してやるのよ、そうすればあとは民衆の方でピエル・レオーネ枢機卿を相手にして、妹のことを公然と問い糺す気になるでしょうよ！」

そのあと嬢さまは私を退出させ、従兄弟の旦那がたと話しこんでました。しばらくして旦那がたは広間へ出て来られ、ワインをご所望になったんです。それから銘々そのお部屋へ引き揚げて、扉を閉めてお寝みになったのでした。


フランジパーネ家の下女トルッラ――


その間に私はもう一度、このお館の小さくて埃だらけの礼拝堂へはいりました。そこに幼いキリストさまの聖像が、私の感じでは、預かってあったなんていうものじゃなくって、監禁されてあったんですよ。布も掛けてない荒れ果てた祭壇の上に、昔のベトレヘムの秣桶の中よりもっとみじめな有様で、その御像は置いてあったんです。ですから私は毎晩、寝床へ行く前に、御像がそこにそんなにして横たわっていることの、お赦しを願ってお祈りしていたわけなんです。

さてその晩は、私が入って行きましたとき、御像がなくなっていたんですよ。

そこで私は、ヤコーバ嬢さまにこのことをお知らせしようと、急いでお堂を出て行きました。もしかしたら民衆の誰かがこっそり盗み出したか、あるいはまた（魂の底からぞおっと慄えるような気持ちでしたが）御像がご自分で、この罪深い家から出て行ってしまわれたのかも、と思ったからでした。ところが嬢さまはお部屋に見当たりません。そこで私は、息せき切って若旦那がたのお部屋の戸口へ駈けつけました。けれどもお二人は、喉元まで一杯詰まったワイン樽さながら、ぐでんぐでんの有様で大の字になっておられ、何を申し上げても聞こえないのでした。それから女中たちの部屋へ行ってみましたが、そこでは一人の若い小間使いが、目を覚ましていてくれました。

この小間使いが言いますには、ヤコーバさまならつい今しがた、一人の別な女の人と一緒に、ローマ女神の古代神殿の裏手に当たるこのお邸《やしき》の石塀の潜り門を、出て行くお姿が見えました、急いで追いかければ、まだたぶんそのお二人に追いつけるかもしれません、とのことでした。

私はその潜り門のところへ降りて行きました。門は、すぐ戻るつもりで出て行く人がよくそうするように、まだ半開きのままになっていたんです。そこで私は外へ出て、狭い路地に入りました。星明かりのもとで、路地は白じろと伸びていました。四方八方に流れ星が見えて、まるでミルクが大地へ滴り落ちているみたいでしたよ（そんなにたくさんの流れ星が見えたことは、これまでついぞありませんでした）。

　さて私が、七枝燭台の浮彫りのある凱旋門《アーチ》をくぐれば古代ローマの公共広場《フォールム》に至る、その手前の路地の角を曲がりますと（ところでこの夜は、公共広場《フォールム》の上にも異教徒たちの人魂は一つも見えず、やはりそこでも天のミルクが静かに流れているだけでしたが）私の前方ほんの十歩も離れぬほどの、あの凱旋門《アーチ》の下に、ヤコーバ嬢さまが、さっき小間使いの言っていた女の人（それが例の捕らえられたユダヤの娘さんであることを、私は見てすぐ判りました）と一緒に立っていました。嬢さまは何やら小さな包みを、その娘さんの腕に抱かせました。その時また星が一つ、ミルクのように白い尾を曳いて、地面に向かって流れました。それで私は、その包みの中味が聖マリア教会の幼な児の御像だと判りました。そのあと、嬢さまは一人で戻って来られました。

　するとにわかに、四方八方から異教徒たちの人魂が、小さな赤い蛙の群のように地面から湧いて出て、嬢さまの歩む足もとの前を、たえずつきまとうように動きまわるんですよ。

　そこで私は跣足になって、一本の石柱の蔭に急いで隠れました。すると嬢さまと赤い蛙どもは、なにごともなく通り過ぎて行きました。ところが例のユダヤの娘さんは、まださっきのまんま凱旋門《アーチ》の下に立っているんです。

　私は心の中で言いました——あれを見ると、あの娘さんが盲目なことが判る、だってこの凱旋門《アーチ》の下でユダヤの人がじっと立ってるなんてことは、これまで一度もなかったんだからね、と。

　私は急に、イエス・キリストさまのお慈悲のために自分がその娘さんに近寄って、「娘さん、その幼な児の御像を私に渡しなさい、というのは、あの嬢さまはあなたとあなたのお身内を、その御像を種にして破滅させたがっているんだから！」と言ってあげなくちゃならない、という気がしたんです。

　ところが、その時私は、すでに一人の別なご婦人が、そのユダヤの娘さんと並んで凱旋門《アーチ》の下に立っているのを見ました（そのご婦人は、娘さんと同じ種族だったと思います）。その女性《ひと》が娘さんの手を取って、こうして二人は寄り添いながら去って行きました。二人の後からは星がさかんに流れて、まるで一枚の白いカーテンのようになったんです。――

さて、私が戻ってみますと、お邸《やしき》じゅうがもうてんやわんやの大騒ぎです。囚われのユダヤ娘がこっそり逃げ出し、幼いキリストの御像を持ち去った、こうなってみるとあの娘の悪だくみは、全世界の前に明らかだ、などと言っているのでした。やがてこの家の郎党たちは、われ先にと馬に跨がって、行方をくらました娘を追って都じゅうを駈けめぐり、ついでに至る所で民衆を叩き起こして、ひっさらうように自分らと一緒に連れ回すのでした。

トロフェアと見知らぬ婦人――

見知らぬ婦人――「ありがとう、親切な嬢さん、この赤ちゃんを抱いてくださって！」

トロフェア（彼女はヤコーバ・フランジパーネが、まだ自分の側にいるものと思っていた）――「私、喜んで抱いて行きますわ、どこなりとあなたがご案内くださるところへ。だって私、自分がどこにいるのか、判らないんですもの」

婦人――「私はよく判っています。この辺なら、子供を連れて、もう何度も歩いたことがありますもの。それに、私にとって大事なのは、その子があなたによって、その子のいるべき場所へ着くことなのよ」

トロフェア――「この赤ちゃんはいったい、あなたのお子さんなのですか？　私、兄の家のものかと思っていましたわ」

婦人――「もちろん私の子供よ、可愛い妹さん」

トロフェア（彼女は今、自分の話している相手がヤコーバ・フランジパーネではないことに気がついた）――「あなたは〈妹〉とおっしゃいましたね、ではあなたは、私たちと同じ種族のお方でしょうか？」

婦人――「いかにも、私はあなたがたと同じ種族ですよ。見てお判りにならないかしら？」

トロフェア――「私、見ることができないんです、だって盲目なんですもの」

婦人――「私たちが行こうとしているその場所では、昔すでに、ある盲目の異教徒が、見ることを覚えたことがあるのですよ」（彼女がそう言うのは、オクタヴィアヌス皇帝のことなのだった）。

こうして二人は、カピトールの丘めざして階段を登って行った。

婦人――「愛する妹さん、もうあなたは、じきに見えるようになりますよ！　けれどもその前に、世間の人があなたを見なくてはなりません。というのは、世間の人があなたのことを悪く思うのを、私は望みませんから」

こうして二人は、聖マリア教会の方へ登って行った。

だがそこには、すでに大勢の人びとが集まっていた。フランジパーネの手の者によって、眠っているところを叩き起こされた人びとである。夜の闇に包まれた教会一杯になって、奪われた幼いキリストの御像のために、嘆いたり祈ったりしているのであった（何人かのフランジパーネの輩下も、その中に混じっていた）。だから、もう遠くからでも、呟き訴える声が聞こえていたのである。

見知らぬ婦人は、ふたたび――「さあ、あなたはまもなく、見えるようになりますよ、愛する妹さん！」

そして二人は、教会の敷居を越えて進んで行った。

突如として、一つの声が高々と挙がった、神の奇跡を目にしたように――「御像が、幼いキリストさまが、帰って来た！　ユダヤ娘が、それを自分で抱いて来たぞ！」

すると、まるで突進するように勢い烈しく、大勢の人びとの膝が地に着いた。だが、ある一人は怒りに燃えて、荒々しく跳び上がったのである。

その時トロフェアは、ふしぎに温かい痛みを、胸に感じていた、あたかも心臓のすべての血が、にわかに溢れ出るように。

見知らぬ婦人は、トロフェアのすぐ耳もとで囁いていた――「今こそあなたは、見えるのですよ、最愛の妹さん！」

トロフェアは（フランジパーネの剣を胸に受けて）見知らぬ婦人に答えて言った――「見えます、私見えます、あなたが、そして赤ちゃんが――天の祭壇のうえに――」

われらの黄金の都ローマの古記録より――

「さてわれらは、この出来事について何と言おうか？　盲目のユダヤ娘に、神の啓示の奇跡が起きたのか？　彼女は、幼いキリストの聖像をわれらに返さんがため殉教の苦しみを嘗め、かくてわれらの聖なる教会の学者たちが言うごとく、血の洗礼を受けたのであろうか？　それとも、ここに生じた事柄は、われらの主が肉《ひと》と化《な》って現れ給うて以来、主を知らぬ人びともまた、それが善意の人であり神の愛がその人の心に宿っている限り、やはりすでに主によって動かされているのだ、ということを証言するものであろうか？」。――司祭たちは、そのように互いに論じ合っていた。しかしわれわれは彼らに言った――「そうやって問いかけたり推測したりなさっているがいいでしょう、それはあなたがたのお役目ですからね！　でも私らには、このユダヤ娘が幼いキリストさまの聖像を、私らに連れ戻してくれたというだけで充分です。聖母さまの召使い、そして聖母さまの娘にも等しく、おまけに聖母さまと同様、胸に剣を受けたのですから。それゆえ私らは、この娘に教会で葬式をしてあげることを望みますよ」

そのあいだにフランジパーネの一党は、われわれの目の届かぬところで、死骸をさっさと片づけてしまい、こんなことを言っていたのである――「この死骸をピエル・レオーネの邸《やしき》の前へ運んで行こうではないか。枢機卿は、この娘が生きていた時には、それを寄せつけなかったのだから、死んでしまった今となって、ひょっとしたらこの死人が、枢機卿に反逆して彼にぼろを出させるかも知れないぞ」

このようにしてトロフェアは、二度目にピエル・レオーネ邸に入ったのである。


ピエル・レオーネ邸――

この家の使用人たちは語る――

その夜ご主人ペトルス・レオーニスさまの銀の柩が閉ざされました（それはそののち石のお棺に収められ、そのお棺が、こんにち市壁の外の聖パウロ大聖堂《バジリカ》に安置されております）。それで、槌で打ちつける音が、夜のお邸《やしき》じゅうに響き亘っておりました。しかし私どもは、今ではもう柩に蓋がかぶせられてはいたのですが、それでもやはり、亡きご主人さまの柩の側にじっとしているのは、今なおあまりありがたくないような気分でした。ですからまた、その柩を閉ざす仕事が、どうもあんまりのろのろとしか進まないようにも思われたのでした。それと申しますのも、その柩を製作した銀細工師の親方が、たまたま病気で床についていたという事情がありまして、一人の年取った旅廻りの職人を、宿屋から連れて来て仕事に当たらせていたわけなんですが、この職人というのが、私どもから見ますと、どうもひどく下手くそのように思えたのでした。

さてようやく仕事が終わりました時、その職人は私どもに申しました――賃金を頂きたいので、どうかこの家のご主人の枢機卿さまを、呼んできてくださいよ、と。

私どもは答えました――もう夜も更けて、ご主人さまはお寝みになっている。明日の朝まで待つわけには行かないのかね？

すると彼は、そういうわけには参らぬ、夜が明けないうちに旅を続けなくてはならないから、と申すのです。

そこで私どもは、それならまあ自分でご主人さまのところへ行くがいい、おれたちはお起こしする気になれないよ、と答えました次第です。

枢機卿と銀細工師――（だがわれわれは、枢機卿が目覚めていたのか、それとも夢見ていたのか、判らないのであ

る)

銀細工師――「できあがりました、枢機卿さま。あなたさまのお父上のお柩は、閉ざされました。でも、賃金を払ってくださる前に、釘の具合をもう一度よくお調べ願います。あとになって、死人がまた外へすべり出たとき、私の仕事がぞんざいだったせいだ、なんて言われるといけませんからね」

枢機卿、不機嫌そうに――「なぜおまえは、場所柄もわきまえず、そのような不謹慎な冗談を申すのか?」

銀細工師――「枢機卿さま、これは不謹慎な冗談なんぞじゃございませんよ、だって、私どもが以前に埋葬したその人びとが、毎日毎日、何度となく復活するじゃあございませんか」

枢機供、唖然として――「おまえは、どうやら、弁証学者なのだろうか?」

銀細工師――「なぜ私が、弁証学者でもあってはいけないのでしょうか? 長らく旅まわりをしておりますと、まったくいろんなことをやってみるものですよ」

枢機卿――「おまえの名はなんと申すか?」

銀細工師――「お聞きになったら、いいお気持ちはなさらぬでしょうよ。それに、名前なんぞが何の役に立ちましょうか?」

枢機卿は、その見馴れぬ男を鋭く見据えた。年老いておんぼろの風態で、その鼻は顔を蔽って垂れ下がり、さながら枯れた樹木のねじ曲がった大枝が、古い街道に蔽いかぶさってでもいるようだった。

あやふやな気持ちで――「見たところ、どうやらおまえは――キリスト教徒ではなさそうだな?」

銀細工師、笑いながら――「キリスト教徒? キリスト教徒てえのはどんなものなのか、私は存じませんね。それが判ってるぐらいなら、もうとっくに、ここにこうして立ってなんぞいなかったこってしょうから」

枢機卿、素早く――「さてそれはまた、どういう意味かな?」

銀細工師――「それはですね、私が(償いのために、と言って置きましょうか)あらゆる国々を巡り歩いて、本物のキリスト教徒を探すという仕事を、受け負わされているっていうことですよ。だけども私は、そういう人が見つかりません。まあ見てやっておくんなさい、どれほどの道のりを、私がすでに歩きまわって来たことか!」(靴の埃を払い落しながら)。

枢機卿(司祭らしい態度を示さねばならぬ、という気がしたので)――「それはたぶん、おまえがやはりまだちゃんと探さなかったためだろうよ。キリスト教徒の中には、柔和な、聖なる魂が、たくさんいるのだ」
銀細工師――「そういうことも、聞いてはいますよ。でもやっぱり、おそらくまだ充分の数はいないようです。しかし、ひょっとしたらこういうことも、私の償いの中に含まれているのかもしれませんね、つまり私は、まさにこれこそキリスト教徒、といえるような人物には決して行き当たらず、いつもただ、私自身と同じような人――永遠の人間、と申しましょうか――そういう者にばかり出会うのです。それというのも、キリスト教徒なるもの、これはおそらく、なんといってもやはり、唯の人間より以上のものではないのでしょうかね？」
枢機卿――「永遠の人間、だと？　私はこれまで、ただ永遠の――ユダヤ人、ということしか聞いていないが？」
銀細工師――「それは間違った名前ですよ」（と、ふたたび足から埃を払うのだった）
突然、枢機卿は、自分の目の前に世界のありとあらゆる街道が、果てもなく湧き出てくるような感じに襲われた。
慄然として――「薄気味わるい職人だな、おまえはこの私のところで、何を探しているんだね？」
銀細工師――「ほかでもありません、私が至る所で探しているもの、まさにそのものを、ですよ。なにしろあなたさまも、やはり洗礼を受けておいでですからね。しかしまあ、私と一緒に外へ出てごらんなさいましよ、そうしたら私ども二人は、自分たちの知りたいことが、なお一層はっきりと判ることでしょうよ」（と、戸口へ行こうとした）。
その時、ドアは外から開かれた。
トゥリア・ピエル・レオーネが、閾《しきい》の上で――「ああ、あなた、頼りにしてる弟なのに！　どうして助けてくれなかったのでしょう！　今はもう、フランジパーネ兄弟は、この私を殺してしまったのよ！」

ローマのユダヤ人らは語る――
その頃はちょうどわれわれが過越しの祭を準備する時期だった。その祭をわれわれは、「エジプトからの解放の祝い」と呼んでいる。それゆえラビ・ナータン・ベン・イェヒエルの家でも、種なしパンを焼く仕事にかかっていた。だがハンナ・ナエミは、その仕事ができなかった。練り粉の中に涙が落ちはしないかと、心配だったからである。それでミルヤムが、独りで種なしパンを焼いていた。なぜなら彼女は、トロフェアの帰宅を、ハンナのように涙を流したり身悸いしたりしながら待つのではなくて、ひたすら信頼し切って待っていたからであり、だから彼女の白髪は、あたかも彼女の心の歓びを反映するように、光り輝いていたのである（ちなみにミルヤムは、夫のもとを去って以来、二度とふたたび頭にヴェールをかつぐことがなかったのだ。私は結婚していないのだから、人妻のしるしであるヴェールは私にはそぐわない、という言い分だった）。

ミルヤムは、ハンナ・ナエミに言うのであった――「伯母さま、なぜあなたは泣いてばかりいらっしゃるの？　まあお歓びなさいよ、だって、ほら、今日こそ私たちは、本当に解放の日を見るでしょうから！　私たちの祖先がエジプトから逃れたように、私の息子は捕囚の国から帰ってくるでしょう！」。こうして彼女の手は、パンを焼きながらも、いまは遥かな青春時代の手のように、舞い踊るのであった。

それから彼女は、過越しの日のしきたりどおり、食事の横に、絹の褥と高価な毛氈で美々しく飾った寝台もしつらえた。なぜならこの日には、ユダヤの人びとは言うのだから――「今日私たちは、ふたたびイスラエルの王者である」と。

ミルヤムはハンナ・ナエミに――「どうか歓んでくださいい伯母さま！　なぜなら、ごらんなさい、私はいわば息子の婚礼の新床を、整えてやっているのですから。きょう彼の民は、あの子を花嫁のように家へ連れてくるでしょう！」

それから彼女はご馳走を作り、寝台の前の食卓に食器を並べた（だが彼女は、三人分ではなく、五人分の食器も揃えたのである）。

ハンナ・ナエミは、四人目の食器を目にした時、声を挙げてすすり泣いた。トロフェアの身を案じたからである。しかし五人目の食器を見た時には、彼女の涙は驚愕のあまり止まってしまった。

ミルヤムはハンナ・ナエミに――「まあ歓んでくださいい伯母さま！　だって、ほら、私の子供たち二人が、花婿と花嫁のように、私たちと一緒に食卓につくでしょうから！」

こうして祭の宵がやってきた。この宵には、しきたりどおり、われわれの家では出入口を開け放しておくのである。なぜなら、過越しにはわれわれはこう唱えるのだから――「今夜は誰もわれわれに危害を加えることはできない。今夜は主がエジプトびとの国で、イスラエルの敵を仆《たお》した夜なのだ」

ローマのユダヤ人らは語る――

扉が開け放たれたとき、ミルヤムは扉に向かって讃め歌を唱えた。自分の心の歓びを、もうそれ以上抑えておくことができなかったからである。

ミルヤム――「開きなさい、扉たちよ。私の心の翼のように、広く拡がりなさい！　慰められた扉たち、嬉しそうな扉たち、祝福された扉たち。主がわれらの敵の初子《ういご》をエジプトの国で打たれたとき、主の死の天使らは、扉よ、おまえたちを通り過ぎて行った！　扉よ、おまえたちを通って主の祝福はイスラエルのなかに入ってくる！」

そのあと彼女は、扉の框《かまち》をもほめ称えて唱えるのであった――「おまえたち慰められた框《かまち》、祝福された框《かまち》、おまえたちを越えて、私の二人の子供らの足は、歩み入ってくるでしょう！」。そのとき彼女の顔を囲んでいる白髪は、彼女の歓びを映してふたたび光り輝くのであった。それから彼女は祝宴の席についた。

こうして、この夜ユダヤ人街では、すべての戸口が開け放たれていたのである（ところでそれは、トロフェアが幼いキリストの御像を、聖マリア教会へ抱いて行った夜なのだった）。


ローマのユダヤ人らは語る――

さて民衆が押し寄せてきたとき（すなわち彼らは、行方不明のユダヤ娘と娘が攫《さら》って行った獲物とを、まず娘の仲間連中のところで探さねばならぬ、と考えたのだった）、民衆はどこへ行っても妨げられることなく、眠っている人びとの戸口を越えて乱入して、口々に罵ったのである――「忌々しいユダヤ人どもめ、きさまらは、われらの救い主を十字架に付けただけでは、まだ満足もしないのか？　その上さらに、ローマの幼いキリストさまの聖像までも、きさまらの会堂《シナゴーグ》で嬲《なぶ》り殺しにしようとして、盗まなくちゃあならないのか？　まったくの話、きさまらを苦しめる者は、善い行いをしているわけだわい！」

それから彼らは、大声をあげて脅かしながら、われわれの家を片っ端から捜し始めた。抵抗しよう、あるいは何かを隠そう、としていると見れば、暴力をふるって打ってかかりもした。そのため、われわれ仲間の多くの者が、血まみれの頭を抱えてわれわれの街から逃げ出して、フランジパーネの騎馬武者隊に、真っ向からぶつかる羽目になったのだ。その隊列は、トロフェアの死骸を、ピエル・レオーネの邸《やしき》へ届けにきたところなのであった。

その死骸は、松明の光に照らされて、門の前、通りの舗石の上に横たわっていた。花嫁の飾りは千切れ、色褪せた緋色の衣裳は、心の臓から溢れ出た赤で荒々しく染め上げられていた。それを目にしたわれわれユダヤ人仲間は、歎きの声を挙げてその横に跪き、その歎き愬える声が邸《やしき》じゅうを目覚めさせた。たちまちのうちに、邸《やしき》の窓という窓は、すべて人びとで一杯になった。

こういう有様なので、邸《やしき》の使用人たちはピエル・レオーネ枢機卿の前に歩み寄り、どうか露台にお出ましになって、静まるようお命じください、とお願いしたのである。

ピエル・レオーネ枢機卿——

彼はその時もまだ、姉トゥリアにかかずらわって手を焼いていた。今では彼女は、彼の部屋の戸口に手足を伸ばして横たわり、下の路上の死骸と同じような有様で、相変らず歎き続けていたのである——「私はもう、罪もないのに虐殺されてしまったのよ！」

枢機卿は心の中で祈っていたが、しかしそれに合わせてまるで知らない一つの別な声が、同じ祈りを唱えているような気がするのだった——「世の罪を除き給う神の小羊、われらを憐みたまえ——」と。やがて、一つの深遠な奥義から、それを蔽っていた垂れ幕が落ちるかのように——「そうしてみると、十字架がわれらの民がわれらの十字架であるばかりでなく、われらの民に蔽いかぶさっている、という事情もあるのだ。つまり、キリストの十字架をわが身に引き受けるには、別のやり方もあるわけだ、すなわちキリストを十字架につけること——」

枢機卿は（にわかに灰のように顔面蒼白となって）使用人たちに——「いかなる無辜の死者をも、私はこの目で見たくはない！」

その時、彼は傍らで一つの声が言うのを聞いた——「今こそあなたは、私の言おうとしていたことがお判りですかな？」と（それは先刻の銀細工師の声のように思われたが、しかし彼の目には誰の姿も見えないのだった）。

枢機卿、わなわなと身を慄わせながら「友よ、あなたはキリスト教徒を探すにはおよばない。あなたは、正義を探さなくてはいけないのだ！」

銀細工師——「そういうことだと、私はたぶん、また長い流浪の旅を覚悟しなくてはなりますまいね」

枢機卿——「あなたの思うほど長いことではないよ。権力は私のもの、天の時は私のもの。明日にも私は、教皇になっているだろう。そうなれば、もはや一人の無辜の死者も、なくなることだろう」

銀細工師——「ではあなたは、十字架に付けられたあの無辜の死者のことは、なんとなされるのですかな？」

その時、奥の礼拝堂で、十字架に付けられたキリストの像が壁から落ちた。

われらの黄金の都ローマの古記録より——

その夜、反《アンチ》キリストの四騎士の荒々しい馬の鼻息が、ローマじゅうどこにも聞かれなかったという事実は、あとから思うと大変奇妙なことであった。それというのも、今にしてわれわれは、おそらく正当にそう考えているわけだが、つまりハインリヒ王の黒い戴冠式の夜、また来るぞと約束した彼ら四騎士は、その約束どおり、まさにこの夜こそこのローマの都に馬を乗り入れたにちがいないのだから。ところが、われわれが至る所で耳にしたのは、どれもこれもピエル・レオーネ配下の騎馬武者たちばかりで、その夜突然、降って湧いたように現れた彼らが、われらの都のすべての重要な広場を、迅速かつ隠密裡に占領して、こう語っていたのである――「われらはフランジパーネ一党を撃退するため、先手を打って置きたいのだ。なぜなら、われらに届いている情報では、われらのご主人のご遺骸が憩いの場を見いだすべき聖パウロ大聖堂《バジリカ》への入堂を、彼ら一党が阻止しようと企んでいる、ということだから」。そういうわけで、夜どおしローマのあらゆる街々に充ち満ちて、ずっと、武具や鎧の触れ合う音、馬の嘶く声などが、レオーニスが、聖パウロでなくて聖ヨハネス大聖堂《バジリカ》に憩うラテラノ宮殿の方にまで拡がっていた。まるでペトルス・レオーニスが、聖パウロでなくて聖ヨハネス大聖堂に憩うことになるのかと思われかねないほどだったのである。意外にも反キリスト《アンチ》の騎士ではなく、本当にピエル・レオーネ勢の騎馬武者らの物音ばかりを聞いたというのは、果たして確実な話なのかね、と訊ねられれば、われわれは答える――物音を聞いただけではなく、われわれはピエル・レオーネの手勢を、この目で見もしたのであって、すなわちこの上なく頼りになる硬い黄色の光の輝きの中で、それを目撃したのである、と。その輝きは、先にはわれわれがトロフェアの死骸の周囲に集まっていた、そのピエル・レオーネ邸の窓から現れて降ってきたのであったが、後には騎馬武者たち自体の手からばら撒かれたものなのだ。だからわれわれは、みんな揃ってこの光に心を動かされ、悟りを聞かせられたのである。それというのもわれわれは、あの夜カピトールの聖マリア教会でのユダヤ娘の殉教死に感動して、ピエル・レオーネ枢機卿と彼の一族にからむ悪い噂を拒否する気になった、なんぞということは断じてなかったからである。そんな気になるどころか、最初われわれはこう言っていたのだ――「枢機卿は、乱暴なフランジパーネ兄弟に負けず劣らず、この罪のない娘の死の元兇だ。もしも枢機卿が、彼女を彼ら兄弟の口上役から引き取って保護してやっていたならば、彼女は今こうして自分の血の中に横たわっていたりはしなかっただろうに！」と。他の人びと、すなわちフランジパーネの手勢と一緒になってユダヤ人街を荒らし廻った連中は、さらにこうも言っていた――「おれたちが悪事を働いたなどという評判を、おれたちは聞きたくない。そんな批評をするのなら、前もっておれたちに、あの娘が本当に幼いキリストの聖像の殉教者なのだということを、納得させてもらいたいもんだね。だっておれたちは、あの娘が盲目だったということを聞いているんだぜ。だから、たぶん娘は道に迷って、盗品を持って聖マリア教会へ来ただけなんだ、と、そう思うわけさ。おれたち流に考えれば、あの場合なにもキリストの教えに叶った行いだの、ましてや奇跡めいたことなんぞが、あったわけではないんだよ。だからおれたちは、ユダヤ人どもが好んで御像を盗んだり苦しめたりしたがる、と信じて憚らないのさ。ところでおれたちは、ピエル・レオーネ一家からは、こうした一切の事情がもっとよく解明されるまでは、今後とも信用しないで離れていようと思うよ」

ところが、さて、先ほど述べたあの光がお邸《やしき》の窓から現れて、いわばそれの黄金色の火花がわれわれの膝もとに跳び込んできた時、なんのかんのと言っていたわれわれは、たちまち静まり返って家へ戻って行った、という次第なのである。途中ずっと、ピエル・レオーネの騎馬武者隊の横を通って。こうしてわれわれは、いろいろといかがわしいことを経験しているにもかかわらず、できることなら喜んで「黄金の教皇」を持ちたいと望んでいることが、家路をさして歩む一歩一歩ごとに、ますます確実に明瞭になってくるのであった。ユダヤ娘トロフェアの罪もない死のことを、われわれがやがてふたたび忘れてしまったのも、もとはと言えば、われわれのこうした望みに由来するのだ。それゆえローマのわれわれは、今なおこう言っているのである──「彼女が神の娘であったのか、それとも悪魔の娘であったのかは、決して確実には証明されなかった」と。こうして彼女の死の秘密は、イエス・キリストの秘密の中に、最後の審判の日が来るまで埋葬されたままになっている。この最後の審判の日には、世界のあらゆる無辜の苦しみが明らかになるであろう。ところで、彼女の死の夜に、ピエル・レオーネの邸《やしき》からわれわれの上にばら撒かれたあの光のことを、ローマの人びとは「銀三十枚の価《あたい》」と呼んでいるのである。

われらの黄金の都ローマの古記録より──

これから先、われわれは救い主イエス・キリストのご受難の時期に立ち入る。すなわちキリストの神秘の体である聖なる教会の受難のことで、われわれはそれを「大きな、あるいは本物の、西欧の離教《シスマ》」と呼んでいる。それゆえわれわれは、前もってわれわれ自身の胸を打ち、同時に「世の罪を除き給う神の小羊、われらを憐み給え！」と唱えるのである。

そののち、われわれは枢機卿たちの晩餐のことを報告する。

枢機卿たちの晩餐──

枢機卿ペトルス・フォン・ポルトゥス司教の手記による。私たちの同僚《きょうだい》ハイメリクスの考えは、推測しがたい。それを私たちに明らかにしようという配慮を、彼が全然しないからである。称賛されても気に留めないし、不平を呟かれるのを恐れもしないのだ。しかし目下のところ、私たちの同僚《きょうだい》のうち多くの者が、不平を言っている。彼ハイメリクスがにわかに指令を出して、死の病いの床におられる私たちのご主君を、ラテラノ宮殿から連れ出してクリヴス・スカウリ通りの堅固な聖アンドレアス修道院へ、お移ししようとしているからである。その骨の折れる道中をお運びすれば、きっとひどく苦しまれることであろうし、途中で逝去される危険もあるので、私たちは皆、死に瀕しておられる教皇をお気の毒に思い、移動指令に反対しているのである。

　第二に近頃ドイツから届いた悪い報らせのためもあって、この計画は私たちを怖れさせているのだ。同地ではシュワーベンのコンラート大公が、新たに選ばれたロタール王に、力ずくで反乱を起こした。後者ロタールに、教皇は皇帝冠を約束なさっているのである。それゆえ私たちは、皆こう言っている――私たちの聖なる教会の前途に、またどんなことが起こるか判ったものではない。同僚《きょうだい》ハイメリクスは聖ペトロの船の針路を勝手気ままに変えさせ、私たち皆を不安の大海の中へ、全速力で突進させている。この時に当たって私たちは、教皇選挙の警固を委任してあるピエル・レオーネの手勢からこっそり抜け出したりして、彼らの感情を害するわけには行かぬ。所詮、現世の剣の力をまったく抜きにしては、教会は存続することができないのだから。そのことはすでに、ハインリヒ皇帝の時代に証明済みである、と。

　かような次第で、同僚《きょうだい》中の最年長者として私が同僚《きょうだい》ハイメリクスの前に進み出て、いったいなぜそのような合点の行かぬ指令を発するのか、と問うたのである。

　すると彼は、彼一流の言葉少なの言い方で、自分はわれら移転すべしとの委託を受けたのだ、と答えるのであった。

　私――教皇さまは死の瀬戸際にあって、もはやいかなる委託をも与えることがおできにならぬ。あなたは、いったい誰からその委託を受けられたのか？

　同僚《きょうだい》ハイメリクス――自分はそれを、かつて自分を聖なる教会の司教として叙階し給うた、その司教から受けたのである。

　私――その事情を、まずもってこの私に、ぜひとも説明して頂きたい。

　彼――今はもうそれをしている時間がない。われわれはもう今夜のうちに移動しなくてはならないのだから（ちなみにそれは、ピエル・レオーネ党の騎馬武者たちが都じゅうを駈けめぐっていた、あの夜であった)。そのあとは、同僚《きょうだい》ハイメリクスは頑として沈黙を守るのであった。この沈黙について私たち一同は評している、それは何ぴとも通過し得ぬ壁のように屹立する、と。

右の次第を、私は同僚《きょうだい》たちに報告した。

私が入って行った時、彼らはすでに晩餐の席についていた。というのは、教皇のお命が危うくなって以来、私たちは昼も夜もずっとラテラノ宮殿に詰め切っており、従ってそこでいつも食事も共にしていたからである。

さて私が同僚《きょうだい》ハイメリクスの意向を彼らに語り伝えたとき、彼らは皆、椅子から跳び上がって口ぐちに言った――官房長官はわれらの主君に非ず、われら同僚《きょうだい》だ、教皇を死の床から無理にお起こしして、犯罪人も同然に路上で死ぬような目にお遭わせすることを、われわれは許さぬであろう、と。こうして彼らは一斉に声を挙げて、大浪のように官房長官の方に押し寄せた。彼は彼らの中央に一本の剣のように直立し、彼の沈黙はまたしても壁さながらであった。

突然さっと扉が開いて、瀕死の教皇が入ってこられた。墓から出てきた幽霊のようで、お顔は白く、お髪《ぐし》は白く、ご着衣は白く、両のお肩の下には二人の若い司祭の白い袖が、二枚の翼のように見えていた。その翼に支えられた教皇は、いうなれば宙に吊り下げられたようなおん有様であった。

そのとき私たちはみんな、驚愕と恐怖のためにすっかり度を失っていた――「教皇さま、どこへいらっしゃるのですか? 誰をお探しなのですか? どうか横におなりください! いったいどうなさったのですか?」

教皇は、すでに光を失いかけたおん眼で、私たちをぐるりと見回された。はるか遠方から、すでにあの世から聞こえてくるようなお声で、しかも地上の人間だけが歎くような歎きを込めて、突き刺すようにおっしゃるのであった――「あなたがたのうちの一人――あなたがたのうちの一人が――キリストを裏切るであろう――」

私たちは、ふたたび恐怖に充ちて――「どういう意味でございますか、教皇さま? 誰のことをおっしゃっておいでなのですか?」

そのあいだに教皇は、光を失いかけたおん眼で、私たち全員を一人また一人と、次々に何度も見渡しておられた。そのご視線は、堅琴の千切れた絃が風に吹かれるにも似て、一瞬きらりと光ったかと思うとまたたちまち曇るのであった。

ところで、ローマ在住の私たち同僚《きょうだい》は、全員漏れなく集まっていたのであり、ただ都の外に居住する同僚《きょうだい》たちが欠けているだけだった。ローマ住まいの中では、同僚《きょうだい》ピエル・レオーネだけが欠けていた。翌朝行われる予定の父親の葬儀のため、免除にも願い出てあったのである。それで、教皇の光を失ったご視線は、その空いている椅子にじっと向けられたままになった。

突然、私たち一同は、このご視線の意味するところを悟ったのである。

教皇は、主なき椅子からおん眼を逸らされて――「彼は出て行った――私は確かにもう死にかけておるからな

――」

その時、私たちの心の中で、まるで誰かがこう語るような気がした――「時は夜であった」と。福音書にはそう記されているからである。

さて聖アンドレアス修道院へ移ろうとして私たちがラテラノ宮殿を退去した時（ひそかにアシナリア門を出て、それから市壁沿いにメトロニア門まで行ったのだが）、ちょうど大雨が沛然と降り注いで、まるで世界が東西南北から、同時に私たちの小さな行列に向かって吹きつけるような有様だった。月は雲のあいだを縫うように走っていた。私たちはその見え隠れする月光の中で、市壁のところどころの縦孔ごしに、ピエル・レオーネ勢の騎馬武者たちの朧ろげな姿を見た。あたかも月光が、市壁のかなたを一面に浸す大河の流れに、時おりさざ波を立てているとでもいうようであった。それゆえ私たちは松明を消し、ただ暗い夜風だけに付き添われて進んで行ったのである。

メトロニア門を通って曲がり、ふたたび市中に入った時（そのあたりには、ハインリヒ王が教皇グレゴリオ七世に抗して戦った頃の、われらの都を攻撃した攻城器械が、錆び朽ちた姿で今なお横たわっている）、担架に被《かぶ》せてあった天幕の下で、教皇が呻き声を挙げられた。私たちの同僚《きょうだい》ハイメリクスが、担い手たちを休む間もなく急き立てていたからである。担い手たちは、ほとんどひと足ごとによろめいて、昔のがらくたに躓いていたのだ。そこで私は、教皇の方に身を屈めて、まだこれ以上我慢なさることがおできでしょうか？　とお訊ね申し上げた。

教皇は、ふたたび呻き声を挙げられながら、上下するお熱の旋律《メロディー》に拍子を合わせられるように、「世の罪――全世界の大きな罪――」と繰り返しておられるのだったが、やがて「同僚《きょうだい》たちみんなも、一緒にいますか？」とお訊ねになった。

私はお答えした――「教皇さま、欠けておりますのは、市外に住む者たちだけでございますよ」

すると教皇は――「どうか祈ってください、あなたがた

のうち、誰も誘惑に陥らないように――」

そのとき風が天幕を吹き上げ、冷たい雨水が、何本もの矢のように、瀕死の教皇のお顔を激しく打った。馬上の私たちは、ちょうど「古代のシュンマクス邸」と呼ばれる廃墟の側を通過するところだった。この付近で、ノルマン軍の大火に焼かれた街並みが始まっている。そこでは今なお、家また家が軒並みに、深い瓦礫の中に横たわっていて、まるで乱暴に書きなぐった真っ黒な文字が、道の両側にのたくっているかのようである。その文字に綴られた嘲りが、こうして瀕死の教皇のお顔に、荒々しく跳びかかってくるのであった。

教皇は、またしても「世の罪――全世界の大きな罪!」と繰り返し呟いておられたが、やがて、二度目に――「どうか祈ってください、あなたがたのうち、誰も誘惑に陥らないように――」

やにわに私は、教皇のお額に手を当てて、私たちがお側についていることを確信させてさしあげよう、という気になった。手を触れてみると、お顔は雨に濡れたうえ、極度の不安の中にいる人が流す血のような汗のため、粘りつくように感じるのだった。そのとき私は、私たちの聖なる教会のありとあらゆる心痛が、重石のように教皇の上にのしかかっているのを、まざまざと肌で感じるように思ったのである。

心の中で、私は念じた(だがそれは、教皇のお心の中でもあったのだ)――「キリストよ、なぜあなたは、教会を、あなたの天使たちの翼の中に包みこんではお置きにならないのですか? なぜあなたは、あなたの花嫁である教会を、いつもいつも人間の手の中にお渡しになるのですか?」

心の中で、私は念じた(だがそれは、教皇のお心の中でもあったのだ)――「私たちはいつもいつも、現世を歩いて行きます。私たちはいつもいつも、現世に立っているのです。反逆と暴力、傲慢と暴力、金銭と暴力、憎悪と暴力――」

心の中で、私は念じた(だがそれは、教皇のお心の中でもあったのだ)――「見よ、われ汝らを遣すは、羊を狼のなかに入るがごとし――」

心の中で、私は念じた――「教皇さま、私は祈ります、私たちのうち、誰も誘惑に陥りませんように、と」

だしぬけに、担架の担い手たちの一人が叫んだ――「教皇さまがご臨終です!」

その時、私たちはちょうど聖マリア・イン・ドムニカの小さな教会の側を通っていたので、その教会の中へ担架ごと歩み入った。私たちのご主君が、住所不定の避難民のように路傍で亡くなられたりせぬように、と思ったのである。入堂内一杯になって、私たちは教皇さまのお側に跪いた。入りきれない者たちは、入口の外廊に残って、同じく跪いていた。ただ私たちの同僚《きょうだい》ハイメリクスだけは、衆に秀でた戦士さながら、石の柱の列の間に、見張りのようにすっくと立ちはだかっていた。立ち並ぶ石柱のあいだを、ふたたび月が、忙しげに見え隠れしていた。

その時、ふと気がついてみると、街路の向こう側に、みすぼらしい小柄な女性が立っていた。私たちに合図をし、低い嘆願するような声で呼びかけるのであった――「神父さまがた、どうかお願いいたします。哀れな魂の告解をお聴きくださいませ！」

そこで私たちの従者の一人がそちらへ行って、その女性を叱りつけて退《ど》かせようとした――「このちっぽけな貧乏たらしい女め、おまえさんはどんな大罪を犯したっていうんだろうね？　いったいおまえさんは、朝になれば他の人たちも告解するのに、その朝まで待っちゃいられないのかい？」

女――「おっしゃるとおり私は、他の方がたが告解なさる朝までは、待っていられないのです。なぜなら、明朝までには、きっと大きな不幸が起きてしまいますから！」

そこで私たちは――「小さなご婦人よ、何という馬鹿げたことを、あなたはそこで口にしておられることか？　異教徒がするように、私たちになにか予言をしてくださろうというのですか？　どうやらあなたは、すでにあなたの最大の罪を告白してしまったように見えますぞ」

女は、謙虚な口調で――「神父さまがた、あなたがたは私の最大の罪について、私よりもみごとにお裁きくださいます。ではそれはもう告白済みとしまして、次に私の二番目に大きな罪も、どうかお聴きになってくださいませ。そのためにこそ私は、ここにこうして立っているのでございます」

私たちは（彼女の謙虚な態度が、ふしぎに私たちの心に沁みたので）――「ご婦人よ、私たちは喜んであなたの罪を聴許し、キリストのお恵みであなたを慰めてあげたいと思う。だが、もうしばらく静かにして、私たちと共に祈りに潜心してください。それというのは、この教会の中に、死にかけているお人がおられますからじゃ」

女――「存じております。存じておりますとも、神父さまがた。と申しますのも、もしも私の罪がございませんでしたら、教皇さまは、ここでこのようにお痛わしい亡くなりかたをなされずとも、あるいは済んだかも知れないのですもの」

それを聞いて私たちは驚いた。その女が、私たちの何者なるかを知っていたからである――「なんで教皇さまのことなど口になさるのか、小さなご婦人のあなたが？」

その時、従者の一人がふたたびその女性の側に駆け寄って、月が雲間を漏れると同時にその顔を覗きこんだ。

大声を挙げて――「ご主人さまがた、この人はスーザさまですよ。民衆が地獄の聖母教会《サンタ・マリア・デ・インフェルノ》の聖女と呼んでいる、あのお方です！」

これを聞いて、私たちはみんなその女性に近寄った。なぜなら、もう前々から、その女性《ひと》を見たいものだと思っていたからである。ところが彼女は、ここ何年かのあいだ姿を消してしまっていたのだった。だから私たちは、彼女が、来たるべき反《アンチ》キリストに関し、民衆の前で奇異かつ不快な説教を行っている、という廉で告訴されたために、ひそかにローマから逃亡したものと思っていたのである。

私たちは言った――「スーザどの、今や私たちは、あなたの第二の罪をも、知っているように思う。すなわちあなたは、多くの要らざることを語ってしまったのです」

彼女は、ふたたび完全な謙遜の態度で――「神父さまがた、あなたがたは私の第二の罪について、私よりもみごとにご判断くださいます。ではさらにまた、第三の罪もお聴き取りになってくださいませ。この罪は、多弁ではなく、無言でございます。なぜと申しまして、まことに、女というものは、キリストの愛、キリストの教会の愛に対し、つねに喜んで黙《もだ》すような人となりでありませぬ限り、弁舌をあやつるように使命づけられてはいないのでございますから！」

突然、私たちの同僚《きょうだい》ハイメリクスが、人並みはずれて高く聳える姿を彼女の方へ向きかえらせて――「ではお話しなさい、スーザどの。あなたの身にどんなことが起きたのですか？」

跪いて、彼女は言った――「父と子と聖霊のみ名によって！　神父さま、私は、あなたさまの同僚《きょうだい》の、正式に叙階を受けたイエス・キリストの司祭が、聖ペトロの椅子に坐しているのを見ました。彼の足もとでは教会が十字架に付けられており、彼の頭上には反《アンチ》キリストの印がありました。この印は、何千何万とも知れぬ多くの人びとの罪でできております。そうした事柄を告げ知らせるよう、私は委託を受けました。すなわち、私どもの聖なる教会の、ローマに住むキリスト教徒の民衆に、目撃者の名において警告いたしますことを、委託されたのでございます」

官房長官――「誰から委託されたのですか、スーザどの？」

彼女（一層低く頭を垂れて）――「神父さま、私は神の恩寵を頂いております」

彼――「それなら、なぜあなたは、あなたの使命を果たさなかったのですか？」

彼女――「神父さま、私は、使命は頂きました。けれども認可は頂いておりませぬ。それゆえ私には、勇気もなかったのでございます」

彼――「認可を受けていない、とは、どういう意味ですか？」

彼女――「私は若い頃に教わりました。キリストの教えに従う女性は、沈黙を守るべし、と」

彼――「しかし、あなたは、以前はさかんに語っていたではありませんか、スーザどの？」

彼女――「神父さま、私は、自分が多弁を弄していることを悟りませぬうちは、ずいぶん喋りもいたしました。けれどもそれを悟りましてからは、黙していたのでございます。そして今では、私の見ました幻が、警告もないまま、明日という日に実現されようとしているのでございます！　それゆえ私は、自分の沈黙を聖なる教会にお委せして、教会がそれについてお裁きくださるよう、お願い申し上げるのでございます！」

官房長官――「スーザどの、私たちは、あなたの沈黙を裁きはいたしません。だが私たちは、あなたを認可いたします」

その時、人びとは担架もろともまた教会から出てきて、教皇さまがもう一度生気を取り戻され、ここを去るようお望みであられる、と言うのであった。

官房長官――「ではお立ちなさい、スーザどの。そして、あなたが命じられたことを語り伝えなさい」。しかし彼女は、ひれ伏したままであった。

彼女――「そして私が語り終えましたなら、神父さま、あとはどうなるのでございましょうか？」

官房長官は、ひれ伏している彼女に優しく言い聞かせるのであった――「スーザどの、永遠のみ国においては、この地上にあって語ることを好んでいた少なからぬ人びとが、沈黙を強いられることになりましょう。だがあなたは、永遠のみ国では沈黙も許されることでしょう。けれどもこの地上においては、あなたもあなたの十字架を担わねばなりません」

すると彼女は、跳ねるように立ち上がってこう叫んだ――「それを担わして頂けますのなら、私も喜んで担うつもりでございます！」。それから彼女の喉は、小さな灰色の鳥のようににわかに開け、彼女は歌いながら私たちを離れて、夜の中へと躍り込んで行った。

こうして彼女の小さな忠実な歌声は、遠くから私たちに付き添って、聖アンドレアス修道院への道中ずっと聞こえ続けていたのである。

聖アンドレアス修道院の年代記より――

教皇さまと枢機卿がたが当院に到着されると、ほどなく大勢の民衆が、夜だというのにラテラノ宮殿の方角から押し寄せてきた。それでわれわれは辛うじて門を閉ざし、跳ね橋を外すのが精一杯だった。そのあと燈火を消して、眠っているように見せかけたのである。

ところが、下に集まった民衆は、狂暴な拳で橋の鎖を引っ張り、濠を跳び越えんばかりの気構えで、大声あげて呼ばわるのであった――おれたちには判ってるぞ、亡くなったホノリウス教皇さまをラテラノから運び去って、ご遺体をここへ隠したんだろう、と。それゆえ当院の院長は（黄金の手を持つピエル・レオーネ党の騎馬武者たちが民衆の後ろ楯になっている、という事情が、すぐにはまだわれわれには判らなかったので）まず当院の助修士クイリヌスに命じて、囲壁の上に登らせたのである（この者が機知に富んだ頭を持っているからである。民衆の気に入るようなやり方で彼らを揶揄し、そうすることで笑わせてやるように、という指令が、彼には与えられていた）。

彼は、月明かりの中を威風堂々と大股で歩き廻り、囲壁の上から下の群集に呼びかけた――教皇さまは、私、この貧しいクイリヌス助修士を、教皇使節に任命なされた、それゆえ皆さんがたは、私と交渉をして頂きたい、と。

しかし群集は叫び返した――おまえは嘘つきだ、ホノリウス教皇さまが、もはや使節を任命などおできでないぐらいのことは、おれたちには判っている。それが間違いだと言うのなら、教皇さまはみずからお出ましになって、おれたちを祝福して頂きたい。そうでなければおれたちは、教皇さまがまだご存命だなんて、決して信じやしないぞ、と。

囲壁の上の助修士は、ふたたび偉そうに胸を反らせて――そんなことは、教皇さまにものをお願いするにしては異常なやり方だ。暴れ狂う者たちを祝福するなど、例にないことである。皆さんはどうぞ跪いて頂きたい。

すると、大きな石が、彼の頭を掠めて飛んだ。

囲壁の上の茶目坊主は、上等な林檎を投げ返した。

群集――おまえはおれたちを、果物を与えれば追い払えるような、そんな子供だとでも思っているのか？

彼――そうだとも、そう思っているよ。

彼ら――そんならおれたちは、おれたち流の祝福を、おまえに授けてくれるわい。それをおまえの最後の祝福と思うがよいぞ。

これを聞くと、クイリヌス助修士は引き退った。そして群集は、強襲の構えになった。

枢機卿フォン・ポルトゥス司教――

そのあいだに、ホノリウス教皇ご最期の時が、本当に始まっていた。私たちは、聖マリア・イン・ドムニカ教会でのように、ふたたび教皇の周りに集まって跪いていた。ただ私たちの同僚《きょうだい》ハイメリクスだけは、あそこでもそうだったように、脇へ離れて立ちはだかり、開け放された露台から下の民衆を見おろして、様子を窺っているのであった。

突然彼は戻ってきて、死に瀕した教皇に近づくと――

「教皇さま、民衆はあなたさまの祝福を望んでおります」

瀕死の教皇は（そのお体は、下の民衆の大浪が逆巻くたびに、ひきつるようにぴくりと動いた。だが教皇のご精神は、もはやそうした民衆の動きなど、知覚はしておられなかったのだ）苦しい息の下で、囁くように――どうか私の祝福を、誰かが民衆に伝えてくだされよ。

それを聞いて同僚《きょうだい》ハイメリクスは、あたかも彼自身が心の中で苦しい努力を集中するかのように、一瞬のあいだ声を呑んだ。が、やがて――「教皇さま、ここはぜひとも、ご自分で祝福をお授けにならねばなりませぬ」

そのとき私たち一同は、驚いてものも言えぬまま、彼の方に顔を上げた。しかし瀕死のご主君のすぐお側で祈っていた聖アンドレアス修道院の院長は、一層深く恭しく教皇の方へ身を屈めたので、彼の黒い修道服の袖が、教皇をお庇いする翼のようにそのお頭《つむ》のまわりに垂れた。

その間に同僚《きょうだい》ハイメリクスはふたたび言うのであった（だがその彼の声は、あたかも棒を折るように真っ二つに割れるかと思われた）――「教皇さま、ここはぜひとも、ご自分が祝福をお授けにならねばなりませぬ」

しかしながら、臨終《いまわ》のきわの教皇には、その言葉もまったく聞こえないかのようだった。

消えかかる声をふり絞って、もはや教皇ホノリウスではなく、ただもう死の瀬戸際にある一人の人間が、最後の苦悩の中で語っているのであった――「私と一緒に祈ってくだされ――私に十字架を手渡してくだされ――」

しかし官房長官は、情容赦のない蒼白な声で――「教皇さま、人びとがあなたさまから望んでおりますこと、それがとりもなおさず十字架でございまする――」

そのとき私たちのうちの幾人かは、声に出して彼に不満を申し立てた――いかに教皇さまとはいえ、最期の一刻は、ひたすら神と魂とのものであるのに、と。

突然、死にかけておられる教皇は、なにかを掴もうとなさるような素振りで、同僚《きょうだい》ハイメリクスの方へ双の腕を挙げられた（そのあとすぐ、それは力なく拡げられて、だらりと垂れ落ちてしまったのだが）――「私を起こして、立ち上らせてくだされ！」

このさまに接して、とめどもなく溢れ出る熱い涙が、私たちの顔を濡らすのだった。

やがて同僚《きょうだい》ハイメリクスが声を挙げ（彼だけが、今この時にもなお、ものを言うことができたのだ）上掛けの毛布を持って来させた。それは届けられたが、しかし今はもう、臨終の苦悶のさ中におられる瀕死のお方に、誰一人あえて手を触れようとはしないのだった。そこで同僚《きょうだい》ハイメリクスが、その両腕に教皇を抱えて、露台へとお運び申し上げた。居並ぶ私たちは、あたかも彼が、責め苦に喘ぐ教会そのものの体を、部屋から運び出しているのだ、というようなな想いに駆られるのであった。こうして私たちの瀕死の教皇は、官房長官の腕に抱かれて、まさしく十字架の腕木に懸けられたような、そうしたお姿だったのである。

罵り騒いでいた民衆が、死んだと思っていた教皇のお姿を目にした時（二人の聖職者が、張り出し窓の両側で松明を支えていた）一瞬水を打ったような沈黙があたり一面に拡がった。すべての者が、膝をついて伏し拝んだ。

その時ホノリウス教皇の心臓は最後の鼓動を打った。そして今はただ（私たちにはそう見えたのだが）偉大な同僚《きょうだい》ハイメリクスが、いわば亡きご主君という十字架に、懸けられているばかりであった。

教皇ホノリウス二世ご逝去後の夜
枢機卿フォン・ポルトゥス司教――

以下のことを、私は、私たちの同僚《きょうだい》ハイメリクスのために書き記す。彼に関してその後こんな由無《よし》しごとが言われたのだ（すなわち私たちの同僚《きょうだい》ピエル・レオーネによって）――彼は死に瀕した私たちのご主君を、まず引きずり廻し、それからいじめ殺し、そのあと犯罪人のようにさっさと埋葬させてしまった、と（かような言い草で、同僚《きょうだい》ピエル・レオーネは、市外居住の枢機卿たちを自分に引き寄せ、聖マルコ教会に集合させたのであった）。

私たちが亡き教皇のお側で通夜をしていたとき、戸外の嵐は静まり、雨は降るだけ降ってやみ、ローマの空には星のカーテンがかかっていた。こうして、セプテムソリア宮殿の薄明かりが、かなたのパラチーノの丘から青々とした夜の大気の中へ舞い下りて来て、さながら大海の潮の流れが、いくつとも知れぬ真珠の粒々を、その部屋の中へ押し流して寄越すかのように思われた。

私たちの同僚《きょうだい》ハイメリクスは（私たちには、彼がこの一夜のうちに、古色蒼然としたその宮殿ほども年老いてしまったように思われたのだが）その宮殿を見上げながら嘆いた――「なぜおまえは輝くのか、あのお方は亡くなってしまわれたのに？」（私たちもみんな、彼と同様に、私たちが通り抜けてきた恐ろしい嵐の夜のことを考え、心の中で言っていたのだ――教皇さまは、杯を最後の一滴まであますところなく飲み干されたのだ、と）。

同僚《きょうだい》ハイメリクスは亡きご主君のお側に跪いて、生ける教皇にそうするように、両手と指環と足とに恭しく接吻した。熱誠こめた態度だったが、ほとんど気後れしているようにも見え、あたかも死者に最後の時間《とき》のあらゆる苦悩に対して赦しを乞おうとするもののようであった。このようにして私たちのホノリウス教皇は、逝去されてもなお最後の一瞬のあいだ教皇であられたのだ。

やがて、私たちの同僚《きょうだい》の会計院長《カメルレンゴ》が、銀の槌を手に取った。代々の教皇が亡くなられた時ご死去を確認するため行われることを、今もそのとおり行おうとするのである。そこで彼は、まず三度床にひれ伏して、逝去者のお名前を呼んだ（ただし教皇として用いておられたお名ではなく、かつて幼児として聖なる洗礼を受けた時の名を呼ぶのである。このようにして私たちは、死の中ではすべての塵が等しくなることを、表明するのである）。

同僚《きょうだい》ハイメリクスは、その亡き教皇の幼児名が呼ばれた時、両手で眼を蔽っていた。教皇が、死の間際においてさえなおも教皇であらねばならなかったのに、逝去された今ようやく人間であることを許されるという、その事実に彼ハイメリクスの心は、それほどにも感動させられていたのである。その時彼の顔は、滝のような涙に流れ去るかと思われた。ひと廉《かど》の成年男性がそれほど激しく泣くのを、私はかつて見たことがない。このようにして私たちの偉大な同僚《きょうだい》ハイメリクスもまた、一刻のあいだ人間であったのである。

その間に同僚《きょうだい》カメルレンゴは、銀の槌で三度、亡き教皇の額を打った。それから私たちは、葬送の用意にとりかかった。なぜなら掟の定めがあって、亡きご主君を地下に葬り終わる前には、私たちは次の教皇を選ぶことが許されないからである。

だが私たちは、手もとに柩の持ち合わせがなかった。それゆえ、ふたたび私たちの同僚《きょうだい》ハイメリクスが亡き教皇を腕に抱え、威儀を正してみずから教会の地下埋葬室へと運んで行った。それから私たちは葬儀の式を始めた。

その式を終えた時、私たちはもう一度、亡き教皇の願いどおり、その場にいない同僚《きょうだい》たちのために、誰も誘惑に陥らぬようにと熱心に祈りを献げた（それというのも、あの晩餐の席に居合わせなかった同僚《きょうだい》たちは、私たちの気持ちを決して理解できぬであろうことが、私たちにはよく判っていたからである）。

そののち、聖アンドレアス修道院に居合わせた私たち一同は、同僚《きょうだい》である聖天使のグレゴリオ、すなわち教皇イノセント二世を、満場一致で選んだのであった。

そうこうするうち、昼間になっていた。ピエル・レオーネ党の黄金の騎馬武者たちは、民衆ともども、ペトルス・レオーニスを埋葬するために聖パウロ教会へと赴いた。それゆえ私たちは、妨害されることなく、コンスタンチン大聖堂《バジリカ》においてイノセント教皇の着座式を挙行した。そののち新教皇と共に、ふたたび元の聖アンドレアス修道院に避難したのであった。

われらの黄金の都ローマの古記録より――

さて、聖パウロ教会でのペトルス・レオーニスの葬儀が終わり、民衆から抜け出したわれわれは、ふたたび聖アンドレアス修道院に行こうとした（われわれ、とはすなわち、すでに前夜その修道院に押しかけた仲間のことだが）。嬉しいことに、金袋はじゃらじゃら鳴っていた。ピエル・レオーネ党の騎馬武者たちが、さらに多額の投げ銭をばら撒いてくれたからだった。その時われわれは、思いがけずスーザさまに再会した。以前のように、古代ローマの公共広場《フォールム》のほとり地獄の聖母教会《サンタ・マリア・デ・インフェルノ》の側に、坐しておられたのだ。そこでわれわれは、喜んで彼女のもとに押し寄せた

――

「これはこれは、ようこそスーザさま！　ずいぶん永らくお姿が見えませんでしたね！　いやはや嬉しいことだ、あなたさまがまたローマにいらしてくださるとは！　神がいつもあなたさまを祝福してくださいますように！」

それから――「ところで反《アンチ》キリストのことはいったいどうなっているのです？　私どもはそれについて、もうまるで何も聞いてはいないのですが」

スーザさま――「おっしゃるとおりと、私も思います。なにしろその者は、あなたがた皆さんと同様に、やはり哀れな罪びとに過ぎないのですから」

これを耳にして、われわれは鼻白む想いだった（つまり、自分らが哀れな罪びと扱いされるのが）。それゆえわれわれは、急いで話題を変えた。

彼女を囲んで――「スーザさま、まったくいい時に戻って来てくださいましたね！　私どもは、ホノリウス教皇さまがまだご存命なのかどうか、知りたくてたまらないのです。官房長官ハイメリクスどのが、教皇さまを堅固な聖アンドレアス修道院に閉じこめておられます。そこで起こっていることを、どうぞ私どもに話して聞かせてください。なにしろあなたさまは、どこでもお好きな所へ、やすやすと出入りなさることがおできなのですから。私どもはその

ことを、ハインリヒ皇帝の黒い戴冠式このかた、今でも憶えておりますよ」

スーザさま――「そう、本当に今このローマは、あの時と同じような有様ですよ!」。そして――「皆さんがぜひお知りにならなくてはいけないことを、私は必ずお話しするつもりです。でもその前に、もう一度ご一緒にお祈りいたしましょう」

こうしてわれわれは、彼女の側に跪いた。

スーザさま――「まず、私たちの今は亡き支配者、永遠の国に入ったハインリヒ皇帝のためにお祈りしましょう。あの皇帝によって、私たちの聖なる教会は、この上なく見棄てられ孤立させられた状態に陥れられたのでした」

そこでわれわれは、彼女と一緒に、永遠の国にいるハインリヒ皇帝のために祈った。

そのあと彼女は――「私たちの都ローマの、異教徒的な貴族たち、とりわけ乱暴なフランジパーネ一族のために、お祈りいたしましょう、あの人たちは、キリストの愛を、そして私たちの聖なる教会の愛を、いつもいつも傷つけそして否んできました」

そこでわれわれは、彼女と一緒に、異教徒的な貴族らと乱暴なフランジパーネ一族のために祈った。

彼女は、続いて――「私たちの都ローマの、すべての民衆のためにお祈りいたしましょう、すなわち、まず欲深かな人びとのために、次に権力を欲しがる人びとのため、それから怒り易い人びとのため、さらに移り気な人びとのために」

そこでわれわれは、彼女と一緒に、われらの都ローマのすべての民衆のために祈った。

われわれは、スーザさまがまだ長いことこのように祈り続けるのではないかと心配になったので――「スーザさま、もうそろそろ、聖アレドレアス修道院ではどんな状況になっているのか、私どもに教えてくださいませんか。私どもがピエル・レオーネ党の騎馬武者たちに、はっきり答えてやれますように。つまり、あなたさまには申し上げて置かねばなりませんが、あの連中は、私どもが情報を持って行けば、たんまりお金をくれると約束しているのです。それをもらうのが私どもにとって大へんありがたいことなのは、あなたさまにもお判りでしょう」

彼女――「はい、判りますよ。あなたがたが、紛れもなくあなたがたの黄金の都ローマの子供たちだ、ということが」

その時、遠くで鐘が鳴り始めた。

スーザさま――「では今こそ、聖アンドレアス修道院で何が起きたのかをお話しいたしましょう。ホノリウス教皇さまは、昨夜亡くなられたのです」。――立ち上がるなり歓ばしいお声で――「私はあなたがたに大いなる歓び《ガウディウム・マグヌム》をお知らせします。教皇さまが決まりました！　選ばれた教皇さまのために、私と一緒にお祈りください。今この時刻に、教皇さまはコンスタンチン大聖堂で、着座式を挙げられました」

そのあと、彼女はふたたび跪いた。われわれ一同も、本当に熱心こめて一緒に祈った。それというのも、新しく選ばれたのはわれらの「黄金の教皇」だとばかり思い込んでいたからである。今度こそはあのお方の選ばれたお姿が見られるだろう、という想念が、それほどしっかりとわれわれの頭にこびりついていたのであった。

それからわれわれは、急いでピエル・レオーネ邸へとんで行った。そこへこの情報をもたらせば、あわよくばなおもいくらかの報酬にありつけるかも知れないと思ったのである。

ところが邸《やしき》の人びとは、すでに囲いの石壁の上から、われわれにこう呼びかけているのであった――「まあ口を噤《つぐ》んで静かにせい、何が起きたかわれらはもう知っておるから！　だがとにかく聖マルコ教会へ行ってくれ。そこできみらは、まもなくわれらの返答を聞くであろう！」。それから彼らは、手にしたいくらかの黄金を、われわれの頭上に投げてよこした。われわれはまるで唖然として立ち尽くしていた（後になってわれわれは悟った。彼らの意図するところは、聖マルコ教会でわれわれに声をはり上げさせることであったのだ、と）。

こうした次第で、われわれは聖マルコ教会へと赴いた。

さてそこへ到着してみると、ちょうど教会の門が開いて、多くの枢機卿がたと一緒に、壮麗な装いを凝らした教皇がお出ましになるところだった。そのお姿を目にして、われわれはたちどころに、そのお方がかのピエル・レオーネさまであることが判った。そこでわれわれは、あたり一面でどよめいている歓呼の声に、喉も裂けよとばかりに唱和したのである――「ばんざい、アナクレート教皇ばんざい！　われらのために素晴らしい時代を開いてくださるお方！　この素晴らしいお方をわれらに与えてくれた、偉大なピエル・レオーネ一門に栄誉あれ！」

われらの黄金の都ローマの古記録より――

その朝、両トゥスクルム家の伯爵たちは、シュテファヌス・ノルマンヌスに言った――「この世では、単に怜悧で理性的なだけの物事にはすべて、必ずいつかそれが自分自身の内部で崩壊する日がやって来る。そうなると当分の間は、むき出しの暴力をふるう者だけがはびこることになる。

われらの見るところ、どうやらそうした日が、今や始まったところだ。ピエル・レオーネの一門は、あたかも彼らの新教皇が正当に選ばれたかのように、教皇を擁して誇り輝いておる。この有様はいかにも耐えがたい。しかしながら今彼ら一門に抗することに力を費やすのは、得策ではないように思われる。なぜなら民衆（これを今日では、正当以上に尊重せざるをえないのだが）が、自分らの黄金の教皇に向かって歓呼の声を挙げておるからだ。それゆえわれらは、ここは事態をしばらく成り行きにまかせ、それに巻き込まれぬようにしようではないか。そうすればわれらは後日、従来どおりわれらの都ローマの栄誉を、ふたたび最もよく代表するに至るであろう。当面はチェンチウスとレオのフランジパーネ兄弟が、新教皇イノセントを守護してくれればよい。それというのも、今日こそついに、彼ら兄弟はふさわしい働き場所を得たわけなのだから」

　そののち彼らは、ひそかに馬を走らせて都を抜け出し、カンパニア州なる彼らの櫓砦《やぐらとりで》に立て籠った。

フランジパーネ兄弟チェンチウスとレオ
下女のトルッラが語る――

　うちのヤコーバ嬢さまは大喜びでした――「歓びなさい、了見の狭いお従兄弟《いとこ》さんがた、あんたがたの時節が到来したんですから！　今この時にイノセント教皇を守護してやれば、そうすればあんたがたはもう一度、聖なる教会の守護神ってことになれるのよ。前にペトルス・レオーニスがそうだったようにね。まあ、いつでもしっかりあの人を見習いなさいよ！」

　するとチェンチウスさまが、長椅子からのろのろと起き上がって（それというのもこちらさまは、弟さまも同じですが、ユダヤの娘さんが死んだその夜を、なんにも知らずに寝て過ごしたんでしたから）――「教会の守護神だと？――ペトルス・レオーニスに見習うだと？――」――やにわに、怒りに燃えて飛び上がって――「おれは、自分の剣をこの女の思うままに操らせるために、この女の愛の手管から逃げ出したわけなのか？　教会の守護神だなんぞ！　おれは、元どおり、歯に衣着せずにものが言いたいんだ！」（闘犬のように、嬢さまに跳びかかろうとなさるのでした）。

　するとお若いレオさまが――「やめとけよチェンチウス兄さん、この女《ひと》はあんたが怒るほどの値打ちもないよ。教会なんぞが、おれたちに何の関わりがあるんだい！　教皇が二人いることなんぞ、教会が勝手に自分でなんとかすりゃあいいのさ」

　それからご兄弟してお館の裏手にある古代のローマ女神

の神殿へ、出かけて行かれたんです。そこで一日じゅう、荒れ果てた廃墟の中におられました。お二人で、一緒にまた例の「聖なるローマ」の祈りでも唱えてらしたんだろうと思いますよ。そのようにして、お二人は元どおり、歯に衣着せぬようにおなり遊ばしたわけです。

　でも私は、十字軍に参加した人たちがくださったキプロス猫のように、嬢さまのお膝に縋りついてお足もとに坐っていてあげるんです。なぜと申して、惨めに泣き濡れた嬢さまのお顔を見ると、私はとてもお気の毒に思うからですよ。もしも私が貧しい下女のトルッラでなかったなら、私の愛情が嬢さまのお役に立つかもわかりません（なにしろ、心の曲がった人をまた正道に立ち帰らせるのは、ただただ愛情だけなのですから）。ところがさて、私は貧しい下女のトルッラでございまして、ひと様の前では何をする力もない者です。けれども神さまは、貧しい者でもお金持ちでも、どちらの言い分も聞いてくださいますよ。ですから私は、イノセント教皇さまのために、心の中でお祈りを唱えているんです。と申しますのも、昔私どもの救い主がひとから見棄てられていたように、今は人びとがイノセント教皇さまを見棄てていますから、それだからこそ私は、このお方が本当の教皇さまだと思うのですよ。

ローマのユダヤ人らは語る――

　そのあいだもミルヤムは、今なお開け放たれた門口に坐り、トロフェアの死骸を腕に抱きしめているのであった。その周りではわれらの同族の女たちが、泣いたり嘆いたりしていた。だがミルヤムは泣きも嘆きもせず、ただ死んだ娘と開け放たれた扉とのあいだで、唇を絶えずあちらへ向けこちらへ向けして、動かしているばかりであった。

　死んだ娘に向かっては――「ああ、おまえは盲目の光、どれほどおまえは勇敢に輝いたことか！　ああ、おまえは消えた光、どれほどおまえは明るく照らしていることか！」

　それから、開け放たれた戸口のドアに向かっては――「おまえたち厳粛な扉、真紅の扉、血ぬられた扉よ――」

　ふたたび、死んだ娘に向かって――「なぜなら、ごらん、娘よ。今おまえは、おまえの母の教師になったのですから。まことに、主は過越しの小羊をお求めになることができたのです。そのことを、私は知りませんでした！」

　扉に向かって――「おまえたち祝聖された扉よ、確証された扉よ、エジプトにおけるわれらの民の扉に等しいものたちよ――」

　そのようにして、あまたの時間が過ぎて行くのだった。

　ミルヤムがいつまでも娘を腕から放さず、開け放たれた扉を閉めることも許そうとしなかったので、ラビ・ナータン・ベン・イェヒエルはハンナ・ナエミに語りかけた——「私たちは娘を目覚めさせねばなりません。なぜならあの女《こ》は、腕に抱いた死体と同様、硬直しかかっていますから」

そこでハンナ・ナエミが彼女に歩み寄って、語りかけた——「ミルヤムや、あなたの死んだ子供を、腕からお放しなさい、そして自分の心に収めなさい、そこでなら、あなたは子供を、いついつまでも抱きしめていられるのよ」

しかしミルヤムは、自分の娘を腕から離そうとはしなかった。

ハンナに向かって——「いったいこの娘《こ》は、エジプトでの私たちの民の扉のように、自分の血でこの扉を染めて、それほどまでにしてお迎えしようとしていた者を、一緒にお迎えしてはいけないのでしょうか？」

こうしてわれわれ一同は、愕然として悟ったのであった。ミルヤムが、自分の娘は決して無駄に犠牲にされたはずはあり得ない、と信じているのだということを。

ユダヤの女たちは語る——

そうしておりますうちに、ピエル・レオーネ枢機卿が教皇に選ばれたという知らせは、ユダヤ地区の街々にまでも押し寄せて来て、私たちの家々は、すべて愉しげな鐘の響きで充たされました。

そこでラビ・ナータンは、もう一度自分の姉に言いました——「私たちは、娘を目覚めさせなくてはなりません。なぜなら、ある人間が、自分で定めた嘘によって生き永らえるよりも、とにかく主のお定めになった真実に触れて死ぬことの方が、まだましであるからですよ」

そのあと彼は、自分の娘に近づいて、こう語りかけたのです——「そうだよ、ミルヤム。私たちの家の扉は、犠牲の血を塗りつけられたのだ。そして主は、主の嘉しとされる時に、慰めの天使を送ってくださるだろう。だがおまえの息子を、主は私たちに送ってくださろうとはなさらぬ。なぜなら、ほら、彼はエドムの子らの教皇の位に挙げられてしまったのだ。だから、もう希望の扉と共に、家の扉を閉めなさい、そして私たちと一緒に唱えなさい、主の道は究めがたい、と」

ミルヤムは、自分の灰色の髪を手で撫でさすりました。それから、小さな子供たちが話すみたいに、ごく低くて明るい声で——「お父さん、あなた本当にそれを信じてらっしゃるんですか？」

ラビ——「娘や、私がそれを信じているというのではなくて、それは事実として起きてしまったのだよ。鐘の響きが、おまえには聞こえないのかね？」

ミルヤムは、ふたたび灰色の髪を撫でていました。突然、躍り上がって——「起きた、とは何のことですか?」。そう言うなり、布もヴェールもかぶらぬむき出しの白髪頭のまま、開いた戸口へと向かうのでした。

ユダヤの女たちは語る——

さて私たちは、ミルヤムが外の街へ出て行こうとするのを見た時、どんな事が起こるかを予感して、みんなで彼女の服に取り縋り、こう呼びかけたのです——「まあミルヤム、どうかここにいてください! 至って哀れなあなたのような人が、見知らぬ人びとの騒々しい街へ行って、いったいなにをしようというの?」

けれども彼女は、それを振り切って身をもぎ離し、戸口を出て鐘の響きの方へと、どんどん歩いて行くのでした。ですから私たちも、口々に願ったり頼んだりしながら、よその街の人たちの目から彼女を隠すようにその周りをとり巻いて、一緒になって小走りに進んで行ったのです。でも彼女は、ずっとまったく一人きりのように、私たちの真ん中を歩いて行くのでした。

さて私たちがユダヤ地区の街々を出はずれて、古代ローマの公共広場《フォールム》のあたりへ来かかりますと、もう四方八方から、民衆の流れがこちらへ向かって押し寄せてくるのでした。嬉しそうに晴着をまとい、手に花束を、唇には讃美の歌を持って、こう叫んでいるのでした——「私たちはコンスタンチンの大聖堂《バジリカ》へ行こう。あそこでは今この時刻に、アナクレート教皇さまが着座の式をなさるのだ! だから私たちは、歓呼して教皇さまに万歳を唱えよう。なにしろあのお方は、まったくの話、私たちになんとも素晴らしい時代を開いてくださるのだから!」

もうその時は、遠くの聖マルコ教会を出た行列が、公共広場《フォールム》を越えてこちらへ近づいてくるところでした。先頭にはピエル・レオーネ勢の金ぴかの騎馬武者たち。それから合唱隊の列、そして幟旗《のぼり》を捧げ持った人びと。続いておびただしい金色や緋色のマントとミトラ。そうしたすべてが蒼古とした廃墟のあいだを縫って、まるでたくさんの大輪の豪華な花たちが、ゆらゆらと私たちの方へ動いてくるような壮観でした。その時、皆はふたたび、大声で叫ぶのでした——「アナクレート教皇さまに、恩寵と祝福! 偉大なピエル・レオーネ一族に栄誉あれ! この一族から、私たちのために、この素晴らしいお方が現れたのだ!」。このようにして、私たちの耳にもピエル・レオーネという名前が聞こえたのです(そこで私たちは、ミルヤムの様子を窺わずにはいられませんでした)。

すると突然、そのミルヤムが声高く叫んだのです——

「イブン・ミシャールさま、これであなたのお言葉は、実現いたしました！」。そして、近づいてくる行列に向かって——「この人が本物の教皇のはずはありません！　聞いてください、ローマ市民の皆さん。私はこの人の母親なのですから。この人については予言があります。彼はキリスト教の国を引き裂くであろう、という予言が！」

ですから周囲の人びとはみんな驚き怪しんで、ミルヤムに注目しました。やがて多くの人びとが笑い出しました。しかし幾人かは、私たちをも同類と見て、こう語りかけるのでした——「ユダヤのおばさんたちよ、お仲間の頭のおかしい女を、早くどこかへ連れて行きなよ。ピエル・レオーネ党の騎馬武者たちに踏み倒されないようにな！」

けれども、ミルヤムはもう一度——「お願いです、私の言うことを聞いてください！　どうぞ聞いてください！　この人は本物の教皇じゃありません！　この人はキリスト教徒じゃないんです——この人は（嗚咽しながら）私の息子で、祖先のところへ戻ってきたのです、なにしろ——よく聞いてくださいよ——この人はキリスト教の世界を、引き裂くんですからね！」。その時、蹄の音も高く通過して行くピエル・レオーネ党の黄金の騎馬武者隊が、彼女を押しのけて壁ぎわへ退らせました。そしてアナクレート教皇の行列は、綺麗を尽くして近づいてきて、歓呼のどよめく中で私たちを通り過ぎて行きました。そのあとは公共広場《フォールム》のほとりに人影もなく、空虚な感じになりました。

にわかに、私たちの背後で、石の壁が啜り泣きを始めたかと思われました。ミルヤムが泣いていたのです——「夢にきまってる——夢でしかない——夢以外の何ものでもあるもんですか！　私の子供たち、私の可愛い二人の子供たち！」。こうして私たちは、泣いている石壁の横で、地にひれ伏して泣きました。そのあいだにミルヤムは、私たちを見おろすように高々と直立し、石をも流す涙の激流に、顔をそむけているのでした。

突然ハンナ・ナエミが、死の不安に襲われたように叫びました——「ミルヤム、私たちの神である主を、見失っては駄目よ！　神を汚してはいけませんよ！」

ミルヤムは（壁から顔をそらし、両の手はさながら二つの硬い石のようにきつく握りしめて）——「神である主を見失う、ですって？——神を汚す、ですって？——」

ゆっくりと両腕を横に伸ばし、彼女の握り固めた二つの拳は、さながら一個の天秤の、蓋を閉めた左右の皿のように、目盛りを示す針に当たる彼女の胴体は、私たちの死ぬほどの不安の沈黙の中で、いわば不安定に揺れ動いているとでもいうように見えました。

突然、何かを投げ棄てるように左の拳を拡げるなり、握り固めた右拳で自分の額を打つのでした。すると、まるで顔も声も、同時に粉ごなに砕けてしまうように思われました。

その砕けた破片が音を立てて地面に落下するかのように、こんなことを口走っているのでした——

「それでもやっぱりこの私は
あなたのおそばにいつもとどまる
なぜならあなたがわが右手《めて》をとり
私をささえていてくれるから
私のからだ私のこころも
たとえやつれておとろえはてても
それでもあなたはいつも神さま——」

その時、神のおん憐みは、狂気という衣で彼女を包んでしまわれたのです。

あたかもひと筋の激しい潮流が彼女の声の中へ流れこんで、砕け散った彼女の破片をことごとく押し流すかのように——「イスラエルの期待の空には、まことと、一つの星もなく、私たちの帰り行くべきいかなる場所も、まことと、この世界にはありません！　ラケルはむなしく彼女の子らを泣く、一つの世から、次の世へと——」

あたかも大地の大浪が彼女をのり越えて逆巻き進んで行くように——「世のすべての母親たちは、自分の子らを悼んで泣いている！　なぜなら、見よ、イスラエルはつねに彼女らの似姿だから。すべての希望の器《うつわ》が、ついには死を汲み取る——」

その時、遠くの方から、またしても人びとの歓呼する声が聞こえました——「ばんざい、ばんざい、アナクレート教皇ばんざい！　すべての人びとに、正義と幸福を！」（第三の大浪がミルヤムの声を襲いました）。さながら彼女の中の大オルガンが鳴り亘るように——「おお、おまえ、全能の苦悩よ！」（両眼を大きく見開き、まるで何か幻でも見ているようでした）——「おお、おまえ、すべてに打ち勝つ苦悩よ！」（その幻に近づこうとするように、二歩ほど進んで）——「おお、おまえ、すべてを押さえつける苦悩よ！」（圧倒されたように、あとずさりに壁まで退くのでした）。

やがて別の方向へ、またしても幻に向かって歩み寄るかのように——「おお全能の苦悩よ！——おお、すべてに打ち勝つ苦悩よ！」（ふたたび後退して）——「おお、すべてを押さえつける苦悩よ！——」

そして三度目には、いわば同じ幻に取り囲まれて、逃げ道をむなしく探し続けているかのように、輪を描きながら四方八方に向きを変えるのでした。

そういう動きを、何度も何度も繰り返しておりました。

そのうちに、あたりが次第に暗くなり始めたのです。

だしぬけにたくさんの小鳥たちが、ローマの都の上空を、慌ただしく飛んで行くのが見えました。物に怯えたような啼き声と羽ばたきの音をたてながら、市壁を越えて、広い眦野へと飛んで行くのでした。ですから、最初私たちは、あたりに立ちこめてきた暗さは、この雲のように夥しい小鳥の群のせいかと思っていたのです。けれどもやがて、私たちの頭上に聳えるパラチーノの丘の樹々も、なにやら落ち着かぬ様子になってきて、いわば溜息をついたり呻いたりし始めたのです（でも、風は全然ありませんでした）。

そのうちに、もう民衆の最初のいくつかの集団も、ラテラノ宮殿の方から駈け戻って来ました。小鳥たちや樹木たちと同じく恐怖に怯えて、こう語っているのでした

――「これは聖ペトロの夜だ。ハインリヒ王の黒い戴冠式の時にも蔽いかぶさった、あの暗闇だよ。コンスタンチン大聖堂《バジリカ》で、代々の教皇がたの用いられた聖なる椅子にアナクレート教皇を推戴したとき、その瞬間にこの夜のような暗闇が急に始まったのだ」

そうしているうちにも、あたりはますます暗くなって行くのでした。

ですから民衆のうちの幾人かは、私たちの側に立ち止って、こんなことを言いました――「さっきアナクレート教皇は本物の教皇じゃないと叫んだ女が、まだそこにいるではないか。気をつけろよ、そうしたことも、この不安な一日の前兆のうちに入るんではないのかな？」

それから、その人たちは私たちと一緒になって、ミルヤムの周りを輪になって囲んだのです。

そのあいだもミルヤムは、相変わらず行ったり来たり動き廻っていました。目を大きく見開いていましたが、恐怖の色はなく、今では声ばかりでなく顔つきも、巨大な異様な波濤のうねりに、すっかり呑み込まれてしまっておりました。幽かな声が、次第になおも幽かになり、もうすでにすべての記憶も死に絶えようとして、ほとんど優しいとも言えるような口調で呟き続けているのでした――「おお、全能の苦悩――おお、すべてに打ち勝つ苦悩――おお、すべてを押さえつける苦悩――」（やがてついにことぎれて、地に倒れました）。

その時、墓の中のような漆黒の夜になりました。

われらの黄金の都ローマの古記録より――

突然、われわれの中から一人の女性が、声高くこう叫んだ――「私たちの罪に対して、償いをしましょう、なぜな

ら、この亡くなった女性《かた》は、このローマの都に蔽いかぶさる十字架を、まさしく目撃なさったのですから！」

「十字架」というその言葉を耳にして、ユダヤの女たちは恐れおののき、その場から散って行った。そのあとわれわれは、暗闇の中のわれわれのすぐ側に、スーザさまがご自分の小さなお家の前に立っておられるのに気がついた。

われわれは、身を慄わせながら彼女の方へ近づいた。(今しもスーザさまは、死んだ女性の頭の下に、ご自分の布切れをあてがってあげたところだった) ――「スーザさま、おっしゃってください、今ここで起こっていることは、何を意味しているのでしょうか？」

彼女は恐れる気色もなく、ほとんど快活なとも形容できそうなお声で――「それは、私たちの聖なる教会の体と愛とを引き裂く、この大きな離教《シスマ》によって、あなたがたがみんな一緒に救われることになる、ということを意味しているのですよ」

そう聞かされて、われわれは頬を伝う涙に濡れながら――「スーザさま、私たちに力を貸してください、そうした重大な苦難によって私たちが救われることができるというのは、どのように理解したらよろしいのでしょうか？」

スーザさま――「こう理解すればいいのですよ(闇の中で跪きながら) つまり、両手をお組みなさい、そしてお唱えなさい。イエス・キリストよ、私たちはあなたを崇めて祈ります、あなたはあなたの十字架によって、全世界をお救いくだされたのですから、と」

今やわれわれは、残る結末を書き記す――

この結末は、ローマで大離教の聖金曜と称されている、あの日に始まっていたのである。すなわち、聖なる教会の統一(というのはわれわれ相互間でのキリストの愛のことだが) をアナクレート教皇が引き裂いて、いうなれば十字架に打ちつけた日に、である。その翌日、彼の黄金の騎馬武者たちは、われらのイノセント教皇さまを、逃避のやむなきに至らしめた。そのため、われらの聖なる教会の統一は、まだ夜も明けやらぬ朝まだき、われらのローマ都内の暗い墓から出て、キリスト教世界という広い大きな教会の中へと、美しい復活祭の蝋燭のように運ばれて行った。それゆえわれわれは、この日のことを大離教の聖土曜と呼ぶ。その後、この新しい統一の蝋燭の火を、だんだんと次第にもらい伝えて、全キリスト教世界が明るく照明されたのである。まずもってフランスの国で。ここでは、クレールヴォーの聖なる修道院長ベルナルドがこの火を捉えた。続いてはドイツの国で。そこでは、シュワーベンのコンラート大公と国王ロタールとの、争い合っていた軍勢が、愛へと点火されたのだ。このようにして、地上のすべてが回心し、和解したのであった。そのあと、彼らすなわちフランスの聖者とドイツの国王が、イノセント教皇を帰還させるため、協力一致してローマに向かって出発し、両者が共に、キリスト教世界の皇帝の聖なる剣を揮ったのである（その時ローマのすべての民衆は、歓呼して彼らを迎え入れた）。それゆえ彼らの都入りの日は、大離教の聖霊降臨と称された。この日に、かつてスーザさまがわれわれに言われたことが、愛の精神を通じて実現したのであった。つまり〈この重大な苦難によって私たちが一緒に救われることになる〉という、あのお言葉が、である。だからわれわれは、アナクレート教皇を決して呪いはしない。逆に、われわれが同教皇について語る時にはいつでも、教会の典礼が用いるあの聖なる言葉――「おお、幸いなる罪よ（O felix culpa!）」という言い方をしているのである。

今われわれは、さらにアナクレート教皇のことを物語る――

さてロタール王がキリスト教世界の皇帝として戴冠されることになり、人びとがアナクレート教皇の黄金の騎馬武者たち（彼らはなおも聖ペトロ聖堂の周辺にたてこもっていたのだ。そこが彼らの最後の牙城だった）を駆逐する用意にかかった時、人びとは前もってイノセント教皇さまのもとに赴いて、お訊ね申し上げた――「われわれがアナクレート教皇を捕らえましたならば、さていかように処置いたしましょうか？」と。

するとイノセント教皇さまは――「あなたがたは、あのお方に何の危害も加えてはいけない。ただ、パスカリス教皇が課された問いを用いて、あのお方に問いかけなさい。あの問いには、今に至までまだ返答がなされていないのです」

こうして人びとは、聖ペトロ聖堂周辺の城砦へと進軍した。

ところがさて、彼らがそこへ着いてみると、もはや一人の黄金の騎馬武者も見当たらず、すべての門は開かれていたのである。広間から広間へと探し廻ったが、アナクレート教皇を発見することはできなかった。そこで彼らはイノセント教皇さまに、アナクレート教皇は逃亡してしまいました、とご報告申し上げた。

すると教皇さまはおっしゃるのであった――「では、あのお方に、パスカリス教皇の問いを送り届けてさし上げるがよい」と。

それから、宿老のペトルス・フォン・ポルトゥス司教が、その問いをたずさえて出かけて行った。けれども彼は、今この時に至るまで戻って来ていない。こうして、教皇パスカリスのあの問いは、今日に至るまで、教皇アナクレートのあとを追い続けているのである。

海の法廷

Das Gericht das Meeres

イギリス王の船団が、海をこえてコーンウォールへ帰る途中のことであった。初めのうちは荒れ狂う嵐とたたかっていたが、突然息の根をとめられたように嵐がしずまって、波音一つきこえない凪にかわると、幼い王子が世にもふしぎな病気にかかった。このようないとけない年ごろの子供には、ついぞ見かけたことのない病気だった。船のように重たい眠りのなかへ昏々と沈んでゆくかにみえる海とは反対に、このあわれな、小さな生命は完全な不眠にとりつかれたのである。若い乳母がいつもの子守歌をうたってきかせても無駄であったし、日頃は乳母の乳房をふくみながら心地よげに眠入《ねい》るのに、いまは乳房をあたえても甲斐がなかった。このいつもの食餌をさえこばみ、だれ一人として、あたえることのできぬ眠りという甘美な乳をのみ、ひたすら求めつづけた。そして、蒼ざめた、荘重な、小さな顔に、ただ眼ばかりがますます大きく見ひらかれてゆくのに引きかえて、その小さな肉体は、しだいに痩せほそっていった。一瞬《ひととき》も閉じようとしないこのあまりに大きな、気味わるいほど冴えかえった眼の貪婪な飢えに、さながら肉体が食い減らされてゆくかのようであった。――御座船に乗りこんでいる侍医たちも、もはやほどこすすべを知らなかった。船出してきたノルマンディーの海岸へ引き返すにも、めざすコーンウォールの岸辺へ辿りつくにも、この海の有様では到底見込みがないように見えた。だらりとたるんだ帆を見ても、一そよぎの風もなかった。王子の容態がいよいよ由々しくなってきたとき、王の側近たちは最後の策として、お伴の船の一つに人質のアンヌ・ド・ヴィトレが乗っておりますが、この女は、ブルターニュにつたわる古い子守歌をいまでも歌うことのできる一人だということです、同国人のビュードッグがそういうのですから間違いありません、とそれとなく申し上げた。

これを聞いて、ジョン王は愕然とした。アンヌ・ド・ヴィトレを呼ばせることなぞ、もってのほかだった。この度のブルターニュ侵寇のことが、まざまざと想い出されたからである。焼き払われたブルターニュの無残な町々、踏みあらされた田畑、とりわけ、ブルターニュ人たちの主君であるあの幼い大公。まだほとんど頑是ない少年だったこの大公を、王は今度の侵寇のさいに奪いさらって、みずからルーアンで殺害したのであった。にがい想い出だった。そこで、王は答えた。自分が前々から承知しているところでは、ブルターニュ人たちはいまもまだ異教の妖術使いである。善良なキリスト教徒である自分は、かれらの妖しい子守歌になぞかかわり合いたくはない。一体、お前たちは、アンヌの大祖母のアヴォワーズ夫人のことを忘れたのであろうか。この恐ろしい女は、夜、わがイギリスの駐留隊がロー城の臥床についたころを見はからって、歌をうたいながら城中を歩きまわったが、あのとき一人として生きて起き上がったものはなかったではないか、と。――こうして、小さな王子は、不気味なほど冴えかえった大きな眼のために、いよいよ痩せおとろえ、海は昏々として眠りつづけた。しかし、それから数日後、わが子の見ひらかれた眼を見るに堪えられなくなったジョン王が、宮内卿の乗船へ逃げるように移っていってしまうと、あとに残されて途方にくれた王妃は、ビュードックを呼ばせて、侍女の一人を夜こっそり舟でアンヌのところへ送りとどけるように、と命じた。

アンヌ・ド・ヴィトレは、まだ眠りについていなかった。船の甲板に出て、ひろびろとした星空の下にすわると、海に訊ねごとをしはじめた。故郷のブルターニュでは、途方にくれて、どうしてよいか分からなくなると、人間は海にむかって訊ねごとをするのが慣わしだった。こうして海にむかっていると、海にならば助けをもとめることができるという深い敬虔な信頼心が湧いて来、彼女のこころがもう長いこと忘れていたような安心感をおぼえはじめた。ルーアンにいたころは、いつも天涯孤独の思いがし、なにかにつけて心許ない、不安な気がしてならなかった。しかし、海の上では、まるで揺るぎない大地の上に立っているように感じられる。陸地には森や洞穴があり、また、小暗い城やおそろしい地下牢がある。こういうところには、得てして忌いまわしい秘密がかくれているものだ。しかし、海の上では、あらゆる物事があからさまになる。アンヌ・ド・ヴィトレは、ふと故郷の裁判の日の有様を思い出した。ブルターニュ人たちは、裁判のとき、海に身をゆだねてその判決を待つのである。すると、海は罪ある者を見分けて、海底に呑みこみ、罪なき者は陸地へ送り返す。しかも、その判断を一度も誤ることがなかった。なぜなら、海は小っぽけな、目先のことしか見えない人間とはわけがちがう。海は神の最も高貴な、最も強力な被造物なのだから。海は神の全能に最も近い。海はすでに神のいます天空と境を接している。海は、ほとんど神のようだ。神の声を聞こうとおもえば、海に問いかけるよりほかはない。それに、いまのアンヌ・ド・ヴィトレにとって、たとえ聞きたいとのぞんでも、神の声よりほかに、どんな声を聞くことができたであろうか。人間たちはみな、憚るように彼女を避けた。こちらからブルターニュの幼い大公のことを聞きだそうとしても、相手はきまって石のような沈黙に身をかためてしまう。まるで大公の名前など忘れてしまったとしか見えない。しかし、アンヌ・ド・ヴィトレには、大公のことを訊ねる権利があった。彼女は、この幼い主君の身代わりに、異国の王に身柄を引き渡されたのだから。イギリス王が彼女の主君に力づくで約させた臣従の誓の、彼女は保証人なのであった。大公の身代わりとして、故郷をはなれ、あの忠誠心のあつい両親ややさしい妹弟《はらから》から、また、つましいブルターニュのすべての愛すべきものたちから、別れて来たのであった。もしも彼女が人質とならなかったならば、大公自身が敵国に行かねばならなかったであろう。しかし、君主たるものは、その国民《くにたみ》からはなれることはできないのだ……。これは、別れ際に、父からいって聞かされた言葉だった。アンヌは、毎日毎日、父のこの言葉をこころのなかでくり返してきた。この言葉をせめてもの頼りにしなければ、イギリス人たちのあいだにあって、孤独と心細さのあまり死んでしまっていたかもしれなかった。しかし、異国人のなかにありながら、彼女は生きつづけることができた。というのは、彼女が幼い大公の代わりに異国に渡ったのであれば、大公が彼女の代わりに故郷にいてくれるわけだから。彼女が大公の代わりに捕虜でいなければならないのであれば、大公が彼女の代わりに自由をもっていてくれるわけだから。大公は、いわば故郷にいる彼女であり、彼女の自由であった。彼女の本当の生命、それは、この冷酷な異国人のもとにあるのではない。自分の本当の生命は、あの幼い大公の生命なのだ。この自分の本当の生命のことを、どうして訊ねていけないわけがあろうか！　たとえ人間たちが答えてくれなくても、海ならば答えることを拒まないであろう。だって、海は義《ただ》しいから。海は、ほとんど神のようだから。――アンヌ・ド・ヴィトレは、じっと聞き耳を立てた。

しずまり返った海面からは、物音ひとつ起こらなかった。並いる船々は、死んだ黒いこうのとりのように動かず、凍りついてしまったかとおもえるほどであった。アンヌは生まれてからこの方、こんなに静かな海を見たことはなかった。ほんとうに眠っているとおもえるくらいだった。しかし、海は、イギリス人たちが考えたように、眠っているのではなかった。海は沈黙しているだけだった――ちょうど神も、眠っているようにみえるとき、じつは沈黙しているにすぎないように。そして、神がながく黙しているときは、やがて語り出そうとするときである。アンヌ・ド・ヴィトレは、あらためて耳をそばだてた。

すると、不意に、船の舳先《へさき》のすぐそばで、波の打つ音に似たかすかな物音が聞こえるような気がした。海はようやく口を開こうとしているのであろうか。アンヌが立ちあがると——というのは、海の答えは、起立して聞くのがふさわしいから——、ひとりの男のおぼろげな影が、さながら海底に棲む怪物のように、海の面から浮かびあがっているのが見えた。そして、低い短い叫び声が聞こえた。それは、故郷の舟人たちが、舟をどこかへ岸づけようとするときに、いつも口にする掛け声に似ていた。と、果たして小舟が見えた。小舟は音もなく、すべるように本船に近づいた。そして、アンヌは、舟のなかの黒い人影がビュードックであることを知った。

アンヌは、ひどく失望した。なぜなら、海に訊ねごとをしようとするとき、この男は邪魔になるばかりだから。ビュードックは、変節者で、裏切者であった。かれもアンヌとおなじように、ブルターニュの年若い大公の人質として、このイギリス人たちのもとにいるのだった。しかし、かれはそのことをとっくに忘れてしまって、まるでイギリス人たちの一人であるかのような顔つきをしていた。もとは父の家に出入していた男であったにもかかわらず、アンヌはビュードックを軽蔑し、避けた。ただときおり、ふとかれの視線にぶつかったりすると、突然なにか熱いものがこみ上げてくるような気持、遠い故郷の空に見つめられているような切ない気持におそわれることがあった。しかし、それは気の迷いにちがいなかった。

その間に、ビュードックは小舟を本船につなぎとめ、侍女を助けて甲板にあがって来ていた。アンヌは、王妃がなぜこのおそい時刻に自分を呼びに来させたのか、どう考えても分からなかった。しかし、それを訊くのは、彼女の誇りが許さなかった。というのは、それを訊くには、侍女が使いの用向きをつたえるのにビュードックの口を借りたようにに、彼女もビュードックの通訳をたのまねばならなかったから。侍女にはアンヌの言葉が通じなかったし、アンヌもイギリス人のいまわしい国語が分からなかった。それを覚えようという気になったことすらなかった。もちろん、裏切者のビュードックはすでに習い覚えていたが。——それで、アンヌは黙ってついていった。ところが、小舟に移って、ビュードックと向かいあって坐り、海面すれすれに、海の深い、澄みきった、全知の眼のまじかに身を置いてみると、突然、闇のなかでビュードックが自分と秘密の語らいを始めたような気がした。もちろん、声を出して話すのではなく、二人の脈管のなかにひとしく流れている血の声をもって語るのであった。それは故郷の美しい泉のように深く、魔法使メルリンの森のように暗く、また、女の姿をした死神が海の藻屑と消えゆく舟人たちの耳に、母からきいた幼い日の子守歌を囁きかせるという、あの波立ちさわぐ岩岸《いわぎし》のように荒々しい、太古からつたわる古いケルト族の血であった。アンヌは、突然ビュードックがこの血の声をもって語りかけてくるような気がした。そして、闇のなかで相手の眼が見える道理がなかったにもかかわらず、ビュードックの眼の奥に、変わることなき忠節心の底しれぬ深淵を垣間見たようにおもった。それは、彼女自身のもつ、やさしい、気高い愛の忠節心ではなく、憎悪にみちた忠節心、敵の前で売国奴の役をさえ演じ、それによって一そう確実に敵を裏切ろうとする、大胆で老獪な忠節心であった。アンヌは、二人の体内におなじ苦痛がわなないているのを感じ、いまにビュードックの口が二人の幼い大公の消息を語り出すにちがいないとおもった。しかし、さすがのビュードックも、侍女の手前もあってか、語る決心がつきかねているらしかった。海の上は恐ろしいばかりに静かで、どんなかすかな囁き声でも、水平線のかなたにまで聞こえそうにおもえたから。

小舟は、かすかな水音をたてながら、御座船の舳先《へさき》に横づけされた。そして、侍女が先に甲板にあがってしまうと、はじめてビュードックはいろ黒い顔をアンヌの顔に近づけて、耳もとにささやいた。「大公はお亡くなりになったのです。下手人はイギリス王です。その王を海が裁いたのです。そして、あなたが――あなたが――あなたが……」。

抑え切れない勝利の歓びのために言葉につまったのか、そのあとは聞こえなかった。かれはいきなり、むき出しの腕でアンヌを抱き、高々と差しあげた。アンヌは、自分をビュードックが復讐の歓声のように空たかく放りあげようというつもりなのか、それとも海へ投げこもうとするのではなかろうかと、一瞬の戸惑いをおぼえた。しかし、そのとき彼女はもう甲板におろされていた。

御座船にしつらえられた幕屋のなかに足をふみ入れたときも、アンヌはまだ呆然と空《うつけ》たままであった。幕屋のなかは、うす暗かった。ただ入口のところは、幕代わりの帆布をからげて、木彫をした二本の柱の上方に結びつけてあったので、ここからだけは、海の微光が星のように白々と射しこんできた。

若い王妃は、優雅な身腰をすくっと伸ばして立っていた。しかし、黄金の垂れつき頭巾をかぶったその小さな、白粉気のない顔は、すっかり泣きはらされていた。彼女は早口で、不安げにアンヌに語りはじめた。王妃も、アンヌとおなじように、殺されたブルターニュの幼い大公のことを想い出しているにちがいないと見受けられたかもしれない。しかし、王妃の念頭にあったのは、ただわが子の快復だけであった。アンヌには、王妃の言葉が分からなかった。それを通訳するビュードックの言葉も、まるで鐘の音のように、耳にがんがんひびくだけであった。殺された大公のいとけない少年の面影が、彼女の周囲のすべてのものを呑みつくしてしまったかのようであった。王妃が自分と話をしているのだということにも気づかず、王妃に注意を払いさえもしなかった。しかし、やがてまたビュードックの声がきこえた。「アンヌ・ド・ヴィトレ、王妃は、眠れない王子のためにブルターニュの子守歌をうたってもらえないだろうか、とたずねておられるのです」。

アンヌは、王妃の言葉とおなじように、ビュードックの言葉も分からなかった。もちろん、ビュードックはブルターニュの言葉で話していた。しかし、アンヌには、ビュードックも突然王妃とおなじ言葉で語り出したのだとしかおもえなかった。彼女は、なにも答えなかった。

若い王妃の高い眉毛が、ぴくりとつり上がって、ほとんどアンヌを威《おど》そうとするかのような顔つきになった。しかし、やがて、その小さな、白粉気のない顔はすっかり途方にくれた。王妃は頚《くび》から金の鎖をとって、アンヌの上にかけ、腕環をはずして差し出した。そして、アンヌの両頬に接吻した。アンヌは頚と手に鎖と腕環の重みを感じ、顔に涙のしめりを感じた。しかし、相変わらずなにも分からなかった。ビュードックは、この間じゅう、静かに立ちつくしたまま控えていた。かれのいろ黒い黙した顔は、まったく無関心そうに見えた。

王妃はふたたびビュードックの方をふり向くと、啜り泣きながら、「ビュードック殿、アンヌは歌を忘れたのかもしれません。お願いですから、想い出すように頼んでください。お願いですから、そういってください。わたしの言葉では通じないのです!」。

そこで、ビュードックは、「アンヌ・ド・ヴィトレ、王妃は、あなたが歌を忘れたのではないかと、心配しておられるのです。しかし、あなたがあの歌を忘れているはずはありません。のちに海で溺れて亡くなったあなたの弟御《おとうとご》のアランがまだ赤ん坊のとき、あなたの母上がいつも揺籃のそばでうたっておられました。わたしはあのころのあなたを、いまでもよくおぼえています。古い長持寝台の下段が、あなたの寝台になっていましたね。そこからいつも、巣のひな鳥のように小さな頭を出して、あなたはあの歌を母上についてうたいながら、いつのまにか眠《ね》入っているのでした」。

今度はビュードックのいうことが分かったが、アンヌは相変わらず黙っていた。涙が眼にこみ上げてきた。母が幼いアランにうたってやったあの美しい子守歌——それを、こともあろうに人殺し王の子供にうたってやれなんて!わたしには、とてもうたえない。一体、ビュードックとしたことが、どうしてこんなことをいえるのであろうか。してみると、ビュードックはやはり裏切者なのだろうか。彼女の子供のような顔が、にわかに硬い、きびしい表情にかわった。王妃はそれを見て、愕然とした。その様子は、施物をもとめる市井の貧しい女と少しもちがわなくなった。

「ああ、この女は子供のためにうたってはくれない！　きっとそうにちがいない！　ビュードック殿、もう一度アンヌと話してください。よく頼んでください。わたしを可哀そうだとおもってほしいって」。

「アンヌ、王妃のおっしゃることは、もう分かったでしょう」と、ビュードックはいった。

「しかし、あなたはまだ、わたしのいうことが分かっていないらしい。あなたは、人殺し王の子供だからというので、歌うのをいやがっていらっしゃる。しかし、そうだからこそ、歌わなくてはならないのです。のちに海で溺れて亡くなった弟御《おとうとご》のアランのことを、もう一度考えてごらんなさい。海に溺れて死ぬすべての人間の耳もとで、死神が歌をうたって聞かせます。その歌は、赤ん坊のころ母がうたってくれた子守歌で、死神が盗み聞きしておいたのです。ええ、それは、あの子守歌とおなじ歌なのです。まったく一緒なのです。あなたの大祖母さまのアヴォワーズ夫人は、あの歌をご存じでした。あなたも知っているはずです、アンヌ。歌の初めを聞くと、安らかに眠《ね》入って、最後まで聞くと、もうそのまま目がさめないのです。だから、あなたは王妃の子供に最後までうたって聞かせるのです！　あなたは、あの歌の初めを知っていらっしゃる。初めと終りは一緒です。そして、揺籃と波浪《なみ》――これもおなじものです。さあ、もうこれで分かりましたか。あなたは――あなたは――あなたは……」。またしても、あの低い歓びの声がこみ上ってきて、かれの言葉をつまらせてしまったようであった。しかし、今度はアンヌもその意味が分かった。海は答えてくれたのだ。海は裁きを下したのだ。海はこの子供を求めているのだ。ほんとうに、海は義《ただ》しい。海はほとんど神のようだ！　――アンヌは、一瞬のあいだ、祈りをささげる人のように、静かにしていた。それから、おもむろに頚と手から王妃のくれた鎖と腕環をはずし、船の手摺のところに歩みよって、二つのものを海のなかに投げこんだ。その顔は、海のように白く、不動の静けさをたたえていた。王妃には一瞥もくれず、海の方にだけ眼を向けていた。「では、うたいましょう」と、彼女はいった。

　ところが、若い王妃は急に不安の色をうかべて、「ビュードック殿、アンヌはなぜわたしの鎖や腕環をはずしたのでしょう」と、心配そうに訊ねた。「鎖は人をつなぎとめておくものです。わたしは、あの鎖でアンヌをわたしにつなぎとめておこうとおもったのです。だのに、どうして海にあたえてしまったのでしょう。もしや、海とつながりを持とうとしているのではないでしょうか」。

ビュードックは簡単に、ブルターニュの子守歌をうたうときには、習慣上こうしなくてはならないのだろうとおもいます、とだけ答えた。しかし、王妃は安心できなかった。「それでは、歌をうたっているとき、この女は海とつながりを持っているわけですね！」と、息をはずませて叫んだ。「しかし、海はわたしたちの敵です。海は残酷です。海は、わたしの病気の子供をしっかりととらえて放してくれません。わたしたちは、この子をイギリスへ連れて帰ることができません。この女は、一体、海とどんなつながりを持っているのでしょう」。王妃は、さぐるようにアンヌ・ド・ヴィトレの眼をのぞきこんだ。

アンヌはすでに船の手摺のところから戻って来て、幕屋のほの暗い入口のところに立っていた。しずまり返った海原の白いひかりが、銀尖筆で描かれた背景のように、彼女の姿を後ろからとり囲んでいた。その姿は、もう久しい以前、イギリス人たちに身柄を引き渡された少女のころとおなじように、相変わらず細く、哀しいほど固かった。アンヌはすでに女としての最初の成熟期を迎えていたにもかかわらず、乙女の花をまだ十分ひらいていないように見えた。それに、この異郷にあって、どうして花をひらくことができようか。アンヌの生命は、いわば枯死していたのだから。王妃の白粉気の失せた小さな顔は、突然、眼がなにかを見抜いたような表情をおびた。まるで今日はじめてアンヌ・ド・ヴィトレを知ったかのような眼の色であった。

そのあいだにビュードックは女官たちに、アンヌが歌いはじめたら、みんな一斉に幕屋から出てゆくように、そして、王妃も一緒におつれするように、といい含めておいた。しかし、王妃はためらった。「いいえ、いいえ、わたしは出てゆきません。アンヌが歌っているあいだ、わたしもここに残っているのです。この女が海とつながりを持っているかぎり、子供と二人きりにしておくことはできません！」。その声は、アンヌをおそれているとしか聞こえなかった。

女官たちは、つとめて微笑を浮かべようとした。なかでも一番年長の、王家と縁つづきにあたる女官が王妃にむかって、アンヌは、こちらから熱心に頼んだことを、果たそうとしているにすぎないのです。だから、こちらでもアンヌを信頼してやって、ブルターニュの習慣に決められた通りに振る舞わなくてはなりません。それにまた、自分たちまで眠ってしまわないためにも、出てゆかなくてはいけないでしょう、と説きすすめるようにいった。

若い王妃は、信頼という言葉をきいて、突然身ぶるいしはじめた。黄金の頭巾の縁をかざっている銀の小板が、風にふかれる白揚樹の葉のように、かすかな音をたてて鳴った。彼女はアンヌの若い、孤独な顔をじっと見つめた――この哀しいほど愛くるしい面立ちの奥にある、おそろしいメドゥーサの顔をさぐりあてようとでもするかのように。「でも、わたしは、この女を信頼することはできません」と、彼女はさけんだ。「さあ、よくこの女を見てごらんなさい。わたしたちは、まだ一度もこの女をほんとうに見たことがないのです」。

女官たちは、またも宥《なだ》めるように微笑をうかべた。王家と縁つづきの老女官は、さきほどの説得をふたたびくり返して、アンヌはこんなに優しく、無邪気そうに見えるのに、王妃さまはどうして王子をおまかせにならないのですか。このアンヌ自身からしてが、ほとんどまだ子供のようではありませんか、といった。

「ええ、だからこそまかせられないのです、だからこそ――」と、王妃は口ごもりながらいった。「一体、あなたたちには分からないのですか。この女は、幼い子供というものがどういうものか、知らないのです。だから、こわいのです。この女は良人《おっと》を持ったこともなければ、子供を持ったこともない。いいえ、生命をさえ持っていないし、また、持とうともしていないのです。自分の生命を一人の男にあたえてしまったのです。しかも、その男はもう生きてはいない……」。最後の数語は、まるで吐息のように彼女の唇からつぶやかれた。だれもその意味が分からなかった。

王妃は、いまではもうすっかり我を忘れていた。「でも、あなたたちも、分からないではすまないのです。わたしの気持を分かってくれなくてはならないのです！　だって、みんなも知ってのように、ブルターニュ人たちの子守歌は、人を殺すこともできるのです。あなたたちは、あのロー城のイギリスの駐留隊のことを、もう忘れたのですか」。

うわべの笑いを作る女官たちの顔も、突然その微笑をわすれてしまった。王家の身内の老女官は、娘をいたわる母親のような仕草をして、王妃さまはどうしてそんないい方ばかりなさるのでしょう。そんな風にアンヌ・ド・ヴィトレを侮辱なさるものではありません。罪のない子供を殺すなんて、だれがそんな恐ろしいことを致しましょう、といった。

若い王妃は、不意に囁くような声になって、「いいえ、いいえ、子供を殺すようなことだってしかねません。このごろでは、人間はもうどんなことでも平気でやってのけます。あなたたちだって、よく知っているではありませんか。

いいえ、宮廷じゅうのものが知っています。ルーアンにいた者なら、だれでも知っているはずです。しらばっくれても駄目です。ああ、でも、あのことは、わたしの口からはいえない！　なんだって、わたしにあのことばかり訊ねるのでしょう」。

女官たちの顔は、脂粉の下で真蒼になっていた。もしや王妃さまは、あのブルターニュの幼い大公のことをおっしゃっているのではなかろうか。大公はまだ少年だった。いいえ、ほとんど子供のようだったが……。女官たちは、たがいに顔を見合わす勇気もなかった。というのは、相手がどこまであの秘密を知っているか、たがいに分からなかったからである。それほどあの殺害のことは固い秘密になっていたのである。――しばらくは、外の海でさえ息をとめたかのような静寂がつづいた。ふと女官たちは、背すじの寒い思いがしはじめた。虚礼になずんだその薄べったい顔が、途方にくれた表情をおび、幕屋の外でだれかが窺っているかのように、うしろをふり返った。ただ、王家の身内の老女官の善良で単純な眼だけは、相変わらず無邪気そうな色を浮かべていた。年老いた人びとには、近ごろの世の残忍さが想像もつかないのである！　彼女はなだめるように、王妃さまは、一体、なにを訊ねられているとお思いなのでしょうか。女官のうちには、だれもお訊ねしたものがありませんし、ビュードックも、アンヌもなにも訊ねてはいません。そのほかには、だれもここにはいないのです。訊ねられたとおっしゃるのは、王妃さまの気の迷いなのです、といった。

「いいえ、先刻からずっと、だれかがわたしに訊ねているのです」と、王妃は囁くようにいった。「あなたたちは、気がつきませんか。ここは、まるで法廷にいるようです。法廷で訊問を受けているのです。法廷で慈悲を得ようとおもったら、みずからすすんで自白をしなくてはなりません。しかし、わたしには、なにを自白することがありましょう。だって、わたしの子供がなぜ眠れなくなったのか、わたしには分からないからです。それに、そのことをもうこれ以上訊かれるのはいやです。幼い子供が眠れなくなる――これはとても恐ろしいことです。普通ならば、眠りを得られないのは犯罪者だけです。しかし、あの子がどんな罪を犯したというのでしょう。あの子が眠れないのは、きっとなにかの間違いにちがいありません！　ビュードック殿、これはなにかの間違いだったと、アンヌにいってください。ええ、もう歌ってもらうにはおよびません。わたしが自分で歌います！」。

「アンヌ」と、ビュードックが口を切った。「海はどうやら、あなたが海の判決を執行する前に、王妃自身の口から告白をもとめているようです。しかし、王妃はなかなか切り出せないのです。どうか、もうしばらく待ってやってください」。

アンヌは先刻からずっと立ちつくしたまま、想いを凝らして、これからうたう歌にこころを集中していた。彼女がそれを聞いたのは、もうずいぶん昔のことであった。だから、想い出すには、全力をかたむけなくてはならなかった。周囲の出来事に注意をはらっている余裕などなかった。――いま、ビュードックに話しかけられて、彼女ははじめて面をあげた。その静かな顔のなかには、驚きの色が浮かんだ。あのあでやかな王妃はどこへいってしまったのだろう。ブルターニュの幼い大公の身の上にかんして大きな恐ろしい沈黙がはじまったころ、ルーアンで晴れやかな宮居《みやい》をしていた、あのあでやかな王妃はどこへいってしまったのだろう。アンヌが大公のことを心配げに訊ねても、いつも笑って質問をはぐらかしてばかりいた、あのおめかし屋の王妃は？　それから、この御座船へ移ってきてからも、まだあんなに愛想のよかった、あのお世辞の上手な王妃は？　いま突然眼の前にあるのは、海に洗われた渚の小石のように、なに一つ隠すところのない、小さな、とり乱した、絶望の顔にすぎない。ほんとうに、海の上では、あらゆる物事があからさまになってしまう！　――アンヌは、もはやひと言もいうことはなかった。待ちましょう、とビュードックにうなずいて見せた。どうして待つのをこばめよう。海も待っているのだから。海は決して急がない。海は永遠の呼吸をもっている。海は、ほとんど神のようだ。だれも海と永遠から遁れることはできない。

そのとき、外でかすかな息づかいの音がきこえた。潮が動き出したにちがいない。海が裁判官の席につこうとするのかもしれない。アンヌ・ド・ヴィトレは、真夜中だというのに、突然あたりがふしぎに明るくなりはじめたような気がした。――そのあいだに、王妃の方は揺籃のそばに腰を下ろして、貧弱な、かぼそい声で歌いはじめた。しかし、その節まわしはしどろもどろで、文句も脈絡がつかず、意味をなさなかった。あきらかに、歌い間違っているのだった。王妃はちゃんと歌いはじめたつもりなのに、どうもその小さな歌の方が口を出るまでに順序を乱してしまうらしかった。突然、王妃は歌うのをやめて、早口にいった。

「まあ、これはなんとしたことでしょう。部屋のなかがこんなに明るくなってきて……しかも、王子は眠ろうとしている！　天幕をしめてやらなくては！」。そういってふり向いた王妃の視線は、相変わらず入口のところに立っていたアンヌの上に落ちた。アンヌの姿は、さきほどのように軟らかい銀尖筆でかこまれてはいず、星のひかりにくまどられているかのようだった。背後の海が、輝き出していたのであった。それを見て、王妃はあっと叫び声をあげて、身をもって子供を庇わねばならないもののように、揺籃の上にからだを投げ伏せた。「どうしてこの女はまだそこにいるのです」と、彼女は啜り泣きながらさけんだ。「どうして出て行かないのです。さっき伝えてもらったはずではありませんか——王子はひとりで眠れるって。ええ、もうきっと眠っているにちがいありません。そら、ごらんなさい……」。彼女はそういいながら、ふるえる手で揺籃のとばりをあげた。もうそのころには、あたりがすっかり明るくなって、まるで海が本当に船の上へあがって来て、幕屋のなかまではいって来たようであった。幕屋の隅々まで見分けられ、とばりをかかげられた揺籃の白い薄明かりのなかには、幼い王子の荘重な顔が認められた。うら若い乳母が、突然大きな声をあげて、見さかいもなく啜り泣きはじめた。女官たちも泣き出した。ただ一人、王妃だけは、塩の柱に化したようにじっと坐ったまま、わが子の大きく見ひらかれた眼を、涙もなく凝視していた。

ついに、王家の身内の老女官が王妃の肩に手をおき、思いやりをこめていった。「王妃さま、アンヌ・ド・ヴィトレはまだそこにいます。信じておまかせなさい。幼い王子が眠れなくなったのは、決して間違いではなかったのです」。

王妃はそれには答えないで、低い声でひとり言を呟きはじめた。だれにむかって話しているのか、だれにも分からなかった。それは、眼に見えぬ聴罪師にむかって懺悔をしているかのようであった。「そうです。王子が眠れなくなったのは、間違いではありません。なぜ間違いでないか、それもわたしにはよく分かっています。子供を殺すことほど、この世に非道なことはありません。しかも、わたしたちは子供を殺したのです。犯罪にたいして口を噤むのは、それに同意したのとおなじです。ところが、わたしは口を噤んでいました。わたしたちのだれもが、宮廷じゅうのものが、黙って見ぬふりをしていたのです。それが天人とも許さぬ非道な行いだということを、わたしたちは黙っていたのです。わたしたちは、まるでなにもなかったような顔をして、食べたり飲んだりしました。お化粧やおめかしをしました。冗談をいったり、踊ったりしました。いいえ、それどころか、眠りさえしました！　わたしたちはよく眠りました。ルーアンにはもう一人として安らかに眠れる人間がいなかったというのが本当なはずだったのに、なんということでしょう、わたしたちは眠ることができたのです。どうして眠れないはずがあったでしょう。わたしたちを起こしてくれることのできるような裁判官は、もうどこにもいなかったのですから。裁判官たちも眠っていたのです。いいえ、眠らせられたのです。眠ることを命ぜられたのです。ただわたしの子供だけが、突然眠れなくなったのです！」。王妃は、いままで周囲のことをすっかり忘れはてていたもののように、あたりを見廻した。

女官たちは、いつのまにか足音を忍ばせて、つぎつぎに幕屋から出てしまっていた。王家の身内の女官も、うろたえたような恰好で引退《ひきさが》ってしまっていた。まだそこに残っているのは、アンヌだけだった。それから、幕屋の奥には、ビュードックがいた。かれの顔は、この明るい場所にただ一つ残っている暗黒のように見えた。王妃はかれに気がつかなかった。彼女は、いまにも苦悶のあまり絶叫をしようとするかのように、頭をうしろにのけ反らせていた。すると、黄金の垂れつき頭巾がうなじのあたりに辷《すべ》りおち、ばらばらにとけたブロンドの髪が顔のまわりに落ちかかったので、まるで猩々のようになった。王妃は身を起こすと、アンヌの方へ二、三歩近よった。それは、アンヌの前に身を投げ伏せようとするかのように見えたが、同時に、その全存在がおのれの生命の本源から立ち上って、アンヌに挑《いど》みかかろうとするかのようでもあった。その小さな、人形のような顔、白粉気も装身具もなくなって二重にみすぼらしかった顔は、いまやおのれ自身の本源の像に圧倒され消し去られて、もうどこにもなくなっていた。彼女はもはや彼女自身ではなかった。自然の名づけがたい母胎から出てきた、母性という巨大な力の一部にすぎなかった。「アンヌ」と、彼女は叫んだ。「あなたが海とつながりを持っていることを、わたしは知っています。あなたがたブルターニュ人は海をあがめて、海は義《ただ》しい、海はほとんど神のようだ、といっています。その海の裁きに、わたしは服しましょう。しかし、どんな裁判官の前でも、慈悲を乞うことは許されています。どうかわたしを殺して、子供を助けてください！　コーンウォールへ着いたら、わたしは誓ってあなたのもとに出向きましょう。そしたら、好きなときに、好きなところで、歌ってください。ブリストルのお城の鍵をあなたに渡しましょう。そして、あなたの大祖母のアヴォワーズ夫人がロー城でなさったように、あなたがお城のすべての廊下を夜歩きまわってもよいようにしましょう。わたしは、部屋の前の廊下にあなたの歌声がきこえたら、みずからすすんで扉をあけて、もう聞く力をうしなうまで耳をかたむけましょう。いいえ、向こうへ着いたら姿をくらましてしまうだろうなどとおもわないでください。アンヌ、子供を持ったことのないあなたには、わたしの気持が分からないかもしれません。しかし、わたしの言葉は信じてください。このような可愛い子供のために死ぬのは、決してむずかしいことではないのです。本当です。わたしは、すでに一度、この子のために死んだも同然になったことがあります。それは、この子を産んだときでした。だから、アンヌ、どうかわたしのいうことを信じてください。お願いですから――」。王妃は、アンヌに自分の言葉が通じないのだということも、すっかり忘れてしまっていた。

アンヌは、王妃が子供の命を救おうとして躍起になっているのだということが、おぼろげながら察せられた。アンヌの若い、打ち解けない顔が、ふたたび容赦ない厳しさをおびた。彼女は、拒絶するように眼をとじた。いまや、彼女はすっかりあの歌にこころを集中していた。遠くから故郷の美しい泉のせせらぎが聞こえてくるような気がした。それから、魔法使のメルリンの森のざわめきが……死神が海底に沈みゆく舟人たちの耳に、母たちの子守歌をささやいて聞かせる岩岸《いわぎし》の波の音が……。そして、いつのまにかアンヌは、あのロー城の大きな薄暗い部屋のなかへ足をふみ入れているのであった――むかしの死者たちがときおり戻ってくるときのように、いや、死神がアランの揺籃のそばで子守歌をぬすみ聞こうとして這入《はい》ってきたときのように、音もなく。すると、死神とおなじように、アンヌにも母のうたうあの甘美な子守歌が聞こえてきた。胸が高鳴りはじめた。突然彼女は、自分自身の生命によみがえったような気がした。いまにアランの姿も見えるだろう。アンヌの若い、きびしい顔は、いいようもなく優しくなった。

王妃は、片時もアンヌから眼をはなさなかった。ふと安堵の息に似たものが、その全身をはしったかとおもうと、アンヌの両手をとって、揺籃のそばへ引っぱっていった。アンヌは唇の上に、姉のようにやさしい接吻を感じ、遠ざかりゆく衣ずれの音を聞いた。彼女はしばらくのあいだ、夢が白みはじめて、やがて目ざめることに逆らおうとする眠れる人のように、じっと動かずにいた。やがて、王妃が自分を王子と二人きりにして出ていったのだということがわかった。ついに時が来たのだ。彼女は眼をあけようとはせず、一心に両手をくみ合わせた。そのすがたは、ふたたび祈りをささげる人の姿に似た。そして、歌いはじめた。

彼女の声は、最初は、ひどく臆したようであった。歌詞なしで、節ふしだけを低くうたっていた。それは、やさしくせせらぎながら流れ去っては、たえず初めにもどってくる旋律だった。それを聞いていると、寄せては返す渚のさざなみが小舟をかるく揺すぶっているかのようであった。やがて、しかし、メロディーのなかから歌詞が、素朴な韻をふんだあどけない歌詞がおのずと浮かびあがって来た。アンヌは、母がそれを歌ってきかせてくれているのだとおもった。自分の声がいつのまにか母の声そっくりになっていたことを、彼女は知らなかった。イギリス人たちのもとに連れ去られて以来、一度も歌をうたったことがなかったので、もう自分の声を忘れていたのである。彼女は、母が歌っているのだとばかりおもいこんでいた。彼女は、いまふたたび、ロー城の大きな長持寝台にねているのだった。母が幼い弟のアランを歌いながらねかせつけているのだから、ただそれに声を合わせさえすればよかった。

アランがねつくと、母は、子供のそばに附添ってもらうために、老女中のエノーラをよびに出ていった。エノーラが来るまでのあいだ、アンヌは幼い弟と二人きりになった。こういうとき、アンヌはアランの小さなお母さまになってやれるのだった。アランには、こうしてやることが必要だ。だって、アランはこんなに小さいんだもの。アランは薔薇いろの頬をして、健康そのものであったけれども、なぜかアンヌはこの小さな弟を見ると、いつもいとおしいような不憫さにおそわれるのだった。こんな小さな子供には、いつなんどき事が起こるか分からない。アンヌは片時もアランから眼をはなせなかった。いっそのこと、かれを腕にとって、胸に抱きしめてやりたかった。しかし、これは、母とエノーラから禁じられていた。アンヌ自身がまだ小さくて、アランを落としでもしては大変だからである。「でも、わたしが大きくなったら」と、アンヌはせがむのだった。「大きくなったら、アランを抱いてもいいでしょ？」。すると、エノーラは、「お嬢さまが大きくおなりに遊ばしたら、御自分でお産みになったお子さまをお抱きになるのです」と答えた。――アランが眠《ね》入るまで、よく長いことかかることがあった。アランは赤ん坊のころから、ときどき手に負えないむずかり屋だった。なんどもくり返して、最初から歌い直さなくてはならなかった。小舟をゆさぶる渚のさざ波のように飽くことなく……。アンヌはふと、自分の横にある長持寝台の上におかれた揺籃が、渚の小舟のようにかすかに揺れるのが感じられるようにおもった。しかし、どうやらもうアランの小さな、力づよい寝息が聞こえ出すころではなかろうか。ああ、あのおだやかな、無邪気な鼻息、あれを聞くと、いつもはげしい愛情にみたされるのだったが……。アンヌは、歌うのをやめて、耳をすました。すると、歌っていたのは自分一人だったことに、気がついた。母はもうきっと、エノーラを呼びに出ていったのにちがいない。自分とアランと二人きりなのだ。自分の高い臥床の上に立ちあがると、アンヌは長持寝台にいるアランの顔をまともに見下ろすことができるのだった。アランはいつも、いかにも力があるぞといわんばかりに、がっちりした小さな拳《こぶし》を薔薇いろの顔の両横ににぎりしめて、可愛い寝顔を見せていた。その恰好が見るからにほおえましくて、アンヌはおもわず笑い出さずにはおれなかった。こんなときのアランの顔をながめながら、自分が守っていてやるのだと思うのは、いつも愉しい気持だった。アンヌはふと眼をあけて、かがみこんだ。すると、すぐ眼の先に、りんぼくの花のように真白い揺籃が見えた。なかには、アランが寝ていた。しかし、このアランは薔薇いろの頬をしていなかった。小さな拳《こぶし》もにぎりしめてはいない。アランは――ああ、なんとしたことだろう、これはアランではない。これは、海が生命を求めている、あの眠りをうしなった王子ではないか。アンヌは、愕然として、王子をながめた。王子の顔は、揺籃にかけられたヴェールのように白かった。髪の毛は、不安と汗とのためにねっとりと額にこびりつき、口もとは耐えてきた苦悩のためにゆがんでいた。しかし、それらすべてにもかかわらず、その小さな顔には、なにか快げな安らかさがあふれていた。そして、ほとんど聞こえぬくらいの、しかし、おだやかな、静かな息づかいをしながら、眼をつむっていた。眠っている！　アンヌの歌で眠ったのだ！　アンヌは、奇妙なこころの乱れを感じた。アランの顔を眺めたときとおなじ、あのいとおしいような不憫さに突然またおそわれたのだった。この子がだれであるかということすら、すっかりわすれてしまった。彼女にわかったのは、この子がアランよりずっと小さく、ずっと守ってやる必要があるということだけであった。見ていればいるほど、不憫におもえてならなかった。彼女は、むかしいつもアランをそうしたいとのぞんだように、いまこの子を、腕に抱いてやりたいとおもった。どうして抱いていけないことがあろう。だれも妨げることはできないはずだ。だって、わたしはもう大きくなったのだから……。「お嬢さまが大きくおなりあそばしたら」と、むかしエノーラがいったっけ。「大きくおなりあそばしたら、御自分でお産みになったお子さまをお抱きになるのです」――アンヌは、突然、はげしい悲しみをおぼえた。これで二度、あのつましい故郷のすべての愛すべきものたちから引きはなされたかのような気がした。いや、おのれのいと深い存在の根源の土地から引きはなされたような……なぜなら、自分がいまここに立っているのは、子供を産むためではなく、殺すためなのだから。彼女は、慄然として、子供を見つめた。この子を殺すのは、そう長くはかかるまい。大祖母のアヴォワーズ夫人がロー城のイギリスの駐留隊を眠りこませるのにかかったほど、長くはかからないだろう。この王子は、こんなに小さくて、弱々しいのだもの。もうすこし歌いつづけたら、息が聞こえなくなるだろう。さらにすこし歌いつづけたら、息がとまるだろう。そして、さらにもうすこし歌いつづけたら、すっかりこと切れてしまうだろう。このやさしい、夢みるようなメロディーに眠らされ、そして、流し去られてしまうだろう。このメロディーは、小舟をゆすぶる渚のさざ波の音のようにあどけないけれども、そのさざ波とおなじように、あの底しれぬ深みに近いのだから――ちょうど、眠りが死に近いのとおなじように、近いのだから。眠りと死、それはもうおなじ名前で呼んでいいくらいに近い……。

そのとき、眠っていた子供が、不意に泣き出した。アランも甘美な眠りのさなかに、よくこんな風にものにおびえたように泣き出すことがあった。あれは、もしかしたら、自分の揺籃のそばに立っている死神の眼差しをふと感じたのだったかもしれない……アンヌは、思わず二、三歩あとずさった。すると、掛布団が揺籃から半分ほどずり落ちているのが分かった。彼女はまた近よって、それをそっと上に引きあげてやった。しばらくすると、子供はまた泣いた。アンヌは、目をさまさないように、気をくばらなくてはならなかった。ところが、そのとき子供はもう目をさましてしまっていた。しばらくのあいだ、アンヌは不気味なほど大きな、荘重な子供の眼に見入っていた。彼女には、この小さな生命がすでにおのれの運命を知っているかのようにおもえた。彼女は、ふとブルターニュの幼い大公のことを想い出した。あの大公も、最期の瞬間には、おそらくこんな眼つきで人殺しの王を見つめたにちがいない。彼女はさっと蒼くなって、顔を海の方にそむけた。それはまるで、さっき王妃の装身具をかなぐり棄てたように、この揺籃のなかの姿をはらいのけようとでもするかのようであった。彼女はふたたび手をあわせて、歌いはじめた。

彼女の声は、先刻よりもまだもっと低かった。そして、なにかひたむきな、祈るような調子、いや、ほとんど哀求するような調子がこもっていた。海に助力を乞い求めているかに見えた。しかし、歌いながら海を見ることはできなかった。彼女は、あらためて眼をとじた。すると、ふたたび両親の家の薄暗い部屋のなかにいるのであった。しかし、母の甘美な歌声はもう聞こえてこなかった。今度聞こえてきたのは、あの夜、ロー城のイギリスの駐留隊に歌ってきかせたアヴォワーズ大祖母の声であった。あのとき、老女中のエノーラがアンヌの耳に蝋をつめておいたにもかかわらず、彼女は目をさましていた。あの晩、イギリス人たちと一緒に眠りこんでしまわないように、お城の人びとはみな蝋を耳につめていた。しかし、アンヌは耳の蝋をすこしゆるめておいたのだった。そして、アヴォワーズ夫人が城のなかを歩き廻りながら、彼女の部屋の戸口を通りすぎるたびに、アンヌはしばらくの間その声を聞くことができたのであった。その声は、この老婦人の頭にかがやく銀髪のように、軽やかで明るかった。こんな軽やかな、明るい声が沢山の屈強な男たちを倒すことができるとは、まるで嘘のようにおもえた。――朝方になって、エノーラが部屋の扉をすこしあけておいたので、その細い隙間から、朝まだきのくすんだ光のなかに、男たちのむき出しの腕が見えた。この男たちは、万一イギリス人たちの一人でもが寝床からよろめき出て来ようものなら、たちどころに刺し殺してしまおうと、抜身の剣をひっさげて夫人のあとから忍び足でついてゆくのだった。しかし、一人としてよろめき出てくるものはなかった。男たちは、勝利の歓声をやっとのことでおし殺しているかのような、荒々しい、陰惨な喜びを顔に浮かべていた。しかし、アヴォワーズ夫人の顔には、勝利の歓びなぞどこにもなく、静かで、神秘めかしく、澄みきっていた。それにもかかわらず、アンヌには、この顔の方が男たちの顔よりもずっと恐ろしくおもわれた。当時は、それがなぜであるか分からなかった。しかし、いまの彼女には分かった。なぜなら、女というものは、死の手先になることはできないのだから。女は、生命をあたえるために、この世に存在するのだから！　彼女は、みずからの本性のあらゆる深底から、みずからの血のすべての源から、なにかいいようもなくやわらかな、おだやかな、しかし、同時に非常につよい欲求が頭をもたげてくるのを感じた。いや、それはもう無法なまでに烈しい、打ち克ちがたい欲求であった。アンヌはそれから遁れるように、わななきながら幕屋の入口の方へあとずさっていった。唇に海の塩の味が感じられた。しかし、船の手摺の方に近づくにしたがって、この欲求は益々のがれがたく募《つの》るばかりであった。彼女は、とじた瞼をとおして海に自分の内奥を照らし出されるような気がした。先刻王妃が罪の告白をしたときの幕屋のなかとおなじように、アンヌの内奥も透きとおるばかりに明るくなった。自分の存在の最後の片隅まで、あますところなく見極めることができるようであった。彼女は、突然、もう歌いつづけられなくなった。海はいまや、彼女をも法廷に引き出したかのようであった。――アンヌは跪いて、海の憐みを乞おうとした。しかし、子供のことが心配なあまり、もうそれさえもできなかった。ただもう自分自身の憐みごころのなかへ逃げるしかほかはなかった。揺籃の子供のところへ逃げるしかほかはなかった。

子供は、はっとするほど静かであった。生きているかどうかを確かめるために、アンヌは今度こそ本当に腕に抱いてみなくてはならなかった。彼女は、ふるえながら子供を腕にとった。子供は、生まれたばかりの赤ん坊のように軽かった。アンヌにとっては、こんな小さな子供を抱くのははじめてであった。子供の小さな身体のぬくもりが自分のからだに伝わってきて、彼女はおもわず息をのんだ。この子は息をしている。この子は眠っている。ただ前よりもずっと深く！　アンヌは、まるで自分が死の苦しみから救われたように、いいしれぬ喜びを感じた。「きっとこんな気持なのにちがいない」と、彼女はおもった。「子供を産んだときは、きっとこんな気持がするにちがいない」。するると、あのエノーラの言葉が、ふたたび想い出された。しかし、いまはその想い出に、なにかいままで知らなかった甘美さがまじっていた。「わたしはこの子に生命をあたえたのだ」と、彼女はおもいつづけた。「わたしがこの子を産んだのだ。この子は眠っている。この子は健康になった。この子は助かったのだ」――彼女は、みずからの生の意義を充たしたかのような、深い安らぎをおぼえた。「わたしがこの子に生命をあたえたのだ。わたしがこの子を産んだのだ」と、彼女はいつまでもこの言葉をくり返していた。ほかのすべてのことを忘れ去り、まるでこの世に子供と二人きりでいるかのようであった。

しかし、束の間に彼女の意識は現実に返り、自分が子供と二人きりでいるのではないことを悟った。そして、いきなり想い出されたのは、ビュードックのことであった。すると、案の定、幕屋の奥からビュードックの姿が忽然と浮び出てきた。かれはひと言もいわずに、ただじっとアンヌを見つめた――先刻からずっと彼女を片時も眼からはなしたことがなかったかのように。「なんのご用ですの」と、彼女は訊ねようとした。しかし、それは聞くまでもなく分かっていた。彼女はふたたびかれの眼の奥に、変わることなき狂暴な忠節心の底しれぬ深淵を見た。その眼は、「あなたは、終りまで歌わないのですか」と訊ねていた。

アンヌは黙って頭をふると、子供をひしと胸に抱きしめた。ビュードックのいろ黒い顔は、苦痛と怒りにみちた失望のあまり蒼くなった。かれはアンヌのすぐそばまでつめ寄った。その息がアンヌの顔にかかった。「アンヌ」と、かれは囁いた。「あなたも知ってのように、海で溺死する運命に生まれついたすべての人間の揺籃のそばには、死神が立つ。死神が弟御《おとうとご》のアランのところへやって来たとき、あなたはまだ子供だった。死神はアランのためにだけ歌をぬすみ聞いたのだと、あなたは信じきれますか」。かれの言葉には、抑えられた脅迫がこもっていた。アンヌはそれを直ちに悟った。ふと、ビュードックのむき出しの腕が眼にうつった。先刻、このたくましい腕に小舟から抱きあげられたとき、この男は自分を復讐の歓呼のように空たかく放りあげようというつもりなのだろうか、それとも海に投げこもうとするのではあるまいかと、戸惑いを感じたのだった。しかし、ふしぎなことに、いまはなんの恐怖も感じなかった。ビュードックに自分をどうする力もないような気がした。彼女は微笑んだ。そして、突然、死神のことなぞ信じなくなった。

ビュードックは、まじろぎもせずに彼女を見つめた。アンヌはかれに、「あなたは、終りまで歌わないのですか」と最終的に問われているのを感じた。ふたたび彼女は頭をふって、子供を抱きしめた。ビュードックは、さらにひときわ蒼くなった。かれのいろ黒い顔がこんなにまで蒼ざめようとは、アンヌは思いもかけなかった。かれはゆっくりと幕屋の入口に近づいて、上にむすびつけてあった帆布を下ろした。二人のまわりには、ほとんど明かりがなくなった。アンヌにはもうビュードックの姿が見えなかった。しかし、なにか恐ろしい気配のように、かれのむき出しの腕の接近が感じられた。アンヌはふと、アヴォワーズ夫人のあとから忍び足でついていったあの男たちのことを想い出した。咄嗟に、彼女は確信した――この腕は子供を求めている！　彼女は低い叫びを発して、入口の垂れ布をさっと引きあげるが早いか、子供を抱きしめたまま甲板に走り出た。と、つぎの瞬間には、もう王妃の女官たちにとり巻かれていた。

女官たちは、アンヌの腕から幼い王子を抱きとった。眠っているわが子を見て、若い王妃がかるい歓びの声をあげるのが聞こえた。女官たちも、喜びにはずんだ囁き声を交わしていた。しかし、このおしなべての喜びのなかにあって、だれ一人としてアンヌに注意を払うものはなかった。だって、彼女が産んだのは、彼女が生命をあたえたのは、彼女の子供ではないのだから。それは異国の女の、敵国の女と人殺し王との、子供なのだから。アンヌは、若い乳母が子供を胸にうけ取って、意気揚々と幕屋のなかへ抱いて戻るのを見た。一同もそれにつづいた。アンヌは、うちひらけた星空のもとに、またも一人きりになった――さっき、海にブルターニュの幼い大公のことを訊ねたときとおなじように。しかし、今度は、海が訊ねているのであった！　彼女は申し開きをしなくてはならなかった。さっきは子供をおもう不安のあまり海から逃げたが、いまは海の前に、この神聖な、畏懼《いく》すべき存在の前に出頭しなくてはならなかった。海は、天の河のすべての星々がそこに墜ちたかとおもえるほど、白々と横たわっていた。鉄の掟をうつす鏡のように厳しく、一切を見抜く眼のように湛然と横たわっていた。アンヌはまたも、自分の存在の最後の片隅までくまなく照らし出されるような気がした。彼女は隠れようとはおもわなかった。海を前にして、どこに身をかくすところがあろう。海は神のようなのだから！　アンヌは海に訊ねごとをしたのであった。すると、海は答えてくれた。海は彼女にその判決の、神聖にして義《ただ》しいその判決の執行を、ゆだねたのであった。人殺しの罪は贖いを求めて叫ぶ！　アンヌは、この判決を侵《おか》そうという気は毛頭なかった。彼女は、自分が海にたいして罪を負うていることを、素直に感じた。しかし、悔いは感じなかった。彼女は、自分が海とはちがった別な裁判官に従ったような気がした。この裁判官は、海とおなじように全能で、海とおなじように神聖であるが、海のように義《ただ》しいだけではなく、人間である彼女自身の心とおなじように、憐みをももっているようにおもえた。彼女は、いまや神が人間になったような気がした。

しかし、アンヌには、いま立たされているこの法廷で、いかにしてこのことを主張すればよいか分からなかった。それを海に、この偉大で恐ろしい存在に分からせることができるとは、とても考えられなかった。自分にさえよくは分かっていないのだから！　それに、ブルターニュの幼い大公にかんする殺害の罪の贖いとなるようなものとして、なにを差し出せばよかったであろうか。彼女はそれを知らなかった。無邪気な単純さのために、彼女には身の釈明をすることも、説明をすることもできなかった。できることといえば、ただもう自らを差し出し、身をゆだねることだけであった。子供のように敬虔に、彼女は頭を垂れた。

しばらくすると、すこし離れたところの船べりの上に浮びあがってきたビュードックの色ぐろい顔が見えた。またもやかれが、さきほどその使者となって彼女のところへやって来た深海の怪物のようにおもわれた。かれは甲板に上ると、アンヌの方へ近づいてきた。「小舟の用意ができています、アンヌ・ド・ヴィトレ」と、かれは言葉すくなくいった。「おいでなさい！」。かれの顔には、打ち解けない横柄さがあった。しかし、その声は平静そのもので、ほとんど無関心のようであった。またもやアンヌはなんの恐怖もおぼえないのを感じ、ビュードックには自分をどうする力もないようにおもえた。彼女は、おとなしくかれのあとについて、小舟のつないである舳先《へさき》のところへ行った。小舟は、かるくゆれていた。海が突然やわらかく、よろこばしげに動いたかにみえた。アンヌは額に、そよぎはじめた微かな風の息吹を感じた。白々と朝は明けはじめていた。しかし、まわりの船の上は、まだ死んだように静かに眠っていた。ただ御座船の幕屋のなかからだけは、相変わらず女官たちのうれしげな囁きの合唱が、かすかに洩れてきた。

アンヌを小舟に助け下ろすために、ビュードックは黙って身をかがめた。アンヌは、かれのむき出しの腕に膝を抱きかかえられるのを感じた。と、かれは彼女を上にあげた――またもや、復讐の歓呼を天にむかって放りあげようとするかのように、高々と。しかし、ビュードックにとっては、これが復讐の歓呼なのであった。かれはそれを存分に味わいつくしていた。アンヌは、かれの腕にしっかりと支えられたまま、しばらくは身動きもせずに、洋上を宙に浮いていた。その束の間に、アンヌは水平線を彩《いろど》るあまりに早い曙光の朱色を見、自分を乗せてきた彼方の友船の上に帆が揚げられるのを見た。それは、さながら白鳥が翼をひろげて水上を舞い上がってゆくかのようであった。と、つぎの瞬間、ビュードックが彼女のからだを投げた。水がすさまじい音を立てて頭の上で打ち合った。アンヌは海のなかへ、底なき深みへ落ちていった——あらゆるものがおなじ一つの名前でよばれるあの深みへ。溺死の苦しみがやってきた。突然、だれかの腕に抱きとめられた。助かったのだ！　命をあたえられたのだ！　鳴りざわめく水は、さながら小舟をゆすぶる渚のさざ波のように和いだ。すると、耳もとに一つの声がきこえてきた。それは、むかし幼いアランの揺籃のそばで聞いた母の声のように甘美な声であった。その声は、アンヌが人殺し王の子供にうたってやったのとおなじ歌をうたっていた——そして、最後まで歌った。

ファリナータの娘

Die Tochter Farinatas

シチリア王ホーエンシュタウフェン家マンフレートの戦死からほどなくして、追放されていたフィレンツェの教皇派の主だった者たちが故国へもどって来たとき——モンタルペルトの戦闘後、やはり追放されていた皇帝派がもどって来たときもそうであったが——、教皇派と皇帝派との最後の激突も目前と、だれもが考えた。ところがこのとき、フィレンツェを支配するポポロは、フィレンツェの貴族たちの決戦を未然に抑えこみ、むしろ対立する両派をともども窮地へ追いこむために、絶望的とも見える奇手に出た。すなわち三十六人議会の布告に曰く——過去三代にわたりたがいに血を流しあってきたすべての貴族はいまはその血を混ぜ合わすべしと、婚姻を命じられたのである——ブォンデルモンチ家の子息はアディマーリ家の息女と、ランベルティ家の息女はウバルディーニ家の子息と、ストリマティの男子はデラ・トサの女子と、ウグチオーネの女子はスコラリの男子と、等々。要するに皇帝派の娘と教皇派の息子とが、また教皇派の娘と皇帝派の息子とが結婚することを命じられたのである。人殺しの塔から塔へ、城塞から城塞へ、防壁から防壁へ、つまりこれまでは投石機から打ち出される石つぶてが雨霰と降りそそがれたいたるところで、全市にわたるいわば橋の網がかぶせられ、その橋の上でいまや和睦の口づけが交わされることになったのであり、これまでは死に瀕した仇敵の呻き声を聞いてほくそ笑んだ恐ろしい地下牢への石段の上で、これからは縁を通じ合った貴族の子供たちが、かくれんぼをするようにしようというのである。総督のポポロもこう言った——手のほどこしようのない貴族たちをひとたび親類同士にしてしまえば、両派とも相手から多数の人質を得たも同然だから、どちらも動きはとれまい。憎しみよりいっそう強い血のつながりを破るわけにはいくまいから。

それに対して、哮《たけ》り立つ貴族たちは口々に異議を唱えた——やれうちの未婚の息子たちはもう戦場に葬られてしまったとか、やれ娘の婚礼資金は戦費に消えてしまったとか、年令と持参金からいって手頃な組合せは作れないなどと。だが三十六人議会はこう答えた——貴族たちの言い分は見当違いである。ここで肝心なのは、個々の家の台所が火の車だとか、跡継ぎがなくなるといったことではない。つまり問題はかれらの息子や娘の結婚でもなければ、年令と持参金が見合った組合せでもない。ことは市の存亡がかかっている。ことはフィレンツェの結婚、それも教皇派と皇帝派との結婚である。あなた方に求められているのはひとえにそういう婚姻なのだ。もしこの求めに応じなければ、その家の塔は破壊され、財産は没収され、その名は追放者名簿に記載され、さらにその子供の名前も将来の追放予定者として記され、まだ名前のないその子供の子供も同様に処置される――しかして以上の処置は未来永劫取り消されることがないであろうと。そこでさしもの貴族たちも歯ぎしりしながら、憎たらしいポポロの言い分どおり、強制された結婚の契約を交わさざるを得なかった。

　だがただひとり、皇帝派のウベルティ家と縁組させられることになった教皇派のカヴァルカンティ家の者だけは、むろん内輪のひそひそ話であったが、なあに、おれたちに手出しなどできるものかとうそぶいていた。というのは、カヴァルカンティ家にしてみれば、ほかの貴族たちが口実にして言い立てていたとおりの事情が本当にあったからである。つまり一家の中で未婚の若者といえば、まだ幼児といっていいギドリーノという名の少年ひとりしかいなかったのである。それに対してウベルティ家には、国内和合の大切な保証としてビーチェを嫁がせよと、特に名指しで命じられていた。それはこの娘が、六年前のモンタルペルトの血戦で、当時フィレンツェから追放されていた皇帝派を率い、故郷の町を牛耳っていた教皇派を敗北せしめたあの偉大なファリナータの娘だったからである。ところでそのビーチェはすでに花も羞じらう歳頃であった。だから少年の父親であるカヴァルカンテ・カヴァルカンティは、自分がその坊やの手をひいて総督官邸《バルゲロ》への石段を昇っていくのを、あっけにとられたように眺める見物人たちは――両家は総督官邸《バルゲロ》に出向いて、そこで公証人の前で結婚契約に署名し、公式に婚約を誓うよう指示されていたからだが――きっとウベルティ家の者や、それから三十六人議会へ向かってどっと嘲笑を浴びせるにちがいないと、いまから楽しみにしていた。だがウベルティ家のほうでも見物人の嘲笑を――怒りを抑えながらも――予想した。というのは彼らは、カヴァルカンティ家の幼い息子をだしにして自分たちにとびきりの侮辱を加えようとしたのは、自分たちの頭《かしら》である大ファリナータがすでに二年前からこの世にいないことを自分たちに思い知らせるためなのだと信じていたからである。しかしウベルティ家の者たちは、ファリナータは死んだのちもフィレンツェに生き続け、フィレンツェを支配するだろうと考えていた。なぜならフィレンツェそのものがファリナータのおかげで生きていたからである。それはまさにあのモンタルペルトの血戦のあと、エムポリでの軍事会談で、戦勝の連合軍側であるフィレンツェ、ピサ及びシェナの皇帝派と、それにマンフレート王の騎士団とが、最終的に平和をもたらし、永遠にトスカナを皇帝派のものにするために、敗北した教皇派の都市を完全に破壊することを全会一致で決議したとき、この都市を破滅から救ったのが、ファリナータその人だったからである。

エムポリでのあの日のことについてフィレンツェでは次のように語られている——モンタルペルトでは教皇派がファリナータの剱の前に震えおののいたが、エムポリでは皇帝派がファリナータの心に打たれておののいたと。ファリナータがモンタルペルトで打ちのめした相手は敵方だったが、エムポリで打ちのめした相手は、ともに戦って勝った戦友だった。しかもたったひとりで、自分の心だけを武器に、他の全員に立ち向かったのである。大ファリナータが突然心底をぶちまけ彼らに迫ったとき、彼らの驚愕はいかばかりであったか——それは抜身の剱をふりかざすよりずっとおそろしかったにちがいない。剱がどういうものであるか、剱に何ほどのことができるかは、エムポリに馳せ参じたほどの者ならばみんなよく知っていた。剱で襲ってきたならば、こちらも剱を抜いて打ち返すだけのこと。しかし、それが心に関すること、自分の故郷の町に対する無私の愛だということ、その町に住む無防備の人びとに対する憐れみだとなると、彼らのだれもどうしていいのか分からなかった。彼らはみんな、食うか食われるかの戦いに明け暮れているあいだに、心などは失っていたし、憐れみなどにはとんと縁がなくなっていた。彼らの眼には故郷の町はもう故郷の町ではなかった。彼らに見えるのは教皇派か皇帝派かということだけであった。それだけに、エムポリでの大ファリナータはまさに圧倒的に巨大だった。

たしかにはじめのうち彼らは抵抗し、八方からファリナータに怒号を浴せたという——もしやファリナータは、荒れ果てたフィレンツェで皇帝派に加えられたあの残虐行為を忘れようとでもいうのか。おれたちの仲間が呻吟した身の毛もよだつ牢獄のこと、チァトゥッツォ・ウベルティのおそろしい死やウベルト・カイニの残忍な処刑のこと、それからやつらがおれたちの家と塔を粉微塵にし、おれたちを破門者として追放したばかりか、おれたちの死者を、それがご主君フリードリヒ皇帝ゆえの追放中に死んだのだから、聖なる場所に安らうに価しないという理由で、墓地からひきずり出しさえしたことを、おまえは忘れようというのか。そう叫んだうちのいく人かは——なにしろいまは驕り傲る勝者たちで（そして勝者の驕りはつねに人をそんなふうに短絡的にするものだ）——、ファリナータは多分おれたちに冗談を言っているだけなんだといわんばかりに、哄笑したということである。けれども偉大なファリナータは、生涯でもっとも重大な関頭《かんとう》に立ったそのときに、故郷を思うあまり身も心も打ち震えていたのだった。しかしその笑った者たちもあわてて真顔になった。そのとき突然、見たこともない異様な視線が彼らを射すくめたからである。それは、大ファリナータが、彼の行手に立ちふさがる者に向けるあの危険な眼差しではなかった。その眼差しなら彼らもよく知っていた。しかしいまのこの視線は彼らの知らないものであった。彼らは不意を打たれた。彼らはまるで素裸かにされ、財産を奪われ、爵位を剥ぎとられたかのように狼狽した。突然彼らは、自分たちの一番大事なものを失ったか、それとも自分たちが道端で生まれた寄辺ない人間であるかのような、あわれな存在に思えたのである。それでも彼らは、やはり依然として尊大な、裕福な、身分高い貴紳たちなのだった。

それから、たったひとつ声があがった。それは晴れた空の遠雷のとどろきのごとく、低いがおどろおどろしいひびきであった。すなわち「剃刀」ファリナータは、彼と彼の一門が三年か五年後、場合によっては十年後に破壊された住居からふたたび追い立てられる破目になっても、それは承知の上か。彼の息子や孫たちがウベルト・カイニのように断頭台へ送られてもいいというのか。また彼自身も死んだあとで墓からひきずり出され、屍体をアルノー川〔フィレンツェを通って東へ流れる川〕へ投げこまれてもいいのか。いま彼がこのいまわしい町を徹底的に破壊することに同意しないならば、いま言ったようなことになるのも止むを得ないとしなければなるまい。なぜなら局面がふたたび一変すれば、教皇派が勢いをもりかえすかもしれぬ。さすれば彼ファリナータ自身も、かつて皇帝フリードリヒ側に味方したすべての者たちと同じく、いつか流浪のうちに死ぬことになろうと。

ファリナータはそれに次のごとく答えたという——それも止むを得ぬ、覚悟の上である。自分は故郷の町を見捨てるくらいなら、家族もろとももう一度破門者として町から追放されるほうを望む。故郷の町に死を宣告するより、子や孫が処刑台で果てるほうがよい。フィレンツェが没落するより、自分が一門とともに没落するほうが望ましい。そしてこの言葉を私は誓う。死んだあとでも私はこの誓いを守る。私が故郷の墓穴を掘り、それによってこの地上にそもそも故郷がなくなるくらいなら、私の屍体が墓穴からひきずり出されるほうがましだ。——そこで突然ファリナータは口を閉ざしたが、エムポリの参会者たちには、彼の言葉がその後も迸《ほとばし》りつづけ、それらの言葉が、いまみんなの見ている前で、滔々たる流れの中に呑みこまれ、その流れは彼の目から迸りながら、いま彼の言葉とともに彼ら自身の言葉をも押し流しつつあるような、そんな気がしたのである。彼らはもう次のようにしか言えなかった――「剃刀ファリナータ、あなたはわれわれに勝った。われわれは頭を垂れるしかない。あなたの故郷の町をあなたは好きなようにしてくれ。われわれにはここで判断を下す権利はない。あなたと同じくわれわれも故郷がないからだ」。こうしてこの日エムポリで、敗北のフィレンツェは没落から救われた。ただの一度も剱を交えることなく、ひとえに大ファリナータの偉大な心によって。

総督官邸《バルゲロ》からもどったウベルティ家の者たちの顔には、青白い怒りの色がまだ消えていなかった。彼らやカヴァルカンティ家の者が、ギドリーノはまだほんの鼻垂れ小僧だといくら言ってもだめだったからだ。それに予期した見物人の笑いも起きなかった――ポポロは支配の座につくと、たとえどんな滑稽な判決をする場合でも、つねに謹厳そのものである――それに、自分を笑えるのは偉いさんにきまっている。総督官邸《バルゲロ》で結婚契約に署名したとき、軽蔑的に声に出して、憎しみに煮えくりかえりながらも相ともに笑ったのはカヴァルカンティとウベルティの家の者だけだった。そしていま契約は成り、公式に誓約された。こうなれば彼らの妹ビーチェにもそのことを知らせなければならない。彼らはそれを十分な理由から最後の最後まで引き延ばしてきたのに。

ビーチェは今日もまたサンタ・レパラータ教会にある父の墓に詣でていた。だから兄たちは母のアダレッタを探した。母は、おき忘れられたような小さな彼女の居間にいた。そこは、フィレンツェ中の塔の上に投石機の石つぶてが雨霰と飛びかうたびに、彼女がどうしようもなくて逃げこむ場所であった。彼女のかたわらには、彼女の末子であるが、じつは彼女の孫ではないかとだれもが思ったくらい幼いコンティチーノしかいなかった。アダレッタは彼を産んだとき歳はまだそれほどではなかったのだが、フィレンツェの内戦のほうはけっこう歳をとっており、すでに五度目にこの町に科せられた聖務禁止《インターディクト》〔破門と同じ〕や、皇帝フリードリヒに加担したために夫に下された破門も、ずいぶん前からのことであった。だから大ファリナータが自分を嫁に迎えたとき、じつは自分を地獄へひきずりこんだのだと思ったのも一度や二度ではなかった。なにしろアダレッタは若い頃はたいへん信心深かったから、何もかもけがらわしくって、死んでしまいたいくらいだったのである。彼女が特に腹を立てていたのは、男たちが残忍、無慈悲だということ、だれも平和を作ろうとしないこと、教会すら和解的でなかったことである。そのことが彼女を教会からも人間からも引き離し、彼女を怒りと反抗的態度に走らせ、またそれがくり返し世間が彼女を爪弾きする理由にもなった。それやこれやで彼女の顔からはいっさいの若さと柔軟さが、強い洗剤で洗われたようにきれいさっぱりと失われていた。だから夫が亡くなる前でも彼女の年令を実際の二倍にも三倍にもいうことができたであろう。しかも夫が死んでまだ一年もたたぬうちに、アダレッタを見た人は、人っ子ひとり住んでいないがらんどうの、軽く触れただけで崩れてしまいそうな廃屋を見る思いがした。しかしその廃屋は崩れなかった。何に触れても小揺るぎひとつしなかったからだ。アダレッタは永遠とか来世などを考えることもまったくなかった。彼女の夫は追放中に死んだのだから、もしも永遠の命があるのだとしたら、彼女は夫を探しにもう一度地獄へ行かなければならなかったろう。そんなこと滅相もない。そんなことをしたら苦痛のあまり生きながら身を焼かれるおもいだと彼女は思ったろう。それにもうこの世の地獄でほとんど身を焼かれたも同然だったのだ。そこで彼女は永遠の生命などはないと説く異端であるパタリア派〔たぶんミラノのボロ市に因む俗称。司祭の結婚や聖物売買に対する反対闘争と社会的目標とを結びつけたロンバルジアの民衆運動〕の秘跡に慰めを見出すほかはなかった。しかしこの「慰め」を受ける前は、それがきっと私の喜びになるだろうと思っていたのに、慰めを受けたあとは、あらゆるものが突然意味を失ってしまったかのような気がしただけだった。それ以前は身を焼かれるように思っていたのに、いまはその彼女はずっと凍りついたままだった。――息子たちから、三十六人議会が皇帝派に教皇派の家族との結婚契約に署名することを強制した、ビーチェもその契約に従って結婚させられることになろうと聞かされたときも、アダレッタはまったく無感動のままだった。彼女がほんのわずか体をこわばらせたのは、床にうずくまっていたコンティチーノが突然起き上がって、小さな猛獣のように兄たちにつっかかったからである。兄たちはそれを笑いながらはね返したが、その間にアダレッタは淡々としてこう言った――ビーチェに関しては、もう父親が生きていないから、命令どおりにするがよかろう。というのはあの父親は娘の結婚話に一度もいい顔をしたことがなかったからだ。だれかから結婚話を持ち出されるたびに、いつもはっきりしているあの人がぐずぐずと話をあっちこっちへそらしたり、友人とのあいだを気まずくしたり、またあるときは、偉大で高貴なファリナータが、彼の行手を邪魔する者に見せるあの危険な眼差しを向けたものだった。モンタルペルトの戦いで彼の命を救った若いグイド・ノヴェロからの求婚すら彼ははねつけた。だからしまいには、だれもビーチェに求婚しなくなった。ファリナータは娘から離れられないのだとだれにも分かったからだ――たしかにファリナータは、息子が何人もありながら、そしてエムポリ以来フィレンツェ全市から尊敬されながら、この娘以外のだれにも心を開かぬ、淋しい人だったといってよかろう。

それでも、ビーチェのほうは父親をそれほど相手にしなかったから、ファリナータがそれほどまで娘に執着していることに周囲はみんなおどろいた。ビーチェは小さい弟のコンティチーノばかりを相手にし、まるで若い母親みたいに彼をかわいがった。そしてじじつコンティチーノはビーチェをママと呼び、これと区別してアダレッタを大ママと呼んでいた。このコンティチーノを別にすれば、ビーチェが目をかけたのはせいぜい、溺死させられないように館《やかた》中から拾い集めて隠した仔犬や仔猫と、あとは小さな果樹類だけだった。これは敵の家の畑に花も実も育てさせないように兵隊が引っこ抜いたのを、彼女がかわいそうに思ってもらい受けたものである。そんなふうにビーチェはいつも何かをかばったり、世話したりしないではいられない性格だったようだ。その点は彼女の父の母である善良なグアルドラダ夫人とそっくりだった。夫人はたいへんな子福者で、また子供たちにこよなく優しかった――つねに、一番弱いものに一番優しかったのである。

善良なグアルドラダ夫人については次のような話が伝えられている――彼女が死の床についたときも、皇帝フリードリヒと、彼に味方したすべての者に対して、したがって彼女の息子である大ファリナータに対しても、依然として教会からの破門は解かれていなかった――それは破門者について次のようにいわれるほどおそろしい罰であった――「彼らの五体は呪われよ。彼らの頭髪も、足も、その足の裏までも呪われよ。彼らの肉体の実りと彼らの畑の実りは呪われよ。彼らの家は呪われよ。その入口も出口も呪われよ。彼らは悪魔とその悪魔の天使たちとともに、そして永遠の劫火の中に堕ちた者たちとともに地獄に堕ちよ」――グアルドラダ夫人は死の床にあってこのおそろしい罰のことを考えてこう言った――「教皇さまは私の息子の持っているものをすべて呪われました。ただ息子の第一の、そして一番大事なものだけは呪いませんでした。それは彼の母親の子宮と心です。だからこれだけは彼の最後の持ち物として残るはずです。私は毎日教皇さまのために、教皇さまがあわれにおぼしめして、息子の破門を解いてくださるようお祈りしました。でも教皇さまはとうとう破門を解いてくださらなかったので、私はいまわの際に主なるキリストさまにお願いするつもりです。キリストさまが私にもしもお恵みをお与えくださってもいいとお考えでしたら、そのお恵みとして、私の息子が死ぬときに私がそれを迎えて、息子といっしょに地獄へ行ってもいいというお許しをお願いするつもりです」。

その間にアダレッタは、ビーチェがだれと結婚することになっているのかと息子たちに尋ねた。すると突然ウベルティの息子たちは、一言も洩らさせまいと、見えない手が彼らの喉を締めつけるかのような気がした。彼らは困惑して眼をそらした。その眼が彼らの弟のコンティチーノの上に止まった。彼はあいかわらずおびえた猛獣の子のように彼らの前に立っていた。ギドリーノ・カヴァルカンティと同じくらいの子供だった。

兄たちは出し抜けに弟に突っかかった。おまえはとっとと出ていけ！　ここは大人たちが話しているので、子供なんかの出る幕じゃない——そこで急に声がとぎれた。またもあの見えない手が彼らの喉を抑えたのだ。しかし彼らはかっとなってその手を払いのけ、けたたましく三十六人議会の悪口を言い立てた——あのカヴァルカンティのやつらなんかと親類づきあいをしなきゃならないなんて、おれたちのせいじゃなくて、三十六人議会のせいだ。やつらはおれたちの力をみんな奪い取ってしまった。こんなことになったのも、父があのとき忌忌《いまいま》しいこのフィレンツェを助けたからだ、いつかおれたち自身がふたたび権力を握ったら、エンポリとはぜったいにちがう結果にしてみせよう。そうしたらこんな町は跡形もなくしてやる。

カヴァルカンティという名を耳にしたとき、ちょうどほとんど聞こえない耳が遠くの物音をとらえたかのように、アダレッタは蒼白な顔をちょっと上げた。「でもカヴァルカンティの家にはギドリーノという子供のほかに息子はいないはずだろ」。

その間にコンティチーノは大声をあげ、こぶしを振り上げながら部屋から飛び出していた。しかし兄たちはそれには気づかなかった。彼らは、墓から出てきて、ふたたび生者たちの間に混じっている死人のような母親をずっとして見つめていた。母親は、かつて投石機の石つぶてが雨霰のようにフィレンツェに降り注いだときのように、両手を揉み合わせるように動かした。ウベルティの息子たちは思わず一歩退いた。この母親はこれまでも、絶望におちいると、怒り狂うことが何度かあったからである。しかしアダレッタは本当にもう手を揉み合わせて、叫びつづけた。「ああ、かわいそうなビーチェ！　何と、何とかわいそうな子だ！」。こんどは息子たちが黙ってしまった。ようやく一人が苦しそうに言った。「ママ、ビーチェはほかの娘たちほどそれをいやがらないと思うよ。だってビーチェはいつも小さい子をかわいがっているじゃないか」。するとアダレッタは飛び上がって、その息子にかみついた。「くそったれの男どもめ、おまえたちなんか消えちまえ！　おまえたちはいつだって戦わなければいけない。いまがそのときだっていうのに、臆病風に吹かれている。おまえたちが始めることはみんな死に通じている。それなのにそれに気づきもしない。おまえたちにはこうしてやるがいいんだ……」。彼女は音を立てて息子の顔を打った。

ビーチェはその間、サンタ・レパラータ教会の中庭にある父の墓のかたわらにずっと坐って、父の死を思い返していた。

大ファリナータの死について、ずいぶんたってからフィレンツェでは次のような噂が流れた——ファリナータが死んでいくとき彼は一人きりであった——彼の母である善良なグアルドラダはその頃にはとうに亡くなっており、ほかのみんなは破門者の最後をおそれて近づかなかったから——そのとき彼の死んだ母が入って来て、彼の寝床に坐り、彼を両腕に抱きしめ、最後の息をひきとるまでそうしていた。それから彼女は立ち上がって、彼とともに地獄へ降りた。いまも彼女はそこで炎に包まれた彼の寝棺のかたわらに座し、彼の燃えさかる眠りの番をしている。ダンテ・アリギエリが地獄でファリナータの姿を見たとき〔『神曲地獄篇』第一章〕、彼女の姿も見たはずであるが、地獄には愛情からすすんでそこへ行った霊がいるということをあえて記さなかっただけである。——

いまそこでビーチェは、グアルドラダ夫人がその下の地獄で燃えさかる息子の眠りの番をしているように、父の寝棺のかたわらで彼の冷たい眠りの番をしていた。そうせずにはいられなかったから、そうしていたのである。というのは、ときどき教会の古い石壁の中から、目に見えない水の流れがあるような奇妙な物音がしてくるからである。それが時間の流れのように、低いがしかし速く、灰色の列柱のあいだをくぐり抜けて、ちょうど父の石棺の上へ落ちてくるようなのだ。石棺は小さな中庭にある。ローマ時代以来の古い大きな大理石棺である。その上の銘板に次の碑文が読めた——「ここ父祖の地の心臓部に想うは、父祖の地の救いに心胆を砕きしマネンテ・デグリ・ウベルティ、通称イル・ファリナータなり。ここに永《とこし》えに記念せん。アーメン」。碑文は心をなごませるようにも思えた。しかも石に刻まれている。石に刻まれた碑文ならばだれも消すことはできない。しかしあの壁の中の奇妙な流れの音はいつまでも止みそうもない。そうだ、サンタ・レパラータ教会は崩壊寸前だったのだ。これを取り壊して、同じ場所に新しいドームを建てようという話もある。そう思うとビーチェは不安になった。彼女は子供の頃、父の家や塔が取り壊され、父が町から追い出されたときのことを思い出した。新しいドームができたら、そこの中庭に父のお棺を入れてくれるのだろうか、それともそんなことは教皇派が許さないのではないだろうか。だって教皇派はいまふたたび頭をもたげ出しているではないか。そして皇帝フリードリヒ側についたみんなと同じように、父は教会から破門されたまま死んだ。おまけにマンフレート王などは、破門者が名誉ある墓に葬られるのはけしからんといって、ベネヴェントにある墓からひきずり出されたではないか。ビーチェははっとしてふり向いた。

中庭の扉は教会のほうへ向かって開かれていた。聖堂内は荒れ果てたまま、不気味に静まり返っていた。いまは教皇派の台頭によってふたたび撤回されたはずの聖務禁止令《インターディクト》が、いまだに市全体の上にのしかかっているみたいだった。救いの手を差しのべてくれそうな人はひとりも見当たらない。死者もまったく途方にくれている。ここにいる死者だって石棺の重い蓋の下でまったく無力に横たわっている。死者たちはみんなそうだ――ここで何かが起きたって、この死者はどうすることもできないではないか。ビーチェは、父が無力に横たわっているしかないという事実に、心の底から突き動かされた。彼女は思い出して胸がいたんだ。以前、彼女が熱にうかされたように何ごとかに向かって突き進もうとすると、きまって父の力が彼女の行手をさえぎっているような気がして、いつも父に逆らっていたことを。でも、あれは父の力なんかではなかったのだ。あれは父の優しい心根だったのだ。しかしその頃のビーチェにはそれが分からなかった。父が彼女の手を握りしめるたびに、彼女は反射的に、あのあわれな果樹の若木を根っ子から掘り返すときの兵隊たちの手を思い出すのだった。父から何か願いごとがあったら言ってごらんといわれると、父には理解できそうもないような願いごとをあげて、そのうしろに本音を隠してしまうのだった。ほかの人たちが、彼がかつてエンポリで故郷の町を救ったと、父を称賛すると、彼女は胸の奥でそれにくってかかったものだった――でもモンタルペルトでは彼は故郷の町を打ち砕いたではないか。彼と彼女とのあいだの関係は、奇妙で、おそろしいものだった。兄たちもときおり彼女にこう言った――「おまえがお父さんを見るときの眼つきは、お父さんがおまえの求婚者を見るときの目つきにそっくりだぞ。おまえはお父さんと同じこわい眼をしている。お父さんはおまえの中にある自分と同じものを愛しているのだといっていいかもしれないが、本当はおまえはお父さんにはぜんぜん似ていない。むしろおばあさんのグアルドラダにそっくりだよ」――そのとおり。たしかに、彼と彼女とのあいだの関係は、奇妙で、おそろしいものだった。

しかしその後とうとう、すべてが突然のようにすっかり変わってしまった。もう彼女は父の力に逆らう必要がなかった。むしろその力を取り戻してやるために奮闘しなければならなかった。もう根っ子を掘り返された若木のことなど思い出しはしなかった。むしろ父自身の根っ子のほうが痛ましいくらいむき出されていた。すべてがこれまでとは逆だった。かつて彼が彼女に近づくことをだれにも許さなかったように、いまは彼女がだれにも彼に近づくことを許さなかった。彼女は昼も夜も父の病床を見守っていた。彼はまるで全フィレンツェが彼の胸にのしかかっているかのように、重く喘ぎながらそこに横たわっていた。いやたしかに、全フィレンツェがその上にのしかかっていた。というのは、あのときファリナータは敵をエムポリで粉砕せず、彼らを赦した。だからいま、決して震えたことのない彼が、死の床ではじめて震えることを知らねばならなかったのである。エムポリで彼が同意した運命が、もう一度彼から言質をとろうとしていることに、死の床で気づいたのだった。敵に情けをかけること、それは危険なことなのだ。それは情けをかけた人を破滅させるだけでなく、彼の事業そのものを破滅させるかもしれないからだ。だからファリナータは死との闘いを二度しなければならなかったと思う。一つは、だれしもが戦わなければならぬ自分の死と、もう一つは、彼の死後彼の故郷の町が戦うことになるはずの死との。そして二度目の死闘のほうが彼にははるかにつらかったのである。

こうして、鉄のような腕もいまは弱々しく、力強い頭もいまは幼児のそれのごとく力なく身をよこたえ、蒼ざめた唇でたえず「フィレンツェ！　フィレンツェ！」とつぶやいているとき、ビーチェは彼に、息子のだれかを呼んで、その子に町をゆだねてはどうかときいた。しかしファリナータは、モンタルペルトで彼の命を救った若いグイド・ノヴェロのほかには、息子のだれひとりも呼ぼうとはしなかった。たしかにノヴェロのところに使いを出したが、彼は来なかった。ノヴェロは師から娘への求婚をことわれて以来、この偉大な師に含むところがあったからである。しかしビーチェはノヴェロが自分を妻にしたがっていることを知らなかった。彼女はただ、ほかのみんなと同じようにノヴェロも破門者の最後をおそれているのだと信じていた。だれもこの部屋へ寄りつかない。自分は父と二人きりなのだ。父がいまだに来てもらいたがっているたったひとりの人すら来ようとしない。そう思うと、ビーチェは胸がしめつけられる思いだった。あの人が来ないなんて、信じられなかったし、信じたくもない。彼女はなんども父の耳もとにささやいた――「お父さま、あの方はきっといらっしゃるわ。そうしたら町のことをあの方にお願いしてくださいませ」。すると、待ちに待っている瀕死の父は虫の息で彼女に答えた――「うん、きっと来てくれるさ。わしは彼に町のことを頼まなければならんからな」。しかしついに、とうとうついに、外にいる召使たちが、彼らの偉大な、高貴な主人が破門のままみまかり、ただちに地獄へ堕ちることになるというので、声をあげて歎きはじめたおそろしい時が来たとき、ビーチェは父の唇から、「いや、彼は来ない。わしは地獄へ堕された者たちと同じように希望もなく死ぬのだ」という言葉を聞き取った。彼女ははっとした。目の覚める思いだった。これが見納めのいまになって、じつははじめて父が見えたのである――偉大なファリナータはモンタルペルトですべての敵の頭を打ち砕きながら、エムポリのときのように、心と憐みの嵐に吹きあおられて、彼らに対してつねになすすべがなかったのだ。その嵐は彼をほかのだれよりも高く揚げたが、同時にほかのすべてから引き離され、こうしていま不毛の荒野にいる一頭の獣のごとく、寄る辺なく、孤独のまま死ななければならなかったのである。ビーチェはあらんかぎりの愛をこめて彼の上にかがみこんだ――「お父さま、彼が来ないのなら、私をあなたの希望にしてください」。すると瀕死のファリナータはもう一度体を起こし、彼がずっと待っていた者がいまやっと音もなく入って来たかのように、亡霊のような眼を大きく見開いて扉のほうを見た。そこでビーチェは、善良なグアルドラダ夫人と同じように死をくぐり抜けて地獄まで彼についていこうと、最後の息をひきとる父を両腕に抱きしめた。こうしてファリナータは、母の腕に抱かれたように自分の娘に抱かれながら、安らかにみまかったのであった。

しかし大ファリナータの地獄の墓について今日われわれは次のように言う――彼の母がいまも地獄の燃えさかる彼の棺のかたわらに坐っているかどうかは、われわれも知らない。ダンテ・アリギエリはそのことについて何も書きのこさなかったからである。ただビーチェが父の墓のかたわらにいたことはわれわれも知っている。すなわちこの物語の日々において地の底から地上の町フィレンツェへ昇ってきたあの地獄のまっただ中に彼女がいたことを。この地上の地獄のことだけをこれから語ることにしよう。

その間に教会の中はいっそう静まり返り、古い石壁の中のあのさらさらと流れるような物音はますます不気味に高鳴っていた。本当にいつかここで何かおそろしいことが起こりそうな気配だった。というのは聖務禁止《インターディクト》以来、この神聖な場所を乱すことをだれも何とも思わなくなっていたからである。もう何年もここで祝福も秘跡も授けられないことに、人びとは慣れっこになっていた。だからこの場所も人びとにしてみればほかのどこかとほとんど変わりがなかった。子供でさえ神の家におそれを感じなかった。彼らが遊びにここへ入って来て、狼藉をはたらくこともたびたびあった。というのは、フィレンツェの子供たちはいつも「教皇派と皇帝派」ごっこをし、大人と同じように殴り合い、大ファリナータの名をめぐって大人たちと同じように争い、そして教皇派のちびどもがファリナータの墓に石を投げたからである。ビーチェ自身もそれを体験したことがあるし、そんなことは日常茶飯事だった。

現にいまも、ビーチェは聖堂のほうから怪しげな物音を聞いた。それは若い獣がぶつかり合い、噛みつこうとしているときの様子とそっくりだった。ビーチェは顔を上げて、二人の腕白坊主が猛り狂っているのを見た。ギドリーノ・カヴァルカンティのやせぎすの体と、その向こうに頭半分背が高く、肩半分幅広の彼女の弟のコンティチーノが見えた。コンティチーノは逃げるギドリーノに殴りかかり、かっかしている二人の目には入らなかったが、ちょうどビーチェのまん前で、コンティチーノはギドリーノを床に倒し、彼を拳固でめった打ちにしはじめた。そこでびっくりしたビーチェが飛んでいって、コンティチーノをギドリーノから引き離した。そのまま二人の小さな敵同士は睨み合った。屈辱に顔面蒼白のやせっぽちのギドリーノと、怒りに紅潮したずんぐり型のコンティチーノ。そのあいだでビーチェは二人をけんめいに引き離した。幅のひろい彼女のマントが向こうへ、こちらへとひるがえり、かわいい少女の顔が緊張であかく染まった。

いったいどうしたのと彼女は聞いた。

コンティチーノが叫ぶように言った——「あんたがギドリーノのお嫁さんになるって、ギドリーノがいうんだもん。ぼく、そんなのいやだ。あんたはずっとぼくの若いママでいてくれなけりゃ」

すると相手は言った——「そんなことといったって、この人はぼくのお嫁さんになることにきまってるんだ。それにおまえは若いママなんかいらないだろ、コンティチーノ。だっておまえには別に年よりのママがいるんだもの。しかしぼくにはママもいないんだ。ぼくのママは死んじゃったんだ」。最後の言葉を言うとき、彼の唇はふるえていた。

怒りに見開いた眼に涙があふれた。

　ビーチェは、子供たちが自分を取り合いっこしたのだと分かったが、そんなことはとりたてて珍しいことではなかった。未熟な、小さなものはみんな彼女を頼りにしていたからだ。人間の子供だって、彼女がそこいら中で見つけては隠す仔犬や仔猫と変わりはしない。この子たちは私と結婚ごっこをしていたのかと思うと、彼女はおかしくなった。それから二人に言った――「私がギドリーノの奥さんになったら、あんたたちは仲良くしなければいけないでしょ。だって、そうなれば、あんたたちは兄弟になるんですもの」。

　ところが二人は喉いっぱいに、声をそろえて、しかし憎しみに満ちて叫んだ。それは彼らの族長たちが総督官邸《バルゲロ》で叫んだこととそっくり同じだった。「だめだ、ぼくらは教皇派と皇帝派なんだ。憎み合っているのに、どうして仲良くしなけりゃいけないんだ」。

　それに対してビーチェはあっさりとこう言った――「私がそうして欲しいの。さあ、握手をしなさい。それから二人で仲良くお家へ帰りなさい」。すると二人は言われたとおりにした。「私がそうして欲しいの」とビーチェが言ったのが利いたのである。どんな子も彼女の言うことに、たとえどんなことでも彼女がそれを要求すれば従った。「あの妹《こ》がその気になれば」と兄たちも言った。「フィレンツェ中の子供をさらっていけるだろう。グイド・ノヴェロのところのドイツ兵が話していたように、ハーメルンとかいう町の子供たちをどこかの山の中へ神隠しにしたというあの不思議な笛吹きみたいに。そうだ、彼女ならそれをやれるだろう」。

　ビーチェの上にどんな運命が定められているかを兄たちが彼女に打ち明けるまで、ずいぶん時間がかかった。兄たちがためらっていたのは、この娘々していながら母親ぽい妹に、何ということなしに、いつもある恐れを感じていたからである。どうしてかは彼らにもよく分からなかった。たしかにビーチェのほうも兄たちに対してときおり鼻の先であしらうようなところがあった。というのは彼女はこんな兄たちを心の底ではまともに相手にしなかったからである――何かといえばすぐ剱をガチャガチャさせる連中などをどうしてビーチェが相手にできよう。彼女にいわせれば、たった一本の花の木を守るためだけでも、男たちはあんないまわしい剱を捨てなければいけないのだから。――だからウベルティの兄弟たちはビーチェにはなかなかものが言えなかった。そこで彼らは母親のアダレッタに頼んだ。「あなたがちゃんとした母親らしく、ビーチェを両手に抱いて、何もかも話してくれるといいんだが」。するとアダレッタは怒って彼らに噛みついた——そんなことを自分の口から言うくらいなら、もう一生口をきかないと誓うほうがましだと。彼女は息子たちに呪いの言葉を浴びせた。いまビーチェの運命に接して、アダレッタはふたたび蘇ったのだった。彼女はもうだれも住んでいない廃屋のようではなかった。いや、現にいまはそこに人が住んでいた。しかしその住人はかつてのアダレッタの魂ではなかった。それは、彼女がかつてはあれほど憎んだ精神だった。なぜなら、何かが出ていくと、かならず別の何かが入りこむものだからである。愛が去ったあとを憎しみが占めるものだからである。

ついにビーチェも総督ポポロの結婚計画のことを知った。ただちに彼女は自分から兄たちのところへ行って、自分も結婚させられるのかと、無邪気に、しかし明らかに、動揺を抑えきれずに尋ねた。こうなっては兄たちも白状せざるを得なかった。彼らはぶつぶついいながら要点をかいつまんでその件を話した。しかしビーチェははじめはどういうことなのかよく分からなかった。アダレッタがその話を聞いてもはじめは分からなかったのとまったく同じであった。

——

しかしビーチェは母親のように怒り狂いはしなかった。ただ彼女は、人はこんなにも泣くものかと兄たちがびっくりするくらい、はげしく泣きはじめた。彼女の眼が泉となって、その水がいまにもビーチェをそっくり押し流してしまいそうなくらいだった。突然、兄たちは、ビーチェは父親と同じ危険な眼の持ち主だと、自分たちの間で言ったことがあることを思い出した——この眼から溢れる川がビーチェだけでなく、彼らと彼らの家までも押し流してしまいそうな気がした。あわてて、彼らは無器用に言った。「そんなに気に病むことはないよ、ビーチェ。おまえは子供を婿にするんだから。だって、そうじゃないか。あの厚かましいポポロのやつから結婚を強制されているほかの娘たちより、その点でまだましじゃないか。娘たちのだれひとりだって子供なんかを自分の夫ですと言いはしないさ。だって娘たちのだれひとり、くっつけられる相手が少年だろうと、老人だろうと、はたまた若者だろうと、妻の幸せを味わうことはないだろうからさ。相手がだれだって同じことだよ」。それからまた彼らはビーチェに言った——敵対する貴族たちが総督官邸《バルゲロ》で口をそろえて、しかし憎しみに満ちてポポロを嘲ったように、彼らはいま口をそろえて、しかし憎しみに満ちて、こんな結婚命令などぜったいに実行させないと誓ったのだ。それどころか、この花嫁たちはみんな、自分に押しつけられた夫をこの世のだれにもまして憎むだろうし、夫のほうも自分に押しつけられた花嫁を、死が二人を分かつまで無視し、侮辱するだろう。また万が一、これらの男女の中のだれかが自分の配偶者をいつか愛するようなことになっても、相手はそんな感情を踏みにじるだろう。ちょうど兵隊たちが敵方の若い果樹を掘り返して、その根を切ってしまったようにと。

しかしビーチェは兄たちの言うことを聞いていなかった。おまえはおまえと結婚する少年を憎んでもいいのだと、人がいくら慰みごとを言っても、彼女には何の効目もなかった。それどころか、ウベルティの兄弟たちがいろいろと言えば言うほど、彼女はますますはげしく泣くばかりであった。しかしこの涙はアダレッタの怒りよりずっとおそろしかった。あのエムポリでファリナータの涙が全会衆の抵抗を押し流したように、兄たちは今本当に、この涙の川が自分たちをさらってしまいそうな気がした。とうとう彼らも途方にくれたまま部屋を去った。外へ出ると彼らは口ぐちに言い合った――「ビーチェに子供があてがわれたのは、まだしも幸運だったと思わなければいけない。なぜなら彼女は結局忌まわしい教皇派のだれかに人身御供に差し出されることになっただろうから。それにどうやら彼女は夫をとても欲しがっているようだ。彼女は、こんなばかげた結婚など忘れて彼女を慰めてくれるような愛人をもったらいい。おれたちが彼女に男を取りもってやるのはかんたんじゃないか。グイド・ノヴェロはずっといつも彼女を欲しがっていただろう。うちの父が彼に彼女をやらなかったのは、そもそもだれにもやりたくなかったからさ。そしてノヴェロのほうはとっくの昔に別な女と結婚した。でも、だれかが彼の前でビーチェの名を言うと、いまだにあの堂々とした顔が蒼ざめるのだ。それに彼の星占師は、彼がいつかはビーチェを自分のものにするだろうと彼に請けあったそうだ。おれたちが彼のところへ彼女を連れていったら、彼れも彼女も助かるが、おれたちも助かることになる。というのは、うちの父が彼に彼女のことを断わって以来、彼はわれわれの確かな味方とはいえなくなってしまった。だからビーチェを通じてわれわれは彼をわれわれのほうへしっかり結びつけることができるのさ」――彼らは妹をノヴェロに引き合わせることにきめた。

グイド・ノヴェロとは次のような男であった――王者のような立派な男で、強力な皇帝派。大ファリナータの時代に頭角をあらわす。ファリナータはモンタルベルトでノヴェロに命を救われて以来、とりわけ彼に目をかけた。しかしグイド・ノヴェロのほうも、弟子が師に、息子が父に、高く天翔《あまか》ける精神が賛嘆おくあたわざる模範に対するがごとく、ファリナータに心服した。皇帝フリードリヒの時代からフィレンツェに駐留しているドイツ騎士団を、ファリナータはノヴェロにまかせた。今でもノヴェロはこの騎士団の指揮をとっている。だからノヴェロは敵からも味方からも非常な実力者と見なされた。どちらもドイツ騎士団をおそれていたし、教皇派が国内でふたたび頭をもたげて以来、騎士団は皇帝派最強の楯であったからである。しかしグイド・ノヴェロが本当に皇帝派かどうかは疑わしいという陰口が皇帝派のあいだに絶えなかったのは、彼にほんのかすかな疑いの影でも見た者がじつはひとりもいなかっただけに、まことに妙であった。が、そういう陰口が出てくるというのも、ひとえにファリナータがかつてこの求婚者に娘を拒んだからである――

グイド・ノヴェロはいつものとおりトスカナの野にある彼の占星台にいた。これは皇帝フリードリヒの星占師の設計にかかるもので、まるで魔術師の手で東洋から運ばれてきたような、異国風の美しい建物であった。そしてノヴェロが相談相手とする星占師たちも東洋人たちであった。

彼はウベルティ一族をいつものとおり、丁重な物腰で迎えたが、たとえ手は握りあっても、彼と彼らとの間にはつねに、十歩の隔りがあるかのような対し方であった。

こうして今、ウベルティ家の兄弟たちは彼の前に立っていたが、その表情には何ともいえぬ虚ろさがあった。およそ騎士の顔にあるはずのものが何ひとつそこにないのだ。ついい人は、ウベルティの兄弟たちはまだ若く、いってみれば白紙状態なのだと考えた。しかし彼らの顔をよくよく見ると、そうでないことが分かる――これからやって来ると思われていたものが、じつはもう通り過ぎてしまっていたことが。というのは、今のウベルティ一族はすでに盛りをすぎていたからである。一族の高貴な果汁は早くからの粗暴の中で、またおそらくはあの先祖たちの長い激闘の中で消耗され、最後にもう一度大ファリナータにおいて、なみなみと注がれた末に一気に使い尽くされ、いまは一滴も残っていなかったのである。だからかつて彼らの戦に栄光と目標をあたえていたシュタウフェン王家が退場したように、ウベルティ家も本来なら歴史の桧舞台から退場しなければならない運命にあった。しかしそのことを彼らは知ろうとしなかったし、そのことが彼らの念頭に一度でも浮かんだこともなかった。――

彼らはまずはじめにポポロや、ポポロから命令された彼らの妹とカヴァルカンティの息子との卑劣な結婚を非難した。しかし不思議なことにグイド・ノヴェロは、この結婚がビーチェにとって不自然であるなどということをまったく意に介していなかった――だからウベルティの兄たちは、ビーチェが小僧っ子と妻《めあわ》せられるのはノヴェロにはかえって好都合で、それは彼女をどの男にもくれてやらないことになるとノヴェロは考えているのではないかと思ったほどだった。それがウベルティの兄たちを勇気づけ、彼らはノヴェロに向かって、自分たちは妹を慰めてやるために彼女に愛人を用意してやりたいのだと言った。

それに対してグイド・ノヴェロは、兄たちのそういう腹の内をビーチェに打ち明けてあるのかと聞いた。

兄たちは、いや、そんなことはしなかった、それが娘というものの運命なのだから、娘にいちいち尋ねたりしないものだ、自分たちが選んだ道について娘にあれこれ言わせないと答えた。するとノヴェロは肚《はら》を見せぬ沈黙のまま彼らに向かい合っていた。

その間に、両派の領袖たちは最初のショックと怒りから立ち直り、――またも口を揃え、しかし憎しみをこめて――強制された結婚契約の実行を一寸刻みにでも引き延ばせるだけ引き延ばそうと試みた。以前は、うちには適令期の息子はいないとか、娘の婚資は戦費に化けてしまったなどと言い立てていたのに、こんどは結婚衣裳がないと言い出した。しかし巷の噂では、その頃フィレンツェの豪族たちの婦人の部屋では、ギリシャのペネローペの故智にならって、昼間仕上げた縫物や刺繍を夜になるとまたていねいにほどいていたということである。つまり朝になると、そこにあるのは絹の生地だけだったのである。それはちょうど、それを着るはずの男女と同じように、またフィレンツェの豪族たちと同じように、それらの布地は決して縫い合わされることはなかったのである。こうして彼らは、ポポロに対抗する手だてがどこかから来るまで時間かせぎをしようとした。それというのも彼らはしばらく前からそれぞれに使いを送っていたからである。皇帝派はドイツのコンラディン王子のところへ、王子が彼の父祖たちにならってアルプスを越えるよう要請を発していたし、教皇派はローマの聖座のもとへ、マンフレート王の死後教皇がシチリア王位に即けたアンジュー家のカール（シャルル）に、フィレンツェの百合の花を手に入れるための助力を仰いで欲しいと、要請していた。その使者たちがようやくもどって来た。皇帝派の使者は、アウグスブルクの宮廷会議で拝謁したコンラディン王子からのメッセージを携えて来た。王子はまだ若輩ながら、すでに熱血、豪胆におわしまし、若年にしてみずからの帝冠をかけた戦いに従軍あそばされた彼の祖父、皇帝フリードリヒにならい、われらの要請に応ずる用意があるとのことだった。教皇派の使者は聖父の祝福と、彼がシチリアの新王を通じて彼らに援軍を送るとの確約をもたらした。そこで両派ともそれぞれの救いの手を鶴首して待つことになった。問題は、どっちが早いかということだけだった。

その頃ウベルティの兄たちは妹に言った――「ビーチェ、元気を出せ。おまえはいつも子供たちについては運がよかったじゃないか。おまえは一人の子供によって不幸にされかかっているが、また別な子供によって救われかかっているんだ。コンラディン王子がローマ遠征の準備に取りかかっている。彼が来たら、あの憎らしいポポロを総督官邸《バルゲロ》から追い出し、代わりにおれたちをそこへ据えてくれよう。おまえはお母さんといっしょに、花嫁衣裳がなかなか仕上らないように心配するだけでいいんだ」。

それから兄たちは妹に、彼らがルッカ市から拝借してきたコンラディン王子の小外套を見せた。これはその数年前にルッカ市の使節が王子の母であるバイエルンのエリザベート夫人にぜひにとねだって、これによってやんごとなき幼王の栄光の一部がすでにこのイタリアの地にもたらされたかのごとく、尊い聖遺物のようにサン・フレデリコ教会にうやうやしく安置されていたものである。兄たちはその小外套を誇らしげにビーチェの前にひろげた。白いオコジョの毛皮のえりがついた真紅の外套だった。まさしく王の外套の雛型のように見えた。ルッカの人たちが大いに喜んだように、ビーチェもこれで慰められるだろうと兄たちは思った――じつは兄たちのほうも、ノヴェロとの話し合いがあれからいっこうに進んでいなかったのである。ところがビーチェはその小外套を見ようともしなかった。彼女は両手に顔を埋め、ふたたび激しく泣き始めた。人はこんなにも泣けるものかと、兄たちも思ったほどだった。彼らはあらためて妹に対する何ともいいようのない不快感を感じた。たしかに自分たちの父親に対してだけは時おり、そんな気後れをおぼえたことがあった！

部屋を出たあとで、彼らは母親のアダレッタに言った――「妹はコンラディン王子の気後れにほとんど目もくれなかった。きっと、あのカヴァルカンティの小僧が憎らしくて、小児を思い出させるようなものは何ひとつ見られないのだ。子供がいやでいやでたまらないのだと思うよ」。

アダレッタはそれに答えた――「ビーチェが子供がいやでたまらないなんて、おまえたちはどこまでとんちんかんなのだい。おまえたちのばかさ加減には呆れるよ！　おまえたち男どものおかげで、この世の生命がみんなもう一度だめになるよ」。

しかし兄たちの言ったことは本当は正しかった。ビーチェは幼いもの、かわいらしいものはもう何ひとつ見たくなかったのである。たとえ子供用の小外套でも、彼女の苦痛をさそった。生まれたばかりの仔犬や仔猫が人の手で溺れさせられようと、敵方の若い果樹が傭兵たちの手で根こそぎ伐り倒されようと、彼女は気にとめなかった。これまで彼女が保護してきたものをいっさい忘れ去ったかのようだった。それどころか弟のコンティチーノの顔を見るのもぞっとするというふうだった。コンティチーノが姉の名を呼び、そのためにアダレッタが彼を部屋から締め出し、戸の外で彼を暴れるにまかせたりすると、ビーチェは耳をふさいだ。しかし人の話では、その後アダレッタがビーチェとともに花嫁衣裳を縫い始めると、ときおりウベルティ家の窓の下に別な男の子の声があがり、ビーチェの名を呼びつづけるので、しまいにアダレッタが青白い顔を窓から突き出し、下にいるカヴァルカンティ家の坊やに悪罵を浴びせた。するとその声は、石つぶてで追われるように沈黙したということである。……

いまやビーチェはかつてはかわいそうに思ったあらゆるものを心底嫌悪した。ただし、死んだ父の亡骸のほうが彼女がこれまで庇護したどんなものより身を護るすべがなく、かわいそうだのに、またあのシュタウフェン家の王子の小外套がいまはファリナータの墓のお守りとしてサンタ・レパラータの中庭に安置されているのに、ビーチェは父の墓だけはこれまでと変わらず心にかけた。そこに小外套は力強い王衣のちっちゃなミニチュアのように掛かっていた。小さな両袖が左右にひろげられて、王者の手をあらわしているかのようだった。教皇派も——アンジュー公のことはあれから音沙汰なしだったので——これにはあえて手を出そうとしなかった。支配者のポポロさえこれみよがしのこの小さな聖遺物に気がつかないふりをしていた。王子とアンジュー公のどちらが早く来るか、だれにも分からなかったからだ。

アダレッタは娘がしげしげとサンタ・レパラータへ往くのを喜ばなかった。彼女自身は、死後の生命は存在しないと確信するパタリア派に帰依し、そこから一歩も逸れようとしなかったからである。その頃彼女はビーチェにこう言った——「あんたは、お父さんの墓にどんなことが起こっているかをお父さんはちゃんと知っているって、いつも言ってるけれど、あんたがパタリアの教えを受けたら、やつらがお父さんの墓に石を投げているか、それともシュタウフェンの王子の小外套がご自分の墓を守ってくれるのかなんて、お父さんには何にも分かりゃしないってことが分かるんだけれどね。どっちにしたって、お父さんには何にも分からないのさ。おまえが私たちの集まりに加われば、お父さんの墓のことなんか気にならなくなるのに」。

しかしビーチェは集まりに加わらなかった。父がもう何にも分からないなどと思う人たちが嫌いだった。

いたくないし、自分が父の墓地を守っていることを父が知っていて欲しいからである。父が生きているときには父に対して見せなかった自分のやさしさを、いまは感じて欲しい。いや、この私を父が感じて欲しいのだ。ビーチェのほうも、愛する父がもっていたやさしい親しさ、父が秘かに語りかけ、自分のまわりに漂よう気配をしばしばはっきりと感じた。彼女には、父が墓穴から声にはならない声で自分に語りたがっているような、あるいは自分が死者の沈黙を、知らない言葉なのにもうよく知っている言葉のようにして聞いているような、そんな気がした。それはやっぱり、死の床にある父が町の運命を託すことのできる男をあんなにもせつなく待ちわびたとき、自分が父の希望になりたいと言って、父を慰めたからだった。父はいま墓の中から彼女にその希望を思い出させているのだ。父のために自分はいまその希望にならなければならない。父のために自分はその希望になりたい。その願望がいまは、彼女の身にふりかかった苦悩と並んで彼女を動かしているただひとつの感情であった。それが、せつないほどやさしい、逆らいがたい力をもつ愛の叫びのように、たえまなく、せつせつと彼女の心を動かしていた。その感情にどのように従えばいいかが分かれば――そのためならビーチェは喜んで命を投げ出したろうに。ところがまさにそのこと、すなわち命を投げ出すことがビーチェにはもうできなかったのだ。自分自身が命の瀬戸際に、ほとんど死にかけているとさえいえるきわまで追いつめられていると彼女は感じた。彼女と父の運命とのあいだにはごくごく薄い、紙一重の差しかない。だって、そうではないか。強いられたあの小児との結婚は一種の死ではないか。命と希望の光を閉ざされたことではないか。こうなってはどうしてビーチェが父の希望となり得よう。いや、彼女は父の運命とあまりにも近かった。だから父への約束などもう果たしようがない。死ぬしか道はないのだから。

しかしそれからビーチェが絶望し、すすり泣きながら父の寝棺の上に身を投げ出し、「お父さま、私を助けてください。私があなたをお助けできるように、私を助けてください」と言って、自分の苦衷を父の胸に押しつけようとしたとき、またも突然、見えない手が厳としてやさしく、彼女に人生へもどれと指図したかのように思えた。それもそのはずである。ビーチェが最後に父を見たとき、彼女はじつは父をはじめて見たのだから。かってエムポリでフィレンツェの救いのために一族全部を犠牲にすることも辞さなかった偉大な心をはじめて見たのだったから。一族全部なら、彼女も入るはずだ。いや、彼女をこそ犠牲にしたはずだ。ほかのどの子より父は彼女の中に彼の一族を認めたかったのだ。それだからこそ愛したのだ。ビーチェはあっと思った。この父の墓辺で自分の運命の不思議な急転が起こったような気がした。厭うべき自分の運命を、私は本当は、あの頑迷なポポロからもらっているんじゃない。粗暴で、いい加減な兄たちからでもない。お父さまの手から私はいただいているんだ。だって、そうじゃない。あの結婚命令はみんな町に救いと平和をもたらすためだっていうじゃない。それなら私は自分の運命を受け入れなければいけないではないか。愛する父に差し上げたいと、あれほど熱望した希望がこれだったのだ。一瞬、彼女は自分の頭が父の額の上に触れたように思った――いま彼女は父の一番身近かで、父の意志に自分をすっかりあずけていた。

むろん彼女もサンタ・レパラータから一歩出れば、死者とのこのような親しいつながりからは目覚める。こんな遅い時刻になることも珍しいことではなかった。というのはビーチェはたいてい、夕方教会と中庭の入口を閉める納室係に追われて、ようやくそこを出たからである。帰路についた彼女が兄たちの野暮な塔に近づくと、ときどきもうかなり手前で、あたりを縦横に走る暗い小路のどこかから、カヴァルカンティ坊やの、「ビーチェ、ビーチェ、あなたはいつ来てくれるの」という、おずおずした声が聞こえた。というのは、坊やは今はもうウベルティの塔の下には昼間はあらわれなかったからである。アダレッタの青ざめた顔がいつ出て来て、彼女の悪態がしまいに石つぶてに変わり、自分に当たるのではないかと、気が気ではなかったのだ。たしかに暗闇の中でもアダレッタはわめき立てた――破廉恥なカヴァルカンティ家には母親のない雛っ子の世話をする女一匹いないのかと言って。しかし闇の中ではその小さな声にも力がこもった。それは一羽の夜鳴鳥か、かなしげな一匹のヒキガエルか、一人の母のない子のように、単調なリフレインをくり返した。

ビーチェはその声を聞くと、弾かれたように手で耳をおおい、兄たちのいる塔を避け、できるだけ遠くにある塀の中のくぐり戸から中庭を抜けて一目散に屋敷の奥へかけ込んだ。そしてまたも階段のところで、いつもそこで彼女を待ち伏せしている弟のコンティチーノに出くわしたりすると、あーと思うのだった。彼女は弟を容赦なく突きとばし、自室のドアの鍵を後手でおろし、さらに閂《かんぬき》をかけた。それでも、コンティチーノが外から拳骨でドアをどんどん叩く合い間に、「ドイツからシュタウフェンの王子が来て、あのがきの泣き声を終わらせてくれればいいんだ」と何度も叫ぶ声がいつまでも聞こえた。

良心的ではあるが、いささかぐずなポポロは貴族たちの引き延ばし作戦をしばらく放置しておいた。もちろん、婚礼衣裳はいっこうに出来上がらないのに、密使がシチリアやドイツへ派遣され、またもどって来たことを彼は承知していた。そこである日総督官邸《バルゲロ》から次のような命令が発せられた――婚礼衣裳が出来上がっていようがいまいが、どちらでもよろしい。晴着がなければふだん着で結構。要はとっくに署名された結婚契約の履行あるのみと。しかしその間に具合のいいことに、四旬節（断食期間）に入ってしまっていたのを貴族たちは楯にとった。教皇派は、四旬節の精進潔斎を婚礼祝いで汚すぐらいなら死んだほうがましだと断言した。ふだんは教会の掟などせせら笑っていた皇帝派も、このときばかりは教会をだしにして、そうだそうだと教皇派の言い分に賛成した。またも口を揃え、しかし憎しみに満ちて両派は、事態の切迫を憂慮するポポロを押し切り、もう一度、最後の延期を承知させた。ポポロは、むろん苦虫を噛みつぶしながら断言した――よろしい、諸卿の良心に免じて四旬節の終わりまで待とう。しかし四旬節があけた最初の日にかならずアルノー橋の上のローマの記念碑の前で平和の口づけを交し、正式に花嫁たちをその花婿たちに引き渡さなければならない。もし娘を連れて来ない者、または息子の嫁を引き取らない者があれば、その者の財産は没収、その者の名前は追放者名簿に記載されよう。なおこの処置は慣例により永久であると。そこで貴族たちも厭うべき結婚式を復活祭の当日までしか延期できないことを覚った。こんどは彼らはうわべは言われたとおり、花嫁を迎える準備に取りかかったが、その準備はこれまでの抵抗よりはるかに地下を潜行した。いまやフィレンツェの貴族たちのあいだで始まった四旬節の精進は何ともいいようのないものだった。そこいらじゅうの屋敷や塔の中に熱病のような活気がみなぎった。そこでは剱を磨き、鎧のほこりを払っていた。かしこでは兜の面頬《めんぼう》を調べ、鎖かたびらを補修していた。旗差物がひろげられ、おそろしい投石機まで隠し場所から引き出された。もうだれかが、その奇怪な行為は何のためかと尋ねても、まるで判を押したように、これはポポロのきめた花嫁を一家挙げての陣立てで送り迎えするためだという答えしか得られなかったろう。しかし市民は次のように囁やき交わした――「この町のお偉方を結婚させようというのがそもそも無理なんだ。いまに見てろ、きっとおそろしいことが起こるぞ。やつらは婚礼の晩になぐり込みをかけて、首をしめ合うかもしれん」。

子供たちだけは額面どおりに信じて、無邪気によろこんだ。子供たちは突然これまでの「教皇派・皇帝派」ごっこを止め、みんなの話では、「貴族たちの結婚」ごっこを始めたということである。毎日小さな楽しげな行列が歌や花輪とともに、花嫁を迎えた通りを練って行く姿が見られた。教皇派の子供たちは皇帝派の花嫁を、皇帝派の子供たちは教皇派の花嫁を迎えに行くのである。アルノー橋のローマの記念碑の前で行列は出会った。幼い花嫁が幼い婿殿に引き渡され、供の者たちは平和の口づけを交した。すべて、大人たちが命じられたとおりであった。

ギドリーノ・カヴァルカンティがウベルティ家の塔の下にあらわれるときは、もう彼ひとりきりではなく、おおぜいの供を従えていた。彼の一族郎党の子供たちが、一番末輩の弩《いしゆみ》射手の子供に至るまで全部ぞろぞろと彼のあとについて来た。今までのように暗くなるまで待つこともなかった。アダレッタをおそれる必要がなかったのである。そもそも彼女はもう窓ぎわへも来なくなっていた。子供たちのうれしそうな行列など見るのもいやだった。いまは逃れようもない娘の運命のことを思うと、それどころではなかった。ビーチェが小さなカヴァルカンティの行列を見たらもう一度窓から飛び出すだろうよ、だから私がビーチェを腕に抱きとめて、母親のキスで抑えておかなければいけないんだと、アダレッタはいつも言っていた。それなのに彼女はもうとうの昔に接吻などできなくなっていた。というより、子供たちがやって来ると、彼女はさっと屋敷の隅っこの一人きりの部屋へ逃げてしまうのだった。ただコンティチーノだけはときおり胸壁の上からくろい頭をのぞかせて、半ば憎らしげに、半ば興味深げに、小さな未来の姉婿をまじまじと見下ろした。というのは彼は兄たちが、わが家の結婚式のときは彼に嫁入り行列の先導役をやらせようと話しているのを聞き、それがちょっぴり彼の誇りをくすぐったからである。が、彼は、兄たちがそう言っていてじつは、カヴァルカンティ家の者たちをからかってやるつもりだったとは露知らなかったのである。だからコンティチーノもいまはほかの子供たちと同じように浮々しはじめた。そんなある日、おそろしいことが起こった。

教皇派の子供たちの小さな行列が今日もまた歌いながら通りを練り歩き、ウベルティ家の屋敷の前を通りかかった。ギドリーノがもうだれもが知っている「ビーチェ、あんたはいつ来てくれるの」を言ったときだった。彼の頭上の小窓が開いて、飛び出したのは、アダレッタの石つぶてのような悪態ではなかった。飛んで来たのは本ものの石つぶてだった。それこそ雨霰のような、ものすごい量の石だった。おそろしい投石機から射ち出されたような石の雨は、下にいるあわれな子供たちを悲鳴もろとも地面になぎ倒した。そのうちのいく人かは頭から血を吹きながらも逃げのびたが、残りはちぎれた花輪や花飾りの下に横たわったままだった。ウベルティ家の塔の下の小路全体が、踏みにじられた花園のようなありさまだった。その上をウベルティ家の者たちの高笑いが鳴りひびいた。

突然、投石と高笑いが止まった。その下の、踏みくだかれた花輪や、地面に倒れている子供たちのどまん中に、ウベルティの者たちがまさかと思った人物が突然立っていたからである。アダレッタがかねて心配していたとおり、本当に塔から飛び降りたか、それとも風に乗って舞い降りたかのように、その姿はそこに立っていた。それは走ってくるのに息を切らし、両手を翼のように左右にひろげて立っていた。かぼそい、力なげな少女の腕だった。しかしとたんにウベルティの者たちは投石を止めた。いくら何でも自分の妹に石をぶつけるわけにいかなかった。彼らは驚愕したまま下に目をこらした。彼らがそこに見たのはあり得べからざるものだったからである。このカヴァルカンティの小童の行列をだれよりもきらっていたのはビーチェ自身ではなかったか。兄たちが彼に向かって石を投げたら、彼女は手を打ってよろこぶはずではなかったか。兄たちは自分の眼を疑った――あれは本当に妹のビーチェなんだろうか。

その姿は、踏みくだかれた花輪と、点々と散る血糊のまん中で、ずっと手をひろげたまま凝固して塩の柱と化したように立ち続けていた。ここからもう梃子でも動かぬ。拭いきれぬ汚辱の記念碑として最後の審判までここにいつづけるのだといわんばかりに、じっと動かなかった。

やっと四方から救助の手が駈けつけた。小さなカヴァルカンティがビーチェのマントの下から見つかった。彼は半分気を失い、恐怖のあまり口がきけなかった。しかし人びとがビーチェの膝から彼を引き離そうとすると――彼は仔猫のようにそこにしがみついていたので――、またもやあの聞き慣れた、しかしああ、何ということか、すっかりきれぎれの小声があがった――「ビーチェ、いつ……」。とぎれた声がすすり泣きに変わった。すると全部の子供たちがすすり泣きはじめた。未来の全フィレンツェがビーチェの足もとで泣いているようであった。ビーチェはぴくっと体を震わせ、ぐるりと見回した。ひろげていた両手が下った。そのまま膝もとにいる子供のほうへ身をかがめた。「さあ、ギドリーノ、お行きなさい。お家へ連れてってもらいなさい」。彼女は若い母親のように少年の額にキスした。

塔の上にいるウベルティの者たちは怒りのあまり一瞬どよめいた。しかし次の瞬間しーんと静まり返った。下にいる娘は自分たちの知っているビーチェではない。そんな小娘をどうしてこわがるのか自分たちにも分からない、あの娘々していながら、どこか母親みたいな妹のビーチェではない。それはまったく別の、自分たちの知らないビーチェ、しかし自分たちがこの子をこわがるとき、いつも何とはなしに予感していたビーチェ――そうだ、それは父親と同じ危険な眼をもったビーチェだった。彼女はやさしい小さな手を、人を揺さぶる、と同時に人をたじろがせるような身ぶりで上へ挙げると、それを固く握りしめて、ウベルティ家の塔に向かって振った。そして兄たちに向かって呪いの言葉を吐いた。いや、それは呪いではない。それは彼女の父親の名前だった。彼女はそれを一度、二度、三度と、くり返し叫んだ。いつのまにか、空しくこぶしを握りしめているだけの小さな、やさしい少女の背後から、一つの巨大な影が立ち現われて、塔の上にいるウベルティの者たちと路上にいる全員の息を止めようとするかのようであった。路上の人たちは声も出ない子供たちを連れて無言のうちに去った。塔の者たちも無言のうちに消えた。

翌日、フィレンツェ中の人びとがこう言った――「あの娘がファリナータの名を挙げて兄たちを脅迫したとき、いまにもファリナータの影が墓から立ち上がるのではないかと思った。だって、そうじゃないか。ファリナータは昔彼の一族をわれわれの平和と、われわれの子供たちの平和のために犠牲にしたのだから。もし彼が昨日起こったことを知ったら、墓の中で眠ってはいられなかったろう」。

全市がウベルティ家の蛮行に驚愕した。だれもが教皇派の仕返しを予想した。しかし奇妙なことに市中は静まり返ったままだった。ただ、囁やき交わされる噂だけが、おびえた鳥が出口を求めて飛び交うように路上を飛び交った。貴族たちの婚礼衣裳が突然出来上がったが、それが、まるで葬式にでも行くようにまっ黒だということだった。そのうえ、花嫁はみんな花冠の代わりに未亡人のベールをかぶるそうだ。それもそのはずだよ。だって彼女たちは一刻も早く未亡人になりたいと思っているのだから。行列には歌も笛もなく、抜身の剱をひっさげてついて行くそうだとか、昔は教会の鐘を鳴らしたように、こんどは戦争の鐘を鳴らすことになりそうだという噂もあった。三十六人議会でさえ不安におびえた。しかしこの世を予定計画どおりに運ぼうとするものがみんなそうなるように、議会はいっそうかたくなに自分の意志を貫ぬき通そうとした。というのは、この地上のどこでも、一つの運命の機が熟そうとするときには、たしかにその運命に関係する人びとはおののき、蒼ざめはするが、自分のまちがいに気づく者はいない。だれもが、奈落への道を盲目的に走りつづけるものだからである。そのあいだにも四旬節は少しずつ終わりへ近づいていた。

四旬節も余すところあと数日となったとき、突然人びとは教会へ押し寄せはじめた。それまで、教皇は聖務禁止《インターディクト》によって、秘跡やミサなんかなくても生きられることを教えてくれたんだとうそぶいていた連中が、ふたたび神とその教会にお詣りしたいと、我先に言い出したのである。そこで、長いあいだ跪いたことなどなかった人びとがおおぜい跪いている姿が見られた。それは市全体に大きな不安がひろがったからである。いや、いまだかつてこんな大きな不安がフィレンツェにひろがったことはなかったと言っていいかもしれない。渇く者が水を求めて叫ぶように、人びとは教会で貴族たちの平和を求めて祈った。彼らはその理由をこう言った——「いま迫りつつあるものは、われわれがいままで耐えて来たどんなものよりもおそろしいことになるだろう。いったい、われわれの目にも死にかかって見えるもののために、どうしてわれわれの町まで死ななければいけないのだ」。

それというのも、皇帝フリードリヒの死以来下る一方のシュタウフェン家の星はもう二度と昇ることはなく、皇帝派が期待するコンラディン王子が本当にイタリアへ来ても、彼はそこで悲惨な最期を遂げるだけだろうと、グイド・ノヴェロの星占師たちが予言したという噂が流れていたからである。そこで、ノヴェロは皇帝派から抜けるのではないかという、以前からあったひそひそ話が貴族たちのあいだでむし返された。しかしフィレンツェの民衆はまたもやこう言った——「ウベルティの家の前で、かわいそうな子供たちが血まみれで倒れたとき、いまにもファリナータの影が立ち上がってくるような気がした。彼は自分の一族の滅亡を予言したのではないかな。なぜならノヴェロが皇帝派から抜けたら、皇帝派には戦う力などないからだ」。しかし皇帝派の者たちは、「グイド・ノヴェロの星占師たちは嘘つきの卑劣漢だ。あんなやつらは殺してしまえ」と言った。

それから二、三日して、サンタ・レパラータにあるシュタウフェン家の王子の小外套が何者かにいたずらされた。中庭の壁に掛けてあった小外套がずたずたにされ、泥をつけられてファリナータの棺の上に放り出され、さらにこの棺の上にも石や漆喰がばらまかれていた。むろん皇帝派の面々がただちに駈けつけ、大切なこの聖遺物をふたたびうやうやしく掲げたが、彼らがサンタ・レパラータからもどって来ると、教皇派のすべての塔から彼らに向かって次のような呼びかけがあった——教皇の命により、もしコンラディン王子がアルプスを越えたら、その祖父である皇帝フリードリヒと同じく王子も破門に処せられよう。しかしコンラディン王子を呼び寄せたのは皇帝派であるから、彼らは、悪名高きウベルティ家の者共を筆頭に、本日からでも破門に処せられるであろうと。すると民衆のあいだからまたもや次のような声が挙った――「やっぱり、そうだったのだ。ファリナータの影が立ち上がって、彼の一門の破滅を予言したのは本当だった。しかし彼はわれわれの破滅も予言したのだ。なぜなら、ウベルティ家と皇帝派が没落するより先に、彼らはフィレンツェを破滅させてしまうからだ」。

聖週間の最後の日〔復活祭の前日〕、アシジのフランチェスコのなりをした一人の見知らぬ修道僧がフィレンツェにあらわれた。彼は市門を入ると、まっすぐサンタ・レパラータへ向かった。彼はそこの、聖務禁止令《インターディクト》以来たくさんの石が散乱したままの教会前広場で立ち止まり、茶色い僧衣の袖をひろげて、大声で叫んだ――「平和、平和、世界の和解のために亡くなられた十字架上の神の御名において和解しよう」。

通りすがりの者たちが首を振りながら立ち止まって、言った――「お坊さん、あんたはどこから来なすったのか。フィレンツェに平和はないことを知らないなんて」。僧は答えた――「わしはシチリアから来たのだ。イタリア中に平和がなく、どこもかしこも教皇派と皇帝派ばかりなのと同じように、シチリアにも昔は平和がなかった。しかしいまシチリアにだけは平和がある。アンジュー公が来て以来、だれもやれ教皇派だとか皇帝派だとか言わなくなったのだ。公が両派を平等に屈服させてしまったからさ。そこで両派とも、抑えこまれないうちに両派が一致団結して公に抵抗すればよかったと、いまさらながらぼやいている始末さ。あんたがたのところの貴族たちもいずれそうなろう。それもごくごく近いうちにだ。アンジュー公の将軍がこの町を目指して進軍中だからな」。それからまた僧は叫んだ。「平和、平和、世界の和解のために亡くなられた方の御名において和解しよう。自分たちの町を救おう」。

人びとは悲しげにつぶやいた。「ここの貴族たちに仲直りなんかできっこないさ。五十年以上も争いつづけているのだ。聖務禁止《インターディクト》によってミサや神聖なものの有難味を忘れてしまったように、戦争によって平和の有難味を忘れることもあるさ」。

僧はやさしさと激しさをあわせて言った。「ここの貴族たちだって、その気になれば平和を保てる。ただしそのためには犠牲を払わなくてはならない。犠牲を払うつもりになれば、どんな時でも、どんな国においても平和は築ける」。

するとまた人びとは首を振った。「その犠牲を払うことこそ、ここの貴族たちが学ばなかったものだ。だれも自分の権力や利益を手放そうとはしない。まあ、ここに散らばっている固い石がなくなるようなことでもあれば、貴族たちも自分の石を捨てるかもしれんがな」。

僧はそれ以上答えなかった。彼はとある一軒の家へ入り、そこで手押し車を借り、教会の扉の前にある石を集めはじめた。それから石をいっぱい積んだ車を市門の外へ押して行って、そこの堀へ石を投げ込んだ。

僧がそこからもどって来たとき、馬上の騎士が彼のかたわらを駈け抜け、市門をくぐって衛兵に呼びかけた。「至急に私を三十六人議会へご案内願いたい。私はいっときの猶予もならぬ使信を携えている。アンジュー公の将軍ジュルダン・デリスルはすでにトスカナに入った。そして明日、復活祭の朝に将軍はフィレンツェへ入城するおつもりなのだ」。衛兵の一人が使者を案内して総督官邸《バルゲロ》へ向かった。しかしくだんの見知らぬ修道僧はふたたびサンタ・レパラータへもどり、教会前の石をどける仕事をつづけた。

ビーチェは父の墓が汚されたと聞いて、サンタ・レパラータへ駈けつけた。しかしいまはそこもふたたび、がらんと静まり返っていた。仰天した参詣人たちもすでに散っていた。ビーチェが何度もそこで遊んでいるところを見かけた子供たちも今日はいなかった。ウベルティの悪業以来母親たちは子供を外へ出さなかったからである。古い壁の中のあのサラサラという物音すら沈黙していた。まるでフィレンツェ中がそうであるように、ここでもおそろしい破壊意志が準備万端整え終わって、いま――発破の合図を待って――息をとめているみたいだった。

中庭の翼扉は本堂のほうへ向かって開いていた。本堂にはキリストの墓に見立てた一つの棺台が置かれていた。聖土曜日だったからである。本堂の奥から漂よう死の安らぎが、中庭へ流れ出て、墓所の死の静けさと混ざり合った。しかしそれとはもう一つ別な、死んだような静けさがそこにあった。それはきっとビーチェ自身の心の奥から来たものにちがいない。いつもはこの墓の辺らで聞き取ったと思ったやさしい挨拶に、今日のビーチェは聞き耳を立ててはいなかった。死んだ父がいまでは遠い、うつろな存在でしかないように思えた。父が墓の中から自分に無言で語りかけてくるとか、彼女が父から学んだ沈黙という高貴な言葉を通じて、父に自分の気持ちを聞き取ってもらえるなんて、どうしても思えなかった。それどころか彼女は、母のアダレッタと同じパタリアの徒になったような気がした。

彼女と愛する父とのあいだにかつて起こったと思ったことも、じつは錯覚だったのではないかという気がした。というのは、ファリナータの影が自分の上に立ち上がったということを、ビーチェ自身は露ほども知らなかったからである。ただビーチェが知っていたのは、自分のまわりがまっ暗だということ、それもますます暗くなるということ、まるで自分の心の中でいっさいの希望に不透明な幕がかぶせられたみたいだということだけだった。でも彼女は自分の心を投げ捨てて、幼いカヴァルカンティを受け入れたではないか。父の誓いを彼女も誓ったではないか。「だってそれは」と、彼女は心の中で言った。「私があの子にキスしたときの気持ちと、お父さまがエムポリでご自分とその一族を祖国の平和のために犠牲になさったときの気持ちとが同じだったからでしょう。だけど、お父さまの犠牲はこの町に勝利と幸福をもたらしたのに、私の犠牲は何にもならない、むなしいだけのものなのだ」。そして、なぜそうであるかもいまのビーチェには分かっていた。

棺の上方に、シュタウフェン家の王子のあわれな小外套が、兄たちの手でふたたび中庭の壁に掲げられ、一見すれば堂々たる王の外衣のちっちゃなミニチュアを想わせるが、よくよく見ると、上から下までずたずただった。いつもは身を守るようにひろげられていた両袖が、いまはだらりと垂れて、これも裂けている。細かい仕立ての襟からオコジョの毛皮がむしり取られているので、いまは赤い裏地がちらちらと光って見えた——まるでその襟に包まれたかわいい少年の首のまわりを血が一筋走っているようだった。それを見たとたん、ビーチェは兄たちの塔の下の血糊を思い出した。無辜の子供たちに石を投げ、幼い少年に追放の呪いをかける世界とは、いったい何という世界なのか。——そのとき彼女の心の中で一つの声が答えた——そんなのは世界じゃない。そんなのとは別にもう一つの世界があるはずだ。たとえば彼女自身がいた世界。仔犬も仔猫も、若い木々たちも、そしてもちろんあどけない子供たちも含めて、生きとし生けるものがすべて愛されるべき不壊の権利をもつ世界、すなわちビーチェの世界があるはずなのだ。現実の世界、それは、残酷な力の意のままに、どんなにやさしい草花でも、どんなにあどけない子供でも、生きるものは何でも踏みにじることが許される世界なのだ。現実の世界、そんなものはビーチェの世界じゃない。そんなものは、ビーチェがいままでだって、剱をガチャガチャいわせる兄たちに木で鼻をくくったような返答をするたびに笑ってやった世界だ。現実の世界を支配しているのは、ビーチェの、子供らしい、娘らしい、母性的な心ではない。そこで支配しているのは男の心ない性《さが》だ。男って何なの?

彼女の野蛮な兄弟たちがそれだ。権力と暴力へのむき出しの意志がそれだ。たえず破壊しようとする、戦争から戦争へと容赦なく突き進む、鬼のような衝動がそれだ。それが男なのだ。ただ一人の男が彼自身のこの世界を突き破った。しかし彼らはその男を追放のうちに死なせたばかりか、墓に入ってまで安らかに眠ることも許さなかった。そのことがビーチェに今日ほど痛切にこたえたことはない。というのは、明日になれば四旬節は終わる。全市がおののく、おそるべき日が始まるのだ。その日の晩を生き長らえるかどうか、だれにも分からない。この墓にどんなことが起こるかも分からない。それなのにビーチェはいま、いとおしい、寄る辺ない墓から別れなければならない。せつなかった。「私はお父さまの希望でありたかった。それなのに、かわいそうなお墓のお守さえ満足にできないのだわ」。

ビーチェが中庭を出たときも、修道僧はあいかわらず教会の扉の前の石をせっせと片づけていた。彼女はウベルティ家のみんなと同じように神父や修道僧を好まなかった。彼らを通じてファリナータへのおそろしい追放令が下されたからである。しかしこの修道僧が仕事に励んでいるのを見たとき、これは手伝わなければという気持ちに襲われた。この人が取り除いているのは、父の墓を汚した悪意の石なのだから。それを取り除くのを手伝えば、見捨てられた墓のお守にすこしでも役立つことになるだろう。彼女は腰をかがめて、石を拾いはじめた。

僧はそれに気づいて、親しげに声をかけた。「神のお恵みがありますよ、お嬢さん。私の善行を手伝ってくださるのですから」。ビーチェははねつけるように言った。「私はあなたや、あなたのお仕事を手伝っているのではありません。私がしているのは、父のお墓のためにしているのです。これらの悪意の石は父のお墓を汚したのです。これからもいつまた汚すかもしれないのです」。

僧は耳を傾け、それからためらいがちに言った。「墓を汚されたとおっしゃるところから見ると、あなたはもしやファリナータの娘さんでは？」。

ビーチェはつっかかるように答えた。「そうですよ。私の父は、あなたがた神父たちによって地獄へ堕された人です。ですから、教会の前にあるこの石を父の墓にぶつけても罰を受けることはないのです」。

すると僧は、ため息をつきながら、自分ひとりに言いきかせるように言った。「たしかに、おっしゃるとおり、教会の前は石ころだらけだ」。それからビーチェのほうを向いて、慰めるように言った。「お父上が地獄におられるかどうかは神さまだけがご存知です。しかしわしにも分かっていることはあります。それは、地獄がすでにこの地上で始まっているということです。そして地上にあるこの地獄にお父上は勝たれたのです。それはお父上がエムポリでご自分とご自分の一門、その上ご自分の将来の墓の平安までも、この町を救うために犠牲になさったからです。だから墓が汚されても、あまり苦にしなさるな。お父上ご自身は、町をもう一度救うためになら、今日にでもご自分の体を灰にして撒き散らしてしまうことを進んで希望されましょう」。

「希望」という言葉を聞いて、ビーチェの眼に涙があふれた。いまのビーチェはパタリアの徒に近い気持ちだったからである。顔をそむけたまま言った。「父は希望など持てません。死んでいるのです」。

「死んでいるとはどういうことかな、お嬢さん。明日は復活なさったお方の祝い日ですぞ」。

ビーチェは反駁した。「私たちウベルティ家の者はあなたのいう復活者とは何のかかわりもありません。教皇さまが私たち一族を追放したのですから」。

間髪を入れず僧が言った。「しかし復活なされた方ご自身が、追放された方だったのですぞ。キリストを十字架にかけたのは、神を信じない人びとではなかったのです。あの当時の信心深い人びとだったのです。ですから安心なさい、お嬢さん、追放された者でも神の御業《みわざ》の道具になれます。お父上がそうでした。あなたもそうなれるでしょう」。

この坊さんは私をなめているんだとビーチェは思った。彼女は聖職者に対する不信に凝り固まっていた。絶望的な気持ちだった。「父は男でした。でも私は弱い女です。私みたいなものを神が道具にするはずはないでしょ」。

僧はふたたび彼女に同情の眼を向けた。しかし彼女はそれには気づかなかった。彼のほうを見るのもいやだったからである。「女だからといって歎いてはいけない。女はとても強いのじゃ。静かだが、偉大なものが女には托されている。それはすべての生きとし生けるものの母胎なのじゃ。男も女から産まれる。エヴァは男にリンゴを与えた。聖母マリアは男に神のお慈悲を伝えた。そうじゃろ」。

ビーチェはさっきからもういい加減に逃げ出したかった。しかしこの坊さんをちょっといじめてやろうという気もあった。彼女は言った。「あなたはきっとえらいお坊さんなんでしょう。でも私にはあなたの言うことが分かりませんの。私の母はあなたの使う言葉を私に教えてくれなかったんですもの。だって、母が信心深かった頃は、私はまだ舌もまわらぬ子供だったし、私がものが言える頃には、父はとっくに破門され、母はそれで信者や信仰を憎んでいたからです。きっと母は憎しみをもって教会を追放したんでしょうね、教会が私たちを追放したみたいに。ほかの人の母だったら、そんなことはなかったんでしょうに」。

　僧はがまん強く答えた。「お嬢さん、あんたはお父上の破門にずいぶんこだわっておられるが、お父上の破門のとき、どんなことが起こったかご存知かな」。ビーチェはそれを知らなかった。それで答えにつまった。しかし僧はことばをつづけた。「教皇さまの破門状がもたらされたとき、ちょうどお父上はお仲間やご家族と楽しい食事の最中だった。使者がそれを読み終わると――それは、お父上が皇帝フリードリヒに忠実だったというただそれだけの理由で、お父上に属するいっさいのものを悪魔の仕業とする、ひどい破門状だった――お父上はおごそかに席を立った。人に行手をさえぎられたときに見せるあの危険な眼をまっすぐ天に向け、片手を同じく天に伸ばした。顔は唇までまっ白だった。そして彼に呪いをかけた者と、それを許した天上のお方に向かい、すさまじい呪詛を放つためにその唇を開いた。だが、その言葉が出るよりも早く――怒りに喉がつまって声にならなかったのです――彼の母、すなわちあの善良なグアルドラダ夫人が席を立ち、息子のほうへ歩み寄り、両手をひろげて、その胸に息子を抱きしめた。長いあいだ抱きしめていた。それから――召使がファリナータに給仕するのをためらっていたので――年老いて、体の不自由な夫人が手ずから息子に給仕をした。息子に食事を差し出し、杯を満たした。そしてその杯を息子の唇へ持っていき――彼は苦痛と怒りのあまり杯を持てなかったのです――、高貴な人間に向けるべきあらゆる畏敬と、考えつくことのできた限りのあらゆる愛情を彼に示した。最後に夫人は息子の頭に手をおき、やさしい声で、しかしはっきりと、息子の上に母からの祝福の言葉を言った。そういうわけで、さしもの豪毅なあの方も心を動かされ、二度と呪詛の言葉を吐かなかった。やわらかい光が永遠に彼の魂の中に差し込んだかのようだった。だからわしたちはファリナータについての出来事を奇跡と言っておるのだ。無慈悲な破門が彼にふりかかったとき、まさしくそのとき彼は慈悲の心にあふれたとな。グアルドラダ夫人が彼をしっかりと抱きしめたから、彼は一生その胸から離れなかった。お分かりかな。わしが女の力と言ったのがどういうことかが。おあのとき教皇さまとその教会の呪いより女の力が強かったのだとわしは思うのだ」。

　ビーチェはこの話のあいだその大きく明るい眼を驚いたように見開いて、はじめてこの修道僧をまじまじと見つめた。地震で地割れしたかと思うばかりの、峡谷のように深い皺の刻まれた、ごつい顔だったが、その上には柔和な光が注がれていた。ビーチェは心の中で言った。「神父や坊主なんていうのはみんな腹黒いんだから。彼がおまえをつかまえようとしているのにひっかかっちゃだめよ」。それからだしぬけに言った。「お坊さん、あなたはいま話してくれたことをどうしてご存知なの。私の父に破門状が届けられたときその場にいたとでもいうの」。

すると僧のごつごつした顔に、品のいいはにかみの色がさした。「そう、一人の人間がそこに居合わせた。破門状を持ってきた当人じゃ。彼はあんたのお父上の部屋に入っていったが、二度と出てこなかった。出てきたのは別な人間だった。グアルドラダ夫人がお父上を祝福したときに居合わせたのは、その別な人間だったというわけさ。それでは最後にもう一言いわせてもらおう。あのとき教皇や教会より強かったのはグアルドラダ夫人ではない。あのときグアルドラダ夫人の中にある教会が強かったのじゃ」。

この話のあいだに修道僧はサンタ・レパラータの扉の前の石を集め終わっていた。彼は額の汗をぬぐい、それからまた茶色の僧衣の袖をひろげて、大声で叫んだ。「平和、平和。最後の時にあなた方の町にお慈悲を！」。叫びながら僧は、彼の福音を聞きに集まった者はいないかというように、あたりを見回した。しかしビーチェのほかにはだれもいなかった。そこで彼はビーチェを祝福し、それから最後の石を市門の外へ運んでいった。ビーチェは心の中で言った。「あの坊さんの言うことを私はどう活かしたらいいのだろう。私はグアルドラダ夫人じゃない。私は救い手のない子供のほかに、だれに対しても力を持っていないのだもの」。

塔のそそり立つ兄たちの城館へビーチェが入ると、階段の一番下のところでもうおおぜいの人たちのざわめきが聞こえた。皇帝派の全貴族の重だった者たちがウベルティ家に集まっていた。三十六人議会が各貴族に、アンジュー公の将軍がすでにフィレンツェのすぐ近くまで来ていることを知らせたからである。同時に議会は敵対する貴族たちに、相共に市の防衛を協議するため総督官邸《バルゲロ》に集まってほしいと懇請した。しかし貴族たちはそれを拒否した。それどころか教皇派は歓声をあげていたのである。彼らは将軍を待ちに待った結婚式の賓客として門を開けて迎え入れるつもりだったのだ。他方、皇帝派のほうは、将軍に門を閉ざし、教皇派に殴り込みをかけ、そうすぐには立ち上がれないような目に遭わせてやろうと誓っていた。そこで両派は別々に、皇帝派はウベルティ家に、教皇派はアディマリ家に相会していたのである。共通の運命を憂うる者はいなかった。どちらも、どうやって相手をやっつけてやろうかと、身内の者ばかりと相談し合っていた。

城の中庭では最後の戦闘準備に余念がなかった。ときおり武器の触れ合う音がした。しかし二つの高い塔をつなぐ主屋の階々にはだれもいなかった。召使たちはみんな外へ追い出され、中ではなにやら秘密めいた仕事に取りかかっていた。アダレッタ自身は来客に酒を給仕するために配膳台のところに坐っていた。――ビーチェが、客たちが会議をしている大広間のドアの前を通りかかったとき、コンティチーノにけつまずいて転びそうになった。彼はドアの前の床にはいつくばって、敷居に耳を押しつけていたのである。姉のほうに上げた彼の顔が恥と怒りでゆがんでいたのは、兄たちから貴族たちの会議は子供の出る幕じゃないといわれたからである。しかしコンティチーノのほうは、明日のビーチェの輿入れにはおまえが先導役を勤めるのだ、だからおまえはもう一人前の大人と思っていいんだぞといわれ、兄たちのじつは嘲笑の言葉を本気にとっていたのである。ビーチェがコンティチーノのほうへ腰をかがめているあいだ、彼が子供っぽい怒りに体をわなわなと震わせているのを彼女は感じた。彼女は彼のそばにしゃがみ込んで、くしゃくしゃになった彼の黒い頭髪に頬ずりした。「あきらめなさい、コンティチーノ。あんたと私は、どうせ、わきでおとなしくしていなければいけないのよ」。こんなふうにいつも――と彼女は思った――弱い者同士はもたれかかり合っているのだ。

大広間に集まっている者の中にグイド・ノヴェロの姿だけがなかった。そのことがウベルティの者たちの気分を不思議なくらい重苦しくさせた。それが、彼らがこれまで一度も考えようとしなかったことだが、自分たちが戦いに負けるかもしれないという考えを、彼らの頭にはじめて浮かばせたのである――彼らは、破門されたときだって、教皇からシュタウフェンの王子を破門すると脅かされたときだって、負けるなどということを一度だって考えたことはなかった。破門なんて何度されたかしれない――そんなものはおれたちには痛くも痒くもない。だがドイツの傭兵隊の指揮をとるグイド・ノヴェロに見放されたら、これは一大事だ。一つの時代の時計が回り、その時代に強力だった者たちが、自分たちの終わりの時刻が近づき、没落の霊たちが自分たちに手招きしているのを予感するのは、何とも空恐ろしいことである。そうなると彼らの生への意志は、かつてないほど俄然と立ち現われる。そして彼らの運命の暴力も姿を現わす。こうして彼らの存在の原法則が現われてくる。つまりわれら一門とは何であったか、そしていま何であるか、一門は何のために死ぬことができるか、何のために裏切ることができるかということがすべてもう一度あきらかになるのである。

彼らはいま、明日の戦いに備えて手勢を分けるために、武器をとれる男の数を数え始めた。つぎつぎと名前が呼ばれ、出席者のそれぞれが自分の提供できる人数をあげた。グイド・ノヴェロのところへ来ると沈黙が生じた。彼はいまだに姿を見せない。だれも本音を吐こうとしなかった。とうとうだれかがその欠席者の代わりに発言した。「それにさらにグイド・ノヴェロ指揮下のドイツ軍団五百人がいる」。その言葉が消えゆく前にさらに別な声がゆっくりと、重々しくあがった。「それは本当に大丈夫なのか」。すると全員の眼がウベルティの兄弟たちに集まった。というのは、ウベルティの兄弟たちがノヴェロを皇帝派にひきつけておく奥の手があると言っていたからである。そこでいまほかの者たちがその首尾をただそうとしたのである。

ところがウベルティの兄弟はあれ以来グイド・ノヴェロに、妹を差し出すと二度と言い出せないでいた。それというのも、あのときノヴェロが主張したビーチェ本人の意向をいまだに聞き出せなかったからである。それも兄たちがこの妹に対して何ともいえぬ気おくれを感じていたからであるが、ついこのあいだこの妹から脅されて以来、この気おくれの理由も何たちには分かっていた。しかしいまのいま、そんなことは言っていられなかった。

ところでもう一度くり返すが、一つの時代の時計が回り、その時代に強力だった者たちが、没落の霊たちが自分たちに手招きしているのを予感するのは、空恐ろしいことである。確かに、絶対裏切らないなどということはあり得ない。沈みかかった船が最後の底荷《バラスト》まで捨ててしまうように、いまはウベルティの兄弟たちも気おくれと羞恥をかなぐり捨てた。彼らは大広間で顔を赤らめもせず、ノヴェロと彼の軍団を味方に入れられるなら、彼に妹をくれてやるつもりだと発言した。しかし聞いているほうも顔を赤らめなかった。日頃名誉を口にする誇り高い貴族の頭たちが、顔をしかめもせず、藁をもつかむようにウベルティの言うことに聞き耳を立てた。アダレッタだけが青ざめた顔をちょっとあげた。彼女はそれまで、隅っこの彼女の小部屋にひとりきりでいるみたいに、大きな灰色のマントにしっかり身をくるんで、ほとんど身じろぎもせずにそこに坐っていた。かっかした男たちばかりでどんな話が交わされようと、まるで関心がなかった。男どもがまた戦争や人殺しの相談をしている。こいつらはいつだってそうだったし、これからも永久にそうだろう。それなら何も聞いてやる必要なんかないじゃないか。ところが突然、ビーチェの名前が耳に入った。アダレッタはびくっとして、男たちのほうへ耳を寄せた。それから彼女の青ざめた顔がみるみるうちにまっ赤になった。彼女がすさまじい勢いで立ち上がった拍子に、大きな灰色のマントが彼女の肩から滑り落ちた。

「この、ろくでなしめが」と彼女は甲高い声をはりあげた。「おまえたちは、妹を子供に縁付けたと思ったら、今度は売女にまでするつもりか」。ウベルティの兄弟たちは無邪気にもこう言った――お母さんは何でそんなにいきり立つんだ。今日はもう昨日までみたいにやかましいことは言わないでほしい。ビーチェがりっぱな男に対して力を持っているなら、どうしてその男の愛人になってはいけないのだ。「あの子がお父さんの娘だからよ」とアダレッタは言ったが、その言葉をだれも聞いていなかった。兄たちの最後の言葉のとき全員がドアの方角から、あるいはドアの向こうからかるい叫び声を聞いたからである――それはよろこびの声か、それとも驚愕か、あるいはその両方なのか。頭たちは不意を打たれたように顔を見合わせた――まさかわれわれの会議が立ち聞きされていようとは。一人がドアを開けるために立ち上がったとき、すでに向こうからドアが開き、戸口の枠の中にビーチェが立っていた。それはみんなが知っているかわいい小娘のビーチェではなかった。先だって兄たちを脅かした不気味なビーチェでもなかった。ついさっき父の墓から別れたときの絶望したビーチェでもなかった。そこにいたのはまたもやまったく新しい、誰も知らなかったビーチェだった。彼女はのびのびした、嬉しそうな身ぶりで、おおぜいの見知らぬ男たちにひるむこともなく、人の立て込む広間を横切ってウベルティの兄弟たちのところへ歩み寄り、彼らの前に立ち止まり、みんなに聞き取れるような明るい声で尋ねた。「お兄さま、私がグイド・ノヴェロに対して力を持っているって本当ですか」。

不意をつかれた兄たちは、物の怪でも見るように彼女に目を見張った。それから気を取り直して言った。「ビーチェ、ノヴェロはもう何年も前からおまえを妻に欲しがっていたんだ。うちの父から断わられたが、彼は今でもおまえを欲しがっている。われわれがおまえを彼に取りもってやれば、われわれは、この大事な時にわれわれに役立つことや、おまえがたったいま聞いたようなことを彼に要求できる。われわれはノヴェロとドイツ軍団がいなければ戦えないのだ。われわれだっておまえのことを考えていたんだよ。あんなばかな結婚契約のことなんか忘れさせてくれるような愛人をおまえに持たせてやりたいとかねがね思っていたんでね」。

ビーチェ――「そしてそのグイド・ノヴェロは、モンタルペルトでお父さまの命を救ってくださった人なんですね。お父さまがいまわの際までこの町の運命を托そうとした人なんですね」。

最後の質問に兄たちはいやな顔をした。彼らに言わせれば、ファリナータはあのとき息子たちを呼び寄せるべきだったからである。兄たちはどなりつけたいところだったが、こんなときにできるわけがなかった。それにそもそも彼らにそんな気はまったくなかった。思ってもみるがいい、もしビーチェが彼らの計画を拒んだらどういうことになるか、いやがる女などノヴェロのほうだって断わるにきまっている。ちゃんと彼は兄たちにそう言ったのだ。そこで兄たちは少しあいまいに、そうだよ、モンタペルトで父の命を救ったのはノヴェロだよと言った。

するとビーチェが鸚鵡《おうむ》返しに言った。「それではグイド・ノヴェロを私のところへ連れて来てください。早く、すぐに連れて来てください」。そう言ったときビーチェの若い顔が婚礼の日の幸福な花嫁のように輝いた。だがまたもや兄たちは妹に対するいい知れぬ恐怖に襲われた。自分たちが救われたと思う十分な理由があったにもかかわらず、じつはもう負けたような気がしたのである。

そのあいだにアダレッタは人をかき分けて、ビーチェのところへ行った。「この子の言うことを聞かないでおくれ」と彼女は息子たちに言った。「この子は自分の言っていることが分からないんだから」。それからビーチェの手を取った。「私のほうへおいで。でないと、もうファリナータの娘じゃないよ」。

ビーチェは、誰にも分かるような明るい、澄んだ声で言った。「お母さま、私はいま、いままでになかったほどファリナータの娘です」。彼女はアダレッタの手をほどいて、ふたたび兄たちに向かった。「グイド・ノヴェロを連れて来てください」。

これで兄たちもやっと恐怖を払い落した。ビーチェが同意したことの意味を、集まった者たちも理解した。彼らは立ち上がって、あちらこちらから彼女に声をかけた。「いいぞ、娘さん。きれいなおべべを着て、おめかししなよ。ノヴェロと幸せになって、彼をおれたちにしっかり結びつけてくれ」。

もう一度、明るく、澄んだ声でビーチェは言った。「あの人を結びつけてしまうわよ」。

グイド・ノヴェロのフィレンツェ撤収について、のちにいろいろと取沙汰された。たとえば、ノヴェロは星占師たちのいうことを聞いて、とうの昔に離反することにきめていたのだ。移り行く時代の流れを知っていたなどと。アンジュー公に買収されたとか、いや、彼自身が意気阻喪したのだと主張する者もいた。しかしそれらはみんなまちがいである。ここでこれから語られることが真相である。

ウベルティの兄弟たちは長いこと締め切ったままにしていた父の寝室を片づけさせた。というのは、破門されたまま死んだファリナータのことや、瀕死の彼のかたわらに寄り添ったグアルドラダ夫人の死霊に、召使たちがいまだにおびえていたからである。

そこにいまグイド・ノヴェロが立って、愛する人が来るのを待っていた。彼は金の縁取りをした真紅の上衣を着込んでいた。これは彼が自分の結婚式に着たものだったが、いま彼が考えているのは、その結婚式のことでも妻のことでもない。もう何年も前から欲しい欲しいと思ってきたかわいいビーチェのことだけであった。ときおり自分でも、そんなにもビーチェを欲しがるのが不思議だった。恨みと怒りを抱いて彼女の父に背を向けたとき、彼女に対する愛着も消えるだろうと、あのときは思った。ところが消えなかった。それどころか、ますますつのるばかりなのだ――まるであのときの恨みと怒りは、彼女をものにした勝利感を得なければ消えないぞといわんばかりに。そしていま、その勝利が現実のものになるのだ。

ノヴェロは部屋の中を見回した。彼の偉大な師が殺到する激務に夜も眠れなかったときなど、何度も彼を呼び寄せた部屋である。あそこにあるりっぱな夫婦のベッドで、かつてはファリナータもアダレッタとともに憩ったものだった。しかしそれもずいぶん昔のことだ。あの頃はもうアダレッタも、自分ひとりの隅の小部屋で寝るようになっていた。彼女は夫をとても愛していたが、信心深い彼女は破門された夫に身も心も凍りついていたからである。あのアダレッタが昔はそれほど信心深かったのだ。だからファリナータには、フィレンツェ市のほかに同衾相手はいなかった。いってみれば、毎夜この町を抱いて寝ていたのである。ノヴェロがこの部屋で最後に師を見たときも、師のかたわらにいたのはこの町だった。あれはちょうど、見かけはまだがっしりしていた師をすでに死病が蝕み始めていたときだった。ということは、敵に憐れみをかけることは危険なことであり、憐れみをかけた者を破滅させることになるということを師が徐々に分かりかけていたはずのときだった。しかし敵から憐れみを受けるほうがいっそう危険なのは、そのことが憐れみをかけられた者に、彼の魂の破滅をもてあそぶことをけしかけるからである。そしてまさにあの頃、恩知らずの教皇派キアッタ・ウバルディニが彼の魂の破滅をもてあそんだのである。しかし、この反逆者を打ち倒すことはもうファリナータにはできなかったので、彼はそれを若い友人のノヴェロに托さなければならなかった。ノヴェロは彼の若々しい残酷な勝利の印を何の屈託もなくこれ見よがしにして、師の病床にやって来た。すなわち右手には、彼が腕を切り落したキアッタ・ウバルディニの血に染まった手袋を、左手には、萎れた木の根っ子を束ねたものを、野蛮な戦勝記念として携えて来たのである。それは、ウバルディニ家の七つの苗床のうち、ただ一本のブドウの木も、ただ一本の若い果樹も容赦せず、ノヴェロが根こそぎにしてきたことを表わしていた。

グイド・ノヴェロは誇らしげに顎を突き出し、美しい褐色の顔を輝かせて言った。「私は敗者を犯罪者のように扱ってやりました。彼らは敗北から二度と立ち直れますまい。彼らの苗床がわれわれの苗床と二度と競うことはなく、彼らの収穫がわれわれのそれを凌駕することはありますまい。また二度と」――彼はポケットから三個の黒く煤けた石を取り出した――「彼らの焼け落ちた城が再建されることはありません。これが彼らの城に残ったすべてです。そしてその中に住んでいた者どもはいま私の地下牢にうずくまっています」。これで――ノヴェロはそう考えた――ファリナータは、おれがもう何度も懇望した娘をおれに拒むことはできまい。

しかしそのときはもう、師の危険な眼差し、すなわちビーチェに求婚した者ならば誰でも知っているあの眼差しが、死の病いに冒された眼からさえ、彼に向けられていた。長い重苦しい沈黙が続いた。

やっと若いノヴェロが口を開いた。「ファリナータ、あなたがお嬢さんをだれにもやらないというのは本当ですか。あなたは私を殺したいとでもいうような眼で私をご覧になる。しかしたとえ私を殺したいとしても、あなたは私に本当のことを打ち明けてくださる義務があります。私はモンタルペルトであなたの命を救いませんでしたか。あなたは私をわが子と呼びませんでしたか。私はエムポリ以来今日まであなたのもっとも忠実な部下ではありませんか」。ふたたび長い沈黙。ついにファリナータが苦しそうな声で言った。彼にも、グイド・ノヴェロには本当のことを打ち明けなければならないことが分かっていたのである。何といっても彼のもっとも忠実な部下なのだ。「君はエムポリのことを言うが、あのとき私が何を誓ったか、いまでも覚えているか」。

グイド・ノヴェロ――あのときファリナータは、フィレンツェ市が滅びるくらいなら、われとわが一門が滅びるがよいと誓った。

「いかにもそうだ、グイド・ノヴェロ。そこでいま、君がわしの息子で、わしのもっとも忠実な部下でありたいならば、わしがエムポリで誓ったことを君も誓うことができるか」。

若いノヴェロは虚を突かれた。「ファリナータ、人が求婚するときには、彼の一門の没落を承認するのでなく、むしろ一門の弥栄えを願うものです」。師を何よりも愛するが故に、辛かったが、「あなたがエムポリで誓ったことを私は誓うわけにはいきません」。

「君にそれができないことは、わしにも分かっていた。というのは、君がもしそれを誓えるなら、君はいまこそ君の兵隊たちに、敵方の果樹やブドウの木に二度と手をつけるなと指示しなければならないだろう。敗者の収穫がふたたびわれわれの収穫と競うことになっても苦にしてはいけないはずだ。またそうなれば、君はキアッタ・ウバルディニを見舞って、君に切られた血まみれな手に繃帯をするのを手伝い、友情の握手を彼と交わさなければいけないだろう。さらに壊された城の再建に手を貸さなければいけない。またとりわけ君自身の城で、残酷な地下牢の落とし戸を漆喰で塗り込め、敗けた敵をその中で呻吟させてやろうなどという誘惑に二度と駆られないようにしなくてはいけないのだ。よいかな、グイド・ノヴェロ。わしの娘をわしからもらいたければ、これらのことをすべてしなくてはならないのだぞ。なぜなら、君にそれができないかぎり、君はわしの娘のやさしい心を、若い果樹の根っ子と同じように踏みにじることになるからだ。わしの娘ビーチェは、わしが誓ったことをいつかかならず誓ってくれるだろう。そうなれば、エムポリでわしの涙で人びとが押し流されたように、彼女の涙で君が押し流されるようなことが起こるかもしれない」。

「とんでもない、そんな涙は私が彼女の顔に口づけして拭い取ってやります。それに女の涙にどれだけの意味がありましょう」。

「君のいうとおりだ、ノヴェロ。女の涙など取るに足らぬ。女の情けだって取るに足るものではない。しかしもし男が情けをかければ、世界は動く」。

「いや、世界は動きはしません、ファリナータ。あなたがエムポリで恩を施したのも無駄だったのです。ウバルディニがいい見本です。教皇派はあなたの恩に仇をもって報いたではありませんか」。

「そんなことはない、世界は動いたのだ。フィレンツェは生きているではないか。ただその代償をわれわれはまだ払っていないのだ。分かるかな、わしの言おうしていることが」。

「それが分かれば、私もあなたの誓いに同調するでしょうが。でもやっぱり、私は誓うことができません。もしも誓ったりしたら、私の一族のみならず、全皇帝派が滅びることにてるでしょうから」。

するとファリナータは死病に冒された危険な眼をグイド・ノヴェロに向けた。「君は、教皇派か皇帝派のどちらかが滅びぬかぎり、フィレンツェを滅亡から救えぬと信じているのか」。

若いノヴェロは反射的に答えた。「その場合私は教皇派が滅びるのを望みます」。

「双方とも滅びるだろう。しかし教皇派または皇帝派の名で滅びるものが、フィレンツェの名で生きるだろう」。それから彼はノヴェロを退室させた。ノヴェロは悩み怒りながら部屋を出たが、あれから二度とここに足を踏み入れたことはなかった。

ビーチェを待っているいま、ノヴェロの心にそれらのすべてが蘇っていた。かつての屈辱がいまも彼の中で開いた傷口のようにむき出しになっていたが、痛みは、欲しかった女がこれから手に入るという勝利感にかき消されていた。彼は胸の中で言った——おれは偉大なファリナータに勝った。彼の娘を手に入れられるからだ。彼が妻としておれに拒んだ女が、いまはおれの愛人になることを進んで承知したのだ。彼には邪魔できない、死んでいるのだから。だがおれは生きている。彼がおれに拒んだ同じこの部屋で、あの女がおれのものになるんだ」。

ドアが開いて、ビーチェが入って来た。兄たちはおめかしして行けと行ったが、ビーチェはそうしなかった。それにもうそんな余裕もなかった。時は刻々と迫っていた。熟れすぎた果実が運命の樹からいまにも離れんばかりに、ことは急を要した。一時間ごとに駈け込んでくる早馬は、アンジュー公の将軍が夜を徹して馬を走らせていることを告げていた。

ウベルティの兄弟たちが左右から妹を挟んでいた。コンティチーノだけはいなかった。彼らは考えた末に彼をおいてきたのである——愚かな少年はあいかわらず明日は花嫁行列の先導を勤めるつもりでいた——。ウベルティの兄弟たちの若い、すさんだ顔はどれも酒で赤かった。やっぱり自分たちのすることにやりきれない思いだった。父の寝室のドアを開けて、ビーチェを連れてくる前に、杯を何杯もあおらずにいられなかったのである。

彼らは妹といっしょに部屋を入ると、すぐまた外へ走り出て、ビーチェがまた戻ってくるのをおそれるかのように、ドアを固く閉めた。しかしビーチェは戻らなかった。ただちょっとのあいだ入口で立ち止まった。彼女もノヴェロと同じようにこの部屋との久しぶりの再会にある種の感慨をおぼえたのである。心のうちで思った——ここでかつてお父さまは空しく待ったのだわ——ここで私がお父さまに約束したことを今日果たすことになるのね。

グイド・ノヴェロはすぐにでも愛人を両腕に抱きしめたかった。女に向かって血が激しく騒いでいた。しかし当の女を前にしたとたん、彼の腕は萎えたようになっていた。明るい、愛らしい女の姿のあとから、ひとつの影がついてきて、その影がこの部屋のあらゆるものを、彼、ノヴェロ自身の勝利と陶酔を暗く覆っているかのようであった。ウベルティの兄弟たちに起こったことが彼に起こったのである。彼は、見果てぬ夢の実現を目前にしながら、土壇場でいっさいがご破算になるような気がした。

そのあいだにビーチェは、さきほどわが家の大広間で兄たちのところへ進み出たときと少しも違わぬ、恐れを知らない確かな足どりで、ノヴェロのほうへ歩み寄った。どぎまぎする様子も、はじらう風情も見られなかった。それどころか、何か大きな、自由な、ほとんど荘厳なものが、かわいらしいビーチェの上に注がれていた。ノヴェロはこれがあの娘とはにわかに信じられなかった。それにあたりの様子は彼女と二人きりという感じではまったくなかった。ノヴェロが彼女の到着を待っているあいだ、目には見えないがノヴェロを待っていたとしか思えぬ第三者が突然出て来たとでもいうように、深々とした呼吸が室内を漂った。それにうろたえた彼は平生にも似ず、彼女が来てくれたことに言葉につまりながら型どおりの感謝の言葉を述べるのがやっとだった。

彼女は親しげに、そしてはっきりと言った。「グイド・ノヴェロ、そのように私に感謝なさらなくて結構です。私が参りましたのは、あなたの感謝を受けるためではありません。私が参ったのは、あなたにお願いしたいことがあるからです。私の兄たちは私があなたの心を動かす力があると申しています。それならどうか私の願いを無下になさらないでください」。

ノヴェロは承知したというように胸に手を当てた。彼はすでに久しく彼女を求めていたこと、この時をどんなに待ち焦がれていたかを彼女に言うつもりだった。ところがその言葉が口から出なかった。もしここで求愛を口にしたら、たちまちこの部屋が数年を逆戻りし、ビーチェが入って来たときに現われたあの第三者が自分と愛人とのあいだに割って入りそうな気がしたからである。

彼女は澄んだ眼を彼に当てたまま、常に乙女の品位を平静に保ちつつ、愛らしく、そしてやさしい厳かさをもって要求した――「あなたは手を胸にお当てになりましたね、グイド・ノヴェロ。では私がその胸に対して力を持っているなら、お願いいたします。あなたのドイツ軍団とともに今夜中に町を出てください。この町の貴族たちの決戦を抑え、フィレンツェを救うには、ほかに手だてはありません。私たちはフィレンツェを救わなければなりません。それは私の父がエムポリで、フィレンツェを滅亡させるくらいなら、われとわが一門が滅びるがよいと誓ったからです。私たちには父の誓いを守る義務があります。あなたは彼から息子のように可愛がられましたし、私は彼の娘です」。

いや、本当にいま、この部屋が数年前に戻され、ノヴェロはふたたび師の前に立っているのだ。師の危険な眼がいわば彼の娘の柔和な眼を通して彼を見つめ、かつて師が彼に要求したと同じことをいままた彼に要求している――そっくり同じだ。ウベルティが騙しやがった。愛の一夜などとんでもない。これではエムポリの無条件の生け贄ではないか。それもあのときとそっくり同じ。それならノヴェロの決断も同じでなければならない。違うのは、いまはだれも彼に愛人をことわることができないということだけだ。彼は腹のうちで思った――死んだファリナータがおれと何の関係がある。フィレンツェなどどうだっていい。男はどうせ最後の最後まで戦わなければならないのだ。皇帝派が滅びるより先に教皇派を滅ぼさなければならない。それから口を開いた――「お嬢さん、私がここへ来たのはお父上の誓いをくり返すためではありません。あなたに愛を誓うためです。あなたをこんなにも激しく求めている男の心情を、あなたはお感じになりませんか。あなたは私の心に訴えた。それならどうしてあなたの心を私に拒むのです。あなたは若い。それなのに恥ずべき結婚契約によって不幸にさせられた。さあ私の腕の中へいらっしゃい。そしてあなたの苦しみが消えてしまうよう、二人の運命に口づけしましょう」。

彼女はやさしく首を振った。「私はもう私の運命に口づけしたのです。グイド・ノヴェロ。そうなんです。口づけしてしまったのです。もし私があなたに対していささかでも力があるなら、私ではなく、フィレンツェをあなたの腕の中に受け取ってください。私は自分のことなどどうでもいいのです。ただ父のことだけしか頭にありません。父は死ぬ前にあなたにこの町のことを託したかったのです。最後の息を引きとるまであなたを待ちました。しかしあなたはおいでにならなかった。だから私があなたのところへ参ったのです。父はいまでも待ちつづけているのです」。

彼女の言葉を聞きながらノヴェロはぞっとした。ふたたび重い息づかいが部屋中を通り抜けていくような気がした。この娘はおれに何を戒めたのだろうか。おれに懺悔しろとでもいうか。彼は茫然として彼女を見つめた。彼は少女の顔の中に胸を打つような献身が、やさしくそして強く、無条件にそして凛としてあるのを見た。しかしその献身は自分に向かって捧げられているのではない。いやぜったいに自分にではない。彼ははっとした。突然思い当たった。彼女はファリナータの娘だ。彼の娘以外の何ものでもない。彼かつてファリナータが娘を誰にもやろうとしなかったように、この娘はいま父のために誰のものにもなろうとしないのだ。あの死者はおれから勝利を奪おうとしてしゃしゃり出たのか。あの死者は生きていたときにしたように、またもおれに愛人を拒む気か。いや、そうはさせん。今度はおれのほうが彼女を渡さぬ。かっと熱い血が彼の中で噴き上がった。その荒々しさは、乗り手を放り出した暴れ馬のごとく、あるいはまた奔騰する温泉が彼の寝床に溢れんとするかのごとくであった。彼はその激流を抑えようともしなかった。

腹の中で思った――死んだやつなんかに愛の一夜を奪われてたまるか。おれはまだ死んだやつなんかに負けない。いったい死者に何ができるんだ――口を開いた――「お嬢さん、あなたはご自分の力を頼んでいるが、あなたが私の力の中にあることをご存知かな。私にとってあなたはファリナータの娘ではない。ただの愛人、情婦だ。絶対にあなたを私のものにしてみせる」。彼は飢えたように彼女に迫った。彼女は少し後へ退いた。彼女の顔は、彼の心の内の火の河を映すように赤々としていたが、顔そのものはまったく平静だった。不思議なほど平静であった。彼は彼女をベッドへ運んでいくために彼女をつかまえようとした。が、彼女のほうから彼の手を取って、彼をベッドへ導いた。彼は驚きに震えながら、なすがままにまかせた。期待に震えながら、彼女が「やっとおいでになったわね、グイド・ノヴェロ」と言う声を聞いた。それから彼女は臥床の前に跪いた。彼は彼女を力強く抱き起こした。勝ち誇ったように高々と。それから彼女の顔が枕の中へ沈み込んでいくのを見たと思った。が、そのときそこにはもう別の頭があった。くらくらっと彼はのけぞった。愛人の姿が突然見えなくなったのだ。まるで沈み込んでいく彼女を見えない腕が受け取って、そのまま大きな影の中へ包みこんでしまったかのようだった。そしていまノヴェロの心眼に見えるのは、かつてこのベッドの上で死にかかっていたとき彼が空しく待ちぼうけをくわせた人の頭だけであった。その人はいまだに待っている。死者はいくらでも待てるというように、歳月もなく、際限もなく、彼がフィレンツェを引き受けてくれるのを待っている。愛人が入って来た最初の瞬間から彼はここにいたのだ。ノヴェロが彼女を呼んだとき、彼女はこの人を呼び寄せていたのである。ノヴェロが彼女と戦ったとき、じつはこの人と戦ったのである。そして打ち負かされていた。ノヴェロは自分が死人に叩きのめされた狂犬だと思った。――おれはファリナータの娘をおれの情婦にはできないのだ。おれは彼女を彼女の父の死んだ部屋で、死んだベッドの上で凌辱することはできないのだ——彼は底知れぬ恥ずかしさを感じた。と同時に絶望感が一気にこみあげた。——おれは永久に楽園から追われたんだ。おれは決してこの死者の影を乗り越えられない。この影を押しのけて愛人を奪うことは決してできない。だがおれはフィレンツェも決して救ってやらないぞ。もし死者が、おれが放蕩息子よろしく、かつてはわざと聞き流した呼びかけにいまは従って、この臨終の床の前で懺悔の膝を折るとでも思ったら、大間違いだぞ。死者はこれからも待つがいい。死者はみんな暇だからな。町の救いを期待したいだけ期待させておいてやる。このくそいまいましい町のおかげでおれの愛の夢が昔と同じように今日もめちゃめちゃにされたんだからな。こんどはおれが死者の夢をめちゃめちゃにしてやる番だ。ノヴェロの中に昔ながらの皇帝派の意地がむらむらと起こってきた。こうなったらフィレンツェなど滅んでしまえ。「フィレンツェなど呪われてしまえ！」。

ビーチェは、ノヴェロが彼女から離れると、また父の死の床から下りて、跪いていたが、「フィレンツェなど呪われてしまえ」と言う声に頭をあげた。そこに彼女は、灼けきった夏の風土のように萎れた一人の男の顔を見た。まだそこには燃える欲情がひくひくと、生の本能そのもののように抑えがたくあったが、すでに容赦ない、逃れようのない死の手にゆだねられているといったふうであった。それはまさしく夏を灼けつくして落葉の秋を迎えた風景だった。あるいはまた絢爛と咲き乱れているさなかに傭兵たちの手で根っ子を切られたあの若い果樹のようであったともいえる。ビーチェはあの激しい涙、あの苦しみ、自分自身の運命の激動の時々をもう一度目にする思いだった。何とはなく憐れみの思いがこみあげた。それは死を宣告されたあの若い樹々への憐れみと同じであった。ただそれよりずっとずっと深かった——兄たちの塔の下で彼女の膝にしがみついた寄る辺ない子供に対する憐れみと同じくらい深かった。瀕死の父が自分を父の母のグアルドラダと見間違えたとき、この父を憐れんだときと同じくらい深かった。この部屋はもう一度数年を逆戻りしていた。

そしていま小娘のビーチェが途方もないことをしたのである。彼女は涙に顔を濡らしたまま、たったいま彼女を暴行しようとしたこの大きな、激した、怒りに猛り立つ男のほうへ向かい、彼女の腕の中へ彼を引き寄せたのである。それはかつてグアルドラダ夫人が、破門され呪いをかけられたファリナータにしたのと同じであった。そこへまた二つ目の途方もないことが起こった。この大きな怒れる男が顔を彼女の手の下に下げ、額に彼女の大胆ともいえるほどやさしい口づけを受け、彼女の愛の涙を注がせたのである。

それは彼の偉大な師が、彼にもいつか起きるだろうと彼に予言したとおりであった。そして彼女がいままたまったく無防備に彼に身をまかせきっているとき、彼は感動のうちに覚ったのである。無防備であることこそ侵し得ないものであること。守られないものこそ神聖なものであること。弱いものを守ることこそ男の最高の名誉であることを。男なら、地上のあらゆる守り手のないものを引き受けただろう。むろん護り手のないフィレンツェも。それが、ノヴェロが師に誓うことができないと思い込んでいたことを誓うことができた瞬間であった。この世の破壊への意志は憐みの心に触れれば、それに触れるだけで砕ける。ノヴェロが顔を上げると、彼に見えたのはもう父の影に包まれた存在でなく、ふたたびかわいらしい、母性的なビーチェであった。たったいま彼を無惨に踏みにじった死者の意志がノヴェロ自身に乗り移っていた。

その夜のうちにグイド・ノヴェロのフィレンツェ撤退が行なわれた。整然と隊列を組み、明らかにいざというときに備えた完全武装でドイツの傭兵軍団は、貴族たちの決戦の幕開きをいまかいまかと待って武器を構えて睨みあう街路のど真中を粛々と進んだ。最後のドイツ兵が市門を去るやいなや、それまで仰天して腰を抜かしていた皇帝派連中はあわてふためいて逃亡にかかった。逃亡はその夜一晩中続いた。裏切られたほうが絶望して市門を脱け出し、田舎の城館へ難を避ける一方、勝ち誇る教皇派は放棄された市内の館へなだれ込んだ。また別な者たちは憎しみの声をあげながらサン・ジョヴァンニの地下墓地へ襲いかかり、死んだ敵までもその静かな眠りの場からひきずり出した。アンジュー公の将軍ジュルダン・ド・リスルが復活祭の早暁、市門の前に現われたとき、うろたえながら彼を出迎えたのは絶望したポポロの代理人ばかりで、ポポロ本人は勝者からただちに職を解かれた。将軍が市内で抵抗に出会うことは決してないと保証されたが、ジュルダン・ド・リスルはどちらかといえば、そういうのを敵の罠だと思い込むほうだった。彼は自軍の中で、ノヴェロと皇帝派の貴族たちがピアッツァ・サン・ジョヴァンニで自分を迎え討つだろうと言い張った。

フランスの騎士たちは剣の柄に手をかけながら慎重に駒を進めて、古い教会に到着した。ピアッツァは夜明けの薄明かりの中にほの白く、見捨てられてあった。砕かれた石棺の蓋、ちぎれた手足、ぼろぼろに腐った衣服が地面を覆っていた。死んだように静かだった。ただ遠くの、空き屋になった皇帝派の塔のほうから掠奪する教皇派の勝どきが聞こえた。フランス軍は黙々とさらにサンタ・レパラータへ向かった。そこへ着くと将軍は教皇派の頭たちを片端から捕らえよと命じた。それから彼自身は教会で戦勝の感謝の祈りを捧げるために馬を下りた。

中庭へ入ると、またまた蓋を開けられた石棺が彼の目に入った。その前に体をかがめた女がじっと跪いていた。ジュルダン・ド・リスルは石棺の上に取り付けられた銘板に目をやった——とたんに彼ははっとした。そこに刻まれているのは偉大な名前であった。敵方にとっても偉大であった。武人の足が止まった。思わず知らず彼の手が跪いている女の肩に触れた——この墓までが汚されるとは。跪いている女は若々しい少女の面を上げ、その面を静かに輝かせながら、そう問うた男を見た。それから彼女は謎のような言葉を言った。「父はこの町を破滅から守るためなら、身が塵芥《ちりあくた》となって飛び散ってもよいと思っていました。その希望がかなえられたのです。彼はフィレンツェをふたたび救いました」。その言葉を解しかねたまま将軍は彼女を見つめた。苦痛のあまり錯乱したのだろうと思った。ただ畏れに黙したまま後に退った。

フランス軍はふたたび駒を進めた。サンタ・レパラータと跪いている女の周辺がまた静かになった。しばらくして一人の少年がピアッツァにやって来た。彼はあたりをきょろきょろと見回し、それから若い野良猫のように中庭へ入る階段をかけ上がった。「ママはいっちゃった。兄ちゃんたちもいっちゃった。ぼくは隠れていて、いっしょに逃げなかったんだ。ぼく、姉ちゃんのところにいる。姉ちゃんのお嫁入りの先導をしたいんだもん」。少年は跪いている女にからみついた。女は黙って少年を抱き寄せた。

そうこうするうちに二人目の少年がピアッツァに現われた。彼もはじめはこわごわと家の軒下をはりつくように歩いていたが、それから子供らしく意を決して、やはり中庭へ通じる階段をかけ上り、まだ跪いている少女のかたわらにしゃがみ込んで、耳もとにささやいた。「ビーチェ、いつ来てくれるの」。少女は立ち上がった。あとから来た少年も立ち上がって、少女のわきに並んだ。少女は二人に両手を差し出し、その手を二人に引かれながら、静かに顔をほてらせて、カヴァルカンティ家の塔へ向かった。

荒れ果てた路上にもようやく最初の、まだおずおずした市民たちが現われた。司祭と民衆は大祝日を思い出し、教会へ急いだ。ビーチェと二人の少年の姿を見て、誰かが声をあげた。「見ろよ、たった一人、今日の婚礼日に本当に嫁入りするのがいるぞ」。

別な声が答えた。「そうさ、あれは若い、救われたフィレンツェだ」。その瞬間、最初のやさしい復活祭の鐘が銀色の音をひびかせはじめた。

テレースの小鳥たち

Die Vöglein von Thereses

「小児王」と呼ばれているルートヴィッヒ王の戴冠式が挙行されようと言うのにフェルヒハイムは、滝のような雨が降っていた。折も折、マイン河畔のテレース城に集まった帝国の諸侯たちは、フェルヒハイムに向けて出発し、互いに冗談を飛ばし合った。「ご覧下され、神は我々に味方してくれていて、小児王には味方してはおりませんぞ。神は、通り路を水浸しにしておりますぞ――仰せ通りに、馬を進めなくてもよい言い訳を、見つけるのはた易いことさ！」。別の諸侯たちは、しかし、高慢にも、こう答えた。「神が、骨折るまでもなかろう――幼児が、我々に対して、一体、何ができるというのか？　生まれながらにして、哀れなチビッ子さ――我々は、間もなく、また、フェルヒハイムに集うことになろう」。

別の諸侯たちは、しかし、言った。「我々は、二度と再び、フェルヒハイムに集うことはなかろう。カール大帝の帝国は、この小児王のように病んでいるのだから。確かに、小児王の戴冠式は、帝国の諸侯たちにとって、幸せな佳き日となろう。最後の王となるだろうからな」。

それから、諸侯たちは、こぞって、ザクセンの若いハインリッヒに目をやった。父君の選帝侯からフェルヒハイムの戴冠式に派遣されていた。ハインリッヒは、諸侯と並んで、二十歳という美事な若さに任せて、馬を駆っていた。その目は率直この上なく、明るく、皆には、まるで、心の底までお見通しの弟のようだった。それでいて、とても聡明で、思慮深く、ハインリッヒの心の内は、誰にも見通せなかった。というのは、ハインリッヒと話すと、ザクセン地方の広く、明るい平地を見渡すかのように、皆のまなざしは、あてもなくさまようばかりだった。ザクセンの地は、とてつもなく開けていて、まるで、皆の前に果てしなく横たわっているかのようだった。

ただ、彼方のハルツ連峰の頂には、ふんわりと、灰色の雲が、昨夜の霧のように、かかっていた――その為に皆には、見通せなかったのだ。

諸侯たちは、しかし、ハインリッヒがフェルヒハイムの戴冠式をどう思っているのか、果たして自分たちと同じ思いなのか、それとも、父君の気質と同じなのか、何としてでも、知りたかった――何故なら、オットー選帝侯が、常々言っていたのは、衆知のことであったから。「我々、ザクセン人は、最後に帝国の一員になったのだ。だからこそ、いの一番に、帝国を支えなければならない——我々こそ、帝国を完全なものにしたのだ」。しかし、諸侯たちは、窺い知りたいと思っていることを、若いハインリッヒから、聞き出せはしなかった。そこで、諸侯たちは、互いに言った。「いつか、不躾にならない程度に、ハインリッヒが、アレー河畔のヴェルダンのことを思わないではいられないように、仕向けられれば、我々が、ハインリッヒと同じ思いなのだということを、その顔から見て取れようというものさ」。

しかし、諸侯たちは、若きハインリッヒ自身が、アレー河畔のヴェルダンのことを考えているとは、ついぞ、気づかなかった。何故なら、諸侯たちには、ハルツ連山の上に沸き起こる雲の為、たしかに、見えなかったからだ。というのも、若きハインリッヒは、父君のような気質の持ち主ではなく、若さ特有の、しかも、自分の当初の一族と気質を同じくしていたから——それは、ザクセンの一族が生き続けている限り、若きザクセン人であれば誰にでも、繰り返し、わきおこってくるものであった——つまり、ハインリッヒの心は、ヴィデゥキント選帝侯の為に、そして、撃ち殺された英雄たちの為に燃え上がっていたから。そして、諸侯たちが、フェルヒハイムへの騎行中、遠まわしに戴冠式のことを問いかけると、ハインリッヒは、諸侯たちの問いかけが、皆目聞こえないかのように、道端の木に羽を休めている、色鮮やかなアトリやシジュウカラの鳴き声に耳を澄ました。ハインリッヒは、心中独白して曰く、「私は、ここで、騎行しているのは、戴冠式の為ではなく、に、遣わされたからなのだ。私のことは、誰にも分かる筈がない。ザクセンの選帝侯以外には！　フランク王国のことが、私と何の関係があろうか？　その為に、父祖たちは、首を切られたのだ。それに、父祖たちの死は、未だに償われてはいないのだ！　できることなら、我が家で、霞網をかけていたいのに！」。

ハインリッヒは、諸侯たちが自分のことを「鳥刺し」と呼んでいるのを、よく知っていた。「何故なら」と諸侯たちは、仲間内で言っていた。「我々は、ハインリッヒが鳥を捕まえているのを耳にしているから」。何人かは、しかし、こうも言っていた。「時折、ハインリッヒを捕らえるのではなく、鳥たちの方がハインリッヒを捕らえているみたいだ、ということさえも耳にしているぞ。——しかし、バーベンベルク一門が、我々を狩りに招いてくれたテレース城で迎えた日々のことを思い出してくれ！　何故、ハインリッヒの網が、我々のものよりもいつも一杯になっていたのか、諸侯はご存じか？　ハインリッヒには、すべてのものが備わっているようだ——あるいは、ハインリッヒは、我々の質問をいつも避けているが、我々は、ハインリッヒに好意をよせる必要などないのではないか？」。

かれこれする内に、一行は、既にフォルヒハイムに到着して、宮殿に入っていった。ちょうどその時、反対側から、小児王が、こちらへ案内されてやってきた。マインツのハットー司教とヴァイルブルクのコンラーディナーに連れられて。この面々が、この小児の後見人をしていて、当人たちも、心中、思っていたのだ。「まことに、格好の、幸せな日だ。何故なら、誰が王冠を戴いているのか――王冠を持ち、支えられる人、その人こそが王なのだ、ということを表わしているのだから」。つまり、側近たちは、遠来の人たちに、重装備をさせて、小児王の前に来させたのだ。投げ槍を威嚇せんばかりに、いわば、鉄の旗や、三角旗のように、立てて――人質の小児王を、戴冠式へ導いて行く観があった。もしくは、他の諸侯たちに抗して、小児王を守らなければならないと思っているかに見えた。

小児王が馬から降ろされようとした。小児王は、ミンクと黒テンに包まれ、凍えきって、呆然自失して、侍女の腕から眺めていた。コンラーディナーが、小児王を腕に抱き取ろうとして、自ら、進み出て行った。ところが、小さな人形然とした王を、馬から手渡すように、侍女に合図をすると、重い毛皮の背後で、突然、弱々しい小さな声が起った。叫び声だった。「控えおれ、控えおれ！　ルートヴィッヒ王は、一人で馬から下りるのじゃ！」。

そこで、諸侯たちは、笑いながら、互いに、相手と、見つめ合った。というのは、この子が、専制的な小児王だと言っているのを、既に、耳にしていたから。何とも弱々しく、惨めでありながら、小さな王然として、誰もが、果して、自分をそのような人だと分かってくれているかどうか、嫉妬深く、やっきになっている様子を、ハットー司教とコンラーディナーに対しては、自分にかわって、王権をひけらかしたがっているのを、感づいてでもいるかのように、恨んでいるなと。それは、諸侯たちには、誠に、愉快で、よろこばしく思われた。というのも、諸侯たちは、ハットー司教とコンラーディナーに対する、この小児の恨みがいい気味だったから。

その間に、小児王は、小さな、凍える手で、ミンクと黒テンを引っ張ったけれども、ところが、うまくゆかず、ましてや、一人で馬から下りるなど。それなのに、その時、コンラーディナーは、手を貸さなかった。自分が、この小児を支配しているのだということを、諸侯たちに、誇示したかったから。小児王が、自分に頼む筈だととっさに思い込んでいた――ところが、一切、頼まず、自分を助けに急いで来てくれる人は誰もいないのかと、諸侯たちを一人ひとり、目で追いながら、忙しなく、期待を寄せた。そこで、諸侯たちは、またしても、笑って、手を出さなかった。コンラーディナーが譲歩して、衆目の面前で小児王に屈服することを望んでいたのだ――これも、また、心底、小気味いいことであったろう！　そこで、無力な子どもをめぐって、コンラーディナーと諸侯たちの間に、火花が散った。小児王は、ますます強情に、不安の塊りになって、目で、尋ね、懇願した――小児王が、諸侯たちの嘲笑うように、前よりも更に、ごく小さくならんばかりで、恥ずかしさの余り、できることなら、侍女のマントの中に潜り込みたい程だった。ところが、絶望的な眼差しが、その時、若いハインリッヒに向けられた。ハインリッヒは、他の諸侯のように嘲笑いはせず、将に、アレー河畔のヴェルダンのこと――自分の父祖たちの首を、無理やり、首切り台に晒させた、強大な権力をもって、圧倒する皇帝のこと――を考えているかのようであった。端的に言えば、無力な小児王を、神の義の顔を見やるかのように、非常に恭しく見つめていた。

その間に、突然、見開かれた両目の他には、小児王の姿全体が視界から消え失せてしまった。その目は、その時、傷ついた誇りが、如何にも満足気な様相を呈しているかのようだった。小児王は、自分の足下に人がひれ伏したかのように、威厳に満ちて、見つめた！　小児王は、玉座から、顔を輝かせた幼い陛下然として、若いハインリッヒに合図した。「こちらへ来い、こちらへ。お前なら、ルートヴィッヒ王を馬から下ろしてもよいぞ！」。

そこで、若いハインリッヒは、靄が立ちこめているハルツの連山の上に、太陽が、まだ昇ることを躊躇している時の、ザクセンの地の朝日の空のように、顔を紅らめた。それでも、ハインリッヒは、騎士らしく進み出て、青ざめた子どもを鞍から助け下ろした。こうして、子どもは、神の義でもあるかのように、ハインリッヒの許へ下りてきた。

その晩、諸侯たちは、互いに話し合った。「小児王は、テレースの小鳥たちのように、網にかかったのだ――ハインリッヒが、抱き上げた時、子どもは、信じきって、頭をハインリッヒの胸に押し当てたのを、見たか？　コンラーディナーときたら、何と、のけ者にされたのだ。だから、我々は、さあ、小児王をそれだけに、なおさら、帝位につけてやろうではないか」。こうして、諸侯たちは、翌朝、子どもを帝位につけた。

小児王は、小さな、ずっしりと重く飾られた人形のように、玉座から下ろされた。それに加えて、諸侯たちの忠誠の誓いを受け、そして、外に集まっている民に、見せる為に、教会の内陣を連れてゆかれた。マインツのハットー氏とアウグスブルクのアルベリコ氏の間を通っていった。この面々が、小児王を聖別し、王冠を被せたのだ。この面々のこわごわした、黄金の司教マントが、めり込んだ王冠に対する、領主諸侯の威脅行為ででもあるかのように、小児王の上に、両側に屹立していた――この面々の間を、冠が、床を這うかのような観があった。王冠は、激しく揺れてもいた。王冠が支えられるように、小児の軽い長髪を一部、弁髪に編んで、幼い乙女然として、髪を結っていたのに、王冠は、子どもの頭には、余りにも大きすぎたからであった。ヴァイルブルクのコンラーディナーは、王冠が小児の額を押しつぶしたり、顔の上に落ちてこないように、諸侯たちの一歩、後ろを歩いて、揺れ動く王冠を、右手で、支えていた――それは、コンラーディナーが司教たちと申し合わせた上でのことであった。

コンラーディナーは、小児王を寛大な心で、眺めていた。小児王は礼服の重みで、息苦しくて、長時間に亙る儀式に怖気づいて、呆然としていた。それでも、行列が、教会の出口に達し、温かな陽光が小児王に降り注ぐと、また、我に返って、勇気を沸き起こした。小児王は、コンラーディナーの方を振り向いて、即座に、ほのかに赤い、早なりの小さなりんごがコンラーディナーの頬の上を飛び越えた。そこで、コンラーディナーは、いささか驚いた。それと言うのも、子どもの嫉妬心を熟知していて、小児王が昨日のことを思い出しはしないかと恐れていたからなのだ。小児王が、激怒して、つぶやいていた。「下がれ、下がれ！ルートヴィッヒ王は、一人で、王冠を戴くのだ！」。

そこで、コンラーディナーは、極度の不安に襲われた。荘厳な戴冠式の行列のこの場では、小児王とは、争いを惹き起こす訳にはいかなかったから！　小児王を落ち着かせようとして、本当に、王冠から手を放した。王冠は、手を添えないでは、一瞬たりとも動かないでいようとは、恐らく、誰も思う人はいなかったであろう。でも、その時、既に、王冠は、小児の顔に被さってしまっていた。王冠は、そこで、石臼にも似て、小児の首にのしかかっていた。コンラーディナーは、王冠を、直ぐに、また、引き上げようとした。ところが、小児は、唇まで、怒り心頭に発して、王冠を荒れ狂った拳で、わが身に押し付けた。宿敵から身を守ろうとするかのようだった。

この瞬間、行列は、教会の入り口から、緑の芝生の広場に入った。そこには、民衆が、イライラしながら、この小児を待ち受けていた。黄金のマントを身にまとった司教たちは、無表情で、いかめしく、重々しく体裁を繕って歩いていた。まるで、カール大帝陛下の戴冠式が挙行されてでも居るかのようで、その姿を見て、皆が大喜びで叫んだ。

「ロドヴィコ万歳、万歳、アーメン！」。ところが、突如として、人々は、小児王の首に落ちた王冠に気が付いた――王冠は、小児王を絞殺せんばかりに、そこに掛かっていた。そして、一瞬、恐怖に硬直したかのように、口を閉ざしてしまった。

その時、群衆の中から、年老いた男が声高に、叫んだ。「ああ、力あるカール大帝、あなたは、ご自分の孫になってしまわれました。帝国の強大な陛下、あなたは、今や、虚栄心だけが強い無力以外には、何もありません！」。そう言って、大声で泣き出した。人々は皆、この老人と共に泣いた。

その時、コンラーディナーは軽い怒りに襲われた。というのは、下々の者には小児の弱さについて、思いを至らせるのではなく、飽くまでも、従順かつ喜ばしい確信をもたせたかったからである。

コンラーディナーは、目を輝かせて、彼方の年寄りに叫んだ。「帝国の陛下が、いかに気高く、崇高であるか、お前に見せてやりたい！」。それから、もう一度、並居る人々に対して、「帝国の陛下は、極めて気高く、崇高であらせられるぞ！」。そして、予期せぬうちに、小児王は、コンラーディナーの肩の上に、歓声を上げている群集と戴冠式の行列の並居る要人を越えて、高々と台座の上よろしく、立っていた。コンラーディナーは片手で、小児王を持ち上げ、小児王が、全き勝利を収める為に、もう一方の手で、小児に王冠を力づくでかぶせようとして、再度、掴もうとした。ところが、小児王は、頭を自分で黄金の環に押し込んでしまっていた。両手でそれにしっかりとしがみつきながら、小児王は、両腕で、王冠を自分の頭上に、掲げた。小児王は、王冠と共に、小鳥のように、空中へ逃れようとしているかのようであった。しかし、その時、既に、小児王の顔は、真っ青になっていた。手にした重さが、余りにも重かった――カール大帝の王冠は、さながら、アスペンの葉のように、震え始めた。

そして、突然、国王の行列の面々はこぞって手をのばして、取り囲んだ。何故なら、面々は、人々を目の前にして、一人残らず、コンラーディナーと思いを同じくしたからであった。その時、若いハインリッヒに目をやると、ひとりぽつんと立ちつくしているではないか。驚いて、神の裁きに対する、深甚なる畏敬の念に打たれて、またしても、小児王を見つめている様子であった。何故なら、今、カール大帝の冠は、いわば、その帝国の支配者の頭は、塵の中に転がろうとしていたからである。アラー河畔のフェルデンで撃ち殺された人たちの頭のように！　その時には、既に、すべての民が、思いは同じ驚愕の叫び声を上げた。フランケンとザクセン、シュヴァーベン、バイエルン——これらの地方では、既に、国境を越えて、至る所で、ハンガリーや他の蛮族が、帝国へ素早く入り込んでくるのを、若きハインリッヒは、見ているような気がした！

その時、自分の目の前で起きた裁きの戦慄が、自分の一族の根元的力に触れて、いわば、自分の少年時代に、突然、その時、その中で、男気が露わになった。男気は、心中、全く新たな、それでいて熟知している声を耳にした。自らの魂が、今や、声を変えて、言った。「もしや、カール大帝の剣は、我々を、すべて灰燼に帰す為に、帝国の中に強制したのではないだろうか？　それでは、我々の父祖たちは、フェルデンで、犬死にをしたことになってしまうだろう！　将しく、この裁きでは、カール大帝を無罪としていて——大帝は、我々の力を必要としていたのだ！」。

ところが、ハインリッヒは、それを聞きながら、自分は、決して裁きの顔ではなく、幼く、青ざめた神の恵みの顔を見ているということに気がついた！　小児の怒りと、恐れにゆがんだ顔——小児は、今なお、渾身の力を振り絞って、震えおののきながら王冠を守っていた——は、和らぎ、笑みを浮かべ、愛くるしくなっていた。若きハインリッヒに向けて突き出していた小児の腕は、幼く、死に行く陛下のように、青ざめて、王冠を落としてしまった。王冠は、興奮した人々の間を通って、若きハインリッヒの足下近くまで転がった。ハインリッヒは、周章狼狽し、王冠を、見下ろしていた。今、将に、ハルツの連山に日が昇りくる観を呈していた。他に類を見ない朝焼けに包まれたかの如く、燃え上がりながら、それでいて、務めに従って、若き殿下は、塵に覆われた代物の方に身を屈めて、王冠を拾い上げた。

その晩、諸侯たちは、談笑していた。「テレースの小鳥たちのように、ハインリッヒ目指して王冠が飛んで行くかのようだった——王冠が、もう一度、ハインリッヒの頭上に輝くことになるかどうか、そして、一人残らず、ハインリッヒの小鳥に、ならなければならいかどうか、注意おさおさ、怠らないでおこう！」。

それから十八年後、フリッツラールにおいて、ザクセンのハインリッヒは、本当に国王に選ばれたが、ハインリッヒは即位したくはなかったので、集まった司教や諸侯に公言した。「この王冠は、私が被るようにというのではなく、拾い上げるようにということで、私のところへ来たのだ——私には、王冠を手にもって運ぶだけで、十分だ」。それ故、人々は、今日に至るまで、語り継いでいる。「鳥刺し」と称されたハインリッヒ王は、他の王たちのように、王冠を頭上に戴きはせず、両の手に戴いたのだ――その両手で、ハインリッヒは、ドイツの王冠を塵から拾い上げたのだ。

評論

永遠の女性

Die ewige Frau

まえがき

本書では、女性の意味を、心理学や生物学の立場、歴史あるいは社会の観点からではなく、シンボルとしての面から描き出すことが試みられる。このことは読者の理解にとってある種の困難を意味する。シンボルの言葉――かつてそれは誰にでもわかる生きた思考の言葉だった――は、今日では抽象的＝概念的な思考の言葉によって大方押しのけられてしまっている。それゆえ本書では、読者に対してシンボルというものの性格を明らかにしようと思う。

シンボルとは、それによって究極の形而上的現実と使命とが、抽象的に認識されるのではなく、比喩的に目に見えるものとなるしるしあるいは像である。つまり、見えるもののうちに語られた、見えないものの言葉である。その根底には、すべての存在と事物との意味深い秩序に対する確信があり、この秩序は、存在と事物そのものを通して、すなわち、まさにそれらのシンボルの言葉を通して、神的な秩序として姿をあらわす。したがってシンボルは、それを担う個々のものを義務づける。しかし、たとえ個々のものがもはやシンボルの意味を認めず、あるいはさらにそれを否定したり拒絶したりしても、シンボルそのものは何ら損なわれることなく、また損なわれえないものとして個々のものの上に超然として立っている。つまりシンボルは、その時々の担い手の経験的な性質や状態を示すのではなく、担い手の形而上的な意味を言いあらわしているのである。シンボルの担い手がシンボルから脱落することはありえても、それによってシンボルが崩れ去ってしまうことはない。

シンボルの意味が、個々の担い手の経験的な性質とすぐにそのまま一致するものではないように、シンボルによってあらわされる本質的なものもまた、そのシンボルの担い手だけに限定されているわけではない。本書は、女性がそのシンボルから見て、宗教的なものに特に秩序づけられていることを主張する。しかし、女性の特別な宗教性とか、ましてや男性に対する女性の宗教的優位性とかを主張しているのではない。そう考えたら、本書は完全に誤解されてしまうだろう。そうではなくて、問題となるのは、まぎれもなく特別な度合で女性に託され、委ねられている――そのことはシンボルによって示されている――宗教的なものの具象性、その比喩的な表現なのである。

女性的なものの中心的な意味について言えることは、そこから発する個々のものの意味についても言える。本書の中には、いたる所に女性を通しての啓示が語られている。啓示されたものそれ自体は、その形而上的本性からして、女性により不法に占有されるべきものではない。もともとすべての存在の啓示は、この世では常に二重のものなのである。その象徴的な意味から言って最も偉大な、男性の二つの生の形が、まさにこのことを示している。すなわち、本来は英雄的な男性の姿の中に、女性のもつ偉大な慈愛の線が、しかもなおまさしく男性的な啓示として浮かび上がる——幼い者や弱い者の保護は、騎士的な男性のつとめなのである。こうして、聖ヴィンセンシオ・ア・パウロにおいて司祭たる男性は、見知らぬ捨て子を母親のように胸に抱き寄せ、またゴンザカの聖アロイジオの場合や騎士修道会のような場合には、処女性の意味が男性の徳としてもあらわれる。逆の側からではあるが、シエナの聖カタリナが、まさに男性的な特性を、真にキリスト教的なものとして要求しているのも、この二重の啓示を認めていることにほかならない。教義的に定められたあのすばらしいマリアの連祷が、「愛すべき御母」（mater amabilis）という名と共に、「力ある童貞」（virgo potens）の名をもって呼びかけ、「くすしきばらの花」（rosa mystica）という女性的な像と並んで、「正義の鑑」「ダヴィドの塔」という男性的な像を置いているのは、この二重の啓示を最高の形で認めたものである。女性に関するすべての真理と同じく、女性的なものの象徴的な意味も、永遠の女性マリアの像から理解の道が開ける。マリアは、全被造物の代表として、男性と女性とを同時に代表するのである。

永遠の女性

いつ、いかなる場合であれ、被造物が永遠なるものの思いのうちに置かれるときには、もはや被造物が語られるのではなく、ひとり永遠なる神の永遠性が語られる。形而上的本能において、深く混乱もしくは迷妄に陥った時代のみが、造られた物に永遠という観念――それを絶対的価値と解するにせよ、絶対的継続と解するにせよ――をあえて付与することができ、しかもそれによって被造物を高める代わりに、かえってたちどころに破壊し去ってしまうことを悟らないのである。永遠を思うことにおいて被造物は自己の相対性を告白し、この告白においてのみ永遠もまた被造物を公然と支持する。自己の時間的束縛を解かれ、無時間的＝絶対的なものの前に姿を没していく被造物――だが、それはまさしく無時間的＝絶対的なものの手に落ち、それに受けとめられて、もはや自己自身の価値としてではなく、まさに永遠なるものの思想と反映、その似姿ないしは器としてあらわれてくる。これがすべての浄化、宗教的献身の意味であり、聖者や愛する者の意味であり、死の意味でもある。ここで「永遠の女性」についてあえて語ることが許されるのは、こういう意味においてのみである。したがって問題となるのは、経験的女性像の、ある相対的に不変な、つまり限られた地上的意味における「永遠の」顔立ちを示したり、ましてやそれを移調したりすることではさらになく、女性の宇宙的＝形而上的な相貌、秘義としての女性的なもの、その宗教的地位、その原像、神における究極像なのである。それゆえ、ここではじめから恣意的＝個人的な解釈の試みは退けられることになる。宗教的なものは、独断的＝主観的なものが終わるところからはじまる。だが、その彼方においては、いったいどんな言葉で語ったらよいのだろうか。われわれは形而上的なものを、常に形象というヴェールの下にのみ、すなわち、われわれがふたたび時間的＝相対的なものの地盤に立たされるときにのみ、把握することができる。真に大いなる恩寵の時に立つ真に偉大な芸術のみが、はかない形象の中に不朽なものを告げ知らすことができるのである。ところで、これをたずねてみると、われわれはさらにもう一つの事実を知らされる。すなわち、すぐれた西欧の芸術は、壮大なキリスト教＝カトリックの教義学《ドグマーティク》から決して切り離すことができないだろうこと、いやそればかりか、時代を超えた作品の出現によって、まさにこの教義学を代理する祭司となっていることである。ベートーヴェンの力強い荘厳ミサ曲が、今なお教会の信経《クレド》のもとに、教会自身が今日ではもはや集めえない何千という人々を集めているかと思えば、一方、偉大な造形芸術や絵画は、幾世紀を越えてなお、キリストの救済劇にあらわれる諸人物の姿を、現代の異教徒たちにも否応なしに告げ知らせている。この芸術に、ただ美的にだけではなく宗教的にも問いかけることは、とりもなおさず、明らかな意識をもって、偉大なカトリックの教理の土壌、すなわち西欧の全文化がそこに立脚し、したがってまた否定の形においてさえ今なおしっかりと結びついている超時代的、超個人的な基盤の上に足を踏み入れるということである。

ここでまず、カトリックの教義学が、かつて女性についてなされたもののうちで最も強力な発言をしてきたことを確認しておかなければならない。この発言と並べてみると、女性的なものの形而上的解釈に関する他のすべての試みは、神学の単なる残響に過ぎないか、あるいは宗教的に内容や意味のないものとして色あせてしまう。教会は、女性——すべての女性——を、婚姻の秘跡の教えの中で自分自身にたとえているが、そればかりでなく、ひとりの女性を天の女王と宣言し、「救い主の母」「神の恩寵の母」と呼んだのであった。もとより、教会はこれらの言い方によって、女性的なものそのものの受肉化を言っているのではなく——これはきっぱりと断っておかなければならない——、「女のうちにて祝せられた者」と呼ばれる、ただひとりの女性のことを指しているのである。このひとりの女性、聖母マリアは、女性的なものの象徴を無限に超えた存在ではあるが、しかもなお女性的なものの象徴でもあって、彼女のうちにのみ女性の形而上的神秘が像を結んでおり、それゆえにまた把握できるものとなっているのである。

われわれはここで、この教義《ドグマ》の内容を簡単に説明しておきたいと思う。これについて、もし聖母マリアの生涯を描いた巨匠、たとえばフラ・アンジェリコの助けを借りようとするなら、われわれは彼の最後の絵から始めなければならない。なぜなら、それは結局最初の絵だからである。過去の宗教芸術は、この点で、画面の順序の中に後の教義の展開を予感的に反映している。すなわち、最後の画面の冠をいただく聖母像においてはじめて、無原罪のマリアの全貌が明らかになるのである。無原罪のマリアに関する教義は、歴史的に見て後に公布されているが、しかし形而上的に見れば、秘義ミステリウムの最初、まさにすべてのことの発端に立っており、いわば創造の時の曙光の中に姿を消している。それは、人間が罪に堕ちた被造物となる以前の姿を告げており、被造物の汚れない相貌、人間の中の神の似姿を示しているのである。この点から、聖母無原罪の教義宣言の時期が特別な光を浴びることになる。つまりそれは、今から数十年前、したがって——教会の時間概念によれば——キリスト教的歴史哲学者ベルジャーエフが「人間像の崩壊」と名づけた瞬間の直前なのであり、そこには、われわれが今日はじめてその完全な意味を悟ることのできる関連が存在する。

すでにここで、マリアの教義のきわめて普遍的な、驚くべき意味が明らかになる。無原罪の聖母が人類の中の汚れない神の似姿であるならば、受胎告知の場面における処女マリアは、人類の代表者である。彼女が天使に対して答えた「仰せのように、この身になりますように（fiat）」という謙遜な言葉に、人間の側からの救いの秘義がかかっている。というのも、救われるために、人間は神に対して無条件的な献身の心構え以外、役に立つ何ものも持たないからである。古代哲学において、純粋に消極的なものと見なされた女性の受動的＝受容的なものは、キリスト教の恩寵秩序においては、能動的＝決断的なものとしてあらわれる。マリアに関する教義は、短い言い回しのうちに、救済における人間の協働についての教えを示している。すなわち、処女マリアの「仰せのように、この身になりますように」という言葉は、本来的に宗教的なものの顕現なのである。同時にそれは——まさに献身として——本来的に女性的なものの顕現であり、そのことによって本来的に女性的なものの顕現は人間における宗教的なもの一般の顕現となる。だからマリアは、単に宗教的な崇敬の対象であるだけでなく、彼女自身も神の崇敬を仲立ちする宗教的なものであり、花嫁である女性の姿をした宇宙の献身する力である。そのことから知られるように、マリア崇敬に関するすべての誤解は——少なくとも非カトリックの世界では——、乙女マリアが一種の女神に高められたという思い違いにもとづいている。事実はその逆である。マリアへの呼びかけは女神への呼びかけではなく、そこで主題になっているのは、神に対する人間の、受け入れ用意と献身への呼びかけ——すなわち、ひとり働き給う神との協働の秘義を悟ることなのである。こうして、教義的にも詩的にもすばらしい呼びかけをもつ聖母の連祷は、マリアを「暁《あけ》の星」と讃える。暁の星は太陽に先立って昇り、やがて太陽の光の中に没してしまう。したがって、マリアの胸に抱かれた神の御子は、マリア自身に向かう視線の中で、御子の放つ光が彼女を覆いかくしてしまうことを意味している。この覆いかくされた状態においてのみ、彼女は、「恩寵の母」であり、——一方また、この意味においてのみ、「十字架と苦しみの母」でもある。御子の栄光が彼女をまばゆい光で覆いかくしているように、御子の死の戦いは彼女をその影で覆う。苦しみにおいてさえも、彼女は彼女自身ではなく、捧げられた者、息子と共に苦しむ者である。しかし、共に苦しむ者はまた、「共に救う者」でもある。共に救う者という、よく誤解される言葉、これは結局のところ、ただ母親であること、救いの主の母であり、救いの母であることを意味するに過ぎない。この点から、キリスト教におけるマリアの位置も明らかになる。福音史家はたまにしか触れていないし、教会史からは長い間なおざりにされているが、マリアに関する重要な諸教義は、常にキリスト教の信仰が一大危機にさらされる時にだけ、クローズアップされる――マリアについての基本的教義は、エフェソ公会議で宣言され、キリスト論に関するネストリウス派の異端排除の一翼を担っている。このようにマリアは、彼女自身の教義においてさえ、自分のためではなく、御子のために立ち上がるのである。心理的な細かい点での彼女の時間的＝人間的な像は、どのような歴史批判的な方法やどれほど巧みな構成力をもってしても、あるいはまた、いかに深い愛をもってしても明らかにできない。聖母の姿は、いわば神の神秘のヴェールに覆われており、まさにそれによって自己の宗教的な意義を明示している。ヴェールとは、地上における形而上的なもののシンボルなのである。しかしそれはまた、女性的なもののシンボルでもあって――女性の生のすべての偉大な形式は、その姿がおおわれていることを示している。この点から、キリスト教の最も重要な諸秘義が、男性を通してではなく、女性を通して被造物の世界に入ってきた理由が明らかになる。すなわち、マリアへのキリスト降誕のお告げは、マグダレナへの主の復活の知らせにおいてくりかえされており、また一方、聖霊降臨の神秘は、女性的受容の姿勢をとった男性をあらわしているのである。教会自身はこの関係を、礼拝式の際――結婚式の時にも――女性を福音の読まれる側（祭壇に向かって左側）に置くことによって表現している。しかし、教会自身の意味もマリアの姿から明らかになる。聖母マリアの姿の中には、教会の本来の原細胞がはっきりとあらわれ出る。地上における救いの最初の住まいは母なる女性の胎内だったのである。教会という美しい母の名はマリアからはじまる。

このように、形而上的神秘としての献身、救済の神秘としての献身は、カトリックの教義によれば、女性の神秘なのであり、至福の童貞にして母なるマリアの像のうちに、すべての被造物に限りなく優る唯一無二の完全性をもってあらわれている。しかしわれわれは、それを――献身に驚くほど多くの段階があるように――実に種々さまざまな姿において、不完全ながら追体験したり予感したりできるのである。古代の巫女シビュラがマリアに先行するように、宇宙の神秘は、いわば預言者的に、キリスト教の救済の秘義に先立っている。

自然よ　生き物よ
流れる水よ　石よ　草木よ
お前たちの営みは素朴だが
すべてつつましい祈りだ
お前たちの無口な従順
それこそ神の嘉し給うもの

女性的なもののモティーフは、全被造物の隅々にまで響き渡っている。それは優しくはるかな前奏曲のように、花嫁である大地の開かれた胎の上にただよう。母性においてほとんどその獣性を超えようとする荒野のけなげな母親獣の上にただよう。それは愛する花嫁や妻の上に、そしてすべての人間の母親の上に――どの母親も子供の輝きに覆いかくされる――いとも豊かにただよう。一方それはまた、官能に溺れる恋人の中にさえも認められる。それは、ごくささやかな、ちょっとした贈物や、ほんの小さな子供らしい好意や、さらにはそれらの単なる予感の中にさえただよう。それは自然の領域から、精神的、形而上的な世界にまで達している。女性がきわめて深く自己自身であるところでは、常に彼女は彼女自身ではなく、自分を捧げているのであるが――彼女が自分を捧げているときは、常にまた花嫁であり、母親である。祈りや慈善や布教に身を捧げた修道女は、母（mater）と呼ばれている。童貞なる母（virgo mater）としてそう呼ばれるのである。「口角泡をとばして」新しい永劫を預言する古代の巫女シビュラも、「来るべきものの母」である――すべての預言は母性の一形式に過ぎない。シビュラがマリアに先立つように、マリアのあとには聖女が続く。彼女において始原の神秘は、いわばその故郷に帰って行く。女性のなし遂げた敬嘆すべき業が宗教的なものの領域に結びついていたことは、この点から見ると、よく理解できる。シエナの聖女カタリナは、教皇をアヴィニヨンからローマへ連れもどす使命を受けて、それをなし遂げ、聖ジャンヌ・ダルクは戦場の旗をさえ受けた。しかし、このような特別な任務についてこそ、女性はそれをただ花嫁のように、すなわちヴェールのもとに受ける、ということが最高度に妥当する。まさにヴェールとは、あらゆる偉大な女性的使命の証しである。事実それゆえに、聖カタリナは、教皇のローマ帰還の際にそこに居合わせなかったのであるし、一方聖ジャンヌ・ダルクは、焚刑の薪束から立ちのぼる炎の中に彼女のヴェールを受け取ったのである。

ヴェールというモティーフからいって、女性には、何よりもまず目立たないものがふさわしい。愛や好意や憐みや世話や保護などの領域に属するすべてのもの、すなわち本来かくされているもの、そして多くはこの世において見捨てられているものが適している。だから、女性の公生活への進出が阻まれている時代でも、その形而上的な意義は決して損なわれてはいない。いや、おそらくはそのような時代にこそ——たいていはそれと知らずにではあっても——女性は、女性的なものの巨大な重みを、世界の天秤皿の中に投げ込んでいるのである。

献身のあるところにはどこにでも、永遠の女性マリアの神秘から流れ出る光がある。しかし、女性が自己を主張しようとするとき、形而上的な神秘は消えてしまう。自分の像を高くかかげることによって、永遠の像を破壊してしまうのである。この点から見てはじめて、女性の堕落、すなわちエヴァが理解される。精神的なものと感覚的なものとの対立の中にこの堕落の意味をたずねてみても、その本質を探り当てることはできない。女性の堕落は、本来、人間の地上への堕落ではなく、まさしく地上もまた女性的なもの、すなわち謙虚な受容の心構えを意味する限り、むしろかえって地上からの堕落である。楽園の場面における堕落は、甘い果実の誘惑によるのでも、善悪の知識への誘惑によるのでもない。「あなたたちは神のようになるだろう」という言葉、すなわち乙女マリアの「仰せのように、この身になりますように」と対立する言葉によるのである。したがって本来の堕罪は、宗教の領域において行われるのであり、それゆえ、最も深いところにおいて女性の堕落を意味する。それは、エヴァが林檎を、最初に取ったからではなく、女性として取ったからである。被造界は、その女性的実体において堕落した。なぜなら、宗教的なものにおいて堕落したからである。その点、聖書がアダムよりもエヴァの方に重い罪を負わせていることは正しい。

この場合、エヴァがアダムより弱い者として堕落したというのは全くの誤りである。聖書の誘惑の話は、エヴァが、より強い者、男より優れた者であったことを明らかに示している。宇宙的に見れば、男性は力の前面に立っており、女性はその深みに横たわっている。女性が抑圧された場合はいつも、女性が弱いからではなく、強いと認められ、恐れられたためである——これはもっともなことである。なぜなら、より強い力がもはや献身することをやめて、自己の権力を誇ろうとする瞬間には、当然のことながら破局が生ずるからである。崩れ行く母権をめぐっての闘争を伝える陰惨な話の中には、なおも女性の力に対する恐怖のおののきがある。献身には、最も深いが最も極端な拒絶の可能性が対応している。後者の方向においては、女性の形而上的神秘は否定的な面を向いている。女性はその存在と意義全体からいって、単に献身に定められているだけでなく、まさに宇宙の献身する力そのものであるから、その拒絶は何か悪霊的《デーモニシュ》なものを意味し、事実またそのように感じられる。たしかに女性は決して悪そのものではないが――堕ちた天使が堕落において女性に先行しているし、悪魔は男性である――しかし、彼女は悪魔と誘惑の力を分け持っている。誘惑は我意であり、献身の反対である。堕ちた天使が堕落した人間より恐るべきものであるように、堕ちた女は堕落した男よりも恐ろしい。堕ちた女のドラマは、クライストの「ペンテジィレーア」の中に圧倒的な迫力をもって展開されている。メドゥーサとエリニュスの姿のうちにも、古代の伝説は堕ちた女の恐ろしさを映し出しているし、キリスト教時代の魔女信仰さえ、個々のケースは恐るべき迷妄であったにせよ、その奥底に、自己の形而上的使命を裏切った女性に対する、あの身の毛もよだつような恐怖の正しさを物語っている。今日、女性的なものの堕落が同じような戦慄を感じさせないのは、その経験的なあらわれが途方もなく陳腐な形を取っているからに過ぎない。堕罪の歴史は、もちろん、たえずくりかえされているのである。さらに深い意味で、女性はどんな堕落にも責任を負っている。しかもそれは、彼女が自分の膝の上で堕落者を育てた母親だから、という理由だけではなく、すべての堕落は、たとえ男のそれであっても、特別な意味で女性に委ねられた領域の内部で行われるからである。

堕落した女性は、人間の歴史の初めに立っているが、同様にすべての歴史の終わりにも立っている。人間の本来の黙示録的な姿は男性ではない、まさに「終末の時代」の本質は、男性の姿が消え去ることであって、それは、彼がむき出しの破壊の力をもはや男性として支配できなくなるからである。だから黙示録も、アンチ・キリストを人間としてではなく、「深淵よりの獣」として描き出している。黙示録の中で人間の黙示録的な姿として認められるのは女である――自分の使命に背いた女性のみが、みずからの死と没落を招かざるをえない世界の、あの絶対的な不毛性をあらわすことができるのである。

女性の調号（楽曲の調べをあらわす記号）が、「この身になりますように」という言葉、すなわち受容への意志、宗教的に言って「祝せられてあろうとする意志」であるとするならば、不幸は常に、女性がもはや受け入れようとも、祝せられてあろうとも望まないところにある。これはただ生物学的な意味でのみ当てはまることではない。献身の段階の上昇線には、拒絶の下降線が対応する。アマゾン女族の悲劇的＝英雄的な拒絶と女性の黙示録的拒絶との間には、一つの世界が口を開けている。男性が、みずからの支配すべきむき出しの力に支配されて人間としての存在を失うとすれば、女性は娼婦としてそれを失う。「大いなる娼婦」は世の終わりの黙示録な像である。娼婦は、「仰せのように、この身になりますように」という方向の根底からの断念を意味しており、そこには献身の代わりに、内的な拒絶の究極の形――放棄があらわれる。この言葉は、すべての女性の中でも最も気の毒な彼女たち個々の人間の断罪を意味しているのではない。娼婦そのものがすでに裁きをあらわしているのである。娼婦は、もはや愛と謙遜の精神のうちに「共に働く者」として身を捧げるのではなく、ものとして仕える――ものは支配によって復讐する。力の支配の手中に落ちた男を、その欲望に奴隷として奉仕する女は、勝ち誇って見下ろすのである。娼婦は、絶対的不毛性として死の像を意味すると共に、支配者として、むき出しにされた堕落の支配をも意味する。

世の終わりの黙示には、個々の時代と個々の文化圏の黙示が先行する。これは現代についても言える。その規模においてかつて例を見ないほど大きな、現代の宗教からの離反は、すでにわれわれの見聞きする女性的なものの現象のうちにはっきりとあらわれている。ヴェールと同様、ヴェールの脱落もまた深く象徴的である。われわれは先に、女性の生のすべての偉大な形式は、女性がおおわれていることを示す、と述べた――花嫁、寡婦、修道女は同じシンボルの担い手である。外にあらわれる態度というものは、決して実体のないものではなく、事の核心からあらわれ出ると共に、またその核心を代弁している。この点から見て、ある種のモードは途方もない裏切りとなり、まさしく言葉通りの意味で女性を曝し者にすることにほかならない。女性が姿をあらわにすることは、常にその神秘性の崩壊を意味する。感覚の領域においてすら自分を犠牲にしていない女性、あらゆる崇拝の中で最も哀れとも言うべき、自己の肉体の崇拝に身を捧げるしかない女性は――ましてや同性の仲間たちの広汎な苦境のただ中において――、疑いもなく、自己の形而上的使命との最後のつながりをも断ち切った退廃を示している。そこには、もはや女の見栄がさせる無邪気な子供らしい顔付きは見られずに、神の似姿とはおよそ似ても似つかぬあの顔が、女性的なもののっぺらぼうな仮面が、陳腐なお化けのように浮かび上がる。理論的な無神論などではさらになく、この仮面こそが現代の神否定の最も衝撃的な表現なのである。

そこでわれわれの考察は、その出発点、すなわち無原罪の聖母の教義の中にあらわれた、冒すべからざる神の似姿の宣言にもどって行く。

教義《ドグマ》の宣言というものは、いつもある特定の宗教的危機に答えている。マリアに関する教義は、それを最も一般的に定式化すれば――すでに見たように――救済における人間の協働をあらわしている。この点から考えてはじめて、現代とのつながりにおけるマリアの教義の、はかり知れないほど大きな意義が明らかになる。なぜなら、神の恩寵は変わることはないが、ますます変わって行くと思われるのは人間の協働だからである。

これに関連して、前世紀から今世紀にわたる最近の数十年間に、マリアに対する憧憬が諸国民の間にくりかえしあらわれたことは、きわめて深い意味をもっている。――この憧憬は、教会によって認められた最も有名なものを挙げるだけでも、ラ・サレット、ルルド、ファティマにおける聖母出現によって答えられた。そうしたわけで、まさにわれわれの時代に、マリアの決定的な教義、すなわち至福の聖母の被昇天の教義が宣言されたことは何と言っても意義深いとしなければならない。この教義は――カトリックの世界においてさえ――さまざまな誤解を受けた。この誤解は、単にマリア崇敬に関するある種の民衆的な行き過ぎによるだけでなく、何よりもまず、純此岸的なものに向けられた現代人の合理的思考にもとづいている。何しろ、われわれの時代には哲学ですらが、哲学の最も貴重な宝である形而上学なしで間に合わせることに慣れてしまったのだから！　ところで、前回宣言された教義は、マリア像の超越的な姿を示すためにクローズアップされたのであるが、しかしそれはただ、何百年来すべてのカトリック教徒によって信じられ、マリア被昇天の大祝日で祝われてきたものに裏書きされてのことにほかならない。キリスト教的西欧の偉大な宗教芸術も、マリアが天に挙げられたことを、その教義化のずっと以前に告げていた。ローマのサンタ・マリア・ソプラ・ミネルヴァの教会にあるフィリピーノ・リッピの、人の心を奪うような絵は、変容したマリアの姿の欠ける所のない歓喜を捉えているし、またフラ・アンジェリコは、天に挙げられたマリアの頭上に冠を置いたのだった。ダンテの偉大な神曲は、「乙女よ、母よ、御身の御子の娘よ――」という言葉で、地上のマリアの姿にではなく、天において変容した彼女に挨拶を送っている。時間における献身には、永遠の天空における浄福が続くのである。変容した彼女は、教会の変容、および個々の魂とその地上における肉身の変容を意味しており、この変容は、もとより比類のない仕方でマリアの姿を通して先取りされ、かつまた約束されている――彼女は、「父よ、わたしに任せられたものを、わたしのいる所にいるようにさせてください」というキリストの言葉を自分のためにも引き合いに出すことができるのである。

しかしわれわれは、もう一度マリアの姿の此岸的意味に立ちもどることにしよう。マリアが、信仰の危機における最も力強い援け手として、宗教的離反の真の克服者としてあらわれることは、協働ということの当然の結果にほかならない。聖母の連祷がマリアを、「天使の女王」、したがってまた勇ましい聖ミカエルの女王とさえ讃えているのも、また「使徒の女王」として尊んでいるのも――彼女なくしては、使徒的宣教も何の効果もない――、さらには「聖なるロザリオの元后」と呼びかけているのも――祈りも人間の熱意と心の準備がなければ成立しない――、みなこのことを意味している。つまり、マリアの教義は、マリアにおける被造物の協働を訴えているだけでなく、同時にマリアのうちに全被造物が協働することを呼びかけているのである。

ところで、すべての宗教的窮乏は、常に、より一般的な窮乏のみなもとである。神喪失と裁きとの間の深い関係、すなわち、中心の領域（神との関係）における障害が、外的な生活のすべての領域をも乱さずにはおかない、という単純自明のことは、明らかに現代の通念ではなくなっている。だがその代わりに現代は、かつてどの時代にも与えられなかったような、大々的な恐怖の形でこの真理を眼のあたりにしている。それゆえに、宗教的離反の克服者としてのマリアへの信仰は、まさに「絶えざる御助け」としてのマリアに対する信仰の頂点にほかならないのである。

女性は、「担う」という言葉の究極の意味において救いを担った。このことは宗教の領域に妥当するだけでなく、宗教の領域に妥当するがゆえに、また一般にも妥当する。民族や国家が栄えるには、本当に母親らしい母親を必要とするという考えは、まず手近な生物学的真理を示すと同時に、より深い真理、すなわち精神的な世界も、単に舵を取る男性ばかりでなく、同じく母親をも必要とするという真理を物語っている。ここで線が交差する。被造物である人間が、一方において救いへの協働を拒絶するとすれば、それは他方において救いを簒奪したのである。自分を創造者と信じての自己救済の信仰は、世俗化した現代の、本来は男性的な迷妄であり、同時にそのあらゆる失敗を説明するものでもある。被造物人間は決して救済者ではない。しかし救済に協力する者でなければならない。本当に創造的なものは、受け取ることによってのみ得られる。男性もまた、マリアのしるしのうちに、すなわち謙遜と献身のうちに創造的精神を受け取る。さもなければ彼は、それを全く受け取らずに、くりかえしただ「自分に理解できる」精神だけを、つまり結局は何も理解できない精神だけを受け取ることになる。なぜなら、なるほど世界は男性の力によって動かされはするが、しかしそれが言葉の本来の意味で祝福されるのは、いつもただ女性のしるしにおいてだからである。神への献身が、被造物のもつ唯一の絶対的な力であり、「主の婢《はしため》」(ancilla Domini) のみが「天の元后」(regina coeli) である。どこであれ、人間が誠実を尽くして協働するところには、「創造主の御母」(mater Creatoris)、「善き勧めを賜う御母」(mater boni consilii) もまた姿をあらわし、人間が自己を離脱するときには、「愛すべき御母」(mater amabilis)、「美しき愛の御母」がこの苦しみの世界を授け、善意ある諸々の民のためには、いつも「平和の元后」(regina pacis) が取りついでくださるのである。

しかし、この世における救いは彼岸の救いの写し絵に過ぎない。ふたたび自然は、超自然的なものの、いわば前奏曲となり、またしてもこの前奏曲は存在のあらゆる領域に響き渡る。花嫁のように種子に対して自己を開く大地は、最終的な憩いへと死んで行くものをも受け入れる。すべての生命は献身から生まれるが、それはまた同じく献身のうちに終わる。もとより、死んでいくものを受け取る大地は永遠ではなく、それを永遠に対して返すに過ぎない。しかし、死んで行くものそれ自体が、すでにふたたび復活の種子なのである。「憐み深き御母」(mater misercordial) であるマリアは、死んで行く者たちの保護者である。彼女の姿は二重である——死んで行く個々の者の保護者は、死に向かっていつの日か亡んで行く地上の保護者をもあらわしている。すなわち、彼女は同時に黙示録のマドンナなのである。

画家エル・グレコは、彼女を無原罪の御宿りの姿のうちに表現した。彼が聖母の足もとに置いた風景の、一種異様な不安を与える切迫したような美しさは、キリストの来臨を前にした堕罪の世界の気分を再現し、同時にキリストの再臨を前にした世界の没落の気分を予言している。それは、聖パウロの言葉によれば、今なお、「陣痛のうちにある」被造物の、あの嘆きと切望をあらわしている——終末は単に日没であるばかりでなく、夜明けでもある。再臨する世界の審判者キリストは、世界の創造主の力を帯びてやってくる。未来の世界の門を前にしてはじめて、マリアの教義は、その最終的な証しを受ける。死に行く者たちの保護者、無原罪の御宿りとしての黙示録のマドンナは、新しい天と新しい地の約束を意味する。ここでもう一度、暁の星のモティーフが浮かび上がる——暁の星は太陽の昇るのを告げるが、しかしまた太陽の光の前には姿を消して行くのである。聖母マリアの連祷が、その偉大なマリアへの呼びかけを突然止めて、いわば神の仔羊（Aguus Dei）の前に膝を屈するように、「永遠に女性的なるもの」は、われわれを「引いて昇った」ときに、永遠に聖なるものの前にひざまずく。無原罪の究極の秘義は創造主であり、救いに協力するマリアの究極の秘義は救い主である。作られざる愛そのものである聖霊の栄光は、童貞なる母（Virgo mater）の頭上に輝く王冠であるが、さらにまた最終的な永遠のヴェールでもある。

時間の中の女性

時間の中の女性――それは、見たところ、すべての人間の存在と出来事の真半分、したがってまた歴史的なものの真半分を意味している。しかし、歴史的生活の内容を形作っているものが、女性ではなく、男性とその業であることは誰の目にも明らかである。男性は、諸国民の大きな政治的行動を支配しているだけでなく、その精神的文化の向上と衰退とを決定している。そればかりか――ことによると、これが最も重要なことかもしれないが――すでに見たように、特に女性に委ねられている宗教的なものですら、その偉大な歴史上のあらわれにおいては、もっぱら男性によって形成され、まず第一に男性によって代表されている。幾世紀にわたる時代の声に耳を傾けるとき、聞こえてくるのはいつも男性の声であり、例外はあるにしても、女性はその声に付き添い、あるいはそれを運ぶ、生きた沈黙の無時間的な充実のようにしか思われない。宇宙の献身する力

――と呼ぶのも、それこそが女性の秘義なのだから――は、ことによると歴史的生活に対する形而上的な断念という意味でも、献身を意味しているのだろうか。宗教的なものとは、地上においては結局のところ無力なものなのだろうか。――その国はこの世のものではないということなのだろうか――それとも、この二つの問いは、もっと深い根拠まで掘り下げて行かねばならないことをわれわれに要求しているだけなのだろうか。歴史的評価の新しい基準を問うことを要求しているのだろうか。ここでこの問題は、現代の一般的な問題性の中に流れ込む。時間における女性についての問いかけは、現代の女性についての問いかけとなる。

歴史的評価の基準が、われわれの時代において転換を経験したことは周知の事実である。過去の時代の基準は、広く個人性の尊重から成り立っていた。普遍性は、偉大な個々の人間の中に表現されて、その品位と価値を見出したのであった。これに反して現代は、超個人なものへと突き進んでいる。すぐれた個人の意味を否定するわけではないが、個人の顕揚に究極の意義を見ない。最も偉大な個人の意義でさえも、全体への献身ということにあり、個人の価値は全体に対する貢献度によって計られる。つまり、歴史的評価の新しい基準は、もはや個人性ではなく、献身である。この新しい見地に立って、歴史的生活における両性の意味、すなわち彼らが深い所で担っている力の意味が、あらためて探究されなければならない。

生命の根本法則をたずねてみると、生物学的研究によって明らかになることは、女性は、歴史的に力を及ぼす大きな才能を、自分では示したり発揮したりしないが、その黙々とした担い手であるという事実である。もしすぐれた才能の由来を知りたいのなら、息子から父親へではなく、母親へとさかのぼらなければならない。多くの天才的な男性とその母親たちがこれを証明している。また一方、立派な父親が凡庸な息子をもっていることも少なくない。――この事実は、男性は力を自分自身の業の中に費やしてしまうが、女性はそうではなく、力をさらに先へと伝えることを示す。男性は、自分の業にみずからを使い尽くし、自分の才能のうちにみずからを捧げてしまうが、女性は才能そのものを捧げる。すなわち、来るべき世代に捧げるのである。このように、女性の才能は男性の才能に匹敵するものとしてあらわれるが――ここに今日の主要な根本的モティーフが浮かび上がる――、しかし、それは女性自身のためではなく、世代のためである。女性の才能の意義は、個人性にあるのではない。それは個人性を超えている。一方それによって女性は、現代本来の価値基準に合致するものの線上に立つのである。

この点から、平均して個々の女性が男性より長生きであるということの、象徴的な意味が生まれる。男性はそれぞれの時代の歴史的状況を代表し、女性は世代を代表する。男性は瞬間の永遠的価値を意味し、女性は種族の流れの無限性を意味する。男は、その上に時間が休らう岩であり、女は、時間を運んで行く河である。岩は形をなし、河は流れる――個人性はまず男性に属し、普遍性は女性に属する。個人的なものは一回限りのものであり、それゆえに過ぎ去るものである――それは資本を使い尽すが、普遍的なものは後のために資本を貯えておく。個々の女性が男性より長命であるように、種族の女系は男系よりも長続きする。われわれが、家族、ひいては民族について、死に絶えたというときには、いつも男系だけを考えているのであって、女系においてはしばしばさらに長く存続する。いやそれどころか、消滅することは決してないのかもしれない。過去の強大な一門の血、たとえばシュタウフェン家の血や、さらにはカロリング家の血さえもが、娘の家族、つまり女系を通じて今日まで明らかに存続していることはあまり理解されていない。男系の名前は、娘の家族の中に没してしまうのである。女性はまず個人性ではなく、個人性の奉献であるが、そのように女性が自分の血に与えることのできる持続性もまた、自己主張ではなく、彼女が種族の系譜の全体的な流れの中に埋没することによってあがなわれるのである。ここでわれわれは、女性の第二の基本的なモティーフ、すなわちヴェールのモティーフに出会う。女性にとっての最も本来的な出来事、すなわち生命と血統の伝承でさえ、彼女からすれば、名もなくおおわれている。歴史を過去から未来にわたって形成し続ける、すべての力の大いなる流れは、こうして、母という名より他の名を持たぬ女性を通して流れて行く――もし現代が女性をまず母として評価しているとすれば、それはこの根源的な事実にかなっている。

しかし、母のかたわらには、孤独な女性も立っている。今日、母親となることのできない多くの女性が、二度の大戦の犠牲となった世代に属することは象徴的である。結婚生活の充足を見いだし、それによってまた男性の保護と扶養を受けたいという彼女たちの希望は、ヨーロッパの広大な墓場の中に埋もれてしまっている。しかし戦争は、いつどこにでも存在するケースを、より強烈な形で示しているに過ぎない。母親という面からは、女性の問題は比較的簡単に解決される。なぜなら、自然がすでにそれを解決しているからである――すべての経済的な困難の問題は、ここで取り扱っている自然的なもの、および本質的なものの外にある。したがって問題の内的重点は、母親にではなくて、未婚の女性にある。

現代がこの問題との本当の対決を回避していることは明らかである。現代は、未婚の女性の存在意義は花嫁になることにあると素朴に信じている——未婚の女性を、肯定的には、ただ少女的な待機の状態としか認めていない。だとすれば、否定的には、彼女にふさわしいのは、オールドミスの幻滅か、それとも——もっと悪いことには——満たされた「独身女性」かである。このように現代は、未婚の女性を、一つの状態あるいは悲劇としてしか考えていない。——単なる状態は過ぎ去って行くし、悲劇はひょっとしたら将来において避けられるかもしれない。しかしここで問題となるのは、単に一つの状態だけでなく、悲劇にさえも依然として含まれている一つの価値である。消極的に未婚の女性と呼ばれるものは、積極的な意味では処女である。もちろん処女は、未婚の女性の唯一の現象でないが、しかしその自然にかなった形態である。

処女は、他の時代には歴とした評価を受けていた。処女を肯定したのはキリスト教だけではない——キリスト教が引き出した多くの価値は、すでにキリスト教以前のものの中に、予感に満ちた前奏曲を見出していた。ある山の名や星座は処女をあらわしている。ディアナやミネルヴァの像は、違った動機からであるが、純自然的なものの中に、キリスト教の聖女たちに劣らないほど印象深く、処女の性格を明示している。ゲルマンの原始時代に女性が受けていた高い尊敬は、処女性の尊重と結ばれていた。古代ザクセンの恐ろしい刑法は、処女性の尊重を物語っている。この刑法は、堕落した女に対してと同時に、処女の純潔を汚すことにも向けられていた。古代ローマの女神ヴェスタの巫女のように、ゲルマン民族の女預言者も処女だった。共にはるか異教的な源泉につちかわれてきたドイツの伝説やメルヒェンは、くりかえし清純な処女の意味を示してくれる。ドイツの伝説では、処女は救済の力をもっている——中世の最盛期までは、少しの汚れもない処女には、死刑の判決を受けた罪人の赦免を願うことが許されていた。呪いが避けがたく、魔法が解きがたい場合、それを祓うことができるのは、いつでも清い処女だけだった。テーオドール・ヘッカーが古代について用いている美しい表現を借りれば、この点まさに「待降節的」ともいうべきドイツ民族の異教的先史時代は、処女の救済力に対する信仰において、キリスト教のマリア崇敬を準備している。

「わたしの愛するバラの花
イザヤの語るバラの花は
清い乙女マリアひとりによって
この世にもたらされた」

聖母の連祷によれば、マリアは「処女のうちの処女」であり、「童貞者の元后」である。すなわち、すべての母たちの母であるマリアは、母としてなお汚《けが》れなき乙女（virgo intemerata）なのである。教会は、聖母の永遠なる処女性の教義によって、単にマリアの冒すべからざる純潔をあらわすだけでなく、すべての時代に対して処女性の自立的な意味を確立し、処女性の尊厳を母性の尊厳と同列に置いている。この教義によって浮き彫りにされた処女性の思想は、偉大な西欧芸術のキリスト教時代へと流れ込んでいるが、しかしそれと同時にキリスト教時代の前後の時期をも照らしている。芸術が真にすぐれた芸術として処女を表現する場合、それは少女的な期待とか、破られた希望とかいうような、時間的につながれた一個の状態ではなく、一つの秘義を告げている。古代のすばらしい彫刻においても、またキリスト教的造形美術や絵画の最盛期においても、処女性は、その独特な表現のうちに絶対的な処女性としてあらわれている。外見の愛らしさや汚《けが》れなさではなく、内的な性格が処女性の神秘なのである。

おそらくこのことは、すぐれた造形芸術よりも、時代を超えた文学の中にさらにはっきりとあらわれている。まず目立つのは、文学が、いかに母親や妻のそれに比べて、女性の処女のタイプを讃美しているか、ということである。アンティゴネやベアトリーチェ、イフィゲーニエやタッソーの王女などは、みな処女であり、処女としてのみ理解される。シラーは、ジャンヌ・ダルクの描写において聖女の姿を書きとめることができた。処女性の思想は侵しがたいものであることが彼にはわかった――作中のジャンヌの力はこの思想に結びついている。ここで処女の線と男性の線とが出会う。男性もまた、最大限の力の発揮を促がし、高めるものとして童貞性を尊重する。司祭、軍人、政治家など、自己の生活を残りなく捧げ尽くさなければならない人々は結婚せずにいるべきだという、よく知られた言葉の意味はこれである。

こうして、教義、歴史、伝説、芸術からは、一様に、処女の思想が、状態ないし悲劇としてではなく、価値として、力としてあらわれてくる。現代は、これを認めるのに二重の困難に出会う。現代の考え方の中心には、もはや以前の時代とは違い、神ではなくて人間がおり、しかもその人間は、個々の存在としてではなく、世代の鎖の中の一環としてあるのである。ところが処女は、世代の中に自分の場所をもたず、世代を閉じる。彼女はもはや地上の無限性の前進線上にはいない。一回限りの、見たところ彼女個人の生のごく限られた瞬間に立っている。この点から処女は、自分の中の人格《ペルゾーン》の究極の価値、もとより人間のみによってはもはや基礎づけることのできない価値への信仰を要求する。言葉をかえて言えば、処女は、ひとり神のみに向かう究極の直接性において、人格の価値を、目に見える姿で宗教的にかかげ、肯定するものなのである。

　高い山の万年雪のほとりに咲く、人目には触れることのない孤独な花のように、人間のためにたやすくは開発されぬ極地や砂漠の近づきがたい美しさのように、処女もまた、ただひたすら創造主の永遠なる栄光を映す輝きとしてのみの、被造物の意義が存在することを告げている。処女は、見た所、浪費されたものや成就されなかったすべてのものの秘義の境に立っている。さらに彼女は——すぐれた天賦を花咲かすことなく夭折した者のように——一見失敗と見えるすべてのものの秘義の境に立っている。純潔である限り、常にまた深い痛ましさを秘めている、その手の触れがたい姿は、人格の限りない価値を洞察するための犠牲である。このことからは、典礼がなぜいつも処女を殉教者と並べているか、その理由が明らかになる——殉教者もまた地上の生命を犠牲にして、魂の絶対的な価値を告白しているのである。

　処女の宗教的意味からいって、女子修道会が貞潔の誓願を要求する理由は明白であり、必然的である。しかしさらにもう一つのこと——すなわち、すべて時間的なものは、超時間的なものによってはじめて、自己の本来の意味づけを受け取るということも明らかになる。この点でわれわれは、ある一つの事柄の最も深い根を掘り起こすために、必要な場合にはいつでも、キリスト教＝カトリックの教義学が決定的な考え方を引き出してきたという事実にぶつかる。

　ここで、教会の童貞女（修道女）祝別式にしばしば目を向けてみないわけにはいかない。式の冒頭にある序誦の言葉は重要である。「男と女が結ぶ肉体の共同体は斥けるとも、聖なる結婚生活の上にただよう婚礼の祝福を保ちつつ、婚姻によって示唆される秘義にすべての愛を捧げる気高き霊魂もあってしかるべきなり」。「婚姻によって示唆される」秘義とは、愛《カリタス》の秘義（mysterium caritatis）である。つまり、愛の神秘は、婚礼のミサの上にも、童貞女祝別式の上にも同じようにただようのであって、修道女として祝別された処女はキリストの花嫁（sponsa christi）なのである！教会もまた——この点世間と一致して——処女が本来花嫁になるべく定められていることを肯定する。しかし、この花嫁であることを、ただ男性のかたわらにのみ見ているのではない。ここで一瞬、女性のすべての秘義とマリアの教義との深いつながりが明らかになる。マリアの永遠なる処女性は、聖霊の花嫁であり、聖霊の影におおわれていることを意味する。これは童貞女祝別式について次のことを語っている。すなわち、童貞女の側からすれば、童貞女祝別式は、結婚しないことに対する「仰せのようにこの身になりますように」という受諾であるが、しかし神の側からすれば、自然の地平より一層高い次元においての、愛《カリタス》の秘義による彼女の生涯の実現なのである。人間のために、まずもたらされなければならない人格《ペルゾーン》の価値は、それが神のために存在すればこそもたらされることができ、そしてまさしく宗教的な愛の秘義においてもたらされる。ここから、孤独な女性の生のすべての階層を貫いて、垂直の採光坑から光がさし込んでくる。――すなわち、教義上の言葉で言う、代理の思想があらわれてくる。

宗教上の代理とは、平たく言えば、すべての人間に対するすべての人間の共同責任である。――したがって、キリストの神秘体（corpus christi）という立場からすれば、現代が個人主義の克服を求めることによって、世俗の領域で広く喧伝しはじめている思想の宗教的頂点をあらわしている。現代が、みずからもそれなりの仕方でキリスト教の真理に組み込まれていることを悟りえないのは、今なお自由主義時代の遺産としてひきずっている、教義の本質に対する実際的な認識不足のためのみである。天才的な創造が創造する人間ひとりのものでないように、完徳も愛の行為も、完徳を具えた人や愛する人だけのものではなく、すべての人のものである。聖者たちの功徳がその兄弟姉妹に及ぶことなどありえないと思うのは、自己中心主義に眼のくらんだ時代だけである。このことはわれわれのテーマに対して次のように告げている。すなわち、童貞女祝別式における愛の秘義は、その意義をいわば世界の中に注ぎ込んでいる、と――キリストの花嫁という見方からすれば、すべての処女の秘められた意義であるもの、最も惨めな者、最も目立たぬ者さえも、それと知らずに守り抱いている一つの意義が明らかになるのである。

そして、われわれの時代だけが知っている、悲劇としての処女たちが、現実に場所を占めているのは、この最も惨めな者、最も目立たぬ者のいる所である。不本意な犠牲は自発的な犠牲に、邪悪の秘義（mysterium iniquitatis）は愛の秘義に、被造物人間の「否」は「仰せのように、この身になりますように」に相対している。処女性が価値として神に結ばれていることを認めない女性にとって、結婚もせず、子供もないことは、事実深刻な悲劇を意味する。女性は、精神的にも肉体的にも、この二つのことに対して男性よりもさらに深く組み込まれている。この二つのことが欠けたら、自分の存在は全く無意味だ、と思い込んでしまいかねない。しかし、結婚もせず、子供もないことの内的な意義は、外見上の無意味さによって少しも左右されることはない。それどころか、つきつめて考えれば、その内的な意義は、外見上の無意味さにおいてこそ決定的に高められるのかもしれない。人格《ペルゾーン》の究極の価値は、おそらく外見上は全く無価値と見える実存によってのみもたらされるのである。――そうでない場合には、いつでも結局は何らかの業績の価値だけが持ち出されるという危険が生ずるだろう。この点で、宗教の弁証法は世間のそれと重なり合う。宗教的に見れば、神に対する人間の究極的使命を示す観想生活は、人間の側からすれば、まさしく世間的な業績を何一つ挙げえないものでもある。このように、世間にある満たされないままの孤独な女性の暗い声は、いわば、キリストの花嫁の満たされた信仰告白を、姉妹のようにくりかえす。目に見えるすべての業から完全に解き放されたことにおいてはじめて、人格の究極の超越的な意味が微光を放ちはじめるのである。ここで考察の糸は現代の問題性に舞いもどる。現代の人格という思想は何を意味しているのだろうか――一体この思想は、現代にとって何かの意味をもちうるのだろうか。

ここでまず個性《ペルゼーンリヒカイト》を考えるとしたら、それは誤解となってしまうだろう――個性は、高いけれども時間的な価値である――、キリスト教の救いは個性にではなく、人格に結びついている。人格は永遠の価値であって、そのような価値を通してのみ、歴史はみずからの意味と目標との設定を受け取る。もし永遠の価値がなければ、単に歴史的経過があるだけである。この点から、歴史における女性の二重の意味が明らかになる。男性の歴史を作る能力を次の世代に伝えていくのが母親の意味であるとすれば、男性の歴史を作る能力、すなわち人格をまず保証するのが処女の意味である。

処女の宗教的意味を認めれば、一方で人間に対する処女の時間的意味もただちに明らかになる。人格の孤立した価値を示すために、結婚生活と母親であることを犠牲にしたその同じ処女が、同時に彼女の犠牲によって、結婚生活と母親であることとを保証する。もし彼女が自分の人格に対して、結婚生活というものの意義を高く評価しないならば、彼女自身処女であることを止めてしまうであろうが、そのように処女はまた、彼女の姉妹たちの結婚生活を擁護しているのである。未婚の女性が処女性を軽視するようになると、きわめて多くの妻が結婚生活の解消を余儀なくされることになる。処女なしに結婚生活はなく、それゆえにまた、本当に守られた母の身分は存在しない。人格の究極的な価値を保証するために世代を閉じる処女は、一方ではまた世代を確保する――まさに人格の価値の尊重を通して世代を守るのである。結婚生活と処女性は、共に愛の秘義に根ざしているが、同じくまた人格にも根ざしている。実に、結婚生活は最も深いところで人格の価値に基づいているのである。こうして人格の究極の価値は、人格のためばかりでなく、世代のためにもあらわれてくる。このような関係が一般に全く知られていないのも同然なのは、これもまた女性のすべての出来事を包み込むヴェールのために過ぎない。しかしもちろん、このヴェールがなければ、こうした関係は、その究極の確証を、ひいてはまたその最も深い力を欠くことになるだろう――決定的な諸々の作用の流れ出る源は、実に隠れた泉なのである！　こうしてわれわれは、力としての処女という思想の前に立つことになる。

男性もまた童貞性の意味を、自分にとって最大限の力を発揮させてくれるものとして認めている。一つの場所で力を節約することは、それが他の場所へさらに強められて投入される可能性を意味する。そう考えると、童貞性は能力の遮断ではなく、切り換えである。これを女性について言えば、彼女が自分の家庭で発揮できない愛の力は、全体の大きな家族へと向けられるのである。したがって、自己の天分を世代の中に実らせることのできない処女が、その才能を客観的な仕事の中で発揮するのは、生物学が肉体上の母親について教える自己贈与の現象にほかならない。ここで処女性という観念が母性のそれに触れる。後者については他の箇所で述べることにするが――今は時間の中の女性を扱っているのだから――、しかし、精神的な母を含めて、およそ母というものは、時間に縛られた現象ではなく、時間を超えた現象なのである。ここで問題にしているのは、比喩的な意味で母性的な女性の仕事のことではなく、客観的、精神的な女性の仕事のことである。

したがって、処女性は特に行動への能力と解放とを意味している。この点から、もっぱら事件の進行の上に成り立っている劇文学が、なぜ妻や母よりも、処女である人物を圧倒的に好んで取り上げるのか、その理由が明らかになる。この法則は、文学作品中の人物にも、また文学の制作にも同じく当てはまる。アンティゴネやイフィゲーニエのような人物ばかりでなく、カンデルスハイムのロスヴィータやアンネッテ・フォン・ドロステリヒュルスホフのような人も本質的に処女である。そういうわけで、世代に結ばれていない女性の力が、自分の国民の歴史的＝文化的な生活に協力したいという衝動を感ずるのは、きわめて当然のことである――この協力の性格が、広く経験を通して、必要とあらば女性はいつでも「急場を助ける」と特徴づけられるだけに、なおのこと当然なのである。女性の歴史的＝文化的協力は、世代の領域に妥当することを、いわば客観的な仕事の領域においてくりかえす。男の跡継ぎがいない場合には、代わって娘が相続する。つまり、「女性が急場を助ける」ということは、男性に対して過大な要求がなされたり、男系の中に割目が生じたりしたことを女性が告知しているのである。これは、両世界大戦中の銃後における女性の働きが忘れがたい証拠として示している真理である。したがって、文化的基盤における女性の自立的な進出は、常に一つのしるしである。ここでふたたび一瞬の間、時間の中の女性の顔に、永遠の女性の面影があらわれる。「女性が急場を助ける」ということは、彼女の活動性が厳密な意味で自発的なものではなく、献身であることを物語っている――この活動性は、女性の「仰せのように、この身になりますように」ということの一形式にほかならない。だから当然、もはや特別な窮迫状況がなくなると、女性の活動性はおのずと後退することになる。女性の客観的な仕事に対して与えられる栄誉が、例外的で、たいていは感謝もこめられず、したがって深くヴェールに覆われているのは、このような事情による。もちろん一方、その仕事が限られていることも同じ事情からである。歴史的＝文化的生活に対する女性の意味は、究極において、彼女の客観的な協力にかかっているのではない――それはさらにずっと深いものなのである！

処女は、それ自身としては、一見浪費されたと見えるすべてのものや成就されないすべてのものの秘義の縁に立っているが、仕事を実現する能力のある者としてもやはり同じ秘義の縁に立っている。女性の業績の圧倒的多数が最高のものではなく、せいぜい第二の地位を占めるに過ぎないとすれば、そしてそれゆえにまた、女性の魂の全き深さと力をめったに汲み尽くすこともなく、それを自立した女性的文化要素とならしめることもないとすれば、それはやはりヴェールのモティーフに関係している――たいていその業績は男性の要求に順応し、すでにこの単なる順応によって独創的な男性の業績の背後にとどまる。女性の業績が本当に究極の独創性と高みに達したときに、男性の場合とくらべて、カリスマ的な召命という印象が強いのも、もちろんまた同じヴェールのモティーフに関係している。ある天分なり行為なりのカリスマ的性格とは、単に特別なものというだけでなく、何よりもまず宗教的な性格を意味する。それゆえ、本来の女性の天才が、常に宗教の領域だけにあらわれるのも偶然ではない。ビンゲンのヒルデガルト、オルレアンのジャンヌ・ダルク、シエナのカタリナのような偉大さに、世俗の世界で肩をならべうる女性は少ない。こうして、もっぱら男性のみを聖職位階制度の担い手とする教会、まさにその教会が、なぜ女性のカリスマを高く評価するのか、そのわけが明らかになる。

またしても事柄の真の解明は、宗教的なものから出てくる。処女の意味がキリストの花嫁ということから理解されたように、女性の天才的業績の意味はカリスマから理解される。ひとり神のみが、みずから女性をその背後にかくしておかれたヴェールを掲げることができる。しかしこの場合、ヴェールが掲げられるとは、さらに深く覆われることにほかならない。カリスマ的なものとは、自己の業績を極立たせるための力ではなく、至高なものの道具となるために、個人の人格を消し去ることである。前には、どんな業績からも切り放された人格の価値が問題であったが、このカリスマ的召命においては、個人の人格から切り離された業績が問題になる――カリスマそれ自体がヴェールとなるのである。「女性が急場を助ける」という事実には、より高い階段において「女性は召し出される」という事実が対応する――彼女が召し出されるのは、またしても異常な、いやまさに絶望的な場合なのである。女性の受ける最高の召命は、常に最後的な解決手段である。聖カタリナや聖ジャンヌ・ダルクのような人の驚くべき意味は、彼女たちより前に、どんな人々が同じ使命に失敗しているかを知るときにはじめて理解される。

業績という点で価値のない存在だけが人格の価値を示しえたように、ここでは一見使命にふさわしくないと見えるものが召命の本来の性格を示す。使命にふさわしくないと見えるもののうちにのみ、遣わされたものの性格が真に純粋な形であらわれるのである。このことからは、なぜ世界史上最も偉大な人物たちに限って、その生涯の初めには、同時代人の目に取るに足りない者あるいはふさわしくない者と映ったのか、なぜ彼らの意義が後年になってようやく知られ、あるいは全く意外なあらわれ方をしたのか、その理由が明らかになる。人間的なものにおいてすぐれた人物が、結局あれこれの業績の価値を示すだけで人格の価値を示さないという危険にたえずさらされているように、何よりもまず有能な者は、召命ではなく、ただ自己の才能の程度だけを示すという危険、すなわち与えられた任務を果たすだけでなく、自己の意志をも押し通すという危険にさらされている。だが、すべての偉大な業績には、常にそれをなし遂げる者の能力だけでなく、その意図さえも超えるプラスが含まれている。言葉をかえれば、神の創造意志と創造行為のほのかな光に貫かれていることが、人間のすべての偉大な業や行為の真の標識なのである。

このことを明らかにするためには、時には使命にふさわしくないものが召し出されなければならない――出来事を支える見えない柱が、目に見えるようにされなければならない。これがカリスマ的な女性の象徴的な意味である。男性よりも女性が選ばれることの本質的な理由は、ただの道具となり器となるために、女性の方が生来自己を滅却しやすい、という点にある。カリスマを担うということは、主の婢《はしため》（ancilla Domini）となることなのである。

このように、女性の最も驚嘆すべき業績、すなわちカリスマ的業績もまた、徹頭徹尾女性的なものの境界内に、純然たる協働の線上に、マリアの線上にある。まさにそれによって彼女は、目立たない姉妹たちの、よりささやかな業績を共に引きずり上げるのである。「永遠の女性」の神秘の光が彼女自身を照らすように、彼女を通して、その同じ光がこれらの姉妹たちの上にも注がれる――ふたたび代理という思想があらわれる。キリストの花嫁と世間の満たされない女性との間に、姉妹のような対話が続けられる。カリスマ的女性のそれを含めての、純然たる協働という性格から考えると、なぜカリスマ的なものの外にある女性の業績が、いつもただ第二級、第三級のものにとどまるか、ということの秘密が明らかになる。その理由は、劣った才能にあるのではなく、女性的なものの本質と使命の中にある。前に人格の価値について言われたことが、ここでも妥当する。つきつめて考えてみると、目立たぬ業績こそが、女性本来の秘義を証ししている。歴史的生活の、目に見える支柱としてではなく、目に見えない支柱としての女性の意味を証ししているのである。処女が、すべての業績から独立した人格の究極の価値をあらわすように、ここでは女性は、すべての才能のみならず、すべての業績の究極の、成果や高い評価や成就などを離れた究極の価値をあらわす――彼女は、無名のもの、見たところ実効のないもの、神のうちに隠されたものの現実性をも含んだ最高の現実性を表現する。しかし、こうして彼女は、敗れた戦の人里離れた墓にも似て、歴史全体の究極的な意義を保証する――眼に見える世界を越えて、眼に見えない世界を保証するのである。

ところで、協働という思想には、さらにもっと広い視点が与えられている。処女性についての教会の教えは、一方においてキリストの花嫁という思想に流れ込んでいるが、また他方で男の花嫁のそれへと流れ込んでいる。童貞女祝別式の上にただよう秘義と同じ秘義が結婚式のミサの上にもただよう。ある古い結婚式の祈りの中には、「主なる神よ、御身は、男女の生殖の営みのうちに、愛の秘義により世代が次々と創られることを望み給うた」とある。ここで創造の神秘と理解される「愛の秘義《カリタス》」とは、世間の言葉で言うと、男性および女性の力として両極をなしているものの創造的な価値である。すべての生命は、両者の協働の原則に基づいており、その協働の力の場は全宇宙の隅々にまで広がっている。精神的文化的な創造の領域も両極の力の場のもとにある。したがって問題になるのは、もはや文化における女性の自立的な業績ではなく、男性との協働における女性の役割、男性の業の内部における女性の役割である。精神的文化的なものにおいても愛の秘義と受け入れること、すなわち文化の結婚的性格が問題なのである。

ここには、見たところ一つの困難があらわれる。自然の創造の神秘と厳密に類比するならば、精神的な受胎と出産は女性のものでなければならないだろう。女性は男性の業に対して母の役割を果たすことになるだろう。しかしながら、婚礼の神秘としての愛の秘義は、まだ母の神秘ではなく、花嫁のそれである——花嫁《スポンサ》（妻）は処女《ヴィルゴ》と母《マーテル》との間に立っている。永遠の女性としてのマリアの呼び名において一つのものとなるこの両者、すなわち母と処女は、教義によって女性が置かれる壮大な風景の中で、いわば二つの峯のあるいは二本の大支柱をなしている——そしてその間には、広く豊饒な谷あいの土地のように、花嫁（妻）の広大な領土、夫の伴侶の国がはるかに広がっている。大切なのは、一つの自立した領域である。すなわち、時間を超えて妥当する女性の生の三つの形式、処女、花嫁（妻）、母のおのおのが、女性の生全体の実現を意味しており、しかもなおまさにそれぞれの形式の内部においてそうであるという、きわめて重要な認識である。各形式がたがいに触れ合い、相互に浸透し合っていることは、他の形式による一つの形式の制約を意味しているのではない。たとえば、本来の女性の役割は母親のみに与えられている、といったようなことはない。なるほど花嫁は、母の前段階には違いないが、しかし同時に独立した女性の秘義の担い手でもある。教会は、子供のない結婚もやはり完全な効力をもち、解消できないものと認めることによって、このことを示している。つまり、処女と母との間に立つ者としての花嫁（妻）は、単に世代の未来の担い手であるばかりでなく、まさに花嫁（妻）として、まず第一に人格なのであり、そして結婚生活の秘跡的性格は、世代を聖化するだけでなく、人格を人格に結びつけるのである。大切なのは、男女の生殖の営みだけではなく、二人の人間がたがいにかわす愛の救済的意義、神への途上における相互間の霊的責任である。

したがって、結婚式のミサの愛の秘義は、肉体上のそれだけでなく、結婚生活の霊的な豊饒性をも暗示する——教会の考え方によれば、夫と妻とは単に「一つの肉」であるばかりでなく、一つの霊でもある。その本質の一つの方向において未来の母をあらわす花嫁は、他の方向において、自然的な意味ではないが、精神的霊的な意味で処女的なものの性格を担っている——花嫁としてそれを担うのである。花嫁とは、花嫁本来の秘義を意味している。それは独立した神秘であると同時に、永続する神秘でもある。銀婚式の妻も花嫁と呼ばれるが、民衆はそのわけを知っている。女は母となっても、夫の愛に向かう限り、花嫁なのである。花嫁の中に結婚式の日の少女じみた花嫁しか見ないとすれば、それはこの秘義の性格をあまりにも自然主義的に解していると言わざるをえない。妻は、愛してくれる夫に眼を向けるとき、あたかも結婚式の日が生涯くりかえされるように、生涯にわたって花嫁である。女性の花嫁性という性格は、くりかえし新たにされる愛の奇跡に対応している。キリストの花嫁（sponsa Christi）の中に示されるような、処女である花嫁（virgo - sponsa）という性格から、一条の反照が男の花嫁の上にも投げかけられる。永遠の花嫁性という思想から、彼女の上にも永遠の女性の面影が浮かび上がる。——その呼び名の中で、処女と母だけを一つにしているマリアは、聖霊の花嫁である——彼女もまた、聖霊降臨の朝、使徒たちの間にまじり、彼らと共に聖霊を受ける女なのである。一方、聖霊自身は聖書の中で、創造の霊であると同時に愛の霊であると言われている。この二重の言いあらわし方から、愛の秘義の二重の性格が明らかになる。こうして、他のすべての場合と同様、ここでも教会によって決定的な視点が引き出されていることがわかる。キリストの花嫁が処女の問題の頂点を形作り、それをくまなく照らすように、婚姻の秘跡によって結ばれた妻も、花嫁の思想の頂点を形作る。彼女の背後には、精神的なものの方向に向かって、男女間の創造的可能性が、きわめて豊かに存在している。秘跡によらないで結婚した妻、女友達、愛人、男の仕事の協力者がいる。彼らすべての上に、結婚式のミサから照明が投げかけられる。秘跡の影の中にあって、二人の人間相互の創造的な救済の意義であるものは、世俗の領域では、創造的な生活共同体であり、二人の人間相互のかけがえのない精神的な意義である。男女の間における精神的創造の神秘としての、世界内存在的な愛の秘義もまた存在する——男性の精神の花嫁としての花嫁《スポンサ》もまた存在するのである。われわれここで、——文化的なものを扱っているのだから——いわばこの思想を生きた姿で見せてくれる有名なペアに近づくことになる。すなわち、ダンテとベアトリーチェ、ミケランジェロとヴィットリア・コロンナ、ヘルダーリンとディオティーマ、ゲーテとフォン・シュタイン夫人、リヒアルト・ヴァグナーとマティルデ・ヴェーゼンドンク——最も偉大な人々の名をあげたに過ぎないけれども——が、ここで道を示してくれるのである。

ヴィットリア・コロンナに捧げたミケランジェロのソネット（十四行詩）の中では、

「両眼《まなこ》を通りておんみはわがうちに入り
われをしてわが身を強く押しひろげしむ」

と唱われている。そして、ディオティーマに捧げたヘルダーリンの詩の場合には、さらにはっきりと次のように唱う。

「驚いて私はあなたを見つめる。すると、声が、甘い歌が、琴の調べが聞こえてくる。過ぎ去ったかなたの時からのように。
そして、私たちの魂は炎のうちに解き放たれ、天空に舞い上がる――」

ここではすでに「私」は「私たち」に拡大され、二人による創造の意識があらわれる――生の営みとしての精神的創造の性格が、文化の婚宴的な性格があらわれるのである。
この精神的な愛の秘義における女性の役割は、歴史的＝文化的生活一般における女性の役割と同じものである。ごくまれに、この協働が女性自身の創造として実を結ぶことがある。たとえばエリザベス・バレット＝ブラウニングが「ポルトガルのソネット」でしたように、あるいはマリアンネ・ヴェーバーが、彼女の夫の生涯と仕事についてなしとげた堂々たる叙述におけるように。しかしたいていは、妻は夫の仕事の中に消えてしまうか、あるいは夫の仕事が彼女に捧げる敬意のうちにしか姿をあらわさない。才能豊かな女性でさえ男性の仕事の中に完全に姿を消してしまう例として、マリアンネ・フォン・ヴィレマーが挙げられる――「西東詩篇」の詩句に対する彼女の寄与が、個々に確定できるもの以上に大きなことをわれわれは知っている。しかし結局のところ、このような女性の主動的な関与を確定することが大切なのでは全くない。たいていは女性が主動的に協働するものではないことにこそ、女性の参与の本質があらわれ出る。男の精神の花嫁《スポンサ》としての花嫁《スポンサ》の思想は、男のもう一方の半分としての花嫁が、存在一般のもう一方の半分であることを意味している。男は女を「識ら」なければならない、という聖書のすばらしい表現は、精神的な創造についても当てはまる。男は女のうちに人間存在の他の次元を識るのである。両極性は全体性であって、それはすべての偉大な仕事の前提をなしている。この点からはじめて、ディオティーマに対するヘルダーリンの、最初はほとんど人を驚かせるような告白が理解されてくる。

「わたしに霊感を与える神が
彼女の額《ひたい》に姿をあらわれるとき――」

本当は「神」が「あらわれる」のではなく、神の創造全体があらわれるのであり、それなくしては神も偉大な仕事のために霊感を与えることのできない、存在の他の半分があらわれでるのである！　これは、ダンテが地獄と天国をめぐる遍歴の途上で、なるほど最初は男性であるヴェルギリウスに導かれるが、その後は女性によって、すなわち若き日の恋人ヴェアトリーチェによって導かれることの深い意味である。しかし、このもう一方の次元について言えることは、それがもともと自己を呈示するものでなく、自己を捧げるものだということである。男性は女性を「識る」が、その際女性は献身の姿勢において識られるのである。われわれがここで扱っている精神の線上においては、女性が男性の思想を受け入れることや、精神的な共同発展ないし共同作業などが問題なのではない――そういうことはそこここにありうるが、しかし愛の秘義の一形式に過ぎず、その本質ではない。それはまた、単に女性の理解にみちた共鳴のことを言っているのでもない――それではただの伴奏に過ぎない。そうではなくて、献身はここでは啓示であり、一つの賜物である。どのような形においてであれ、男性に身を捧げた女性は、持参金として彼に世界の半分をもたらすのである！　男性の精神的＝文化的創造に対する女性の参与は、この世界の他の半分の啓示である女性の献身の中にひそんでいる。献身は啓示であるが、しかし覆われた啓示である。あの世においてさえ、ベアトリーチェは最初ヴェールを被ってダンテに近づいてくる――。

女性の啓示はあまりにも覆われているので、時折男性は、それを女性的なものの啓示とは認めない。彼は、女性よりも、むしろ彼自身の像を受け取るように思う。

「そこにおいて、私は私の存在を知る」

ディオティーマのかたわらにあることについて、ヘルダーリンはそう語る。相手を認めることによってはじめて、自己の像も形を結ぶことができる。いかなる像も、全体の中にしか自分の場所を持ちえない――男性の本質も、女性の本質に照らしてはじめて完全に明らかになる。全体性とは、単に存在の「他の半分」の啓示だけでなく、自己自身の半分の啓示をも意味している。女性が、深い愛を抱いて彼女に近づく男性によってのみ識られるように、男性もまた、女性の愛のうちにあってはじめて、完全に自分自身を識るのである。女性との関係を述べた、偉大な詩人たちの証言の中には、非常にしばしば「鏡」という言葉が浮かび上がるが、これがその意味である。ダンテは、浄化の山でベアトリーチェに信仰告白を求められたとき、この鏡の中をのぞき込む。またこの点から、しばしばひとりの女性と彼女への精神的接近とをめぐって燃やされた情熱が、はじめて完全に理解される——彼女の精神的人格は、男性が彼女を通してのみ関与できる、あの巨大な持参金を内に秘めているのである。花嫁は、処女と母との間に立つと同時に、個人と世代との間にも立っている。彼女はすでに個人の限界を越えて一歩を踏み出している。処女が男性に文化の孤独な究極の価値、すなわち人格を保証したとすれば、花嫁は彼に半分の世界の協働を保証する。彼女は、男の生を孤独から救い出すが、同時にまた男をして精神的にも彼の個人の限界を越えさせる。女性的なものの現存から、すべての偉大な創造に秘められている匿名的要素が明らかになるのである。

こうしてここでもまた、すべての女性的なものにとっての本質的な要素、すなわち協働とヴェールという性格が浮かび上がる。別の言い方をすれば、われわれは文化の匿名的な要素の中に、歴史の眼に見えない支柱を再認識するのである。女性は本来みずから働く者ではなく、共に働く者であるが、しかし共に働く者はまた共に創る者である。もちろん、この間の事情を明らかにするためには、精神的な創造の本質についての、しかるべき見方が必要である。次のような異論が出されたとしても、一見当然と思われるだろう。すなわち、それでは創造の対象と創造する主体とが区別されていない——女性が単に男性の仕事の中に含まれているだけでは、共に創造することにはならはない、と。しかしながら、そのような異論は、すでに過ぎ去ったと見える、偉大な個性の時代のものである。今日われわれは、個々の文化的創造に、創造する者の業だけを見るのではない。われわれにとっては、創造の中に多くの流れが注ぎ込んでいることが、まさに偉大な創造の本質なのである。現代はこういう知識を、精神的な仕事に対して、たとえば風土や土壌の重要性を認めるといった仕方で表現している。創造的人間は、沈黙するコーラスの語り手なのである。彼が創造するだけではなく、彼を通しても創造がなされるのである。真の詩人は、対象もまた自分と共に詩作することを知っている。対象が神秘的に自分の中に入り込んでくること、しばしば、奇跡にも近いほどのさまざまな語りかけをしてくれることを知っている。——ひとり詩人のみが素材を愛しているのだと思ってはならない、素材が彼を愛しているのである！

「――芸術家が努力しても、その作品を、彼の精神の見方に従って構成することは必ずしもできない。もし素材が耳を閉じて答えてくれないならば――」

とダンテは言う。したがって創造者の虚栄や嫉妬は、常に、本当の意味で創造的ではない人間の正体を暴露するものである――これに反して、本当に創造的な人間は、自分がその作品の唯一の創作者として祝われることを拒むだろう。彼は自分の仕事の偉大さや広がりが、多くの人々の関与によることをよく心得ている。リヒアールト・ヴァグナーは「ドイツ国民よ、君たちがこれを作詩し、作曲したのだ」と言ったが、それがこの有名な言葉の真意である。

大詩人たちに限って、多くの、時には大げさなほどの敬意を自分の妻に捧げていることも、この点から理解される――この敬意は、ひとりで創作するのではないという意識に対する、歓喜の供物だったのである。男性の作品が提示する深く真実な女性像は、結局のところ、すべて愛《カリタス》の秘義を告白している――

個々の天才的な男性と女性との間に行われる創造の過程は、さらに文化生活のすべての協同体的な形態の中にくりかえされる。この点で、文化の担い手としての――ここでは文化の問題を取り扱っているのだから――カトリックの修道会の歴史は教えてくれるところが多い。霊的な愛《カリタス》の秘義は、聖フランシスコと聖クララ、十字架の聖ヨハネとアヴィラの聖テレジア、サレジオの聖フランシスコとシャンタルの聖フランシスカのような人々の、偉大な宗教的友情の上にも、またこれらの名前と結ばれた各修道会の設立の上にも揺曳している。秘義の本質は、単なる愛《リーベ》にとどまらず、カリタスでもあるのだ！　すべての大きな男子修道会は、文化の担い手として、女子の修道会による補完を求め、それを見出すことができた。神への讃美として不可欠な前提であり、同時にすべての文化の意義を表現している、ベネディクト会士の「主の御業（opus Dei）」は、もしその合唱の中に女性の声を欠いていたとしたら、全被造物を代表して神を讃美しようとする、その目的を決して実現できなかったであろう。ありあまる繁栄に窒息しかかっていた文化に対して、愛と清貧という新しい精神のありようをかかげたフランシスコ会は、この理想を通して、まさに女性の放棄の心とひたむきさに向かうよう促がされていたのであった。聖ドミニコの精神の厳しさと神秘主義は、聖トマス・アクィナスの思想体系やマイスター・エックハルトの魂の深みにばかりでなく、シエナの聖カタリナの行為の中にも最高の実現を見ている。一方、われわれの考察に関して言えば、文化からの内的自由を教え、それによって文化に正しい位置を指し示す——すなわち、文化を偶像化の危険から守る——カルメル会は、すでにマリアへの特に親密な関係を通して、女性の参加の上に建てられていた。対応する女子修道会を求めなかったイエズス会でさえ——ヨーロッパ規模の最後の文化、すなわちバロック文化の広汎な担い手となった限りにおいて——その意志に反し、そうした女子の会を見出さざるをえなかった。もちろん、聖イグナチオが予見したように、イエズス会に対応するものが、女子修道会の中に完全に実現されることは不可能であった。イエズス会の教育理想を手本として設立された女子の修道会も、同会のいくつかの特徴を具えているに過ぎない。この、もはや修道院の壁に守られていない修道会の中核をなしている要素、すなわちその個々の会員が無条件的に何かの任務にさし向けられ、外の世界に身をさらさなければならない点には、宗教的でない環境にある孤独なキリスト教徒の女性の立場が近い。カルメル会における女性の静かな忍苦の力と同様に、そこにもまた女性によるキリスト教の、静かな、しかしヒロイックな擁護がある。このように、修道院の家族的な理想からは遠く隔たった修道会にも、精神的な愛の秘義がただよっているのである。

しかしまた愛の秘義は、あの多種多様な、男性と女性との全く世俗的な仕事の協同体の上にもただよっている。これらの協同体は——男性と女性の間に成り立っているがゆえに——決して単なる仕事の協同体というにとどまらず、常にまた存在の全体性への関係をもあらわしている。この関係も、ここではまだ前者の線上に立っているが、ただまさしく後者としてである。すべての男女間の関係は、ごく目立たない関係であっても、全体性という面に照らせば、男性のみ、あるいは女性のみの協同体よりはるかに大きな意味をもつ。もちろん、男性もしくは女性のみの協同体も、ある特定の思想を形成するための、たいていは戦闘的か自己教育的かである目的に対しては一定の意味をもっている。しかし文化にとっては、彼らの立場はあまりにも限られていて、一面性と狭さによる不毛の危険を意味している。一見その反証のような、いくつかのすぐれた文化創造でさえも、この危険を完全には免れていない。それは、これらの創造の影響が特に選りぬきの人々の集団に限られていることからしてもわかる。この場合、選りぬきの人々の集団とは、全体性の不足と直接の関係にある——たしかに男女両極性の力の場の外にも、いくつか第一級の仕事があるけれども、しかし、全体性はないのである。ごく広い意味で文化のすぐれたすべての時代は、存在の両極性の力に担われていた。この点でドイツの天才時代は、かつてのオットー朝時代と軌を一つにしている。オットー朝時代は、たとえそれが宮廷階級の少数の女性に限られていたにせよ、女性の影響を受け入れる姿勢が特に強かった。その後、中世の最盛期は、女性の影響に対して、もちろん全く別の仕方で対応した。女性の支配は、習俗と文化のあらゆる分野に及んだのである。「ミンネ」および「高いミンネ」とは一線を劃するヴァルター・フォン・フォーゲルヴァイデは、それについて不朽の証言をわれわれに残してくれた。もっとも、そこでも女性の影響は一定の階級社会の範囲に限定されてはいる。しかし、一面的に男性的な方向をめざす時期にはすぐに文化の衰退があらわれるのに反し、これら女性の影響を進んで迎え入れた時代は、常に文化の全盛期だったのである。

他方もちろん、ある種の退廃は、両極の一時的な限界設定を説明してくれる。たとえば、いじけた時代は、いわゆる男子結社の存在を説明してくれるのである。男子結社は、自己の極を純粋かつ強力に押し出そうとする意志のあらわれであり、したがって女性化した男性の拒否と男性化した女性の拒否とを同時に含んでいる。もちろん文化が男子結社によって引き上げられることはないが、しかし、文化の両極の力としてはもはや問題にならない、このような現象に対して冷静な判断を可能にしてくれる。現代の一つの主要な課題は、男性と女性との、新たな意識にもとづいて、文化の新しい可能性を開くことにある。まず第一にこの可能性は、自然に与えられているもの、すなわち、結婚生活、友情、共同の仕事に重なり合うだろう。ここではさらにそれを越えて、新しい社交性の役割も顧みられなければならないだろう。今日では全く不毛になってしまったこの領域にこそ、ドイツ天才時代の強みがあった。生活の様式と生の形成の不可分な関係を新たに見つけ出すことが大切である。社交性の文化的意義は、男女の精神的な出会いのうちに潜んでいるのである。ローマの社交界で、アンゲリカ・カウフマンがヘルダーに、「もの静かで徳の高い優美の女神、いわば自然と人々のつどい全体に階調を与える和音の響き」としてあらわれたというのは、ヘルダーにおけるこのような精神的出会いの表現である。

その場合、女性的なものそれ自体の本質の洞察は、むしろ見る者と見られる者の高さによって定められる――その可能性は、人間存在のすべての領域を貫いて広がっている。ダンテのベアトリーチェとストリントベリの描く魔神的《デモーニシュ》な女性とは、彼らを隔てる深淵を越えて、やはりなお存在の同じ全体性を作り出している。光明に包まれているか、それとも暗闇の中に置かれているか、楽園への途上にあるか、それとも地獄の劫罰に向かっているかの違いはあるにしても、である。このことは、男女間の愛《カリタス》の秘義が悪の秘義（mysterium iniquitatis）にも変質しうることを物語るが、しかしこうした変質においてすら、文化の創造という点では依然として豊饒性を意味している。ただ、悪の秘義から生まれた創造は破壊的な性格をもつだけである。この事実にこそ、男女の関係から生ずる途方もなく大きな責任が存在する。もしこの責任を、ただ道徳や世代という面からだけ見るならば、半分しか理解していないことになる。生物学的な意味での新たな生命体に対して妥当することは、新しい仕事の生きた本質に対しても当てはまる。ここにこそ、女性が文化に対して担うべき全面的な共同責任の主眼点がある。創造的な男性が女性についてつくり出す像は——ほめたたえる場合であれ、おとしめる場合であれ——まさに彼女が彼に差し出す像にほかならないのである。

かくして、全面にわたってこれらの関係を総決算してみれば、われわれが時間の中の女性の問題を考察しようとする際にした問題提起は、条件つきでのみ正しかったことが判明する。われわれは、現象形態において男性的と見える文化から出発した。しかし文化の本質は、すべての生けるものの本質であり、したがって生けるものの法則、すなわち万物を支配する両極性の力の協働に結びついている。実に精神生活としての文化の本質は、まさにこの点から限定されているのである。

造形芸術家は文化の広大な生きた創造領域を、たとえば哲学、文学、彫刻、いや文化そのものを——文化的諸国民がこれらを女性名詞で呼ぶように——比喩的に女性の姿として見ているが、そこには客観的所与の協働という思想、すなわち、この場合いわば個々の創造領域からヴェールに覆われて男性に近づいてくる女性の線があらわされている。このことは、意識するとしないとにかかわらず、男性がこれらの創造領域において存在の全体性への関係をもっていることを物語る。これに反して、精神が一面的な構成をもって働いている文化の尖鋭的な闘争領域において、男性の名前（男性名詞）が前面にでていることは、意味の深いことと思われる——たとえば、唯物論、社会主義、未来派などがそれである。男性は、こうした旗じるしを掲げたとき、これらの領域の中では自分ひとりが支配するものと感じ、それゆえに自己の性を刻印したのである。ひょっとしたらこの点から、生命あるものの、という意味での創造的文化の境界線がきめられるかもしれない。文化がなおも存在全体を包むところ、なおも愛《カリタス》の秘義が感じられ、受け取られるところにこそ、文化の本来的な、充実した発展があることは明らかである。もちろん、愛《カリタス》の秘義の彼方にも驚くべき成果が存在するが、しかしそれはすでに事物の他の秩序に近づくものであり、もはや完全な意味で両極の力の全体性から生まれる有機的な創造ではない。そこでは文化の巨大な流れは、いわば滝となって落下し、もはやどんな神秘も必要としない向こう岸へと急ぎはじめる――文化の最後の支流は文明の中に終わるのである。

こうしてわれわれは、さらに深い洞察にぶつかる。女性的な要素があるということは、隠れた援助者、協働者、奉仕者の存在を意味する。畏敬のモメントは女性のものである。生きた文化の境界線が、愛《カリタス》の秘義の有無によってきめられるということは、すなわち畏敬によってきめられるということである。畏敬のモティーフとは、ヴェールのモティーフのもう一つの名前に過ぎない。ところで、文明は徹頭徹尾目に見えるものである――そこには、畏敬のモティーフの代わりに、支配欲というモティーフがあらわれる。文明の中には、協働というものはなく、あるのはただ、鎖につながれ、魂をぬかれた諸力の効用化だけである。したがって女性的なものの不在によって特徴づけられる文化の限界は、宗教的なものの不在がはじまる限界と必然的に一致する。

宗教的なものとは――ここでもう一度くりかえしておきたいのだが――神的なものを意味するのでなく、神的なものの崇敬、つまり何よりもまず謙遜を意味している。今日の世界は、謙遜というものを何か尊厳を損なうことのように考えて疎んずるのが常であるが、これは一つの誤解にもとづいている。謙遜の反対は尊厳ではなく、傲慢、つまり人間の本当の尊厳を、人間にふさわしくないものの線まで過大に高めることである。謙遜は神の前における人間本来の尊厳である。謙遜としての宗教的なものは、創造的なものの方向において、自然的な人間からすれば被造物の行為や業であるものが、宗教的な人間からすれば被造物の単なる協働に過ぎないことを意味している。ここではじめてヘルダーリンの感きわまったような告白の、さらに深い意味が浮かび上がる。

「わたしに霊感を与える神が
彼女の額《ひたい》に姿をあらわすとき――」

男性の支配者的な創造活動の特性は、創造が行われる実際の姿の一部分に過ぎない――他の部分は謙遜である。存在の他の次元が姿をあらわすこと、それは畢竟被造物の謙遜があらわれることにほかならない――謙遜は、神が創造者として人間に姿をあらわすための大前提である――神は厳として存在の二つの領域からのみ創造し給う。男性は、彼の精神の花嫁である女性の協働において、自分の創造活動が、ひとり創り給う神の業への単なる協働に過ぎないことを体験するのである。

この関連においてはじめて、先にわれわれがすべての偉大な文化創造における無名の要素と呼んだものが明らかになる。ロマネスク様式の大聖堂を建てた巨匠たちの名が多くは不明だったり、あるいはまた大聖堂がその背後にある人物の姿をもはや明かしてくれなかったりするのは、決して当時の人々が個人の名を伝えるのに意を用いなかったことだけを示しているのではない。何よりもまず、すべての偉大な作品は、同時にまた超越的な方向にむかって、その自然の作者を超える神秘的なプラスを含んでいる、という意識をあらわしているのである。

それらの大聖堂が、ひとえに神の栄光のために造られたのであれば、それはまた建設者の意識の中にも、いわば神によって建てられたのである。人間が大聖堂の建設をなし遂げる以前に、神はその原像を人間の中に建て給うた。男性は、これら建築の巨匠たちが無名であることにおいて、いわば女性にならい、女性のように神の前に無名となる。彼はこの無名性の中に、自己の創造活動の他の面を見出す。大聖堂のあの比類のない荘厳さの中に、われわれははじめて、無名的なものの本来の、そして究極的な意義を知るのである。前にそれはもっぱら協働するものとしてあらわれたが、ここではその性格は、同じく共に創るものとしてもあらわれる。あのドームの荘厳さのうちに、一方で神の創造性を告げる創造物は、他方ではまた神の創造性を覆い隠すという神秘が明らかになる——神は目に見えず、また深く、沈黙し、隠れ給う神である。神はその創造物のうちに、いわば無名のままにとどまられる。先に、協働するものはまた共に創るものであると述べたが、そのこともこの点からはじめて理解される。隠れて協働する者としての女性は、神の無名性を代理する。創造的なすべてのものの一面としてそれを代理するのである。しかし男性は、女性の線上に歩み出ることによって神の無名性に参与する。すなわち、無名の力と認識可能な力との協働においてはじめて、創造的なものの全体性が完成するのである。われわれの時代が世俗の領域ですでに認めてきた無名的なものの驚くべき意味は、宗教的なものから、したがってまた宗教的なもののうちにはじめて基礎づけられる。ここでもう一度、しかも最も深い意味で、愛《カリタス》の秘義の二重の性格があらわれる——なぜこの秘義が、童貞女祝別式においてと同様、結婚のミサの上にも漂うかが明らかになる。男の花嫁もまたキリストの花嫁に召されているのである。創造的文化における無名なものの意義は、女性の宗教的意義と結びついている。これこそレオン・ブロアが、「女性は聖であればあるほど、ますます女性である」(plus une femme est sainte,plus elle est femme.) という言葉で表現したものである。しかしこれはまたダンテが、彼の偉大な詩のあのすばらしい箇所で、じっと神に眼を向けているベアトリーチェの姿を見たとき、心に抱いた思いにほかならない。ダンテはこの時、女性の中に神々しいものを見たのではない。彼女が神を仰いでいたから、彼は神を見たのである。ここには女性の宗教的意義と同時に、男と女の愛の宗教的意義が、その究極の深みにおいて認識され、表現されている。きわめてしばしば文学にあらわれる鏡のシンボルが、最高度の力を発揮している。眼もくらむほどの高みで捉えられたヘルダーリンの言葉、それがここでは目のあたりに実現されている。地上的なものの水平の広がりにおいて、まず全被造物の共存を意味する女性は、上へ向かっては創造主への眼差しをも意味する。被造界における全体性は、みずからを越えて、超自然的なものの全体性を指し示しているのである。男性的なもののみ、いや人間的なもののみでも十分ではない。神と人間との協働においてはじめて、すべての偉大な業の前提をなし、すべてを包み込むあの究極の全体性があらわれてくる。個々の文化創造に妥当することは、もちろん全体としての文化にも当てはまる。こうして、われわれが冒頭に述べた第二の仮定はくずれ去る。あの時われわれが疑ったのとは違って、宗教的なものは無力であるどころか、かえってすべての文化の隠れた力なのである。

以上のことから必然的に結論づけられるのは、文化の腐敗が、他の何ものにもまして、その文化の一面的な此岸性と密接に結びついていることである。この一面的な此岸性以上に、文化を単なる文明化的なものの限界に近づけさせるものはない。何が宗教性をもつ文化で、何がそうでないかは、過去の文化創造との比較がこれを明らかにしてくれる。ダンテ、セルバンテス、シェイクスピア、あるいはさらにゲーテやクライストのような人の作品と、過去数十年間のヨーロッパ文学との間にある衝撃的な懸隔は、後世の人間に創造的才能が乏しいということよりは、むしろかつてと同じ才能が、その展開の前提から引き離されていることと、つまりは、あの究極の地平への眼差しを奪われていることにもとづいている。この眼差しさえあれば、文化は堪えがたい貧しさと救いようのない無意味さの印象から守られる。才能というものは、高められもするが、しかしまた干からびもするのである！　内容の全体性の関係から、否応なしに構成の全体性もその広がりと大きさをもって生まれてくる。したがって、文化のもつ本来の逆説とは、ひたすら自己自身であろうとする純此岸的文化こそ没落の道を辿り、一方、自己自身を超えたものを目指す文化が、超時間的な保証を得て、いわば永遠への参与を獲得することである。この時文化は、宗教的に規定された創造として、永遠の中に聳え入るのである。

　二重の全体性ということから、さらに愛《カリタス》の秘義における裏切りも、常に二重の性格を帯びるものとなる。事柄はたがいに解きがたく結ばれている。もはや神を敬わない創造的男性は、まさしく自分自身を宣伝し、宗教的なものと同時に、実際上文化面における女性的なものをも締め出さずにはおかない。男性が文化の独占を主張する場合には、存在の全体性が、内在的な側と超越的な側とに向かって分裂してしまう。

　没落していく文化が常にまた道徳的に破綻した文化の様相を示すことは、以上の関連において全く新しい光に照らされる。夫婦間の不貞や離婚は、男女間の離反の変形にしか過ぎない。それらは、両者の精神的離反と直接の関係に立っているのであって、それも単に不貞や離婚が芸術に退廃的な材料を提供するからといったことでなく、もっとずっと深い意味でそうなのである。夫婦間の不貞は愛《カリタス》の秘義への裏切りを象徴し、離婚はこの裏切りを合法化する。男性は、不貞や離婚によって生活上の花嫁《スポンサ》を見捨てるが、そのように、文化の独占を要求することによって、いわば精神の花嫁《スポンサ》を退ける。それからは、彼はひとりで立つことになる——文化は、最近の過去の時代がもちろんその最も深い根拠も知らずに個人主義の焼印を押した、あの不毛で禍に満ちた個別化の時代に入る。正当にもその時代が嘆き非難した個人の孤立化は、世界の根底的な崩壊の余波に過ぎず、いわば果てを知らぬ巨大な海震から打ち寄せてくる末端のさざ波に過ぎなかった。したがって、存在の一方の半分の不在は、異端が教会に対してもつのと同じような意味を文化的生に対してもつ。異端は常に一面性と孤立化から生じ、全体に対し部分を絶対化することによって真理をゆがめるのである——ここでふたたび永遠の女性の姿が、時間における女性の運命の上にあらわれる——教会の教えによれば、マリアは、異端の克服者として、愛の秘義の線上に、神の望み給う全体性の回復を告げているのである——。

　したがって一面的に男性的な文化は、それがあらわれる時代にとって、単にあらゆる女性的相貌の不在を意味しているだけではない。このような文化はまた、隠れた力への信仰の代わりに、非精神的なものにおける暴力であれ、精神的なものにおける誇大宣伝であれ、むきだしの可視性に信頼を置く。さらにそれは、男性的特性の過大化を意味し、ひとりだけで存在する男性の相貌に特性の歪みが生ずることを意味する。現実の一方の半分の不在は——これはきわめて重要なことであるが――他の半分の像の中に特殊な動揺を呼び起こすのである。

　ミケランジェロは、ヴィットリア・コロンナに捧げたソネットの中で、「なぜなら私は、あなたのものであるときにこそ、はじめて私自身のものなのだから」と唱っている。文化面における男性的相貌の過大化は、逆の意味でこの言葉の真実さを裏書きしている。どの像も全体の中でのみ、その意味と使命とをもつ。つまり、女性を文化から締め出す時代は、結局のところ、逆の面からではあれ、時として非常に印象深い形で、その時代こそぜひとも女性を必要としていることを告白しているのである。それゆえ、男の意図による女性の締め出しや抑圧は、決して本来の不幸をあらわしているわけではない。男の考えは、ここではただ事実的な問題にとどまっているだけで、本質的な問題には触れていないからである。離別された花嫁（妻）もやはり花嫁であり、離別の状態にあっても、依然として測り知れないほど深い意味をもち続ける。なぜなら彼女は――まさしく花嫁として――女性の生の永遠の秩序の中に、なおも変わりなく男性の「他の半分」として立っているからである。愛《カリタス》の秘義の最高形式であり、真の聖別である婚姻の秘跡は、まさに結婚生活が最も危機に瀕したときにこそ、そのゆるぎない崇高さと神聖さを帯びてあらわれる。離婚された妻も花嫁であり、依然として男の他の半分であるのは、神の前でそうだからである。秘跡によって結ばれた結婚の不解消性には、宇宙《コスモス》における両性の役割がそのまま反映している。すなわちそれは――形而上的に見て――たがいに秩序づけられた二つの存在領域が不可分であることを意味し、神がまさに存在の半分を一度限り決定的に女性と定めたという根源的な所与をあらわしているのである。

　しかしながら、男性が女性を突き放すことには、女性にも責任がないわけではない――精神的な愛《カリタス》の秘義を傷つける男性よりも、女性の生の神聖な秩序を打ち壊す女性の方がはるかに悪い。この点で、今世紀初頭の十年間に起こったような女性運動の台頭には教えられることが多い。まず最初に、この台頭は、すでに女性の本質の深い破綻から生じていたことが確認されなければならないだろう。家族の宗教的なつながりは大きく破られ、それと共に女性の根源の領域が破壊されてしまった。この根源の領域は、そこから究極の価値への展望が開かれている限り、結婚しない女性に対しても絶対的な充足の可能性を提供することができるものだったのである。女性運動の台頭は、精神的には――経済的背景はこの考察から除外するが――市民家庭の息苦しさと窮屈さに規定されていた。当時の女性は叫び声をあげたが――そして、それは彼女たちの悲劇を意味している――この叫びは、精神と愛する力の行使とを求めながらも満たされない彼女たちの魂の窮迫から出たものであった。彼女たちは、もはや自分を受け入れてくれることも満たしてくれることもできない家庭の外で、男性の世界に女性としての共同責任を求めたのである。

しかしながら、市民家庭の息苦しさと窮屈さには、同じく宗教的なつながりの消滅によって広汎に破壊されていた国民同胞社会および国際同胞社会が対応していた。そして一方この破壊は、生存と文化の確保に向かっての未曽有の新課題と重なり合っていた。当時の女性は、個人および集団の精神的、物質的基盤の喪失から生じた内的、外的な窮乏と戦いの状況の中に、進んで助けに赴いたのであった。こうして女性は、みずからの窮迫の体験から出てここでさらに社会全体の窮迫に出会い、そして――これは女性史の輝かしい一頁としてとどまるだろうが――社会的共同責任の思想に行きついたのであった。共同責任とは、現代に生きているほとんどすべての偉大な思想と同様に、キリスト教的＝宗教的遺産である。われわれはすでに代理という思想において、その根源的な、宗教に結ばれた形式を知った。なかなか認めにくいつながりとはいえ、この関連において眺めるとき、女性運動を生み出した、積極的で真に女性的な衝動が明らかになる。――だが一方、この衝動から生じた結果が、なぜ希望や期待からはほど遠いものにとどまらざるをえなかったか、その理由も最初から判明する。女性運動の辿った運命は、時代の運命の一端をあらわしているに過ぎない。それは必然的なものであった。人々は生活全体の基盤を新しくする代わりに、建物の外壁を補強しようとした。社会問題が一箇の独立した問題として出現したことからしてすでに文化の低下を物語っている。社会的なものもまた、社会的なものによってではなく、精神的なものによってのみ秩序づけられるのである。大きな文化の流れを、全体的な問題からふたたび取り上げて継続する代わりに、人々はただうわべの部分的な問題を解決しようとして戦った。何よりもまず精神そのものを救う代わりに、その可能性を確保することが先決だと思い込んだ。つまり、女性が世間で直面した全体的窮迫の根底には、彼女を家庭から追い出したのと同じ窮迫があったのである。当時の女性は、精神的なものにおいても社会的なものにおいても、たしかにその力を投入することはできた。しかし彼女が、その本質を投入できるかどうかは、家庭においても、また彼女が進出した外の世界においても、ひとえに、存在の永遠の秩序に対する彼女の姿勢にかかっていたのである。

女性は、女性のシンボルの担い手としてのみ女性的なものを投入しうる――女性のシンボルはヴェールであって、それは結婚した女性のしるしである。永遠の秩序の中に立つ女性の文化的役割は、男性の精神の花嫁《スポンサ》という役割である。しかしながら、永遠の秩序に対する感覚は、当時すでにずたずたにされてしまっていたのだ。精神生活の一般的な低下からは、必然的に男と女の本質的共同体の低下も生じた。両者の力の生きた交換の代わりには組織が、自然の、そして神の望み給う結合の代わりには契約による結合が、神秘の代わりには取り引きがあらわれた。相互の深い協力関係は、たとえ対立関係にまで変質しない場合でも、実務的な並立関係になってしまった。

女性運動が盛んになりつつあった時代は、「両性の闘争」という馬鹿げた言葉が発明された時代でもあった。女性運動にその責任を負わせたとしたら、それははなはだしい誤りであり、不正であろう。しかし、このような闘争が明らかに望まれもせず、実際に行われもしなかった所にも、女性運動を通して一つの危険地帯が生じたのであった。

とは言え、当時、女性の最も深刻な本来的危機は、この拒絶の線上にあったのではなく、逆の方向にあった――ヴェールは男の花嫁《スポンサ》のシンボルであるばかりでなく、キリストの花嫁《スポンサ》のシンボルでもある。当時の女性は目立ちはしたが、深い所で効果的な働きをしたわけではなかった。それは、たとえ女性は外面的に目立つようになったとしても、あくまでも眼に見えない力の代理者でなければならないことを意味している。「女性は聖であればあるほど、ますます女性である」という言葉は、もちろんその逆も真である――いかなる状況においても、女性本来の役割は、否応なしにその宗教的な性格に結びつけられている。教会が男女を結ぶに際して用いる、ほとんど驚くほどの高い類比、すなわちキリストと教会とのきずなという比喩は、男の花嫁《スポンサ》もまたキリストの花嫁《スポンサ》たるべきであり、神のものであることを女性の心に刻印するという深い意味をもっている。この点からしてはじめて、妻の夫に対する服従を説いた、という、あの有名なパウロの言葉がその最も深い意味を得てくる。宗教的な意味で従属を要求すること、まさにそのことによってこの言葉は、献身における女性の内的自由を保障する――女性は、自分が神のものであるという意識を、自分自身に対して守らなければならないのである。なぜなら、女性にとって危険なのは、決して献身の拒絶ばかりでなく、度を越した献身でもあるからである――愛《カリタス》の秘義もまた変質することがありうるのだ。男性への女性の献身が過度になるおそれがあるのは、常に、神との結びつきがゆるんだり、解かれたりする場合である。その時には、男性に対する女性の関係が、いわば神に属するものをも吸い取ってしまう。すると、男性に対する彼女の関係には、われわれがすでに純此岸的文化においても致命的なものと認めた、あの荒廃と最後的な地平の喪失とがあらわれてくる――このような文化には、ただ愛《カリタス》の秘義の変質が反映しているだけである。それゆえ、現代に対してあらゆる面で最も多くのかかわりをもつ真理は、永遠のつながりがなければ、永遠性ばかりでなく、時間性までも失われてしまう、ということである。これを過去の時代の女性について言えば、一見、女性の男性化と思われがちだったものも、よく見ると、実はしばしば節度を失った女性的特性だったのである。男性をまさしく彼自身の傲慢心に売り渡す女性の卑下も存在するのである！　いわゆる「男性化した」女性とは、もはや神の秩序の精神において男性に献身することのない、女性の特殊な変種に過ぎない。男女の出会うどんな所にも、どんな状況にも妥当する神の秩序とは、これこそまさに、授受《ギブ・アンド・テーク》の深い相互関係における愛《カリタス》の秘義である。もはや神の秩序において男性に献身することのない女性の行きつく果てに、男性をはねつける女性もしくは男性の手に落ちた女性がはじまる。いわゆる男性化した女性と同時代の小説の主人公とをくらべてみるとよい。すぐに両者を貫く一本の線が見出されるだろう――その頃家庭にとどまっていた女性も、多くは同じタイプを示している。こうした女性は、感覚と感情の世界で、吐気や嫌悪を催させるほど男に溺れたが、同様に精神の領域では、愛《カリタス》の秘義に対する裏切りに等しく、したがってまた女性の最も根源的な力と自己投入の可能性とに対する裏切りにも等しい、あの自制を欠いた仕方でしゃにむに献身した。彼女は男性の精神世界に参加しようとして、その単なる手段となり果てた。社会的世界に彼女の最も深い可能性を展開させる場を求めて、結局は男性の装置の中にその一環として組み込まれてしまった――彼女は、女性として二重に不運な仕方で、こともあろうに、当時の男性が蝕まれていた一面性と誤謬と危険とに屈したのだった。つまり、欠陥は女性運動の目的や、それによって作り出された状況にあったというよりは、むしろ、その精神生活においてすら、もはや究極的なつながりも最終的に目指すべき方向も知らない時代の性格にあったのである。

以上によって結果はすでに暗示されている。もう一度同時代の文学に眼をそそいでみると筋道がはっきりするだろう。この時代の長編小説の恋愛や結婚物語は、絶望的な単調さでほとんどいつも愛と結婚生活の破綻に終わっている――不貞と離別によって花嫁《スポンサ》を追い出す男に、結婚生活と愛を破壊する女が対応している。男性の手に落ちてしまった女性は、もはや献身するのではなく、自分を放棄するのである――彼女はもはや与えるべき何ものももたない。そして男性のもう一方の半分ではなくなり、その役割をやめてしまう。彼女はただひたすら他の極にしがみつくことによって、自分自身の極を締め出すのである。深い相互関係にある愛《カリタス》の秘義は消え、それと共にこの関係の実り豊かさも失われる。男性の精神の領域から女性を締め出すことは、結婚生活の破綻にあらわれるのと同様の結果を生むことになる。

女性運動の台頭と今日との間には、いわゆる第三帝国の支配が横たわっている。第三帝国は、女性の存在価値に対する特にひどい挑戦であり、まさに愛《カリタス》の秘義をこれ以上に否定するものはないと言ってよい。当時を支配した男性は、存在の他の半分の協力をもたない現象の典型を示している。あの時代の女性たちも進んで支配する男性の意のままになったではないかという反論は、何ら明確な論拠をもつものではない。――とは言っても、男性に単独の責任を負わせるつもりではさらさらない――究極的に見れば、進んで当時の権力者たちの意のままになった女性は、おそらく男性よりもさらにずっとおぞましい現象であろう。愛《カリタス》の秘義という点で、第三帝国は、愛の神秘が本来の創造原理であることをもはや知らない痛ましい時代をあらわしている。

今日、女性運動は大方その目的を達成した――われわれは、その戦いではなく、成果を眼の前にしている。女性は、幸いなことに、以前なら男性しか就きえなかった多くの職業において活躍している。教師であれ、医師であれ、弁護士であれ、社会福祉の仕事であれ、すべて可能であるし、さらには大学の教師として、男性の仕事の足りない点を埋める意味で、われわれに尊敬と感謝の念を起こさせるような業績をあげることだってできる。しかし、すべての地上の進歩がそうであるように、このこともまた悲劇の影を背負っている――上述の発展がなし遂げられて以来、本来の女性的職業に進んで身を挺する働き手がますます不足してきているのである。病人の世話に専心するカトリックの修道会、婦人社会奉仕員養成所、あるいは赤十字において、愛情をもって献身しようとする女性の不足を嘆く声が、聞き逃せないほどに高まっている。さらにはまた、過重な負担にあえぐ主婦や母親も、女性本来のすばらしい仕事である家事を進んで引き受けてくれる親切な手を、もはや一般に見つけることができない。そこには、疑いもなく、今日の文化の衰退を解き明かす共通の基盤が存在する。学者も芸術家も、献身的な女性の手が彼の日常を守ってくれるのでなければ、その使命を果たすことができない。たとえどんなにすぐれた医者でも、信頼できる看護婦がいなければ、患者を治療することができない――奉仕的な女性の手が人知れず世話をしてくれるのでなければ、どんな集いも楽しいものとならないし、どの家も安息の場所とはならない。今日のわれわれの生活が病んでいる、事務的なものへの傾きや単なる組織の冷たい枠組みをほぐすことは、女性でなければなしえない。しかしもちろんまた、女性に対するこれらの要求には、ひるがえって男性への要求、すなわち彼が助けを仰ぐ女性の力を正しく評価し、今日の生活にふさわしい労働の軽減と報酬とをもってこれに応えるという要求があって当然である。いかに多くの女性が、以前ならその力を自分の思い通りに無償で提供できたのに、今では貧しい両親や身内の者のために、その生活費を負担せざるをえなくなっていることだろう。

本来の女性的な職業に、今日広く女性の姿が見られないということから、一般に現代の女性は、もはや本書の考えるような存在ではないことがわかる。長く波打って垂れさがる花嫁のヴェールですら、ようやく肩までしか達しない、単なるヴェールの名残りらしきものに席を譲ったが、そのことはまさに象徴的な意味をもつと言えないだろうか。深くヴェールを被ったやもめに出会うのも、せいぜい埋葬式のときだけだろう——現代生活、その往来のあわただしさ、せかせかした生活の営み——ひょっとすれば、人間存在のぎりぎりの厳粛さに面と向かうことを嫌う、ある種の気持ちが、かつては一年の服喪期間にしたように、荘重なクレープ（縮み）の喪服で身を包むことをもはや許さないのかもしれない。わずかにキリストの花嫁としての修道女だけが年々孤独の影を強めて行くとはいえ、既婚者のヴェールを守り続けている。

そしてここでふたたびわれわれは、すでに女性運動の台頭に随伴し、これを時代の全体像と共に分けもっている真に悲劇的な線にぶつかる。たしかにキリスト教徒は存在するが、しかしキリスト教がほとんど広汎な生活形成の力を示していないことは、もはやかくれない事実である。すでに第二次世界大戦中に明るみに出たあらゆる人間性の衰退と、そして宗教的＝キリスト教的責任の最後の輝きをも疑問視させる第三次世界大戦の準備、あるいは少なくともそれによる脅しほど、衝撃的にこれを証明しているものはない。——しかも、そうしたことが行われるのは、キリスト教文化を原則的にはなおも認め、いやそればかりか、時にはあつかましくも旗印にさえしている国々においてなのである。神への愛と、キリスト教徒にとっては、敵に対してさえもこと福音書に教えられている隣人愛とに、無条件に思いを致すこと、ただそれのみが、なおも救いをもたらす道であろうし、おそらくはまた、無神論的傾向を克服する手だてなのであろうに。——広島の壊滅が、東方の世界に対し、たとえキリスト教を、とは言わぬまでも、広くキリスト教徒を信用しがたいものにさせたことは周知の事実である。

こうしてわれわれは、現在および次代の女性の将来像に近づく。つまり、最初から女性の上に置かれていた限界の問題にぶつかるのである。諸国民の運命を左右する大きな出来事に表だって介入することは、女性には、先のばしに、そして多分永久に拒まれている。政治的決断に直面した場合、たとえどんなに善意をもった婦人組織であっても、それらはすべて無力である。かつて、勇敢なベルタ・フォン・ズットナーもそれには成功しなかった。今日では以前よりもっと困難であるように見える。今日の武器の破壊的脅威に対して、女性の――キリスト教徒の女性をも含めて――抵抗がいかに微々たる声にしかならないか、たとえ声になっても、いかに簡単に聞き流されてしまうか、それは特徴的なことではないだろうか。人は言う、もし女性が今日の恐ろしい世界の脅威を追い払う務めを負うとするなら、彼女にはそのための政治的権力が与えられていなければならない――事を決しているのは、まさに男性だけなのだから、と。しかしながらこの抗議は、効力のない言い訳の声である。女性を政治の中に組み入れることが問題なのではない――それは、たとえばインドにおけるように、起こりうることもあるが、また起こりえないかもしれない。最終的に重要なことは、破壊、あるいは少なくとも破壊による脅しにたずさわる、あの力が男性から奪い去られることである。脅しは決して実りある方策ではない。それは残忍に対して残忍をもって応ずることに過ぎない。言葉を換えて言えば、創造する男性の顔の中にふたたび花嫁《スポンサ》の像があらわれるようにすること、現実のもう一つの極を肯定すること、それが大切なのである。そして女性は、このことを絶対にはじめなければならない。

偉大なロシアの哲学者ベルジャーエフは、近い将来、女性の重要性がこれまでよりも増大することを予言した。しかし今日の女性は、この予言にふさわしい存在でありうるだろうか。「時間の中の女性」は、われわれにどんな顔を見せているのだろうか。外にあらわれたヴェールの脱落は、もっと深い意味をもっているのではなかろうか。もしこの疑問が当たっているなら、職業生活におけるすべての勝利にもかかわらず、女性はその最高の使命を果たしてこなかったのである。

すべての外面的な輝き、各種の発明や経済的奇跡にもかかわらず、今日の世界に欠けているのは、女性を通して男性の世界に組み込まれているもの、あの最小限の、善意、母性、慈愛、思いやり、優しさである。したがって、大切なのは、女性がある種の表面的な分野へ公的に進出することではなく、見たところ、もはや愛《カリタス》の秘義の尊厳も義務も知らない男性の顔に、女性の本当の姿がふたたび目に見えるようになることである。女性は、ベルジャーエフの希望を実現することができるのだろうか。

今日の女性像には一般に問題点が多い。ものの本質を見る眼が、センセーショナルな出来事の不遜で野蛮な支配によって曇らされている。つかの間の映画スター、美人コンテストの女王、その他何かセンセーショナルなもののしるしを負った、女性現象が世間を支配している。そこには節度のある距離というものが全く欠けている――レポーターはヴェールを取り除く必要がない――センセーショナルな出来事が、それを欲しがる女性が、すでに自分でヴェールを取り除いてしまっているのだから。モードでは――一面それは、自然ののびやかさという点からも、また時代おくれのしきたりからの解放という点からも歓迎すべきものであるが――、もはや以前のように、優雅な「デコルテ」（抜き襟の服）ではなくて、脱いだ女性――文字通りの意味で女性の露出が問題になっている。その外見は、大方、現代の化粧法によってきめられている。お化粧は、生まれつき容姿に恵まれない女性にも一定の優美さを与えることができるものであって、それ自体をとやかく言う筋合はないであろう。しかし一方それは、容姿の中のかけがえのないすべてのもの、純粋に個人的な運命と、その人によって生きられた歳月との跡を消し去ることにやっきとなっている。そして、これらの化粧品を、「あなたはきっと成功して、人からうらやまれるでしょう」という広告によってすすめられる女性に何を期待したらよいのだろう。人にうらやまれる、という約束ほど、思いやりのない不快な宣伝手段が考えられるだろうか。

しかしわれわれは、今日の女性の、もっと深いみなもとをたずねることにしよう。――すでに一度、同時代の文学を一べつすることによって、その解明の糸口が与えられたのではなかったろうか。最初のうちはあまり変化はない。愛《カリタス》の秘義の崩壊は明らかであり、その秘義の代わりに、一時的な、多くは女性にとって悲劇に終わる関係、すなわち、結婚の解消、新たな結婚、そして再度の離婚といったことがあらわれる。あくまでも時代に即していることという要求が、この文学を支配している――それは、これ以上にないといった仕方で事実的な体験を反映しているのである。そしてどの時代も、その時代の特別な相貌を、代表して見つめる権利をもっていることは確かである――世界はなおも、先の大戦による解体現象のもとに揺れ動いている し――ある種の事柄は、それを克服するためにはっきりとさせられなければならないだろう。しかしながら、時代に密着した文学を求める声とならんで、「芸術は、その時代に治癒のための薬を提供すべきである」、すなわち時代の先頭に立って光をかかげなければならない、という古来からの要求も厳然として存在する。その一例として、ハインリヒ・ベルの、小さいけれども心を引きつける作品、『そして一言も言わなかった』がある。そこでは、空疎な宣伝、あくせくする人間、道をはずれた信心家やアル中患者の真只中に、ごく素朴な姿で花嫁《スポンサ》の秘義があらわれる。そして彼女自身は、男に捨てられながらも妻であることを止めず、妻として勝利するのである。――一方の側で、フランソワーズ・サガンのような人の絶望的な作品が、今日の女性像のために悲しい世界的名声を獲得するとすれば、もう一方の側では――われわれがほとんどそれを期待していない側で――今日の女性にとって忘れがたい文学的証言があらわれる。ロシアの詩人ボリス・パステルナークの大ロマンの中では、人間の愛が衝撃的な偉大さに達している。文字通り黙示録的な運命のただ中を無理やりに引きずられてきた一つの国民の中に、外見的には破局の道を辿りながらも、内面的には勝利をおさめつつ、男女の間の愛が、偉大な秘義として約束の光明のようにあらわれる。この秘義の両極の力の上に、創造主は、その創造のすべての自然的生命とすべての霊的生命を築かれるのである。

われわれの時代の今後の発展は、この愛の預言を実現するだろうか。今日問題になっているのは文化ばかりでなく、存在そのものである。パステルナークの作品は、人類が全面的に存続の可能性をめぐって格闘している瞬間に出現している――ふたたび地平線には、女性のいない世界の徴候があらわれている。宇宙の星への飛行が、多くの熱心な信奉者を見出し、信じられないほど巨額の金を飲み込んでいる一方で、われわれの時代は、自分自身の星、この地球の破滅を準備しつつある――まことに、ここでは人間の胸の中にあるすべてのよい星々は消え去ってしまったのである！

こうした見地から、現代に対する正しい対処の仕方が可能となる――この点で過去の時代が広くわれわれの時代に入り込んでいることが明らかになる。今日なお女性は、自分では依然として参加しているつもりでも、シンボルの力という面で、現実には締め出されてしまっている。なぜなら、もはや神の創造に対する最終的な責任をもって神に向かい合わない文化は、――より深いところから見れば――すでに女性の参加を放棄してしまっているからである。このような状況のもとにありながら、黙って無神経に参加させられる女性は、結局のところ、自分が締め出されていることを証明しているに過ぎない――彼女の参加は見かけだけのことである。女性にとって、存在の一方の半分として の重みを天秤皿の中に投げ込む可能性は、現実的にも存在 の一方の半分であること、すなわち、女性的なものの根源 的な力と根源的な役割とを自覚すること以外にはない。と ころで、この危急存亡の時において、何が真に女性的使 命であるか、それを決めるのは、男性の我意でもなければ、 一方また女性の恣意的な自己抑制でもない。そこには、聖 アウグスティヌスの、「神を愛しなさい。その上であなた の望むことをしなさい」という偉大な言葉が当てはまる。 「仰せのように、この身になりますように」(fiat mihi) に 結ばれた女性にとっては、どんな場合であれ、この言葉 を少し言い変え、しかも本質的な意味はそのままにして、 「真に女性でありなさい。その上であなたの望むことをし なさい」ということができるかもしれない。

こうした自覚から、今日の世界の時点における女性の進むべき道が明らかになる。それは、ベルジャーエフがその著書『新しき中世』の中で、女性の限りなく意義深い役割を語り、時代の宗教的目覚めにおけるその偉大な役割について述べたときに見据えていたものにほかならない。ベルジャーエフはさらに続ける。「しかし、来るべき歴史時代にとって増大する女性の意義は、女性を男性の道に導き入れる女性解放運動の進行とは何のかかわりもない——それは、反ヒエラルキー的水平化運動である。—男性と同列に並ぶ、解放された女性ではなく、永遠に女性的なものが大いなる意義を獲得するだろう」と。——ここでベルジャーエフが女性について預言している大いなる意義とは、——本書もまたここで述べようとしている——女性の意義にほかならない。すなわち、大切なのは、女性的なものが創造する男性の面貌にふたたびあらわれるようになることであり、どこであれ、男女が創造的に出会える、一つの神的な秩序としての愛《カリタス》の秘義が復権することである。——存在の全体性が作り出されなければならないのである。またもしこの修復に失敗するならば、その時には決定的な没落が問題になってくるであろう。

存在の全体性の関係を破壊すること、全体に対して個々の部分を絶対化することは、常に、そして必然的に、全体ならびに個々の部分の破壊を意味する。愛《カリタス》の秘義における裏切りは常に二重の裏切りである。女性を象徴性の面で締め出すことは、「仰せのように、この身になりますように」を締め出すこと、つまりは宗教的なものを締め出すことである——これは、自己を主張する男性の傲慢不遜によるが、しかしまた、みずからのシンボルを否定する女性によっても生じうる——この二つの危険は——すでに見たように——今日恐ろしく増大してしまった。思い誤ってはならない。神を最高の掟、最高の目的と認めることをあくまでも拒む文化は、遂には神を、みずからへの裁きとして、自己の終末として受けとらなければならないのである。すべての永遠性は、時間の宗教的充実か、それとも世の終わりとしての時間の成就か、どちらかをあらわすという二重の性格をもつ――終末の黙示は、死につつある文化が自己の彼方に指し示す究極の形である。

黙示録の示す決定的な終末には、個々の文化圏の終末が先行するが、今ここでは後者のようなものについてしか語りえない。なぜなら、存在全体のことは、われわれの不遜な手出しの彼方にあるのだから。われわれは、この限られた終末の到来が、天から降りくだる天使たちの電光の輝きに包まれていると想像してはならない――ヴィジョンとなるほどのスケールをもつのはこの世の終わりの告知だけである。なぜなら、その告知者はなおも永遠のつながりの中に立っており、まさにこの永遠のつながりが彼に預言的な展望を可能にしているからである。預言の成就というものを、もしわれわれ自身の文化圏に当てはめてみるならば、数量的には途方もなく大規模な没落を示すだろうが、しかし内的には悲惨な破壊と滅亡のみすぼらしい姿を呈することだろう。この場合、黙示録の騎士の世界は、男性的英雄的な運命としての戦いでも、自然の拒否としての飢えでも、はたまた根源的な諸力の支配としての疫病や死でもなく、無責任な商人根性と神を見失った探求心とのなせる業でもありうるのだ。今日われわれは、この二つのものがすべての成果を台なしにし、あらゆる国民を毒する力をもつことを知っている。一方、こうした終末の時代の女となるべき当面の女性はと言えば、黙示録にでてくる「バビロンの偉大な娼婦」でもなければ、堕落した王たちの悪魔的な誘惑者でもなく、神の秩序からとび出し、永遠のシンボルの担い手であることをやめてしまった、ごく平凡卑小な女なのである。

前にも述べたように、現実の一方の部分の不在は、常に他の部分の像に動揺をひき起こす。黙示録の騎士の世界は、究極において女性のいない世界である――それは、男性の世界といったようなものではなく、男性にとってももはや「仰せのように、この身になりますように」の存在しない、つまり神に対する被造物の協働が行われない世界である――それは、神なき世界であり、人間のみの上に築かれた、破壊的性格をもつ世界である。生きることができなくなった文化は、自然の死を迎えるのではなく、くびり殺される。黙示録の騎士が出現すると、内在的な眼ざしの方向においても超越的な眼ざしの方向においても一面的なものとなってしまった文化は、悲劇的にも、とどめる術もなくその辿るべき道を辿り続ける——外的な世界構造の崩壊は、土台の崩壊をひき起こさずにはいないのである。

天秤皿はなおも揺れ動く。思うに、女性が今日の人類に与えうる唯一の慰めは、かくれた力もはかり知れない現実の働きをもつという信仰、見える柱だけでなく、見えない柱もこの世界を支え、保つという、ゆるぎない確信である。すべての此岸的な力が空しく使い尽くされたとき——そして今日の世界の窮状はほとんどこれに近いのだが——その時こそ、広く神を見失った人類に対しても、もう一度彼岸的なものの時が告げられる。しかしながら、この地上を新たにするために天よりあらわれるべき神的創造力は、この地上からふたたび宗教的な力が、すなわち「仰せのように、この身になりますように」という心構えがそれに応えるときにのみ、はじめて天よりあらわれる。神の助力の時は、常にまた人間の宗教的な時——女性の時、ひとり働き給う者の御業に対する被造物の純粋な協働の時である。願わくは女性が、この近づきつつある時を逸することがないように！　人類は、今日さまよい続ける天国と地獄のはざまの惨憺たる道筋において、ダンテが同じく危険にみちた道行きで頼りにしたのと同じ女性の伴侶を必要とする。詩人にして預言者の彼が人類に開いてくれる、存在のすべての深淵と浄化の段階とを見通す眼ざし、それは、神を見つめる愛する女性との出会いにおいてはじめて、楽園への道を見出すのである。すべての時代を通じて最も偉大な詩『神曲』は、同時にまた、愛《カリタス》の秘義の創造的な意義に対する時代を越えた最大の告知であり永遠に変わらぬ証言である。

時間を超えた女性

今日、エレン・ケイの有名な書物『子供の世紀』が出版された一九〇〇年の年を思い起こすとき、われわれは深い悲しみを抑えることができない。『子供の世紀』はどうなったであろうか。この世紀は、何と限りない苦しみを、当の子供たちの上にもたらしたことだろう。なんという残忍さで、二つの世界大戦と飢えとが、これら罪のない者たちの上を通り過ぎて行ったことだろう。そして現在もなお、なんという深刻な危険に子供たちをさらしていることだろう。子供の村、子供の家など、愛情のこもったさまざまなものが設立され、いろいろな形で子供の福祉が考えられているにもかかわらず、青少年の孤独を憂える声が、聞き流せないほどに高まり、そしてますます大きくなっていく。これらの不幸な「鍵っ子たち」に、仕事をもった母親は、以前の世代が生涯にわたってそこから身心の力を汲み出してきた、昔なら当たり前の「ねぐらの温さ」をもはや与えることができない。そこからは、まばゆいばかりにはなやかなわれわれの世界の上に暗い影が投げかけられている。と言うのも、青少年たちのこの異常な苦しみと見捨てられた状態のうちには、何よりもまず、母親であることと母性とが、広く今日の女性にとって、もはや以前のように自明のものではなくなっているという事実が露呈されているからである。当然それと共に、真の母性というものが誤解される可能性も生じてくる。

そして事実、この危険は誰の眼にも明らかである。週末に田舎に逃がれ、自然について夢中になって話すのは都会人だけである。農夫はその中で日常の暮らしをしているのだ。芸術について多弁を弄するのは、創造力のない批評家ばかりである——芸術家自身にとっては芸術が言葉なのだ。母を失った時代だけが母を呼び求め、わけてもひどく非母性的な時代だけが母親を時代の要求としてかかげたりする。本来、母親である女性とは、すべての時代、すべての国民に共通な、まさに時間を超えた女性なのである。母の姿をとれば、女王の運命も女乞食の運命も区別を失うように、母親の面ざしの前には、諸国民の特異性も、高度な文化と未開な文化との相違点も消え失せてしまう。母親は、女性にとって決してある時代の特別な任務とはなりえない。なぜなら、彼女は端的に女性の任務そのものだからである。母親の中には、人間の特殊なもの、一回限りのものはあらわれないが、同様にある時代の特殊なもの、一回限りのものもあらわれない。時間は母親に対して何の力ももたないから、母親の前では、いかなる時間的プログラムも停止してしまう、女性は、処女《ヴィルゴー》の姿では時間に孤独に向き合い、花嫁《スポンサ》の姿では時間の中に立つ男性と時間を分かち合い、母《マーテル》の姿では時間を克服する。つまり、母は地上的無限性の像である――彼女の幸せと苦しみのかたわらを、幾千年はあとかたもなく過ぎ去って行く。母はいつも同じ母である。彼女は、受け、保ち、産み出す生命そのものの巨大な充実、静けさ、不変性であり、実りをもたらす大地のふところに比較されるだけである。大地に対してもわれわれは、やたらに恵みをふりそそいでくれることを要求できないし、たとえできたとしても限られた条件のもとでしかない。なぜなら、本来的、根源的な生命のすべての事柄においては、意欲し、行動する人間の力はいつもただ前面にあらわれたものにしか到達できないからである――

「明るい昼にも神秘にみちて
自然はヴェールを奪われることがない」

すべての女性の出来事にとって基本的なこのモティーフは、出産という女性の出来事にとっても最高度に基本的である。結婚生活に入ると定められた女性、つまり花嫁が結婚式の日に被るヴェールは、ただ彼女の汚れない処女性のシンボルであるだけでなく、今彼女が迎えようとする結婚生活にとっても象徴的である。花嫁を包むその同じヴェールが彼女の子供のゆりかごをもおおう――母親が花嫁として用いたヴェールで子供を包み、洗礼式に連れて行くという、あの美しい習慣の深い意味はこれである。受胎と出産は生命の時であり、生命の神秘であるが、すなわちそれは女性の時であり、女性の神秘である。

この神秘の性格は、ルート・シャウマンが彼女の手紙「シェリオンよりクレトゥスへ」中で次のように記すとき、暗示しているものである。「真の女性は静かなもので、静けさを求めます……自分のことについて書く女性がいたら、教えて下さい……自分のことについてだったら、彼女は沈黙を守るでしょう。なぜなら、そこでは沈黙が命であり、語ることは死を意味するのですから……神秘は常に実り豊かなものですが、外にあらわれたものは終わりなのです」と。ルート・シャウマンはここで、単にわれわれ自身の時代が時間を超えた女性の中に侵入したことだけに触れているのではない。現代を揺るがして響き渡る母への呼び声は――最近の数十年間を同時に見渡してみるならば――、時間を超えた女性の領域への時代の侵入をあらわすというよりは、むしろすでにこの侵入に対する時代の驚きをあらわしている。この侵入の宿命的なはじまりは過去のことである。エレン・ケイの時代や、さらに下って、第三帝国の時代がもっと粗野な仕方でもたらしたような「母親となる権利」や「子供を求める叫び」についての公の場における発言や議論は、単に結婚生活と母性の内的危機を示唆しているばかりでなく、こうした危険が広く一般に迫っていることを端的に物語っている。最善の意図をもって行われる場合ですらそうである。なぜなら――これが一番悲劇的なことなのだが――そうした場合にこそ、それらの発言や議論は、人々が、母である女性、さらには女性一般の生命の場について全く無知だったことを立証しているからである。この点から見ると、同じ時代の夫婦小説、夫婦劇もきわめて怪し気なものになってくる。もちろん結婚生活も――人間に普遍的な、すべての大きなテーマと同じく――真の芸術の対象として自由に取り扱われなければならない。しかし芸術もまた、この場合、物事の生命の場に属する、あの沈黙の境界線を尊重すべきである。それは、先の時代がよく異議を唱えたような、芸術的造形に対する制限ではなく、物事に本当に近づくために、芸術的にも唯一可能な道を歩むことである。全般的な、そして個々の場合における結婚生活の危機は、この内的に必要不可欠な生命の場を尊重することにおいてのみ癒されうるが、同様にそれはまた、まさにこの生命の場の重要な意味を芸術的に認めることによってのみ描かれうる。確かにこの二つの洞察は、いつも目に見える活動によって企てられ、行われ、論議されるものだけに一切の期待と希望を置き、それに慣れてしまった時代にとっては非常に困難なことであった。しかしこの点、われわれの時代も、なお広く一般に過去の延長線上にある。それはまさしく、現代に響き渡る母への呼び声にはっきりとあらわれている。この声は、全く正しい要求ではあるにしても、その底にどうにもならない無力感を響かせている。本来的、根源的な生命のあらゆる事柄においては、行動し、意欲する人間の力は常にただ前面にあらわれたものにしか到達できない。女性の自己愛と変質とから母親であることを脅かしている諸々の危険は――われわれの時代はこの危険を正しく認識している――たいていの場合、女性の根源的な母性的本性によって克服されるだろう。もし本性そのものがすでに鎖につながれてしまっているのでなければ、それはまた、経済的困窮によって課せられている桎梏をもしばしば断ち切ることができるだろう。

人間を脅かす自然力を鎖につなぐということは、常にまた人間にとって、人間の自然的なものに制限を加えることを意味する。時間を超えた女性の領域への時代の侵入を示す、それ自体ではきわめて有益な形式、たとえば近代医学や衛生学なども、やはり一つの侵入であることに変わりはなく、自然的、母性的機能全般にわたる途方もない技術化の積極面であることをはっきりと知っておかなければならないだろう。妊婦が自分と子供の健康とのために病院の中に見出す利益は、出産の神秘を、家族全体が一緒にする体験――家族のふところは、この神秘がもともと自然に守られている場所である――からばかりでなく、この神秘を担う、あの原初の力に対する本来の戦慄からも無理やり引きはなすという代償の上に成り立つ。女性本来の使命を求める今日の叫びがまず前提とすべき自然への畏敬は、必然的に、どの程度自然が絶対の支配者として感じられるかという点にかかっている。今日の科学的成果の肯定的な利用と共に、その否定的な利用面を明らかにするならば、自然の支配に対する畏敬の念の消失は、自然征服の避けがたい随伴現象であることがただちに判明する。子供の生命を保つ可能性が増す一方では、それに対応して、産児制限をしたり、さらには堕胎をしたりする可能性が大きくなる。こうして、今日いたる所に見られるのは、自然の測り知れぬほど深い偉大な力に本当に服従し、畏敬をもって仕える女性ではもはやなく、自己の超時間的性格を、あらゆる面で時代の力によって、守られながら圧迫され、保障されながら侵害されている女性なのである。――母を求める今日の叫びの切実な意味を理解しようと思うなら、この発展過程全体を思い浮かべてみなければならない。

したがって、母たちのもとに降りて行くように、との要請は、決して今日の個々の母親の問題を尋ねることと一致するものではない。そうではなくて、母性の存在と本質との超個人的な証しを解明し、時間なき女性の超時間的な像を明らかにすることが問題なのである。こうしてわれわれは、まずふたたび、芸術にあらわれた偉大な告知を尋ね歩くことになる。

しかしながら、ここですぐにきわめて奇妙なことが明らかになる。すなわち、非常にすぐれた芸術において母の像を尋ねるには、多くの場合、芸術が黙して語らないものを頼りにしなければならないということである。ことに、すぐれた劇文学は、母についてほとんど何も語ろうとしない。シェイクスピアは、『リア王』の中で父親の悲劇を見事に描き出したが、母親の悲劇はそこにはない。われわれは、ただわずかに『ジョン王』の中のコンスタンツの絶叫と、そして――筋を運ぶ男性主人公の単なる対置人物として――『コリオレイナス』の中のふたりの母親を知っているだけである。このふたりのうち、年老いた母親の方は、母親というものはただ息子を通してのみ行動し、称賛されることを望むという真理をあらわしているが、一方若い母親の方は、「わたしのいとしい沈黙」と呼びかけられている。このすばらしい呼び名の心をうつような美しさは、ルート・シャウマンが「自分のことについてだったら、彼女は沈黙を守るでしょう」と語るとき、個々の女性について知っていたものが芸術にも当てはまることを示しているのではなかろうか。――つまり、この沈黙は、芸術というものが母親についてよく心得ていることを深く物語っているのではなかろうか。すぐれた劇文学の系列において は、多くのものがこれを証明している。女性本来の真に英雄的な時は――そして本物のドラマはすべて英雄的な時をめぐっているのだが――、広く眼に見える行動を伴った男性の英雄的な時とは違って、外にあらわれることなく、ごくひっそりと成就されるのである。それは、人目を避けると同時に、形を取ることからも逃れる。以上のことにさらにもう一つの要素が加わる。劇芸術は、単に英雄的な行為に発するだけでなく、この世にふたりといない一度限りの人物とその発展の固有の法則とから生まれる。しかし母親は、一度限りの人物ではない。彼女は自分自身の法則をもたず、その法則は子供である――自己の重心を自分の外にもつものはすべて、多かれ少かれ非個性的である。母親は時間を超えた女性である。なぜなら彼女は、存在を続ける限り、変わることがないのだから。彼女の愛は発展するものではなく、最初の時から存在する――不変なものにはいかなる上昇もない。母親の愛が高められることはありえない。なぜと言って、その可能性は、彼女の愛が前にはもっと劣ったものであったことを内に含むことになろうから。母親の生涯のさまざまな時期は、発展という言葉で言いあらわすことができない。それらは自然界の推移と同じである――春も秋も発展ではなく、無限の循環の一こまである。母親は出産の時に、子供のために自分の生命を惜しみなく注ぎ込むが、出産後も彼女の生命はもはや彼女自身のものでなく、まさに子供のものである。時間を超えた女性とは、世代の流れの中に沈んで行く女であり、母である女性とは、子供の中に没していく女である。

「この上ない幸せと激しい苦しみのうちに
彼女は子供を生んだ
そして今、もの言わぬ子のいとしさに
わが身を忘れ果てた」

母親からほとばしり出て、子供が心身共にひとりの人間に育つための、いわば生きる場を形成する、はかり知れない自然の愛、それは母親自身にとって、自分の個人性や姿形を失う危険を冒すほどの自己放棄と犠牲を意味する――この犠牲もまた、まぎれもなく英雄的と呼べるが、しかしそれは全く非激情的な意味での英雄的犠牲なのである。出産の英雄的な時が帳《とば》りの陰で成就されるように、それに続く母親の一生の英雄的行為も、深くかくれて人目につかぬままに行われる。産室のあとには子供部屋が続く。生命を無限へと伝えて行く母親にとって、彼女自身の人生は無限に続くこまごました労苦のうちに営まれる。母親の英雄性は、目立たなさに結びつくように、日常と平凡さにも結びついている。これを文学について言えば、母親を描くのに適切な芸術形式は、壮大な運命やすぐれた人物の造型をこととする劇文学ではなく、日常性の市民的芸術、すなわちロマン（長編小説）ということになる。ロマンは、すでに形式からして、母親の運命や英雄性に付随しているあの非激情的なもの、つましいもの、平凡なものの表現に適している。それはまた特に、日常的なもの、取るに足りないものへのかかわりを通して、母親の人生が示す、あのこまごました出来事の無限の連続を愛情深く展開して見せることができる。これに対して、母親のもつ本来的に偉大な面、すなわち普遍的なもの、非心理的なもの、不変なもの、原初的に自然に結ばれたもの――つまり時間を超えた女性――の方は、常に時間に制約された文芸であるロマンの中にではなく、素朴な民衆芸術の中に見出される。母親をドラマから遠ざけるすべてのものが、彼女をメルヒェンや伝説に近づける。メルヒェンや伝説の中では、個別的なものではなく、類型的なものが問題なのである。メルヒェンの母親は、いつも同じ母親である。メルヒェンは、母親の愛の不変性や彼女を子供から引きはなすことの不可能さを、ことに死んだ母親において際立たせる――そもそもどんなメルヒェンも、母親が死ねるなどとは考えていないのだ！　死は愛に対し、また変わらぬものに対して力をもたない。メルヒェンの死んだ母親は、夜になるとまたやって来て、子供のゆりかごをゆすったり、あるいは優しい自然に自分の代わりをさせたりする。母親の墓から生え出た木の小枝の姿のうちに、母親の腕は孤児となった子供を招き、母親の手で贈物をする。ブルターニュの伝説は、沈み行く船の瀕死の水夫たちの耳に、かつて彼らの母親から盗み聞きした子守歌をささやきかける死の女神「ベルシューズ」のことを語っている――ここでは、母にまつわる民衆の説話の中に、誕生と死との深い関係が感じ取られる。自然が母を代理するように、母もまた自然を代理する――時として母は、あの美しい海の精メルジーネのメルヒェンのように、全く自然の存在として感じられることもある。メルヒェンの中の継母に対する偏見も、それが母親を深く自然のものとしていることから来ている。――本当の母親だけが正しい母親なのである。自然によって定められた母親ではない継母は、常に悪者である。これに対して、血を分け合った姉妹はメルヒェンの中で、産みの母親でない母の母性を代表している。たとえば、「七羽の鳥」や「小さな兄と妹」がそうである。――民話と同様、民謡の中にも母親の本質的要素が非常に色濃くあらわれる。子守歌という形式が、すでにこの要素をあらわしている。母親の口に湧き出る子守歌は、彼女の愛と甘美さのすべてをこめて、ただ子供のためだけに歌われるのである。

母は、劇芸術の対象とならないように、もともと彫刻の対象にもならない。前者における人物には、後者における形態が対応している。人物は孤立したものであり、形態は輪郭をもつものである。母親の姿ははっきりした輪郭をもたず、子供の姿と融け合っている。文学においてのロマンや歌曲やメルヒェンのように、造形芸術の中では、元来、絵画が母と子を表現するのに適した芸術である――つまり、形の芸術ではなくて、色の芸術である。ギリシャ美術に母と子の像が全く欠けているのは偶然ではない。高度に発達した古代の彫塑的芸術感覚は、絵画的対象に対して抵抗を感じたのである。キリスト教がはじめて母子像を彫刻にあらわしたが、それは宗教典礼上の対象としてである。マドンナは神的なものの担い手であり、いわば世の光をかかげるための燭台である――彼女は子の台座であって、彼女自身が目的なのではない。つまりキリスト教も、結局のところ、母の像を自立的に際立たせるのではなく、彼女を背後に置き、かえってそのことによって、静かなたたずまいのうちにある真に母性的なものの魅力をあらわそうとしたのである。マドンナの面ざしの愛らしさは、この内的な美のシンボルにほかならない。――このように、どんな場合であれ、母親の最も深い本質からして、母親を単独に造型することは芸術にとって不可能ということになる。単独の母親像は、母親が子供から引き離されたときにはじめてあらわれる。彫刻による本来の母親像は、悲しみの聖母、御子の十字架のもとにたたずむ母マリアの像である。母親を真底から打ち砕くものが、彼女を芸術の対象たらしめる。子供と母親の牧歌的風景を知らない古代の彫刻でさえ、やはりニオベの像をもっているのも、その理由からである。

この点からもう一度、母親に対する劇文学の関係に光が当てられる。子供から引き離された母親像とは、息子に死なれた母親ばかりでなく、変質した母親でもありうる。劇文学と彫刻とは、またしても同一の法則に従う。子供から引き離されることは、母親を独立した存在にさせ、したがってまた劇中の人物となることを可能にする――そのの最大の例はメディアである。『オイディプス王』のイオカステや『ハムレット』の王妃もこれに属し、両者の変質は、母性愛より性愛的なものが優位を占めるという形であらわれる。叙事詩の形式ではあるが、いちじるしく劇的な性格をもってこの系列に属するのが、ニーベルンゲンの歌のクリームヒルトである。これはおそらくあらゆる文学の中で最も非母性的な人物と言えるだろう。亡夫のために企てた恐ろしい血の復讐の中で、彼女は実の兄弟ばかりでなく、自分の産んだ子供までも犠牲にしてしまう。ドイツ文学の中でも最も激しいこの女性像は、肉体上の子をもつ女性のすべてが、ただそれだけではまだ必ずしも母親であるとは言えないことを、詩的戦慄を感じさせるほどの見事さで立証している。そしてここで、われわれは文学に導かれて、母たちのもとに降りて行く必要性にぶつかる――すなわち、肉体上の母親のところよりもっと深く降りて行くこと、母親自身の中に母を探し求めることである。北欧の偉大な詩人シグリット・ウンセットはこのような思想のもとに、彼女の長編小説『イーダ・エリーザベト』を書きはじめる。

この本の最初の数ページが、すぐにテーマを完全に鳴り響かせる。そこではひとりの少女が次のように語る。「たくさんの人たちが家族のきずなによってどんなに利己的になるものか、それを知れば、ひとり神さまが釣合いを取ろうとなさって何人かの人を選ばれ、その人たちをすべての人々のために奉仕する者となさることがわかります」と。完全に自然のままの母性の上に立つ主人公イーダ・エリーザベトは、この「すべての人々のために奉仕する者となる」ことをそっけなく拒否する。不幸にも彼女は知的障害の男と結婚していて、夫とその両親や兄弟姉妹の生活を彼女の手仕事でささえなければならない。彼女は言う。「自分が子供を産むために存在すると感じている女たちは、もし大人の男が来て、俺たちにも母親のようでいてくれと強要するならば、それに憎しみと嫌悪の気持ちをもつでしょう」と。――イーダ・エリーザベトは、彼女がひたすら母親としての義務を感じているふたりの小さな子供に、もっとましな生活を確保してやるために、夫と別れる。ここではじめて、彼女の母親としての生き方の根本的な問いが浮かび上がる。彼女は、子供たちの中に彼女の結婚生活の未解決の問題をひきずっており――子供のことで、彼女が愛し、再婚したいと望んでいる立派な男との間に葛藤が生ずる。子供たちは、知的障害の父親の血を受けついでいるのだ。最初の結婚では夫の能力面が問題であったが、今度は愛する男の立派さが彼女にとって運命的な問題となる――それは、単に二度目の結婚で夫と子供を結びつけられるかどうかではなく、この立派な夫と知的障害の父親の刻印を背負った子供たちとを一致させられるかどうかということである。すなわち、母親である女性は本来どちらに対して責めを負っているのか、強者にか、それとも弱者にか、というのが本書の提起する中心的な問題なのである。

こうした問題の設定から、イーダ・エリーザベトの中に、愛する男との婚約を子供たちのために犠牲にするといったような必然性が徐々に生じてくるわけではない――ここで犠牲という思想が避けられていることは、この作品の最もすばらしく、芸術的にすぐれている点の一つである。イーダ・エリーザベトの決断は、反省などとは一切関係なく、彼女自身の頭を越えたところから生まれてくる。つまりそれは母性的本性そのものの深みから発するのである。しかしこの決断は、そこから生ずる結果のすべてを引き受けることになる絶対的な決断である。それは、この間に重病にかかっていた前夫との再会において明らかになる。今やイーダ・エリーザベトは、彼と彼の家族にもはや背を向けることはない。彼女の中の母親が全面的に勝利をおさめたのである――決断は、強者のためでなく、弱者のためになされた。なぜなら、母であり、母親の気持ちをもつとは、すべての寄る辺ないものに味方し、この世のありとあらゆる小さいもの弱いものに優しく救いの手をさしのべることだからである。母性の原理は二つの面をもつ。それは、単に子供を産むことだけでなく、生まれたものを養育し、庇護することにも結びついている。肉体的に母親となることは、母性の諸力の最初の発現に過ぎず、それよりはるかに普遍的なものの、偉大で感動的なシンボルにほかならない。イーダ・エリーザベトは、まさに自分自身の子供たちに導かれて、母である女性というものが、単に自分自身の子供の母親だけにとどまりえないことを知ったのである。

子供が母親から生まれるだけでなく、母親も子供を通して生まれる。「私たちの目を覚ましてくれるのは子供たちです。『母さんはなんてこわいの。もっと優しくなってよ』と言うときの子供たちなのです」とルート・シャウマンは書いている。出産の際に母親の胎を押し破って出てくる子供は、また母親の心をも破り、それをすべての弱いもの、小さいものに対して拡げ、開く。森の暗がりに立つ孤独なキリスト像の上に、それをマントで包むマリアの面影が浮かび上がるように、この作品のうちには、現代人があれこれ思いめぐらすありとあらゆる問題の繋みの中から、母は結局すべての者の母であるという思想が浮かび上がる。エリーザベトの夫と彼の家族に当てはまることは――たしかにそこには極端な場合が描かれているとは言え——つまるところ、いついかなる場合にも当てはまるからである。世界は母性的な女性を必要としている。なぜならそれは、寄る辺ない哀れな子供も同然なのだから。人間はか弱い姿でこの世に生まれてくるが、また弱り切った姿でこの世に別れを告げる。子供におむつを当てる母親には、老人を支え、臨終の床にある老人のひたいから末期の汗をぬぐう慈悲深い女性の手が対応する。しかし一方、誕生と死との間には、意気さかんな人間の建設的行為ばかりでなく、その道程の限りない労苦が、たえずくりかえされる日常が、要するにただ肉体と生活のためになくてはならないすべてのものが横たわっている。母である女性はこの巨大な、決して尽きることのない、生活上の必要と労苦という遺産の静かな管理者に定められている。そして女性は、ここでは母親として、花嫁スポンサとしてのように現実の半分にとどまらず、それをはるかに越えた部分を占めているのだろう。民衆は、なぜ夫が妻に「母さん」と呼びかけるかを知っている——それは単に彼女が彼の子供たちの母親だから、というだけのことではない——彼女はすべての者の母であり、すべての者の母は、何よりもまず夫の母親だからである。彼の食事を用意し、食卓をしつらえ、衣服をつくろい、彼の足りない点や心配や苦しい時を支えてやる者、それが母でなくて何であろう。「夫の心は彼女を信頼し、そして彼の財産は決してへることがない」と、聖書はその偉大な「たくましき女への賛歌」（格言の書）の中で歌い、さらに「彼女はまだ夜のあけないうちに起きて、家の者たちに食事を与える」と続けている——夫の母は、彼の世帯全体の母親なのである。夫の母、家の母も常に不変の存在である。彼女もまた、子供の母と同様、あの大地に——沈黙のうちにくりかえしくりかえし与え、保ち、遂にはまさにその謙虚な地上性によってかえって地上性を克服する、あの愛情深い大地にのみ比較される。日常の必要の中に埋没した母性的女性は、結局のところ日常の大いなる勝利者である。彼女は日常を耐え忍びやすいものにすることによって、日々新たにそれを克服する。人々が彼女の勝利にほとんど気づかないときにこそ、彼女は日常に対して最大の勝利をおさめたのである。精神的な世界で物質的なものの克服にたずさわる男性は、母なる女性が彼から物質的なものを実際上取り除いてやったときにはじめて、この克服をなし遂げることができる。これら日々の勝利が目立たず、全く称揚もされないものであることは、時間を超えた女性本来の最も深い栄誉であって、これに比較しうるのは、世界大戦で散った、あの無名戦士の栄誉だけである——無名戦士は名もない女の息子なのだ！——

だが、肉体上、生活上の必要には、さらに精神と心を具える人間のとてつもない困難、苦悩と十字架の、そしてありとあらゆる弱さと罪過の巨大な重荷が加わる。この重荷は、決しておろされることなく、ほとんどの場合、ただ黙々と担われなければならない。母性的女性は、飢えた者に食物を与えるように、悲しむ者には慰めを与える。弱い者や負い目をもつ者、さげすまれる者や迫害される者、さらには犯した罪のために罰を受ける者まで、人を裁く世の中がもはや支えようともかばおうともしないすべての人たちも、母性的女性の慰めと憐みのうちに彼らの最後の権利をもつ――このような女性に対しては、「憎み合うためではなく、愛し合うために私はいるのです」というアンティゴネの言葉がいつでも当てはまるだろう。これは、力に対して弱さを称揚しているのではない。格言の書に、「柔和の掟が彼女の舌の上にある」と記されているが、その時聖書が歌うのは、弱い女性の賛歌ではなく、たくましい女性の賛歌なのである。――忍耐は、最高のエネルギーを秘めた力である。

じっと待ち、沈黙を続けることができるという、あの静かなきわめて重要な機能、そして不正や弱ささえも黙認し、いたわり、おおってやる能力は、母性的女性の特権に属する――それは慈悲の行為として、裸の体をおおってやることに劣らない親切である。すべての不正をたえずあばき、断罪しなければならないと信じ込んでいることは、この世界の致命的な誤りの一つであり、平和が失われる最も深い原因の一つである。思いやりのある賢い母親なら、誰でも、時にはその逆こそが正しいことを知っている。「柔和の掟が彼女の舌の上にある」という聖書の言葉の前には、「彼女は知恵の口を開く」という句が置かれている。「知恵」と言っても、それはしばしばちょっとした冗談とか、愛想のよい言葉とかに過ぎない。ここでも女性は隠れている。彼女の「知恵」は、偉大なものとしてではなく、目立たぬものとしてあらわれる。この点にこそ彼女の知恵の偉大さがある。それは、支配し、裁く男の知恵をおとしめるということではないが、しかし男の知恵がこの世の真理の一面にしか過ぎないことをよく示している。もし女性がいつかこの掟を放棄するならば、母性的女性のそれを認めまいとする男性にとってこそ、この世は堪えがたいものになるだろう。この掟にいやいやながら、あるいは理解もせずに従う場合でも、そこから彼の本当の生の可能性、すなわち、しばしば最後の避難所となる忍耐、親切、思いやりを引き出すのはまさしく男性なのである。それなくしては、すべての生は――個人の場合でも諸国民の場合でも――ただ地獄と化するよりほかはない。これが、聖エリーザベトのバラの奇跡という愛すべき伝説の、ごく一般的な、すなわちまだキリスト教的とは言えない意味である——それは女の母性そのものの伝説なのである。

しかしながら、バラの奇跡がくりかえされる。女性の普遍的な母性、小さい者たちや弱い者たちへの彼女の純粋な関係は、必然的に領主の抗議もくりかえし行われるように、この世における小さい者や弱い者の意味あるいは権利への問いかけを含んでいる——男性は、それをただ生成して行くものという形でしか認めようとしない。ここでわれわれは、長編小説『イーダ・エリーザベト』の第二の問題、すなわち男性の世界と母性的女性の世界という二つの世界の違いの問題にぶつかる。そこでは次のように言われている。「たとえば鉱物含有量が多少とも採算の取れるほど多いかどうかによって鉱脈を判定するように、私たちは、そんなふうに人間の中の価値を判定してもいいものでしょうか」と。イーダ・エリーザベトの夫は、疑いもなく採算のとれない人々——「出来そこない」としか呼べない人々のひとりである。つまりそれは、どうにも変えようのないもの——生成の法則が入り込む余地のないものという意味である。しかし、だからと言って母性の務めがなくなるだろうか。この問いかけをもって小説は最後の段階に入る——人間《ペルゾーン》そのものの価値、無価値が問題になるのである。ここで母の線と処女《ヴィルゴ》の線が交わる——われわれは突然ふたたび、すべての未完成なもの、実現されなかったものの神秘のほとりに立たされる。しかしこの時、シグリット・ウンセットの小説では驚くべきことが起こる。まさに母性的女性が、実を結ばずに終わったものを、完成されなかったものを、この世では「出来そこない」と見られているものを抱擁するのである。——イーダ・エリーザベトの知的障害の夫が死を迎える場面では次のように語られている。「人間が自分の人生を何らか意味あるものにするために取り組むすべてのもの、たとえば愛や仕事や責任などが、すばらしいものであることは今もいつも変わりなかった。でも今日だけは、光あるいは暗闇が文字通りそれらのものの上をおおっていた。だから、ひとつの人生を他の人生から区別する形も色も消え失せていた」。そして、イーダ・エリーザベトはこう問いかける。「解決できない矛盾をすべて手の中におさめておられるのは神さまなのだろうか」と。すると今や死者の顔が、「光り輝いて人を驚かすような、ほとんど勝ち誇ったような最後の顔」が答えを与えてくれる。その信じられないほどの美しさは、本来そうあるべきものの姿だったのか——創造主が、その最下級の、見たところは出来そこないの作品の中にも封じ込められた神の思いの崇高さだったのか。不可解なものがいつまでも不可解なままにとどまるわけではないというしるしだったのか。人間についての究極の価値判断は、人間にではなく、神の御手のうちにある。神の前で――シグリット・ウンセットの小説の中では、死に直面してということであるが――正しいとされるのは、母性的女性であって、裁く男性ではない。もちろん、忘れてはならないことだが、シグリット・ウンセットの小説においては、時間的生にとって、男性の価値づけは、完全な効力をもって存続している――それは、母性的女性にとってさえ、変わりなく存続する。健常に生まれてこなかったものを、あれこれ評価したり問うことなく世話しなければならない母性的女性もまた、彼女の側から、健常でないものに対して全面的な共同責任を負っている。花嫁《スポンサ》は、男の精神の花嫁として男性の文化的な仕事に共同の責任を負うが、同様に、未来の母親として子供のことに共同の責任を負うのである。しかし、さらにそれを越えて、こうした責任を前提とする価値づけによっては、単に事柄の一面だけしか見られていないことが、はっきりと自覚されなければならないだろう。男性は、この世におけ る彼の使命を達成しようとする以上、この世の価値づけを主張しないわけにはいかない。――彼は弱さというものを、生成するものの中にしか認めることができず、存在するものののうちには認めることができない。弱さを存在するもののうちに抱きしめる、女性の無条件的な母性は、彼岸への線上に立っている――この線上において眺められたときにはじめて、価値づけをこととする男性は、母性的世界を認めるべき義務を負っていることがわかる。――聖エリーザベトのバラの奇跡は、永遠の慈悲によるこの世の慈悲の正しさの証しである。

このようにして、弱さへの母性的女性の奉仕がその形而上的な意味を受け取るだけでなく、弱さそのものも形而上的な意味を獲得する。われわれはここで、たとえ埋蔵量は豊かでなくとも採掘しがいのある地域にぶつかる。人間の限界は、常に神が入って来られる門なのである。この地上の小さい者、弱い者、不完全な者たちは、人間にあの永遠の慈悲を指し示すためにこそ存在している。彼らは、人間的＝地上的な不完全さを、最も柔和な、最も感動的な形で示している――さらに深刻な、さらに苦痛に満ちた不完全さは、罪と負い目の姿であらわれる。したがって、この地上の弱い者たち、小さい者たちは――福音書の言葉にあるように――天の国を所有するばかりでなく、天の国への道を開くことによって、それを告げ知らせてもいるのである。しかし一方、弱い者や小さい者たちによる天の国の告知には、彼らを世話し守る女性も加わっている。女は「子を産むことによって幸いであるように」という聖パウロの言葉は、あわれみ深い人は幸いである、という山上の垂訓の言葉の中にその補足を見出す。どの母性的女性の上にも、マリアの母としての幸せと品位の光がただようとすれば、彼女たちにはまた、「あわれみの聖母」の冠から一条の光が投げかけられている。

女性の一般的な母性からは、さらに精神的母性というものの正しい価値づけも生まれてくる。精神的母性もまた、たとえ自分自身の子によらなくとも、女性の生まれながらの本性的方向によって定められた自然的な愛の力である。これは、ドイツのメルヒェンが、魔法で鳥にされた兄たちのためにシャツを紡ぐ小さな妹のうちに予感している母性――すなわち、幼い少女の頃にもすでに素質として存在し、次第に年をとっていく彼女の中にあって、自然の母親となる望みよりももっと長く生き続ける、あの母性のことである。

精神的母性が生来の素質であるように、その展開もまた全く自然のものである。われわれは前に、肉体的に母親となることは母の力の最初の発動に過ぎず、その最も普遍的、感動的なあらわれに過ぎない、と述べたが、何もそれはどの女性も自分自身の子を通してでなければ普遍的母性に突き進むことができない、と言っているわけではない。すべての人がすべてを体験しなければならないと考えるのは、個人主義時代のなごりである。きわめて多くの場合、精神的な意味でのみ母である女性、たとえば家庭内では親戚の女性や名付け親、公の生活ではソーシャルワーカーなどが、実の子をもちながら本当の意味で母親となっていない女の肩代わりをしていかなければならないように、また一方では、肉体上の母親も、精神的母性しかもたない女性の代理をするのである。大切なのは、女性の個々の運命ではなく、女性の全体的運命への個々の女性の関与であり、外的な運命には左右されない、一人ひとりの女性の、あの母性である。ルート・シャウマンは、そのロマン『イーヴ』の中で、「彼女は母親というものが何であるか知らない。ひとりも子供を産んだことがないのだから」と言ってから、この発言を同じ本の中で、自分の子供をもつ幸せは拒まれながらも他人の子を――実の母親はそれが自分の子であることを認めないのに――母性的な愛をもって胸に抱くジェルメーヌという女性を通して否定している。

メルヒェンではひどい扱いを受ける継母も、時にはジェルメーヌのような、子供はなくとも母性的な女性の列に加えられる――アンゼルム・フォイエルバッハの描く誠実な継母は、その名誉回復の例である。継母をひどく扱うからと言って、メルヒェンを悪く言うわけにはいかない。メルヒェンは、母と子の自然のつながりが、どんなに深くかけがえがないものかを心得ている。しかしそれは、母性的本性のすべての可能性に通じているわけではなく、母性の精神的な方向もやはり女性の本性であることを知らないのである。一方、聖人伝説の方は正しい見方をしている。幼いイエズスの代わりに、寄進者の病気の子供を腕に抱いたホルバインの聖母子像には、子供のない女性や継母の聖母が芸術として表現されている。

この点から見ると、自分の子供をもちたいという女性の要求は、一般に考えられているのとは違ったものであることが判明する。この要求は——精神的に見て——決して母性的なものだけから来ているのではない。子供をもちたいという願いの中には、多くの場合、エゴイズムの非常に女性的な形態、すなわち本当の母親の幻影、虚像があらわれている。ソロモン王はこの幻影に惑わされなかった。彼の知恵にとっては、母親が子供を断念することこそ、真の母親の証明だったのである。この数十年間は、不幸にも、「子供を求める叫び」とか「母親になる権利」とかによって、この幻影、虚像を押し進めてきた。子供に対する女性の権利などありはせず、母親に対する子供の権利があるだけである。「私たちの心を柔和にしてくれるのは子供たちだけです。『母さんは何てこわいの。もっと優しくなってよ』と言うときの子供たちだけなのです」というルート・シャウマンの言葉は、それが自分自身の子供でない場合にも妥当するだけでなく、子供に代わるもの——一般に、寄辺のない人たち、保護や世話を必要とする人たちの救いを求める手——が問題となる場合にも完全に妥当する。このことは精神的な意味での母性にとって、以上のような観点からしてはじめて女性の職業問題への正しい洞察が開けることを意味する。女医、ソーシャルワーカー、教師、看護婦等の務めは、女性にとって、男性的な意味で「職業」ではなく、精神的な母親であることのさまざまな形である。今から少し前の時代には、独身を余儀なくされた女性という立場から、自然の母親であることに代わるものとして職業が要求された。将来はこれを、精神的な母親という考え方から——すなわち、ひとり身の女性も完全な母性を具えているという考え方から要求することになろう。女性の職業において大切なのは、実際の母親でないことに対する補償ではなく、真の女性なら誰もが必ず具えている母性の発揮なのである。

したがって、個々の職業への女性の参加およびその選択いかんの問題は、どのような範囲にわたってなおも母性的な働きが実りあるものと見なされうるかにかかっている。たしかに多くの職業は、純男性的、または純母性的と考えることができる。この点では、一見すべての分野の中で最も非母性的と思われる政治の領域が、特に教えてくれるところが多い。女性が自立的に王位についた場合、たいていはよき君主であったが、この事実は決して偶然ではなく、女性の普遍的、精神的な母性ときわめて密接に関係している――つまり彼女は、よき君主といっても、男性的な意味のそれではなく、国民のよき母だったのである。こうして今日のスペインでは、かつて統治していた国母の記憶が、王朝と国家体制の崩壊後も依然として失われていないし、また英国ではエリザベス女王の記憶が、そしてオーストリアでは偉大な母のような女帝マリア・テレージアの記憶が今も生きている。いやそればかりか、今日のロンバルジャでは、実にテオデリンデ女王の思い出さえもが消えていないのである。王位についた女性は、まず第一に国民の養育者であり、守護者である。しかし、マリア・テレージアが証明しているように、支配者としての力を母性的な力の中にくるみ込んだとしても、それは、政治生活に不可欠な英雄的要素を締め出すことには決してならない――国民の守護者としてさえも、国母は母性的地盤の上に立っている。彼女は、侵略戦争をすることはないが、牝獅子が仔を守るように、自国民を守ることにはためらいを見せないであろう。母性的な役割を否定するような場合にのみ、女性は大きな政治的な役割において禍いの種となった。たとえばポンパドゥールの場合などがそうである。このことは、一般のふつうの女性に政治的な役割が与えられた場合にも当てはまる。たとえ女王ほど目立った装いはしていなくても、彼女は国民の精神的な母親のひとりである。この前提においてのみ、政治における女性の存在が肯定される――どんな男性も母の声の代わりをすることはできない。ただ、どのようにしてこの声をゆがめずに有効なものとなしうるかが問題である。子供に対する女性の権利はなく、母親に対する子供の権利があるだけだ、という認識には、女性に関する現代のもう一つの認識が対応している。すなわち、この世には、職業とか使命とかに対する、いわゆる「女性の権利」といったようなものはないが、女性に対するこの世の子供の権利は存在する、ということである。もしすべてのしるしが惑わしでないなら、この権利は過去数十年間にいちじるしく意義を高めてきた。母を求める今日の叫びは、単に人口政策上の要請に由来するものではなく、その底流には精神的な要求がひそんでいる。すべての母性的な心情の完全な欠如、すなわち、受け保ち、担い続け、それによって実りをもたらす力の欠如ほど、今日の世界の状況を、深く、そして悲劇的にあらわしているものはない。推進力だけでは決して十分ではない。十分でないからこそ、それ自体は正しく有益な多くの努力も、恐るべき禍いをもたらす結果となる。

以上のような考えによって、われわれは時間を超えた女性の線を離れてしまったように見えるが、それは外見上のことに過ぎない。実際にはむしろ、時間の線から離れているのである――時間を超えた女性、それは時間化されない女性のことにほかならない。時間に打ち克つことこそ、母性的なものの本質である。女性は、産む者として生命を無限に伝える一方、養育し、保護する者として時間の中に無限の契機を運び入れるのである。

女性の精神的な母性と関連して、ここでもう一度、文化における女性の役割が浮かび上がる。母親という点から見れば、彼女はまさに精神的な価値の保護者、養護者なのである。現実の半分の寄与者として男性の文化的な仕事に加わる花嫁《スポンサ》の役割とは違って、女性は、母という役割においてこの仕事の受け手となる。しかし受ける者は、さらに担い運ぶ者でもある。われわれは前に、聖書が「たくましき女」を夫の財産を守る者として讃えるのを見た。女性は、夫の財産に対する心遣いを彼の精神的な生活領域にもおよぼす。受ける者、担い運ぶ者という役割により、女性は文化において特別な意味をもつことになる。受け取ることがなかったら、与えることは空しいものになってしまうだろう。女性がことに書籍市やコンサートホールや劇場にみちあふれるとしても、それは決して彼女たちが男性よりもしばしば暇と息抜きに恵まれているという事情によるだけでなく、母性の精神的な使命と関連している。文化は創られることだけを望むのではなく、担い運ばれ、はぐくまれ、子供のように愛されることを望むのである。今日文化の保護は、広く国家的なものとされ、国家の手によって行われるが、それは文化保護の単に一つの、しかもむしろ外的な面を代表するものに過ぎず、人間的＝内的な面に関しては、一人ひとりの人間が捧げる愛と保護によって補われる。ここでもう一度、精神的な母性の線と肉体上の母親の線とが重なり合う。子供にはじめて言語の響きを教え、それを彼の生涯にわたる母国語として聖別する母親、彼にはじめて民族の歌を歌ってやり、メルヒェンを話して聞かせる母親、彼女もまた、子供の一生にとって、最初の、そして広く決定的な文化的要因であり、彼の精神生活に一番早い影響を与えるものである。この影響は、子供にとってばかりでなく、文化にとってもはかり知れないほど重要である。「ゆりかごを動かす手は世界を動かす」というスペインのことわざは、たしかにまず第一には、生きて活動するものはすべて女から生まれたことを意味している――母は英雄や聖者の母であり、またもちろん臆病者や裏切者の母でもある――もしアンティ・クリストが生まれるとしたら、多くの母親をもつことだろう。しかしながら、世界を動かす手という表現のさらに深い意味は、この手がその後の息子の全生涯を目に見えない姿で導き、ひそかに彼の仕事に協働することである。

文化の保持者としての女性の役割はまた、文化の擁護者の役割ともなりうる。この点、女性は文化の領域において、政治の領域におけるのと同じような立場にある。女性は生まれつき保守的であり、――こまかい論議をぬきにして言えば――破壊したり、危険にさらされたものを見捨てたりすることができない。このことは、精神的な変動期において非常に重要性を増す要素である。変動期は、古くさくなったものばかりでなく、時間を超えた文化財産までも手放してしまう危険に陥りやすい。この点で女性は、精神的な母性の力によって、まず何よりも、バランスを取り、調整を行うのに向いている。時間を超えた女性は、彼女の国民がもつ時間を超えた文化財産の守護者なのである。

もちろん一方、女性の精神的母性の変質ほど、文化の衰退に深く影響するものはない。文化の保護者には、文化の浪費家が相対している。この点、先頃の時代の享楽的な女性のタイプはまだ比較的害がない。文化財産の所有においてさえ、委ねられたものを実りある形で伝えずに、しばしば盲目的に崇拝し甘やかす女性は、いわば子供を自分のためだけに望む、あの利己的な母親の姉妹のようなものである。そこには文化の使命に対する畏敬が欠けているが、しかしまだ文化一般に対する畏敬が失われているわけではない。――女性は、女らしさをなくすにつれて、自然の母性に対する感覚を失っていくが、同様に、文化面での下降が進むにつれて、本来保護育成を必要とするものへの感覚を失ってしまう。こうなると女性は、騒々しいもの、けばけばしいもの、流行にのったものにとびつく傾向を示す。この傾向は、文化の価値基準を見失う際の女性特有の形である。文化の中には、最初は目立たず見過ごされがちな、いやそれどころか誤解され、迫害されるようなものでありながら、やがて次第に文化の本当の高みへと達する――つまり個々の時代から超時代的なものへと達する――か細いがきわめて重要な一本の線が存在する。偉大な男たちとその生涯の業績の歴史をふり返ってみると、いたる所でこの道との一致を示している。この一致は、いつまでも残るすべてのものが、一時的なものに依存せず、また依存しえないことを宿命的な形で物語っている。この点で、ヘッベル、ニーチェ、リヒアールト・ヴァグナーのような人の辿った生涯が範例的な意味をもっている――一方これらの生涯はまた、母性的女性の文化的意義にとっても範例的である――時間を超えた女性は超時代的なものにつながっているのである。

しかしまた、時間を超えた女性は永遠なるものにもつながっている――どの文化の意味も、結局は文化を超えたところを指し示している。文化の保持者としての母性的女性の役割は、宗教的財産の保持者としての役割においてはじめて完成される。この役割は、最も深い意味において、宗教的なものにおける母親自身の位置を通してのみ理解される。

自然の母性においては、生と死は隣り合っている。世代の流れは永遠より発するが、それはまた永遠の中へとそそぎ入る――無限は永遠の地上的姉妹である。ブルターニュの伝説にでてくる死の女神「ベルシューズ」は、沈んで行く船の水夫たちの耳に、かつて彼らの母親から盗み聞いた子守歌をささやきかけるというが、長編小説『イーダ・エリーザベト』は、その深い意味を、幼いゼルビイの死を通して解き明かしている。死んで行く子供の母親について、そこでは次のように語られている。「それは、以前子供を産んだときに、すでに体験したことのように彼女には思われた。あの瞬間には、子供が彼女の中からあらわれるや、果てしなく巨大な海から打ち寄せる波が彼女の頭上を洗って何かをひっさらって行った――だが、大波が引いてみると、彼女のかたわらには、体をふるわせて泣く小さなものが横たわっていた。まるでふたりとも海辺に打ち上げられたかのように。そして今、目に見えぬ永遠から打ち寄せる同じ波が彼女の頭上を越えて行った――子供を産んだときに体に感じた、切られるような激しい痛みも、今日彼女を引き裂いた苦痛にくらべれば、ものの数ではなかった――大波は沖へ去ったが、今度はゼルビイをさらって行ってしまったのだ」

永遠から突如打ち寄せてきては、ふたたび永遠に向かって引いて行く大波、それは出産の時に、いわば二つの次元に向かって門を開くように母胎を開く。目に見えぬ永遠からやってくる生命は、時間の現象世界の中に歩み入る――しかし、永遠から永遠をめざしてということは、宗教的に言えば、神から神をめざしてということである。この認識をえて、われわれはイーダ・エリーザベトのもとを立ち去ることになる。女性のもつ普遍的母性の本質についての認識が、母親の自然性そのものの本質から浮かび上がってくること、それがこのロマンの文学的な力であり、とりわけその感動的、圧倒的な説得力の源泉である。この長編小説は、自然は恩寵の前提をなし、恩寵はどんな場合にも矛盾の中にではなく、自然の上昇線のつながりと継続の中に働いている、という神学的命題を、いわば文学的に解明し、表現したものである。したがって『イーダ・エリーザベト』はわれわれを教会の門の前に導くだけであるが、われわれはそこで、シグリット・ウンセットのもうひとりの女性像、クリスティン・ラヴランスダッターに迎えられる。

今なお見きわめがたいほどの規模をもつ精神的変動期の敷居ぎわに立ち、その変動を女性の側から意識の中にまで高めた、この巨大な長編小説の意義——この文学の徴候的な意義は、あらゆる能力ばかりか、熱い血の流れる不屈な女らしさと母性とのすべての力を具えたひとりの女性が、自然という方向において根こそぎにされたわれわれの時代に対置されていること、そして同時にまたこの同じ女性が、現代の宗教的根底の喪失に対する痛烈な批判ともなっていることである。最初の二巻『花嫁の冠』と『女主人』は、北方の血の力と運命の力との、ざわめく野性にみちているが、第三巻には『十字架《クリスティン》』という題がついている。クリスティンとは、キリスト教徒になる女性のことである。われわれは、彼女の運命の道を追いながら、妻と母の生の自然性から出てキリスト教的な母の本質へとそそぎ込む、その発展の全過程を辿ることになる。クリスティンは教会にやってくる。ところが教会は、まさに母親の生の自然の絆をこそ妻と母との宗教的使命の出発点とすることによって、彼女のもつ自然的なものまでも迎え入れるのである。

教会もまた自然の母としての女性を尊ぶ。婚姻のミサは子宝への約束にみちている。「あなたが、あなたの子供たちの子供たちを見るように！」。教会は、肉体的に母であることに女性の根源的な第一の使命を見ている。いやそればかりではない、女性のうちに、まさしく国民と諸国民の母を見ているのである。出産にのぞむ女性のために教会が唱える祈りは、壮大な展望をもって個人の生を遠く超えている。「おお、諸国の民がこぞってあなたを讃えるように！　諸々の部族は喜びの声をあげよ！　大地が実りをもたらしてくれるのだから」とそこでは唱える。女性が最も深く身をかくす、その瞬間に、教会は彼女の上に壮大な諸国民の讃歌を歌いはじめ、陣痛に沈黙する女性を創造主への讃美とならしめるのである。教会はまた同じ意向を、子供を宿すべき女性の胸の下に香油を塗る女王聖別式の中でも告げている。

女性を「民の母」として尊ぶことから、母親をヒロイックなものとする見方が教会にとって存在する。ひとえに教会は、結婚生活に入る女性を、惜しみなく献身し、どんな境遇にあっても生涯夫に誠実であろうとする者として祝福するが、同様に母親からも、子供のために彼女の生命を残りなくそそぎ込むことを求める。出産に際して、母親の生命を救うか子供の生命を救うかの二者択一を迫られた場合、教会は女性に——この点世間の倫理よりはるかにヒロイックであるが――その生命を捧げることを要求するのである。こうして、教会が護り続ける領域の中には、最初に見たように、近代世界によって大方その危険な部分を取り除かれてしまった自然の、全き不壊の姿がなおも浮かび上がる。母親の胎内で救われない子供は二重の意味で救われない子である。自然の母が胎内の子を肉体的にこの世に産み出さなければならないように、教会はその子に超自然の生命を与えなければならない。教会もまた母性的原理――霊的＝宗教的なものとしての母性的原理である。苦しみと死の危険にさらされながら、生きた子を産み出さなければならない女性と、彼女のために祈る教会とのうちに、ふたりの母親が向かい合っている。受胎と出産の無限の回帰である生命そのものは、まだ究極の価値ではない――究極の価値と意味は、より高い生命によってはじめて浮かび上がる。子供を犠牲にするよりも、むしろ母親自身が死ぬことを望む、教会のヒロイックな要求は、教会の側からすれば、あの、より高い生命への約束をあらわしている。一方この要求は、自然の側から言えば、完成された生命にではなく、生成する生命に向かう自然の目的指向によって肯定される。このことは、妊娠の継続と病気とがせめぎ合う場合にはっきりする。自然がなおも自由にふるまえるところ、すなわち、このような場合に人が手を下して子供と母親から取り去ったりしないところでは、いつでも子供が母親の最後の力を奪い取る――つまり自然は、子供のために母親を犠牲にするのである。こうした要求をするときに教会が見据えている、より高い生命、それは自然の側からすれば、たとえ成育し終わったものの犠牲を必要としても、はじまったばかりのものを成育させるという、自然にひそむ本能に対応している。これは、母親の方からすれば、子供を失うよりは、むしろ自分自身が死を望むということである。母としての教会は、母としての生き物が望むことを述べているに過ぎないのであって、それは人間に限ったことではない。この世に生まれ出る決定的瞬間へとすでに移し置かれている子供、その子供を守るという偉大な英雄的モティーフは、根源的な力をもつ自然の本能として、人間よりもはるかに下のものにまで及んでいる――仔を守る牝獅子の中には、すでに動物におけるこの本能が、荒々しくも感動的な姿をとってあらわれている！――母親に対する教会の要求に対しては、人間の理性や心情にもとづくさまざまな異議が唱えられているが、それらすべての異議にもかかわらず、そこでは母というものの自然の原始本能が、この要求の自覚と絶対性によって一段と高められているに過ぎないのである。

　この点から、なぜ教会が、処女《ヴィルゴ》や花嫁《スポンサ》のようには、ことさらに母親を独自の大きな儀式によって祝別しないかが明らかになる——教会が母親になりつつある女性に与える祝福は、すでに母親となった女性に授ける祝福と同様に、童貞女祝別式や、さらには婚姻の秘跡に比べれば、芽を出す畑に与えられるような、単なる一つの祝福に過ぎない。地上的な誕生は前段階に過ぎないのである。この一見して母親軽視とも取れる扱いの中に、母親の本来の価値づけが姿をあらわす——すなわちそれは、献身する自然の、全面的な途方もない謙遜であるが、まさに自然は、まさに自然以上の何ものでもあるまいとすることによって、へりくだる者に神は恩寵を与える、という言葉が意味するように、自分自身を越えたものを指し示すのである。自然は荒々しいかも知れないが、決して勝手ではない。苦痛を受けて反抗するかも知れないが、高慢心からそうすることは決してない——野性や苦痛においてさえ、自然は創造主の掟を果たす。それにひきかえ精神の場合には、まずその掟への服従が必要になる。どんな場合であれ、子供に生命を与えるために、死を覚悟してまでも自然の力に身を委ねる母性的女性は、まさしくこの自然への身の委託と、自然の中への完全な没入において、自然の謙遜の一部をあらわす。子供に地上の生命を贈る母親は、まさにその地上の生命と共に、救いの前提条件を贈る。——自然は恩寵の前提なのである。

この神学上の命題によって、子供擁護のモティーフは、いわば原始の巌《いわお》にぶつかる。かつて女性（エヴァ）に下された最古の恵みの罰が、果てしない彼方からの木霊のように響いてくる。汝、苦しみのうちに子を産むべし、という言葉は、やがて蛇の頭を踏み砕く女の裔《すえ》（マリア）の約束ときわめて深い関係に立っている。恩寵の前段階としての自然の意味は、生まれた者をより高い誕生へと奉献することである。

そして今やここに、母親の生に最も密接なつながりをもつ偉大な秘跡があらわれる。しかしそれは、母親の上にではなく、子供の上にである。洗礼は、子供の第二の、より高い誕生である。子供を受け取る教会のふところは、子供の、より高い生命の母胎である。一方、地上的な母親には、祝福された畑という愛すべき類比が残される——この畑の上には大地の恵みがしたたり落ちる。だが、その実りの穂からえられるパンは、祭壇の上で秘跡の担い手となるよう定められている——目指されるのは畑ではなく、実りである。自然の母は、超自然の母の前に身をひく。洗礼をできるだけ早く行うように、という教会の意向のために、多くの場合母親は洗礼に立ち会わないことになる。これはきわめて意味の深いシンボルである。母親は自然に結ばれたものであり、前段階に過ぎないことがここでも判明する。洗礼式では、子供の母親ではなく、代母が教会の宗教的母性のつとめを果たす。しかし、一見軽んじられたかのように見える母親の役割にこそ、ふたたび母親本来の偉大な線があらわれ出る。教会は、自然の母性本能を、子供の生命を守るようにという意識的要求によって高めたが、同じくここでも、母親の自然的な無私の姿に宗教的な力点を与えている。子供を神に奉献することによって、母の運命もまた、深みの底から神に捧げられる――洗礼を受けた子供の母親は、教会の娘として母親なのである。わが子同様、かつては彼女自身もまた自分の母親によって神に捧げられたのであった。「世々に語り継がれる」神の憐れみの偉大な勝利の歌「マグニフィカト」を、教会と母親とは、きわめて深い運命のきずなに結ばれて共に歌いはじめる。

子供の第二の誕生は、子供の宗教教育によって完成される。肉体上の母親として自然の一部である女性は、キリスト教徒の母親としては教会の一部である。子供の宗教教育において、教会はその肢体としての母親を通して行動するが、しかしその場合の母親は教会の自覚的な肢体である。このことは、洗礼を受けた子供の母親という視点から、恩寵の前段階としての自然の上にふたたび光が投げかけられることを意味する――つまり、子供の誕生を待ち受ける自然的過程が、母親にとってもう一度精神の過程としてくりかえされるのである。彼女と子供の中に循環しているものは、ここでも同じ生命の流れであるが、今度は共通の肉体の場の代わりに精神の場があらわれ、血の力の代わりに霊的生命《プネウマ》の力があらわれる。女性はふたたび――世間で言うように――「期待のうちにある」（妊娠している）のである。この「期待」という特質は、母親の待ち受ける子供が、もともと彼女によって作られたのではなく、彼女から作られたことを意味している。女性は受胎の際に、子供を、選び取ったのではなく、受け取ったのであり、したがってまた、受け取ったものを意識的に自分の意志や望みのままに形作ることはできなかった。ただ自分に委ねられたものを担うことができただけである。妊婦は彼女の力を胎児に提供するが、しかしそれは、この力を自由に使わせることによってである。子供の肉体的成長に当てはまることは、精神的成長にも当てはまる。キリスト教徒の母親の態度は、依然として妊婦の態度そのままである。教育においても、彼女は子供を自分の望みのままに形作ることができない。またしても、委ねられたものを世話し、守ることができるだけである。宗教的な意味における委ねられたものとは、成長していく人間の中の神の似姿である――自然的な意味で母親が父親から受け取る子供は、宗教的な意味では創造主の子供である。働くのは創造主であり、彼女はただ畏敬をもって協働するだけである。肉体上の母親の中に、恩寵の前段階としての自然の特性があらわれたとすれば、この特性はまた、キリスト教徒の母親という点から見ると、神の働きに対する被造物の協働としてあらわれてくる。

こうして、マリアの教義の偉大なテーマが母である女性の頭上に掲げられる。協働する被造物、それは永遠の女性の娘であり、「仰せのように、この身になりますように」の反映を担う者である。キリスト教徒である母親の子供に対する態度が、神の子という子供の特性から生まれるとすれば、自分自身の、母親としての運命に対する彼女の態度は、マリアの生涯から生まれる。

母親の一生のキリスト教的解釈は三つの段階をもっているが、それは、喜び、苦しみ、栄えというロザリオの祈りの三通りの形式に対応している。この偉大で民衆的な、そして同時に最高の霊性に満ちた観想の祈りは、母親としてのマリアに対する真の祈りであるが、それはまた同じく母親の真の祈りでもある。ロザリオは、キリスト教徒である母親の生涯を永遠の母マリアに結びつける真珠の鎖である。祈る女性は、この三通りの祈りの中に彼女自身の母性の神秘を共にこめて、それをすべての母の母であるマリアの秘義によって高めてもらう。この世の母親も自分の子を神から授かった。彼女は子を神の贈物として宿し、産み、マリアのように「神殿に捧げ」、神に奉献し、そしてマリアのように「ふたたび神殿に見出した」のである。——

喜びのロザリオが母の本来の生活を黙想するとすれば、苦しみのロザリオの黙想は、もっぱら御子の生涯に向けられる。この祈りでは、母についてはひと言も語られていない。母は子の中に生き、ロザリオの苦しみの奥義が天使祝詞《アヴェマリア》の中に包み込まれているように、御子の苦難は彼女の生涯の中に包み込まれている。母親は、子供の肉体も霊魂も勝手に作ることができないように、子供の運命も自分できめることができない。子供は成長し、彼女はそれを守り育てるだけである。このことは、遅かれ早かれ子供が母親をのり越えて行くこと、のり越えて行かなければならないことを意味している。すべての生は、実存として独立しているように、使命としても独立している。母親は子供の中に生きるが、しかし子供は母親の中に生きて行くことはなく、どの母親の運命も、究極的に見れば、陣痛の無限のくりかえしである——子供に生命を与えるとは、結局のところ、子供が自分の生命から離れて行くことである。出産の苦しみは、この過程の幕あけに過ぎない。マリアのように、「心を傷めながら」自分で子供を探す時が、遅かれ早かれ、どの母親にもやってくる——いやさらに、もう一つのもっとつらいあの時、子供から「わたしとあなたと何のかかわりがある?」と言われる時もやってくる。ルート・シャウマンが、その作品『イーヴ』の中で言う「裕福な島」、あの母と子ふたりきりの幸福な暮らしは、生涯のある時期に、母親にとってはほとんどいつも悲しい孤独の島に変わる——母親の孤独は他のどんな孤独とも比べられない。なぜなら、単に愛するもうひとりの人間が彼女から離れて行くのではなく、「魂を貫く剣」が、彼女自身の血肉から彼女を切り離すのだから。このように、遅かれ早かれ、また秘かにであれ明らさまにであれ、どの母親の生涯の上にも悲しみの聖母像ピエタがあらわれる。運命の書の中には、母親の悲しみの名がさまざまに記されている。それは、自然の成り行きによって子供が自分の道を歩むようになることから、世代間に悲劇的な疎隔が生まれることまで、いや、さらには運命や罪過や死によって子供を完全に失ってしまうことまでを含んでいる。宗教的に見れば、これらすべての母親の悲しみは一つの名前しかもっていない。シグリット・ウンセットがその偉大な長編小説の第三巻に与えた名、すなわち「十字架」である。子供たちのために、愛する夫との関係さえ犠牲にしたクリスティン・ラヴランスダッターは、年長の子供たちから完全に見放されたままに終わる。彼女の最も愛していた末の子が死に、一方、彼女自身は他人の子のために死ぬのである。そのようにして悲しみの母の姿があますところなく描き出されている。

母親から子供を奪い取る最も徹底的なものは子供の死であり、その時母親の愛の前には、十字架がどんな場合よりもはっきりと立ちはだかる。しかし一方、子供が母親から引き離されることの、真に宗教的な意味も子供の死の中にあらわれる——この意味は、上からさし込む光のように、死という点から母親の悲劇のあらゆる形態をさし貫く。マリアの苦しみが、きわめて深く御子の救いの業によって定められていたように、母親のすべての苦しみを究極的に説明するものは、神のための子供の使命である。「神殿に捧げられた」御子は、結局のところ、すでに「十字架上で死んだ」御子であるが、しかしまた「十字架上で死んだ」御子は、依然として「神殿に見出された」御子でもある。喜びのロザリオの終わりから二番目の奥義が、苦しみのロザリオをすでに前もって暗示しているように、苦しみのロザリオの最後の奥義は、いわば喜びのロザリオに舞いもどる——そしてそれはさらに喜びのロザリオをとび越えて行く。すなわち、栄えのロザリオが光り輝く変容を示すのである。昇天された御子は、母を御自分のもとに引き寄せられる。母親からの子供の離脱を、究極の宗教的意味において、神のための子供の使命であると理解するならば、それは、神のうちに、解かれることのない最終的な一致があることをすでに含んでいる。

この一致は二重の一致である。天に昇られたキリストは、母を御自分のもとに引き寄せられるが、彼はまた地上に生き続けられるキリストでもある——天の栄光の中にあるマリアの生命には、教会の中のマリアの生命が向かい合っている。「これがあなたの息子である」「これがお前の母である」という十字架上から言葉によって、臨終の救い主は、弟子をマリアの霊的な息子と定め、マリアを弟子の霊的な母と定められた。この弟子聖ヨハネは使徒全体を代表しており、主の弟子たちがキリストの名において洗礼を授けるすべての者もまたマリアの子である。キリストの母としての生涯を完全に終えたと見えるその時に、マリアは実際にはキリスト教徒の共同の母親となる。こうして今や彼女の上に、「今からのち、いつの世の人々も、わたくしを幸いな者と呼ぶでしょう」というマグニフィカトの言葉が、二度目の実現を見る。それから後、彼女の名は福音書の中にあらわれてこないが、使徒言行録は、後世キリスト教的西欧の偉大な宗教芸術が描いたように、弟子たちとエルサレムに集まって聖霊降臨を待ち望む聖母の姿をわれわれに示してくれる。十字架のもとにたたずむマリアに、マグニフィカトの言葉が二度目の実現を見たように、彼女はまた聖霊降臨の朝、聖霊の二度目の訪れを受ける者となる——キリストの母は、母なるキリスト教会の偉大な母親像となるのである。

このことは、マリアの娘である個々の女性にとって、教会の中には、宗教的父性の担い手、すなわち霊的に子供を生み出す男性の司祭職のほかに、女性の宗教的使命、すなわち母性的使命としての使徒職があることを意味している。この使徒職においてはじめて、「わたしの名においてひとりの子を受け入れる者は、わたしを受け入れるのである」という救い主の言葉が、究極の最も高い意味においてだけでなく、本来の意味一般において女性に実現する。宗教的生命としての教会の生命は、人々の霊魂の中に生成するキリストの生命である。地球の球形が聖なる形としてドームの円蓋に再現されるように、ここでは、宗教的思想が始原の形をとってその形自体を高めるのである。われわれは、母である女性の慈愛が、自分の子に対する保護と養育の必要を通して普遍的な母性に拡がるのを見た——今度は、この普遍的な母性が、宗教的召命において、人々の霊魂の中に生成するキリストへの奉仕へと高められるのを見る。「慈悲深い母」の冠から発する光には、「神の恩寵の母」の冠から発する光が照応する。——

母親としての女性が、独自の大きな祝別式などによって特別な扱いを受けなかったように、女性の使徒職も、そのようなものによって特別な扱いを受けない。女性の使徒職は、すべてのキリスト者が担うべき信徒使徒職の一部をなすものに過ぎない。母親が自己を実現するのは、決して母親の中にではなく、子供の中にである。ここでもまた、大いなる秘跡は、母の息子の上にあるのであって、母親自身の上にではない。しかし、このことによってこそ、教会におけるる女性の使命は最も深く教会の本質に触れ、またこのことによってこそ、女性は教会の本質の一部をあらわす。すなわち、母とみなされる教会自身は一つの協働する原理であって――その中に働く御者はキリストなのである。

この点に、なぜ教会がかつて一度も女性に司祭職を委ねることができなかったか、その最も深い根拠がある――それは、聖パウロをして、神を礼拝する際に婦人にヴェールを被るよう要求させたのと同じ根拠である。教会が女性に司祭職を委ねえなかったわけは、もしそうしたなら、教会における女性の本来の意味を否定することになっただろうからである――すなわち、教会自身の本質の一部、その象徴的な表現が女性に委ねられている、あの本質の一部を否定することになっただろうからである。聖パウロの要求は、時代的な状況に制約されたしきたりなどではなく、宗教的な意味で時間を越えた女性に対する、超時代的な教会の要請をあらわしているのである。

宗教的な誕生も、自然の誕生と同じように深く覆われている。教会もまた、神からモーセに下された言葉を、みずからについて語ることができる。「わたしはお前の前にわたしのすべての威光を通らせ、主というわたしの名をお前の前に述べさせるであろう。わたしは、恵もうとする者に恵みを与え、憐もうとする者を憐む。――しかしお前は、わたしの顔を見ることはできない」と。教会の中の、真に霊的な生命はかくされている。それゆえ、教会の中の宗教的生命を外から評価したり、さらには判定したりすることが許されると考えるすべての人々が必ず陥る誤った判断は、解剖医のメスによって肉体の中に霊魂を見つけ出すよう要求する、あの非常識にしかくらべられないような、全くの無分別である。――すでに述べたように、女性は、その使徒職の母性的使命において、最も深く教会の本質に、すなわちその隠れた本質に触れる。教会における女性の使徒職は、まず第一に沈黙の使徒職である――真に神聖なものの中心領域においては、必然的に女性の宗教的な性格が最も強調される。沈黙の使徒職とは、女性は何よりもまず、教会の中の隠れたキリストの生命を示すよう召し出されているということであり、したがって彼女は、教会におけるその宗教的使命の担い手としてマリアの娘なのである。

以上のことによって、女性の母性的使徒職がその究極の深みにおいて暗示されている。先頃の時代がしばしばそうであったように、自然的なものにおいても宗教的なものにおいても、同じように道を踏み誤った時代だけが、この使徒職の本質を、女性の軽視と見なしえたのである。この誤りは、女性でさえ時折教会の中で語ったり活躍したりしたではないか、といったような気休めによって反論されてはならない性質のものであった——司祭職の本来の神聖な領域において、女性は一度たりともそんなことをしていないのである。シエナの聖カタリナの場合のように、直接のカリスマ的召命が教会における女性の沈黙を破った二、三の例はあるが、このような召命は特別の場合だけに起ることであって、通常の秩序における出来事ではない。通常の秩序がここで示すのは、教会の生活においても、隠されているものがすべてを生む母胎だということである。

われわれはここでふたたび、並はずれた一つの文学作品に出会う。ポール・クローデルの『マリアへのお告げ』は、ほとんど人を畏怖せしめるような深さをもって、教会における女性の本来の意味を描き出している。

クローデルの全作品は、一般的なキリスト教的＝宗教的思想にとどまらず、徹頭徹尾ドグマに規定されることによって、同時代のすべての文学、いや数世紀以来のほとんどすべての文学作品と異なっている。しかしもちろん、その独自の高さはこ規定の中にあるのだが、しかしもちろん、そこには彼の限りない孤独もある。——『マリアへのお告げ』は、重い皮膚病にかかったヴィオレーヌによって、マラの死んだ子が蘇えるという象徴のうちに、生命の誕生を、宗教的なものの究極の深みから描き出している。「うち砕かれた犠牲の器」ヴィオレーヌは、全生命を賭けた諾い《うべな》（フィアット）を神に捧げ、誰からも忌み嫌われる恐ろしい病気を身に引き受けた後、この誕生にふさわしいものとされるのである。クローデルの文学の中では、男性が教会における本来の活動者である。建築師ピエール・ド・クラオンは「神よ、あなたが私を教会のひとりの父親に創って下さったことを感謝致します」と言う。「司祭は男であり」、一方、女には身を犠牲にすることが課されている」からである。ここで、宗教的母性の神秘が聖変化の司祭的神秘と触れ合う。ヴィオレーヌの奇跡は、最初は隠されたままであるが、しかしすべてのものを変える——病気になる前のヴィオレーヌの目がそうであったように、蘇った子供の黒い目は光り輝く。一方、子供にその黒い目を与えた、きかん気で身勝手な女マラは、最後になって、ヴィオレーヌの姉妹であることに赦しと慰めを見出す。人々の魂は変わった。ヴィオレーヌの奇跡はクリスマスの夜に起こる——。

教会との触れ合いは、いついかなる場合でも、その普遍性に与かることを意味する。マリアがすべてのキリスト者の霊的な母となった、あの十字架のもとには、自分の子を神に捧げた女性だけではなく、自分の子供を持ちたいという願いや望みを神に捧げた女性、あるいは捧げることに同意した女性も立っている。人々の霊魂の中に生成するキリストの母、それは、生みの子に手を合わせて祈ることを最初に教えてやる母親であるが、しかしまた、霊的な娘たちを信仰生活の高みへと優しく導く修道女でもある。それは、祈りによって息子に再度の生命を与え、アウグスティヌスを聖アウグスティヌスに変えた、あの母親たちの偉大な聖女モニカであるが、しかしまた、その霊的な息子の「甘美な母親」であった、童貞なる聖女シエナのカタリナでもある。いやそればかりではない、生成するキリストを自分の霊魂の中にしか抱けない、病床の全く孤独な女性でもある。

教会との触れ合いは、常に普遍性を意味する――とわれわれは述べた。この、宗教的なものにおいてこそ、母《マーテル》は本当に女性の生のすべてを包括する形式、女性の生そのものの形式となる。教会による母の絶対化は、この包括的な形式が――まさしくすべてを包むものとして――処女《ヴィルゴ》をも含んでいることを意味している。女性の宗教的使命の高みにおいて、最後の音の響きは発端に舞いもどる。時間を超えた女性の上に永遠の女性が姿をあらわす――教会の宗教的な母という思想は、処女として母であり、母として処女である女性にしっかりと結ばれている。

ここでもう一度、女性のそれぞれの生き方に対する、教義《ドグマ》の途方もなく重要な意味が明らかになる。すなわち、すべてを包括する形式は、すべてを包括する使命をも意味しているのである。ふたたびロザリオの黙想の祈りが、祈る女性に、マリアの生涯に対する彼女自身の生のつながりを示す。聖母に対する偉大な母の祈りとしてのロザリオの祈りは、マリアのそれぞれの母性的奥義を、乙女という呼びかけをもってはじめる。しかし、乙女という呼びかけのあとに続くのは、いつも母性的奥義の黙想である。ロザリオは母の秘義から処女の秘義へと振れ動くが、それはまた母の秘義へと舞いもどる。ミケランジェロのピエタ（悲しみの聖母像）の得も言われぬ印象は、苦しみのロザリオの方向において、この二つの秘義が宗教的に浸透し合っていることにもとづいている。最後の苦しみのうちに死んだ御子を神に返すマリアの、人をびっくりさせるような若々しさの中には、「仰せのように、この身になりますように」と言う、か弱い乙女の姿がふたたび浮かび上がってくる。また一方、喜びのロザリオの方向における二つの秘義の相互浸透、処女の秘義と母の秘義との宗教的融合は、ティエポロの描いた、マドンナから幼児キリストを手渡されるリマの聖女ローザの絵の中に表現されている。

ここから、キリスト教的女性像の究極的な全容を見渡すことが可能になる。

キリスト教的女性は、単に女性そのままの存在ではない。それは、神の望まれる、女性の生き方の偉大な秩序体系の中にある女性であって、この秩序のどれもが、完全で自立的な実現でありながら、しかもまた共通の原像に結びついている。女性のどの生き方においても、まず第一に問題となるのは、この像の展開、すなわち、処女あるいは母としてそれを部分的に表現することである。しかし最後にはまた、どの場合も、永遠の像の再構成が重要な課題となる。処女は精神的母性という考え方を受け入れなければならないし、一方、母はくりかえし精神的処女性へと立ち帰らなければならないのである。女性のそれぞれの生き方の救い、すなわち処女の悲劇の克服も母親の悲劇の克服も、共にこの相互浸透の達成いかんにかかっている。しかしそれはとりもなおさず、個々の女性の救いが、マリアの像と同時に、マリアの使命にも分かちがたく結ばれているということにほかならない――個々の女性にとって、永遠の女性像を自覚的に構成することは、彼女が「主のはしため」の態度を取るとき、すなわち神に対していつでも自分を差し出そうとする態度をもつときにのみ可能である。だが一方、永遠の女性像の、この絶対的な意味と要請については、それと意図せぬ形での確認が、深く一般の世間の中にまで及んでいる――女性のキリスト教的なきずな以外の領域にあっても、女性の生の本来の平衡を実現し、処女あるいは母親の悲劇を克服するためは、無意識的にではあれ、常にまずこの永遠の女性像の回復に近づくことが不可欠であろう。

しかしながらマリアは、単に女性の救いを意味するだけでなく、女性による救いをも意味する。個々の女性の生にとって、永遠の女性像の回復が問題であるとすれば、世界にとっては、その再構築が重要な課題となる。クローデルの作品におけるヴィオレーヌの病気は原罪と関係しているが――「おお、ヴィオレーヌ、女よ、誘惑の入り来たりし門よ」とピエール・ド・クラオンは言う――、しかし一方、時代の特別な罪とも関係している。われわれ自身の時代の黙示録的な気分が全篇を貫いており、ただそれは、――同じとは言えないにせよ――現代の混沌たる破局状態に近かった中世末期に逆投影されている。死んだ子供の再生は、人々の魂の中のすべてを変えるが、しかし世界もまた人々の魂によって変えられる。ヴィオレーヌの奇跡が起こった、その同じクリスマスの夜に、この世の秩序の再興がはじまるのも、内面の変化の反映にほかならない。国の混沌状態を終熄せしめる王は、ヴィオレーヌの霊的姉妹である聖ジャンヌ・ダルクによって戴冠式に導かれる。宗教的生命の深みからの誕生は、結局のところ、生命一般の新たな誕生である――われわれの父祖たちが、マリアの像を、キリスト教国の教会の上ばかりでなく、その民家や市役所の上にも、またその市場にも置いたのはこのためである。

ピエール・ド・クラオンが、殉教者ユスティチアについて「神が彼女を信仰の証しのために呼ばれるまでは、彼女も小さなつつましい少女に過ぎなかった」と述べる言葉は、ヴィオレーヌにも聖ジャンヌ・ダルクにも当てはまる。彼女たちはふたりとも、隠れた所からあらわれたのだが、そのようにまた隠れた所へと帰って行く。ヴィオレーヌは、ピエール・ド・クラオンのために扉を開く――彼は大きな使命の世界へと出て行くが、彼女自身は、ジャンヌ・ダルクが薪の山のヴェールのもとに消えたように、重病のヴェールのもとに消え去る。「諸聖堂の父」ピエールは、「ユスティチアのか細い骨を、その壮大な丸屋根の礎石に用いた」大聖堂を建てる。一方、ジャンヌ・ダルクの仕事は、同胞の男たちの手によって達成される――彼女もまた彼らのために門を開いただけである。女性が担う救いは、常に彼女自身を超えたところを指しており、地上におけるその本来の成就と貫徹は男性の使命なのである。

ここでふたたび、女性の生における三つの大きな形式の最後のもの、すなわち花嫁《スポンサ》（妻）もまた、永遠の女性像を反映することによって永遠の女性像の中に歩み入るためにあらわれてくる。処女にして母《ヴィルゴ＝マーテル》であるマリアは、聖霊の花嫁でもある。もう一度女性の生の大きな線が重なり合う。処女でありながら母の像をあらわすヴィオレーヌは、キリスト教的花嫁の二重の線の上に同時に立っている。彼女が蘇らせるのは、かつて彼女の夫と定められていた愛する男の子供であるが、彼女はキリストの花嫁としてその子を蘇らせるのである。――文化の革新は、現実の「もう一つの半分」である女性のおもざしが、創造する男性の顔にふたたびあらわれてくるかどうかにかかっているが、そのように、世界の本当の救いは、マリアの線が男性の面貌にもあらわれてくるかどうかにかかっている――マリアへのお告げは、最も深い意味で全被造物への告知なのである。男性の面前に処女と母とを代表する花嫁は、同じく彼の前に処女である母を代表し、男性の生活と仕事におけるマリア的本質を代表する。それを彼の現実の半分としてあらわすのである。

これで最後のものに到達したわけである。女性の使命は、女性を高く越えて世界の神秘と触れ合う。マリアへのお告げは全被造物への告知であるが、それはマリアによって代表されている被造物への告知である。女性のマリア的使命による永遠の女性像の回復は、被造物の代表者であるマリアの代理的役割を務めることによって成就する――マリアは彼女の娘たちを代表するが、その娘たちもまたマリアを代表する。現代の黙示録的な線は、クローデルの作品の中で、待降節の気分の中へと方向を変えていく。それは、最後の審判の日に主が再臨されるまで続く待降節である。しかし、キリストによる成就にはマリアへのお告げが、出現には隠されたものが、救いには用意を整えて待ち受ける謙遜が、天の高みからの発現には被造物の受諾が、常に先立つのである。

手記と回想

Aufzeichnungen und Erinnerungen

まえがき

ここに収められたみじかい文章は、わずかの例外をのぞいて、ほとんどがスイスで書かれましたが、いま読みかえしてみると、ふかい感謝の念をおぼえずにはいられません。スイスには、お客として二年以上にもわたってご厄介になったのですが、この国は、わたくしにとってたんに滞在地というより以上のものであったからです。かつて四百年ほど以前に、わたくしの祖先は、苦難をのがれて、今日スイスの国土であるジュネーヴの地に避難所と第二の故郷を見出しました。それとおなじように、わたくしも、苦しい時期に、いいえ、もうこの上の苦しみはないとおもわれる時期に、ここに避難所を見出し、第二の故郷のあたたかさを味わわせていただきました——といいますのは、この故郷は、スイスの寛大な法律のおかげで、運命の手によってとっくにほかの国々へ送り出されてしまった人びとのためにも、いまなおちゃんと保存されているのです。ヨーロッパの半ばを吹きあらした怖ろしい戦争の嵐のために傷つき、打ちのめされたわたくしは、この第二の故郷において、健康を恢復し、たましいの平衡をとりもどしたばかりでなく、倦むことなく助けにみちた親切な手をも見出したのでした。それらの手は、わたくしのドイツの故郷の人びとが困っているのを助け、また、わたくしがその人たちの力になってあげるのを手つだってくれました。いま、わたくしは、ルガノ湖の花さく岸辺を、あるいは、チューリヒ湖の、もっと北方的な繊細さをもった、しかし、おなじように美しい岸辺を思い出します。また、息づまらんばかりに美しいアローザの渓谷、ザンクト・ガレンの壮麗な司教座聖堂、この国の方々にある親切な修道院、さらに、長い歴史の風波を受けてきた、尊敬すべきジュネーヴ。けれども、思いをどこに馳せても、つねにわたくしの眼前にうかぶのは、その心情と高貴な文化のすべてをかたむけて平和な国の奇跡と恵みをつぶさに具現していたばかりでなく、それを頒ちあたえてもくださった親切な人たちのことです。そして、この平和な国の奇跡は、最後には、戦争の怖ろしさよりも強いことを実証したのでした。

たとえば、ジュネーヴの近くのカルティニーの野に、樹齢何百年にもおよぶ槲《かしわ》の大樹がありますが、わたくしはこれらの樹の下で、あかるい夏の月夜を味わいました。わたくしの祖先がジュネーヴにやって来たとき、これらの樹たちは、すでに青々と繁っていたにちがいありません。祖先たちの人生の小舟をここへ吹きながしてきた世界歴史の暴風雨の唸りは、もうとっくに消えてしまっています。けれども、これらの老樹たちは、いまも青々と葉をしげらせ、かれらの節くれだった幹の足もとでは、波立つ麦畑の金色とぶどう畑や果樹園のゆたかな実りが、いまもかがやいています。広々としたこの古い文化の土地の上に、さながら壮大なアーチ形のようにかかっているかれらの枝の下を歩んでいると、もろもろの世紀のつながりが、ここで一つの輪となって完結し、時間に制約されたものは消えうせ、時間を越えたもののために場所をゆずりわたしたような気がしました。この輪は、永遠なるものの象徴だといえましょうか。わたくしたちいま生きている人間がとっくに消え去ったときでも、このカルティニーの槲《かしわ》の老樹たちは、鬱蒼《うっそう》としげりつづけていることでしょう。わたくしたちの住んでいるこのたまゆらの時の間《ま》の戦争や恐怖が跡かたもなく消えてしまったときでも、この広野たちは、黄金の色でみずからを飾り、その恵みを施しあたえることでしょう。といいますのは、人間が呼びおこした嵐は、やがてその猛威をなくしてしまうものですから。ただ、永遠なる神の秩序、これだけはいつまでも滅びません。神から出たものは、かつて旧約の預言者エリアにあらわれたように、現代においても、一切を破壊する嵐や地震のなかにではなく、愛の霊であり、それゆえにこそ創造と生命との霊であるあの霊のおだやかなざわめきのなかに、みずからをあらわすものです。そして、わたくしがスイスで出会ったのは、慰めと生命とをあたえる、このいつくしみ深い霊の息吹きであったのです。

本書は、ささやかな感謝のしるしでありたいと念じていますが、これが感謝のしるしでありうるとは、おもっておりません。これらが、そのときどきにわたくしが受けた質問に答えるためにそそくさと書かれた、つたない文章にすぎないことは、みずから承知しているつもりです。もちろん、わたくし自身にとりましては、これらの文章が書かれた時期は、わたくしの生涯の忘れがたい一時期であり、その意味で本書は、いつまでも貴重な思い出となるでありましょう。ですから、本書をスイスで出していただけることは、ほんとうに嬉しいことです。わたくしにとってかけがえのない大切なものとなった国でご厄介になっていた生涯の一時期にたいする、本書は象徴であるといえるかもしれません。

ゲルトルート・フォン・ル・フォール

両親の家

たいていの人たちにとって、両親の家といえば、故郷というのとおなじであるけれども、わたくしの場合は、そうではない。わたくしの両親の家は、この地上にただ一度だけ存在し、ただ一回かぎりの場所、ただ一回かぎりの風景のなかに――つまり、ほかならぬ故郷のなかに置かれた、あの眼に見える家ではなく、父の勤務が変わるたびに、何年かのあいだにあちこちを転々としたのである。それは、さまざまな偶然のすがたを、そのときどきにもっていた。そして、それを両親の家たらしめたのは、ほかならぬ父と母であった。だから、両親の家について語るとなると、父と母のことを話さなくてはならない。もちろん、このように転々として変わる居住地のほかに、故郷というものもないわけではなかった。わたくしたちは、毎年しばらくのあいだではあるが、そこへ帰っていったし、最後にはすっかり帰りついた。それは、転々と移りゆく渡り鳥の生活のなかの休み場所であったといえようか。また、父も母も、ふたりとも大地の子供であり、自分の家の屋敷や所有地のある土地にふかくむすばれていた。父にとっては、それは、メックレンブルクとよばれるあの魅惑的な、魔法にかけられたように美しい――すくなくとも、わたくしの子供時代にはまだ美しかった――小さな土地であった。フォン・ヴェーデル家の出である母にとっては、ブランデンブルクがそれであった。父も母も、かれらの故郷によって作られた人間であった。しかし、ふたりの血のなかには、この故郷の限界を突きやぶるような混入物もながれていた。それは、母の場合は、機械印刷の天才的な共同発明者の娘であったヴュルツブルクの祖母（母の母）から来ているものであり、父の場合は、ル・フォール家のじつに長い、ゆたかな歴史によるものであった。さきに故郷のことを、渡り鳥の生活のなかの、わたくしたちが繰り返しそこへ帰っていった休み場所だといったけれども、父にすれば、それは、父の一家の長い遍歴の途上の休止点でもあった。まことに、父の一家は、ヨーロッパの半ばを渡りあるいたすえ、ついにわたくしの広い意味での父の家であるドイツを見出したのであった。

まず、父の肖像のことから始めると、父は、かつての宗派分裂の時代にサヴォイからジュネーヴへ移住し、さらにその一分家が十八世紀にロシアを経てドイツに定住するにいたったわたくしたちの家系のラテン民族的なタイプを、その外貌においていまもはっきりとあらわしていた。ミューリッツ湖畔にあるわたくしたちの古い領主館の食堂には、一家の祖先の肖像画がずらりとかかっていたが、子供のころそれを見るたびに、わたくしたちの家系で最も有名な人物であるフランソワ・ル・フォール提督に父がよく似ているのを認めて、わたくしたち（つまり、わたくしたちきょうだいである）は誇らしい気持を感じたものであった。この提督は、ロシアのピョートル大帝の友人および協力者として、世界歴史の上にかがやかしい地位を占めた人である。父がもっているのとおなじ黒い眼、きつく反った鼻・南方的な皮膚の色を、わたくしたちはこの提督の肖像にも認めた。これらは、ル・フォール家の長い立派な歴史を通じて、すべての顔とはいえないにしても、多くの顔のなかに伝えられてきた特徴であって、さながらわたくしたちの祖先の顔は、信仰告白者の雄々しい勇気をもって故郷と祖国をも棄てたこの家族の伝統を、わたくしたちに思い出させようとしているかのようである——といっても、もちろん、この家族はジュネーヴにおいて、さらにその後ドイツにおいて、あたらしい故郷をまた見出したのではあるが。このようにして、わたくしたちの家族の伝統のなかには、人間に究極的な義務づけをあたえる二つの偉大な財宝、すなわち、宗教と祖国とのための戦いが、きわめて印象ぶかい仕方ではっきりとあらわれていたのである。

わたくしにとっては、この二つの財宝のうち、父はまず第一に祖国の方を代表していたといえる。それどころか、わたくしの子供の眼から見れば、父はまさに祖国そのものであった。わたくしの幼いころの思い出は、父の職業が必然的にともなうさまざまな印象に満たされている。当時のことをふり返ると、いまでも、古い歴史的な行進曲のひびきや、広広とした練兵場にみちわたる騎兵隊の拍車の音がきこえ、『われ愛のみ力に祈らん』という帰営譜の合唱曲が、やわらかな夏の夜の闇のなかから聞えてくるような気がする。いまの時世に、このような思い出話を語ることは、あまり時宜を得たことではないかもしれない。しかし、そうだからこそかえって、このことを喜んで語りたい衝動とか義務を、わたくしは感じるのである。というのは、父の高貴な精神は、敵に攻撃を加えることよりも、平和を擁護することに本来の職業的情熱をかたむけていたあの昔のドイツ軍隊の精神を、いまなお具現しているからである。すでに戦争のおそろしい顔を見てしまった世代にあっては、どうしてそうでないことがありえたであろうか。

わたくしの父は、あの昔のドイツ軍隊の聡明で教養の高い士官の一人で、戦争史の研究から歴史一般の研究に足をふみ入れた。わたくしの興味は、この点で早くから、また、情熱をもって父の気持と一致した。父もこのことを知り、意識的にわたくしの興味を育ててくれた。すでに少女のころから、父に歴史の話をしてもらうのが、無上のたのしみであった。父は、それがとても巧みで、いつも身近な事柄から、つまり、わたくしたちの家族の歴史を手がかりにして話をすすめるのであった。というのは、ル・フォール家の人たちは、ほんとうに歴史のあらゆる場所に参加していたからである。この確信をあたえることによって、父はわたくしに、世界史の土壌に第一歩を踏みこませたのである。たとえば、宗教戦争の時代の話になると、サヴォイから亡命したわたくしたちの祖先をジュネーヴに迎えいれてくれたカルヴァンがあらわれた。この一族のうち、のちドイツに住むようになったわたくしの一家も、そのときのつながりで、依然としてジュネーヴの永久市民権をもっていたのである。ジュネーヴで一門の二三の祖先たちを祈念するために彫られた意味ぶかいメダルを、わたくしは畏敬の念をもって眺めたものであった。話題をフランス革命に転じると、ルイ十六世の士官としてテュイルリー宮殿の戦いに加わった三人のル・フォールが出てくる。三人のうちの一人は、あの不幸なマリー・アントワネットの最後の脱出計画を立てた。二人は、あの絶望的な最後の戦いで討死をとげた。だから、ルッチェルンのあの有名な獅子像の記念碑は、この人たちをも記念しているのである。自由戦役のことになると、体操の父ヤーンの話が出てきた。ヤーンは、ル・フォール家の家庭教師をしていたことがあるのである。また、ミューリッツ湖畔にある館の世襲文庫をあけるたびに、わたくしたちは、金の額縁にはめられたピョートル大帝の細密画に魅せられた。今日でも、一族の者はみな、大帝にあやかってペーターないしペートレアという洗礼名をつけられることになっている。しかし、とくに眼をうばわれたのは、ウィーンの皇帝から下附された二通の勅状で、その古い方には、レオポルト皇帝の署名がしてあった。父は、わたくしたちの一家が古いドイツ帝国（神聖ローマ帝国）の男爵であることを、早くからわたくしに言ってきかせた。父は、狭い意味での故郷ももちろん熱愛していたが、かれ自身がこの故郷の限界を突きぬけて成長していったように、かれの視線もまた、目前のドイツにしばられていたのではなかった。父は、ドイツの歴史全体に、また、それとヨーロッパの歴史とのつながりに、こころを寄せていたのである。そして、まさにこの点において、父はわたくしの歴史的視野をひらいてくれたのだった。この視野は、ひとたび意識的に物を見るようになって以来、ついぞ失われたことがなかった。父がとくにランケにたいして大きな尊敬をはらっていたことは、かれの歴史的態度にとって意味ぶかいことであった。わたくしはすでに十六歳のときにランケを読ませられたが、もちろん、これは、父が逐一後見をしてくれたからこそ、読むことができたのである。

父の個人的な懐旧談のうち、わたくしがいまも忘れられない軍事上のエピソードがある。なんでもない挿話であるけれども、今日こそ、それを書きとめておく価値があるようにおもう。父は、青年将校として一八七〇年の戦争に参加したのであるが、そのとき、かれの部下の一人が、自分が宿泊させてもらっているフランス婦人の家の壺を二つ三つふざけ半分に割ってしまったので、その部下を処罰したというのである。この話につけ加えて、父はこう言った。「それは、土でできた安物の壺だった。しかし、どうしても避けられない被害ならばともかく、そうでない被害を一般住民が受けた場合、どんなに軽微なことであっても、それを黙ってすてておくような軍隊は、一体どんな始末におえないことを仕出かすか知れたものではない！」

父は、晩婚であった。子供たちの父親としてもはや若くはなかったし、それに、元来が謹厳な質であったので、たいていは、まじめな領域でわたくしたちの話相手になった。母は、まるで性質がちがっていた。父よりずいぶん年下であったが、いつまでも年よりずっと若々しく見えた。これは、外形上は、母の実家であるヴェーデル家特有の、非常に均整のとれた容貌のせいであった。この均整は、すべての本物の鋳型とおなじく、年齢の変化によってもほとんど崩れないようにおもわれた。母の父にいたっては、この美しい均整のとれた要望を、九十歳になっても保ちつづけていた！ 母の場合は、そのほかになお、内面から来る若々しさということもあった。母は子供たちのことに没頭しきっていたが、尽きることを知らぬ母性愛のほかに、老いることを知らぬ芸術的な天分を持合わせていて、それによってわたくしたちを喜ばせ、甘やかせてくれたのである。母のきょうだいがみんなそうであるように、ヴュルツブルクの祖母の天才的な素質を受けついで、母は絵筆の才能をもっていた。この才能は、母の娘時代に育成されたものであるが、妻となり母となってからも、これをいろんな細々とした仕事の上にも発揮して、家庭生活には優雅さを、わたくしたちの子供時代には幻想のよろこびをあたえてくれた。母の手をくぐって出てきたすべてのことは、ひと目ではっきりと分かる、母ならではの魅力をおびていた。わたくしたちの家のクリスマス・ツリーは、母がそれにバラの花をいっぱい飾りつけるので、評判になった。そして、待降節の期間中、わたくしたちもその飾りつけの手伝いをすることを許されるのだった。復活祭になると、わたくしたちの一番好きな卵は、食べさせてもらえる甘い味のついた卵ではなく、中味を抜いて、殻に母がいろんな絵を描いてくれた卵であった。わたくしがおぼえているかぎりでは、わたくしにしても妹にしても、店屋に売っている、縫いぐるいも服を着た人形を持たせられたことはなかったようにおもう。わたくしたちの人形の着物は、すべて母が自分でつくってくれた。それで、わたくしたちは、シャツにいたるまで、人形の着物を好きなように着せたり、脱がせたりして遊ぶことができた。日曜日の午後は、母が遊び相手になってくれるのだが、わたくしたちは、もう一週間じゅうそれが待ち遠しくてならなかった。というのは、そのたびにいつも、母はわたくしたちをおどろかせるようなことをしてくれたからである。母の才能の一つに、肖像画を描く珍らしい能力があって、これは母の十八番といってよかった。どんな顔でも、信じられないほどの適確さで、その特徴をつかむことができた。鉛筆のほんの二筆か三筆で、母がわたくしたちの知っている人たちや、わたくしたち自身の顔をあっという間に紙の上に再現するたびに、わたくしたちは驚嘆の呼び声をあげた。これは、日曜日の午後に母が見せてくれるすてきな余興の一つであった。母のこの才能は、それをユーモラスな方面に応用することもできて、この点で、ささやかながら非常にすばらしい、といってもいささか剣呑《けんのん》な可能性をもっていた。つまり、母は戯画が上手であった。母が描いて見せてくれる人物が、おもいがけず滑稽なものに出来あがると、あまりのおかしさに、わたくしたちは息もつまるほど笑いこけるのだった。母の才能のこのような面は、かの女の性格の目立った特徴の反映にほかならなかった。すなわち、母はユーモアにとんだ人であった。母が亡くなってからずいぶん経ってからでも、母ほど他人をうまく笑わせることのできる人はなかったという語り草を、わたくしはいくどか聞かされた。また、身内のあいだでよく出た話では、母は娘のころ、あるうるさい求婚者に、相手の戯画を突きつけて、みごとに退散させたということである。このようにユーモアにとんでいただけに、母はロイターの非常な愛読者であった。母が朗読するロイターは、まったくすばらしかった。もちろん、その反面で、よく鬱《ふさ》ぎの虫にとりつかれることもあって、奇妙なコントラストをなしていた。けれども、鬱ぎの虫は、母のほんとうの持前ではなく、むしろ、居住地を転々と変えなければならないというような、外的事情から来たものであった。大地の子供であっただけに、新しい土地に慣れることがむずかしく、いつまでも元いた土地に郷愁を感じて、よくわたくしたちみんなを滅入らせてしまうこともあった。

母は、結局、その生まれつきどおりに、田舎貴族の主婦であった。なんでも田舎風にたっぷりと貯えておくのが好きで、この点でも都会人ではなかった。おかげで、子供たちの代になっても、いまだに母が残してくれた亜麻布を使っているほどである。純朴な人たちが好きで、そういう人たちと立派につき合えるという点ででも、母は地方の大地主の主婦だった。子供たちの乳母とは、死ぬまで親しくしていた。いまでも思い出すが、わたくしたちの家に身寄りのない女中がいたことがあった。母は、この女中に嫁入りの仕度までととのえてやった。そして、自分ではほんとうに「花嫁の母」になったつもりでいるのであった。また、貧しい人たちに施しをするやり方も、いつも自分の世帯を忘れるほど大まかで、いかにも田舎風だった。この点は、父もおなじことで、おなじ欲求が父のこころにもあるらしかった。退職してから、父は長いこと乗馬なしで我慢していたが、これは、困っている親戚の人たちを助けてあげるためだった。両親は、たえずお金のやりくり算段に苦しんでいたけれども、金銭にたいするいやしさがまったくないのが、わたくしたちの家風であった。

両親は、このように性格こそ異なっていたけれども、趣味の点では、非常に一致していた。ふたりとも、大袈裟な、騒々しい、費用のかかる社交をきらった。事情がゆるすかぎり、わたくしたちの一家は、いつも静かに、つましく暮していた。わたくしたち娘が大きくなった最初の数年間だけ、それが破られたにすぎない。宮中舞踏会や連隊の舞踏会、とりわけ、家でおこなわれるいろんな素敵なお祝いごとは、毎冬、わたくしたちにとって一大事件であった。大地の子供であっただけに、両親はまた、純都会式の生活がきらいであった。父がベルリン勤務になったときをのぞけば、わたくしたち一家は、貸間住いをしたことがなく、いつも独立家屋や、緑地のある郊外の住宅に住んでいた。どこに住んでいたときでも、家そのものよりも庭の方が、こまかい細部にいたるまでわたくしの記憶にはっきりと残っているのは、決して偶然とはおもえないのである。古いヴェストファーレンの庭に咲いていた赤山査子《あかさんざし》の花がいまもわたくしの眼に思いうかぶ。小さな妹の洗礼卓を、わたくしたちはその枝で飾ってやったのだった。また、ラインの岸辺に花咲いていたピルスのやぶと、ヒルデスハイムの小さな園亭《あずまや》を思い出す。とりわけ、子供菜園として、きょうだいみんなで世話をさせられたあの可愛らしい畑が、ありありと思い出される。この畑が、わたくしたちの栽培していた廿日大根《はつか》や紅花隠元の収穫をあたえてくれるだけでなく、それによって、大地に根をおろすという意識がわたくしたち自身に目ざめるように、というのが、両親の願いであった。大地および自然のすべてとの強靭なつながりの感情こそは、両親がわたくしの人生の旅路に持たせてくれた貴重な遺産の一つである。両親とおなじように、わたくしも、植物や動物たちとの日々の交わりを断つくらいならば、むしろ文化――たとえどんなに立派な文化であっても――を棄てる方が、ずっと楽だとおもう。というのは、植物だけでなく、動物たちもわたくしの両親の家の一員なのであったから。

わたくしの最も幼いころの思い出は、冬景色の庭の石の台の上で、父と一緒に鳥たちに餌をやっている光景を思いうかべる。毎年、雪がふるたびに、わたくしは、父とその羽毛につつまれた小さな仲間たちのことを、思い出さずにはおれない。わたくしたちは、いつでもなにかしらの動物を飼っていた。犬や天竺ねずみ、家うさぎやいもり、むくどりや笑い鳩、はりねずみや蛙、りすや白ねずみ――ときに飼育熱が昂じると、まるで動物園のようになることもあった。動物にたいしても、両親はこの上なくあたたかい心をもっていたのである。ただ、わたくしの猫好きにたいしてだけ、父は長いあいだ好意をしめさなかった。老騎士である父は、馬と犬がなによりも好きだったのである。しかし、ついにある年の誕生日に、父はアンゴラ猫の贈物によってわたくしをおどろかせてくれた。しかし、それからでも父はそれを猫とはよばないで、いつもわたくしの「小ねずみ」としかいわなかった。

夏のあいだ、一家そろってメックレンブルクへ帰ったり、母方の親戚の所有地へいったりするたびに、このような自然にたいする喜びを、ぞんぶんに満喫することができるのだった。わたくしの両親は、まったく子供のためにのみ生きているが、それだけに子供の育て方に独自な方針をもった人たちの仲間であった。父は、子供の教育を自分の手でやろうと考え、そのために、すくなくとも二人の娘は、長いこと学校へあがらせなかった。息子は、もちろん、早くから陸軍幼年学校に入れていた。このように学校の束縛がなかったので、自由で、気楽で、長い休暇をたのしむことができた。わたくしたちは、ときによって何か月も田舎に滞在することができた。田舎へいくと、麦わらの山をすべり下りたり、収穫や乾草をはこぶ車に乗って遊んだりした。ライ麦の刈入れのときは、刈り手の人たちがする昔からのやり方どおりに、わたくしたちのからだも「束ねて」もらった。家鴨のひなの番をし、鷹を追い払うのを手つだったり、子馬や鹿に餌をやったりした。小馬に引かせた車にのって、荘重で変化のない景色が何マイルもつづく赤松の森を通っていくこともあった。森のなかの伐採地には、咲きみだれるエリカの花絨毯が敷きつめられていた。ときには、馬車でミューリッツ湖へ出かけることもあった。湖は、干潮時の海のように、しずまり返って、真昼のもやのなかに消え、海とおなじように向こう岸がないかのようであった。砂のなかには、これも海とおなじように、金赤色の琥《こ》珀《はく》が光っていたし、遠くでは、羽団扇豆《はうちわまめ》の畑がかがやき、岸近くの囲い牧場のなかでは、馬たちがいななないた。夕方になると、杜松《ねず》の木が、まるで人影のように霧のなかから浮かび出てきた。霧は、この内海の湖でもあるかのように、小暗い栗の並木道のすぐそばまで押しよせてきた。この物音の絶えた静謐のなかには、家路をたどる車輪と馬の蹄のかすかな音以外には、なにも聞えなかった。ただ、秋になると、石切り場の方から、鹿の鳴き声が聞えた。――並木道のつきるところに、古い、白く光った領主館があった。館のなかでは、いくつもの美しい置時計が、時を刻んでいた。その落ち着いた音を聞いていると、ほかの場所とはちがって、ここでは時間は急いでいず、ゆっくりと息をしているようにおもわれた。このような静かな家と土地のなかに、わたくしたちの一家が経てきた変転きわまりない歴史を物語る古い文書類が保存されているとは、まるでふしぎな気がするのだった。

わたくしは、後年、故郷にたいする父の関係について、一そう立ち入ったことをときどき自問してみたことがあった。父は、メックレンブルクを愛していた。いわゆる土性骨《どしょうほね》のある、人情味ゆたかなこの土地の人間を愛し、また、そのユーモアを愛していた。しかし、かれの人格と精神の発展にたいして、この土地はどんな意味をもっていたのであろうか。わたくしは、父をあまりに早く失ったために、この問いに確実な答えをあたえることができない。けれども、この問いは、同時に、わたくし自身の生涯の問題ではないであろうか。わたくしの若いころ、世間では、メックレンブルクは時世おくれだということになっていた。わたくしの確信によれば、近代がこの美しい土地の入口で、ほかの土地の入口におけるよりも長いこと息をとめていたのは、このような静かな待機とためらいのなかにこそ、かえって限りなくゆたかな可能性が、ほとんど慈母のような身ぶりでせっかちな人間にあらわれてくるものだという事実におどろいて、そうしたのである。成熟をとげるべきすべてのものは、長い静謐を必要とする。深みにいたるすべてのものには、世の雑沓をのがれた親切な庇護の手が必要である。父は、歴史的感覚をもっていたばかりでなく、哲学的な素質ももっていた。かれは、レンブラント・ドイツ人の著書が初めて世に出たとき、それをよろこび迎えた人たちの一人である。父の性格に最も適した哲学は、カントの哲学であった。かれは、道徳的世界秩序を信じ、それが個人の生活のなかにも、一般の歴史的事象のなかにも働いているのを見た。カントの「無上命法」は、父にとっては創造的な命令であった。この方向においても、わたくしにとっては、早くから身につけられた、失うことのできない規範があたえられていたのである。——父は、こうした信念のために、ときによってきびしく心を荒立てることもあった。父の怒りを招くと、赦しを得るのは、容易なことではなかった。しかし、父は、不正なことは絶対にできなかった。敵を防ぐ必要のあるときでさえ、そうであった。父にとって、敵にたいして敬意を払うことは、自分にたいする誠実さの一部であった。そして、すべての誠実な人がそうであるように、父にも敵があった。これはわたくしが大人になってから知ったことだが、あくまで信念を曲げようとしない頑固さのために、父は実生活上でしばしば損をした——職業上の栄達の点においてさえ、そうであった。この点に、信念を棄てるよりはむしろ成功を断念する道をえらんだ祖先以来の、ル・フォール家の家風が、はっきりとあらわれていた。しかし、父の人格が人びとの胸に消しがたい印象を残したのも、この不抜の信念のためであった。父の死後ずいぶん経ってから、わたくしは、たまたま父の昔の同僚の一人と知り合い、話をしているうちに、相手が父の考え方や些細な特徴まではっきりとおぼえているのを知っておどろいた。すると、その人は、わたくしの両手をにぎって、こういった。「お父さんのような方は、だれにも忘れられませんよ！」

最後に、カント哲学はまた、父の宗教的態度の前提ともなっていた。ル・フォール家の偉大な英雄的伝統は、父にとってはまず第一に、おのれの信念にたいして責任をつくすという絶対的な義務を意味していた。そういう考えから、父は一人息子に、信仰のためにあえて国外に亡命したあの祖先とおなじ名前をつけた。父は教会との強いつながりはもっていなかったが、宗教的な伝統には高い尊敬を払っていたし、伝来の形式を肯定するだけの宗教的成熟をもっていた。わたくしがおぼえているかぎりでは、父はいつでもわたくしたちと一緒に教会へ行ったし、聖餐式にも加わった。子供たちと一緒に食事をするときは、きちんと食卓の祈りをとなえた。

わたくしたちの家庭の本来の宗教的中心は、なんといっても母であった。母の信仰心は、徹頭徹尾経験にもとづくものであった。きわめて直截で、おだやかで、寡黙であった。大袈裟な宗教談義を好まず、むしろそういうものを茶化したりした。母の熱心な教会参りをあてこするような人があると、お葬式のときに牧師さまに嫌味を言われるような「目にあう」のはごめんですものね、と母は答えるのだった。母の聖書は、欄外にいろんな日附が書きこんであった。これらの日附は、母の生涯のさまざまな機会に母が聖書のなかに求め、かつ見出した慰めと力とを証明するものであった。聖書のほかに、母がつねに手ばなさずに座右に置いていたのは、『同胞教会一日一言集』（母は、毎日欠かさずにこれを読んでいた）とトマス・ア・ケンピスの『キリストのまねび』、それに福音教会の古い讃美歌集である『聖歌集』であった。この『聖歌集』は、母がわたくしたちに教えてくれた特別な宗教的贈物であった。母が子供たちと一緒に毎日おこなう朝の礼拝は、長い黙想などをするのではなく、この『聖歌集』に収められている力にみちて美しい歌の一つを朗誦するのであった。福音教会の讃美歌にたいする母の非常な愛着は、母の信仰心と詩一般にたいする母のすぐれた感受力とが、一つに融け合ったものであった。わたくしの知っているかぎり、母ほど多くの詩を暗記している人はなかった。『聖歌集』が手もとにないようなときは、母はそれを宙で言うことができた。母は、いつもこれらの聖歌を慎重にえらんだ。たとえば、とくにお天気のよい朝は、『金色の日は……』を読んで聞かせた。全体として、朗誦にあたって、母は教会暦年（教会の祝日暦）にしたがった。だから、教会の祝日表は、幼いときからわたくしたちのこころに深くきざまれていた。母は、とりわけパウル・ゲルハルトの聖歌が好きであった。なかでも、母の胸のなかで大きな場所を占めていたのは、『おんみの道を命じたまえ』という歌だった。かの女の晩年の暗い時期、あの戦争の時期にいたるまで、母はこの歌によって、みずからの生涯の最も苦しい時期を切り抜けたのである。

父は、そのころもうこの世にはいなかったけれども、死ぬ前に、わたくしたちを故郷に連れて帰っておいてくれた。わたくしの少女時代の多くの田園の思い出のうち、一番最後のものは、メックレンブルクにあるささやかな避暑地ルートヴィヒスルストの無数の菩提樹の蔭にかき消える。戦争中（第一次世界大戦）を、わたくしたちはミューリッツ湖畔の所有地ですごした。ここは、二人の独身の叔父たちの死後、わたくしの兄が相続していたのであった。母はここで、ふたたび大地のふところに抱かれるという、母の生涯の最後の大きな喜びを味わった。と同時にまた、出征中の息子の身を案じるという苦労をも、つぶさに嘗めた。これらの不安にみちた時期の母のすがたから、パウル・ゲルハルトのつぎの詩句を消し去ることはできない。

ものみななべて限りあれど
神の愛のみは永遠なり——

　この言葉は、わたくしの母の最も深い宗教的遺産をあらわしている。永遠につづく神の愛の顕現こそ、母のキリストであった。わたくしにキリストの御名を唱えることを最初に教えてくれたのは、母の口であったが、わたくし自身の信仰生活も、このキリストへの信仰という点で、終始かわらぬ一貫した線をえがいている。おそらくわたくしの書いたものによってすでに知られているように、わたくしの宗教生活は、その後カトリック教会のなかにみずからの故郷を見出したけれども、この点では、わたくしの両親の家のキリスト教精神およびル・フォール家のきわめて宗教的な偉大な伝統と離れがたく結びついているのである。

　母は、第一次世界大戦が終焉をつげてから、数日後に世を去った。母の生命とともに、一つの時代全体の生命も消え去った。今日では、あのミューリッツ湖畔の古い領主館は、痛ましい過去となってしまった。貴重な古文書類や、幾世紀も経た、大切に保存されてきた祖先の肖像も、失われてしまった。いまは異境となった土地が、訪ねる人もない両親の墓を取りまいている。しかし、心情の世界は、これらすべての嵐によっても、いささかも傷つけられない。両親の家は、わたくしにとって、決してもの悲しくも甘い思い出ではなく、生きた現在なのである。わたくしたちが両親に負うている限りない義務を、その十分な意義において知るのは、やっと後になってからである。これは、人生の悲劇の一つかもしれない。しかし、他方では、わたくしたちが成熟すればするほど、両親にたいする義務を知るようになるということは、このおなじ人生のふかい神秘の一つでもある。結局のところ、わたくしたちが自分で生みだしたつもりのすべてのものは、じつは両親のこころのこもった養育の手に負うているのであって、どんなにわたくしたち自身のものでも、所詮、両親から贈られたものなのである。

パリ

フリンカーさま。あなたのご質問は、わたくしがパリを知っているかどうか、また、どのような因縁《いんねん》がわたくしを貴市に結びつけているか、ということです。わたくしがパリを見ましたのは、もうずいぶん以前のことで、それ以来、多くの年月がながれました。けれども、これらの年月は、わたくしにとりまして、ほとんどなんの意味ももっておりません。一度でもパリという町に出会いますと、かならずふかい印象をうけて、終生忘れられないからです。この町の顔は、どこを眺めましても、叡知《えいち》にかがやき、壮大そのものです。パリは、生きることを知り、また、生きることを教えます——死者たちにさえ、生きることを教えます。と申しますのは、パリとよばれるこの魅惑的な現在のすべては、巨大な過去の影のなかからそびえ立ち、この過去も、現在におとらずいきいきとしているようにおもわれるからです。それとも、過去とは、結局、現在のもう一つ別なかたち、一そう持続的となったかたちなのでしょうか。すべての今日《きょう》は、かつてありしものの総計ないし総括にすぎず、創造的な力という蒼然《そうぜん》たる老樹に咲いた一つの新しい花を意味するだけなのでしょうか。パリには、ヨーロッパの全歴史がありありと生きております。この大陸のいくたの偉大な精神的および政治的運命が、ここで交錯しました——それらの運命は、ここで、行動によって、また苦悩しながら、みずからの実現を見出しました。もろもろの文化の力が、ここから発し、すべての国民の上にひろがりました。まことに、パリは、最高度にフランス精神の表現であり、所有物でありながら、同時に、ヨーロッパ精神全体の表現であり、また、その所有物でもあるからです。パリは、すべての国民にかかわり、大きな、ふかい意味において、すべての国民のものなのです。実際、ローマを別にしますと、パリは、ローマとはまったく異なった仕方ではありますが、超時間・超国民的な性格を具現しているヨーロッパ唯一の都市です。わたくしが、パリにおいて自国にいるような気がしたなどと申しましては、不遜《ふそん》というものでありましょう。そのような感じをもつには、この都は、外来者にとってあまりにも圧倒的な力をもっているからです。けれども、あえて申しますが、わたくしはパリをまったくの異郷とは感じませんでした。それは、わたくしの故国の文化が、じつはここから発祥《はっしょう》して実をむすんだものであることが分かったからでしょうか。また、わたくしがここで接しました建築物などが、すでに絵や写真でなじみのものであったからでしょうか。それとも、一そう身近な思い出のためであったのでしょうか。と申しますのは、わたくしどもの家伝《かでん》の文庫のなかに、フランス王制の最後の戦いに参加した三人のル・フォールのことを記《しる》した文書が、保蔵されていました。そして、この文書は、すでにおさないころから、どんな歴史家もなしえないほどに、直接あの時代のあつい息吹きをわたくしにつたえていてくれたのです。そういうわけで、パリの由緒《ゆいしょ》ぶかい史蹟をたずね歩くことは、わたくしにとってたいへんな魅力でありました。そして、この魅力にひかれて、あのなかば中世紀風な街々のなかにまで、足をふみ入れたものでした。そこには、ブレモンの不滅の作品が感動ぶかくつたえている、あの偉大な、神秘にみちた世紀（中世）の息づかいが、いまもただよっているのです。

　フリンカーさま、このように述べてまいりますと、わたくしはすでに第一のご質問から、第二のご質問にたいするお答えに移っているわけです。わたくしを遠くからあなたの都市に結びつけておりますのは、お国のすぐれた文筆家や詩人たちの声であり、わけても、フランスの偉大な宗教的伝統を現代に受けついでいるあの精神たち——すなわち、ペギー、マリタン、モーリヤック、ベルナノスのような人たちの作品、とりわけ、ポール・クローデルのような人の作品なのです。わたくしは、クローデルを、たんにフランス最大の現存詩人というだけでなく、およそ現存する世界の最も偉大な詩人として、つねづね尊敬しております。クローデルこそ、このヨーロッパを偉大にしたキリスト教の力が、もう一度創造的な時間《とき》を祝っているところの、おそらく最後の詩人であるとおもいます。

　一体、民族と民族とのあいだに断《た》ちがたいきずなをつくり出すものは、詩人たちではないでしょうか。ほんの小娘だった学生時代に、自分に演劇の才能があるなどとおもったわけではないのですが、感激のあまりラシーヌの劇『エステール』と『アタリ』の上演に協力しまして以来（いまでも、そのなかの長い台詞《せりふ》を暗記しています）、フランス文学は、わたくしの人生行路の道づれとなっています。わたくしがフランス文学にたえず驚嘆してやまないのは、形《フォ》式《ルム》の偉大な緊密《きんみつ》さということが自明のこととされている点であります。これは、とりわけ小説によくあらわれていますが、わたくしの見るところでは、最も尖端的な近代フランスの抒情詩のなかにさえ——すべての伝統的なものとのつながりを断ち切ってはいますが——きわめて隠微《いんび》な不文律となって内在しているようにおもわれます。

　最後にもう一つ、パリがわたくしに贈ってくれた最も忘れがたい一時間を、ここに想い起こすことをおゆるしください。ルーヴルの蒐集品が参観中止になっていたある日のことでした。一緒についてきてくれたフランスの友人のおかげで、とくべつに中へ入れていただくことができたのです。ヨーロッパの文化の貴重な遺産にみたされた、ほかには絶えて人影もなく、教会のようにしんと静まりかえった広間を、わたくしたちは歩きまわりました。わたくしたちがついに一種の胸苦しさをおぼえるようになりましたのは、おそらくその静けさと人気《ひとけ》なさのせいだったとおもいますが、そのころは、すでに「西欧の没落」という言葉が、世の人たちの口にのぼっていました。「でも、これらの財宝が存在するかぎり、わたくしは西欧の没落というようなことを決して怖れません」——わたくしは、そのときそういいました。いまだったら、もう少し言い方を変えて、これらの財宝がほんとうに愛されるかぎり、西欧が没落することはありえない、というでしょう！　なぜなら、確かに偉大な過去は現在のもう一つ別な形式にほかなりませんが、この形式は、すべての生命あるものとおなじく、愛という根源の力と結びついているのですから。内面的なつながりがすでに裏切られているところでのみ、外面的な破壊の力が侵入することができます。しかし、この認識は、不安の種であるどころか、その逆のことを申しあげたいのです。ほんとうに愛される文化は、決して没落することがない——いまのような時代において、このような考え以上に、ふかい慰めとけだかい勇気とをこころに満たしてくれることのできるものが、ほかにあるでしょうか。

第二の故郷オーベルストドルフ

うららかな秋の日がつづくこのごろ、オーベストドルフについてなにか書くようにとの依頼を果たそうとするにつけても、あたたかい歓びの感情が、胸にこみあげてきます。この美しい谷間に、わたくしはいわば流されてきた人間なのですから。といいますのは、わたくしは、みずから求めてこの谷間を居住地と定めたのでは決してなく、この世のたいていの良き事柄とおなじく、一人でにそういうめぐり合わせになってしまったのです。永年にわたる宿痾《しゅくあ》である呼吸器の病気にいくらでも効くだろうとおもい、ほんの当座のつもりでここに足をとめたのでした。いくらか喰いとめることはできても、根治することは不可能だと、医師たちから宣告されていた病気だったのです。ところが、四年間かかって、ここのすばらしい空気は、十五年来の病気を完全に治してしまったのです！　四年後のわたくしが、この谷間の美しさにすっかり魅入られて、もうここを離れる気がしなくなったのは、不思議でもなんでもありません。

けれどもわたくしがここで過ごしたのは、第二次世界大戦中の苦しい時期でした。戦争は、この静かな谷間にも、おそろしい爪痕《つめあと》を残していきました。たとえば、オーベルストドルフ小教区出身のいくたの戦死者たちのための、胸しめつけられる葬儀が、いくどとなく行なわれました。この人たちの数つきぬほど多くの名前は、ここの古い記念礼拝堂の石板にきざまれています。また、この地に庇護をもとめて来た多くの避難民たちの悲歎の声も、聞かれました。それから、夜となく昼となく飛来する外国の飛行機の編隊――それは、美しい銀かもめのように澄みわたった大気のなかを飛んでいましたが、それが死と破壊を地上にもたらすことを、わたくしたちは知っていました。そのころ、この谷間の雄大な山々を仰ぎながら、わたくしはひそかに、たとえわたくしたち自身が、そして、もしかしたらわたくしたちの民族もほろびるようなことがあっても、すくなくともこれらの山々はすべてを耐え抜いてくれるであろうと考えて、こころを慰められたものでした。

ところで、山々はそれを耐え抜いたばかりでなく、わたくしたちが耐え抜くのを助けてもくれたのでした。戦争の末期ごろには、オーベルストドルフにも危険がせまっていましたが、五月になっても珍しくない大雪が、攻撃者の視力をうばって、それを防いでくれました。自然みずからが、その美しい谷間を護ったのです。

この谷間の魅力は、ここの風景が完全にそれ自身のなかに安らっていて、異質な印象がまじりこむことを許さないという点にあります。この広やかにつづく谷は、山脈《やまなみ》が外部からやってくる北方にたいしては、グリューンテン（山の名）の横顔《プロフィル》の線によって閉ざされていて、さらに二重の山環によって抱きこまれています。この山環は、西の方だけがいくらかゆるんでいますが、これは夕陽にこの谷を照らす道をあけているのです。むかし、この谷底は湖水だったのですが、いまは、さんさんたる陽光をあびるエメラルド色の草地になっています。エメラルド・グリーンこそは、オーベルストドルフだけでなく、総じてアルゴイ全体の色だといえます。このことは、まばらに生《は》えたぶなの木の山腹や、ここの風景にところどころ庭園のような趣きをもたせているかえでの老樹のやわらかな苔《こけ》のむした幹に、あてはまるだけではありません。もう草木の生える限界を越えたところ、普通だったら、岩がはだかのままむきだしになっている高い山の上ででも、アルゴイは毎夏やわらかい緑の苔の毛氈《もうせん》をもって粧いをするのです。それは、古い緑《ろく》青《しょう》に似た輝きを岩々にあたえます。

前面に張り出した山環――それらもかなりの標高を誇っているのですが――の背後には、アルゴイ・アルプスの巨大な雄姿がそびえています。トレットアハシュピッツェの幻想的な尖峰、メーデレガーベル、ホーエス・リヒト。なかでも、わたくしは、その名前のためだけでもホーエス・リヒト（「高き光」）の意）が好きです。これは、およそアルプスの峯につけられた最も美しい名前ではないでしょうか。それから、白雲石のようにいくつにも割れたクロッテンケップフェ、クラッツァー、最後にオーベルストドルフの山々のなかで最も尊大で、最も我儘《わがまま》で、最も奔放なヘーファッツ。昨年、長い重い病気で臥しているあいだに、わたくしはこのヘーファッツと忘れがたい友誼をむすびました。この山は、わたくしの病室の窓から見えるたった一つのすがたであったのです。かの女は、朝は、美しい軽やかな雲のヴェールをまとって、一日の最初の挨拶をおくってくれますし、夕方は、あつい夏の日の長い魅惑的な光に照らされて、最後の挨拶を送ってくれました。この山からは、なにかしら強い呼びかけの声のようなものが感じ取れました。ゆっくりとした足どりで、しかも抗《あらが》いようもない力で、ほとんど拉《らっ》し去らんばかりに山頂をめがけて登っていくそのたたずまい……それは、わたくしを慰め、元気づけてくれるほど強い呼びかけでした。あの詩篇作者の「われ救いのきたる山々にむかいてわが眼をあぐ」という言葉のせいだったのでしょうか。それとも、ほんとうに信じられないほど長く、ほとんど日が暮れてしまうまで残っているこの山頂の残照のせいだったのでしょうか。とにかくわたくしは、山そのものが天上の光をうばい取って、おのが所有物にしてしまったような感じをもったものでした。

けれども、ほかの山たちも、わたくしの友人になりました。わたくしは、かれらのさまざまな気分を知り、理解しています。ほんとうに、ここの風景は、生きた人間の顔のように、たえず変化するのです。かれらの山腹は、ときとしてほとんど黒一色であるかとおもうと、突然、燃え立つような南風《フェーン》の気分が、その上を疾駆して、おそろしいばかりに激情的で、ほとんど劇的です。低く舞いおりてくる雲の動きも、劇的な感じをあたえます。その雲の向こうになる、なかば隠れた岩山は、測りしれぬほど膨張していくかに見えます。そうかとおもうと、光に満ちわたり、ほんとうに水晶のように澄みきった時刻もあります。そういうときには、山々の峯は、まるで蛋白石《オパール》でできているかとおもえるばかりの、えもいわれぬ輝きを見せるのです。

オーベルストドルフの谷々は、ふかい山中から射光状に拡がり出ています。これらの谷たちは、いまなお自然の原初のままなる美と静謐《せいひつ》を呼吸しています。交通機関の発達した今日《こんにち》、ほかの土地では容易なことで見出せない孤独の別天地に入る鍵を、オーベルストドルフはいまなお所有し、護っているのです。ただヴァルザー谷だけが、この傍若無人な交通繁昌の犠牲になっています。オユ谷の荒涼たる雄大さと、紺碧《こんぺき》の水をたたえたクリストレ湖のあるシュピールマンスアウは、いまも自動車の乗入れを拒んでいます。馬に索かれた、古風な風情のある乗合馬車が、荒野川の息づまらんばかりに美しい仙境を分け入り、またにぎやかな湯治場に帰ってきます。オーベルストドルフの家々の様子は、この地の風景とつよく結びついた、統一のあるすがたをしめしてはいません。前世紀に大火があって、本来の町のすがたが見る影もなく失われてしまったのです。それでもまだ、みごとに黒ずんだ木造部のある昔ながらの百姓家が、たくさん残っています。納屋の外壁には、草干し用の十字棒が整然と立ちならび、夏になると、刈り草を干しています。それから、嘘みたいにたくさんの花をつける接骨木《にわとこ》の茂る、ひっそりとした、ひなびた庭もあります。この土地に棲んでいた本来の霊は、こういう庭のなかへ逃げてしまったのかもしれません。古くから土着の人たちは、あきらかにこの霊を連綿と持ちつづけてきたようです。外形上からいっても、とくにここの男たちの、ときにいくらか不愛想な、しかし、つねに性格のはっきり出た顔に、それがあらわれています。ここの婦人たちの持ち味は、たとえば御聖体祝日《ごせいたい》の行列のときのように、いかにも雅趣ゆたかな衣裳をつけたときに、最も美しく発揮されます。けれども、いくつかの非常に古い習俗をいまに伝えているのも、オーベルストドルフの人たちの保守的な考え方のあらわれなのです。といいますのは、ここに保存されているいわゆる「あらくれ踊り」は、ヨーロッパが知っている唯一の、異教時代の祭礼的踊りだからです。いくらか放埒な聖ニコラスの夜祭り（十二月六日）も、おなじように、古代の習俗の名残りだといえましょう。しかし、総じてオーベルストドルフの昔ながらの風習は、おだやかで、美しいものです。たとえば、新婚の花聟と花嫁は、結婚式がすんだあと、祭壇の前で「愛の神酒」としてぶどう酒の盃を飲みほすことになっています。とりわけ雅致にとんでいるのは、古い往来に湧き出ている泉で、木の幹をくりぬいて作った水漕（家畜用の）がついています。水漕には、しばしばそれについていた枝を切り落した痕が、はっきりと残っています。こうした湧き水のなかで最も美しい泉は、もちろん、石でできています。それは、三堂からなるロレト礼拝堂のそばにあります。この泉の仕切柱には、まん中の礼拝堂に安置されている聖母像にちなんで、マリアの組み合わせ文字が飾られています。これはきっと、五月の聖母聖月の夜、オーベルストドルフの若い男女たちが「ロレトの聖母マリアの連祷」をとなえるために集まったとき、この礼拝堂のバロック風な宝物を見たために、こういう飾りを泉の柱にしたのにちがいありません。聖母像そのものは、純バロック風に着物をとり替えて、一番美しい淡紅色の服をまとっているのですが、「聖母の連祷」を象徴する図形が、この礼拝堂の天井の彩色をした縁《へり》を飾っています。このロレト礼拝堂の宝物にくらべると、小教区聖堂の方は、ずっと落ちます。建てられた年代が、新しいからです。その様式のととのった祭壇は、残念ながら、バイエルン博物館に収められていました。それでも、十四世紀ごろの彫像をなおいくつか持っていますし、その細長いゴシック式の尖塔（バイエルン風の葱花型《そう》の塔は、アルゴイには見られません）は、ここの風景にみごとに似合っています。

しかし、もう一度あの三礼拝堂の美しい泉のことに話をもどしましょう。といいますのは、この礼拝堂と、そこの大きな菩提樹と栗の樹、それから、昔の立派な聖職録受領者の住居――このあたりは、オーベルストドルフの最も美しい部分なのですから、とくに印象ぶかいのは、牧場から帰ってきた牛たちがこの泉で水をのむ光景です。幼いころの大部分を、自家や親戚の所有地ですごしたことの多いわたくしは、いまでも農業上のことにいささかの興味をもっています。オーベルストドルフの子供たちが高々と積みあげた干し草車の上に坐っているのを見るたびに、おなじような喜びをもって香りたかい草の玉座の上に乗せてもらった自分の子供のころのことが、まざまざとよみがえって来ます。そして、わたくしの一番の楽しみは、みごとなアルゴイ牛をながめたり、綱につながれた仔牛たちを撫でてやったり、家畜たちが家に帰っていくのを愉快な見世物のように見物することです。毎日、夕方になると、みごとな雌牛たちは、大きな音を立てながら牧場から帰ってきます。どれもこれも淡褐色の色をし、傾斜のきつい山牧場に適した軽快な、それでいてがっしりとした体格をし、首に重たい鈴をぶら下げ、しずかな、ほとんど荘重なくらいの足どりで、季節盛りの交通のはげしい往来をさえ悠然と通りぬけていきます。どんな交通巡査もなしえなかったことを、オーベルストドルフの雌牛たちは、わけもなくやってのけます。せわしげな自動車ややかましいオートバイの洪水も、この誇り高い雌牛たちが通りすぎるまで、辛抱づよく待たなくてはなりません。自動車やオートバイに気がねをして、ひと足でも歩みを早めるような雌牛は、一匹もいません。「お前さんたちよりも、こちとらの方がもとから住んでいるんだぜ」と、まるでかれらの顔は言いたげです。――ときとして、現代のあまりに繁忙な生活の波に巻きこまれたようなとき（そのような波におそわれないような生活があるでしょうか）、わたくしは、これらの悠然とした動物たちの大きな深い眼を見ると、ほっと救われたような気持になります。これらの眼は、時間を越えた小暗《おぐら》さをたたえています。無限の時間のつながりが、かき消え、ヘラに「牛の眼をした」という形容詞を冠した古代の魔術が、ここにふたたびよみがえっています。最近、テレビをお備えになってはいかがですかと問われるたびに、わたくしは、「当分は、近くに見るものがたくさんありますから」と答えることにしていますが、オーベルストドルフに住んでいるかぎり、この気持はまず変わらないでしょう。こんなのは、あまり古風すぎるかもしれませんが、いやしくも詩人が相手ならば、きっとおなじような答えを聞かされるにちがいありません。わたくしたち詩人は、永続するものを愛するのです。

オーベルストドルフは、スキー地として有名です。そして、門外漢ながらわたくしの知るかぎり、ヨーロッパでも最も高い跳躍台《シャンツェ》をもっています。ある時期には、好奇心のつよい人たちが、大勢このシャンツェに惹かれてやって来ます。すると、谷間の白一色の雪景色が、たちまち歳の市のような雑沓に一変します。橇《そり》の鈴が鳴り、腸詰《ソーセージ》や熱い飲み物を売る店が、森のなかに開帳します。けれども、わたくしは、こうした光景を見るのが少しおっかない気がします。といいますのは、あるとき、大胆な跳躍者——ほとんど飛行者といいたいほどです——の一人が転倒するのを見たときのことが、いまだに忘れられないからです。かれは、猟師に射られた誇らかな鳥のように、落下していきました。しかし、愉快な、期待にはずんだ人たちを見る喜びには、所詮、いつでも抗したいものです。それに、オーベルストドルフは、みずからの有名なスキー選手たちを誇ってよい十分な権利をもっています。もちろん、わたくしは、スキーヤーたちがみんないなくなって、静寂がその白い王笏《おうしゃく》をふたたび手にしたときの谷の方が、ずっと美しいとおもいます。この谷の冬は、人間がいなくても、生気にみちているのです。冬期には、この谷へたくさんの鳥たちがやって来るのです。あざやかな色をした山うそや、長い裳裾のような尾羽をした、白黒のあざやかなかささぎ。みんな餌をもらいに来るのです。それこそ、たいへんな量の餌が要ります。とくに雪の多かった昨年などは、餌がなくなってしまったほどです！ 鴉《からす》——ドイツではほとんど絶えてしまったといわれる本当の鴉も、オーベルストドルフの谷にはまだかなり残っています。かれらも、ここでありつく「ご馳走」だけは、おいしいと見えます。

オーベルストドルフでは、冬はとても長い季節です。ときには、いつまでも春にならないのではないかとおもうことすらあります。けれども、やがて、突然に、いつまでも融けないで残っている雪かとおもっていた牧場の白い個所が、じつは群《む》れ咲くサフランであることが分かって、びっくりするのです。どうして冬の大地をこんなに音もなく、すばやく突きやぶったのでしょうか。ふしぎな気がしますが、まぎれもなく、サフランの花が咲いているのです！ そして、すぐつづいて、言いようもなく静かな山の春がおとずれて来て、シュティルアハ川の岸辺にねこ柳がほころび、南の山腹には、りんどうが青い花をひらきはじめます。

気候の上からいうと、オーベルストドルフは、じつに恵まれた土地です。旅行から戻ってくるたびに、わたくしはここの空気を、さながらシャンペンのように味わいます。それは、元気づけると同時に生気をあたえてくれます。わたくしはここの空気に、健康ばかりでなく、内面の昂揚をも多いに負うています。オーベルストドルフの南の部分を区切っている静かな草地の道を歩きながら、わたくしの一連の小説への衝動がうまれました。『天使の花冠』、『コンソラータ』、『ファリナータの娘』、『愛のすべて』などが、それです。これらの作品は、テーマの上からは、オーベルストドルフとなんの関係もありませんが、ここの谷の静けさと美しさとによってたましいを吹きこまれたのです。この美しい景観そのものは、しかし、わたくしの抒情詩に歌われています。連作詩『山々からの歌』は、一部はスイスのアローザの渓谷に、一部は美しいオーベルストドルフにささげられているのです。

キリスト教文学の本質

「キリスト教文学の本質」はなにかという問いは、いままでにもしばしば提出され、さまざまな解答をあたえられてきた。この問いにたいする答えを、キリスト教的な題材をえらぶという点から、あるいは、キリスト教の信仰財や精神財を描き出すという面から、引き出そうとした人たちもある。けれども、こういった面からの規定は、しばしば的《まと》はずれではないにしても、あまりに外面的であり、他方ではあまりに割り切れすぎる。内面から見ると、あまりにも狭い余地しか残らず、これでは身動きがとれない。また、「キリスト教文学というようなものは存在しない。あるのは、ただキリスト教作家だけである」という周知の解答にしても、十分に満足なものではない。確かに、この考え方は、間違ってはいない。そして、文学はただ文学の法則にのみしたがい、もっぱら文学の法則にどのようにつながっているかということによって、文学であるかどうかが決まるのであって、キリスト教的なものは、作者の人格からつけ加わるものである、という命題が意味するところも、要するにこれとおなじことである。けれども、これでは、問題の要点が、作品から作者へ、つまり、純粋に主観的な領域へ、押しやられたにすぎない。したがって、この方向では、これ以上もう先へ進みようがない。

しかし、この主題について考えていると、おのずからもう一つ別な問いが、浮かびあがってくる。この問いの方が、くらべものにならぬほど深く大きな奥行《おくゆき》をもっている——すなわち、文学的なものそれ自体のなかに、キリスト教的な要素がひそんではいないだろうか、という問いである。狭い意味でのキリスト教的な素材とか精神内容とかいうものとは無関係に、ひそやかに、隠微《いんび》に、キリスト教的なものへと指向《しこう》し接近する傾き——そういうものが、文学的なものそれ自体のなかにひそんではいないであろうか。人間のたましいは、生まれながらにしてキリスト教的である（anima christiana naturaliter）、と神学者たちは主張しているが、それと似たような意味での、キリスト教的なものへの指向だといってよい。たとえば、すべての真に偉大な文学は、成功した、幸運にめぐまれた人物をめったに（あるいは、決して）描かず、反対に、不幸な者、道を踏みはずし、挫折した人間の世話を引き受けようとする断乎たる傾向をしめしているが、これなどは目立った証例ではないだろうか。それどころか、罪びとにたいするとき、この傾向はその頂点に達する。その証拠に、最も力づよい文学形式である劇の主人公にとっては、挫折し罪を負うことが、まず主人公となる前提条件ではないであろうか。疑いもなく、果報者、運命の試煉を受けなかった者、傷つかない者、要するに、首尾よくいった、めでたしめでたしの運命は、詩人にほとんどなんの可能性も提供しない。人生の戦いの勝利者、世界歴史上の勝利者は、詩神《ミューズ》のこころを燃えあがらせない。個人の生活においても、民族の生活においても、偉大な詩歌を呼びおこすのは、悲劇的な人物や運命である。世俗が称讃をこばむ者を、文学は抱擁する。文学があくことなく魅力をおぼえるのは、追放された者に身をささげ、処罰された者とともに（事実、罪があって処罰された者とでも）その乱れた道を深淵までつき添っていき、没落し、滅びゆく者を胸に抱きよせることである。というのは——

歌のなかで不滅の生をあたえられるものは
この世の生活においては没落しなければならぬ……
（シラー『ギリシアの神々』）

ところで、しかし、以上のことは、文学の国においては、普通世俗に支配している価値判断と法則との転換がおこなわれる、ということにほかならない。これは、絶対的な価値転換だといってよい。しかも、この価値転換は、キリスト教が実施してきた価値の転換と軌を一にするものである。というのは、ごく簡単な公式にしていえば、キリスト教とは、おしなべて挫折し破滅した世界をそれとして認め、しかも同時に、この挫折し破滅した世界を愛することだからである。それとも、もっと端的にいえば、キリストの出現は、一方では純粋に世俗的な成功ということのみを関心事としている人間にたいして、他方では正義と報復のみが支配している世界にたいして、神の側から断乎としてそれらを抹消する線が引かれ、救いをもたらす慈愛（憐れみ）が王座に祭りあげられたということを意味するのである。かりそめにも、罪というものの重大さが、キリスト教によって値引きされるというのではない。キリスト教が世におこなうのは、罪ある人間にたいするこころからの愛であり（天は、一人の罪人の改心を、九十九人の義人よりも喜ぶであろう、と福音書は述べている）、他を裁くことしか知らないすべての高慢な道学者流《モラリスムス》やファリサイ（パリサイ）主義からの完全な、仮借のない決別である。キリストが容赦のない態度でのぞんだ唯一の人間タイプであるファリサイ人《びと》は、神の広い地の上で最も非キリスト教的な人間であるが、それはまた、最も非文学的な人間でもある。「裁《さば》くなかれ」という救世主の優しい、しかし厳しい掟は、すべての真正な文学の筋金となっている命令でもある。詩神《ミューズ》は、なにびとをも裁かない。たんに罪びとの行為の帰結にまで同伴していくだけである。すべての文学的創作行為の主眼は、人びとのたましいを震撼《しんかん》させることにあるのであって、道徳的な判決を下すことが狙いなのではない。

　このように見てくると、すべての点において、優美な文学の女神は、確かに完全にはキリスト教化されていないにしても、みずからのいと深い衝動からして無意識にではあるが、断乎としてキリスト教的なものを指向する存在としてあらわれ、やわらかな、いわば救世主待望的《アトヴェントリヒ》な光につつまれているのである。しかし、このことによって、わたくしたちがここで問題にしている文学の輪は、無限にひろげられるのである。それは、遠く前キリスト教的な領域ばかりでなく、いまなおキリスト教的である領域、それどころか、一見もはやキリスト教的ではない領域にまでひろがるのである。というのは、道徳的な断罪によって相手をやりこめようとするおぞましい傾向ほど、現代の深刻で恐るべき非キリスト教化と救いなき深い絶望とを赤裸々にしめしているものはないが、それにもかかわらず、真正の文学が罪ある人間・堕《お》ちた人間にあくまで愛をそそぐ偉大な存在であることは、それとおなじぐらい揺がしがたい事実だからである。現代のはてしない暗黒のなかにあっても、文学の根源法則は、救世主待望的《アトヴェントリヒ》な人間のたましいを信奉するであろう。まことに、「生まれながらキリスト教的なたましい」(anima christiana naturaliter) こそは、そこからすべての真正の文学が湧き出てくる源泉なのである。

『マリアへのお告げ』

超時間的な意味において価値のあるヨーロッパの文学史が、文学とキリスト教の教義との関係という観点から、いつか書かれなくてはならないであろう。これは、決して文学の本質とは無縁な、抽象的な要求ではない。問題は、精神的なもののすべての領域における、真理と生命との分《わか》ちがたい連関《つながり》ということなのである。神学とおなじように、倫理学や法律学もそうであるが、さらに文学もまた、それ自身の真理が永遠の真理につながることによってのみ、真に偉大な、というのは、超時間的な輪郭をもつことができる。このことを如実に裏書きしているのは、過去の諸世紀のヨーロッパの偉大な文学作品――たとえば、ダンテの崇高な詩篇や、聖トマス・アクィナスの讃歌や、カルデロンの戯曲などである。しかし、否定的なかたちにおいてではあるが、近代および現代の文学も、このことを証明している。つまり、最近の文学は、その最もすぐれた作品でさえ、昔の力づよい文学にくらべて、はるかにおよばない懸隔《けんかく》があること、その発言につきまとう独自な蒼白さ・偶然性・主観的制約、とりわけ、しかし――これが、いちばん決定的なことであるが――時世に制約され、おそろしいほど早く時代から取り残されてしまうこと、これらすべてのことは、文学が永遠の真理から乖離《かいり》していることに厳密に比例しているのである。うつろいやすさは、無常なるべきものの不遜《ヒュブリス》にたいして、つねに下される神の回答である。したがって、現代に真に偉大な文学が欠けていることの原因は、現代人の才能の乏しさということよりも、むしろその才能が生命の本源から逸脱していることのなかに求められねばならない。時を超えた価値と同様、超時間的な永続性も、永遠なるものの反映ないし象徴にほかならない。一切の地上的なものは、永遠なるものに関与するかぎりにおいてのみ、存続することができる。われわれは、ポール・クローデルの作品をも、こうした連関からとらえなくてはならない。かれの文学は、上に述べた考えにたいして、第三の例証をあたえるものである。つまり、詩人の天才が永遠の真理との生きたつながりをもつようになるやいなや、末世《まっせ》といわれる現代においてもなお、詩人がいかに高く飛翔しうるものであるかを、それは示しているのである。

　ポール・クローデルの名前を最初にかれの祖国以外のひろい範囲に知らしめた作品が、『マリアへのお告げ』(L'annonce faite à Marie) という題をもつことは、きわめて象徴的な意味をもっている。この作品の対象となっているのは、いわゆる受胎告知《じゅたいこくち》であるが、またこの作品自体も、そのような告知なのである――天使によるキリストの告知を受けついでいるものが、ほかならず教会の信経《クレド》だからである。つまり、この偉大なヨーロッパ詩人の作品が、すべての同時代の文学から、いや、前世紀の文学全体からも区別されるのは、たんに一般的な宗教思想とか個人的なキリスト教感情によってばかりでなく、徹頭徹尾教会の教義によって規定されているという一事によってなのである。

　この『マリアへのお告げ』という作品において、すべての被造物は、神と「ふかい神秘のうちに合一して」いる。といっても、創造主対被造物という神秘が、前景におし出されているのではない。この作品においては、いわば信経《クレド》の第一箇条は、すでにその第二箇条がはなつ輝きに完全に圧倒されているのである。わたくしたちがここに見るのは、すでに救済された被造界のすがたであり、わたくしたちが聴くのは、「キリストを信じる国の雲雀《ひばり》」の歌声なのである。

祝せられし大地よ　おんみの創り主《ぬし》をほめ讃えよ

涙のうちに　また闇のうちに！

夜のあいだに降った「すべてに恵みをほどこす」雨のさわやかな匂いをヴィオレーヌとともに吸いこむ、あの予感にみちた朝、ピエール・ド・クランはこのようにいってい る。この冒頭の数ページにおいて、全篇をつらぬく偉大な教義的基調音が、さながら荘厳な典礼の呼びかけのように、高らかにひびきわたる。この基調音は、この作品のドラマ（劇）としての性格を、ここではっきりと予示している。つまり、この作品の劇的性格は、悲劇的な葛藤とか没落ということではなく――これこそ、キリスト教的劇文学の相貌を本来の悲劇のそれから区別する大事な点である――没落や死のなかからでもよみがえる生命の復活なのである。「すべての被造物を神と合一せしめる」神秘は、十字架であり、また、「大地の母にして臍帯、その心臓にして均衡」なのである。「すべてに恵みをほどこす」雨や、祝せられた大地にたいする、涙と闇のなかからするあの讃美は、この救世の玄義の感動的な序曲にほかならず、その象徴が、自然のなかで前奏されているのである。なぜなら――

地は天にぞくし
肉体は精神にぞくし

すべて造られたものは
全体の一部である

祝せられた大地から、主題が立ち昇って、神にささげられた女たちの住む聖なる山にいたる。この女性たちについては、「この人たち自身が一つの司祭職であり、ミサの犠牲を代表している」といわれる。なぜなら、「司祭になるのは、男性にかぎるが、女性には、みずからを犠牲としてささげることが許されている」からである。全被造物は、キリストによる救いのなかに含まれている。けれども、この救いは、全被造物に代わって「仰せのごとくなれかし」（Fiat）を最初に唱えた女性（聖母マリア）を通じて成就したのである。

この作品は、しずかな、しかし力づよい羽ばたきをもって、たえずこの「われになれかし」（fiat mihi）の周囲を旋回している。劇中の一人びとりの人物は、すべてこの「なれかし」からその位置と意味とを受けとり、驚嘆すべき統一をしめしている。老いたる父アンヌ・ヴェルコールがそれであって、かれには男の相続人がなく、娘たちだけしかいない――それは、

みずからを贈りあたえ　また贈り

あたえられる者以外のなにものでもない

高貴な家柄のこの最後の男は、ここでは世界そのものの最後の状況、神の前における世界の状況をあらわしている。また、かつて結婚のときに「諾《ヤー》」をあたえたように、いま別離にあたり、イェルザレムへの聖なる巡礼にあたってかれに「諾《ヤー》」をあたえる老妻は、この「諾《ヤー》」によって夫のためにも「われになれかし」を唱えているのである。

ここに、キリスト教的な結婚の感動的な深い意義が、あらわれている。結婚においては、男女は平等であるといわれる――男性の半身である女性が発する「諾《ヤー》」は、同時に男性自身の最深の「諾《ヤー》」でもある。

しかし、この老夫妻も、やはりまだ序曲にすぎない。もはや自然界の序曲ではなく、歴史における序曲である。アンヌ・ヴェルコールとその妻は、聖ヨアキムと聖アンナの役を演じている。決定的な救世のドラマは、かれらの娘ヴィオレーヌにおいて実現する。というのは、救世の玄義は、確かにあらゆる時代のために成就されたのだけれども、この「あらゆる時代のために」とは、教会の教えによれば、毎日新たにミサ聖祭において完遂されるという意味だからである。聖母山（モンサンヴィエルジュ）の修女たちは、ミサの犠牲を代行している。しかし、約婚の身のヴィオレーヌは、聖母山の助祭服《ダルマチカ》をまとって許婚者の前にあらわれるのである。「みずからを贈りあたえ、また贈りあたえられる者」以外のなにものでもないかの女は、おそろしい病気にとりつかれていた。これは、かの女がその純粋な善意によって招きよせた病気であった。すなわち、憐れみのこころからかの女があたえた接吻は、劫病にとりつかれた男（ピエール・ド・クラン）に神との和解と快癒をもたらしたのである。マリアの「なれかし」は、託身《たくしん》への「諾《ヤー》」ばかりでなく、十字架への「諾《ヤー》」をも意味していたのだ。ヴィオレーヌとジャック・ユーリーとのあいだの重大な決断の場面（第二幕第三場）で、十字架にたいする世俗の態度が決定される。しかし、ここで十字架をこばむ男性が、世界の本当の堕落をしめしているのではない。救いが女性の「なれかし」を通じてあらわれたように、堕落もまた、女性が「なれかし」をこばむことによって生じたのである。神からの人間の離叛は、倫理の領域ではなく、宗教の領域においてなされるのであって、ただそれが倫理の領域において露呈されるにすぎない。「おお、ヴィオレーヌ、誘惑はおまえを通じてあらわれたのだ」とピエール・ド・クランはいうが、ヴィオレーヌの病気は、原罪にもつながるものである。しかし、それはまた、現実の罪にも関連している。ほんとうに堕落を代表しているのは、ヴィオレーヌの妹の色ぐろのマラである。かの女は、みずからを贈りあたえもせず、あたえられもしないで、盲目的な所有欲に駆られて、みずからのために渇望する女である。

盲目的に獲物にしがみつき
こころ暗く　耳が聞こえなくなっている

マラの死んだ子は、このような状態から来る必然の結果だといってよい。神への献身がおこなわれないところには、おそかれ早かれ死があらわれてくる（真理と生命とのあの不可分なつながりが、ここにその頂点を見せるのである）。このことは、個々の人間にあてはまるだけではない。すべての事物の深いつながりは、否定的な結果としてもあらわれてくるものである！　この作品全体をつらぬいて、現代の黙示録的な気分がながれている。ただし、それは、中世末期という過去のなかに投影されていて、現代と同一ではないにしても、無秩序な混乱という点では現代に近い時代である。「一切は、拮抗《きっこう》と混乱におちいり、もはや上からの重みでは調停されない」と語られている。

上からの調停は、マラの死児を蘇生させることによってなしとげられる。破壊された犠牲の器《うつわ》たる病者ヴィオレーヌが、かの女の全生命の「なれかし」を神にささげたのち、この奇跡をなしとげる力をあたえられる。ここに、女性の最もふかい神秘である出産の神秘が、聖変化を呼びおこす神秘と触れあう。蘇生した子供が新しい生命に見ひらく瞳は、もはや母親マラの黒眼ではなく、ヴィオレーヌの青い瞳である。子供のたましいは、変化したのである。かれの新たな誕生の奇跡は、降誕祭の夜の出来事である。

けれども、たましいの変化によって、ただちに世界が変化する。ヴィオレーヌがマラにむかって、「わたしたちに一人の子供がうまれたの」ということができたそのおなじ降誕祭の前夜に、地上の秩序の再興もまたはじまるのであるが、これはふたたび、すべての事物の深いつながりを示すものにほかならない。国内の混乱状態に終止符を打つべき王は、聖ジャンヌ（ジャンヌ・ダルク）にみちびかれて、冬枯れの森をとおって、戴冠式におもむく。すべての再興、すべての真の創造は、救世とおなじく、人間の女性的な「なれかし」を必要とする。女性によって代理的に唱えられたこの「なれかし」は、個々の人間を生みだす場合とおなじく、すべての民族やその共同体を再興する場合にも、神の創造力の偉大な前提を、いわば万物の開かれた母胎をなしているのである。

ところで、この点においてこそ、この暗い現代の苦悩のただなかに、一条の光明がさしこむのである。完全に永遠のなかに根ざした文学こそ、真に時代の要求に応えることのできる唯一の文学である。およそすべての現実の危急がそうであったように、現代の危機も、ただ宗教的な再生によってのみ克服されることができる。はてしない混乱と危険とのたえず新たな状況のなかにあって、諸民族にいやでも上のことを認識させずにはおかないということ、これは、最初はおそろしいが、それを深く理解すれば限りなく慰めにみちた現代の意義である。聖なる山の鐘の音がふたたび世界になりひびくときにはじめて、真理と生命との生きたつながりがふたたび確立されるときにはじめて、世界はほんとうに救われるであろう。

けれども、クローデルの作中でこの救いを告げる聖なる山の大鐘は、姉妹たちの小さな破《やぶ》れ鐘がまず鳴らされた後に、はじめて響きわたるのである。この作品が全体として公言しているキリスト教の真理は、それが全体（世界）の救いを大袈裟な一般の決意から期待しているのでないという点にしめされている。全体の救い、諸民族の救いも、ふかく個々のたましいの決断のなかにひそんでいるのである。救いの玄義にたいして「われになれかし」を唱えたのは、ただ一人の女性であったが、かの女は、万人のためにそれを唱えたのである。くろいマラも、最後にはヴィオレーヌの姉妹であることのなかに、慰めと赦しを見いだす。しかし、ピエール・ド・クランが若い殉教女ユスティシアについて語る「神から信仰の告白に召されるまでは、かの女もほんの小さな、目だたない少女にすぎなかった」という言葉は、聖ジャンヌとおなじように、ヴィオレーヌにもあてはまる。ポール・クローデルのこの作品が証言しているのは、隠れたる犠牲というものの測りしれない力なのである！　そして、この証言のなかにこそ、ひろく眼に見える活動のなかで営まれ達成されるものにのみ、すべての希望と期待をつなぐことに慣れている現代のごとき時代にたいするクローデル文学の大きな意義があるのである。このような眼に見え、人目に立つ活動は、つねに第二義的な問題にすぎない。なによりも大切なのは、神の意志にたいする「諾《ヤー》」なのである。

呼びかけは、すでになされた。天使の「ばら色の声」は、すでにわたくしたちのこころに触れたのである。お告げの祈りを知らせる聖母山の鐘とおなじように、この作品そのものもまた、すでに言ったように、告知の声であり、すべての地上の子供らの前に太古以来の聖なる福音をひびきわたらせるのだ。主の御使いは、世に平安を告げ知らせた！

わたくしたちはこの詩人の作品に大いなる賛同をささげなくてはならないが、それは決して、たんに一つの芸術作品の絶妙なる完成にたいする賛同にのみとどまることはできない。作品の本質にたいする完全なひたすらな愛といと深い受容とからこの賛同がなされるところでは、それはまた再興された世界にたいする賛同でもあらねばならない。諸民族が、ピエール・ド・クランにならって、「いまやわれわれは一切を持っている！」と語ることができる世界にたいする肯定でなくてはならないのである。

『ジャン・クリストフ』（ロマン・ロラン作）

さきごろクルト・デッシュ社から新しくドイツ語訳が出たこの有名な作品は、そこに述べられていることの多くがすでに過去のものであるにもかかわらず、疑いもなく現代のわれわれにも、きわめて密接な関係をもっている。この小説の第一部にえがかれているドイツは、過去のものである。なかば牧歌的な、なかば俗物的な小都会も過去のものであれば、小さな平凡な宮廷も、決して現実ではなかったと言うのを避けるとすれば、やはり過去のものだといわなくてはならない。さらに、作者が第二部をささげているパリも、そこにうごめく文学的・政治的徒党の「にせ選良《エリート》」たち、「国民の上っつらであわただしく動きまわり、その奥底に触れることもなく消え去っていく」連中のむなしい空騒《からさわ》ぎも、おそらくは過去のものであろう。しかし、これらすべての過去のものや、時代の歴史に制約されたもののなかに、超時代的な証言が、その痕跡をかがやかしい一本の線のようにとどめている。そして、この書が現代にとってきわめて密接な関係をもつと主張するとき、それによってわたくしたちがまず第一に言いたいのは、芸術においては、あまりに時代に接《つ》きすぎたものではなく、むしろ時代をこえたものが永続性をもつというこの書がはっきりと例証している真理なのである。詩人ロマン・ロランが一度も時代や時代の偶像たちに供物をささげたことがないという事実こそ、かれがいまも以前に変わらぬ価値と圧倒的な影響力とをもっている所以であるといえよう。

この作品のゆたかな内容のすべてを、たとえ暗示的にであれ汲みつくすことは、困難である。それで、ここでは、純粋に思想的な性格をもっている部分は、意識的に無視することにする。そういう部分は、じつに多い。歯に衣をきせずにいうと、そういう部分は、芸術的にある種の分裂を作品のなかに持ちこんでいる。繰り返しモラリストが詩人を、批評家が造形家を圧倒している。しかし、ロランはみずから、自分は小説を、厳密な意味での文学を書くつもりはなく、一人の人間を創造しようとしたのだ、と告白している。この物語には、まず、ライン河のざわめきと、孤独なドイツの少年が登場する。少年のたましいのなかで、河のざわめきが音楽となる。偉大なドイツの河と、偉大なドイツの音楽とが、分《わか》ちがたく結びついているのである。さらにこの作品のなかに出てくる個々の人物は、そのさまざまな人間関係のまま、作者の偉大なこころによって包容されて偉大になり、また、偉大な表現をあたえられている。この三巻の小説のなかには、限りなく多くの愛が、流れてきて、流れ去る。母の愛、女性への愛、芸術への愛、友愛など……。ここでは、とくにこの最後のもの（友愛）について考えてみたいとおもう。

第二巻のなかの、感動的な美しい個所で、作者は、ふたりの友が散策する夕方の森の草地の情景をえがいている。「誠実なドイツの歌曲」が、ふたりのまわりを流れ、遠くからは、フランスの鐘の音が、西風にはこばれてくる。この森の草地は、作品全体の精神的立場をあらわしているといえようか。つまり、ふたりの散策者の友情は、二つの国民の境界線の上でむすばれるのである。

人間として、また天才として故郷のドイツでは深い無理解をなめねばならなかったジャン・クリストフは、早くからフランスにこころを惹かれ、かれの希望は、本能的にこの隣国にむけられている。運命がさいわいして、かれは憧れの国にたどりつくことになるが、もちろん、最初は新たな、いたましい幻滅のかずかずを味わわなくてはならない。作者はわたくしたちドイツ人にむかって、ときとして手きびしい言葉をあびせかけるが、かれの同胞のフランス人にたいしても、その手きびしさを少しも緩めてはいない。とくに興味ぶかいのは、パリを舞台とした最初の章が、「大きな歳の市」という題名をつけられていることである――ここでは、すべての価値が叩き売りされているということを、諷している のである。のちになってからはじめて、真のフランスが、ジャン・クリストフのまえにあらわれる。かれは、友人オリヴィエ・ジャナンにおいて、この真のフランスを体験する。この友情とともに、わたくしたちは本書の本来の使命に近づくことになる。この友情をまず第一に象徴としてとらえることは、確かに、物語の生きた流れを無理にゆがめることになるかもしれない。しかし、事実、これは象徴なのである。たがいにあまりにもしばしば仇敵視し合っていた両国民のあいだにむすばれるべき友情の、美しいシンボルなのである。しかも、この友情は、れっきとした人生の生きた縮図であって、二つのたましいが、その生立《おいた》ちとふかい本質の相違によってへだてられているようにに見えるにもかかわらず、たがいに兄弟のような親しさを感じるという奇跡を、たちどころに成就してしまうのである。いや、「にもかかわらず」ではないのだ! 「かれらは、差異のためにこそ愛し合った」と、ロマン・ロランは書いている。さらに、「かれらは、たがいに富まし合った」とも。ジャン・クリストフは、おのれの人間としての、また、芸術家としての存在の唯一の真実な反響を、オリヴィエ・ジャナンのなかに見出す。一方、オリヴィエは、クリストフに、かれがみずからの発展のためにその明晰な知性と愛すべき典雅さとを必要としている、あのより深いフランスをおしえる。この友情と関連して、両国民の本質についてのきわめて意味ぶかい見解が、いくつか述べられていて、わたくしたちは、それを肯定するかしないかは別にしても、ほとんど各ページごとにアンダーラインでも引いて、いろいろ考えてみたい気がするほどである。わたくしたちとしては、かならずしも肯定することはできない。これらの見解のなかには、やはり幾世紀にもわたる悲劇の暗影のために曇らされているものがあるようにおもえるのである。しかし、そういう細かな点は、ほとんど問題にはならない。わたくしたちが肝要な大筋にだけしか眼をとめないようになったのは、なんといっても現代の数少ない取柄《とりえ》の一つである。このフランス詩人が、わたくしたちにドイツ人の一形姿《けいし》(小説中の人物)を贈ってくれたということ、これだけは、もう疑いようのない事実なのだ。しかも、この人物(ジャン・クリストフ)について作者みずからが、「わたしは、きよらかな眼ときよらかな心をもった主人公、語られる権利をもつに足るほど気高いたましいと、耳をそばだてさせるに足るほど強い声とをそなえた主人公を、必要とした」と語っているのである。オリヴィエ・ジャナンとその姉アントワネット（かの女は、おそらくこの作品全体を通じて最も愛すべき形姿である）のなかにより深いフランスがあらわれているとすれば、ジャン・クリストフのなかには、より深きドイツがあらわれているのである。

第三巻の最後の部分と、主人公の運命の完成を述べる部分には、ある奇妙な哀愁がただよっている。それは、どんな運命の完成にもつきまとう悲哀感というだけのものではない。ロマン・ロランはジャン・クリストフをして、「古典の森の槲《かしわ》の木は、すでに苔《こけ》むしている」という運命の不吉さにおののくような言葉を語らせているが、かれは今日《こんにち》の世界情勢を、すでに透視者の眼をもって予見していたのではあるまいか。そういえば、すでに第二巻の序には、われわれには、「一日のもうあとわずかな時間しか残されていない」と、書かれていた。ジャン・クリストフは、生涯の終わりにのぞんで、かれ自身の作品だけでなく、近代音楽全般の来るべき壊滅をも予想するが、かれがこのとき予感したのは、ヨーロッパ文化のふかい危機なのである。「情熱が高らかに歌っているわれわれの音楽堂は、やがて虚《うつろ》な神殿となりはて、忘却の底に沈むであろう」と、書かれている。死にむかって歩みゆくかれの勇敢なたましいは、かれの人生行路をすでにいくどもよぎった黙示録の騎士たちの、この最後の、最も手ごわい攻撃をも抑えつける。「けれども、主よ、わたしはおんみの顔を仰ぎ見ます」と、かれはこの騎士たちに答える。「たとえそのために微塵にくだかれましょうとも、わたしはおんみの声の雷鳴《いかずち》に耳をかたむけます」と。ここで、ながらく抑えに抑えられていたダムの水のように、教会的でこそないが、それでも深い、けだかい宗教性から発した形而上《けいじじょう》的な力が、ほとばしり出る。死にゆくクリストフは、生への、また死への讃歌を歌いあげるのである。しかし、あとに残されたものたちには、これに劣らず雄々しいかれの言葉が、偉大な遺産となる——「われわれは、決して職を退《しりぞ》いてはならない。この世のどんな小さな人間も、どんなに偉大な人間も、それぞれ自分の義務があり、また、たとえ自分で知らなくても、力をもっているものである」と。この「力」は、決して政治的な概念ではない。むしろ、政治的な力のみが民族の運命を左右するという致命的な妄想を棄て去ることが、必要なのだ。ロマン・ロランが信条とする希望は、政治的なものではなく、人間的なものにむけられているのである。世界のすべての流れは、内より発して外にむかう。政治的な力は、人間の内部ですでに準備され、こころの奥底ですでに決断されているものを、ただ実現し、なしとげるにすぎない。そして、ここに、この作品のもつ本来の巨大な現実性が、はっきりとあらわれてくる。「わたしは、破滅に瀕した一つの世代の悲劇を書いた。現代の人たちよ、今度はきみたちの番だ。われわれよりも偉大で、幸福であってくれたまえ！」。これは、第三巻の最後の章の序文である。この新しい門出の時もまた、いまではもう遠く過去のものになってしまった。そして、残念ながら、それは、十九世紀よりもさらに偉大ではなく、また幸福でもなかった。しかし、繰り返して言うが、「われわれは、決して職を退いてはならない！」「一人びとりの人間の覚醒のなかからしか、救いはやって来ない」。この雄大な作品は、「すべての国民の自由な魂たち」にささげられている。ロマン・ロランは、今日でもなお「この自由な魂たち」から救いを期待しているのである。この最後の観点から見れば、オリヴィエ・ジャナンとジャン・クリストフとの友情は、たんにドイツとフランスとの友好のシンボルと見えるだけでなく、さらにずっと広い範囲の、いわば四海同胞《しかいどうほう》の友愛をさししめす一つの実例なのである。この力づよい作品の末尾において、主人公の形姿は、かれの霊名の聖人（かれがその名前をもらった聖人、つまり、聖クリストフォルス）のそれと一つに溶け合う。すなわち、神なる幼児を肩に負って時代の激流を渡りゆく、あのヨーロッパ民族の伝説的聖人である聖クリストフォルスのすがたを、わたくしたちは見るのである。かれは、その幼児から勝利にみちた約束を受けとる――「われは来る《きた》べき日なり」と。

カール・ムートの満七十歳を祝して

ムート先生、敬愛する先生の第七十回のお誕生日のお祝いを申しあげようと、このあいだから考えているのでございますが、先生の偉大な生涯のお仕事にたいする、わたくしのまったく個人的なつながりについて、どうしても一言させていただかねばならない気がいたします。つくづくと考えますのに、このつながりは、先生ご自身がおそらくご存じでいらっしゃいますよりも、もっともっとむかしにさかのぼるものです。そして、先生はお驚きになるかもしれませんが、わたくしにとりましては、このむかしのつながりこそ、最も大きな意義をもっているのでございます。

このお祝いの手紙を書きながら、わたくしの思い出は、自分ではもうはっきりいつとは申せなくなってしまった、大戦後のある日のことへとさかのぼっていきます。それは、ちょうど、いわゆる「西欧の没落」の悪寒が、わたくしどものこころをかすめ、ドイツの国力の崩壊につづいて、ドイツ民族の、いいえ、全世界の精神的宗教的財宝の崩壊がまさに起ころうとしている、あるいは、もっと深い見方からしますれば、すでにこの方が先に崩壊してしまったということが、おぼろげながら感じはじめられるようになった時期のある日でありました。そのときのあらゆる外的な状況を、わたくしは、いまでもはっきりとおぼえております。あのころの汽車といえば、どれもこれもすし詰《づめ》満員でしたが、その満員列車のなかに坐った自分のすがたが、いまも眼に見えるような気がいたします。坐った——と申しましても、客室《クペー》のなかではなく、通路においた小さなトランクの上に腰をかけていたのです。一冊の雑誌を膝《ひざ》にのせておりました。長時間の汽車の旅をまぎらすために、駅の売店で買いもとめたのですが、その内容や傾向は分からぬままに、その誌名が混沌《こんとん》たる時代をこえてなにものかをさし示しているかにおもわれて、ふとこころを惹かれたのでございます。

トランクに腰をかけ、未知の雑誌を道づれとしたこの旅行が、わたくしにはこの上なく幸福な体験となったのでありました。と申しますのは、わたくしは、そのとき、この雑誌によって、「西欧の没落」も、ドイツ民族の没落も信ぜず、かえってそれらの復活と再興を信じている世界のなかにいたのでございますから。わたくしは、つまり、キリスト教的な世界のなかにいたのです。わたくしは――むろん、すぐに気づいたことですが――一つのカトリック雑誌の精神的風土のなかに、しかも同時に、わたくし自身の真の故郷のなかにもいたのでした。それも、この雑誌のなかには、非カトリック的な（カトリック以外の）精神財も広い視野のもとに眺められ、その価値をみとめられている、という理由からだけではなく、むしろ、わたくしの最も大切な財産、つまり、わたくしの敬虔《けいけん》なプロテスタントの両親の家庭の遺産を、この雑誌の態度全体がいわばあわせ包んでいるようにおもわれたからでございます。ほんとうに、この「あわせ包む」という印象――わたくしは、いまでもそれをはっきりとおぼえております――こそ、この忘れがたい出会いの、そもそもの本質であったのでした！　わたくしは、そのときはじめて、キリスト教界内部のあらゆる悲しむべき対立や分裂にもかかわらず、キリスト教文化という共有財産がれっきとして存在することを、はっきり身をもって知ったのでした。わたくしは、一冊のカトリック雑誌の精神的態度を、普遍的《ふへん》キリスト教的な精神態度および愛の態度として体験したのでした。カトリック的なものの抱擁的な、母性的な態度を――つまり、真に普遍的《カトリック》なもののの本来の本質を、このとき体験したのでした。

さて、ムート先生、これだけ申しあげますと、わたくしがなぜ一体、このお誕生日のお祝いの手紙のなかで、先生のご偉業との最初の出会いについてお話し申しあげたい気になったのか、きっとお分かりくださったこととおもいます。この出会いのなかには、教会そのものとの出会いの体験が、はるかに先駆的な影となってはっきりと投影されているのです――しかも、文化的なものの領域において。といいますのは、教会との出会いの決定的な点も、外部から来たものにとっては、やはりすべてをあわせ包む母性的抱擁の態度にふれて、たましいの大きな震撼《しんかん》を受けることではありますまいか。先生もすでにご承知のように、わたくしはすでに改宗者《コンヴェルティート》となっておりますが、改宗者というものは、まちがった解釈がときとして考えますように、信仰告白上のいたましい分裂をことさらに強調するような人間なのではなくて、むしろ逆に、そういう分裂を克服した人間なのでございます。改宗者のほんとうの体験は、異種の信仰を体験し、水の流れにたとえますならば、そちらへ「のり越えていく」ことではなく、信仰が一つのものであることを体験し、この同一性に水浸しにされることなのです。それは、自分の最も固有な宗教的財産――プロテスタンティズムの中核的なキリスト教的信仰財――が、母なる公教会の胎内からうまれ出てきたものであるとともに、その胎内において保存され、安全に守られているのだということを知った子供の体験であります。したがって、極端な言い方をしますと、いわゆる教派分裂は、究極の宗教的見地からすれば、信仰の分裂であるよりは、むしろ愛の分裂であり、信仰の分裂の神学的克服は、それに先立って愛の分裂がすでに克服されていないかぎり、決して成功するはずがないということ、このかがやかしい認識こそ、改宗者の真骨頂なのであります。

さて、先生、ここで、わたくしが申しあげたいとおもっていました本題に、立ち返らせていただきます。わたくしたちは、いま先生のお誕生日を祝し、ご偉業を讃《たた》えまつろうとしておりますが、世界の情勢は、ちょうど由々しい時期にさしかかっております。眼をスペインに向けただけで分かることでございますが、最初に申しあげましたあの大戦後の不安な予感は、いまやすでに部分的に現実となってあらわれております。わたくしどもの民族の内部においても、また、キリスト教的世界全体のなかにおきましても、あらゆる分裂状態を克服しようという渇望が、以前よりはるかに熱烈に盛りあがってまいりましたが、このことは、世界の現状の深刻な重大さが認識されていることを意味しています。このような渇望が強くなってまいりましたのは、統合された力の方が一そう容易に勝利を得ることができるという理由からではなく（そのような考え方は、まったく非宗教的な考え方だと申さなくてはなりませぬ）、分裂の克服こそすでに勝利であるからでございます。つまり、それは、キリストの一なる愛の表現であると申せましょうか。わたくしたちは、残念ながら、いまのこの分裂状態にありましては、この愛を不完全にしかあらわすことができず、したがって、およそ愛の勝利からは程遠《ほどとお》いという現状にいるわけでございます。キリスト教の隊列は、四分五裂しております。これを指摘されることほど、キリスト教にとって痛い非難はございません。

ところで、先生、この点からこそ、現代のまったく特別な宗教的渇望が、さらにまた、宗教的使命が生じてくるのでありますが、先生は、この使命が現在のような切迫したかたちでわたくしたちの前にあらわれるよりもずっと前から、この使命のために尽して来られたのです。先生は、この宗教的課題を達成するための道ならしをしてくださったのです。と申しますのは、先生はわたくしたちに、キリスト教文化の共通性を繰り返しお教えくださったからなのですが、まことに、このような共通性は、一方に広く共通する宗教的財産というものがあって、それの放射としてのみ可能なものであります。ほんとうに、こころから先生にお礼申しあげます。先生のお仕事は、じつに偉大で、広汎で、言葉のほんとうの意味において「カトリック的」でありましたので、外部から近づいてまいった人間をもとらえ、包み、そして護ってくださいました。そういう外部からまいりました人間の一人であるわたくしの感謝を、どうぞお受けとりくださいませ。これは、決してわたくし一人だけの感謝ではございません。わたくしが、あえて自分の個人的な体験などお話しさせていただきましたのも、このなかにもっと広い一般の体験が表現されているからにほかなりません。その体験の成果が、はっきり眼に見えるかたちをとっているか、それとも、眼に見えないままにとどまっているかというようなことは、ここでは問題になりません。この道におきましては、さまざまな段階の実現の仕方があるのでございますから。どんなに見ばえのしない成果でも、無限の期待をはらんでおります！　改宗者は、分裂した愛の生きた統一を具現しています。改宗者は、いわば両方の岸にふれ、両方の岸をむすぶ橋だといえましょうか。このような立場を利用しまして、わたくしがカトリックでない兄弟たちや姉妹たちの代理者として先生のまえに立ちますことを、どうかおゆるしくださいませ。これらの人たちは、今日、わたくしたちの隊列から欠けてはならない人たちです。と申しますのは、これらのカトリック外の人たちが同席し参加することによってこそ、わたくしたちにとりましても、あの一なる愛の約束の光がかがやいてくるのでございますから。まことに、この愛は、おそらく永遠のなかにおいてはじめて、わたくしたちを完全に結びあわせてくれるのでありましょうが、しかし、すでにこの現世におきましても、この愛は、あくまでわたくしどもの不動の目標であり、同時に、四分五裂した荒涼たる世界の和解と合一のための、唯一の確かな希望でもあるのでございます！

先生のお仕事が、なにとぞいついつまでも神に祝福せられますように！

こころからの感謝をもって

ゲルトルート・ル・フォール

ジョルジュ・ベルナノス『恵まれし不安』によせて

数年前わたくしの小説『断頭台の最後の女』の映画化に承諾をあたえたとき、映画のための脚本を執筆してくれることになっていたジョルジュ・ベルナノスが、この小説の若い女主人公ブランシュ・ド・ラ・フォルスにこころを動かされて、わたくしの作品の改作をくわだてることになろうとは、わたくしの予想だにしなかったところである。この改作は、当初の映画化のプラントは離れて、現在では舞台的として、ラジオ・ドラマとして、また書物として世におこなわれている。そのあいだにベルナノスは世を去ったが、かれの遺稿管理者であるアルベール・ベガンは、世間一般にはいささか奇異な感じをあたえぬでもないこの事実にたいして、いわゆる諸聖人《しょせいじん》の通功《つうこう》を説きつつ、ふかい宗教的意味をあたえ、「測りがたい霊魂のつながり」が同一の主人公を二度も生かしえたのだといっている。しかし、このような究極的な、きわめて深遠な解釈とは別に、主人公ブランシュの素姓《すじょう》にかんする純歴史的な疑問は、もちろん、依然として残されているわけである。ベルナノス作品集の編者は、そのフランス語版に附したあとがきのなかで、フランス革命のさい死刑の宣告をうけ、讃美歌をうたいながら断頭台にのぼっていったあのコンピエーニュのカルメル会修道女たちの、歴史的に確認されている十六人の名前をあげている。つづいて、かれはつぎのように述べている。「ブランシュ・ド・ラ・フォルスは、この十六人の殉教者の表には記されていないが、それにしてもゲルトルート・フォン・ル・フォールは、かの女が創作した史劇の中心をなすこの人物を、まったく架空的に虚構したわけではない。かの女は、実在のマリー・ジュヌヴィエーヴ・ムーニエから、サン・ドニのコンスタンスおよびブランシュ・ド・ラゴニ・デュ・クリスト（主のご心痛のブランシュ）という二人の若い修練女を創造したのだ」と。わたくしはここに、たびたびの所望にこたえて、右のような主張を訂正しておきたいとおもう。

わたくし自身の小説（『断頭台の最後の女』）の出発点となったのは、まず第一に、コンピエーニュのカルメル会の十六人の修道女たちの運命ではなく、小さなブランシュの形姿《すがた》だったのである。かの女は、歴史的な意味では、まったく実在しなかった。ブランシュは、その慄えおののく存在の息ぶきを、もっぱらわたくし自身の内部から受けとったのであって、この誕生の由来から引きはなされることはできない。来るべき運命をひしひしと予感させる暗雲が、すでにドイツの上にたれこめていた時代の、ふかい恐怖感からうまれ出たこのブランシュの形姿は、いわば「終末に向かいゆく一つの時代全体の死の不安の具現」として、私の眼前にあらわれて来たのだった。両親の家の召使いたちから「小兎《こうさぎ》さん」とあだ名される、たえずびくびくしている臆病な子供、世間にたいする恐怖から修道院に入り、キリストの心痛との神秘的な合一によっておのれの宗教生活をきずき上げようとつとめる若い娘――こうしたイメージは、コンピエーニュ・カルメル会の十六人の修道女たちの運命のなかにかの女の運命を織りこもうと着想するよりもまえから、わたくしの詩的構想のなかで生きていたのである。十六人の修女のことを知ったのは、ほんの偶然によるものであった。カトリックの各種修道会のことを書いたある本の脚註として、行列して歌いながら断頭台にのぼっていったカルメル修道女たちについての簡単な記事があり、それを読んだことによって、わたくしは、小さなブランシュを現代という舞台に登場させるつもりだったはじめの計画を変えて、フランス革命に舞台を移す決心をしたのである。それによってわたくしは、自分の創作上のいつもの好みにしたがって、現実の問題や人物を、あまりに切迫した近さから解き放して、より純粋に、より平静に描くことができるように、過去へと投影したのである。やがて、ミュンヘンの国立図書館の斡旋で、わずかしかない原史料を見つけだすことができた。それによると、十六人の殉教修道女たちの名前とその運命の大略はわかったけれども、かの女たちめいめいの性格は、明らかでない。性格を作り出すのにある程度の手がかりがあったのは、フランス王家の血を引いていたらしいマリー・ド・ランカルナシオン（ご託身のマリー童貞）の場合だけであった。したがって、わたくしの作品にあらわれてくるかぎりの個々の修道女たちも、歌姫ローズ・デュコールや「み栄えの幼きイエズス」像とおなじく、すべてわたくしの文学的創作である。

わたくしの作品は、ドイツでは一九三二年刊行され、ついで、さまざまな国語に飜訳された。フランス語訳は、一九三七年にデスクレ・ド・ブルヴェ書店から出版された。第二次大戦後まもなく、あるフランスの会社が、この作品を映画化したい旨を申し出、しかも、脚本はベルナノスが執筆するということであった。わたくしは契約書に署名をしたが、それには、やがて書かれる映画台本にたいして、わたくしも共作者として発言権をもつことが明記されていた。それからかなりの時日が経過したが、この計画については、その実施がいくらか延期されることになったということ以外に、なんの音沙汰もなかった。ベルナノスの歿後はじめて、かれの遺稿の管理者が、すでに完成していた原稿を、わたくしに見せてくれた。けれども、それは、ほとんど映画に適しないような台本であった。視覚に訴えそうな強い外面の筋の運びは、ことごとくなくなり、ひたすら内面的な対話がつづいていて、最初からむしろ書物として読まれるか、舞台にかけられることを意図して書かれたかとおもわれるほどであった。それにしても、この作品は、あらゆる点でわたくしの作品に依拠している。ブラシュ・ド・ラ・フォルスの性格は、原作どおりであるし、かの女の名前をド・ラ・フェブレスと言いかえてからかう点も、修道名では「主のご心痛のブランシュ」とよばれることも、そっくり踏襲されている。とりわけ、全体をつらぬく根本思想としての不安というモチーフおよび「不安に忠実であること」も、おなじであり、最後に、わたくしが自由に創作したあの大きな結末、すなわち、断頭台の露と消えゆく修道女たちの聖歌『聖霊来たり給え《ヴェニ・クレアトル》』にブランシュが声をあわせて歌う場面も、原作どおりである。もう一つだけつけ加えると、一そう敷衍された形をとり、一そう独立した意義をあたえられてはいるが、修道院長の苦しみにみちた死も、そっくりそのまま取り入れられている。つまり、どちらの作も、死の不安にたいする人間の勝利ではなく、それにたいする恩寵《おんちょう》の勝利を根本テーマにしているのであるが、ただその過程が、異なっている。ベルナノスの作では、修道院長の苦痛にみちた死が、のちほどのブランシュの勝利のための身代わりの犠牲となっている。これに反して、わたくしの作品においては、ほとんど理解を絶するほどの純粋な神の恩寵がはたらくのである。というのは、有名なソンブレール嬢が飲んだとおなじ恐怖の盃を飲みほさなくてはならなかったブランシュからは、死の不安を従順にわが身に引きかぶるということのほかには、もはやなにも望むことができないからである。かの女は、究極まで破壊しつくされた人間なのだ。ところが、ベルナノスの作品では、ブランシュは、最後まで明確な責任感をもちつづけている。

ところで、このフランスの大作家がなぜ異国人の書いた小説の主人公に手をのばしたかという理由が、ここから明らかになるとおもう。つまり、かれは、みずからの死の近いことを知って、あえてブランシュをえらんだのである。ブランシュが、ベルナノスの文学的生涯の最後の駅旅《えきりょ》に随伴することをゆるされたのだと考えただけでも、わたくしは無量の感慨をおぼえる。かれがブランシュの運命にささげたこの辞世の作を、わたくしは、ふかい畏敬の念をもって仰ぐものである。そして、この作品が、こころの奥底まで感動させる深い反響をよびおこすことを、念じてやまない。にもかかわらず、わたくしは、ある種の評者たちの腑に落ちない解釈にたいしては、どうしても賛同できない旨をつけ加えておかなくてはならない。そのような批評のなかにもいわれているように、コンピエーニュのカルメル会修道女たちについては、すべての作家がそれぞれ自分独自の作品を書いても、少しもかまわなかった。しかし、ブランシュ・ド・ラ・フォルスにかんするかぎりは、そうではない。作家ベルナノスが、もしまだ生きていたとすれば、きっとこの見解を是認してくれるであろうと、わたくしはかたく信じている。

若い人たちは古典を読むべきか

「青年は今日なお古典作家を読むべきか」という質問にお答えするかわりに、わたくしは逆に、青年はなぜ今日もう古典作家を読まないのであろうか、と問い返したいともいます。まことの価値というものは、変わらないし、人間そのものも、変わるものではありません。変わるのは、ただ人間生活の外的事情だけです。ところで、この外的事情が、ここ数十年間に、大きな変化を受けたということ、これは確かです。しかし、そのことから、教養の課題——というのは、ここで問題になっているのは、教養ということなのですから——を規定することはできません。教養は、外的事情に左右されるものではなく、また、流行や時流や一時的なことと関係があるものでもありません。教養にとって大事なのは、人間であり、人間の人格形成と、とりわけ、その人間性の錬成《れんせい》ということです。ところで、現代は、職業的、技術的、あるいはスポーツ上の錬成の問題

（したがって、外的生活の問題）を、純粋に人間的な練成の問題よりも重要視する傾向をもっていますが、この点からすれば、冒頭の問いにたいして、現代の青年こそ古典作家を読むべきである、と答えたい気がするといわなくてはなりません。といいますのは、現代に欠けているのは、技術上の能力でもなければ、よく訓練された実務感覚および職業感覚でもなく、また、スポーツの優秀選手でもありません。周知のように、しばしば空怖《そらおそ》ろしいまでに欠けているのは、人間らしい感情をもち、人間らしく行動する、円満な全体性と全面性とをそなえた人間なのですから。けれども、このような人間の形成は、たんなる専門家の養成にのみ熱を入れてきたような時代の力によっては、ごく不十分にしか達成されません。そして、古典作家たちがわたくしたちに力を貸してくれるのは、この点においてなのです。わたくしたちは、古典作家のなかにこそ、わたくしたち自身からも、したがって、わたくしたちの現代文学からもますます失われてゆくあのゆたかな全面的な人間性の理想を、いまなお見出すのです。そのさい、いうまでもないことですが、古典文学に親しむことによって後向きの姿勢になるというような偏見を、わたくしたちはきれいに棄て去らなくてはなりません。たとえば、若い商人にとっては、外国にふれたり、さらに、ほかの大陸を見聞したりすることは、不可欠なことであり、かれをその故国から遠ざけるどころか、かえって、かれの視野をせまい自国の外にまで拡げます。これとおなじことで、わたくしたちの精神も、みずからの時代をこえた視線を必要とします。それは、なにも自分の生きている時代から遊離するためではなく、ヘルマン・ヘッセが言っているように、それによって、「あらゆる時代の文化のなかに生きつづけている叡智と美を理解する耳が得られる」ようになるのです。つまり、わたくしたちにもはやなんのかかわりもないような過去の文学の発言が問題なのではなく、大切なのは、時代をこえた文学の証言なのです。そのような証言として、古典作家たちは、わたくしたちの父祖たちのものであったとおなじく、わたくしたち自身のものでもあるのです。わたくしたちは、肉体的な存在を父祖たちから受けとり、それを生涯のあいだ血のなかにもちつづけるのとおなじように、父祖たちの精神的な遺産をも欠かすことができません。どんな人間、どんな時代も、自分の力だけでは生きていくことができません。わたくしたちにあたえられている超時代的な遺産というみずからの泉を放棄するのは、致死的な貧血におちいることにひとしいといえましょうか。それは、ヨーロッパ人であることを放棄するもおなじことです。わたくしたちは、こんにち、このヨーロッパ人の故郷《ふるさと》を防衛する使命をおびているわけですが、もしわたくしたちがヨーロッパ文化全体の偉大な精神的系列を棄て去るならば、すべてのたんに政治的な手段は、最初から挫折するにきまっているということを、はっきり知っておかなくてはなりません。わたくしたちの音楽の偉大な巨匠（リヒアルト・ヴァーグナー）が、つぎのような味わうべき言葉をのこしてくれたのは、決して理由のないことではありません――「おのれの精神的遺産を尊ばないような世代は、未来をもたない」と。

キリスト教的ヨーロッパの女性

ヨーロッパのキリスト教的女性について書くようにとの依頼をうけたが、わたくしはこれを、自省をうながす呼びかけとしてのみ、理解することができる。というのは、この号＊にのせられるいくつかの論文にあたえられる総題は、キリスト教的ヨーロッパの再興は可能であるか、というのであるから。この標題によって、ヨーロッパの共通なキリスト教文化が、いまや深い危機に直面しているという事実が、率直にみとめられているのである。しかし（と、多くの人びとは、たずねるであろう）、この文化を救うことは、まず第一に、男性に課せられた仕事ではあるまいか。それは、もっぱら男性にのみゆだねられている偉大な歴史的決断の如何によって決まることではないだろうか。疑いもなく、わたくしたちの大陸（ヨーロッパ）を四分五裂の状態におとしいれ、今日のような状態をひき起こした残虐な戦争は、一面的な、過度に高められた男性的属性の所業である。この場合、女性は、ただ苦悩を負わされた者としてのみあらわれる。したがって、女性のせいではないような状態の変革を女性にもとめるのは、不当ではないだろうか。事実、そのように見えるのである。しかし、事柄の本質により深い眼をむけるならば、このような判断をあらためて吟味しないわけにはいかなくなる。というのは、世界というものは、両極的にできていて、二つの力の分野の適正な配分によってのみ、その平衡をたもつことができるからである。このただしい配分がくずれることは、つねにカタストローフ（破滅）の危険を意味する。現代の過度に高められた男性的属性は、それに釣合うべき女性の力が欠けていることを語っている。というのは、歴史的な大事件は、根本においては、世界の内面的一般的な状態が眼に見えるようになり、外部に露呈したことを、証明するにすぎないからである。男性は、確かに現象の前景に立つが、女性は、ヴェールにおおわれたその深奥をあらわしている。男性は、運命を成就するが、女性は、その隠れた母胎である。母親は、その息子たちに、肉体的生命と自然的遺産を贈るだけではない。息子たちがたましいや性格の最初の決定的な刻印を受けとるのも、母親からなのである。のちになって受けるどんな影響も、母親から受けた影響にとって代わったり、それを消し去ったりすることはできないであろう。子供の手を引いて最初の歩行をおしえ、最初の言葉や最初の祈りを口移しにおしえる母親は、また、かならずしも十分に意識してではないにしても、子供のその後の全生涯を深くともに決定するのである。だから、現代の世界情勢をただしく判断しようとおもったならば、わたくしたちは、「母たち」のもとへ下りて行かなければならない。母たちのもとへ下りて行くとは、男性にあたえる女性の影響一般の形成的な意義をみとめることである。したがって、母親は、全体として象徴的な意味をおびる。というのは、男性の本質をほんとうに補足するものは、女性のもつ母親的な力にほかならないからである。しかし、このことから、すべての世界情勢にたいする女性のきわめて重大な共同責任が、あきらかになる。そして、わたくしたちは、つぎのような、東洋の叡智がうんだ大昔の格言を、突如として理解するのである――「男性が倒れるとき、倒れるのは男性だけである。しかし、女性が倒れると、民族全体が倒れる」

＊この文章は、最初『スイス女性』（Die Schweizerin）という雑誌に発表された。

さて、このような認識をたずさえて、わたくしたちは、現代ヨーロッパの女性像に近づいてみよう。けれども、一体、そのような統一的な女性像が存在するであろうか、と反問する人もあるかもしれない。どの国を見ても、国家・伝統・信仰・人種などが、おびただしい不一致をしめしているではないか。戦禍に見舞われた国と、その被害を受けずにすんだ国との相違だけでも、すでに天と地とほどの違いがあるではないか。このように考えることは、確かに正しい。しかし、ただ表面的に正しいにすぎない。現代の特徴は、きわめて強烈なものであって、究極においては、ヨーロッパのどの国民も、おなじ刻印を捺しつけられているのである。異なるのは、ただ刻印の強い・弱いという点だけであって、本質上の差異は認められないのである。

民族のいかんを問わず、現代のヨーロッパ人を特徴づけているものは、キリスト教からのその根ぶかい離叛である。この離叛は、たんに自覚的に教会から離れ去った人びとの数だけにとどまらず、さらにおびただしい数の、宗教的に無関心な人たちまでおよんでいる。これらの人たちは、確かにまだ神の家（教会）をいっぱいにしてはいるが、かれらの心臓は、もはや教会のなかで打ってはいないのである。この点を、わたくしたちは決して見あやまってはならない。というのは、わたくしたちの置かれている状況のおそるべき重大さを洞察するためには、まずこの痛ましい真実を容赦なく承認しなくてはならないからである。キリストにたいする共通の信仰が、幾百年以上にもわたって、ヨーロッパを一つに結びつけ、宗派分裂をこえてさえ、一つの（ひびは入っているかもしれぬが）統一体をしっかりと保っていた。しかし、それは過去のことである。今日では、そのような共通の信仰は、一般的な意味では、もはや存在しない。これが、わたくしたちのいま置かれている状況なのであるが、むろん、それは長いあいだにわたって準備されてきたものである。反キリスト教的な諸勢力は、このごろになって急にあらわれたものではない。けれども、そのような力が遂行する精神上の戦いは、以前は、まず第一に男性の世界に向けられていた。その本質上、保守的で保存的な立場にたつ女性は、あくまで信仰と敬神の秩序に忠実であり、しばしば離叛におちいった男性にたいして、長いあいだ釣合いをたもち、これから育ちゆく世代にたえずキリスト教の遺産をさずけてきた。このような証言は、しかし、全体としての現代の女性には、もはやあたえるわけにはいかないのである。そして、この点にこそ、現代の時代相の、危険をはらんだ新しい特徴があるのである。というのは、女性のキリスト教離叛は、男性のそれのように、思想的合理主義の道をとおって行なわれるものではないからである。この思想的合理主義の道は、結局は唯物論と盲目的な技術万能主義にいたりつくにしても、すぐにはそこまで行かない。ところが、女性の場合は、かの女を圧倒し、したがって気づかないうちに、しかし、どうしようもなく宗教的なものの源泉からかの女を押しのけるものは、現代生活の性格そのもの、最初は男性によってつくられた、このまったく此岸的な世界の性格そのものなのである。このように現代生活の全般的性格によって押しのけられることに抵抗するのは、思想的な誘惑に抵抗するよりも、むろん、限りなく困難である。もはやキリスト教的でない原則・規範・観念などが、巨大なちからをもって女性の世界のなかに侵入してきている。そして、そこからさらにつぎの世代のなかへ、日ごとにふかく侵入していく。キリスト教的信仰の衰滅とともに、キリスト教的な家庭と道徳と文化も、しだいに崩壊してしまった。過去の数世紀は、信仰のちからがすでに衰えた場合でも、すくなくともキリスト教によって規定された倫理を、なお人間社会の基盤としてしっかりと保持しようとつとめたのに、わたくしたちは、こんにちこの倫理の事実上の崩壊をはっきりと眼前にし、しかも、ほかならず女性そのものが、しばしばこの崩壊を如実に見せているのである！　現代女性の外観だけでも、この点では、しばしば示唆にとんでいる。女性美のもつ霊性をぶちこわしているある種の「粉飾」は、露骨にその地金《ちがね》を見せていないであろうか。肉体性のこの過度の強調は、まさしく現代の特徴をあらわしてはいないであろうか。ひたすら権力と利益のみを汲々《きゅうきゅう》として求める現代男性のむきだしの唯物主義に対応して、女性は女性なりのやり方で、精神を物質に、愛のやさしさと神聖さを刹那の享楽に、犠牲心にとんだ誠実さを空しい虚栄の満足に、売りわたしてしまったのである。このような女性は、このような男性に対応するばかりでなく、このような男性をつくり出すのに力を貸しているのである。かくて、わたくしたちは、母たちのもとに下りてきたことになる。というのは、わたくしたちは、その息子たちを理解したのである。そして、同時に、「女性が倒れると、民族全体が倒れる」という言葉をも、はっきりと理解する。わたくしたちは、この言葉をおぎなって、こういうことができよう――女性が倒れると、一つの世界が倒れる、と。現象のかくれた深みが、開かれ、秘やかな関連や照応が、はっきりと認識される。無数の離婚沙汰がしめしているものは、大にしては諸民族の分裂状態がしめしているのと同一のものの縮図ではないだろうか。戦場となって廃墟と化した荒涼たる都会の姿は、すでに内部から破壊されてしまった多くの家庭を彷彿とさせないであろうか。あの避難民たちがにげてきた道々に累々として遺棄されていた痛ましい子供たちの屍体は、この世の光を見ることさえ許されずに放置されてしまった無数の幼児の生命にたいする戦慄を、よび起こしはしないであろうか。まことに、女性が倒れるときは、ひとつ世界が倒れるのである！

しかしながら、女性がキリスト教的理想から離脱したことによって最も ひどく苦しんでいるのは、ほかならぬ女性自身なのである。いかなる時代の女性にせよ、現代の女性のような辛い試練をなめさせられたことは、ヨーロッパの歴史上にかつてなかったといってよい。ここもと数年のあいだに母親たちの眼がながした涙の量を、だれがはかることができようか。今日の不幸をまねくのに、女性にも一半の罪があったとしても、女性はその罪のあがないをもしたのである——まことに、それは、人間業《わざ》をこえた贖罪《しょくざい》であった！　このことをよく念頭において、わたくしたちは、弾劾という暗い線をはなれて、事態のもっと明るい面に眼をむけよう。というのは、明るい面は、確かに存在するからである。わたくしたちは、決して信頼をすてたわけではない。弾劾そのもののなかに、すでに確固たる希望の芽がふくまれているのである。女性の共同責任をみとめることは、女性の力を確認することにほかならないし、昨日と今日とにたいして共犯であるということは、明日をともに形成する力があるということである。「女性が倒れると、民族全体が倒れる」というのは、消極的な言葉であるが、これを積極的に言いかえると、女性が健康になると、民族全体が健康になる、ということなのである。現在という瞬間は、決して一つの発展の過程が完結したということを語っているのではなく、いわばもろもろの精神の断乎たる対決を呼びかけているのである。この対決は、すでに広い範囲にわたって行なわれている。というのは、たとえばこの文章が掲載される雑誌の特集からして、ヨーロッパの女性がみずからの使命の重大さを自覚し、その実現に努力しているということの証拠だからである。いまなおキリスト教的であるヨーロッパ女性が、共通の故郷《ふるさと》の、というのは、しばしば敵意のために引き裂かれたとはいえ、この愛するヨーロッパ大陸の、文化をまもるために結集したのである。昔からの悪魔のスローガンが、たえず繰り返して「分割せよ、そして支配せよ」であるのに反して、キリスト教のスローガンは、「一致せよ、そして奉仕せよ」である。すべての対立を克服する愛の精神において完全に一致することは、共通の信仰へ復帰することによってのみ可能であろう。ヨーロッパ文化は、十字架のしるしにおいて興隆した。それは、その本源のしるしのなかにおいてのみ、維持されることができるであろう。

もちろん、はっきりと念を押しておかなくてはならないことだが、あらゆる領域にわたって信仰にふかく努力を傾注することが、問題となって来なければならない。たんに形式的にのみ信奉されただけのキリスト教では、現代人のこころをとらえることは困難である。すべての春は、花が咲くことばかりでなく、嵐や雨が来ることも意味するのである。究極の本質的なものの奥深くに突進を敢行し、そのあらゆる帰結を耐えぬかなくてはならないであろう。救いをもたらす決断は、ほとんどつねに多くの犠牲を要求するものである。ヨーロッパの女性たちが、いまなおキリスト教的であるものも、あるいは、時代のおそろしい徴候のもとにふたたびキリスト教的なものに復帰するものも、ひとしくこの大切な覚悟をふるい起こしていることを、わたくしたちは信じている。

男性の世界の諸領域においては、現下の不幸のもととなったそのおなじ手段によって不幸を克服しようとする迷妄が、依然として支配しつづけている。このいわゆる「男性的時代」を、人間的な時代に、すなわち、キリスト教的な時代に変化させることは、女性の手にゆだねられた仕事なのであろうか。確かなことは、ただ、女性は、この地上的な成功のみをひたすら意図している時代に、より純粋な、より崇高な、より愛にみちた世界を対比させ、また、形而上的に見れば、事実そのような世界を対重分銅《たいじゅうふんどう》として運命の天秤皿に投げ入れることができる、ということだけである。それ以上の細かい指示は、だれもあたえることができない。ほんとうに創造的なもの、新しい愛を燃え立たせるものは、決して計算しつくしたり、組織づけたりすることはできない。それはただ、祈られ、受けとられることができるだけである。ほかならずこの点が、精神の分岐点となるのである。救いをもたらす信仰は、宣言や綱領ではなくて、献身的に生きぬかれることをのぞむ。女性が世界のために切望しているものを実際にみちびき出す手段は、女性がみずからそれを具現すること以外には存在しない。それが、家庭というごく内輪な場所でおこなわれるか、それとも、公共の場所でなされるかは、結局、現代が考えるほど重要なことではない。また同様に、外面的な成功ということも、最後の価値を決めるものではない。というのは、わたくしたちの想念がめざす真の問題は、「キリスト教的ヨーロッパの再興は可能であるか」ということではなく、「わたくしたちは、キリスト教的ヨーロッパの再興を欲するか」ということだからである。わたくしたちが考えるのは、絶対的な意欲のことである。すなわち、みずからの実存の信仰告白より以上にいかなる最後的な成功もあたえられないであろうような場合でも、あくまでそれを欲することである。至高の目的が問題となるところでは、つねにそうであるように、ここでもまた、「ひとは成功の希望によって戦うのではない！」というシラノ・ド・ベルジュラックの言葉があてはまる。欲することは、わたくしたちの持分である——成否は、神の掌中にあることである。

女性のたましいの祈り

この文章の表題は、まず第一に人びとに奇異の感をいだかせるかもしれない。というのは、神学は、男性のたましいと女性のたましいというような区別を立ててはいず、たましいは、ただたんにたましいであるからである。教会がおしえる祈りも、このことを裏書きしている。主祷文《しゅとうぶん》、天使祝詞《しゅくし》、種々の壮大な連祷《れんとう》などは、ひとしく男女双方のために定められている。司祭職に関連する二三の祈りをのぞけば、女子修道会の聖務日祷は、男子修道会のそれとおなじである。それにもかかわらず、表題が暗示するような区別を立てるのは、それなりの正当さがあるのである。というのは、眼に見えないたましいは、区別の世界を故郷としてはいないが、多様の現象世界にはまりこんでいて、この世の旅路においては、男性または女性としての存在にむすばれていて、そこからその時間的な運命や、その生活の課題や秩序を受けとり、また、それから、人間としての苦悩と幸福の分け前をあたえられるのである。これらすべてのことが、たましいの祈りのなかにも入りこんでくる。そして、たましいの祈りについて、「およそ人間的なもので、これに無縁なものはない」といわれているのは、ただしい。だから、キリスト教の祈り――ここで問題にするのは、それについてだけである――は、さながら二声部で合唱される歌、あるいは、二つの歌隊にわかれて神へとのぼっていく頌歌《しょうか》にたとえられる。

さて、これら二つの歌ごえのうち、祈る女性の声に耳をかたむけ、それを解説しようとこころみるにあたって、わたくしたちは、祈りの本質と女性の本質との双方に、まず想いを致さなくてはならない。そこから、わたくしたちは、あの女性の根源像《ウルビルド》――つまり、キリスト教にとっては、聖母のすがたのなかに生きている女性の根源像に、おもわず眼をむけることになる。かつて女性の口から語られた祈りのうちで、最も決定的な、最も偉大な祈りは、天使の受胎告知《じゅたいこくち》にたいしてマリアが述べた「仰せのごとくなれかし」（Fiat）であった。この「なれかし」のなかに、女性のたましいの秘義も、祈りの本質も、ともに啓示されている。男性にくらべて、女性は、人類の受動的・受容的な部分である。女性は、男性のように、おのれの自我や人格の実現のために行為するのではなくて、それらを他に献げることによって行為する。みずからの本質のこのような根本態度において、女性は、祈りの態度の本質とふかく一致する。祈りは、たましいが自主独立的に神へと飛翔することによって行なわれるのではない。祈りは、神の恩寵にみちた呼びかけにたいするたましいの応答なのである。天使がマリアにつたえたあの告知は、すべての祈りの門口《かどぐち》で繰り返される。問題はつねに、神が被造物にむかって身をかたむけ、それと一致するために被造物のもとに棲家《すみか》をもとめようとし、たましいがそれに同意することである。神との一致こそ、すべての祈りの意味である。祈りは、人間の側からは、身を献げることとである。もちろん、こういったからといって、すべての祈りが実際にそのようなものである、という意味ではない。それどころか、神が受けとる大部分の祈りは、過度の差こそあれ、依然として人間の我欲につきまとわれているにちがいない。よく使われる「祈りで天国をゆるがす」という表現からして、すでにそのことをしめしている。確かに、天国をゆるがすほどの祈りは、ないわけではないが、しかし、意志を献げつくしたかなたにはじめて、存在しうるものである。神と合一してはじめて、わたくしたちは、天国をゆるがすほど祈ってよいかどうかを、知ることができる。わたくしたちが完全になることや、もろもろの欠点から浄められることや、神への愛がもっと大きくなることを願ってする祈り——これらの、どんなに崇高な祈願も、やはりわたくしたちの献身という条件に支配されるのである。ひとり神のみが、わたくしたちの完全さの度合を定めたまうのである。神こそが、はたらく者であり、わたくしたちのはたらきは、それに力を合わせるだけである。わたくしたちの罪の赦しをもとめる祈りでさえ、おなじ法則のもとにしたがう。というのは、このように神に身をゆだねることができるということ、神の怒りのなかにさえ身をゆだねることができるということこそ、赦免の条件だからである。神の意志と一つになるということのなかに、結局は、祈りの力もまたあるのである。祈りの力は、祈りによって神の意志を屈服させるというようなことではない。わたくしたちは、謙虚にみずからの無力を神の全能に献げることによって祈りの力を経験するのである。このような献身ないし奉献《ほうけん》は、たんに懇願の祈りにとってばかりでなく、讃美の祈りにとっても、その根本となるものである。懇願の祈りが奉献に終わるのにたいして、讃美の祈りは、奉献とともにすでに始まっているのである。それは、感謝の歓びのほとばしりである。地上的・時間的なもののなかに閉じこめられているたましいが、その閉塞のただなかで永遠なる神と合一する恵みをあたえられたという奇跡にたいして、あふれるばかりの感謝を歌いあげるのである。

——

祈りについてのこれだけの一般的考察を先行させたのち、わたくしたちは祈りの個々の現象形態を考察することができる。もちろん、個々の現象形態に立ちむかおうとするやいなや、わたくしたちはもう一つ別な一般的特徴に逢着して、たちまち立往生せざるをえなくなる。人間が発揮することのできる最大の力としての祈りは、同時に最もふかく隠れた力でもある。それが静寂の念祷ではなく、たとえばベネディクト会修道者の歌隊祈祷や荘厳歌《うた》ミサの荘重な聖歌のような、言葉や歌ごえとなって流れでる祈りである場合でさえ、祈りは、ふかく隠れたものである。というのは、祈りを祈りたらしめるものは、言葉や歌ごえではなく、たましいの跪拝《きはい》の態度であって、言葉や歌ごえは、それから湧き出、それによって形成さるものだからである。口で誦えられる口祷も、本来はやはりこころの奥でなされるのである。このことによって、祈りの顔は、わたくしたちの眼から遠くはなれ去り、神の神秘のなかに没している。わたくしたちには、そのヴェールをすっかりかかげることは、不完全にしかゆるされない。祈りについては、畏敬と慎しみとためらいをもって語ることができるだけである。わたくしたちが語っているこの祈りの世界は、本来もはやわたくしたちのものではなく、神にこそ属する世界なのである。

ところで、女性は、男性にくらべて、むしろ現実の隠れた面をあらわしている。近代生活の発展が、こんにち、しばしば女性を家庭内での安住から追いだし、社会的活動に進出させているにしても、その社会的活動においてすら、おのれの女性としての生命の秩序にとどまるかぎり、女性は、存在の内密な面をより多く代表するであろう。現代のどぎつい白日光のなかで、女性は、社会生活にしばしばひどく欠けている、公共性というものがもつあの畏敬すべき限界をあらわすであろう。この点にこそ、社会的活動面における女性の使命のほんとうの意味がある。つまり、あくまでも隠れた価値の擁護者でありつづけるということが、それである。――こうして、女性は、この面からもまた、祈りの本質に自然的に秩序づけられているのである。むろん、これは、自然が恩寵の前提であるという意味でのみそうであるのだが。

さて、それでは、祈りをささげる女性のたましいの特質は、どのようにあらわれるのであろうか。女性の祈りを男性の祈りから区別するのは、なんであろうか。本質上、両者のあいだに区別はない。たましいがたんにたましいであるように、祈りは、あくまで祈りである。神にむかってみずからを高めることは、すべての人間に共通である。そして、それがおこなわれる形式としては、献身という形式しかありえない。祈るときには、男性も、いわば女性の領分に歩みよるのである。神にたいしては、人間はつねに女性的な態度をとるのである。「なれかし」というマリアの祈りに対応して、「聖旨《みむね》の行なわれんことを」というキリストの祈りがある。教会がささげる偉大な司祭的祈祷も、決してこれの例外をなすものではない。そうした祈祷をささげる司祭によって代表される教会は、じつにそれ自身が女性的な存在なのである。教会は、キリストの配偶《つま》であり、その子供たちの母である。われわれのテーマにとって意味ぶかいことに、教会の偉大な司祭的祈祷は、女性がともに祈ることによって、その必然的な補足を見出すのである。女性が教会のなかで司祭的祈祷に合わせ祈るようになっている場合には――そして、どのようなミサのときも、女性はそうするのであるが――その祈りは、沈黙のうちにおこなわれるのである。あるいは、グレゴリアン聖歌がいまなお民衆の財産であるような土地柄では、歌ごえの充満のなかに没し去るのである。いわばもう一つの歌ごえのかげに隠れてしまうのである。けれども、このように隠れてしまうことによって、かえってきわめて本質的なことが明らかになる。つまり、すでに述べたように、すべての祈り（口でとなえる祈祷もふくめて）の前提となっている、あの沈黙している深みの意義がそれである。むろん、これは、女性の方が男性よりもすぐれた深みから祈る、という意味ではない。それは、教会の祈りの荘厳な秩序のなかで、こうした深みを象徴的に代表する任務が女性にあたえられていた、ということにほかならぬ。ただ、壮麗な音楽的ミサだけは、例外である。この場合は、聖歌隊のなかの個々の女声が、ときとして完全に展開されることもある。宗教芸術がここに歌いあげる力づよい讃歌は、その湧きかえる歓呼のうちに全被造物を拉し去りつつ、いわば教会の秩序をおどり越えるのである。

女性の祈りが典礼的な場でしめすこの隠れて奥にひそむ性格は、世間における女性の祈りの使徒職のなかにも繰返されている。ここでは、祈る女性は、まず第一に、教会の母性につながる。教会が一般に母という比喩のもとにみずからを理解しているように、女性もその祈りの任務を、母としての使命という面から理解し、遂行する。したがって、その遂行は、まず自分の家庭の内部でおこなわれ、事実、大多数の女性がそうしているのである。女性の祈りは、この世にうまれてくる人の子の上にとなえられる最初の祈りであるばかりでなく、わたくしたち自身が口にする最初の祈りでもある。わたくしたちに小さな手を組み合わせることを教えてくれる母親は、その祈りを、いわばわたくしたち子供のたましいのなかまで吹きこむのである。母親が子供たちを声をそろえて歌うクリスマスの讃美歌は、いつの世になっても、女性のたましいの最も内密な、最も感動的な讃美の祈りであるであろう。

母なる教会とおなじく、母なる女性もまた、その祈りによって自分の子供につき添っていく。生きているかぎり、いや、それどころか、みずからの死をこえてまでも、かの女は祈りによって子供につき添う。とっくに世を去った母の祈る姿の思い出が、迷える人の子にたいする神の最後の呼びかけとなる例が、どんなにたくさんあることだろうか。それは、どんなにしばしば、聖なるものにたいする最後の畏敬を意味しているであろうか。また、どんなにか多くのたましいたちが、合掌する母の手によって護られ、あるいは、救われてきたことであろうか。わたくしたちは、聖モニカの形姿《すがた》のなかに、母の祈りの力というものをしみじみと予感する。この母の祈りが世界に贈ったのは、たんにかの女の息子アウグスティヌスだけでなく、ヨーロッパの偉大な教父だったのである。いかに多くの司祭たちの祈りが、敬虔なる母の祈りを前提としていることであろうか！

けれども、わたくしたちはここで、狭義の、根源的な意味での母の祈りだけを考えているのではない。問題は、教会が母なる形姿であるかぎり、教会の祈りのこころは、女性のたましいの祈り全般のなかに、とくに表現されるということである。したがって、肉体的な母親というよりもずっと拡げられた意味での、女性の母性的性質が、ここで問題になるのである。つまり、祈る女性がその一般的な母性によって占める位置というものを、考えてみようというのである。修道女も、ただしくも「母様」(mater) という称号をおびているし、世間にある子供のない女性も、ほんとうに女性であるかぎり、やはり母性的性格をもっている。肉親の母の祈りが、迷える子を探し、それにつき添っていくのに対応して、修道女は、迷える世の子らのために、執《と》り成《な》しの代祷《だいとう》をささげるのである。普遍的な母性的性格からして、女性はまず第一に、執り成しの祈りにこそふさわしいであろう。いや、むしろ、やさしい配慮の祈りだといいたい。女性は日常生活上も、小さな人間的な関心事に気をくばる慣わしであるように、祈りにおいても、こうした小さな、しかし、しばしばきわめて意味ぶかい関心事を神の前にくりひろげることに、男性よりも適しているであろう。確かに、祈りの巨匠たちは、地上的な必要物のための祈願の祈りを、とくに高く評価してはいない。しかし、主の教えられた祈り(主祷文)は、まず最初に神の御名《みな》の尊崇と御国《みくに》の到来を願うが、四番目の願いにおいては、いつくしみのこもった理解をもって、わたくしたちの地上生活の関心事にむけられるのである。キリストご自身は、このような小さな願いを述べる女たちに耳をかたむけることを、決して軽んじはなさらないであろう。たいては自分以外の人びとのことにむけられているかの女たちの関心事も、やはり愛の問題であることを意味しているからである。——まことの女性の優しさと憐れみのこころとは、とりわけ弱い人たちや苦しめる人たち、病める人たちや悩める人たちのために代願することを、女性にうながす。また、だれ一人祈ってくれるものとてない孤独な人たちをも、女性はその祈りのなかにふくめるであろう。そうした人たちはすべて、いわば庇護の手を必要とする、可哀そうな子供たちなのである。また、最後には、この世の死せる子供たちの上にも、かの女は追悼の思いを馳せるであろう。だれもが知っているように、女性こそは、特別な熱心さでもって、これらの煉獄《れんごく》の霊魂たちのための祈りに献身するのである。日常のこまごました些事のなかで鍛えられているのがつねであり、あるいは、つねであるべき忍耐力が、女性をして、しばしば男性の思いもおよばぬ熱烈さ・痛切さでもって、このような祈りを歳月をわかたず繰り返させるのである。修道女たちのささげる忍耐づよい贖罪《しょくざい》の祈り、布教のために、司祭たちのためにささげる祈り、教会の問題や信仰の一致のためになされる祈り、修道女たちのこれらの祈りも、いわば思いやりぶかい配慮の祈りの系列にぞくしている。女性がささげる母性的な祈りは、最後に、男性のためにもとくに強く捧げられるであろう。女性は、男性のために、妻として、姉妹として、また誠実無私な世話女《ハウスヘルテリン》（ここでは、一生涯独身で司祭のために世話をする婦人をさす）として、ありとあらゆる配慮をつくしている。かの女はさらに、いわばかれのたましいのためにも、配慮をつくそうとつとめるであろう。そして、この祈りこそは、今日、きわめて重要なものである。多くの場合、それは、もはや祈りというものをしなくなった男性一般のために、代理の役をはたしているからである。男性は、現代の反キリスト教的勢力に、女性よりもずっとはげしくさらされているのである。男性の生活は、かれを一そう無防備な状態で、これらの力の攻撃圏内に立たせている。その素質全体からして、男性の方が、合理主義や唯物論の誘惑に圧倒されやすい。男性は、圧倒的で無責任な技術という原題の力の跳梁に、女性のようにたんに身体的にだけでなく、精神的心霊的にもおびやかされている。それに、たいていの場合、男性は、職業生活のために、女性よりはるかにあの落ち着きのない活動のなかへ追いこまれているが、内面の宗教的な泉が涸渇してしまっていることの主要な原因の一つは、このような落ち着きのない生活のなかに求められるのである。ここでもまた、祈る女性は、その全本性にしたがって、自分に近しい関係にある個々の運命を抱きいたわるであろう。しかし、わたくしたちは、このことから男性の世界全般にたいする共同責任が女性に託されているのだということを、はっきりと知らなくてはならない。母性的な善意と愛情が非常に欠けている現代世界の動きにたいして、女性はもっと大きな影響力をもつようにならなければならないというのは、今日しばしば耳にする議論である。確かに、これはのぞましいことにちがいない。けれども、おなじく疑いもなく確かなことは、女性は母性的な祈りの協力によっておよぼしうるより以上に力づよい影響力を、決しておよぼすことができないということである。かつてリーグニッツにおける蒙古軍との戦いのさいに、戦局を一変させてキリスト教ヨーロッパを救ったのは、聖女ヘートヴィヒ（ヘドウィジス）とよばれる女性の国母としての祈りではなかったであろうか。この戦いは、おそらく世界史上で最もふしぎな戦いで、残忍きわまる敵軍は、圧倒的な勝利をおさめた後、まったく不可解な退却を決意したのである。今日《こんにち》こそ、この戦いのことを思い出すがよい。というのは、紛れもなく他の歴史的な転換期においても眼に見えずおこなわれたことが、ここではっきりと眼に見えるかたちで示されているからである。まことに、世界の歴史においても、隠れた力こそ、事物の本来の母胎なのである。

歴史家たちは、歴史の動きのこうした隠微な連関を、ほとんど問題にしないかもしれない。あきらかに眼に見えるものだけが作用する力をもつのだという現代の迷妄を、かれらもまた頒《わか》っているのである。一般に現代人は、祈りというものがもつ重要さをまるでみとめようとしない。けれども、実際には、祈りこそ、人間がもつ最もおどろくべき能力をあらわしているのである。哲学のすべての認識も、それどころか、高貴な形而上学のどんなに大胆な帰結でさえも、祈りというものがなしとげうる可能性にくらべれば、一体なにほどの意味があろうか。祈りによってこそ、彼岸の偉大な見えざる世界へ、永遠にして全能なる神との結合のなかへ、ほんとうに参入することができるのである。名もなき老婆が口ごもりながらとなえる片々たる射祷《しゃとう》は、いわゆる科学のうんだすべての奇跡などよりも、限りなく意味ぶかい何ごとかを言いあらわしてはいないであろうか。

けれども、わたくしたちは、この場でもうしばらく聖女ヘートヴィヒの祈りについて考えてみよう。いままでは、この祈りによって叶えられためざましい結果だけを見てきたが、このような聴許《ちょうきょ》があたえられたこの祈りには、母としての最大の苦痛をすすんで甘受することが命じられていたのである。聖女ヘートヴィヒの勝利は、すべてのこの世の力が苦闘もむなしく、血をながしつくしたのちに、はじめてあらわれた。というのは、かの女の息子は、部下たちとともに戦場の露と消えさったのである。かつて女性がとなえた最も意味ぶかい、最も偉大な祈りであるあの「仰せのごとくなれかし」を、ここにもう一度想起しない人があろうか。この「なれかし」の祈り、それは、受胎告知の天使だけでなく、カルヴァリオ山の死の天使によっても、受けいれられたのである。すべての祈りとおなじく、女性が母としてささげる祈りは、絶大な緊張のしるしのなかに立ち、一方では、神にすべての憂慮と困苦とを信頼ぶかく打明けることができるという確信をもつが、他方では、こうした願いを同時に神のはかりがたい意志にゆだねなくてはならないという仮借のない要求を、あくまで固持している。言いかえると、女性のたましいがささげるすべての祈りは、「あらゆる女性のなかの女性」(聖母マリア)の祈りのなかに注ぎこみ、すべての母性的な祈りは、神の御母の祈りに合流するのである。神の御母の祈りによって、同時に神の御母への祈りがあたえられている。女性の祈りの生命は、とくに教会の母性に依存するように、また教会が崇敬する偉大な母(聖母)のすがたにも依存する。マリアを崇敬することは、いつでもマリアの祈りをみずから祈るための手引きとなる。ここから、ロザリオの祈りが、女性のたましいの本来の偉大な母性的な祈りとしてあらわれる。ロザリオの喜びの玄義《げんぎ》や苦しみの玄義《げんぎ》において、マリアの喜びや苦しみを黙想しつつ祈る女性は、マリアのこころになって神に犠牲をささげるために、みずからの喜びや苦しみをもともにその祈りのなかに編みこむのである。

ロザリオの喜びおよび苦しみの玄義のつぎには、栄えの玄義がつづく。マリアの神秘の終末は、ここでは発端へと立ちかえる。祈る女性のまえに、神の御母がふたたび受胎告知の場面の神の浄配（花嫁）としてあらわれてくる。ただし、変容した浄化のすがたとなってあらわれるのであって、マリアはそれによって、教会の究極の運命をあらかじめ示しているのである。教会もまた、母性的な存在であるばかりでなく、浄配としての存在でもある。教会の母としての祈りがその子供たちのために捧げられているとすれば、浄配としてのその祈りは、ひたすらキリストにこそささげられている。けれども、個々のたましいもまた、キリストの花嫁（浄配）となるように定められているのである。神のみが、すべての人生の究極目的である。ロザリオの最初の二つの玄義において喜びと苦しみとを奉献するとともに、すでにもう一つ別な祈りの態度が、準備されているのである。すなわち、栄えの玄義において、意志の委託は、存在全体の委託にまでなる。わたくしたちは、ここで母性的祈りの考察からはなれて、浄配的祈りの考察に移るのである。

それは、二つの大きな形において、わたくしたちにあらわれる。一つは、すでに前にも述べたが、ここでこそ説くにふさわしい讃美の祈りであり、もう一つは、いわゆる内面的祈祷である。両者において、願いは影をひそめ、ただ神のみが問題となる。どちらも、人間全体の奉献であるが、讃美の祈りは、歓喜しながらの奉献であり、内面的祈祷においては、沈黙しながらの奉献である。この両者は、聴きとどけられることをまったく必要としない。祈りと聴許が、神の栄光についての純粋な喜びと神にたいする純粋な愛とによって、一つのものになっている。ここはすでに、絶対的祈祷の領域だといってよい。

ベネディクト会修道女の歌隊祈祷や、多くの女子修道院でおこなわれている常時聖体礼拝などは、女性がささげる讃美の祈りと内面的祈りとを、高度の完全さと代表的な意味において、いわば尖端的にあらわしていて、しかもそれを汲みつくすことなく、むしろそれに倣うことを促している。宗教的自己閉塞の偏狭さと見すぼらしさをうち破って、神が真に生活の中心に位置しているところでは、どこでも、祈りはさながら翼をあたえられたように自由に飛翔し、栄光頌《しょう》のかがやかしい歓呼の声が、ひびきわたる――「主の栄光の大いなるが為《ため》に感謝し奉る」と。実際、讃美の祈りは、わたくしたちの眼をここでもう一度宗教芸術にむけさせる。あらゆる時代の真に偉大な音楽は、神への讃称を最高の課題と考えた。しかも、その音楽に声を貸すと同時にたましいをも寄り添わせてうたう歌姫は、じつは祈っているのだといってよい。――音楽とおなじように、文学もまた祈りでありうる。というのは、ベネディクト会修道女の神の讃美は、詩篇文学というすばらしい祭服に身をくるんでいるからである。はるか昔に死んだ詩人が、ここで一緒に祈っているのである。メヒティルト・フォン・マクデブルク（メヒティルディス）のような人の言葉にあらわしいがたいほど感動的な詩のなかでは、溢れるばかりに神に身をささげた女性のたましいが、その愛のちからのすべてをこめて祈りの声をあげている。アンネッテ・フォン・ドロステ－ヒュルスホフの『聖会歴年』は、内容の上からだけでなく、その形式《フォルム》の点からいっても、比類のない偉大な祈りとなっている。――讃美の祈りにも、内面的祈祷にも、ひとしく絶えざる祈りになろうとする衝動が内在している。たましいは、ここではほとんどもう神からはなれることができない。ベネディクト会の歌隊祈祷が、一日のさまざまな時刻を通じて神の讃美を繰り返すとすれば、内面的祈祷は、本来の祈りの行為のあいだに得られた祈りの態度を、それ以外のときにまで確乎として守りつづけようとする。つまり、たましいはたえず神にむかいつづけようとし、神の現存のなかに不断にとどまり、したがって、ほんとうに「永遠の礼拝」を捧げようとするのである。ここで、内面的祈祷の道は、讃美の祈祷から別れ、神秘的生活の領域に足をふみ入れる。

アビラの聖テレジアは、内面的祈祷のさまざまな段階を記述し、それに一連の名称をあたえた。これらの名称は、いずれもふかい美しさと意味を有しているが、わたくしたちは、フランスの神秘家ベリュールとともに、これを端的に「純粋な愛の祈り」とのみ名づけたい。この名称からいって、内面的祈祷の代表者たちのなかに多くの女性がいることは、偶然ではない――それは、ドイツおよびスペインの偉大な神秘家たちのことを考えただけで分かることである。女性のたましいの献身と愛の能力のすべてが、ここでその完成の可能性の究極的な深さにおいて実現されている。隠れた祈りの生活の熱烈さに召されている女性の使命が、ここでもう一度高められたかたちにおいて実現しているのである。しかし、きわめて強く繰り返し言っておかなくてはならないことだが、ここでも問題は、女性が神秘的天職の自覚において優位にあるというようなことではない。むしろ、反対に、神秘的生活の入口においては、性の区別など消滅してしまう。ここここそは、たましいはたんにたましいであり、祈りは祈りである、といわれる場所である。しかし、おそらくここでもう一度繰り返して指摘しておかなくてはならないことだが、祈りをするとき、男性もまた神にたいして、女性的な態度においてあらわれるのである。すべての祈りについて言いうることは、神秘家の祈りについては三倍も妥当する。それゆえ、この領域に到達したからには、じつはとくに女性のたましいの祈りについて語ることは、ほとんどもう不可能であって、神への純粋な献身のうちに溢れながれ出る、人間一般のたましいのなかにあるあの永遠に女性的なものについてのみ、語ることができるだけである。祈る女性のたましいは、ここでいわばすべての被造物の献身能力の象徴となる。あるいは、東方教会の言い方を借りると、ソフィア（叡智《えいち》）――すなわち、永遠の愛にこたえる被造物の愛をその本質とするあの叡智――の象徴となる。

けれども、「純粋な愛の祈り」という言葉にあらわされている高度に緊張した調子にもかかわらず、わたくしたちは、このような祈りが――ことに現代においては――まれな現象であるなどと考えてはならない。それは、まぎれもなく、わたくしたちが普通に考えているよりもずっとしばしばおこなわれていることなのである。それどころか、ときによっては、わたくしたちの思いもかけないところでおこなわれているのである。だから、たとえば、あの痛切な信仰告白の書『ルシー・クリスティーヌ』の非凡な意味も、一人の女性のたましいの神秘的な祈りの生活が、世俗とそのさまざまな義務のなかでおこなわれたことを、証明している――しかも、簡素な、おどろくほど自明な仕方で証明しているという点にあるのである。内面的祈祷は、どんな外的な前提条件をも必要としない。それは、日常茶飯事のうちにも、大都会の騒音のなかででも、どんなありふれた職場ででも、おこなわれることができる。その唯一の前提条件は、生活や地上的生存のもろもろの義務にわずらわされながらも、神に面《おもて》をむけた態度をあくまでくずすまいとするまったく純粋な意志だけである。人間の側からすれば、これだけが、唯一の前提条件である。しかし、もちろん、神の側からは、さらに別のことが加わってくる。すなわち、わたくしたちは、ベリュールにならって、内面的祈祷を「純粋な愛の祈り」と名づけたが、これは、「純粋な恩寵の祈り」と名づけることもできるのである。この考察の初めに述べておいたように、マリアへの天使の告知は、すべての祈りの門口《かどぐち》で繰り返され、問題はつねに、神が被造物のなかに棲家《すみか》を定めようとなさることなのである。内面的祈祷において、告知はいまや実現となるのである。祈るたましいは、神への飛躍をもとめた。ところが、いまや、神がたましいのところへ降りて来られたのである。浄配としてのたましいのなかで天なる聖父《ちち》を礼拝しているのは、じつはキリストご自身なのである。

わたくしたちは、すでにこの考察の目標に達した。女性のたましいの祈りから出発して、わたくしたちは、祈りそのものの本質に到達した。女性のたましいから出発して、すべてのたましいに内在する永遠に女性的なるものの予感にまでたどりついたのである。ふりかえってみると、途中で出会ってきたさまざまな祈りのなかに、あたかも地上におけるたましいの遍歴が反映しているようにおもわれる。たましいとおなじように、祈りも神から出発して、地上の存在のあらゆる領域を遍歴し、最後には、神のもとに歩みをとめるのである。かくて、わたくしたちは、この考察の目標に到達しただけでなく、およそ目標そのものに到達したのである。神との合一は、人間の究極のあこがれであるばかりでなく、究極の運命でもある。祈りにおいて、たましいは、此岸にありながらすでに彼岸の運命を実現するのである。神をあがめること、永遠にあがめること——それは、つまり永遠の浄福を先取する（前もって味わう）ことにほかならない！

復活祭

復活祭は、永遠の生命の勝利の祝祭である——これによって、その名状しがたいほど神秘にみちた性格が、言いあらわされている。このご復活の秘義にくらべれば、ご降誕《こうたん》の神秘は、まだしも明白であるようにおもわれる。ご降誕の場合は、聖母と聖ヨゼフとが、秣槽《うまぶね》のなかの嬰児をかこんでおり、星がそれを告知し、羊飼や賢者たちが、いそぎ集まってくる。イェルザレムの王の宮廷さえ、狼狽して不安におそわれるのである。ところが、ご復活の神秘は、目撃する人間なしに実現する——死より蘇えりつつある者ではなく、すでに蘇えってしまった者だけを、敬虔な婦人たちや使徒たちは見るにすぎない。ご降誕の神秘は、貧しさと地上の夜とに隠されている。ご復活の朝の神秘を夜や貧困よりもはるかに深く覆いつつんでいるのは、絶対の光の輝きである。ご復活を告げ知らせることは、ただ光という言葉によってのみ可能なのである。教会だけではなく、ヨーロッパの偉大なキリスト教芸術も、このことを知っている。キリスト教芸術がご復活の朝の情景を表現しようとしたことは、ごくまれであるし、それが降誕図や十字架像のような迫力のある画面を完成しえたことは、一度もないのである。レンブラントがこのご復活の神秘を予感したのは、光に眼がくらんだ番兵たちがたぶん感じたであろうような、おぼろげな感じにすぎなかった。それゆえ、かれは、闇に対照させての光をえがいた。マティアス・グリューネヴァルトは、地上にある色彩階程の無力さを悟るばかりであり、だから、窮余の策として虹をえがき、それを天上の色階の象徴たらしめようとした。ご復活の朝を真に芸術のなかに告知したのは、おそらくフラ・アンジェリコだけであった——芸術家として至福直観《しふくちょっかん》をもったこの唯一の画家だけであった。というのは、ご復活の光は、この世のものではなく、一つの新しき地をいろどる朝の輝きなのであるから。教会が聖土曜日の第一預言において、天地創造の朝を追想させるのも、じつはこの意味においてなのである。ご復活は、変容した世界をもたらすべく「光あれ！」とさけぶ神の御声なのである。この点にこそ、復活祭が比類なき「スルスム・コルダ」（心を天にあげよ）であるゆえんがある。よみがえる春に花ひらくあらゆる美しきものたちにつつまれたこの祭りは、他のいかなる祝祭よりも厳然とこの世の限界を踏みこえることを要求する。若がえった大地は、ただ恭謙な比喩にすぎない。キリスト教の復活信仰においては、自然の生命の、したがって、たえず死すべき定めにある生命の、無限に繰り返される更新というようなことが、問題なのではない。復活祭がしめす更新を真にキリスト教的に象徴するものは、自然界ではなく、洗礼と改悛なのである。蘇えりしおん者、使徒たちが目撃したおん者は、天に昇りゆくおん者である。教会が歌いあげるアレルヤは、そのほとんど無限の繰り返しのうちに、いまの世の歓喜の叫びではなく、かなたなる永遠の国の歓喜を、あらわしているのである。

けれども、ご復活の朝の神秘は、こうした彼岸性だけにつきるものではない。その最もふかい神秘の性格は、この永遠を意味するアレルヤが、すでに地上において歌われるという事実のなかにある。天に昇るおん者、死より蘇えりしおん者は、使徒たちに姿をあらわされた。栄光の姿に変容したそのおん者が、かれらをゴルゴタの暗夜から拉《らっ》しさった。そのおん者は、かれらに「万民を教えよ」とお語りになった。みずからの教会のなかに生きつづけているのは、この変容せるおん者なのである。このことは、教会の使命が、この世のものならぬ変容の世界に根ざしていることを意味するばかりではない。教会の運命は、すでにこの世においても、結局つねに彼岸的なものであること、教会はこの世のなかにあるが、決してこの世からうまれたものでないということ——このこともまた、意味されているのである。

ほかには説明のつきようのない多くの悲痛な事実が、ここから明らかになる。教会の本来の意図と栄光は、この世からはあまりにも理解されない、ということが明らかになるのである。復活を告知する聖パウロを嘲笑したアテネびとらは、この世ではいついかなる時代にも絶えることがない。かれらの拒否のなかにあらわされているのは、決してまず復活への懐疑そのものではない。そこにあらわれているのは、自然的人間の現世執着なのである。教会の外面的な姿は、しばしばたんなる権力とのみ見なされてきたが、そのような外面の姿は、この上なく深刻な、ほんとうの反抗をよび起こすものではない。ほかならぬこの外面こそ、じつはキリスト教の反対者たちにとって、結局は慰めであり、避難所なのである。なぜなら、そこは、かれらが、抗争しながらも、まだ教会に接触することのできる領域なのだから。ほんとうの反抗は、キリスト教の超世間的超時間的性格にかかわっているのである！

ところで、敵対者たちのこのような反抗に対比するものとして、多くの敬虔なキリスト者たちが、キリスト教の外面的な失敗を見て失望し落胆するという、悲しむべき事実がある。キリスト教的歴史哲学者ベルジャエフは、これについて語っている。かれの著書『歴史の意味』の偉大な霊的観察のなかで最もこころを打つのは、歴史においては所詮「すべてが失敗」であるという洞察があらわれる個所である。キリスト教の最もかがやかしい希望も、その目標のすでに地上における実現にかんするかぎり、失敗なのである。ベルジャエフは、この希望について、「それらは、ただ時間にうち勝つこと、永遠へと移行することによってのみ、実現されうるであろう」と述べている。つまり、永遠の復活の日の変容のうちにおいてはじめて、実現されるであろう、というのである。

この永遠の日にむけられた眼から見れば、すべての失敗は、いや、それどころか、反キリスト教的な、また異教的な諸勢力の勝利は、結局、キリストの勝利を、つまり、キリストの受難と死との勝利を意味するにすぎない。しかも、この勝利において滅びるのは、つねにただ勝ちほこる現世のみである。現世が、キリスト教の死は、「勝利に呑まれた」（『コリント前書』一五の五四）のである。キリスト教自身に栄冠をささげるのである。人間の眼から見て十字架とか墓とか呼ばれるものは、神の眼からは、すでに変容であり、永遠の生命なのである。こうしてこそ、かつて地上に鳴りひびいた最高の歓喜の歌である聖土曜日の「エクスルテト」（天の群集《むれ》よ歓び躍れ）と「アレルヤ」とが、歌われるのである――それは、もはや決して「歌」なのではなく、口に歌われた永遠の光だといわれる、二つの歌である。

マリアのまねび

現下の人類のすがたを眺めるとき、ここもと十年間にこの顔に刻印されたおそろしいほどの変化は、なにびともこれを見あやまることができないであろう。いかなる国から、いや、いかなる大陸から眺めようとも、人間のこのおそろしい変わりようを見て人間が感じる恐怖とふかい絶望とのしるしが、いたるところに認められる。わたくしたちに知られているこの地球の歴史上に、残虐と憎しみとがこれほどおおっぴらにわが世の春を謳歌したことは、かつてなかったし、人間の生命や幸福が、これほど無惨にふみにじられたことも、かつてなかった。人間が人間にたいしてこれほど非人間的にふるまったことは、かつて一度もなかった。高度に発達した技術が、今日では個人と個人や民族と民族のあいだの、いや、それどころか、大陸と大陸のあいだの交通をさえ、昔なら思いもよらなかったほどの完全さで可能ならしめたが、それがまるで嘲笑でもあるかのようにおもえてならない。というのは、飛行機がわたくしたちをらくらくと国から国へはこんでくれるのに、わたくしたちは、ばらばらになった家族をつなぎ合わせ、断ち切られた夫婦のきずなを結びつけ、たがいに信じ合おうとしない諸民族や諸党派を兄弟《はらから》のような愛と信頼にみちた共同体へと結合させる精神上の紐帯《じんたい》を、むなしく探しもとめている始末だからである。共通の悲歎と不安以外に、ほとんどもう人類を一つに結びつけるものは存在しないかのようである。しかも、その統一すら、全人類の共通の破滅という一様な脅威によって、すでにかき消されてしまいそうな状態である。この破滅の可能性は、あまりにもはっきりと地平線上に姿を見せているのである。

このようなおそろしい変化は、一体、どうして起こりえたのであろうか。人びとは、まず第一に、戦争の影響を考えようとする。けれども、すべての外的な出来事の現実性は、内的な状態が明るみに出たことにすぎないのである。現代というものを理解しようとおもったら、わたくしたちは、この時代の秘密のなかへ、もう数段ふかく降りていかなくてはならない。

戦争の震源地となったドイツでは、この怖ろしい十年が始まるころ、わたくしたちの時代を「男性的時代」と名づけたものであった。この呼称をひとまず正しいと仮定するならば、それによって言いあらわされたのは、うたがいもなく、世界がある脅威にさらされている、ということである。徹頭徹尾男性的であるような時代は、生産的であることも、創造的であることもできない。というのは、すべての存在――肉体的な存在であれ、精神的な存在であれ――は、対極的な二つの力の相互作用という法則にしたがっているからである。それゆえに、今日、女性は今後ふたたびもっと進出しなくてはならない、という呼びごえがしばしば聞かれるのも、きわめてもっともなことである。しかし、まちがってはならない。わたくしたちの周りに見られるような、現状ありのままの女性が世界を救うなどというのは、とうてい不可能なことである。というのは、いわゆる「男性的時代」――この、もろもろの男性の力が過度に発揮され、ついに破滅にむかって進んでいく時代――は、じつはそれに先立って女性的なものがふかく衰頽《すいたい》していたからこそ、起こりえたのであるから。わたくしたちは、男性の失敗の責任を男性にだけ負わせようなどとは、ゆめさら考えてはいない。かえって、わたくしたちは、かつての楽園のアダムとエヴァとおなじ順序で、男性と女性の双方がここでもまた罪に堕ちたのだと信じる。したがって、大事なのは、現状のままの女性をもっと社会の前面に押しだし、たとえば、いろんな委員会とか議会に出席をうながすというようなことではない。そうしたことは、あちこちですでにおこなわれているかもしれないし、また、有益なことであるかもしれぬ。けれども、それは本質的なことではないし、ここで考えていることとも全然ちがう。わたくしが言いたいのは、むしろその反対のことなのである。現状のままの、つまり、経験的な女性とそのなんらかの実践活動というようなことを、まず第一にここで言おうとするのではない。問題は、秘義および象徴としての女性的なものの本質直観の可能性ということなのである。ひろく女性自身からも失われてしまったこのような女性の意義ないし価値を、ふたたび恢復《かいふく》すること、したがって、まずそれを再発見すること——肝要なのは、このことである。

ここで、わたくしたちの視線は、おもわず一つの形姿にむけられる。それは、ヨーロッパのキリスト教的諸世紀がうんだ偉大な芸術によって、すべての人びと（教会の教義にもはや結ばれていない人たちも、まだ結ばれていない人たちをもふくめて）によく知られているあの形姿——すなわち、受胎告知の天使の挨拶を受けているマリアのすがたである。楽園での誘惑の場面における女性の姿の上に「汝ら神のごとくならん」という言葉がかかげられていたとすれば、それに対応して受胎告知の場面では、マリアは「仰せのごとくわれになれかし」と答える。前者が楽園喪失の前提であったように、後者は新たな恩寵の秩序の前提なのである。マリアの「なれかし」（Fiat）は、世の救済にあたっての被造物の協力を意味し、したがって、宗教的な態度そのものを意味する。しかし、それはまた、本来の女性の態度をも意味している。男性は、行為のなかに自分自身をあらわすが、女性はみずからをささげる。男性は、偉大な歴史的連関の焦点に立つが、女性には、生の隠れた領域がゆだねられている。そのことからさらに、男性は人間存在のいわば眼に見える支柱であるが、女性は眼に見えない支柱だということができる。女性の生のすべての偉大な形式は、女性を覆いつつまれたものとしてしめす。花嫁や寡婦や修道女がヴェールをかぶっているのも、その一例である。ヴェールこそ、女性的なものの象徴《シンボル》だといってよい。そして同時に、地上における形而上的なものの象徴でもある。宗教的なもののシンボルと、女性的なもののシンボルとが、ここでもふたたび合致するのである。「女性は、聖であればあるほど、女性である」というレオン・ブロアの言葉は、ここから理解されうる。もちろん、これは、女性が男性よりも敬虔だということではない。ただ、女性には敬虔な態度の象徴がゆだねられた、ということを意味するにすぎない。神の前では、献身という女性的態度のみが、唯一の可能な態度なのである。この神への方向から見れば、男性もまた、「受ける者」にほかならない。

　ここまで来て、わたくしたちは、突如として、現代をこれほどまでにおそろしい姿に変化させてしまったものが何であるかをも、理解する。現代のきわめて明白な特徴は、その意識のなかに不可視的なもの（眼に見えないもの）のはたらきが加わっていないことである。一切の出来事は、ただ純粋な此岸《しがん》性だけをいわば迷信的に頼りにして、むきだしのまま起こる。それは、たとえば、外面的には個人や民族を結びつけるが、内面的には少しも近づけない、高度の進歩をとげたあの技術的発明にたいする信頼ぶりとおなじだといえようか。こうした現代の特徴が意味するのは、しかし、わたくしたちが依然としてあのいわゆる「男性的時代」のなかに深くはまりこんでいる、ということにほかならない。けれども、この「男性的時代」というのは、結局は、創造し形成する者としての男性の時代という意味では決してない。それは、ただたんに神なき時代であり、とりもなおさず、ふかい無能力と不毛と破壊とにみちた時代であるにすぎない。しかし、これはまた別な言い方をすれば、本来の本質的な意味における女性のいない時代だということもできる。というのは、いわゆる「男性的時代」をつくり出すのに、女性も大いに手を貸したからである。女性もまた、しばしばむきだしの此岸信仰のなかにまきこまれている。女性は、みずからをささげる者ではなく、おのれとおのれの権力とを欲する者であり、したがって、現代の男性と同類であった。女性は、聖ではなく、したがって、真に女性でもなかった。女性の外観を見るだけでも、しばしば女性としての象徴が欠如していることが、はっきりとあらわれている。

　しかし、たとえ女性みずからがそれを拒否しようとも、この象徴はまだほろびてはいない。ほんとうに決定的な事象は、男性的時代の枠のなかではなく、一見世界を動かしているかにおもわれる現代の出来事から遠くはなれたところで起こっているのである。現代にさきだつ数十年のあいだに、このヨーロッパ大陸の方々の場所で、マリアの出現がすでにいくたびもあったのは、きわめて意味ぶかいことである。世界の最終的な救済とおなじように、世界内部の一時的な救いも、被造物の協力と結びついているのである。わたくしたちの世代のこの傷つき歪んだ顔のなかに、ふたたび神への献身が見られるようになるとき、つまり、マリアの面影、憐れみのおん母、平和の元后《げんこう》のすがたがあらわれるとき——そのときはじめて、「男性的時代」は人間的時代に、したがって、創造的時代に場所をあけわたすであろう。そして、ここにこそ、女性が真に天職とする場がある。キリストのまねび（Imitatio Christi）があるように、マリアのまねび（Imitatio Mariae）もあるのである。女性がみずからの最も深い使命に想いをいたし、地球上のすべての女性がこの使命への献身において一致するならば、世界の大変革がかならず起こるにちがいない。どんなかたち、どんな場所で女性がその使命をはたすかは、さしあたり副次的な問題にすぎない。女性の生の偉大な形式は、マリアのなかで一つにむすばれている。すなわち、童貞（virgo）なるマリアは、同時に聖母（mater）であり、聖霊の浄配（sponsa）なのである。女性のそれぞれの在り方は、ここから、その根源像へのつながりをあたえられている。女性の使命は、どんなに異常なものも、どんなに目立たないものも、ひとしく同一の法則にしたがい、後者も前者におとらず有意義であろう。問題は、現代のおもむく勢いを絶対的に押しかえすことであり、現代の眼に成功と権力とを約束するように見えるものを、完全に裏返すことである。わたくしたちは、時代の微笑にまどわされてはならない！　生あるものの生起は、つねに隠れた内奥でおこなわれる——この地上をうるおしているすべての泉は、ふかい内面から湧き出てくるのだ！　マリアの献身がキリスト出現の前提であったように、マリアのまねびは、キリスト教的な時代を招来する前提なのである。

諸死者の記念日に想う

ほんとうにひっそりとした、他のなにものとも較べようのない気分が、今日この日の上に垂れこめている。この日の静けさは、わたくしたちの生きているあまりにも騒々しい時代の休む間もない生活《なりわい》を、一種異様な神秘的な調子で中断する。人間たちのせわしげな顔つきも、今日は緊張をといて、自然のそこはかとない悲愁のおもむきに溶けあう。そうしたおもむきは、秋の空をつつみ、墓地をかざるおびただしい花環に、冬枯れを前にした庭園の最後の華麗さを贈りあたえている。

なべての墓の辺に　今日花たちは咲き匂う
年ごとに一日は死人たちのものなれば——

一日だけ、たった一日だけ！　それなのに、このたった一日の今日でさえ、永眠した大切な人たちの安息の場所を訪れることは、すべての人びとに赦されているわけではない。わたくしたちのなかには、その故郷とともに愛する人びとの墓をも、さだめなき運命の手にゆだねなければならなかった人たちが、なんと多いことであろうか。おもえば、塵《ちり》となって吹きちらされた爆撃戦争の犠牲者たち、行くこと叶わぬ異国の土となった戦歿者たち、ガス室で殺された人たち、避難の途中で路傍に葬られた人たち——これらの人たちのすがたが、わたくしたちのこころの瞼にうかぶ。それから、ひと知れぬ無縁塚に眠る行方不明者たちや、どことも知れぬ遠くの収容所で死んだ人たちもいる。すべてこのような人びとは、名前こそ判ってはいても、その墓をかざってあげることはできないのである。しかも、この人たちのほかに、さらにまったく忘れられてしまった人びとの巨大な群がある——なにしろ、ニューヨークだけでも、毎週五〇人もの身許不明の人たちが死んでいくというのである。

しかし、訪れる人もない墓や忘れられた墓がこんなにもたくさんあるということを知ること自体が、かえって死者たちを一そう深く追憶することを、呼びかけては来ないであろうか。というのは、今日という日が意味するのは、決して墓のことではないのだから——この日の名前は、「すべての墓の日」ではなく、「すべての霊魂《たましい》の日」というのである！　霊魂は、墓のなかに住んでいるのではない。わたくしたちが想起の能力をもつという事実は、すでに墓以上のものをさし示している。それとも、この回想という能力がいかに口に言えないほど貴重な賜物であるかということに、わたくしたちはまだ一度も思いを致したことがないのであろうか。わたくしたちは、こころのなかで、死者たちのなつかしい面影を、生前わたくしたちにほほえみかけたときと少しも変わらぬ、また、変わるはずもないすがたで、いまなお見ることができる。それどころか、かれらの言葉や声音をさえ、想い起こすことができる——とっくに消え去ったこれらのものが、まるでわたくしたちの内部に、ふしぎな仕方で保存されているかのように。

教会もまた、偉大な回想者であって、死者たちのために感動的な祈りをささげ、わたくしたちに永遠の約束をあたえるのである。教会は、きょう、自分の死せる子供たちにみずからをすっかりささげる。そのなかには、一人として除外される者はなく、どんなに忘れ去られた死者たちも、一緒にふくまれている——人間はだれ一人知らないかもしれぬが、神はかれらを知っておられるのである！　そして、ここでこそ、ついに墓をこえた展望がひらかれる。というのは、ここでこそ、「なんぞ生者《せいしゃ》を死者のうちに尋ぬるや」〔『ルカ福音書』二四の五〕といわれるのであるから。

しかし、わたくしたちは、すでにこの点において、現代人の深い絶望状態に突きあたる。それは、現代人を過去のあらゆる世代から区別する状態である。つまり、異教徒ですら、死をこえて希望する力をもっていた——それは、しばしば子供じみた幼稚なやり方であったが、ときには雄渾《ゆうこん》なやり方も見せたのである。たとえば、ギリシア神話は、ペルセポネの美しい伝説において、不死の形姿を創造した。エジプト人は、巨大な死者の記念碑でそれを示した。何千年も昔の先史時代の未開人ですら、形而上的な点では、技術の時代である現代よりもすぐれていた。未開人は、究極的な死滅というものを認めることを拒否し、死者の墓のなかへ入れてやる贈物によってこれを示した。最後に、キリスト教は、十字架のしるしよりも、むしろ復活のしるしにおいて勝利をかち得た——復活の福音によってこそ、キリスト教は世界を征服したのである。忌憚なくいえば、現代では、ほかでもなくこの復活の信仰が、広範囲に動揺しているのである。それを現代にふたたび持たせることは、なかなか容易なわざではない。というのは、死そのものが神秘的であるのとおなじように、死の彼岸的な意義を悟ることも、神秘の領域に属することだからであるが、現代という時代は、神秘というものにたいして、なんの関係ももたなくなってしまったのである。現代が文学に要求するのは、ヴェールや仮面を剥ぎとることであるが、それによって本質的なものを知ることができるというのである。しかし、事実は、しばしばその正反対である。というのは、神秘自体が、ときとして啓示の性格をもつからである。永遠は、黙して語らず、そしてただ沈黙する者にのみ、みずからを顕示する。——敬い、待ち、そして聴き入ること、これがすべての宗教的認識の前提である。したがって、このあまりに騒々しくなってしまった生活のなかへ、もう少し多くの静けさと落ち着きと内面性とを取り入れようとする意志をわたくしたちがふるい起こすかどうかということ、これがすべての鍵である。そのようになれば、おそらくわたくしたちは、眼に見えないものから来る隠微な、彼岸的な力がどれほどわたくしたちを助けてくれるかを、悟ることができるであろう。それは、わたくしたちが祈ってあげているその死者たちが、またわたくしたちのために代願してくれることもできる、ということではないだろうか。「愛はいつも絶ゆることなし」〔『コリント前書』一三の八〕と、聖書はいっている。また、別の個所には、「愛は死のごとく強し」〔『雅歌』八の六〕とも述べられている。愛は、その強さにおいて、死に匹敵するのである。むろん、愛は、現代人がこのんで要求するような、論理的な証明を決してしめしはしない。しかし、大事なのは、論理的証明などではない。すべての人間的な愛は、一つの象徴であるということ、人間的な愛のなかに、わたくしたちのために死を克服してくれた永遠の愛の比喩ないし保証があらわれるのだということ――大事なのは、このことを理解することである。じっさい、すべての変わることなき誠実心《まごころ》こそ、ひややかな悟性よりは、疑いもなく、ずっと永遠の神秘に近いのである。ただ、それは、しばしば無意識であるにすぎない。けれども、わたくしたちの存在の奥底には、まだきわめて強い力がひそんでいる。それらは、ただ、騒がしい白昼のなかへ浮かび出ることをはばかっているだけなのである。

　しかし、今日という日の意義は、以上で言いつくされたのではない。「すべての霊魂《たましい》」という言葉は、わたくしたち自身の死についても考えよということをさし示している。死者たちのための言葉が、「彼らは働きを終えて息らう」〔『黙示録』一四の一三〕であるとすれば、生者たちのための言葉は、「昼の間《あいだ》に働け」〔『ヨハネ福音書』九の六〕である。わたくしたちは、帰天した人たちのために祈ることができるだけではない。わたくしたちは、かれらの代わりに生きることもできる。かれらの地上生活のうちの最善のものを継続し、かれらにとって神聖であったものを擁護し、時間の流れのなかにそれを担いつづけていくことができるのである。おびただしい過去の遺産をすっかり遺棄しさった現代こそ、「死者を想え、彼らは数多ければなり！」という警告を必要とする。今日、わたくしたちにあたえられている新しい価値や富も、じつは長い歴史を有しているのである。けれども、とりわけ肝要なのは、わたくしたちが死者たちにささげることのできる最も美しい贈物なのである。

アメリカの新聞のアンケートに答えて

正しい、永続性のある平和を招来しようと努めている政治上の指導者たちを励まし、支持するために、個人は自国の世論にはたらきかけることによって何をなしうるか。

右の質問に答えるにあたって、わたくしたちは、すべての外面の出来事は内面の出来事が明るみに出てくることにすぎない、ということをはっきり知っておかなくてはならない。地上の大河をひたすすべての泉は、ふかい地底から湧いてくる。芽ばえつつある生命は、母の胎内で成長をする。それとおなじように、平和の掟は、わたくしたちのたましいのなかに宿っている。現下の諸国民間の平和なき状態は、結局は、個々人の心内の平和なき状態があらわれたものにほかならない。このことはつまり、世界の平和なき状態は内面からのみ克服されうる、ということである。

ところで、このような見解は、わたくしたちのものの考え方のある種の変革を要求する。現代人は、世界を動かすような決定を眼に見える方策から、とりわけ権力の方策から期待するのがつねである。けれども、わたくしたちは、一度率直に自問してみようではないか――怒り・嫉み・不信・不和・無慈悲・むきだしのエゴイズムなどが、無数の人間たちのこころのなかで狼藉《ろうぜき》をきわめ、そこから死の光線を周囲に放射しているかぎり、世界の平和が成立するなどということが、はたして可能であろうか、あるいは、考えるだけでもできるであろうか、と。やぶられた夫婦生活をただしい秩序にもどし、破壊された家庭を和解させ、派閥の抗争をたがいのあいだで沈黙させる能力ももたないような個人の集まりである諸国民は、世界の平和が到来しそうにないからといっても、それを訝《あや》しんだり、ましてや歎いたりすることができるであろうか。また、その資格があるだろうか。このような一面性を否定しないとすれば、すべての生けるものの連繫と和合とを認めないということになるであろう。個々人がおしなべて不和の状態にとどまっているかぎり、いかなる政治家も、現代世界の平和という大事業を達成することはできない。というのは、どんなに天才的な政治家といっても、かれ自身の能力だけによって活動するのではなく、かれの成功ないし失敗は、多数の人びとの隠れた協力によって決定されるのであり、かれを支持し、あるいは拒絶する雰囲気は、これら多数者の内面の態度から生ずるのであるから。このことは、しかし、世界の平和をつくり出すために、個人は実際に協力しうるし、また、協力しなくてはならぬということ、それどころか、個人は世界平和の挫折にたいして共同責任を負っているということにほかならない。「すべての人がすべてのことに罪責がある」というドストエフスキーの深遠な言葉は、これを裏返して肯定的にいえば、「すべての人が、すべてのことを改善する能力をもっている」ということである。世界の未来の和解についてわたくしたちが希求することを、わたくしたちは、まずみずからの個人的な生活のなかで実現していなくてはならない。どこまでそれに成功したかという程度に応じて、わたくしたちは、外面の平和の内的前提であるあの空気を醸成することに、貢献することができるであろう。

ところで、ここに提出された質問は、世論にかんするものであるが、わたくしたちはどのようにして、世論をわたくしたちの答えに賛同させればよいのであろうか。ここで問題になっているのは、静かなる力である。そして、このような力は、いわゆるプロパガンダではどうすることもできない。わたくしたちが考えていることは、実際に生き抜かれることによってのみ、醸成されるのである。平和がつくり出されるより前に、わたくしたち自身が平和をつくり出さなくてはならない――わたくしたちのこころの内部の平和、わたくしたちの周囲との平和、自国民内の平和、とりわけ神との平和を。神によってわたくしたちすべては一人の御父の子供なのであるが、この神の恩寵のみが、究極の和解を贈りあたえることができる。しかし、神の恩寵のために道を準備すること、これは、わたくしたちのなしうることである。わたくしたちの希望は、ここではからずも降誕祭の夜の約束と一致する。天使たちの平安の頌歌《しょうか》に先立って、人間の側から待降《たいこう》の準備がおこなわれたのである。世界の平和を待望するこの長い、苦しい期間を、わたくしたちは世界平和の待降節たらしめよう。そうすれば、神は世界平和の御公現《ごこうげん》祭を拒みはなさらないであろう。わたくしたち自身を変えよう。そうすれば、世界の変革も行われるにちがいない。

ドイツの子供たち

春ごとに繰り返され、ものごころがついて以来、わたくしの胸を悲傷《ひしょう》の思いをもって満たす一つの出来事があります。出来事といえば、大袈裟かもしれませんが、わたくしの申しますのは、心なき手にもぎ裂かれて、えも言われぬ愛らしさと甘美な芳香をむなしく鋪道にまきちらしたまま、創造主が太陽を仰ぐようにとおのぞみになったその顔を、暗い地面や冷たい敷石に押しあてて息絶えるしかほかのない、あの限りなく多くの花たちの運命なのです。いま、母国の子供たちのことを思うにつけて、わたくしのこころにおそいかかってくるのは、おなじ悲傷の思いなのです。それも、おなじ思いでありながら、はるかにつよい程度でおそいかかってきます。子供たちこそ、わたくしたちの民族に贈られたこよなく可憐な、こよなく貴重な花なのです。わたくしたちの前にはもはやないように見えるすべての希望も、この子供たちの前途には洋々と横たわっているべきではないでしょうか。もはやわたくしたちのもとには訪れて来ないすべての愛情も、子供たちのもとには滔々《とうとう》と流れていくべきではないでしょうか。わたくしたちが泣いているときも、子供たちの顔は、輝いているのが本当ではないでしょうか。といいますのは、子供たちには、責任を問われるような過誤《あやまち》もなければ、悔い改めなくてはならない罪も、あがなわなくてはならない犯行もないからです。ここにあるのは、いわば天地創造の朝のきよらかな曙光、ふたたびめざめた新たな一日だけです。悔恨に打ちのめされた民族も、その子供たちにおいてもう一度若がえります。絶望におちいった民族も、子供たちにおいてふたたび希望の道をあゆみます。犯罪者でさえも、自分の無垢《むく》な子供たちにおいて、もう一度いわば一つの新しい生を自分のものだと呼ぶことが許されるのです。神のご意志によって、子供たちこそは、そこで過去がほんとうに終わりを告げ、すべてのものが、ほんとうにすべてのものが新たに始まるべき光明の一点なのです。

けれども、見たところ、それはまだ始まってはいないようです。むしろ、これらの小さな無辜《むこ》の者たちにおいて、わたくしたちの置かれている状況のすべての悲惨さが、なおさら明らかになっていくようです。といいますのは、一民族がその子供たちをもはや養い育てることができないというのは、はるかに未来にまで累《るい》をおよぼす悲惨事ではないでしょうか。まあ、思いうかべてごらんなさい――救いの手をさしのべる立場にある人たちの憂慮の念を尻目《しりめ》に、日ごと夜ごと、小さな悲惨の行列が通りすぎていきます。あなたには、それが見えないでしょうか。まず先頭には、死産児たちの小さな柩が、運ばれていきます。この子たちの母親は、もうすっかり疲れはてて、かれらに生命を贈りあたえるだけの力がなかったのです。そのつぎには、避難民の子供たちの大勢の群がつづきます。想像もおよばぬほど怖ろしいやり方で、安全な故郷のふところからもぎはなされた、あわれな、おびえきった子供たちです。そのあとには、故郷と同時に両親をも失った、一人ぼっちの子供がつづきます。一人ぼっちの子供など、一体、考えられるでしょうか。つぎに来るのは、名前のない子供です。この子の両親がなんという名前であったかさえ、分からないのです。そのつぎは、飢えた子供です。発育ざかりだというのに、もう長いこと満腹ということを知らないのです。腹をすかしている子供に、「もう食べるものがないんですよ」と言ってきかせなくてはならないことが、どういう気持のものか、あなたにはお分かりでしょうか。またそのつぎは、あたたかい着物も、あたたかい寝床ももたない、凍えた子供です。さらに、喜びをなくした子供がつづきます。小さな子供は、もともと喜ぶように定められており、また、わけなく喜ばすことができるのに、この子は喜びを知らないのです。ほんとうにこの子こそ、太陽を仰ぐべき顔を冷たい石に押しつけられた、あの花たちに似てはいないでしょうか。なぜなら、肉体の苦しみよりも、たましいの苦しみの方がはるかにひどいものだからです。ほんのいとけない幼児の大きな訴えるような眼は、自分の受けている苦しみについてなにも理解してはいないものですが、そのことがかえってわたくしたちの胸をかきむしるとすれば、すでにかなり大きくなった子供が運命と世間との冷酷さを理解した場合には、わたくしたちの受ける震撼《しんかん》は、なお一そう深いといわなくてはならないでしょう。あまりに早く人生の悲惨を知ったこのような子供たちのたましいのなかで、いったん踏みにじられてしまった信頼心や信仰と愛との能力は、おそらく二度ともとどおりに恢復することは不可能でしょう。精神科医たちは、成人のきわめて多くの精神病の根源を、幼年時代の初期にさかのぼって探る理由を知っているではありませんか。大人でさえ処理しきれないような印象を、子供がどうして処理できるでしょうか。この世で最も愛を必要とし、また最も愛さるべき存在である子供でさえもがこの世のすべての無慈悲さをなめなくてはならないという経験――それを子供の小さなこころが、一体どうして克服することができるでしょうか。

しかし、この行列は、まだなかなか終わりにはならないのです。といいますのは、いわゆるティーン・エイジャーたちも、それどころか、成人に達したばかりの人たちでさえも、所詮、まだ子供たちの仲間だからです。かれらが年に似合わず老《ふ》けこんでいるとしても、なんの不思議がありましょうか。あまりにもひどい悲惨と絶望のうちにすべての理想をふり棄ててしまった青年たちを、だれが裁く気になれるでしょうか。先日、ドイツのある大学町からとどいた手紙によって知ったのですが、その町では、若い栄養不良の大学生たちが、病院で給血者の仕事を買って出ているそうです。その報酬によって、飢えを満たしたり、研究に必要な書物を買ったりするためです。けれども、過度の困窮は、まだ思慮の固まっていない青年たちを、もっと別な道へ追いやることもあります――それは、破廉恥《はれんち》と早熟な堕落へと通じる道です。この道は、第一次世界大戦を経験したわたくしたちのよく知っている道です。ところで、一民族の青春がこのように不自然な秋になってしまっているとき、その民族は、一体、どのような希望をもつことができるでしょうか。そのような民族は、絶望するしかほかはないのでしょうか。

いいえ、ちがいます。わたくしたちの民族は、ドイツ民族は、決して絶望したりしないでしょう。この民族の将来にかんしてわたくしたちに信頼を感じさせるものがあるとすれば、この民族がその子供たち、その青年たちのためにほとんど絶望とも見える戦いを押しすすめてきた静かな勇敢さ、忍耐心、わき目もふらぬ誠実さがそれです。バイエルン赤十字社の活動に一度でも助力された人は、あらゆる困難にもかかわらず、どれほど多くのことがここで実行され、達成されたかを知って、おどろくことでしょう。しかし、もちろん、その人はまた、ドイツの子供たちのあまりに大きな窮状に対処する課題は、ドイツの自力だけでは解決されうるものでないことをも知ってくださるでしょう。わたくしたちは、援助をお願いしてもよいのでしょうか、お願いしてもよい、とわたくしはおもいます。この文の筆者であるわたくしのように、面積こそ小さいが、あたたかい慈善心の点では無限に大きいスイスという親切な国に、しばらくでも滞在する幸福にめぐまれた者は、上に述べたような悲惨の行列が、ドイツの国境のかなたにまで達していることを知っています――それは、人びとの胸の真中をつらぬいて進んでいくのです。ドイツの子供たちの惨状にかんする感動的な統計をわたくしが知ったのが、わたくしの母国によってではなく、スイスのチューリヒで発行されている一雑誌によってであったのも、決して偶然ではありません（『護教雑誌』一九四六年六月三〇日発行第一二・一三号）。それ以来、外国から、かずかずの援助がなされています。

　わたくしたちは、お願いをする理由をもっているばかりでなく、お礼を申しあげなくてはならない理由ももっているのです。そして、わたくしたちは、ほんとうにこころからお礼を申しあげます。スイスへ修学旅行に招かれて、たくさんのお土産《みやげ》をもらって帰ってくるわたくしたちの子供たちのように、よろこんでお礼を申しあげます。子供たちと交わっていると、自分自身までがいつのまにかもう一度子供に立ち返る――これが、子供というものの愛らしい魅力です。わたくしたちの民族の上には、ついこの間までの歎かわしい事態のために、嫌忌《けんき》という暗影がいまなお重くのしかかっていますが、ドイツの子供たちにたいしては、そうした国外からの暗影も一掃されています。けれども、わたくしたちの内部においても、子供たちを見れば、すべての疑惑や不安が消えてしまうのです。「なんじら幼児のごとくならずば、天国に入るを得じ」――この言葉は、与える者にたいしてとおなじように、受ける者にたいしてもあてはまるのです。天国とは、わたくしたちの旗に描かれた記号〔訳注、「赤十字」のことと思われる〕がしめすあの愛のことであり、つまり、平和と赦しと信頼とが支配している神の国のことなのです。

　このように考えますと、わが国の子供たちは、そのあらゆる悲惨にもかかわらず、やはりあの最初に述べた光明の一点なのです――そこで運命が方向転換をし、痛ましい過去が終わりをつげ、ありとあらゆる一切が新たに始まることのできる一点なのです。いいえ、それは、もうすでに始まっているのです。

憐れみのこころ

敗戦の痛苦に深く打ちひしがれているわたくしたちの民族のなかから、今日ふたたび声をあげて、国境のかなたにいる友人たち――まことの友人たち――に語りかけることができるとすれば、なによりもまず、さながら熱烈な愛の呼びかけの声のように、どんな血なまぐさい反目・葛藤の関係をも圧倒的に打ち負かしてしまう一つのしるしが厳として存在するという確信があることによって、はじめてできることなのである。さて、そのしるしとは、十字架のしるし、ヨーロッパの運命の不壊《ふえ》の統一性をあらわす最も神聖な象徴であるあの十字架のしるしにほかならない。

十字架は、まずヨーロッパ諸民族が歴史的生命をいとなみはじめたときに、その揺籃《ゆりかご》の上にあらわれた。それは、その後、この諸民族の歴史とともに歩み、その伴侶となった。この十字架のしるしによって、諸民族の文化の調和が形づくられ、精神が形成された。とりわけ、しかし、それによって、諸民族のこころが養われた。十字架のしるしにおいて、人間の愛のなかにもその反射光をもとめる至高なる神の愛が、顕現したのである。

この神の愛の反射の最も完全な表現は、あの慈悲ぶかいサマリア人〔『ルカ福音書』一〇の三〇以下〕である。かれの形姿は、あらゆるキリスト教的諸民族の歴史をつらぬき、かれらの境界を打ちやぶり、共通の至高なる目標にむかってかれらを奮いたたせている。それどころか、もはやキリスト教に結ばれていない人たちの領域にまで、ふかく働きかけている。すべての真に人間的な倫理、すべての真に市民的な倫理は、もともと、十字架のもとに噴き出した愛の泉によって、あらゆる時代にわたってその不動の正中《せいちゅう》線《せん》をあたえられてきたのである。そして、こうした古いキリスト教の伝統から、近代にいたって、「赤十字」の思想がうまれたのである。

この赤十字の思想において、ヨーロッパの諸民族、およびそれから分かれた海のかなたの諸民族は、一つに手をつなぎあっていることを告白しているのである。そして、この連繫こそ、戦乱の破局のさなかにあっても、なお同胞愛と慈善心がその権利を保持している最後の場所なのである。このようにして、赤十字は、戦争以来痛ましくも千々に引き裂かれたわたくしたちの世界の偉大な希望の一つとして、とりわけわたくしたちの民族（ドイツ民族）の希望としてあらわれる。わたくしたちの民族は、赤十字社を復活することによって、みずからのヨーロッパ的過去の古い高貴な伝統にふたたび復帰したのである。始まったばかりのこの新しい建設の仕事に課せられる任務は、見きわめもつかないほど大きい。それが逢着する苦悩が、見きわめもつかぬほど大きいからである。バイエルンは、今日、それがみずからの保護聖人とあがめているあの聖母像の感動的な姿勢をしめしている。それは、わたくしたちの祖先の熱烈な芸術が困苦の時代に描くことを好んだような聖母のすがた、すなわち、四方八方から押しよせてくる無力な者・不幸な者たちを、腕をひろげてマントのなかにかばってやっている姿である。この聖母の白と青のマントとおなじく、バイエルンの白と青の旗をかかげた国境も、ひろく開放され、遠くの土地から来た難民たちを母のやさしさをもって受け入れ、みずからの貧しさをかれらとともに分かっている。そればかりでなく、おなじバイエルンの被災地の家なき人たち、ほんのつましい家財をさえ奪われ、まる裸になった人たちも、この母のもとへやって来る。治療してやらなくてはならない肉体的精神的な傷を負った戦傷者たちも来れば、両親をもとめて泣きさけぶ子供たちや、逃げてくる途中で見失った子供たちを探しもとめる絶望した両親たち、さらに、捕虜になった良人や息子の生死のしるしだけでも待ちのぞんでいる悲歎にくれた女性たちもやって来る。さらに――この長い、長い行列は、はてしなくどこまでもつづくのである。この困苦は、こんなにも多くの人間、こんなにも多くの名前をもっている。――いかなる言葉も描きえない苦しみ、いかなる歎きも汲みつくしえない悲惨、いかなる眼も泣きつくしえない悩みをもった困苦！　この言いようもない苦しみと悲惨を鎮める、でなくても、せめて和らげるという巨大な任務の前では、わたくしたちの民族に課せられたどんな任務も色あせて見えるといってもよいほどである。わたくしたちの運命が今後どのようになろうとも、一つのことだけは確かである。長い、長い眼で見れば、わたくしたちは、まず第一に憐れみのこころを行なうべく断乎たる神のお召しを受けた民族であるであろう、ということがそれである。これは、困難で苦しいことではあるが、同時にまた深い慰めにみちたことでもある。というのは、わたくしたちが蒙った、また、わたくしたちのために他の人たちが蒙った一切の禍いの本当の根は、わたくしたちのこころの愛が働かなくなり、冷めきり、それどころか死に絶えてしまったということのなかに求められねばならないということ、このことがもし真実であるとすれば――いや、それは真実であるのだが――わたくしたちは、愛を大きく新たによみがえらせることによってのみ、禍いから快癒することができるからである。このことは、しかし、困苦そのものが救いへの道をさし示し、わたくしたちの悲運の深淵の上に端をかけ渡すということにほかならない。わたくしたち自身が愛をおこなうことによって、わたくしたちはふたたび愛をのぞむこともできるのである。

わたくしたちが担っている十字のしるしは、たんにわたくしたち自身が限りなく憐れみぶかいということだけでなく、憐れみのこころがもつ限りない力、諸国民を一つに結びつける力を信じることをも、わたくしたちに義務づける。わたくしたちが赤十字の思想を受け入れるその程度に応じて、この思想はわたくしたちを受け入れてくれる。赤十字の旗がひるがえるところ、そこにはまた、つぎの約束も生きているのである――「福いなるかな慈悲ある人、かれらは慈悲を得べければなり」〔『マタイ福音書』五の七〕。

地上の平和

キリストご降誕の神秘を廃墟の只中《ただなか》に描いた巨匠アルトドルファーのあの絶妙な絵を、わたくしたちはみな知っている。戦争中、悲痛な思いでクリスマスを迎えるたびに、この絵はわざわざ現代のために描かれたのではあるまいか、すでに何百年も前に眼を閉じたはずのこの昔の巨匠は、ヨーロッパの諸民族がいつかは救世主をほんとうに廃墟のなかで待望しなくてはならなくなることを予見していたのではあるまいか、という気がしばしばしたものであった。いたるところで、村や町が廃墟と化し、家や屋敷が、教会や大聖堂でさえもが、無残に破壊されていたのである。しかし、わたくしたちは、やがてさらに洞察を深めて、この巨匠が廃墟によって世界の内面状態を暗示しようとしたのだということに、思いいたった。わたくしたちが歩いているこの破壊のあとは、はるかに痛ましい破壊がただ表面にあらわれたものにほかならないことを、わたくしたちは感じた。すべての外的な出来事は、内的な出来事の表現であり、わたくしたちの本質の内奥で起こったことの露呈であり、顕現であることを、わたくしたちは悟った。というのは、わたくしたちの都市は、かつてこれを建設した父祖たちの高貴な精神がもはやそこに生きてはいないがためにこそ、破壊されることができたのである。わたくしたちの村里は、家庭という根がその土壌を失ったがために、灰燼《かいじん》に帰したのである。また、教会の残骸にしても、キリストの愛がもはやわたくしたちのなかに故郷をもたず、ヨーロッパの諸民族をもはや結び合わせていないということの、証左なのであった。

きょう、戦争終結後四度目のクリスマスを迎えるが、平和はまだわたくしたちにもたらされてはいないし、いくたの抑留者たちは、いまなお望郷の思いをもやし、さらに多くの戦災者たちは、あてどない不安な運命に苦しみつづけている。諸国民も、相変わらず閉ざされた国境と敵対感情によってへだてられている。これらの事実も、上に述べた心を震撼させるような認識から理解されなくてはならない。現代のように深く、怖ろしく破壊された世界は、談判や条約などによって手もなく再建するというわけにはいかない。談判や条約のために払われるかずかずの努力は、いかにも重要かつ不可欠なものにちがいあるまいが、所詮、それは外的世界に属することにすぎず、この外的世界は、内的世界の出来事が表面に出たものにほかならないのである。したがって、平和にたいする責任を、国政の指導者にだけ委《まか》せておけばよいというのは、ただしい考え方ではない。平和は、たんに政治上の問題であるばかりでなく、とりわけ宗教的な問題なのである。確かに、世界史が記録している多くの、それどころか、おそらくすべての平和条約は、もっぱら政治の領域で締結されたものであった――しかし、このことこそ、それらの条約が永続しないことの最も深い理由なのであった。人間の洞察や能力は、かぎられたものである。そのような洞察や能力だけに基づいた一切のものは、どうしても、それらとおなじ限界をもつし、人間的なはかなさを共にせざるをえない。世界歴史の全体を通じて、わたくしたちが知る真の平和は、ただ一つしかない。キリストご降誕の夜の平和が、それである。というのは、ベトレヘムの秣槽《うまぶね》のなかの嬰児は、みずからが、かつて預言者が「かれは剣を鋤《すき》に変え、槍を鎌につくり更《か》えん」〔『イザヤ書』二の四〕と告げたところの平和であったからである。それゆえ、わたくしたちが熱望するすべての平和は、この唯一のまことの平和、世界歴史が知るこの最も静かな、同時に最も力づよい平和に、あやからなくてはならない。

ご降誕の平和は、神がいわば世界歴史のこれまでの一切の計算をご破算になさったということによって、成立したのである。すなわち、以前には罪と咎《とが》、怒りと報復が支配していたところに、これからは恵みと愛、赦しと憐れみが支配することになり、楽園追放の呪詛《じゅそ》を負うていた人間が、いまや神の子とよばれるようになったのである。したがって、御降誕の平和は、まず第一に、人間相互のあいだの平和ではなく、神と人間とのあいだの平和であった。天使たちは、「地には平安」と歌う前に、「いと高きところには神に光栄」〔『ルカ福音書』二の一四〕と歌った。わたくしたちは、人間との平和を結ぶことができるようになる前に、まず神との平和を樹立しなくてはならないのである。そして、神の光栄がわたくしたちに要求するのは、わたくしたちが、神の行為の法則をみずからの行為の法則たらしめ、無条件的な愛の意志をもってすべての兄弟たちに腕をひろげ、神がわたくしたちになされることを、大胆に、熱烈に実行することである。

ところで、もちろん、こうしたことは、世俗の慣習《ならわし》とは一致しない。それどころか、この点にこそ、従来のキリスト教の歴史の深い欠陥が、あらわれているのである。御降誕の夜が教える平和の法則は、ほとんどつねに、教会という宗教的領域の内部で、信者相互のあいだに通用しただけであった。民族と民族とのあいだでは、ほとんど通用しなかった。そこでは、あいも変わらず、権力と報復とむきだしの功利と我欲との冷酷な法則が、大いに幅をきかせていた。御降誕の夜の平和の法則が、無条件的な愛の意志・赦し・博愛というすべての帰結とともに、世界の諸民族の生活のなかにおいても行なわれるようになること——それを実証し、実現することが、将来のキリスト教の最大の任務の一つなのである。

しかしながら、ほかならぬこのことは、キリストから叛《そむ》き去った現代においては、最も実現しそうもないことではなかろうか。実際、それは、きわめて実現しそうにないことである。しかし、神にあっては、いかなることも不可能ではない。御降誕の夜の平和がわたくしたちの平和の範例であるならば、それはまた、平和にたいするわたくしたちの希望の範例でもある。わたくしたちは、政治や地上の権力者たちだけが平和をつくり出すのだというような考えを棄てて、つぎの真理にこころを開かなくてはならない。すなわち、政治や権力者たちの仕事も、むしろ大いにわたくしたちに依存し、わたくしたちすべてが、平和をつくり、あるいは妨げることに力を貸すのである。すべての愛への心がまえ、すべての衷心からの和解の気持が、平和をまねき寄せる。すべてのかたくなな気持、すべての敵対的な感情は、平和をおくらせる。一言にしていうならば、世界の外面的な出来事のなかに反映しているのは、世界の内面の状態、つまり、わたくしたちすべての状態にほかならないということである。もう一度いうが、問題は、権力者たちだけのことではない！　御降誕の夜の平和は、神の側から人間に贈られたものであるけれども、人間の側からは、この世の支配者たちの手によってではなく、名もなき、かくれた主の婢女《はしため》（聖母マリア）を通じて達成されたのである。当時とおなじく、現代においても、大事なのは、この世が救い主を受けいれることである。暁の明星が曙光に先立つように、聖母の時は、神の独《ひと》り子の時に先行する。御降誕の平和にあやかろうとおもえば、わたくしたちは至福なる童貞マリアにまねばなくてはならない。——

　さて、わたくしたちは、巨匠アルトドルファーの絵に、もう一度眼をむけよう。くずれた屋根の上に天使たちが舞い、その下にはほかに人影はなく、聖家族だけが嬰児キリストの光に照らされている。しかし、やがて、この廃墟のなかに羊飼たちの群が駈けこんでくるであろう。つぎには、東方の王たちが、この廃墟に跪くであろう。マリアの時につづいて、救い主の時が到来する。静けき聖夜のあとには、御公現《ごこうげん》の祝日がくる。その輝きは、現代の廃墟のなかにも光を投げるであろう。わたくしたちの主の御公現は、地上の平和を意味するのである。

解説

ル・フォール作品には、困窮を極める人を我が身に引き受ける「覚悟」、時代の難問に立ち向かう「勇気」、キリストにおける神の現存という本質の世界へ躍入する「情熱」が横溢している。

I

作品を概観すると、「教会—国家—女性」を巡る三つの領域に分けられる。

三つの領域の中の一つである「教会」の概念は、作品においては、カトリックという枠にとらわれることなく、キリスト者が仰ぐ神の国の、地上に於ける、目に見える形に他ならない。

作品では、神の国の目に見える姿としての「教会」を巡って、そこでは、無神論との葛藤や、教会の内部における権力闘争が描かれていて、それを通して、「神の民の集会」としての教会の問題が浮き彫りにされている。

「教会」を巡る領域の作品には、第一巻所収の長編小説『ヴェロニカの手巾』の二部作『ローマの噴水』と『天使の花環』、第四巻所収の詩集『教会への讃歌』、それに第二巻所収の長編小説『ゲットー出身の教皇』が挙げられる。

本巻所収の長編小説『ゲットー出身の教皇』は一九三〇年、ベルリンのトランスマーレ出版社から上梓された。

ル・フォールは、一九二〇年代に、ミュンヘンの街で、国家社会主義者たちの「ユダヤ人を追放せよ！」というビラを目にした。それを見て、激しい驚愕、言い知れぬ恐怖の念が沸き起こり、ユダヤ人にまつわる物語を執筆しようとの思いに駆られた。そこで、まず、一九二九年、雑誌「高地」に、試みに掲載した後、一九三〇年に刊行するに至った。

ここでは、十二世紀の教会とそれを引き裂こうとする一団との葛藤が取り上げられている。教皇の選挙権を巡って、一方では、ローマの貴族・フランジパーネ一族とドイツの国王ハインリッヒ五世は剣の力を行使する。他方では、ユダヤ人・レオーネ一族は財力にものを言わせて奪い取ろうとする。しかし、教会は、いかなる此岸的権力が押し寄せようとも、十字架を担い、厳然として立っている。

この作品について、一九三六年に、ヴュルツブルクで開催された自作朗読会において、ル・フォールは自ら、次のように述べている。

「この本では、人種や民族性、宗教的人間や政治的人間という、大きな類型から生じる、普遍的な輪郭だけを探求いたしました。創作手法として、このようなやり方は、常に、本来、追求するに値するやり方、広義における自由なやり方、そしてまた時流に左右されないやり方であると、私には思われます。この本は、とりわけ、文体を通して、今申し上げましたような精神的輪郭と結びついております。信仰と思索において、超個人的な真理を見出すことが、何にもまして重要なことでございました。その上で、人生に対して真理を公言すること、そして、最後に、美的形式によっても真理を言明することが大事なことでございました」。

更に、これに加えて、この時の朗読会で、ル・フォールは次のようにも述べている。

「私は、決して個人的な様式に拘泥しているわけではございません。申し上げさせて戴ければ、様式は、題材そのものから生まれる筈のないものなのです。ここでは、難問に直面した教会の苦しみが姿を現しております。それは、一一二〇年の重大な教会分裂に関わる問題でございます」。

Ⅱ

三つの領域の中の一つである「国家」の概念は、第二次世界大戦以降、最早、論議の余地なきものと見做されてはいるが、作品においては、地上に神の国を打ち建てようとする、神の子たちによる共同体の謂である。そこでは、飽くまでも、神の恵みを中心とするキリスト教国家が主眼であり、救済史としての歴史観に基づいている。このような歴史観においては、歴史を始原から終末に至るまでの、有限な時間と看做していて、それ故、出来事のすべてが、この始原から終末に至るまでの有限の時間の展開の中で、例外なく、終局的には、それ独自の位置を占め、掛け替えのない意味を持っている。そして、その始原には、言うまでもなく、厳として「神の創造」がある。

「国家」を巡る領域の作品には、第三巻所収の長編小説『マグデブルクの婚礼』、そして第二巻所収の短編小説『テレースの小鳥たち』が挙げられる。

本巻所収の短編小説『テレースの小鳥たち』は、当初、一九三七年、ライプチッヒのインゼル出版社発行の『インゼル年鑑』に掲載され、その後、同じインゼル出版社から、インゼル双書として刊行された。

この書は、本来、三部作の中の一部を成す筈のものであったが、壮大な構想に基づく、この取り組みは、結局、三部作としての完成を見る迄には至らなかった。

『テレースの小鳥たち』では、小児王ルートヴィッヒの戴冠式の折、傍らに転がり落ちた王冠を、拾い上げたのは若きザクセンのハインリッヒであった。それから十八年の歳月が経ち、王に選ばれたハインリッヒは、戴冠式の際、王冠を頭上にではなく、手に戴く物語である。

この作品について一九三四年、ハイデルベルクにおける自作朗読会の折、ル・フォールは自ら、次のように語っている。

「ドイツ民族の運命の中で、中世ドイツの皇帝物語が繰り広げられ、三編から成る作品を併せて、『三つの王冠』という表題が付される筈のものでございます。この表題は、中世ドイツの国王たちが戴いた三つの王冠を意味しております。作品の最初は、導入の物語でございます。ドイツ帝国の初めに、誰も、もはやご存知ない女王ウタがおられます。『テレースの小鳥たち』は、それに続く物語でございます」。

ル・フォールが構想を練りながら、結局、未完に終わってしまった『三つの王冠、ドイツ帝国の伝説』において、ここで言われている三つの冠とは、第一の冠は、天なる父が被る冠。そして、第二の冠はコンスタンティヌス大帝の冠であり、皇帝が戴く冠。更に、第三の冠は、キリスト者すべてが頭に戴く、いばらの冠を意味している。

短編小説『テレースの小鳥たち』は、掌編ながら、異彩を放っている。

Ⅲ

三つの領域の中の一つである「女性」について、一面的で、保守的な色彩が色濃いとの反論もあるが、第二巻所収の『永遠の女性』に詳述されている。それによれば、女性の第一の特徴は「ヴェールに包まれている」存在であり、外からは、その所業を窺い知ることができないことにある。しかも、女性において成就される出来事は、周囲の人々から理解されることなく、裏切られつつ成し遂げられる点に特色がある。

女性の第二の特徴は、「担う」存在として描かれていることにある。マリアが天使に応えた言葉「なれかし」に象徴されるように、主人公の女性たちが、救いを担っている点に特色がある。

「永遠は沈黙していて語ることなく、ただ沈黙する者にのみ、自らを顕示する。敬い、待ち、聞き入ることが、すべて宗教的な認識の前提である」との確信のもと、ル・フォール作品における女性の主人公たちは、皆、唯ひたすら沈黙し、敬虔に、「キリストのように生きること」に、自己の全てを賭けている。破局へと転がり落ちてゆく時代にあって、主人公たちは、歴史を「担って」いる。しかもその「担い」方は、「ヴェールに包まれて」、匿名でなされている。

「ヴェールに包まれている」とは、言葉を代えて言えば、それは「謙遜」に他ならない。

「宗教的なものとは、神に対する礼拝、従って、何よりも先ず謙遜を意味する。謙遜とは、神の前に立つ人間に特有の威厳である」との信念に基づいて、ル・フォール作品における女性の主人公たちには、すべてにおいて、この謙遜さが際立っている。

「女性」を巡る作品において、女性が、「乙女」の姿では、超自然的な力の担い手として、また「妻」の姿では、夫の片腕として文化の創造者、担い手として、そして「母」の姿では、時間を超越した、善の護り手として、隠れた力の、計り知れない働きに対する信仰を示す存在として描かれている。

ル・フォール作品の中で、女性が占める役割は何にもまして大きい。ル・フォール自身、そのことについて触れていて、次のように書いている。「私の小説には女性の要素が特に際だっていると、よく仰って戴きます。私は、その通りだと思いますし、うれしくも思います」。しかし、更にそれに続けて、「一面的に、女性にだけ引きつけて見ることは、私の文学を誤解することにもなりかねません」と苦言が呈されていて、示唆するところは大きい。

「女性」を巡る領域の作品は、その数も多く、作品全般に亙って重要な位置を占めている。第四巻所収の『ピラトの妻』、『イェフタの娘』、『追放された女』、『カーニバルの女』、そして、第二巻所収の『ファリナータの娘』等、その表題からして、主人公である女性と関わりがあり、いずれの作品も、女性を巡る領域の作品として挙げられる。

本巻所収の、「女性」を巡る領域の作品の一つ、短編小説『海の法廷』は、一九四三年、ライプチッヒのインゼル出版社から刊行された。

物語の根底には、作者が、嘗て、フランス人の修道院長から聴いたという、沈没する船では、母たちの子守唄が聞こえてくるという、死の婦人にまつわるブルターニュ地方の伝説がある。

ブルターニュの人々は、争いにあって、海に神託を伺うのが習わしであった。折しも、アンヌ・ドゥ・ヴィトレは、同郷の若き公爵の復讐を遂げることができる機会に遭遇する。眠ることができなくなったイギリスの幼い王子を、ブルターニュ地方の子守唄の助けを借りて、殺害してしまえる立場に立たされる。しかし、内なる母性が、それに異を唱え、ついには、自らが海の藻屑となってゆく。

この作品について、一九四八年、スイスにおいて催された自作朗読会の折、ル・フォールは次のように言っている。

「悪の問題は、今日における重大な問題の一つでございます。悪の単なる壊滅だけでは、問題は、まだ何も解消されたとは申せません。悪の克服のために、この短編小説を捧げさせて戴きました。ヨーロッパの町では、子供たちが、最早、眠ることができないような、そうです、このような罪もない子供たちに対する殺害をも畏れないような、まことに黙示録の日々の中で、この小説は書き上げられたのでございます。この書は、一九四三年のクリスマスに上梓されることになっておりましたが、ライプチッヒへの壊滅的な攻撃の際、この書の初版はすべてを焼失してしまいました」。

本巻所収の短編小説『ファリナータの娘』は、一九五〇年、ライプチッヒのインゼル出版社から出版された。

この作品について、一九五一年、ウルムで開かれた、この作品の自作朗読会の折、作者は次のように語っている。

「慈悲ということが、本日、皆様に朗読させていただきます物語のテーマでございます。物語は、ゲルフィン党とギベリン党の恐ろしい戦いが繰り広げられるフィレンツェを舞台にいたしております。歴史的な背景は、戦いの紛糾と驚愕によって、現代ともある種の類似性がございます。運命はフィレンツェで繰り広げられます、しかも、シュタウフェン一門の滅亡後、この戦いが、既に無意味になってしまっていた、その瞬間においてのことでございます。戦いに敗れた側の党は、その都度、故郷と家から追放される運命に投げ出されます。イタリアには、第二次世界大戦後のドイツと同じように、故郷なき人々、追放された人々が満ち溢れておりました。私は、このことを思いながら、今日でも、当時と同じ様相を呈しているような、ある『詩』を読みました。それは、皆さんもよくご存知の、ダンテの叙事詩でございますが、その中で歌われておりますのが、ギベリン党のファリナータの娘で、慈悲に富んだ人物でございます」。

これまで見てきたように、「教会―国家―女性」という三つの領域に分けられるル・フォール作品は、その全てに亙って、通奏低音のように、静謐に満ちた「祈り」に包まれている。

Ⅳ

この第二巻には、長編小説と短編小説に加えて、『永遠の女性』と『手記と回想』が収められている。

『永遠の女性』は、一九三四年に、ケーゼル&プステット出版社から初版が出版され、その後、一九六〇年に改訂、加筆して刊行された。初版では、内容が、キリスト教的意味における「貞潔」を称賛しているという廉で、当時、国家社会主義者たちからは「狂信的カトリック」という烙印を押されたが、他方では、心ある人たちからの賛辞も多かった。

その中のひとりで、親交があったマックス・ウェーバー夫人のマリアンネ・ヴェーバーからは、「その深さと美しさに深い感動を覚えました。この詩人・哲学者は、カトリックの太古の教義から、何と優しく、何と愛らしい血潮を引き出す術を心得ているとでしょう」という賛辞が寄せられた。

それに加えて、一九九八年に列聖されたエーディット・シュタインからは、「私の霊的読書は、ここ数日、専ら、あなたの新刊書です。今、やっと、このすばらしいクリスマスの贈り物に御礼を申し上げることができます。私にとって、とても意義深い、この静修には、この書のことを思わないわけには行きません。この書は、静修の中で、確固たる位置を占めております。このような、全く個人的なことを度外視しましても、ここ数十年の間に、女性に関する言説が、全く変わってしまい、今昔の感、ひとしおです。あなたの書には、嘗ては、私たちも知っていたことが沢山ございます。知っていたことがすべて、今、初めて、その究極的な根源に戻され、然るべき場所に置かれておりますす。そして、きっぱりと、すべての『問題』の決着がつけられております」と、個人的な交流が深かったル・フォールに宛てた私信の中で、この書について触れている。ル・フォールは、「ドイツのクローデル」とも称されているが、当のポール・クローデルは、この書のフランス語版の序文に、「ゲルトルート・フォン・ル・フォールの偉大な詩句は、北風が、次から次へと、雄々しく、我々のもとへ運び来る波浪のように、水平線の彼方から打ち寄せてくる」と書き記していて、その反響の大きさが窺える。

この書では、すべて生あるものに差し込む真理の光が充満していて、究極的な意義が解明され、その光のもとで、女性の形而上的意味が明らかにされている。

女性の本質が、カトリックの教義に根ざした、深い視点に立って、象徴的、形而上的な深みにおいて把握されている。

どのページにも、永遠の真理が光り輝いていて、混沌とした坩堝の中でうごめいている現代人に対して、生きる上での指針を与えてくれる。

この書は、素朴な眼差しを持った、生気溌剌とした信仰の人、確信に満ちた預言者を彷彿とさせてくれる。

V

『手記と回想』は、一九五一年にベンツィガー出版社から上梓された。

この書は、読者をル・フォールの両親の家へと引き戻してくれる。両親の家における、謹厳実直で、哲学的天分に富んだ父親と、生気に溢れ、敬虔で、芸術的素養に富んだ母親（旧姓ヴェーデル・パルロウ）のことが書き記されている。

それに加えて、ル・フォールが、如何に、同時代の諸問題と真剣に取り組んでいることか、それが、言葉の端々に滲み出ている。

混沌とした、すべてにおいて否定的な立場を固持する時代精神に対して、まことに肯定的な、信仰溢れる力が漲っていて、この書の、すべてに亙って、非常に印象的な心情が吐露されている。この書では、キリスト教文学の本質について、「マリアへのお告げ」について、「ジャン・クリストフ」について、国家と信仰の問題を巡って書かれている。

とりわけ、自ら、改宗者として、雑誌『高地』の発行責任者カール・ムートについて触れ、女性の使命や、女性の魂の祈りに焦点を当て、更には、ドイツの子供たちのことについて語り、内面から迸り出る平和への思いを口にし、「恵まれし不安」について触れられていて、そのどれもが、深い洞察に裏打ちされていて、啓発的である。

率直に語られている、信仰溢れる信念には、そこには決して狭量さはなく、一編一編が、滋味豊かで、雄渾でさえある。

VI

作品では、寄る辺なく、虐げられている人に寄り添って、描かれている。

それについて、ル・フォールは、文学が、社会からつまはじきにされている人、いかがわしい人、挫折した人に味方すべきであると、作品の中で、繰り返し述べている。
それに加えて、力と憎悪によって引き裂かれてしまった人類に対して、ル・フォールは、寛容と平和の尊さについて触れ、警鐘を鳴らしている。
作品では、止むところを知らない、宗派や民族間の対立抗争の中、一方においては、知性における断固たる、仮借なき堅固さ、意向の不撓不屈さがあり、そして、信念を捨てるくらいなら、成功を断念することの方をよしとする誠実さに溢れている。そしてまた、他方においては、優しさ、感受性に富み、飢え渇く人たちを温かく包みこむ程の慈悲深い愛に満ち溢れている。

九十五年に亙る生涯を閉じた葬儀の折、

「水晶の如き明断な知性、
迷うことなき良心、
母性的な真心の持ち主であった」

と、追悼の辞が捧げられた。

（八木 博）

訳者一覧（掲載順）

船山幸哉（ふなやま・ゆきや）
中央大学名誉教授、故人

前田敬作（まえだ・けいさく）
京都大学名誉教授、故人

尾崎賢治（おざき・けんじ）
元上智大学文学部教授、故人

八木　博（やぎ・ひろし）
山梨大学名誉教授

磯見昭太郎（いそみ・しょうたろう）
横浜国立大学名誉教授、故人

ル・フォール著作集 2

発行日………2019年6月10日　初版第1刷

著　者………ゲルトルート・フォン・ル・フォール
訳　者………「ル・フォール著作集刊行会」（代表：磯見昭太郎）
発行者………阿部川直樹
発行所………有限会社 教友社
〒275-0017 千葉県習志野市藤崎 6－15－14
TEL047 (403) 4818　FAX047 (403) 4819
URL http://www.kyoyusha.com
印刷所………モリモト印刷株式会社

ISBN978-4-907991-55-5　C3397